HACKERS × EZ Japan

해커스 JLPT N5 한 권으로 합격

JLPT新日檢 N5 一本合格

全新修訂版

Hackers Academia 著　吳羽柔、吳采倩、關亭薇 譯

4回 模擬試題（書中3回+線上1回）

基本攻略＋實戰模擬考題暨詳解＋單字文法總整理

徹底分析並反映JLPT最新命題趨勢
《JLPT新日檢N5一本合格》教材

「我完全不懂日文，有辦法考過N5嗎？」

「我想要報名N5，希望能知道如何備考。」

「我練習了聽解考題，卻根本聽不懂在說什麼。」

大部分的日文學習者在準備JLPT N5時，經常遭遇到瓶頸。為解決學習者的煩惱，Hackers Academia經過數年的考題分析，終於出版了徹底反映最新命題趨勢的《JLPT新日檢N5一本合格》。

Hackers Academia致力協助學習者，希望能只靠本書便充分準備JLPT測驗，並一次合格過關。另外，《JLPT新日檢N5一本合格》彌補現有教材的不便和不足之處，不僅是幫助學習者通過考試的工具，更有助於學習者理解日本，成為與日本人溝通的堅強後盾。

符合JLPT N5最新命題趨勢的教材！

要通過JLPT N5，關鍵在於確實掌握最新的出題趨勢。Hackers Academia為此深入分析各種題型，並徹底反映解題策略於教材中。

即使完全不懂日文，也能靠本教材自學，完美準備JLPT N5！

《JLPT新日檢N5一本合格》協助完全不懂日文的初學者在短時間內奠定基礎，紮實穩健地學習。本書內容聚焦基礎學習，讓學習者從五十音開始，學習JLPT N5常見基礎詞彙和文法，奠定基礎實力。同時收錄詳盡中文對照、試題詳解、詞彙整理，即使自學也能有效學習。

培養頂尖聽力實力的MP3！

《JLPT新日檢N5一本合格》提供各種版本的音檔，不論是JLPT新手、或是有一定程度的學習者，都能有效提升聽力實力。內容收錄聽解題組MP3音檔，並附上文字・語彙、文法、讀解題組的MP3音檔，讓首次接觸N5的初學者也能隨著MP3跟讀迅速上手。聽解題組除了能一口氣聽完歷屆試題MP3及解題說明，也提供各題獨立MP3音檔，學習者可自由挑選想反覆聆聽的試題，針對不熟悉的考題複習。

祝福讀者透過《JLPT新日檢N5一本合格》順利通過JLPT N5，在提升日語能力的同時，也能實現遠大的目標和夢想。

CONTENTS

讀解

聽解

實戰模擬試題

答案與解析

JLPT N5 必考單字文法記憶小冊 [別冊]

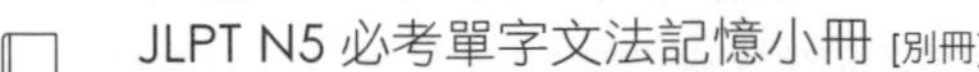

掃QRcode進入EZ Course官網：

1． 全書MP3音檔（含單字句型記憶小冊）

2． 實戰模擬試題4__題本暨詳解PDF下載

3． 實戰模擬試題4__線上互動問答詳解

《JLPT新日檢N5一本合格》

傳授日檢合格秘笈！

01. 徹底掌握最新命題趨勢與解題策略！

一眼看懂各種題目出題模式！

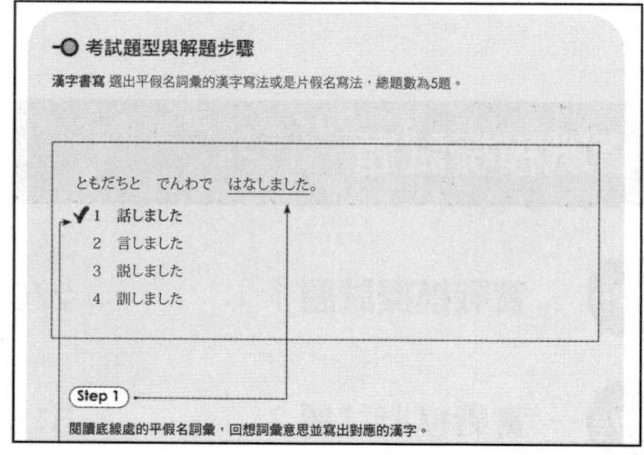

考試題型與解題步驟

漢字書寫 選出平假名詞彙的漢字寫法或是片假名寫法，總題數為5題。

ともだちと　でんわで　はなしました。

✔1　話しました

2　言しました

3　説しました

4　訓しました

Step 1

閱讀底線處的平假名詞彙，回想詞彙意思並寫出對應的漢字。

提供説明並整理重點，讓讀者一眼看懂JLPT N5的出題模式。

逐步熟悉解題步驟！

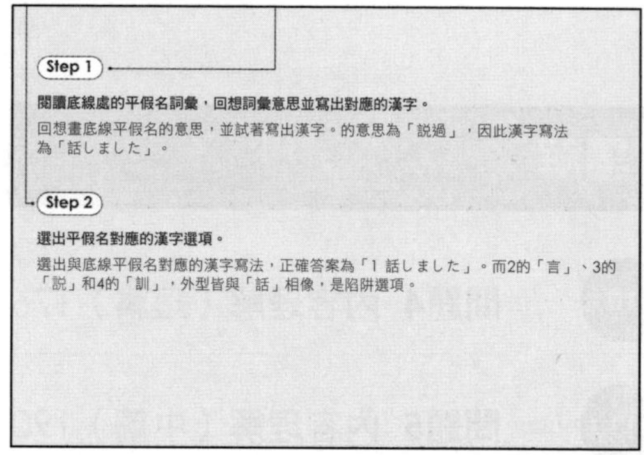

Step 1

閱讀底線處的平假名詞彙，回想詞彙意思並寫出對應的漢字。

回想畫底線平假名的意思，並試著寫出漢字。的意思為「説過」，因此漢字寫法為「話しました」。

Step 2

選出平假名對應的漢字選項。

選出與底線平假名對應的漢字寫法，正確答案為「1 話しました」。而2的「言」、3的「説」和4的「訓」，外型皆與「話」相像，是陷阱選項。

收錄各種題型最有效的解題步驟。逐步熟悉可應用於考場的解題步驟，便能效因應實戰考試。

掌握各題型的命題趨勢！

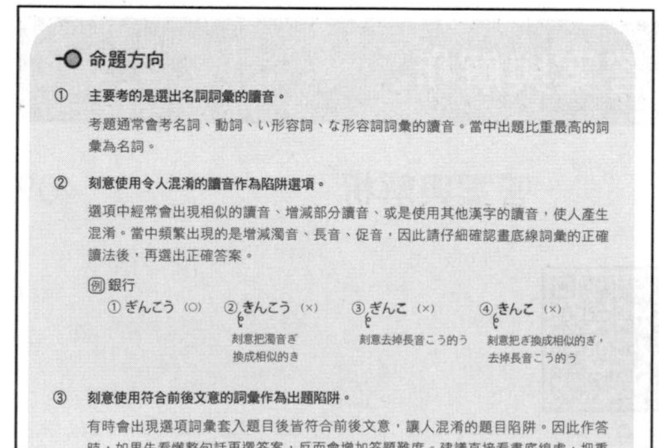

命題方向

① **主要考的是選出名詞詞彙的讀音。**

考題通常會考名詞、動詞、い形容詞、な形容詞詞彙的讀音。當中出題比重最高的詞彙為名詞。

② **刻意使用令人混淆的讀音作為陷阱選項。**

選項中經常會出現相似的讀音、增減部分讀音、或是使用其他漢字的讀音，使人產生混淆。當中頻繁出現的是增減濁音、長音、促音，因此請仔細確認畫底線詞彙的正確讀法後，再選出正確答案。

例 銀行

① ぎんこう（○）　② きんこう（×）刻意把濁音ぎ換成相似的き　③ ぎんこ（×）刻意去掉長音こう的う　④ きんこ（×）刻意把ぎ換成相似的ぎ，去掉長音こう的う

③ **刻意使用符合前後文意的詞彙作為出題陷阱。**

有時會出現選項詞彙套入題目後皆符合前後文意，讓人混淆的題目陷阱。因此作答時，如果先看懂整句話再選答案，反而會增加答題難度。建議直接看畫底線處，把重

徹底分析JLPT N5各種題型的最新命題趨勢，並整理出必須熟記的重點。

掌握備考攻略！

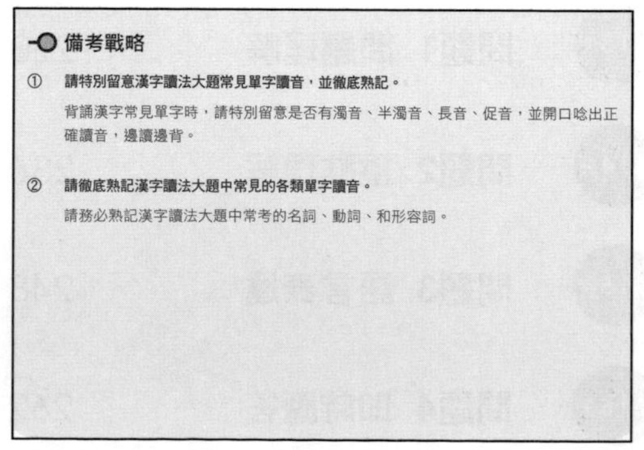

備考戰略

① **請特別留意漢字讀法大題常見單字讀音，並徹底熟記。**

背誦漢字常見單字時，請特別留意是否有濁音、半濁音、長音、促音，並開口唸出正確讀音，邊讀邊背。

② **請徹底熟記漢字讀法大題中常見的各類單字讀音。**

請務必熟記漢字讀法大題中常考的名詞、動詞、和形容詞。

收錄各題型的備考攻略，提升學習效率並加強實力。

02. 累積基本功及實戰感！

學會N5基礎內容與必考文法！

詞彙基礎

01名詞

包括「我」、「書本」、「今天」等人物或東西的名稱、表達抽象概念的詞彙，屬於「名詞」。請熟記N5測驗中常見的名詞。

わたし 私 我	ひと 人 人	きょう 今日 今天
あした 明日 明天	とも 友だち 朋友	ほん 本 書
えき 駅 車站	がっこう 学校 學校	がくせい 学生 學生

精心彙整N5基礎內容與解題必備的核心文法，輕鬆學習文法，同時提升整體日語實力。

彙整背誦核心重點與常考語彙！

重點整理與常考詞彙

「漢字讀法」大題常考名詞 023 文字語彙_問題1 漢字讀法 01.mp3　標示★者為2010至2021年歷屆詞彙

朝★	あさ	早上	兄	あに	哥哥
姉	あね	姐姐	一階	いっかい	一樓
一週間	いっしゅうかん	一個星期	犬★	いぬ	狗
海★	うみ	海	外国★	がいこく	外國
会社★	かいしゃ	公司	顔	かお	臉
学生★	がくせい	學生	学校★	がっこう	學校
金	かね	錢	火よう日★	かようび	星期二
川★	かわ	河川	木★	き	樹木

根據命題趨勢及各題型攻略，彙整解題必備之核心重點與常考語彙。並在2010年至今曾出現在歷屆考題的語彙旁標示出題年度，以便集中背誦。

透過實戰測驗來鞏固合格實力！

實戰測驗1

もんだい１　＿＿＿の　ことばは　ひらがなで　どう　かきますか。
1・2・3・4から　いちばん　いい　ものを　ひとつ　えらんで　ください。

1　この　庭は　とても　きれいです。
1 にわ　2 いえ　3 やま　4 うみ

2　かれは　午前の　じゅぎょうに　きました。
1 おぜん　2 おせん　3 ごぜん　4 ごせん

3　きっさてんで　おちゃを　買って　ください。

根據實際考題的出題趨勢，收錄多回實戰測驗。經由解題過程，運用先前學習到的內容，提升實力，對考場上的各種題型都能游刃有餘。

4回實戰模擬試題，實戰感極大化！

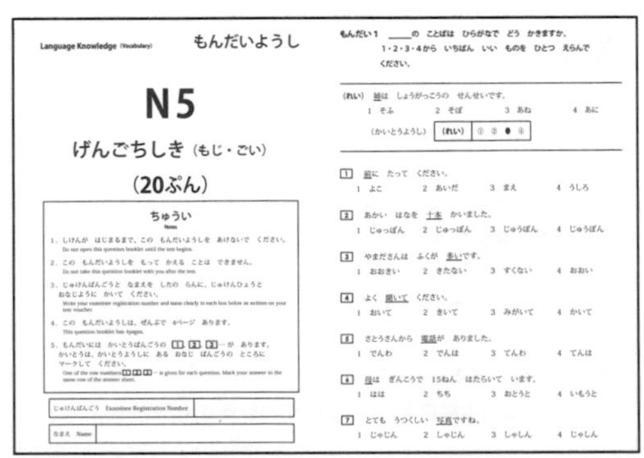

Language Knowledge (Vocabulary)　もんだいようし

N5

げんごちしき（もじ・ごい）

（20ぷん）

ちゅうい

Notes

1. しけんが　はじまるまで、この　もんだいようしを　あけないで　ください。
2. この　もんだいようしを　もって　かえる　ことは　できません。
3. じゅけんばんごうと　なまえを　したの　らんに、じゅけんひょうと　おなじように　かいて　ください。
4. この　もんだいようしは、ぜんぶで　4ページ　あります。
5. もんだいには　かいとうばんごうの　1、2、3…が　あります。かいとうは、かいとうようしに　ある　おなじ　ばんごうの　ところに　マークして　ください。

じゅけんばんごう　Examinee Registration Number

なまえ　Name

もんだい１　＿＿＿の　ことばは　ひらがなで　どう　かきますか。1・2・3・4から　いちばん　いい　ものを　ひとつ　えらんで　ください。

（れい）姉は　しょうがっこうの　せんせいです。
1 そふ　2 そぼ　3 あね　4 あに

（かいとうようし）（れい）①②●④

1　前に　たって　ください。
1 よこ　2 あいだ　3 まえ　4 うしろ

2　あかい　はなを　十本　かいました。
1 じゅっぽん　2 じゅっぽん　3 じゅうぽん　4 じゅうぽん

3　やまださんは　ふくが　多いです。
1 おおきい　2 きたない　3 すくない　4 おおい

4　よく　聞いて　ください。
1 おいて　2 きいて　3 みがいて　4 かいて

5　さとうさんから　電話が　ありました。
1 でんわ　2 でんは　3 てんわ　4 てんは

6　母は　ぎんこうで　15ねん　はたらいて　います。
1 はは　2 ちち　3 おとうと　4 いもうと

7　とても　うつくしい　写真ですね。
1 じゃじん　2 しゃじん　3 しゃしん　4 じゃしん

本書收錄3回＋線上1回，共4回實戰模擬試題。既能大幅度提升實戰感，又能確認自身實力。實際步入考場時也能臨危不亂，完全發揮出應有實力。

《JLPT新日檢N5一本合格》

傳授日檢合格秘笈！

03. 提供詳盡解析，大幅提升解題實力！

實際考場可立即應用的解題說明！

1

明天回去以前，要跟朋友一起去（　　）超市。

1 が（表示主詞）　　**2 へ（表示方向）**

3 と（和）　　4 や（和）

解析 這題要選擇適合填入空格的助詞。根據「スーパー（超市）」及「行きます（去）」，是「去超市」的文意脈絡比較通順。因此，2 へ（表示方向的助詞）是正確答案。

詞彙 明日 あした[名]明天 | 帰る かえる[動]回去 | 前 まえ[名]前
友だち ともだち[名]朋友 | スーパー[名]超市 | 行く いく[動]去
～が[助]表示主詞 | ～へ[助]表示方向 | ～と[助]和～、與～
～や[助]～和

以最有效的解題步驟為基礎，提供實際考場可立刻派上用場的解題說明。

不僅針對正確答案，也包含錯誤選項的解說！

1 去　　2 去了

3 不去　　**4 沒有去**

解析 這題要選擇適合填入空格的句型。根據「いいえ、昨日は（沒有，昨天）」，選項 2 行きました（去了）、4 行きませんでした（沒有去）都可能是正確答案。因為田中問的是昨日学校に行きましたか（昨天有去學校嗎？），而山田回答了いいえ，把用到動詞過去否定形的選項 4 行きませんでした（沒有去）填入空格，在文意脈絡上比較通順。因此，4 行きませんでした（沒有去）是正確答案。要記住，4 的ません でした是「沒有（做）～」的意思，1 的ます是「（做）～」的意思，2 的ました是「（做）了～」的意思，3 的ません是「不（做）～」的意思。

不僅針對正確答案，也詳盡解析錯誤選項，幫助學習者充分理解其他選項為何有誤。

提供中文對照，有助於理解日文的句型結構！

19

在餐廳前面看到了這張紙。

關於餐廳菜單的價格

自下周起，餐廳菜單的價格將調整。炸豬排的價格調漲 100 圓。蕎麥麵的價格調降 50 圓。

• 可樂和茶等飲料的價格不變。

請問菜單的價格怎麼樣了？

1　炸豬排的價格變貴，蕎麥麵的價格變便宜。

收錄流暢自然且在地化的中文翻譯，對照中文的同時，有助於理解日文的句型結構和文章語意。

詞彙整理，省下查字典的功夫！

詞彙 おととい[名]前天 | 夜 よる[名]晚上 | おそい[い形]晚的
～まで[助]直到～ | 友だち ともだち[名]朋友 | あそぶ[動]玩
バス[名]公車 | のる[動]搭乘 | さきに[副]先
帰る かえる[動]回去 | あと[名]後 | 私 わたし[名]我
電車 でんしゃ[名]電車 | 人 ひと[名]人 | すくない[い形]少的
とても[副]非常 | しずかだ[な形]安靜的 | すこし[副]一點
つかれる[動]疲憊 | ～ている ～著、處於～的狀態
～ので[助]因為～ | 目 め[名]眼睛 | とじる[動]閉上（眼睛）、闔上
だれか 某人 | こえ[名]聲音 | きこえる[動]聽見 | その 那
お客さん おきゃくさん[名]客人 | おきる[動]起來
～てください 請（做）～ | ここ[名]這裡、這個地方
さいご[名]最後 | 駅 えき[名]車站 | ～と言う ～という 說～
すぐに[副]直接 | おりる[動]下車 | こまる[動]傷腦筋
そこ[名]那個地方、那裡 | しる[動]知道 | 家 いえ[名]家
近く ちかく[名]附近 | 来る くる[動]來 | ～から[助]從～
タクシー[名]計程車 | つく[動]抵達 | とき[名]時候
午前 ごぜん[名]上午 | ～時 ～じ ～點 | どうして[副]怎麼會
～から[助]因為～

詳細整理題目中使用的所有詞彙和文法，不必另外花功夫查字典，也能直接確認意思。

04.活用Hackers與EZ Course獨有的學習資料密技！

JLPT N5必考單字句型記憶小冊&MP3

為了通過N5，將需要學會的必考詞彙和文法，集結成方便攜帶、10天就可學成的輕薄小冊。搭配免費線上音檔，隨時隨地都能學習，有效背誦詞彙與句型。

聽解練習學習用MP3&模擬試題用MP3

001_基礎學習_認識日語五十音01	02:38
002_基礎學習_認識日語五十音02	02:38
003_基礎學習_認識日語五十音03	01:25
004_基礎學習_認識日語五十音04	00:41
005_基礎學習_認識日語五十音05	02:09
006_基礎學習_認識日語五十音06	01:36
007_基礎學習_認識日語五十音 07	00:34
008_基礎學習_日語漢字	00:52

包括主本單字與句型、例句、單元習題MP，還有實戰模擬試題的完整聽解科目MP。

線上模擬試題使用方式

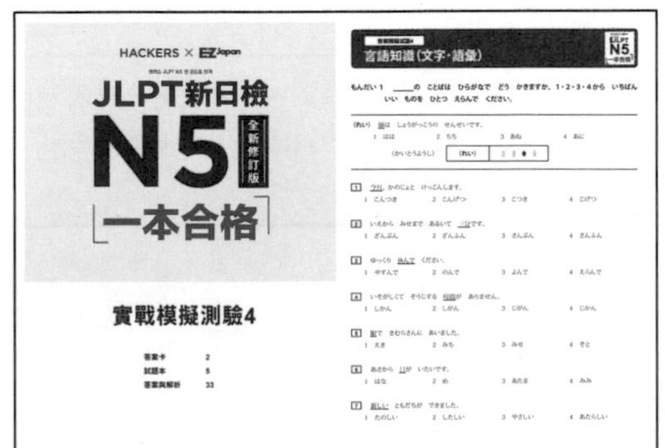

通過讀者驗證後，可選擇於EZ Course官網直接下載PDF，自行列印紙本練習。亦可使用EZ Course獨家的互動式作答練習，每答完一題，可即時看到該題之正確答案、詳解、單字教學。

掃QRcode進入EZ Course官網，隨時隨地學習！

可線上聆聽全書MP3音檔及單字句型記憶小冊，走到哪裡、學到哪裡。

JLPT介紹

什麼是JLPT？

JLPT 是Japanese-Language Proficiency Test 的縮寫，針對母語為非日語的學習者為對象之日語能力檢定測驗。該測驗由日本國際交流基金會與日本國際教育支援協會共同舉辦，為世界認可的測驗。其報考目的除了測試日語能力外，也運用在大學入學、求職、加薪、晉升和資格認定等方面。

JLPT級數

	JLPT級數	認證基準
最高級	N1	可閱讀話題廣泛之報紙社論、評論等論述性較複雜及較抽象之文章，並能理解其文章結構及內容．能閱讀各種話題內容較具深度之讀物，並能理解其事情的脈絡及詳細的表達意涵。在廣泛的情境下，可聽懂常速且連貫之對話、新聞報導及講課，且能充分理解話題走向、內容、人物關係及說話內容之論述結構等，並確實掌握其大意。
↑	N2	能看懂報紙、雜誌所刊載之各類報導、解說、簡易評論等主旨明確之文章。能閱讀一般話題之讀物，並可理解事情的脈絡及其表達意涵。除日常生活情境外，在大部分的情境中，能聽懂接近常速且連貫之對話、新聞報導，亦能理解其話題走向、內容及人物關係，並可掌握其大意。
	N3	可看懂日常生活相關內容具體之文章。能掌握報紙標題等之概要資訊。日常生活情境中所接觸難度稍高之文章，經換個方式敘述，便可理解其大意。在日常生活情境中，聆聽稍接近常速且連貫之對話，經結合談話之具體內容及人物關係等資訊後，便可大致理解。
↓	N4	可看懂以基本語彙及漢字描述之貼近日常生活相關話題之文章。能大致聽懂速度稍慢之日常會話。
最初級	N5	能看懂以平假名、片假名或一般日常生活使用之基本漢字所書寫之固定詞句、短文及文章。在課堂上或周遭等日常生活中常接觸之情境中，如為速度較慢之簡短對話，可從中聽取必要資訊。

測驗科目與測驗時間

級數	第一節		休息	第二節
N1	言語知識（文字・語彙・文法） 讀解 110分鐘		40分鐘	聽解 55分鐘
N2	言語知識（文字・語彙・文法） 讀解 105分鐘		45分鐘	聽解 50分鐘
N3	語言知識（文字・語彙） 30分鐘	語言知識（文法）・讀解 70分鐘	25分鐘	聽解 40分鐘
N4	語言知識（文字・語彙） 25分鐘	語言知識（文法）・讀解 55分鐘		聽解 35分鐘
N5	語言知識（文字・語彙） 20分鐘	語言知識（文法）・讀解 40分鐘		聽解 30分鐘

* 「聽解」測驗一開始播放試題光碟片即不得入場，其他節次則鈴響入場後逾10分鐘不得入場應試。
* 自2020年第2回（12月）測驗起，N4和N5題數減少，測驗時間也隨之減少。
* 自2022年第2回（12月）測驗起，N1的「聽解」測驗時間有所變更。

合格基準

級數	合格分數／總分	各科目合格分數／總分		
		言語知識 （文字 語彙 文法）	讀解	聽解
N1	100分/180分	19分/60分	19分/60分	19分/60分
N2	90分/180分	19分/60分	19分/60分	19分/60分
N3	95分/180分	19分/60分	19分/60分	19分/60分
N4	90分/180分	38分/120分		19分/60分
N5	80分/180分	38分/120分		19分/60分

* JLPT的合格標準為總分達合格分數以上，且各分項成績達各分項合格分數以上。如有一科分項成績未達門檻，無論總分多高，也會判定為不合格。

JLPT介紹

JLPT測驗內容

＊不同的級數，總題數會有1～4題的差異。

科目		大題	題數				
		級數	N1	N2	N3	N4	N5
語言知識	文字・語彙	漢字讀法	6	5	8	7	7
		漢字書寫	-	5	6	5	5
		詞語構成	-	5	-	-	-
		前後關係	7	7	11	8	6
		近義替換	6	5	5	4	3
		用法	6	5	5	4	-
		合計	**25**	**32**	**35**	**28**	**21**
	文法	語法形式的判斷	10	12	13	13	9
		句子的組織	5	5	5	4	4
		文章語法	5	5	5	4	4
		合計	**20**	**22**	**23**	**21**	**17**
讀解		內容理解（短篇）	4	5	4	3	2
		內容理解（中篇）	9	9	6	3	2
		內容理解（長篇）	4	-	4	-	-
		綜合理解	3	2	-	-	-
		論點理解（長篇）	4	3	-	-	-
		信息檢索	2	2	2	2	1
		合計	**26**	**21**	**16**	**8**	**5**
聽解		問題理解	5	5	6	8	7
		重點理解	6	6	6	7	6
		概要理解	5	5	3	-	-
		語言表達	-	-	4	5	5
		即時應答	11	12	9	8	6
		綜合理解	3	4	-	-	-
		合計	**30**	**32**	**28**	**28**	**24**
總題數			**101**	**107**	**102**	**85**	**67**

＊ 自2020年第2回（12月）測驗起，N4和N5題數減少。

從開始報考JLPT到查詢成績

1.JLPT受理報名、測驗日期、查詢成績日程表

測驗	報名時間	測驗日期	成績查詢
當年度第1回	4月初	7月第一個星期日	8月底
當年度第2回	9月初	12月第一個星期日	1月底

*報名截止日之後，約有一個星期的時間可以追加報名。
確切的測驗日期可於JLPT台灣官網（https://www.jlpt.tw）確認。

2.JLPT測驗報名方法

網路報名

請先至JLPT台灣官網（https://www.jlpt.tw）註冊會員。

報名流程：[登入] > [我要報名] > [填寫資料與選擇級數] > [上傳照片] > [繳費] > [確認繳費及報名審核狀態]

3.JLPT應試用品

准考證

身分證件（身分證、駕照、護照等）

文具（黑色鉛筆、橡皮擦）

手錶

4. 確認JLPT測驗結果

(1) 成績查詢

第 1 回測驗預定於 8 月下旬、第 2 回測驗預定於隔年 1 月下旬提供網路查詢成績服務，請至JLPT台灣官網（https://www.jlpt.tw）查詢。

(2) 成績單、合格證書領取方法

第 1 回測驗於 1 0 月上旬、第 2 回測驗於 3 月上旬 ，待日方送來「認定結果及成績證明書」（成績單）後，經由台灣測驗中心以掛號郵寄給應試者；合格者同時寄發「日本語能力認定書（合格證書）」。

(3) 資格有效期間

證書並無效期限制，但部分企業或機構仍會要求提供 2 年內的證書 。

JLPT N5介紹

JLPT N5測驗科目與測驗時間

入場		9:10以前
第1節	語言知識（文字・語彙）	9:10（20分鐘）
	語言知識（文法）	10:05（40分鐘）
	讀解	
休息時間		25分鐘
第2節	聽解	11:10（約30分鐘）

* 考試入場時間為9點10分，測驗中不得中途離場或提前交卷。
* 聽解並無額外提供畫卡時間，因此在聽完一道題目後，必須馬上畫記答案。

測驗結果

*JLPT合格者可獲得「日本語能力認定書（合格證書）」與「日本語能力試驗認定結果及成績證明書」。不合格的情況下，僅能領取「日本語能力試驗認定結果及成績證明書」。

*「日本語能力試驗認定結果及成績證明書」中能得知各科目的分數和總分、百分等級排序、以及參考資訊，當中標示文字語彙 和文法科目的答對率，顯示自己的實力區間。

〈認定結果及成績證明書〉

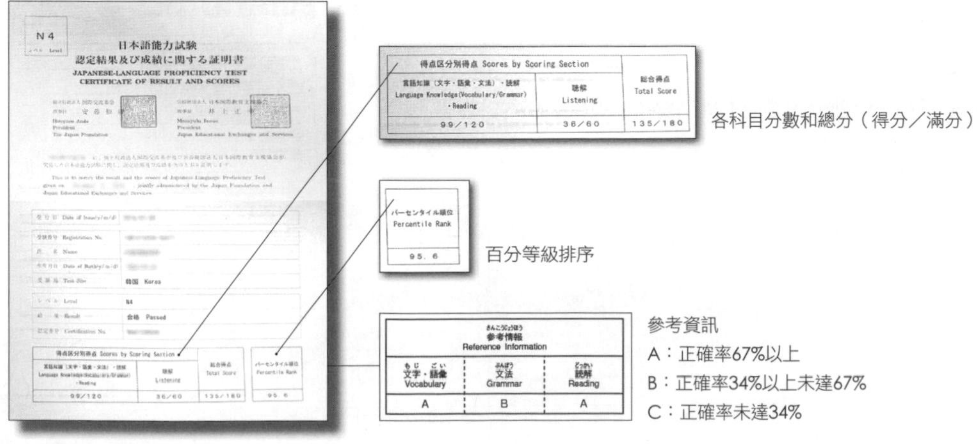

學習者好奇的JLPT N5相關問題BEST4

01. 不懂日文，有辦法靠自學考過JLPT N5嗎？

就算不懂日文，依舊可以靠自學通過JLPT N5。

針對想靠自己準備JLPT N5的日文初學者，《JLPT新日檢N5一本合格》一書收錄「日語基礎學習」與「N5必考文法」，幫助學習者逐步熟悉五十音、JLPT N5常考的基礎詞彙和文法、以及N5中一定會出現的必考文法。另外，按照測驗科目及題型劃分章節，透過有系統的學習，學會解題步驟後，便能直接應用於解題。同時提供詳盡的中文對照、題目解析、和詞彙整理，完全可以靠自學，順利通過檢定。

02. 我想知道該怎麼準備才能考過JLPT N5！

根據自身的學習狀況，安排適當的學習計畫，跟著計畫逐步實踐。

建議根據距離考試剩下的時間，制定有系統的計畫後再來備考。《JLPT新日檢N5一本合格》提供10日、20日的學習計畫（p.16），請根據考前剩餘時間，並考量自身狀況，挑選最佳的學習計畫。依循學習計畫，每天堅持學習，便是通往合格的捷徑。

03. 背單字的時候，一定要連同漢字背誦嗎？

務必把JLPT N5中常見單字，連同漢字一起記起來。

JLPT N5測驗中平假名的比重較高，但考題中仍會出現漢字，因此背單字時，請務必連同漢字一起記起來。相較於其他級數，N5中出現的單字數量較少，經常會重複出現相同的單字，因此最有效率的學習方式，便是在背誦常考單字的過程中，順道把單字的漢字一併記下。《JLPT新日檢N5一本合格》整理出「重點整理與常考詞彙」，並隨書附上「N5必考單字句型記憶小冊」，將單字按照大題分類，方便學習者能夠有效率地背誦重點單字與漢字。

04. 完全聽不懂聽解內容，該怎麼辦才好？

多聽幾遍聽解試題MP3，直到理解題目為止，再著手解題。

如果背過單字後馬上練習聽解試題，往往只能記住正確答案，無法有效提升聽力和解題能力。因此建議先播放MP3音檔，在不依賴中文翻譯的狀況下，多聽幾遍直到聽懂題目內容後，再學習解題戰略來練習解題。跟著本書的「一個月學習計畫」（p.17），就能學到這套方法。

學習計畫

日語從零開始的20日學習計畫

推薦給從五十音開始學習，準備JLPT N5的學習者。

	第1天	第2天	第3天	第4天	第5天
第 1 週	□__月__日	□__月__日	□__月__日	□__月__日	□__月__日
	[基礎學習]	[文字語彙]問題1	[文字語彙]問題2	[文字語彙]問題3	[文字語彙]問題4
	〈單字句型記憶小冊〉第1天	〈單字句型記憶小冊〉第2天	〈單字句型記憶小冊〉第3天	〈單字句型記憶小冊〉第4天	〈單字句型記憶小冊〉第5天
第 2 週	□__月__日	□__月__日	□__月__日	□__月__日	□__月__日
	[N5必考文法]	[文法]問題1	[文法]問題2	[文法]問題3	[讀解]問題4
	〈單字句型記憶小冊〉第6天	〈單字句型記憶小冊〉第7天	〈單字句型記憶小冊〉第8天	〈單字句型記憶小冊〉第9天	〈單字句型記憶小冊〉第10天
第 3 週	□__月__日	□__月__日	□__月__日	□__月__日	□__月__日
	[讀解]問題5	[讀解]問題6	[聽解]問題1	[聽解]問題2	[聽解]問題3
	[文字語彙]複習 問題1-2	[文字語彙]複習 問題3-4	[N5必考文法] 複習	[文法]複習 問題1-2	[文法]複習 問題3-4
第 4 週	□__月__日	□__月__日	□__月__日	□__月__日	□__月__日
	[聽解]問題4	[實戰模擬試題1]	[實戰模擬試題2]	[實戰模擬試題3]	[實戰模擬試題4]（線上）
	[讀解]複習 問題5-6	[聽解]複習 問題1-2	[聽解]複習 問題3-4	[實戰模擬試題1-2] 複習	[實戰模擬試題3-4] 複習

為日語入門學習者打造的10日學習計畫

推薦給有日文基礎，想加快進度準備JLPT N5的學習者

	第1天	第2天	第3天	第4天	第5天
第 1 週	□__月__日	□__月__日	□__月__日	□__月__日	□__月__日
	[基礎學習]	[文字語彙]	[N5必考文法]	[文法]	[讀解]
	〈單字句型記憶小冊〉第1-2天	〈單字句型記憶小冊〉第3-4天	〈單字句型記憶小冊〉第5-6天	〈單字句型記憶小冊〉第7-8天	〈單字句型記憶小冊〉第9-10天
第 2 週	□__月__日	□__月__日	□__月__日	□__月__日	□__月__日
	[聽解]	[實戰模擬試題1]	[實戰模擬試題2]	[實戰模擬試題3]	[實戰模擬試題4]（線上）
	〈單字句型記憶小冊〉複習第1-3天	〈單字句型記憶小冊〉複習第4-6天	〈單字句型記憶小冊〉複習第7-9天	〈單字句型記憶小冊〉複習第10天／總複習	〈單字句型記憶小冊〉總複習

為日語新手打造的穩紮穩打一個月學習計畫

推薦給首次接觸日文，想放慢速度充分準備JLPT N5的學習者。

	1日	2日	3日	4日	5日	6日
第1週	□__月__日	□__月__日	□__月__日	□__月__日	□__月__日	□__月__日
	〔基礎學習〕 五十音和句型	〔基礎學習〕 詞彙基礎 文法基礎	〔文字語彙〕 問題1	〔文字語彙〕 問題2	〔文字語彙〕 問題3	〔文字語彙〕 問題4
第2週	□__月__日	□__月__日	□__月__日	□__月__日	□__月__日	□__月__日
	〔N5必考文法〕 01-02	〔N5必考文法〕 03-04	〔N5必考文法〕 05-06	〔文法〕 問題1	〔文法〕 問題2	〔文法〕 問題3
			〔聽解〕 問題1&實戰測驗1-2音檔	〔聽解〕 問題2&實戰測驗1-2音檔	〔聽解〕 問題3&實戰測驗1-2音檔	〔聽解〕 問題4&實戰測驗1-2音檔
第3週	□__月__日	□__月__日	□__月__日	□__月__日	□__月__日	□__月__日
	〔聽解〕 問題1	〔聽解〕 問題2	〔聽解〕 問題3	〔聽解〕 問題4	〔讀解〕 問題4	〔讀解〕 問題5
	〔文字語彙〕 複習 問題1	〔文字語彙〕 複習 問題2	〔文字語彙〕 複習 問題3	〔文字語彙〕 複習 問題4	〔N5必考文法〕 複習01-03	〔N5必考文法〕 複習04-06
第4週	□__月__日	□__月__日	□__月__日	□__月__日	□__月__日	□__月__日
	〔讀解〕 問題6	〔實戰模擬試題1〕	〔實戰模擬試題2〕	〔實戰模擬試題3〕	〔實戰模擬試題4〕 （線上）	本書內容總整理
	〔聽解〕複習 問題1	〔聽解〕複習 問題2	〔聽解〕複習 問題3	〔聽解〕複習 問題4	〔實戰模擬試題1-3〕複習	

* 隨書附上《JLPT N5必考單字句型記憶小冊》，建議前兩週搭配MP3一起學習，後兩週專攻背得不夠熟的單字和文法。
* 若想改成兩個月學習計畫，可將一天的學習份量拆分成兩天。

奠定紮實日語基礎

邁向JLPT N5合格之路

第1天

認識日語五十音和發音特徵

詞彙基礎01-06

文法基礎07-14

認識日語五十音和發音特徵

① 學習平假名五十音

001 基礎學習_認識日語五十音01.mp3

平假名源自漢字的草書，為現代日語最主要的基本文字。下表為平假名五十音圖，列出表示母音的「段」和表示子音的「行」。

	あ段	い段	う段	え段	お段
あ行	あ [a]	い [i]	う [u]	え [e]	お [o]
か行	か [ka]	き [ki]	く [ku]	け [ke]	こ [ko]
さ行	さ [sa]	し [shi]	す [su]	せ [se]	そ [so]
た行	た [ta]	ち [chi]	つ [tsu]	て [te]	と [to]
な行	な [na]	に [ni]	ぬ [nu]	ね [ne]	の [no]
は行	は [ha]	ひ [hi]	ふ [fu]	へ [he]	ほ [ho]
ま行	ま [ma]	み [mi]	む [mu]	め [me]	も [mo]
や行	や [ya]		ゆ [yu]		よ [yo]
ら行	ら [ra]	り [ri]	る [ru]	れ [re]	ろ [ro]
わ行	わ [wa]				を [o]
			*ん [n]		

*ん不屬於任何一行或段。

② 學習片假名五十音

🔊 002 基礎學習_認識日語五十音02.mp3

片假名取自漢字的局部演變而來，主要用來標記外來語。下表為片假名五十音圖，請務必學會分辨外型相似的片假名，像是シ［shi］和ツ［tsu］；ソ［so］和ン［n］。片假名跟平假名一樣是分成「段」和「行」。

	ア段	イ段	ウ段	エ段	オ段
ア行	ア [a]	イ [i]	ウ [u]	エ [e]	オ [o]
カ行	カ [ka]	キ [ki]	ク [ku]	ケ [ke]	コ [ko]
サ行	サ [sa]	シ [shi]	ス [su]	セ [se]	ソ [so]
タ行	タ [ta]	チ [chi]	ツ [tsu]	テ [te]	ト [to]
ナ行	ナ [na]	ニ [ni]	ヌ [nu]	ネ [ne]	ノ [no]
ハ行	ハ [ha]	ヒ [hi]	フ [fu]	ヘ [he]	ホ [ho]
マ行	マ [ma]	ミ [mi]	ム [mu]	メ [me]	モ [mo]
ヤ行	ヤ [ya]		ユ [yu]		ヨ [yo]
ラ行	ラ [ra]	リ [ri]	ル [ru]	レ [re]	ロ [ro]
ワ行	ワ [wa]				ヲ [o]
	*ン [n]				

*ン不屬於任何一行或段。

第1天 日語基礎學習

③ 認識濁音

🔊003 基礎學習_認識日語五十音03.mp3

在か、さ、た、は行右上角加上「"」後，變成濁音，平假名和片假名皆有濁音。

	あ段	い段	う段	え段	お段
が行	が [ga]	ぎ [gi]	ぐ [gu]	げ [ge]	ご [go]
ざ行	ざ [za]	じ [ji]	ず [zu]	ぜ [ze]	ぞ [zo]
だ行	だ [da]	ぢ [ji]	づ [zu]	で [de]	ど [do]
ば行	ば [ba]	び [bi]	ぶ [bu]	べ [be]	ぼ [bo]

	ア段	イ段	ウ段	エ段	オ段
ガ行	ガ [ga]	ギ [gi]	グ [gu]	ゲ [ge]	ゴ [go]
ザ行	ザ [za]	ジ [ji]	ズ [zu]	ゼ [ze]	ゾ [zo]
ダ行	ダ [da]	ヂ [ji]	ヅ [zu]	デ [de]	ド [do]
バ行	バ [ba]	ビ [bi]	ブ [bu]	ベ [be]	ボ [bo]

④ 認識半濁音

🔊004 基礎學習_認識日語五十音04.mp3

は行右上角加上「°　」後，變成半濁音。平假名和片假名皆有半濁音。

	あ段	い段	う段	え段	お段
ぱ行	ぱ [pa]	ぴ [pi]	ぷ [pu]	ぺ [pe]	ぽ [po]

	ア段	イ段	ウ段	エ段	オ段
パ行	パ [pa]	ピ [pi]	プ [pu]	ペ [pe]	ポ [po]

⑤ 認識拗音

🔊005 基礎學習_認識日語五十音05.mp3

拗音為除了「い」之外的い段音，後方加上小的「や、ゆ、よ」組合而成，兩個假名只讀成一個音。書寫上，「や、ゆ、よ」較前方的假名小一號。平假名和片假名皆有拗音。

	や	ゆ	よ
き	きゃ [kya]	きゅ [kyu]	きょ [kyo]
し	しゃ [sha]	しゅ [shu]	しょ [sho]
ち	ちゃ [cha]	ちゅ [chu]	ちょ [cho]
に	にゃ [nya]	にゅ [nyu]	にょ [nyo]
ひ	ひゃ [hya]	ひゅ [hyu]	にょ [hyo]
み	みゃ [mya]	みゅ [myu]	みょ [myo]
り	りゃ [rya]	りゅ [ryu]	りょ [ryo]
ぎ	ぎゃ [gya]	ぎゅ [gyu]	ぎょ [gyo]
じ	じゃ [ja]	じゅ [ju]	じょ [jo]
ぢ	ぢゃ [ja]	ぢゅ [ju]	ぢょ [jo]
び	びゃ [bya]	びゅ [byu]	びょ [byo]
ぴ	ぴゃ [pya]	ぴゅ [pyu]	ぴょ [pyo]

	ヤ	ユ	ヨ
キ	キャ [kya]	キュ [kyu]	キョ [kyo]
シ	シャ [sha]	シュ [shu]	ショ [sho]
チ	チャ [cha]	チュ [chu]	チョ [cho]
ニ	ニャ [nya]	ニュ [nyu]	ニョ [nyo]
ヒ	ヒャ [hya]	ヒュ [hyu]	ヒョ [hyo]
ミ	ミャ [mya]	ミュ [myu]	ミョ [myo]
リ	リャ [rya]	リュ [ryu]	リョ [ryo]
ギ	ギャ [gya]	ギュ [gyu]	ギョ [gyo]
ジ	ジャ [ja]	ジュ [ju]	ジョ [jo]
ヂ	ヂャ [ja]	ヂュ [ju]	ヂョ [jo]
ビ	ビャ [bya]	ビュ [byu]	ビョ [byo]
ピ	ピャ [pya]	ピュ [pyu]	ピョ [pyo]

⑥ 認識長音

🔊006 基礎學習_認識日語五十音06.mp3

長音指的是將音節拉長發音。日文字會根據長短音，產生不同的意思，請特別留意。

あ段音＋**あ**	拉長前方あ段音的母音	**おかあさん** 媽媽 **おばあさん** 祖母 ※**おばさん** 阿姨
い段音＋**い**	拉長前方い段音的母音	**おにいさん** 哥哥 **おじいさん** 爺爺 ※**おじさん** 叔叔伯伯
う段音＋**う**	拉長前方う段音的母音	**すうがく** 數學 **ゆうがた** 傍晚
え段音＋**い・え**	拉長前方え段音的母音	**えいが** 電影 **おねえさん** 姊姊
お段音＋**う・お**	拉長前方お段音的母音	**おとうさん** 爸爸 **おおい** 多的
拗音＋**う**	拉長前方拗音的母音	**じょうし** 上司 ※**じょし** 女子 **じゅう** 十
片假名的長音**‘ー’**	拉長‘ー’前方的假名	**チーズ** 起司 **コーヒー** 咖啡

⑦ 認識促音

🔊007 基礎學習_認識日語五十音07.mp3

促音的寫法為把「つ」縮小一號變成「っ」，表示停頓一拍。背單字時，請留意是否為正常大小的つ，發音為 [tsu]，還是縮小一號變成促音。平假名和片假名皆有促音。

小「っ」+か行	**がっこう** 學校　**いっかい** 一樓
小「っ」+ぱ行	**いっぱい** 滿的　**いっぽ** 一步
小「っ」+さ行／た行	**ざっし** 雜誌　**きっと** 一定

⑧ 日本漢字的兩種發音方式：訓讀vs音讀

🔊008 基礎學習_日語漢字.mp3

日本漢字分成「訓讀」和「音讀」兩種發音方式，採用日語固有同義詞彙的讀音為「訓讀」；保留漢字傳入日本時的讀音則為「音讀」。即使是同個漢字，用於不同的單字時，便會有不同的讀音，可能為訓讀或是音讀。因此會在漢字上標注平假名，稱作「ふりがな」或「よみがな」。

漢字		讀音	例
木 樹木(義) 木(音)	訓讀	き	木（き） 樹木
	音讀	もく	木曜日（もくようび） 星期四

漢字		讀音	例
月 月亮(義) 月份(音)	訓讀	つき	月（つき） 月亮
	音讀	げつ	月曜日（げつようび） 星期一
		がつ	三月（さんがつ） 三月

⑨ 日文單字的辭書形、普通形、丁寧形

單字的原形指的是字典裡收錄的形態，稱作「辭書形」。使用單字時，一般以「辭書形」為主。另外還有「普通形」與「丁寧形」。

[辭書形]	[普通形]	[丁寧形]
行（い）く	行（い）く	行（い）きます

⑩ 日文單字的活用與文型接續

「活用」指的是日語的詞形變化。詞形變化的時候，保持不變的是「語幹」；產生變化的是「語尾」。後方連接的日文文法稱作「文型」，連接日文文法則稱作「接續」。

行く
（語幹　語尾）
→
行きたいです
(行く變化成行き後，接續文型「たいです」)

⑪ 日文句子的特徵

日語的語序跟中文不同，中文語序是「主語－謂語－賓語」，而日語語序則是「主語－賓語－謂語」，因此在「主語」跟「賓語」後方，需要連接「助詞」來輔助說明，哪個是「主語」、那個是「賓語」。例句如下：

[中文]	我	（助詞）	學生
	↓	↓	↓
[日文]	私（わたし）	は	学生（がくせい）

另外，日文句子中不會出現空格或問號。但是由於漢字和平假名併用，能區分閱讀停頓處，有助於理解內容。而N5是JLPT測驗最簡單的級數，因此使用空格來方便考生斷句，輔助理解句子中的單字。

[日文句子]　木村（きむら）さんは学校（がっこう）に行（い）きますか。木村先生去學校嗎？

[N5句子]　木村（きむら）さんは　学校（がっこう）に　行（い）きますか。木村先生去學校嗎？

詞彙基礎

01名詞

🔊009 基礎學習_熟悉基礎單字 01.mp3

包括「我」、「書本」、「今天」等人物或東西的名稱、表達抽象概念的詞彙，屬於「名詞」。請熟記N5測驗中常見的名詞。

わたし **私** 我	ひと **人** 人	きょう **今日** 今天
あした **明日** 明天	とも **友だち** 朋友	ほん **本** 書
えき **駅** 車站	がっこう **学校** 學校	がくせい **学生** 學生

■ 請將日文單字連接至對應的意思。

1 **明日**（あした）　ⓐ 學生

2 **友だち**（とも）　ⓑ 我

3 **駅**（えき）　ⓒ 明天

4 **私**（わたし）　ⓓ 車站

5 **学生**（がくせい）　ⓔ 朋友

答案：1 ⓒ　2 ⓔ　3 ⓓ　4 ⓑ　5 ⓐ

詞彙基礎

02い形容詞

🔊010 基礎學習_熟悉基礎單字 02.mp3

「好吃」、「大的」等描述東西或人物的特性、狀態、情感的詞彙，屬於「形容詞」。日文的形容詞有兩種，一種是辭書形以「い」結尾的形容詞，稱作「い形容詞」。建議仔細熟記N5測驗中常見的い形容詞。

おいしい 美味的	たの **楽しい** 開心的	おそ **遅い** 慢的、晚的
おもしろい 有趣的	たか **高い** 高的、貴的	やす **安い** 便宜的
おお **大きい** 大的	おお **多い** 多的	ちい **小さい** 小的

■ 請將日文單字連接至對應的意思。

1	**おいしい**	ⓐ 多的
2	おお **多い**	ⓑ 慢的、晚的
3	**おもしろい**	ⓒ 美味的
4	たか **高い**	ⓓ 高的、貴的
5	おそ **遅い**	ⓔ 有趣的

答案：1 ⓒ　2 ⓐ　3 ⓔ　4 ⓓ　5 ⓑ

詞彙基礎

03な形容詞

🔊011 基礎學習_熟悉基礎單字 03.mp3

日文的形容詞中，辭書形以「だ」結尾的形容詞，稱作「な形容詞」。修飾名詞時，會將語尾的「だ」去掉，改成「な」，因此稱作な形容詞。詳細的說明收錄於後方的 09 認識「な形容詞」的基本文型。建議仔細熟記N5測驗中常見的な形容詞。

いろいろだ 各式各樣的	**きれいだ** 美麗的、乾淨的	しず **静かだ** 安靜的
す **好きだ** 喜歡的	**たいへんだ** 辛苦的、糟糕的	**かんたんだ** 簡單的
じょうず **上手だ** 擅長的、拿手的	へた **下手だ** 不擅長的	**べんりだ** 方便的

■ **請將日文單字連接至對應的意思。**

1	へた **下手だ**	ⓐ 不擅長的
2	**かんたんだ**	ⓑ 安靜的
3	**きれいだ**	ⓒ 簡單的
4	しず **静かだ**	ⓓ 擅長的、拿手的
5	じょうず **上手だ**	ⓔ 美麗的、乾淨的

答案：1 ⓐ　2 ⓒ　3 ⓔ　4 ⓑ　5 ⓓ

詞彙基礎

04動詞

🔊012 基礎學習_熟悉基礎單字 04.mp3

「說話」、「去」等表示動作或存在的詞彙，屬於「動詞」。日文動詞語尾皆以「う段音」結尾。建議仔細熟記N5測驗中常見的動詞。

言(い)う 說	行(い)く 去	来(く)る 來
見(み)る 看	買(か)う 買	書(か)く 寫
飲(の)む 喝	食(た)べる 吃	帰(かえ)る 回去、回來

■請將日文單字連接至對應的意思。

1	行(い)く	ⓐ買
2	見(み)る	ⓑ回去、回來
3	帰(かえ)る	ⓒ寫
4	書(か)く	ⓓ看
5	買(か)う	ⓔ去

答案：1 ⓔ　2 ⓓ　3 ⓑ　4 ⓒ　5 ⓐ

詞彙基礎

05副詞

013 基礎學習_熟悉基礎單字 05.mp3

「很多」、「非常」等表示動作或狀態的程度、頻率的詞彙，屬於「副詞」。在句子中，副詞用來修飾動詞、形容詞、其他副詞、或是整個句子。建議仔細熟記N5測驗中常見的副詞。

たくさん 許多	**いっしょに** 一起	**いつも** 總是
ときどき 有時	**とても** 非常	**また** 又、再
まだ 還、仍	**少し**（すこ） 稍微	**もう** 已經

■ 請將日文單字連接至對應的意思。

1	**少し**（すこ）	ⓐ 非常
2	**いつも**	ⓑ 總是
3	**まだ**	ⓒ 許多
4	**たくさん**	ⓓ 稍微
5	**とても**	ⓔ 還、仍

答案：1 ⓓ　2 ⓑ　3 ⓔ　4 ⓒ　5 ⓐ

詞彙基礎

06連接詞

014 基礎學習_熟悉基礎單字 06.mp3

諸如「然後」、「所以」等用來連接單字和單字、或是句子和句子間的詞彙，屬於「連接詞」。建議仔細熟記N5測驗中常見的連接詞。

それから 接著、還有	**だから** 所以	**でも** 但是
そして 然後	**しかし** 不過	**では** 那麼
それで 所以	**じゃあ** 那麼	**ですから** 因此

請將日文單字連接至對應的意思。

1	でも	ⓐ 那麼
2	だから	ⓑ 接著、還有
3	それから	ⓒ 所以
4	それで	ⓓ 但是
5	では	ⓔ 所以

答案：1 ⓓ　2 ⓔ　3 ⓑ　4 ⓒ　5 ⓐ

文法基礎

07名詞的基本文型

🔊015 基礎學習_熟悉基礎文法 07.mp3

名詞後方只要加上簡單的文型，便能表達肯定、否定、過去、疑問等用法。

活用變化	變化方式		例句
現在肯定	普通體	**~だ** 是~	**本だ。** 是書本。
	丁寧體	**~です** 是~	**本です。** 是書本。
現在否定	普通體	**~では ない** 不是~	**本では ない。** 不是書。
	丁寧體	**~では ないです** 不是~ **~では ありません** 不是~	**本では ないです。** **= 本では ありません。** 不是書。
過去肯定	普通體	**~だった**（過去）是~	**本だった。** 曾是書。
	丁寧體	**~でした**（過去）是~	**本でした。** 曾是書。
過去否定	普通體	**~では なかった**（過去）不是~	**本では なかった。** 曾經不是書。
	丁寧體	**~では なかったです** **~では ありませんでした** （過去）不是~	**本では なかったです。** **= 本では ありませんでした。** 曾經不是書。
中止形		**~で** 還有~	**本で** 書還有…

※ 上方表格中的「では」，改成「じゃ」也是同樣的意思。

例 本では　ない（不是書）= 本じゃ　ない（不是書）

※ 在句尾加上「か」則變成疑問句。

例 本です（是書）→ 本ですか（是書嗎？）

■請參考中文，並套用左方名詞練習寫出日文句子。

1 **私** 我 → ＿＿＿＿＿＿＿＿＿＿ 不是我。（現在／普通體）

2 **駅** 車站 → ＿＿＿＿＿＿＿＿＿＿ 曾是車站。（過去／普通體）

3 **学生** 學生 → ＿＿＿＿＿＿＿＿＿＿ 是學生嗎？（現在／丁寧體）

4 **今日** 今天 → ＿＿＿＿＿＿＿＿＿＿ 不是今天。（過去／丁寧體）

5 **友だち** 朋友 → ＿＿＿＿＿＿＿＿＿＿ 是朋友。（現在／普通體）

※答案　1 私じゃない。= 私ではない。　2 駅だった。　3 学生ですか。
4 今日ではなかったです。= 今日じゃなかったです。= 今日ではありませんでした。= 今日じゃありませんでした。　5 友だちだ。

文法基礎

08い形容詞的基本文型

016 基礎學習_熟悉基礎文法 08.mp3

只要將形容詞的語尾稍作變化，並加上簡單的文型，便能表達肯定、否定、過去、疑問等用法。首先介紹的是「い形容詞」變化與基本文型。

活用變化	變化方式		例句
辭書形	-	-	**おいしい** 好吃
修飾名詞	-	**~い** ～的	**おいしい　うどん** 好吃的烏龍麵
現在肯定	普通體	**~い** ～的	**おいしい。** 好吃。
	丁寧體	**~い → ~いです** ～的	**おいしいです。** 好吃。
現在否定	普通體	**~い → ~く　ない** 不～	**おいしく　ない。** 不好吃。
	丁寧體	**~い → ~く　ありません** **~く　ないです** 不～	**おいしく　ありません。** = **おいしく　ないです。** 不好吃。
過去肯定	普通體	**~い → ~かった**（過去）～的	**おいしかった。** 以前好吃。
	丁寧體	**~い → ~かったです** （過去）～的	**おいしかったです。** 以前好吃。
過去否定	普通體	**~い → ~く　なかった**（過去）不是～	**おいしく　なかった。** 以前不好吃。
	丁寧體	**~い → ~く　ありませんでした** **~く　なかったです** （過去）不是～	**おいしく　ありませんでした。** = **おいしく　なかったです。** 以前不好吃。
中止形		**~い → ~くて** ～且	**おいしくて** 好吃且…
副詞用法		**~い → ~く** ～地	**おいしく** 好吃地

※在句尾加上か則變成疑問句。

例 おいしいです（好吃）→ おいしいですか（好吃嗎？）

■ 請參考中文，並套用左方「い形容詞」練習寫出日文句子。

1　**おいしい** 好吃的　→ ________________ 好吃嗎？（過去／普通體）

2　**大きい**（おお）大的　→ ________________ 不大。（過去／丁寧體）

3　**楽しい**（たの）快樂的　→ ________________ 快樂的。（現在／丁寧體）

4　**おもしろい** 有趣的　→ ________________ 不有趣。（現在／普通體）

5　**遅い**（おそ）晚的　→ ________________ 不晚。（過去／普通體）

※答案　1 **おいしかったか。**　2 **大きくなかったです。= 大きくありませんでした。**　3 **楽しいです。**　4 **おもしろくない。**　5 **遅くなかった。**

第1天　日語基礎學習

文法基礎

09な形容詞的基本文型

017 基礎學習_熟悉基礎文法 09.mp3

下方介紹「な形容詞」變化與基本文型。

活用變化	變化方式		例句
辭書形	-	-	静(しず)かだ 安靜
修飾名詞	-	~だ → ~な ～的	静(しず)か**な**駅(えき) 安靜的車站
現在肯定	普通體	~だ	静(しず)か**だ**。安靜。
	丁寧體	~だ → ~です	静(しず)か**です**。安靜。
現在否定	普通體	~だ → ~では　ない 不～	静(しず)か**では　ない**。不安靜。
	丁寧體	~だ → ~では　ありません ~では　ないです 不～	静(しず)か**では　ありません**。 = 静(しず)か**では　ないです**。不安靜。
過去肯定	普通體	~だ → ~だった（過去）～	静(しず)か**だった**。以前安靜。
	丁寧體	~だ → ~でした（過去）～	静(しず)か**でした**。以前安靜。
過去否定	普通體	~だ → ~では　なかった （過去）不是～	静(しず)か**では　なかった**。以前不安靜。
	丁寧體	~だ → ~では　ありませんでした ~では　なかったです （過去）不是～	静(しず)か**では　ありませんでした**。 = 静(しず)か**では　なかったです**。以前不安靜。
中止形		~だ → ~で ～且	静(しず)か**で** 安靜且…
副詞用法		~だ → ~に ～地	静(しず)か**に** 安靜地

※上方表格中的「では」，改成「じゃ」也是同樣的意思。例 静(しず)かでは　ない（不安靜）= 静(しず)かじゃ　ない（不安靜）

※在句尾加上「か」則變成疑問句。例 静(しず)かです（安靜）→ 静(しず)かですか（安靜嗎？）

■請參考中文，並套用左方「な形容詞」練習寫出日文句子。

1　**かんたんだ** 簡單的　→ ________________ 簡單的。（現在／丁寧體）

2　**好(す)きだ** 喜歡的　→ ________________ 不喜歡。（現在／普通體）

3　**じょうずだ** 擅長的　→ ________________ 很擅長嗎？（現在／丁寧體）

4　**へただ** 笨拙的　→ ________________ 並不笨拙。（過去／丁寧體）

5　**きれいだ** 漂亮的　→ ________________ 並不漂亮。（過去／普通體）

※ 答案　1 かんたんです。 2 好きではない。= 好きじゃない。 3 じょうずですか。 4 へたではありませんでした。= へたじゃありませんでした。= へたではなかったです。= へたじゃなかったです。 5 きれいではなかった。= きれいじゃなかった。

文法基礎

10日文動詞的種類

018 基礎學習_熟悉基礎文法 10.mp3

所有動詞辭書形的語尾都是以「う段音」結尾。日文動詞有三種類型，分別是第Ⅰ類動詞、第Ⅱ類動詞、和第Ⅲ類動詞。各類動詞的變化方式不一樣，因此請學會如何判斷動詞類型。

類型	說明	單字示例	
第一類動詞	第Ⅱ類動詞和第Ⅲ類動詞以外的所有動詞。 *例外：部分動詞的原形以「る」結尾，る前方為「い段」或「え段」音，也屬於第Ⅰ類動詞。 例 帰(かえ)る（回去）　知(し)る（知道）　切(き)る（切、剪）	行(い)く 去 書(か)く 寫 急(いそ)ぐ 加快 言(い)う 說話 買(か)う 買 待(ま)つ 等	帰(かえ)る 回去 話(はな)す 說 死(し)ぬ 死 遊(あそ)ぶ 玩 飲(の)む 喝
第二類動詞	動詞原形以「る」結尾，る前方為「い段」或「え段」音。	見(み)る 看	食(た)べる 吃
第三類動詞	只有「する」和「来(く)る」兩種。	する 做	来(く)る 來

■ 請寫出下方動詞的類型和意思。

			動詞類型	中文意思
1	書(か)く	→	______	______
2	食(た)べる	→	______	______
3	する	→	______	______
4	買(か)う	→	______	______
5	帰(かえ)る	→	______	______

※答案　1第一類動詞 /寫　2第二類動詞/吃　3第三類動詞/做　4第一類動詞 /買　5第一類動詞 /回去

文法基礎

11日文動詞變化 ① ます形

019 基礎學習_熟悉基礎文法 11.mp3

欲有禮貌地表示動詞時，會使用「ます形」。動詞原形的字尾變化後，加上ます，會變成ます形，動詞的ます形又稱為「動詞的丁寧形」。另外，ます形常見的用法有：～ます、～ましょう等文型。請學會下方各類動詞ます形的變化方式。

類型	變化方式	變化示例
第一類動詞	把字尾的「う段音」改成「い段音」	行く 去 → 行きます 去 書く 寫 → 書きます 寫 急ぐ 加快 → 急ぎます 加快 言う 說 → 言います 說 買う 買 → 買います 買 待つ 等 → 待ちます 等 帰る 回去 → 帰ります 回去 話す 說話 → 話します 說話 死ぬ 死 → 死にます 死 遊ぶ 玩 → 遊びます 玩 飲む 喝 → 飲みます 喝
第二類動詞	刪去字尾的る	見る 看 → 見ます 看 食べる 吃 → 食べます 吃
第三類動詞	請參考右方的不規則變化方式	する 做 → します 做 来る 來 → 来ます 來

■ 請將下方動詞變化成ます形。

1 話す 說話 → ________________ 說話

2 遊ぶ 玩耍 → ________________ 玩耍

3 待つ 等待 → ________________ 等待

4 行く 去 → ________________ 去

5 急ぐ 加快 → ________________ 加快

※答案 1 話します 2 遊びます 3 待ちます 4 行きます 5 急ぎます

文法基礎

12日文動詞變化 ② ない形

020 基礎學習_熟悉基礎文法 12.mp3

欲表示動詞的否定時，會使用「ない形」。動詞原形的字尾變化後，加上ない，會變成ない形，動詞的ない形又稱為「動詞的否定形」。另外，ない形常見的用法有：～ない、～ないで等文型。請學會下方各類動詞ない形的變化方式。

類型	變化方式	變化示例
第一類動詞	把字尾的「う段音」改成「あ段音」（但字尾為う時，則要改成わ）	行(い)く 去 → 行(い)かない 不去 書(か)く 寫 → 書(か)かない 不寫 急(いそ)ぐ 加快 → 急(いそ)がない 不加快 言(い)う 説 → 言(い)わない 不説 買(か)う 買 → 買(か)わない 不買 待(ま)つ 等 → 待(ま)たない 不等 帰(かえ)る 回去 → 帰(かえ)らない 不回去 話(はな)す 説話 → 話(はな)さない 不説話 死(し)ぬ 死 → 死(し)なない 不死 遊(あそ)ぶ 玩 → 遊(あそ)ばない 不玩 飲(の)む 喝 → 飲(の)まない 不喝
第二類動詞	刪去字尾的る	見(み)る 看 → 見(み)ない 不看 食(た)べる 吃 → 食(た)べない 不吃
第三類動詞	請參考右方的不規則變化方式	する 做 → しない 不做 来(く)る 來 → 来(こ)ない 不來

■ 請將下方動詞變化成ない形。

1 来(く)る 來 → ＿＿＿＿＿＿ 不來

2 見(み)る 看 → ＿＿＿＿＿＿ 不看

3 帰(かえ)る 回去 → ＿＿＿＿＿＿ 不回去

4 飲(の)む 喝 → ＿＿＿＿＿＿ 不喝

5 行(い)く 去 → ＿＿＿＿＿＿ 不去

※答案　1 来ない　2 見ない　3 帰らない　4 飲まない　5 行かない

文法基礎

13日文動詞變化 ③ て形

021 基礎學習_熟悉基礎文法 13.mp3

欲把兩個動詞連接在一起時，會使用「て形」。動詞原形的字尾變化後，加上て，會變成て形，動詞的て形又稱為「動詞的接續形態」。另外，て形常見的用法有： ～ている、～てみる等文型。請學會下方各類動詞て形的變化方式。

類型	變化方式	變化示例
第一類動詞	1. 字尾為く時，改成いて 2. 字尾為ぐ時，改成いで 3. 字尾為う, つ, る時，改成って 4. 字尾為す時，改成して 5. 字尾為ぬ, ぶ, む時，改成んで	1. 行く 去 → *例外) **行って** 去，（然後…） 書く 寫 → **書いて** 寫，（然後…） 2. 急ぐ 加快 → **急いで** 加快，（然後…） 3. 言う 說 → **言って** 說，（然後…） 買う 買 → **買って** 買，（然後…） 待つ 等 → **待って** 等，（然後…） 帰る 回去 → **帰って** 回去，（然後…） 4. 話す 說話 → **話して** 說話，（然後…） 5. 死ぬ 死 → **死んで** 死，（然後…） 遊ぶ 玩 → **遊んで** 玩，（然後…） 飲む 喝 → **飲んで** 喝，（然後…）
第二類動詞	刪去字尾的る，加上て	見る 看 → **見て** 看，（然後…） 食べる 吃 → **食べて** 吃，（然後…）
第三類動詞	請參考右方的不規則變化方式	する 做 → **して** 做，（然後…） 来る 來 → **来て** 來，（然後…）

■ 請將下方動詞變化成て形。

1 **買う** 買 → ________________ 買

2 **死ぬ** 死 → ________________ 死

3 **する** 做 → ________________ 做

4 **書く** 寫 → ________________ 寫

5 **見る** 看 → ________________ 看

※答案　1 買って　2 死んで　3 して　4 書いて　5 見て

文法基礎

14日文動詞變化 ④ た形

022 基礎學習_熟悉基礎文法 14.mp3

欲表示動詞的過去式時，會使用「た形」。動詞原形的字尾變化後，加上た，會變成た形，動詞的た形又稱為「動詞的過去形」。另外，た形常見的用法有： ～たあと、 ～たり ～たりする等文型。請學會下方各類動詞た形的變化方式。

類型	變化方式	變化示例
第一類動詞	1. 字尾為く時，改成いた 2. 字尾為ぐ時，改成いだ 3. 字尾為う, つ, る時，改成った 4. 字尾為す時，改成した 5. 字尾為ぬ, ぶ, む時，改成んだ	1. 行く 去 → *例外)行った 去了 書く 寫 → 書いた 寫了 2. 急ぐ 加快 → 急いだ 加快了 3. 言う 説 → 言った 説了 買う 買 → 買った 買了 待つ 等 → 待った 等了 帰る 回去 → 帰った 回去了 4. 話す 説話 → 話した 説了 5. 死ぬ 死 → 死んだ 死了 遊ぶ 玩 → 遊んだ 玩了 飲む 喝 → 飲んだ 喝了
第二類動詞	刪去字尾的る，加上た	見る 看 → 見た 看了 食べる 吃 → 食べた 吃了
第三類動詞	請參考右方的不規則變化方式	する 做 → した 做了 来る 來 → 来た 來了

請將下方動詞變化成た形。

1 言う 説 → ________ 説了

2 食べる 吃 → ________ 吃了

3 話す 説話 → ________ 説話了

4 待つ 等 → ________ 等了

5 急ぐ 加快 → ________ 加快了

※答案　1 言った　2 食べた　3 話した　4 待った　5 急いだ

文字・語彙

第2天 問題1 漢字讀法

考試題型與解題步驟

漢字讀法 選出畫底線漢字詞彙的讀法，總題數為7題。

まいあさ　<u>新聞</u>を　よみます。

1　しんもん
✔2　しんぶん
3　じんぶん
4　じんもん

Step1

逐字確認畫底線詞彙的讀音。

請試著讀出畫底線詞彙的音。「新」的讀音為「しん」，「聞」的讀音為「ぶん」，請特別留意「ぶ」為濁音。

Step2

選出讀音相符的選項。

選出畫底線詞彙「新聞」的正確讀法「２しんぶん」。若想不起來讀音，請試著放慢速度逐字閱讀一遍，並選出最有把握的選項。

上方題目的中文對照與詞彙說明，請參照「答案與解析」。

命題方向

① **主要考的是選出名詞詞彙的讀音。**

考題通常會考名詞、動詞、い形容詞、な形容詞詞彙的讀音。當中出題比重最高的詞彙為名詞。

② **刻意使用令人混淆的讀音作為陷阱選項。**

選項中經常會出現相似的讀音、增減部分讀音、或是使用其他漢字的讀音，使人產生混淆。當中頻繁出現的是增減濁音、長音、促音，因此請仔細確認畫底線詞彙的正確讀法後，再選出正確答案。

例 銀行

① ぎんこう（○）　② **きんこう**（×）　③ **ぎんこ**（×）　④ **きんこ**（×）

② 刻意把濁音ぎ換成相似的き
③ 刻意去掉長音こう的う
④ 刻意把ぎ換成相似的き，去掉長音こう的う

③ **刻意使用符合前後文意的詞彙作為出題陷阱。**

有時會出現選項詞彙套入題目後皆符合前後文意，讓人混淆的題目陷阱。因此作答時，如果先看懂整句話再選答案，反而會增加答題難度。建議直接看畫底線處，把重點放在畫底線詞彙的讀音上，再選出正確答案。

例 これを　使って　ください。

① つかって（○）　② **もって**（×）　③ **きって**（×）　④ **わたって**（×）

→ 四個選項套入畫底線處，皆符合前後文意。

備考戰略

① **請特別留意漢字讀法大題常見單字讀音，並徹底熟記。**

背誦漢字常見單字時，請特別留意是否有濁音、半濁音、長音、促音，並開口唸出正確讀音，邊讀邊背。

② **請徹底熟記漢字讀法大題中常見的各類單字讀音。**

請務必熟記漢字讀法大題中常考的名詞、動詞、和形容詞。

重點整理與常考詞彙

「漢字讀法」大題常考名詞

023 文字語彙_問題1 漢字讀法 01.mp3

標示★者為2010至2021年歷屆詞彙

朝★	あさ	早上	兄	あに	哥哥
姉	あね	姐姐	一階	いっかい	一樓
一週間	いっしゅうかん	一個星期	犬★	いぬ	狗
海★	うみ	海	外国★	がいこく	外國
会社★	かいしゃ	公司	顔	かお	臉
学生★	がくせい	學生	学校★	がっこう	學校
金	かね	錢	火曜日★	かようび	星期二
川★	かわ	河川	木★	き	樹木
九十人	きゅうじゅうにん	九十人	九百人	きゅうひゃくにん	九百人
九分	きゅうふん	九分	教室	きょうしつ	教室
銀行★	ぎんこう	銀行	金よう日★	きんようび	星期五
国	くに	國家	車★	くるま	車
声	こえ	聲音	午前	ごぜん	上午
先	さき	前方、尖端	雑誌	ざっし	雜誌
三千円	さんぜんえん	三千日圓	七月	しちがつ	七月
写真★	しゃしん	照片	十本	じゅっぽん	十支、十根
食堂	しょくどう	餐廳	外★	そと	外面
空★	そら	天空	卵	たまご	蛋
机	つくえ	書桌	手	て	手
電話★	でんわ	電話	二百回	にひゃっかい	兩百次
庭★	にわ	庭院	母★	はは	母親

標示★者為2010至2021年歷屆詞彙

春	はる	春	東★	ひがし	東
左★	ひだり	左	人	ひと	人
百円	ひゃくえん	一百日圓	毎週★	まいしゅう	每星期
前★	まえ	前面	窓★	まど	窗
店★	みせ	店	来週★	らいしゅう	下星期

「漢字讀法」大題常考動詞

024 文字語彙_問題1 漢字讀法 02.mp3

遊ぶ★	あそぶ	玩	歩く★	あるく	走
言う★	いう	説	買う★	かう	買
帰る	かえる	回去、回來	聞く★	きく	聽、問
出す	だす	拿出、提出	立つ★	たつ	站立
使う	つかう	使用	作る	つくる	做、製作
飲む★	のむ	喝	入る★	はいる	進入

「漢字讀法」大題常考「い・な形容詞」

025 文字語彙_問題1 漢字讀法 03.mp3

青い	あおい	藍色的	甘い★	あまい	甜的
多い★	おおい	多的	大きい	おおきい	大的
汚い★	きたない	髒的	暗い★	くらい	暗的
寒い	さむい	冷的	高い★	たかい	高的、貴的
強い★	つよい	強的	長い	ながい	長的
安い★	やすい	便宜的	丈夫だ★	じょうぶだ	牢固的
便利だ★	べんりだ	方便的	有名だ	ゆうめいだ	有名的

實戰測驗1

🔊 026 文字語彙_問題1 漢字讀法 04.mp3

もんだい１　＿＿＿の　ことばは　ひらがなで　どう　かきますか。１・２・３・４から　いちばん　いい　ものを　ひとつ　えらんで　ください。

1　この　庭は　とても　きれいです。

1　にわ　　2　いえ　　3　やま　　4　うみ

2　かれは　午前の　じゅぎょうに　きました。

1　おぜん　　2　おせん　　3　ごぜん　　4　ごせん

3　きっさてんで　おちゃを　買って　ください。

1　いって　　2　かって　　3　もって　　4　まって

4　わたしの　きょうしつは　一階に　あります。

1　いちけい　　2　いちかい　　3　いっけい　　4　いっかい

5　わたしは　姉が　ひとり　います。

1　あに　　2　あね　　3　おとうと　　4　いもうと

6　この　くるまは　大きいです。

1　おおきい　　2　おうきい　　3　たいきい　　4　だいきい

7　来週から　かいしゃに　いきます。

1　こんしゅう　　2　こんしゅ　　3　らいしゅう　　4　らいしゅ

答案 請參照「答案與解析」。

實戰測驗 2

027 文字語彙_問題1 漢字讀法 05.mp3

もんだい 1　＿＿＿の　ことばは　ひらがなで　どう　かきますか。1・2・3・4から　いちばん　いい　ものを　ひとつ　えらんで　ください。

1　かれは　きのう　国へ　かえりました。

1　いえ　　2　くに　　3　みせ　　4　へや

2　この　えんぴつを　まいにち　使います。

1　つかいます　　2　かいます　　3　もらいます　　4　ならいます

3　ここの　ラーメンは　百円です。

1　びゃくえん　　2　ひゃくえん　　3　ばくえん　　4　はくえん

4　わたしは　春が　いちばん　すきです。

1　はる　　2　なつ　　3　あき　　4　ふゆ

5　机の　うえに　ほんが　あります。

1　たな　　2　はこ　　3　いす　　4　つくえ

6　かれは　雑誌を　よんで　います。

1　ざつし　　2　さつし　　3　ざっし　　4　さっし

7　かのじょから　長い　かさを　かりました。

1　おおきい　　2　ちいさい　　3　ながい　　4　たかい

答案 請參照「答案與解析」。

實戰測驗 3

028 文字語彙_問題1 漢字讀法 06.mp3

もんだい１　＿＿＿の　ことばは　ひらがなで　どう　かきますか。１・２・３・４から　いちばん　いい　ものを　ひとつ　えらんで　ください。

1　手を　あらって　ください。

1　あし　　2　て　　3　かお　　4　め

2　さとうさんの　学校は　どこですか。

1　がっこう　　2　がくこう　　3　がっこ　　4　がくこ

3　これは　いえで　作りました。

1　わかりました　　2　きりました　　3　とりました　　4　つくりました

4　あそこに　おおきい　木が　あります。

1　はな　　2　き　　3　え　　4　はこ

5　いまは　じゅうじ　九分です。

1　きゅうふん　　2　きゅうぶん　　3　くふん　　4　くぶん

6　おばあさんの　いえに　毎週　いきます。

1　めしゅう　　2　めしゅ　　3　まいしゅう　　4　まいしゅ

7　えきまえに　高い　ビルが　あります。

1　ふるい　　2　きたない　　3　たかい　　4　せまい

答案 請參照「答案與解析」。

實戰測驗 4

029 文字語彙_問題1 漢字讀法 07.mp3

もんだい１　＿＿＿の　ことばは　ひらがなで　どう　かきますか。１・２・３・４から　いちばん　いい　ものを　ひとつ　えらんで　ください。

1　この　先に　デパートが　あります。

1　となり　　2　さき　　3　なか　　4　うしろ

2　あしたまでに　出して　ください。

1　だして　　2　おして　　3　かえして　　4　わたして

3　外国で　べんきょうが　したいです。

1　げこく　　2　げごく　　3　がいこく　　4　がいごく

4　あには　クラスで　いちばん　強いです。

1　いそがしい　　2　よわい　　3　おもしろい　　4　つよい

5　この　かいしゃでは　九百人が　はたらいて　います。

1　きゅうひゃくにん　　2　くひゃくにん　　3　きゅうびゃくにん　　4　くびゃくにん

6　空を　みる　ことが　すきです。

1　うみ　　2　もり　　3　そら　　4　やま

7　かのじょの　声は　きれいです。

1　かみ　　2　て　　3　こえ　　4　め

答案 請參照「答案與解析」。

實戰測驗 5

🔊030 文字語彙_問題1 漢字讀法 08.mp3

もんだい１　＿＿＿の　ことばは　ひらがなで　どう　かきますか。１・２・３・４から　いちばん　いい　ものを　ひとつ　えらんで　ください。

1　あたらしい　車を　かいました。

1　いえ　　2　くつ　　3　くるま　　4　かさ

2　かのじょは　いま　歩いて　います。

1　あるいて　　2　ないて　　3　はたらいて　　4　かいて

3　九月なのに　とても　あついです。

1　くげつ　　2　くがつ　　3　きゅうげつ　　4　きゅうがつ

4　この　りょうりは　甘いです。

1　あまい　　2　からい　　3　うまい　　4　まずい

5　ちかくに　スーパーが　あって　便利です。

1　へんい　　2　へんり　　3　べんい　　4　べんり

6　卵を　かって　きました。

1　さかな　　2　たまご　　3　しお　　4　くすり

7　えきの　となりに　銀行が　あります。

1　きんこお　　2　きんこう　　3　ぎんこお　　4　ぎんこう

答案 請參照「答案與解析」。

實戰測驗 6

031 文字語彙_問題1 漢字讀法 09.mp3

もんだい 1　＿＿＿の　ことばは　ひらがなで　どう　かきますか。1・2・3・4から　いちばん　いい　ものを　ひとつ　えらんで　ください。

1　きょうしつに　学生が　ひとりも　いません。

1　がっせい　　2　がっせ　　3　がくせい　　4　がくせ

2　窓の　そうじを　しました。

1　いえ　　2　まど　　3　にわ　　4　みせ

3　この　川は　うつくしいです。

1　かわ　　2　やま　　3　うみ　　4　はな

4　へやが　とても　寒いです。

1　あつい　　2　さむい　　3　ひろい　　4　せまい

5　これを　二百回くらい　かいて　おぼえました。

1　にびゃっかい　　2　ふたびゃっかい　　3　にひゃっかい　　4　ふたひゃっかい

6　にもつは　外に　おきました。

1　なか　　2　した　　3　うえ　　4　そと

7　はやく　いえに　帰って　ください。

1　かえって　　2　いって　　3　はいって　　4　とまって

答案 請參照「答案與解析」。

實戰測驗 7

032 文字語彙_問題1 漢字讀法 10.mp3

もんだい1　＿＿＿の　ことばは　ひらがなで　どう　かきますか。1・2・3・4から　いちばん　いい　ものを　ひとつ　えらんで　ください。

1　わたしは　とうきょうの　東の　ほうに　すんで　います。

1　ひがし　2　みなみ　3　きた　4　にし

2　すこし　飲んでも　いいですか。

1　よんでも　2　あそんでも　3　やすんでも　4　のんでも

3　教室では　しずかに　して　ください。

1　きょうじつ　2　きょうしつ　3　きょしつ　4　きょじつ

4　この　シャツは　安いです。

1　たかい　2　ちいさい　3　おおきい　4　やすい

5　店で　しょくじを　しませんか。

1　いえ　2　なか　3　みせ　4　そと

6　パンやの　左に　ゆうびんきょくが　あります。

1　まえ　2　みぎ　3　となり　4　ひだり

7　この　ぼうしは　三千円です。

1　さんぜんえん　2　ざんぜんえん　3　さんせんえん　4　ざんせんえん

答案 請參照「答案與解析」。

實戰測驗 8

🔊 033 文字語彙_問題1 漢字讀法 11.mp3

もんだい 1　＿＿＿の　ことばは　ひらがなで　どう　かきますか。1・2・3・4から　いちばん　いい　ものを　ひとつ　えらんで　ください。

1　せんせいが　ドアの　まえに　<u>立って</u>　います。

1　まって　　2　とまって　　3　すわって　　4　たって

2　ちかくの　<u>食堂</u>で　ひるごはんを　たべました。

1　しょくどう　　2　しょくとう　　3　しょくど　　4　しょくと

3　<u>兄</u>と　いっしょに　プールに　いきます。

1　ちち　　2　はは　　3　あに　　4　あね

4　じゅんびを　するのに　<u>一週間</u>　かかりました。

1　いっしゅかん　　2　いっしゅうかん　　3　いちしゅかん　　4　いちしゅうかん

5　<u>顔</u>が　あかく　なりました。

1　あし　　2　て　　3　かお　　4　め

6　この　えいがは　とても　<u>有名</u>です。

1　ゆめえ　　2　ゆめい　　3　ゆうめえ　　4　ゆうめい

7　へやの　なかが　<u>汚い</u>です。

1　きたない　　2　うるさい　　3　くらい　　4　あかるい

答案 請參照「答案與解析」。

第3天 漢字書寫

考試題型與解題步驟

漢字書寫 選出平假名詞彙的漢字寫法或是片假名寫法，總題數為5題。

ともだちと　でんわで　はなしました。

1　話しました
2　言しました
3　説しました
4　訓しました

Step 1

閱讀底線處的平假名詞彙，回想詞彙意思並寫出對應的漢字。

回想畫底線平假名的意思，並試著寫出漢字。はなしました的意思為「説過」，因此漢字寫法為「話しました」。

Step 2

選出平假名對應的漢字選項。

選出與底線平假名對應的漢字寫法，正確答案為「1 話しました」。而2的「言」、3的「説」和4的「訓」，外型皆與「話」相像，是陷阱選項。

上方題目的中文對照與詞彙說明，請參照「答案與解析」。

命題方向

① **名詞的漢字或片假名寫法的選擇題。**

考題通常會考名詞、動詞、い形容詞、な形容詞的漢字或片假名寫法。當中出題比重最高的詞彙為名詞。

② **刻意使用外型相像的漢字或片假名作為陷阱選項。**

選項中會出現外型相像的漢字或片假名，像是「見」和「貝」、或「シ」和「ツ」，使人產生混淆。有時甚至會出現外型相似，實際上卻不存在的漢字。因此，請務必確認選項中漢字或片假名的外型，再選出答案。

例 安い　便宜的

① 安い（○）　② 女い（×）　③ 安い（×）　④ 安い（×）

② 使用與「安」相像的「女」
③ 使用與「安」相像但不存在的漢字
④ 使用與「安」相像但不存在的漢字

③ **刻意使用符合前後文意的漢字當作陷阱。**

有時選項中會刻意用漢字捏造出實際上不存在的詞彙，或者使用相關字詞使人混淆，譬如同時出現「花」和「木」。因此作答時，建議直接看畫底線處，確認漢字的讀音後，再選出正確答案。

例 かばんを　おきました。放了包包。

① 置きました（○）② 買きました（×）③ 渡きました（×）④ 忘きました（×）

→ 漢字「買」、「渡」、「忘」乍看之下符合文意，但實際套入畫底線處後，卻是不存在的詞彙，是陷阱選項。

備考戰略

① **請特別留意漢字書寫大題中常見漢字的外型和意思，並徹底熟記。**

在背誦漢字書寫大題的常見單字時，請特別留意漢字的外型及意思。建議將外型相像或意思相關的單字一併熟記。

② **請徹底熟記片假名，確保準確唸出每個假名的讀音。**

請務必準確記下每個片假名的讀音，尤其看到像是「シ」和「ツ」外型相像的片假名時，請分辨清楚並熟記。

重點整理與常考詞彙

■「漢字書寫」大題常考名詞

034 文字語彙_問題2 漢字書寫 01.mp3

標示★者為2010至2021年歷屆詞彙。

足★	あし	腳	雨★	あめ	雨
上★	うえ	上方	後ろ★	うしろ	後方
風★	かぜ	風	家族	かぞく	家人
川★	かわ	河川	薬	くすり	藥
車★	くるま	車	今週★	こんしゅう	這星期
試合	しあい	比賽	新聞★	しんぶん	報紙
父★	ちち	父親	天気★	てんき	天氣
電車	でんしゃ	電車	七千円★	ななせんえん	七千日圓
西★	にし	西	八百円	はっぴゃくえん	八百日圓
花★	はな	花	半分★	はんぶん	半、一半
毎週★	まいしゅう	每星期	毎日★	まいにち	每天
右★	みぎ	右方	道	みち	道路
目★	め	眼睛	来月★	らいげつ	下個月
エアコン★	えあこん	空調	エレベーター★	えれべーたー	電梯
カメラ★	かめら	相機	シャワー★	しゃわー	淋浴
スポーツ	すぽーつ	運動	タクシー	たくしー	計程車
チョコレート	ちょこれーと	巧克力	テーブル★	てーぶる	桌子
ネクタイ	ねくたい	領帶	ハンカチ	はんかち	手帕
ピアノ	ぴあの	鋼琴	プール★	ぷーる	游泳池
レストラン★	れすとらん	餐廳	ワイシャツ★	わいしゃつ	襯衫

「漢字書寫」大題常考動詞

035 文字語彙_問題2 漢字書寫 02.mp3

会う★	あう	見面	言う★	いう	說
行く★	いく	去	生まれる★	うまれる	出生
書く★	かく	寫	切る★	きる	切、剪
来る★	くる	來	咲く★	さく	開花
進む	すすむ	前進	立つ★	たつ	站立
食べる★	たべる	吃	出かける	でかける	外出
出る★	でる	出去	習う★	ならう	學
並べる★	ならべる	排列	飲む★	のむ	喝
乗る	のる	搭乘	見る★	みる	看
持つ★	もつ	拿、持有	休む★	やすむ	休息
読む	よむ	讀	忘れる★	わすれる	遺忘

「漢字書寫」大題常考「い・な形容詞」

036 文字語彙_問題2 漢字書寫 03.mp3

明るい★	あかるい	明亮的、開朗的	厚い	あつい	厚的
白い	しろい	白的	太い	ふとい	胖的、粗的
古い★	ふるい	舊的	易しい★	やさしい	簡單的
安い★	やすい	便宜的	同じだ★	おなじだ	相同的
元気だ★	げんきだ	有精神的	静かだ	しずかだ	安靜的
上手だ★	じょうずだ	擅長的、拿手的	不便だ	ふべんだ	不方便的
下手だ★	へただ	不擅長的	便利だ★	べんりだ	方便的

實戰測驗1

🔊037 文字語彙_問題2 漢字書寫 04.mp3

もんだい２　＿＿＿の　ことばは　どう　かきますか。1・2・3・4から　いちばん　いい　ものを　ひとつ　えらんで　ください。

8　きのうは　てんきが　よかったです。

1　天気　　2　大気　　3　天汽　　4　大汽

9　つくえの　うえに　はなが　あります。

1　後　　2　前　　3　下　　4　上

10　きょうは　ほんを　よみました。

1　買みました　　2　読みました　　3　書みました　　4　作みました

11　れすとらんで　ごはんを　たべます。

1　レストラン　　2　レストワン　　3　レストラシ　　4　レストワシ

12　がっこうに　ふるい　とけいが　あります。

1　高い　　2　安い　　3　古い　　4　軽い

答案 請參照「答案與解析」。

實戰測驗2

038 文字語彙_問題2 漢字書寫 05.mp3

もんだい２　＿＿＿の　ことばは　どう　かきますか。１・２・３・４から　いちばん　いい　ものを　ひとつ　えらんで　ください。

8　こどもたちは　みんな　げんきです。

1　元気　　2　完気　　3　元气　　4　完气

9　えれべーたーを　つかって　ください。

1　ユレベーター　　2　ユルベーター　　3　エレベーター　　4　エルベーター

10　おにぎりを　もって　きました。

1　置って　　2　食って　　3　渡って　　4　持って

11　この　みちは　とても　ひろいです。

1　家　　2　道　　3　店　　4　庭

12　きのう　ひこうきに　のりました。

1　乘りました　　2　乗りました　　3　来りました　　4　乗りました

第3天　問題2 漢字書寫

答案 請參照「答案與解析」。

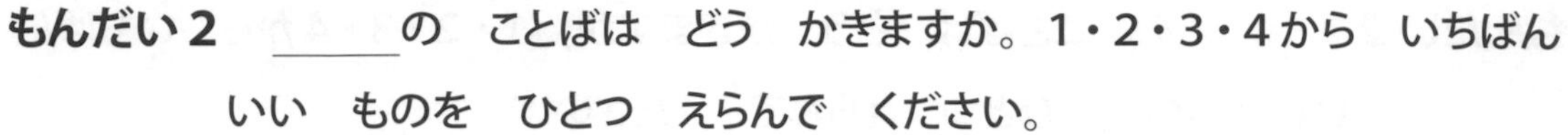

もんだい２　＿＿＿の　ことばは　どう　かきますか。1・2・3・4から　いちばん　いい　ものを　ひとつ　えらんで　ください。

8　ゆっくり　<u>やすんで</u>　ください。

1　食んで　　2　見んで　　3　読んで　　4　休んで

9　<u>たくしー</u>に　のって　きました。

1　ワクシー　　2　ワタシー　　3　タクシー　　4　タワシー

10　きょうの　テストは　<u>やさしかった</u>です。

1　星しかった　　2　是しかった　　3　易しかった　　4　早しかった

11　この　くつは　<u>ななせんえん</u>です。

1　七千円　　2　七万円　　3　五千円　　4　五万円

12　ちゅうごくは　にほんの　<u>にしに</u>　あります。

1　東　　2　西　　3　南　　4　北

答案 請參照「答案與解析」。

實戰測驗4

🔊 040 文字語彙_問題2 漢字書寫 07.mp3

もんだい２　＿＿＿の　ことばは　どう　かきますか。１・２・３・４から　いちばん　いい　ものを　ひとつ　えらんで　ください。

8　かのじょは　えいごが　じょうずです。

1　上手　　2　上毛　　3　下手　　4　下毛

9　かれは　いま　いすを　ならべて　います。

1　作べて　　2　使べて　　3　持べて　　4　並べて

10　おとうさんに　ねくたいを　あげました。

1　オクタイ　　2　オクケイ　　3　ネクタイ　　4　ネクケイ

11　きょうは　ずっと　あめでした。

1　電　　2　雨　　3　雪　　4　雲

12　やくそくの　じかんを　わすれました。

1　亡れました　　2　忘れました　　3　望れました　　4　忙れました

第3天

問題2 漢字書寫

答案 請參照「答案與解析」。

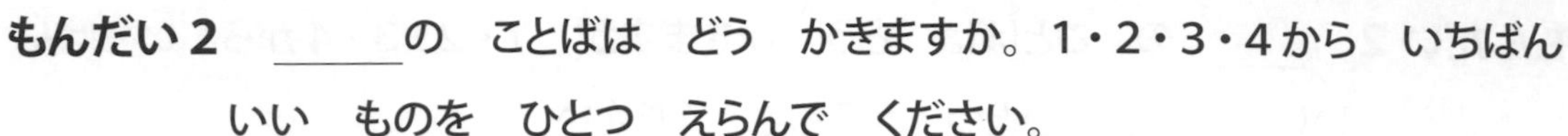

もんだい２　＿＿＿の　ことばは　どう　かきますか。１・２・３・４から　いちばん　いい　ものを　ひとつ　えらんで　ください。

8　すずしい　かぜが　ふいて　います。

1　凪　　2　风　　3　凩　　4　風

9　たなかさんは　はんかちを　かいました。

1　ハンカテ　　2　ハンカチ　　3　ハソカテ　　4　ハソカチ

10　きのう　なにを　たべましたか。

1　食べました　　2　良べました　　3　見べました　　4　買べました

11　まいにち　しんぶんを　よんで　います。

1　毎朝　　2　毎晩　　3　毎日　　4　毎週

12　しろい　かばんを　もらいました。

1　白い　　2　高い　　3　新い　　4　大い

答案 請參照「答案與解析」。

實戰測驗6

🔊042 文字語彙_問題2 漢字書寫 09.mp3

もんだい２　＿＿＿の　ことばは　どう　かきますか。１・２・３・４から　いちばん　いい　ものを　ひとつ　えらんで　ください。

8　ちちが　かばんを　くれました。

1　母　　2　父　　3　苺　　4　交

9　スーパーが　ちかくて　べんりです。

1　便利　　2　便制　　3　更利　　4　更制

10　えあこんを　つけて　ください。

1　ユアコン　　2　ユマコン　　3　エアコン　　4　エマコン

11　これは　ともだちと　みた　えいがです。

1　覚た　　2　見た　　3　買た　　4　貝た

12　こどもが　うまれました。

1　降まれました　　2　答まれました　　3　起まれました　　4　生まれました

答案 請參照「答案與解析」。

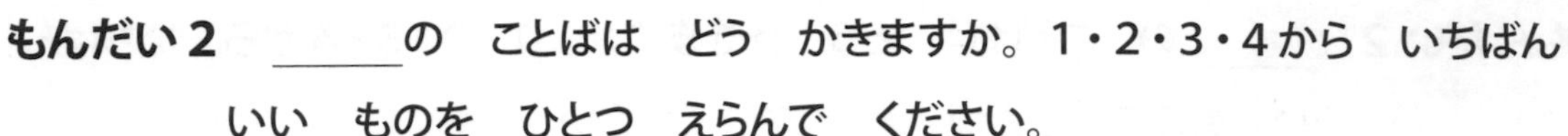

もんだい２　＿＿＿の　ことばは　どう　かきますか。１・２・３・４から　いちばん　いい　ものを　ひとつ　えらんで　ください。

8　あねから　かめらを　かりました。

1　カメラ　　2　ヤメラ　　3　カメウ　　4　ヤメウ

9　がっこうが　とおくて　ふべんです。

1　木使　　2　不使　　3　不便　　4　木便

10　でんわばんごうを　かいて　ください。

1　健いて　　2　書いて　　3　事いて　　4　建いて

11　うちの　いぬは　あしが　ながいです。

1　耳　　2　目　　3　鼻　　4　足

12　だいがくで　ともだちに　あいました。

1　聞いました　　2　教いました　　3　会いました　　4　話いました

答案 請參照「答案與解析」。

實戰測驗8

044 文字語彙_問題2 漢字書寫 11.mp3

もんだい２　＿＿＿の　ことばは　どう　かきますか。1・2・3・4から　いちばん　いい　ものを　ひとつ　えらんで　ください。

8　あした　サッカーの　しあいが　あります。

1　試合　　2　試会　　3　式合　　4　式会

9　すきな　すぽーつは　なんですか。

1　スポーシ　　2　スポーツ　　3　ヌポーシ　　4　ヌポーツ

10　はなを　かいに　いきます。

1　傘　　2　車　　3　花　　4　皿

11　やさいを　きって　ください。

1　買って　　2　渡って　　3　洗って　　4　切って

12　わたしは　りょうりが　へたです。

1　上千　　2　上手　　3　下千　　4　下手

答案 請參照「答案與解析」。

第4天　問題3　前後關係

考試題型與解題步驟

前後關係 根據文意選出最適合填入括號內的字詞，總題數為6題。題目僅使用平假名和片假名，不會出現漢字。

きょうは　おかあさんの　たんじょうびなので、（　　　）を　かきました。

1　えんぴつ
2　おかね
3　しゃしん
✔4　てがみ

Step 1

先看選項，確認其意思。

各選項的意思分別為1鉛筆；2錢；3照片；4信。

Step 2

檢視括號前後方、或是整句話的內容，選出最符合文意的選項。

括號後方為「をかきました（寫了～）」，括號填入「てがみ（信）」最符合文意，因此答案要選4。其他選項的用法為：1 えんぴつでかく（用鉛筆寫）；2 おかねをはらう（付錢）；3 しゃしんをとる（拍照）。

上方題目的中文對照與詞彙說明，請參照「答案與解析」。

命題方向

① **主要考的是選出符合文意的名詞。**

題目通常考的是根據文意，選出適當的名詞、動詞、い形容詞・な形容詞、副詞、量詞、或招呼語。當中出題比重最高的詞彙為名詞。建議檢視括號前後方、或整句話的內容後，選出適合填入括號的答案。

例 **バスの（　　　）は　どこで　かいますか。**公車的（　　）要在哪裡買呢？
　① きっぷ 票（○）② しゅくだい 作業（×）③ えき 車站（×）④ かいしゃ 公司（×）

② **有些題目會同時出現句子與圖像。**

該大題中會出現句子搭配説明圖像的題目。若直接將選項套入括號中，很可能都符合文意。因此碰到該類題型時，除了句子的意思之外，還要確認圖像，千萬不能只看句子選答案。

例 **つくえの　うえには（　　　）が　あります。**桌上有（　　）。
　① ほん 書本（○）② かばん 包包（×）

備考戰略

① **請多閱讀由平假名和片假名組成的句子和選項，練習在沒有漢字的狀況下，掌握其文意。**

在前後關係大題中，句子僅由平假名和片假名組成，不會使用漢字，因此請務必要多練習閱讀，僅憑假名來判斷意思。建議可掃描QR Code，進入EZ Course播放MP3音檔，搭配「重點整理與常考詞彙」以及實戰測驗練習，邊聽邊讀，並確認意思。

② **請徹底熟記前後關係大題中經常出現的各類單字。**

請務必熟記前後關係大題中常考的名詞、動詞、形容詞、副詞、量詞、和招呼語。

重點整理與常考詞彙

「前後關係」大題常考名詞 045 文字語彙_問題3 前後關係 01.mp3 標示★者為2010至2021年歷屆詞彙。

あめ★	雨	エレベーター★	電梯
かぎ	鑰匙	かど	角落
きっぷ★	票	けっこん	結婚
こうえん	公園	こうちゃ	紅茶
こうばん	派出所	じしょ★	字典
シャワー★	淋浴	セーター	毛衣
せんせい★	老師	たまご	蛋
チケット	票	ちず★	地圖
テレビ	電視	ドア	門
としょかん★	圖書館	ノート	筆記本
パーティー	派對	ひこうき	飛機
びょういん★	醫院	ペン	筆
ポケット★	口袋	ゆき★	雪
りゅうがく	留學	れんしゅう★	練習

「前後關係」大題常考動詞 046 文字語彙_問題3 前後關係 02.mp3

あらう★	洗	おきる★	起床
おく	放	おりる	下（車）、降落
かえす	歸還	かける★	打電話、戴眼鏡
かぶる★	戴（帽子）	けす★	關（電器用品等）、擦除
すう	抽菸、吸	つかれる★	疲累

標示★者為2010至2021年歷屆詞彙。

ならべる★	排列	のぼる★	攀登
はしる★	跑	みがく★	擦亮、刷牙

「前後關係」大題常考い・な形容詞 047 文字語彙_問題3 前後關係 03.mp3

あつい	熱的	うすい★	薄的、淡的
おもしろい★	有趣的	かるい★	輕的
わかい★	年輕的	きれいだ★	漂亮的
しずかだ	安靜的	ゆうめいだ	有名的

「前後關係」大題常考副詞 048 文字語彙_問題3 前後關係 04.mp3

すこし	一點點、稍微	どうも	非常、真的
また	又	ゆっくり	慢慢地

「前後關係」大題常考量詞 049 文字語彙_問題3 前後關係 05.mp3

～かい★	～樓	～かい	～次
～キロ	～公斤、公里	～さい	～歲
～さつ★	～本	～だい★	～台
～はい	～杯	～ひき	～隻
～ページ	～頁	～ほん★	～支、根
～まい★	～張	～メートル★	～公尺

「前後關係」大題常考招呼語 050 文字語彙_問題3 前後關係 06.mp3

いただきます	我要開動了	ごちそうさま	謝謝款待
ただいま	我回來了	どういたしまして	不客氣

實戰測驗1

🔊 051 文字語彙_問題3 前後關係 07.mp3

もんだい３　（　　　）に　なにが　はいりますか。1・2・3・4から　いちばん　いい　ものを　ひとつ　えらんで　ください。

13　わたしは　えきまえの（　　　）で　ほんを　かりました。

1　かいしゃ　　2　としょかん　　3　こうえん　　4　ほんや

14　はるには　きれいな　はなが　たくさん（　　　）。

1　さきます　　2　おきます　　3　のります　　4　みます

15　ゆうがたですが、そとが　まだ（　　　）ので　でんきは　つけません。

1　うるさい　　2　いそがしい　　3　あかるい　　4　くらい

16　あしたは　わたしの　たんじょうび（　　　）ですから、きて　ください。

1　りょこう　　2　やすみ　　3　クラス　　4　パーティー

17　たなかさんの　いえには　くるまが　3（　　　）あります。

1　だい　　2　まい　　3　ばん　　4　ぼん

18　きょうは（　　　）ありがとうございました。

1　どうぞ　　2　いかが　　3　どうも　　4　よろしく

答案 請參照「答案與解析」。

實戰測驗 2

052 文字語彙_問題3 前後關係 08.mp3

もんだい３　（　　　）に　なにが　はいりますか。１・２・３・４から　いちばん　いい　ものを　ひとつ　えらんで　ください。

13　わたしは　アメリカの　だいがくに（　　　）しました。

1　けっこん　2　りょうり　3　りゅうがく　4　かいもの

14　テキストの　17（　　　）に　ある　いぬの　えを　みて　ください。

1　メートル　2　ページ　3　さつ　4　まい

15　これは　もりさんの　ほんですから、かれに（　　　）ください。

1　ならべて　2　うって　3　おぼえて　4　かえして

16　しゅうまつは　よく　いえで（　　　）を　みます。

1　テレビ　2　ラジオ　3　ストーブ　4　カメラ

17　へやに　だれも　いなくて　とても（　　　）です。

1　かんたん　2　じょうず　3　しずか　4　げんき

18　テーブルの　うえに（　　　）を　おきました。

1　さかな

2　すいか

3　りんご

4　たまご

答案 請參照「答案與解析」。

第4天　問題3 前後關係

實戰測驗 3

053 文字語彙_問題3 前後關係 09.mp3

もんだい３　(　　　)に　なにが　はいりますか。1・2・3・4から　いちばん　いい　ものを　ひとつ　えらんで　ください。

13　みちが　わからない　ときは（　　　）を　みます。

1　しゃしん　　2　じしょ　　3　てがみ　　4　ちず

14　ひとが　みんな（　　　）あと、でんしゃの　なかを　そうじします。

1　おりた　　2　のった　　3　すわった　　4　あるいた

15　たかはしさんの　いえには　ねこが　5（　　　）います。

1　ほん　　2　はい　　3　ひき　　4　にん

16　らいしゅうも（　　　）あそびに　いきましょう。

1　あまり　　2　だんだん　　3　とても　　4　また

17　おなかが　とても　いたいので、いまから（　　　）に　いきます。

1　びょういん　　2　えいがかん　　3　アパート　　4　レストラン

18　これは（　　　）ので、とても　あぶないです。

1　つめたい
2　あつい
3　おもい
4　はやい

答案 請參照「答案與解析」。

實戰測驗 4

🔊 054 文字語彙_問題3 前後關係 10.mp3

もんだい３　（　　　）に　なにが　はいりますか。1・2・3・4から　いちばん　いい　ものを　ひとつ　えらんで　ください。

13　２ねんまえに（　　　）して、いまは　こどもが　ひとり　います。

1　べんきょう　　2　けっこん　　3　しごと　　4　せんたく

14　せんしゅうは　しゅうまつも　はたらいたので、とても（　　　）。

1　つかれました　　2　わすれました　　3　つとめました　　4　おしえました

15　たなかさんは　まいあさ　3（　　　）　はしって　います。

1　さつ　　2　はい　　3　グラム　　4　キロ

16　さむいですから、（　　　）を　しめて　ください。

1　ストーブ　　2　エアコン　　3　ドア　　4　ボタン

17　わたしは（　　　）いろの　ふくが　すきです。

1　うすい　　2　ほそい　　3　せまい　　4　まずい

18　みちが　わからなかったので、（　　　）で　けいかんに　ききました。

1　みせ　　2　こうばん　　3　かいしゃ　　4　びょういん

答案 請參照「答案與解析」。

實戰測驗 5

055 文字語彙_問題3 前後關係 11.mp3

もんだい３　（　　　）に　なにが　はいりますか。１・２・３・４から　いちばん　いい　ものを　ひとつ　えらんで　ください。

13　あねは（　　　）を　して　いて、がっこうで　えいごを　おしえて　います。

1　せんせい　　2　こども　　3　がくせい　　4　おとな

14　ごはんを　たべた　あと、はを（　　　）ください。

1　いれて　　2　ならべて　　3　みがいて　　4　けして

15　にほんごの　じゅぎょうは　5（　　　）の　きょうしつで　します。

1　まい　　2　だい　　3　かい　　4　はい

16　この（　　　）で　なまえを　かいて　ください。

1　テキスト　　2　ペン　　3　ナイフ　　4　テープ

17　かれは（　　　）な　ひとだから、だれでも　かれを　しって　います。

1　かんたん　　2　べんり　　3　たいへん　　4　ゆうめい

18　（　　　）に　のって　そらを　とぶ　ことは　たのしいです。

1　バス　　2　タクシー　　3　でんしゃ　　4　ひこうき

答案 請參照「答案與解析」。

實戰測驗 6

🔊056 文字語彙_問題3 前後關係 12.mp3

もんだい３　(　　　)に　なにが　はいりますか。1・2・3・4から　いちばん　いい　ものを　ひとつ　えらんで　ください。

13　(　　　) を　もって　いないので、なかに　はいる　ことが　できません。

1　かぎ　　2　はこ　　3　はし　　4　いす

14　なつは　あついので　まいにち　ぼうしを (　　　) でかけて　います。

1　きて　　2　はいて　　3　つけて　　4　かぶって

15　デパートで　かわいい　かさを　3 (　　　) かって　きました。

1　キロ　　2　グラム　　3　ぼん　　4　さつ

16　だれも　いない　へやの　でんきは (　　　) ください。

1　おいて　　2　しめて　　3　おして　　4　けして

17　いすの　うえには (　　　) が　あります。

1　ノート
2　カメラ
3　ランチ
4　ボールペン

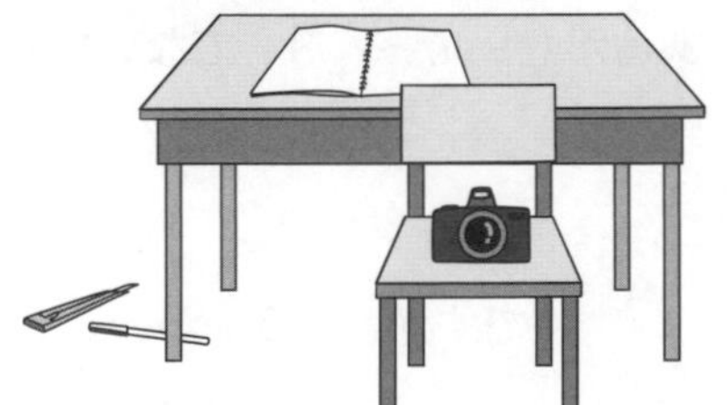

18　A「プレゼント　ありがとうございます。」
B「(　　　)。」

1　どういたしまして　　2　いってきます　　3　ごちそうさま　　4　おねがいします

答案 請參照「答案與解析」。

實戰測驗 7

🔊 057 文字語彙_問題3 前後關係 13.mp3

もんだい３　（　　　）に　なにが　はいりますか。１・２・３・４から　いちばん　いい　ものを　ひとつ　えらんで　ください。

13　まっすぐ　いって、つぎの（　　　）を　まがって　ください。

1　まち　　2　かど　　3　やま　　4　にわ

14　しらない　ことばの　いみは（　　　）で　しらべます。

1　じしょ　　2　はがき　　3　てがみ　　4　ちず

15　たんじょうび　プレゼントに　ほんを　３（　　　）もらいました。

1　グラム　　2　だい　　3　メートル　　4　さつ

16　ここで　たばこを（　　　）ください。

1　すわないで　　2　あるかないで　　3　でないで　　4　のまないで

17　かれは　わたしより（　　　）ですが、もう　かいしゃの　ぶちょうです。

1　ひろい　　2　わかい　　3　すずしい　　4　すくない

18　すきな　かしゅの　コンサートの（　　　）が　ほしいです。

1　テスト　　2　チケット　　3　スイッチ　　4　ニュース

答案 請參照「答案與解析」。

實戰測驗 8

🔊 058 文字語彙_問題3 前後關係 14.mp3

もんだい３　(　　　)に　なにが　はいりますか。1・2・3・4から　いちばん　いい　ものを　ひとつ　えらんで　ください。

13　さいふは　ふくの（　　　）に　ありました。

1　ハンカチ　　2　ポケット　　3　ドア　　4　プール

14　ともだちが　じゅぎょうに　こなくて　でんわを（　　　）。

1　はなしました　　2　よびました　　3　もらいました　　4　かけました

15　よしださんは　しゅうに　3（　　　）うんどうして　います。

1　かい　　2　まい　　3　だい　　4　こ

16　きのうは　まつむらさんと（　　　）を　のみました。

1　そば　　2　こうちゃ　　3　ラーメン　　4　ケーキ

17　ともだちが　くるので、いえの　なかを（　　　）に　しました。

1　たいへん　　2　すき　　3　きれい　　4　じょうず

18　きょうは（　　　）が　ふって　います。

1　くも
2　はれ
3　ゆき
4　あめ

答案 請參照「答案與解析」。

第5天 問題4 近義替換

考試題型與解題步驟

近義替換 選擇與題目語句意思相同或相近的句子，總題數為3題。題目僅使用平假名和片假名，不會出現漢字。

うちは　だいどころが　ひろいです。

1　うちは　からだを　あらう　ところが　ひろいです。
✔2　**うちは　ごはんを　つくる　ところが　ひろいです。**
3　うちは　ねる　ところが　ひろいです。
4　うちは　ほんを　よむ　ところが　ひろいです。

Step 1

閱讀題目句子和選項，找出兩者不同之處並標示出來。

找出題目句子和選項的不同之處，標示出來後，再確認意思。句中的「だいどころ」為「廚房」。各選項的意思分別為：1 からだをあらうところ為「洗身體的地方」；2 ごはんをつくるところ為「做飯的地方」；3 ねるところ為「睡覺的地方」；4 ほんをよむところ為「讀書的地方」。

Step 2

看懂題目句子的意思後，再選出意思相同或相近的選項。

句中「だいどころ」的意思為「廚房」，整句話的意思為「我們家的廚房很寬敞」。選項中與「だいどころ（廚房）」意思最為相近的是ごはんをつくるところ（做飯的地方），因此答案要選2。

上方題目的中文對照與詞彙說明，請參照「答案與解析」。

命題方向

① **考的是選擇與題目句子特定用法的意思相同或相近的選項。**

此類型考題要考的是特定字詞的意思，除了特定字詞之外，其他部分幾乎相同。因此解題關鍵在於，找出題目和選項的不同之處，並確認其意思。

例 トイレに　いって　きました。去一趟廁所。

① **おてあらい**に　いって　きました。去一趟洗手間。(○)
② **だいどころ**に　いって　きました。去一趟廚房。(×)

② **另一種類型考的是選擇與題目意思相近，最佳的同義句。**

該類型考題考的是選出意思相近的選項，題目內容和選項的內容幾乎都不同。因此必須確認題目句子和選項的完整意涵。

例 せんたくを　しました。洗了衣服。

① **ようふくを　あらいました。**洗了西服(○)
② **ようふくを　かいました。**買了西服(×)

備考戰略

① **請多閱讀由平假名和片假名組成的句子和選項，練習在沒有漢字的狀況下，掌握其文意。**

在近義替換大題中，句子僅由平假名和片假名組成，不會使用漢字，因此請務必多練習只憑假名來判斷意思。可掃描QR CODE播放MP3音檔，搭配「重點整理與常考詞彙」以及實戰測驗練習，邊聽邊讀，並確認意思。

② **請徹底熟記「近義替換」大題中經常出現的各類單字。**

請務必熟記近義替換大題中常考的近義詞。

重點整理與常考詞彙

常考名詞與近義詞句

059 文字語彙_問題4 近義替換 01.mp3

標示★者為2010至2021年歷屆詞彙。

おおぜい	許多	≒	たくさんの　ひと	許多人
おととい★	前天	≒	ふつかまえ★	兩天前
おととし★	前年	≒	にねんまえ★	兩年前
おば	阿姨、姑姑	≒	おかあさんの　いもうと	媽媽的妹妹
きっさてん	咖啡廳	≒	コーヒーや　おちゃを　のむ　ところ	喝咖啡和喝茶的地方
きょうだい	兄弟姊妹	≒	あにと　おとうと	哥哥和弟弟
けさ	今早	≒	きょうの　あさ	今天早上
しょくどう	食堂	≒	レストラン★	餐廳
となり★	隔壁	≒	ちかく	附近
やおや	蔬果店	≒	やさいを　うって　いる　ところ	販賣蔬菜的地方
ゆうびんきょく★	郵局	≒	てがみを　おくる　ところ	寄信的地方
りょうしん★	雙親	≒	ちちと　はは★	爸爸和媽媽

常考い・な形容詞與近義詞句

060 文字語彙_問題4 近義替換 02.mp3

あまい★	甜的	≒	さとうが　はいって　いる	有加糖
うるさい	吵鬧的	≒	しずかじゃない★	不安靜
おおい★	多的	≒	たくさん　ある	有很多
まずい	難吃的	≒	おいしくない	不好吃
やさしい★	簡單的	≒	かんたんだ★	簡單的
ひまだ★	空閒的	≒	いそがしくない★	不忙碌
へただ★	不擅長的	≒	じょうずじゃない	不擅長的

常考動詞與近義詞句

061 文字語彙_問題4 近義替換 03.mp3

標示★者為2010至2021年歷屆詞彙。

あらう★	洗	≒	せんたくする★	清洗、洗衣服
あるく★	走	≒	さんぽする★	散步
でかける	外出	≒	いえに　いない	不在家
ならう★	學	≒	べんきょうする★	唸書、學習
はたらく★	工作	≒	しごとを　する★	工作

常考慣用語與近義詞句

062 文字語彙_問題4 近義替換 04.mp3

あかるく　する	使變亮	≒	でんきを　つける	開燈
いつも　めがねを かけて　いる	總是戴著眼鏡	≒	めが　わるい	視力不好
おもしろくない★	不有趣	≒	つまらない★	無聊
かのじょは　わたし の　いもうとだ	她是我的妹妹	≒	わたしは　かの じょの　あねだ	我是她的姐姐
かばんに　ノートを いれた	在包包裡放了筆記本	≒	ノートは　かばんの なかに　ある	筆記本在包包裡
きょうは　いつかだ。 あさってから やすみだ。★	今天是5號。 後天開始放假。	≒	やすみは　なのかか らだ。★	7號開始放假。
せんせいだ	是老師	≒	がっこうで　じゅぎょ うを　する	在學校教書
だれとも　いっしょに すんで　いない	沒有跟任何人一起住	≒	ひとりで　すん で　いる	一個人住
ちちが　あにに じてんしゃを　あげる	爸爸給哥哥腳踏車	≒	あにが　ちちに じてんしゃを　もらう	哥哥收到了爸爸給的腳踏車
デパートに いって くる	去一趟百貨公司	≒	かいものを　する	買東西
へやが きれいに なる	房間變乾淨	≒	そうじを　する	打掃

實戰測驗1

🔊 063 文字語彙_問題4 近義替換 05.mp3

もんだい4　＿＿＿の　ぶんと　だいたい　おなじ　いみの　ぶんが　あります。1・2・3・4から　いちばん　いい　ものを　ひとつ　えらんで　ください。

19　もりさんは　せんせいです。

1　もりさんは　みせで　ものを　うります。

2　もりさんは　がっこうで　じゅぎょうを　します。

3　もりさんは　みせで　ごはんを　つくります。

4　もりさんは　がっこうで　じゅぎょうを　ききます。

20　あそこに　やさいを　うって　いる　ところが　あります。

1　あそこに　やおやが　あります。

2　あそこに　はなやが　あります。

3　あそこに　アパートが　あります。

4　あそこに　びょういんが　あります。

21　きょうは　いつかです。あさってから　やすみです。

1　やすみは　みっかからです。

2　やすみは　むいかからです。

3　やすみは　なのかからです。

4　やすみは　よっかからです。

答案 請參照「答案與解析」。

實戰測驗 2

🔊 064 文字語彙_問題4 近義替換 06.mp3

**もんだい４　＿＿＿の　ぶんと　だいたい　おなじ　いみの　ぶんが　あります。
１・２・３・４から　いちばん　いい　ものを　ひとつ　えらんで
ください。**

19　きっさてんで　はたらいて　います。

1　きっさてんで　しょくじを　して　います。
2　きっさてんで　べんきょうを　して　います。
3　きっさてんで　しごとを　して　います。
4　きっさてんで　でんわを　して　います。

20　がっこうの　となりに　ぎんこうが　あります。

1　がっこうの　ちかくに　ぎんこうが　あります。
2　がっこうの　ちかくに　ぎんこうが　ありません。
3　がっこうの　なかに　ぎんこうが　あります。
4　がっこうの　なかに　ぎんこうが　ありません。

21　かのじょは　わたしの　いもうとです。

1　わたしは　かのじょの　おとうとです。
2　わたしは　かのじょの　ははです。
3　わたしは　かのじょの　ちちです。
4　わたしは　かのじょの　あねです。

答案 請參照「答案與解析」。

實戰測驗 3

065 文字語彙_問題4 近義替換 07.mp3

もんだい４ ＿＿＿の ぶんと だいたい おなじ いみの ぶんが あります。
１・２・３・４から いちばん いい ものを ひとつ えらんで ください。

19 きのう よんだ ほんは つまらなかったです。

1 きのう よんだ ほんは やさしかったです。
2 きのう よんだ ほんは やさしく なかったです。
3 きのう よんだ ほんは おもしろかったです。
4 きのう よんだ ほんは おもしろく なかったです。

20 たくさんの ひとの まえで はなしました。

1 がくせいの まえで はなしました。
2 けいかんの まえで はなしました。
3 おおぜいの まえで はなしました。
4 かぞくの まえで はなしました。

21 かれは だれとも いっしょに すんで いません。

1 かれは りょうしんと すんで います。
2 かれは ひとりで すんで います。
3 かれは ともだちと すんで います。
4 かれは ふたりで すんで います。

答案 請參照「答案與解析」。

實戰測驗 4

🔊066 文字語彙_問題4 近義替換 08.mp3

もんだい 4　＿＿＿の　ぶんと　だいたい　おなじ　いみの　ぶんが　あります。1・2・3・4から　いちばん　いい　ものを　ひとつ　えらんで　ください。

第5天 問題4 近義替換

19　ここは　ゆうびんきょくです。

1　ここは　てがみを　おくる　ところです。

2　ここは　べんきょうを　する　ところです。

3　ここは　りょうりを　する　ところです。

4　ここは　えいがを　みる　ところです。

20　ははの　たんじょうびは　おとといでした。

1　ははの　たんじょうびは　よっかまえでした。

2　ははの　たんじょうびは　みっかまえでした。

3　ははの　たんじょうびは　ふつかまえでした。

4　ははの　たんじょうびは　いちにちまえでした。

21　かのじょは　いつも　めがねを　かけて　います。

1　かのじょは　みみが　わるいです。

2　かのじょは　あしが　わるいです。

3　かのじょは　はが　わるいです。

4　かのじょは　めが　わるいです。

答案 請參照「答案與解析」。

實戰測驗 5

🔊067 文字語彙_問題4 近義替換 09.mp3

もんだい４　＿＿＿の　ぶんと　だいたい　おなじ　いみの　ぶんが　あります。１・２・３・４から　いちばん　いい　ものを　ひとつ　えらんで　ください。

19　きょうしつが　うるさいです。

1　きょうしつが　きれいです。
2　きょうしつが　きれいじゃ　ないです。
3　きょうしつが　しずかです。
4　きょうしつが　しずかじゃ　ないです。

20　きのうは　あにと　おとうとに　あいました。

1　きのうは　りょうしんに　あいました。
2　きのうは　ともだちに　あいました。
3　きのうは　きょうだいに　あいました。
4　きのうは　がいこくじんに　あいました。

21　デパートに　いって　きました。

1　せんたくを　しました。
2　かいものを　しました。
3　しゅくだいを　しました。
4　りょこうを　しました。

答案 請參照「答案與解析」。

實戰測驗 6

068 文字語彙_問題4 近義替換 10.mp3

もんだい４ ＿＿＿の　ぶんと　だいたい　おなじ　いみの　ぶんが　あります。
１・２・３・４から　いちばん　いい　ものを　ひとつ　えらんで　ください。

19　<u>やまださんは　いま　ひまです。</u>

1　やまださんは　いま　いそがしく　ないです。
2　やまださんは　いま　いそがしいです。
3　やまださんは　いま　げんきじゃ　ないです。
4　やまださんは　いま　げんきです。

20　<u>けさ　しんぶんを　よみました。</u>

1　きのうの　あさ　しんぶんを　よみました。
2　きのうの　よる　しんぶんを　よみました。
3　きょうの　あさ　しんぶんを　よみました。
4　きょうの　よる　しんぶんを　よみました。

21　<u>へやが　きれいに　なりました。</u>

1　さくぶんを　しました。
2　そうじを　しました。
3　りょうりを　しました。
4　さんぽを　しました。

答案 請參照「答案與解析」。

實戰測驗 7

🔊 069 文字語彙_問題4 近義替換 11.mp3

もんだい４　＿＿＿の　ぶんと　だいたい　おなじ　いみの　ぶんが　あります。１・２・３・４から　いちばん　いい　ものを　ひとつ　えらんで　ください。

19　<u>この　ほんは　ないようが　かんたんです。</u>

1　この　ほんは　ないようが　おもしろいです。
2　この　ほんは　ないようが　おおいです。
3　この　ほんは　ないようが　むずかしいです。
4　この　ほんは　ないようが　やさしいです。

20　<u>かれは　りょうりが　へたです。</u>

1　かれは　りょうりが　じょうずです。
2　かれは　りょうりが　すきです。
3　かれは　りょうりが　じょうずじゃ　ないです。
4　かれは　りょうりが　すきじゃ　ないです。

21　<u>ちちは　あにに　じてんしゃを　あげました。</u>

1　あには　ちちに　じてんしゃを　もらいました。
2　ちちは　あにに　じてんしゃを　かりました。
3　あには　ちちに　じてんしゃを　かりました。
4　ちちは　あにに　じてんしゃを　もらいました。

答案 請參照「答案與解析」。

實戰測驗 8

070 文字語彙_問題4 近義替換 12.mp3

もんだい4　＿＿＿の　ぶんと　だいたい　おなじ　いみの　ぶんが　あります。1・2・3・4から　いちばん　いい　ものを　ひとつ　えらんで　ください。

19　この　おかしは　まずいです。

1　この　おかしは　おおきいです。

2　この　おかしは　おおきく　ないです。

3　この　おかしは　おいしいです。

4　この　おかしは　おいしく　ないです。

20　ここは　コーヒーや　おちゃを　のむ　ところです。

1　ここは　きっさてんです。

2　ここは　ぎんこうです。

3　ここは　こうばんです。

4　ここは　としょかんです。

21　かばんに　ノートを　いれました。

1　ノートは　かばんの　となりに　あります。

2　ノートは　かばんの　うえに　あります。

3　ノートは　かばんの　なかに　あります。

4　ノートは　かばんの　したに　あります。

答案 請參照「答案與解析」。

文法

第6天　**N5必考文法**

01 助詞
02 副詞
03 連接詞
04 指示詞與疑問詞
05 常考文型
06 常考會話表現

第7天　**問題1**　語法形式的判斷

第8天　**問題2**　句子的組織

第9天　**問題3**　文章語法

N5必考文法

01助詞

🔊071 文法_N5必考文法 01.mp3

請選出適合填入括號內的助詞。

私(わたし)は　夏休(なつやす)みに　すいえい（　　　）習(なら)いました。

我在暑假學了游泳。

1　で	2　を	3　の	4　が
表動作地點之助詞	表受詞之助詞	表所有之助詞	表主詞之助詞

答案：2

學習目標

在「文法」大題中，會採取如上方的出題形式，要求選出適當的助詞。建議記下N5中經常出現的「助詞」意思和例句。

1. 助詞的作用

助詞主要置於名詞後方，用來表示名詞為主詞或受詞；或是置於句中單字與單字之間，表示修飾、或強調的概念。

[主詞]　私(わたし)**は**　会社(かいしゃ)に　行(い)きます。　我去公司。

[受詞]　友(とも)だちは　バナナ**を**　食(た)べます。　朋友吃香蕉。

[修飾]　これは　私(わたし)**の**　かばんです。　這是我的包包。

[強調]　この　仕事(しごと)は　あなた**しか**　できません。　這個工作只有你做得到。

2. N5必考助詞

か　表示不確定	パーティーに　だれが　来(く)る**か**　わかりません。 不知道有誰會來派對。
か　表示疑問	彼(かれ)は　大学生(だいがくせい)です**か**。 他是大學生嗎？
が　表示述語的主體或對象	空(そら)**が**　とても　きれいです。 天空非常漂亮。
から　從～ （表示時間或空間之起始點）	日本語(にほんご)の　テストは　9時(じ)**から**です。 日文考試是9點開始。

から 因為～	日曜日だ**から** 授業が ありません。 因為是星期天所以沒有課。
くらい 左右（表示程度）	家から 駅まで 15分**くらい**です。 從家裡到車站大概要花15分鐘。
けれど(も) ～但是	アルバイトは 大変だ**けれど**、楽しいです。 打工雖然很累但很開心。
し ～又（表示並列）	この カメラは 小さい**し**、軽いです。 這台相機又小又輕。
しか 只有～	この クラスに 韓国人は 私**しか** いません。 這個班上只有我是韓國人。
だけ 只有～	一つ**だけ** 質問が あります。 我只有一個問題。
で 1. 表示動作地點 2. 表示工具、方法、手段	1. 毎日、図書館**で** 勉強します。 每天都在圖書館唸書。 2. 大学には 自転車**で** 通って います。 我都騎腳踏車去大學。
でも 表示舉例	コーヒー**でも** 飲みませんか。 要不要喝點咖啡之類的？

複習試題 請選出適合填入底線處的助詞。

01	空______とても きれいです。	ⓐ が	ⓑ しか
02	コーヒー______飲みませんか。	ⓐ で	ⓑ でも
03	一つ______質問が あります。	ⓐ だけ	ⓑ から
04	家から 駅まで 15分______です。	ⓐ けれど	ⓑ くらい
05	パーティーに だれが 来る______わかりません。	ⓐ し	ⓑ か

答案：01 ⓐ 02 ⓑ 03 ⓐ 04 ⓑ 05 ⓑ

第6天 必考文法

助詞	例句
と 1.和～（表示列舉） 2.表示引述內容	1. 朝、パン**と**　バナナを　食べました。 早上吃了麵包和香蕉。 2. 週末は　いそがしい**と**　思います。 我想週末會很忙。
など　～等等	机の　上に　本や　ノート　**など**が　あります。 書桌上有書和筆記本等等。
に 1.表示動作對象 2.表示動作目的 3.在表達「～に会う（與～碰面）」時會使用「に」作為助詞 4.在表達「～に乗る（搭乘交通工具）」時使用「に」作為助詞	1. 母**に**　手紙を　書きます。 寫信給媽媽。 2. これから　買い物**に**　行きます。 接下來要去買東西。 3. 駅で　友だち**に**　会いました。 在車站遇到了朋友。 4. バス**に**　乗ります。 搭公車。
の　～的（表示所有）	これは　田中さん**の**　本ですか。 這是田中的書嗎？
の　～的（省略後面所接續之名詞）	それは　私**の**です。 那是我的（東西）。
ので　因為～	かぜを　ひいた**ので**、休みます。 因為感冒了所以請假。
のに　明明～	薬を　飲んだ**のに**、よく　なりません。 明明吃了藥卻沒有好轉。
は　表示主題	父**は**　会社員です。 爸爸是公司職員。
へ　表示前往方向	子どもと　公園**へ**　行きます。 跟孩子一起去公園。
ほど　～左右（表示程度）	学校の　生徒は　300人**ほど**です。 學校大概有300名學生。

まで 到～為止（持續）	銀行は　午後　4時**まで**です。 銀行開到下午4點。
までに 在～之前（期限）	金曜日**までに**　宿題を　出します。 在星期五之前交出作業。
も ～也、又～	彼女は　歌**も**　ダンス**も**　上手です。 她又會唱歌又會跳舞。
や 表示舉例	新聞**や**　雑誌を　よく　読みます。 經常讀報紙和雜誌之類的。
より 比～	妹は　私**より**　背が　高いです。 妹妹身高比我高。
を 表示受詞	寒いので、まど**を**　閉めました。 因為很冷，所以我關了窗。

複習試題 請選出適合填入底線處的助詞。

01	駅で　友だち＿＿＿会いました。	ⓐ に	ⓑ へ
02	学校の　生徒は　300人＿＿＿です。	ⓐ より	ⓑ ほど
03	銀行は　午後　4時＿＿＿です。	ⓐ まで	ⓑ までに
04	寒いので、まど＿＿＿閉めました。	ⓐ を	ⓑ や
05	かぜを　ひいた＿＿＿、休みます。	ⓐ ので	ⓑ のに

答案：01 ⓐ 02 ⓑ 03 ⓐ 04 ⓐ 05 ⓐ

N5 必考文法

02 副詞

🔊 072 文法_N5必考文法 02.mp3

請選出適合填入括號內的副詞。

公園(こうえん)には　人(ひと)が（　　　）いました。

公園有（　　　）人。

1　いくら	2　たくさん	3　とても	4　あまり
多少	很多	非常	不太

答案：2

學習目標

在「文法」大題中，會採取上方出題形式，要求選出適當的副詞。建議記下N5中經常出現的「副詞」意思和例句。

1. 副詞的作用

副詞表示動作或狀態的程度、頻率等，可用來修飾動詞、形容詞、其他副詞、或是整句話。

［修飾動詞］　写真(しゃしん)を　**たくさん**　撮(と)りました。　拍了很多照片。
（たくさん：副詞 → 撮りました：動詞）

［修飾形容詞］この　料理(りょうり)は　**とても**　おいしいです。　這道料理非常美味。
（とても：副詞 → おいしい：形容詞）

［修飾副詞］　**もっと**　ゆっくり　話(はな)して　ください。　請説得更慢一點。
（もっと：副詞 → ゆっくり：副詞）

2. N5必考副詞

副詞分成表示程度、時間、強調等概念。

(1) 表示程度的副詞

あまり　不太	スポーツは　**あまり**　好(す)きでは　ありません。 我不太喜歡運動。
いくら　無論～也～	妹(いもうと)は　**いくら**　食(た)べても　太(ふと)りません。 妹妹不管吃多少都不會胖。
すこし　稍微、一點	りんごが　一(ひと)つ　200円(えん)は　**すこし**　高(たか)いです。 蘋果一顆200日圓有點太貴了。
ずっと　一直、持續	**ずっと**　雨(あめ)が　ふって　います。 雨一直下。

たいてい 大致、大部分	週末は　**たいてい**　家に　います。 週末大多待在家裡。
だいぶ 相當、很多	日本語が　**だいぶ**　上手に　なりました。 日文進步很多。
たいへん 非常、很	これは　**たいへん**　難しい　問題です。 這是非常難的問題。
たくさん 許多	本を　**たくさん**　借りました。 借了很多書。
ちょっと 一點	**ちょっと**　待って　ください。 請等一下。
とても 非常	今日は　**とても**　いそがしかったです。 今天非常忙。
なかなか 1.不輕易、不太（接否定表現） 2.相當	1. 今日は　バスが　**なかなか**　来ませんでした。 今天等不太到公車。 2. 昨日　見た　映画は　**なかなか**　おもしろかったです。 昨天看的電影非常有趣。
もっと 更、更加	**もっと**　大きい　家に　住みたいです。 想住在更大的房子裡。
よく 經常	休みの　日は　**よく**　カフェに　行きます。 休假日經常去咖啡廳。

複習試題 請選出適合填入底線處的副詞。

01	日本語が＿＿＿上手に　なりました。	ⓐ あまり	ⓑ だいぶ
02	休みの　日は＿＿＿カフェに　行きます。	ⓐ よく	ⓑ とても
03	＿＿＿待って　ください。	ⓐ ちょっと	ⓑ なかなか
04	＿＿＿大きい　家に　住みたいです。	ⓐ いくら	ⓑ もっと
05	りんごが　一つ　200円は＿＿＿高いです。	ⓐ すこし	ⓑ たいてい

答案：01 ⓑ 02 ⓐ 03 ⓐ 04 ⓑ 05 ⓐ

(2) 表現時間的副詞

いつか 改天、早晚	**いつか** また 遊(あそ)びましょう。 改天再一起玩吧。
いつも 總是	**いつも** 寝(ね)る 前(まえ)に お風呂(ふろ)に 入(はい)ります。 總是在睡前洗澡。
すぐに 馬上	彼女(かのじょ)は 会社(かいしゃ)を **すぐに** やめました。 她馬上就辭職了。
だんだん 逐漸	**だんだん** 空(そら)が 暗(くら)く なりました。 天空漸漸暗下來了。
ちょうど 剛好	**ちょうど** 先生(せんせい)が 来(き)ました。 老師剛好來了。
ときどき 偶爾、有時	彼(かれ)は **ときどき** 変(へん)な ことを 言(い)います。 他有時會說奇怪的話。
はじめて 第一次、初次	たこやきを **はじめて** 食(た)べました。 第一次吃章魚燒。
まだ 還、仍	弟(おとうと)は **まだ** 小学生(しょうがくせい)です。 弟弟還是小學生。
もう 已經	けがは **もう** 治(なお)りましたか。 傷已經康復了嗎？

(3)表示強調的副詞

いちばん 最、第一	ここから **いちばん** 近(ちか)い 駅(えき)は どこ ですか。 離這裡最近的車站是哪個車站呢？
ぜんぜん 完全不	彼女(かのじょ)は **ぜんぜん** お酒(さけ)を 飲(の)みません。 她完全不喝酒。
どうぞ 表示鄭重的請託或建議	**どうぞ** よろしく お願(ねが)いします。 請您多多指教。
とくに 特別	今日(きょう)は まつりなので、**とくに** 町(まち)が にぎやかです。 因為今天有祭典，所以鎮上特別熱鬧。
なにも 什麼也不	デパートに 行(い)きましたが、**なにも** 買(か)いませんでした。 雖然去了百貨公司，但什麼也沒買。

また 又、再	来週も **また** 山に 登ります。 下週也還要去爬山。

(4) 其他副詞

いっしょに 一起	友だちと **いっしょに** 帰りました。 跟朋友一起回去了。
いろいろ 各式各樣	友だちに **いろいろ** プレゼントを もらいました。 朋友送我各式各樣的禮物。
たぶん 大概	**たぶん** 明日は もっと 寒くなると 思います。 明天大概會變得更冷
なぜ 為什麼	事故は **なぜ** 起きましたか。 為什麼會發生意外呢？
まっすぐ 筆直地	交番は この 道を **まっすぐ** 行って 左です。 這條路直走左邊就是派出所。
もちろん 當然	留学が 大変な ことは **もちろん** 分かって います。 我當然知道留學是件辛苦的事。
ゆっくり 緩慢地、舒適地	公園を **ゆっくり** 散歩しました。 在公園悠哉地散步。

複習試題 請選出適合填入底線處的副詞。

01	来週も＿＿＿山に 登ります。	ⓐ また	ⓑ もう
02	公園を＿＿＿散歩しました。	ⓐ どうぞ	ⓑ ゆっくり
03	たこやきを＿＿＿食べました。	ⓐ だんだん	ⓑ はじめて
04	＿＿＿寝る 前に お風呂に 入ります。	ⓐ いつも	ⓑ ぜんぜん
05	今日は まつりなので、＿＿＿町が にぎやかです。	ⓐ すぐに	ⓑ とくに

答案：01 ⓐ 02 ⓑ 03 ⓑ 04 ⓐ 05 ⓑ

第6天 必考文法

N5 必考文法

03 連接詞

073 文法_N5必考文法 03.mp3

請選出適合填入括號內的連接詞。

けさ　学校に　行きました。（　　　）だれも　いませんでした。

今天早上去學校。（　　　）一個人都沒有。

1　それから　　2　それで　　3　だから　　4　しかし

然後　　因此　　所以　　但是

答案：4

學習目標

在「文法」大題中，會採取上方出題形式，要求選出適當的連接詞。建議記下N5中經常出現的「連接詞」意思和例句。

1. 連接詞的作用

連接詞用來連接單字與單字、或是句子與句子，表示承接、轉折等關係，或用來補充說明。

[單字接續]　バス、**または**　電車で　行きます。

單字 + 單字

搭公車或電車去。

[句子接續]　私は　犬が　好きです。**でも**、ねこは　あまり　好きでは　ありません。

句子 + 句子

我喜歡狗。 不過我不太喜歡貓。

2. N5 必考連接詞

(1) 承接

じゃあ(=じゃ) 那麼	**じゃあ**、私は　先に　帰ります。 那我先回去了。
そうすると 接著、然後	薬を　飲みました。**そうすると**、熱が　下がりました。 吃了藥。然後就退燒了。
そして 然後、結果	たくさん　勉強しました。**そして**、大学に　入りました。 非常努力唸書。然後上了大學。
それから 接下來、接著	土曜日は　ショッピングを　しました。**それから**、レストランで　食事を　しました。 星期六去購物。接著在餐廳吃了飯。
それで 因此、所以	宿題の　答えが　分かりませんでした。**それで**、先生に　聞きに　来ました。 我不知道作業的答案。所以來問老師。

だから 因此、所以	明日は　テストが　あります。**だから**、今日は　はやく　寝ます。 明天有考試。所以今天要早點睡。
ですから　因此、所以	今日は　日曜日です。**ですから**、店は　休みです。 今天是星期天。所以店沒有開。
それでは(=では) 那麼	**それでは**、サッカーの　練習を　始めましょう。 那就開始練足球吧。

(2) 轉折

しかし 但是、不過	約束の　時間に　なりました。**しかし**、彼は　来ませんでした。 到了約定的時間。不過他卻沒有來。
でも　但是、不過	新しい　テレビが　ほしいです。**でも**、お金が　ありません。 我想要新電視。但沒有錢。

(3) 補充

それに 還有、而且	鈴木さんは　とても　親切です。**それに**、頭も　いいです。 鈴木非常親切。而且也很聰明。
また　另外、還有	父は　パンも　ケーキも　**また**　クッキーも　作る　ことが　できます。 爸爸會做麵包、蛋糕還有餅乾。
または　或是	肉、**または**　魚を　使います。 使用肉或魚。

複習試題　請選出適合填入底線處的連接詞。

01　鈴木さんは　とても　親切です。＿＿＿、頭も　いいです。　ⓐ それで　ⓑ それに

02　新しい　テレビが　ほしいです。＿＿＿、お金が　ありません。　ⓐ または　ⓑ でも

03　父は　パンも　ケーキも＿＿＿クッキーも　作る　ことが　できます。　ⓐ また　ⓑ だから

04　たくさん　勉強しました。＿＿＿、大学に　入りました。　ⓐ しかし　ⓑ そして

05　土曜日は　ショッピングを　しました。＿＿＿、レストランで　食事を　しました。　ⓐ それから　ⓑ それでは

答案：01 ⓑ 02 ⓑ 03 ⓐ 04 ⓑ 05 ⓐ

N5 必考文法

04 指示詞與疑問詞

074 文法_N5必考文法 04.mp3

請選出適合填入括號內的指示詞。

A「（　　）は　どこで　買(か)いましたか。」

A「（　　）是在哪裡買的？」

B「家(いえ)の　近(ちか)くに　ある　デパートで　買(か)いました。」

B「在家附近的百貨公司買的。」

1 どれ	2 それ	3 どの	4 その
哪個（代名詞）	那個（代名詞）	哪個（連體詞）	那個（連體詞）

答案：2

學習目標

在「文法」大題中，會採取上方出題形式，要求選出適當的指示詞或疑問詞。建議記下N5中經常出現的「指示詞與疑問詞」意思和例句。

1. 指示詞與疑問詞的作用

指示詞用於表示事物、地點、或方向等；疑問詞用於詢問何事、何時、何處、何人等資訊。

[指示詞]　**これ**は　コーヒーです。　這是咖啡。

[指示詞]　**そこ**は　カフェです。　那裡是咖啡廳。

[指示詞]　駅(えき)は　**あちら**です。　車站在那裡。

[疑問詞]　あれは　**なん**ですか。　那是什麼？

[疑問詞]　アメリカには　**いつ**　行(い)きますか。　什麼時候要去美國？

[疑問詞]　**だれ**が　歌(うた)いますか。　誰在唱歌？

2. N5必考指示詞與疑問詞

(1) 指示詞

	こ 這（離話者較近）	そ 那（離對方較近）	あ 那（離雙方都很遠）	ど 哪（疑問）
事物	これ 這個	それ 那個	あれ 那個	どれ 哪個
場所	ここ 這裡	そこ 那裡	あそこ 那裡	どこ 哪裡
名詞修飾	この 這個（後面接名詞）	その 那個（後面接名詞）	あの 那個（後面接名詞）	どの 哪個（後面接名詞）
	こんな 這種／這樣的	そんな 那種／那樣的	あんな 那種／那樣的	どんな 哪種／怎樣的
方向	こちら／こっち 這邊	そちら／そっち 那邊	あちら／あっち 那邊	どちら／どっち 哪邊

あれは　飛行機です。那個是飛機。

トイレは　**どこ**ですか。廁所在哪裡？

その　建物は　図書館です。那棟建築物是圖書館。

田中さんは　**どんな**　人ですか。田中是怎麼樣的人？

出口は　**こちら**です。出口在這邊。

そっちは　危ないです。那邊很危險。

複習試題　請選出適合填入底線處的指示詞。

		ⓐ	ⓑ
01	＿＿＿建物は　図書館です。	ⓐその	ⓑそれ
02	出口は＿＿＿です。	ⓐこちら	ⓑこんな
03	トイレは＿＿＿ですか。	ⓐどの	ⓑどこ
04	＿＿＿は　飛行機です。	ⓐあれ	ⓑあそこ
05	田中さんは＿＿＿人ですか。	ⓐどちら	ⓑどんな

答案：01 ⓐ 02 ⓐ 03 ⓑ 04 ⓐ 05 ⓑ

第6天
必考文法

(2) 疑問詞

いかが 如何	水（みず）は　**いかが**ですか。 喝水怎麼樣？
どう 如何、怎麼	駅（えき）まで　**どう**　行（い）きますか。 要怎麼去車站？
いくつ 1. 幾個 2. 幾歲	1.たまごは　**いくつ**　必要（ひつよう）　ですか。 需要幾顆蛋？ 2.弟（おとうと）さんは　**いくつ**　ですか。 你弟弟幾歲？
いくら 多少	これは　**いくら**　ですか。 這個多少錢？
いつ 何時、什麼時候	誕生日（たんじょうび）は　**いつ**　ですか。 生日是什麼時候？
だれ 誰	**だれ**の　かばん　ですか。 是誰的包包？
どなた 哪位	そちらは　**どなた**　ですか。 那位是誰？
どうして 為什麼	**どうして**　授業（じゅぎょう）に　来（き）ません　でしたか。 為什麼沒有來上課？
なぜ 為什麼	**なぜ**　泣（な）いて　いるか　わかりません。 不知道為什麼在哭。
なんで 為什麼	**なんで**　電車（でんしゃ）が　止（と）まって　いますか。 電車為什麼不動呢？
どこ 哪裡	**どこ**に　住（す）んで　いますか。 你住在哪裡？
どこか 某個地方 *疑問詞「どこ」加上助詞「か」後，表達不確定性。	**どこか**　行（い）きたい　ところが　ありますか。 你有想去什麼地方嗎？
どちら 哪邊	**どちら**が　いいですか。 哪個比較好？

どんな 哪種、哪樣的	**どんな** 色(いろ)が 好(す)き ですか。 你喜歡什麼顏色？
なん (何) 什麼	**なん**じに 行(い)きますか。 要幾點去？
なん·なに (何) 什麼	好(す)きな 食(た)べ物(もの)は **なん** ですか。 你喜歡的食物是什麼？
なにか 什麼 *疑問詞「なに」加上助詞「か」後，用法同疑問詞，表達不確定性。	**なにか** 質問(しつもん)は ありますか。 有什麼問題嗎？

複習試題 請選出適合填入底線處的疑問詞。

01	誕生日(たんじょうび)は______ですか。	ⓐ いつ	ⓑ だれ
02	______電車(でんしゃ)が 止(と)まって いますか。	ⓐ なにか	ⓑ なんで
03	たまごは______必要(ひつよう)ですか。	ⓐ いかが	ⓑ いくつ
04	そちらは______ですか。	ⓐ どこか	ⓑ どなた
05	駅(えき)まで______行(い)きますか。	ⓐ なに	ⓑ どう

答案：01 ⓐ 02 ⓑ 03 ⓑ 04 ⓑ 05 ⓑ

N5 必考文法

05 常考文型

075 文法_N5必考文法 05.mp3

請選出適合填入括號內的文型。

今日(きょう)は　カレーが（　　　）たいです。

今天想（　　　）咖哩。

1　食(た)べて　　2　食(た)べた　　3　食(た)べ　　4　食(た)べる

吃（て形）　　吃（た形）　　吃（連用形）　　吃（辭書形）

答案：3

學習目標

在「文法」大題中，會採取上方出題形式，要求選出適當的文型。建議記下N5中經常出現的「文型」意思、接續方式、和例句。

01 ～方(がた) 表示對複數人士的敬稱

接法　名詞＋方

例句　先生方(せんせいがた)に　あたたかい　メッセージを　もらいました。收到了老師們溫暖的訊息。

02 ～じゅう 整個（期間、空間範圍）

接法　名詞＋じゅう

例句　今日(きょう)は　一日(いちにち)じゅう　寝(ね)て　いました。今天睡了一整天。

03 ～ちゅう 一定時間、空間範圍內

接法　名詞＋ちゅう

例句　今週(こんしゅう)ちゅうに　本(ほん)を　返(かえ)します。這禮拜內還書。

04 ～たち ～們

接法　名詞＋たち

例句　子(こ)どもたちが　元気(げんき)に　サッカーを　して　います。孩子們充滿活力地在踢足球。

05 ～に　する 決定～

接法　名詞＋に　する

例句　私(わたし)は　うどん**に　します。**我要點烏龍麵。

06 ～に　なる 成為～

接法　名詞＋に　なる

例句　彼(かれ)は　医者(いしゃ)**に　なりました。**他當上了醫生。

複習試題 請選出適合填入底線處的文型。

		ⓐ	ⓑ
01	子(こ)ども＿＿＿＿が　元気(げんき)に　サッカーを　して　います。	ⓐ がた	ⓑ たち
02	今週(こんしゅう)＿＿＿＿に　本(ほん)を　返(かえ)します。	ⓐ じゅう	ⓑ ちゅう
03	今日(きょう)は　一日(いちにち)＿＿＿＿寝(ね)て　いました。	ⓐ じゅう	ⓑ ちゅう
04	私(わたし)は　うどん＿＿＿＿。	ⓐ にします	ⓑ になります
05	彼(かれ)は　医者(いしゃ)＿＿＿＿。	ⓐ にしました	ⓑ になりました

答案：01 ⓑ 02 ⓑ 03 ⓐ 04 ⓐ 05 ⓑ

07　～の　こと 有關～的事

接法　名詞＋の　こと

例句　**事故の　こと**は　よく　覚えて　いません。我不太記得有關意外的事。

08　～と～と　どちら ～和～哪邊…

接法　名詞＋と＋名詞＋と　どちら

例句　ね**こと**　いぬ**と**　**どちら**が　好きですか。你喜歡貓還是狗？

09　～おわる ～結束

接法　動詞ます形＋おわる

例句　みんなが　**食べおわる**まで、座って　いて　ください。在大家都吃完之前請坐著。

10　～たい 想要～

接法　動詞ます形＋たい

例句　次は　しあいに　**勝ちたい**です。接下來我想贏得比賽。

11　～ながら 一邊～

接法　動詞ます形＋ながら

例句　漢字を　**書きながら**　覚えます。一邊寫漢字一邊背。

12　～にくい 難以～

接法　動詞ます形＋にくい

例句　この　はしは　大きくて　**使いにくい**です。這雙筷子太大了很難用。

13　～はじめる 開始～

接法　動詞ます形＋はじめる

例句　ギターを　**習いはじめました**。我開始學吉他了。

14 ～やすい 容易～

接法　動詞ます形＋やすい

例句　田中先生の　じゅぎょうは　**分かりやすい**です。田中老師的課很好懂。

15 ～ました 表示過去式

接法　動詞ます形＋ました

例句　昨日は　朝７時に　**起きました**。我昨天早上7點起床。

16 ～ましょう ～吧

接法　動詞ます形＋ましょう

例句　つかれたので、すこし　**休みましょう**。好累，稍微休息一下吧。

複習試題 請選出適合填入底線處的文型。

		ⓐ	ⓑ
01	次は　しあいに　勝ち＿＿＿＿。	ⓐ たいです	ⓑ おわります
02	ねこと　いぬと＿＿＿＿が　好きですか。	ⓐ ながら	ⓑ どちら
03	田中先生の　じゅぎょうは＿＿＿＿。	ⓐ 分かりましょう	ⓑ 分かりやすいです
04	この　はしは　大きくて　使い＿＿＿＿。	ⓐ はじめます	ⓑ にくいです
05	昨日は　朝７時に＿＿＿＿。	ⓐ 起きます	ⓑ 起きました

答案：01 ⓐ 02 ⓑ 03 ⓑ 04 ⓑ 05 ⓑ

17 **～ません** 表示否定

接法　動詞ます形＋ません

例句　私(わたし)は　たばこを　**吸(す)いません。**我不抽菸。

18 **～ませんでした** 表示過去否定

接法　動詞ます形＋ませんでした

例句　昨日(きのう)は　うちから　**出(で)ませんでした。**我昨天沒有出家門。

19 **～て　ある** 表示動作結果的存在

接法　動詞て形＋ある

例句　テーブルに　花(はな)が　**かざって　あります。**桌上妝點著花。

20 **～て　いく** 表示移動時的狀態

接法　動詞て形＋いく

例句　ピクニックに　お弁当(べんとう)を　**持(も)って　いきます。**帶著便當去野餐。

21 **～て　いる** 表示動作或狀態的持續

接法　動詞て形＋いる

例句　夕方(ゆうがた)から　雪(ゆき)が　**ふって　います。**從傍晚開始一直下著雪。

22 **～て　おく** 事先做好

接法　動詞て形＋おく

例句　暑(あつ)かったので、エアコンを　**つけて　おきました。**因為很熱，所以我先開了冷氣。

23 **～て　から** ～然後

接法　動詞て形＋から

例句　野菜(やさい)は　**洗(あら)ってから**　切(き)ります。蔬菜洗好之後再切。

24　～て　ください　請～

接法　動詞 て形＋ください

例句　ここで　**待って　ください。**請在這邊等。

25　～て　くださいませんか　是否能請您～

接法　動詞 て形＋くださいませんか

例句　仕事を　**手伝って　くださいませんか。**可以請您協助我的工作嗎？

26　～て　くる　持續進行

接法　動詞 て形＋くる

例句　カフェで　**勉強して　きました。**一直在咖啡廳念書（到現在）。

27　～て　しまう　表達遺憾、感慨、動作完了

接法　動詞 て形＋しまう

例句　ケータイを　**落として　しまいました。**不小心摔到手機了。

複習試題　請選出適合填入底線處的文型。

01　テーブルに　花が　かざって＿＿＿＿。　ⓐ あります　ⓑ おきます

02　カフェで　勉強して＿＿＿＿。　ⓐ きました　ⓑ しまいました

03　ピクニックに　お弁当を　持って＿＿＿＿。　ⓐ いきます　ⓑ います

04　野菜は　洗って＿＿＿＿切ります。　ⓐ ください　ⓑ から

05　昨日は　うちから＿＿＿＿。　ⓐ 出てくださいませんか　ⓑ 出ませんでした

答案：01 ⓐ 02 ⓐ 03 ⓐ 04 ⓑ 05 ⓑ

28 ～て　みる 嘗試～

接法　動詞て形＋みる

例句　もう　いちど　**考えて　みます**。試著再考慮一次。

29 ～ても　いい 可以～

接法　動詞て形＋も　いい

例句　写真を　**撮っても　いい**ですか。可以拍照嗎？

30 ～たり～たりする 表示動作的舉例、並列

接法　動詞た形＋り＋動詞た形＋りする

例句　週末は　音楽を　**聞いたり**、テレビを　**見たりしました**。
週末聽了音樂，看了電視。

31 ～ことが　できる 可以～

接法　動詞辭書形＋ことが　できる

例句　私は　英語を　**話す　ことが　できます**。我會說英文。

32 ～ないで 沒～就～

接法　動詞ない形＋ないで

例句　彼は　手を　**洗わないで**、食事を　しました。他沒洗手就吃飯了。

33 ～つもりだ 打算～

接法　1 動詞辭書形＋つもりだ　　2 動詞ない形＋ない　つもりだ

例句　1 彼女と　**結婚する　つもりです**。我打算和她結婚。
2 高橋さんに　**あやまらない　つもりです**か。你不打算跟高橋道歉嗎？

34 ～に　行く　去～（表示前往目的）

接法　1 動作名詞＋に　行く　　2 動詞ます形＋に　行く

例句　1 デパートへ　**買い物に　行きます。**去百貨公司買東西。
　　　2 海へ　**泳ぎに　行きました。**去海邊游泳了。

35 ～に　来る　來～（表示前往目的）

接法　1 動作名詞＋に　来る　　2 動詞ます形＋に　来る

例句　1 学生が　**質問に　来ました。**學生來問問題了。
　　　2 今日、友だちが　家に　**遊びに　来ます。**今天朋友來我家玩。

36 ～か～ないか　是否～

接法　1 動詞辭書形 ＋ か＋動詞否定形＋ないか
　　　2 な形容詞語幹＋か＋な形容詞語幹 では(=じゃ)＋ないか
　　　3 い形容詞辭書形＋か＋い形容詞語幹 く＋ないか
　　　4 名詞＋か＋名詞では(=じゃ)＋ないか

例句　1 彼が　たばこを　**吸うか　吸わないか**、知りません。我不知道他抽不抽菸。
　　　2 番号が　**同じか　同じじゃ　ないか**　もう　一度　見て　ください。
　　　請再看一次確認號碼是否相同。
　　　3 今日　買った　本が、**おもしろいか　おもしろく　ないか**　分かりません。
　　　不知道今天買的書有不有趣。
　　　4 彼が　**学生か　学生では　ないか**　分かりません。不知道他是不是學生。

複習試題　請選出適合填入底線處的文型。

01 高橋さんに　あやまらない______。　ⓐ てもいいですか　ⓑ つもりですか

02 彼は　手を______、食事を　しました。　ⓐ 洗わないで　ⓑ 洗わないつもりだ

03 学生が　質問に______。　ⓐ 来てみます　ⓑ 来ました

04 私は　英語を　話す______。　ⓐ に行きます　ⓑ ことができます

05 週末は　音楽を　聞い______、テレビを　見______しました。　ⓐ たり　ⓑ か

答案：01 ⓑ 02 ⓐ 03 ⓑ 04 ⓑ 05 ⓐ

37 ～あと 之後～

接法 1 動詞 た形＋あと　　2 名詞 の＋あと

例句 1 ごはんを　**食べた　あと**、薬を　飲みます。吃完飯後吃藥。

2 **仕事の　あと**、いつも　運動を　します。我總是在工作結束後運動。

38 ～まえに ～之前

接法 1 動詞辭書形＋まえに　　2 名詞 の＋まえに

例句 1 **寝る　まえに**　シャワーを　あびます。睡前洗澡。

2 **会議の　まえに**　資料を　コピーします。會議前複印資料。

39 ～か　どうか 是否～

接法 1 動詞普通形＋か　どうか

2 な形容詞普通形＋か　どうか
（現在肯定則是連接な形容詞語幹）

3 い形容詞普通形＋か　どうか

4 名詞＋か　どうか
名詞連接普通形＋か　どうか
（現在肯定則是連接名詞語幹）

例句 1 パーティーに　**行くか　どうか**、まだ　決めて　いません。我還沒決定要不要去派對。

2 **安全か　どうか**、よく　確認して　ください。請好好確認安不安全。

3 答えが　**正しいか　どうか**、わかりません。不知道答案是否正確。

4 彼が　この　学校の　**学生か　どうか**、聞いて　みましょう。我們去問問他是不是這間學校的學生吧。

40 ～でしょう ～吧（表示推測、確認）

接法 1 動詞普通形＋でしょう

2 な形容詞普通形＋でしょう
（現在肯定則是連接な形容詞語幹）

3 い形容詞普通形＋でしょう

4 名詞＋でしょう
（現在肯定則是連接名詞語幹）

例句 1 もう　すぐ　さくらが　**咲くでしょう**。櫻花馬上就要開花了吧。

2 スカートの　色、**きれいでしょう**。裙子的顏色很美吧？

3 この　ケーキ、とても　**おいしいでしょう**。這個蛋糕真的很好吃對吧？

4 モカは　本当に　大きい　**犬でしょう**。摩卡真的是隻大狗對吧？

41 ～という 叫做～、聽說～

接法　1 動詞普通形＋という　2 な形容詞普通形＋という
　　　3 い形容詞普通形＋という　4 名詞語幹＋という

例句　1 遠藤さんが　会社を　**やめるという**　話を　聞きました。
我聽說遠藤要辭職的消息了。

2 交通が　**便利だという**　ことが　この　ホテルを　選んだ　理由です。
我選這家飯店的理由是因為交通很方便。

3 学校が　**楽しいという**　生徒が　多いです。說學校很好玩的學生很多。

4 **「手紙」という**　小説を　知って　いますか。你知道《信件》這本小說嗎？

42　～とき　～的時候

接法　1 動詞普通形＋とき　2 な形容詞語幹 な＋とき
　　　3 い形容詞普通形＋とき　4 名詞 の＋とき

例句　1 **おくれる　とき**は、かならず　連絡して　ください。會晚到時請務必聯絡我。

2 手伝いが　**必要な　とき**は、いつでも　呼んで　ください。需要幫忙的時候請隨時叫我。

3 **若い　とき**は、アメリカに　住んで　いました。我年輕時住在美國。

4 **中学生の　とき**、ピアノ　教室に　通って　いました。我中學時有上鋼琴課。

複習試題　請選出適合填入底線處的文型。

01 彼が　この　学校の　学生________、聞いて　みましょう。　ⓐ とき　ⓑ かどうか

02 もう　すぐ　さくらが　咲く________。　ⓐ でしょう　ⓑ あとです

03 学校が　楽しい________生徒が　多いです。　ⓐ という　ⓑ まえに

04 寝る________シャワーを　あびます。　ⓐ あと　ⓑ まえに

05 手伝いが　必要な________は、いつでも　呼んで　ください。　ⓐ とき　ⓑ という

答案：01 ⓑ 02 ⓐ 03 ⓐ 04 ⓑ 05 ⓐ

43 〜ほう 〜方面、〜一方（表示比較）

接法 1 動詞普通形＋ほう　2 な形容詞語幹 な＋ほう
3 い形容詞普通形＋ほう　4 名詞 の＋ほう

例句 1 さとうを　**入れた　ほう**が　おいしいですよ。加糖會比較好吃喔。
2 この　テキストは　**かんたんな　ほう**だと　思います。我覺得這本課本是比較簡單的課本。
3 家は　会社から　**近い　ほう**が　いいです。家離公司近一點比較好。
4 海より　**山の　ほう**が　好きです。比起海我更喜歡山。

44 〜ては　いけない 不可以〜、不行〜

接法 1 動詞 て形＋は　いけない　2 な形容詞語幹＋では　いけない
3 い形容詞語幹 く＋ては　いけない　4 名詞＋では　いけない

例句 1 テストの　前に　**遊んでは　いけません**。考試前不能玩樂。
2 説明が　**ふくざつでは　いけません**。説明不能太複雜。
3 本を　読む　ときは、部屋が　**暗くては　いけません**。看書時房間不該是暗的。
4 むかしの　**写真では　いけません**。不能用以前的照片。

45 〜ても 即使〜

接法 1 動詞 て形＋も　2 な形容詞語幹＋でも
3 い形容詞語幹 く＋ても　4 名詞＋でも

例句 1 母に　電話を　**しても**、電話に　出ません。即使打電話給媽媽，她也不接電話。
2 野菜は　**嫌いでも**、くだものは　好きです。雖然討厭蔬菜，但喜歡水果。
3 **安くても**、必要じゃ　ない　ものは　買いません。即使便宜也不買不需要的物品。
4 **先生でも**　間違える　ことは　あります。就算是老師也會犯錯。

46 ～なくて 不～、沒有～

接法
1 動詞 ない形＋なくて
2 な形容詞語幹 で＋なくて
3 い形容詞語幹 く＋なくて
4 名詞 で＋なくて

例句
1 じゅぎょうに **行かなくて**、宿題が 分かりません。因為沒有去上課，所以不知道作業是什麼。
2 彼は 体が **丈夫で なくて**、よく 学校を 休みます。他身體虛弱，經常請假沒上學。
3 今日は **暑く なくて**、いいです。今天不熱，天氣很好。
4 大きな **問題で なくて**、よかったです。不是大問題真是太好了。

47 ～あいだ ～之間、～期間

接法
1 動詞辭書形＋あいだ／動詞 て形＋いる＋あいだ
2 い形容詞辭書形＋あいだ
3 名詞 の＋あいだ

例句
1 バスを **待つ あいだ**、本を 読みました。在等公車的期間看了書。
私が 買い物を **して いる あいだ**、彼は 車で 待って いました。
我在購物的時候,他在車子裡等。
2 父と 母が **忙しい あいだ**、ずっと 私が 家族の 夕食を 作って いました。
父母很忙那陣子，一直都是我幫全家人做晚餐。
3 **冬休みの あいだ**、国に 帰って いました。寒假期間回國了。

複習試題 請選出適合填入底線處的文型。

01 大きな 問題＿＿＿＿、よかったです。 ⓐ でも ⓑ でなくて

02 母に 電話を＿＿＿＿、電話に 出ません。 ⓐ しても ⓑ しなくて

03 本を 読む ときは、部屋が＿＿＿＿。 ⓐ 暗くてはいけません ⓑ 暗いほうです

04 この テキストは かんたんな＿＿＿＿だと 思います。 ⓐ あいだ ⓑ ほう

05 父と 母が 忙しい＿＿＿＿、ずっと 私が 家族の 夕食を 作って いました。 ⓐ ほう ⓑ あいだ

答案：01 ⓑ 02 ⓐ 03 ⓐ 04 ⓑ 05 ⓑ

N5 必考文法

06 常考會話表現

076 文法_N5必考文法 06.mp3

請選出適合填入括號內的會話表現。

A「今日は　本当に　楽しかったですね。」

A「今天真的很開心。」

B「はい、とても　楽しかったです。じゃ、また（　　　）。」

B「對啊，真的非常開心。 那（　　　）見。」

1　おととい　　2　昨日　　3　今日　　4　明日

前天　　昨天　　今天　　明天

答案：4

學習目標

在「文法」大題中，會採取上方出題形式，要求選出適當的會話表現。建議記下N5中經常出現的「會話表現」意思和例句。

1.經常搭配肯定回答（はい）的會話表現

はい、いいですよ。 好啊。	昼ごはんは　カレーに　しませんか。午餐要不要吃咖哩？ はい、**いいですよ**。好啊。
はい、そうです。 是的，沒錯。	これが　着物ですか。這是和服嗎？ はい、**そうです**。對，沒錯。
はい、どうぞ。 請。	ペンを　借りても　いいですか。可以跟你借筆嗎？ はい、**どうぞ**。請用。
はい、わかりました。 我知道了。	テーブルに　お皿を　並べて　ください。請把盤子擺在桌上。 はい、**わかりました**。我知道了。

2.經常搭配否定回答（いいえ）的會話表現

いいえ、けっこうです。 不用了。	お茶は　いかがですか。要不要喝茶？ いいえ、**けっこうです**。不用了。
いいえ、ちがいます。 不對。	あのう、佐藤さんですか。那個，你是佐藤嗎？ いいえ、**ちがいます**。不是喔。
いいえ、どういたしまして。 不客氣。	ありがとうございます。謝謝你。 いいえ、**どういたしまして**。不客氣。

3.招呼語

招呼語	意思	招呼語	意思
(どうも)ありがとうございます。	(非常)謝謝你。	こんにちは。	你好。(白天打招呼使用)
いただきます。	我要開動了。	こんばんは。	你好。(晚上打招呼使用)
いらっしゃいませ。	歡迎光臨。	さよなら(さようなら)。	再見(離別時使用)
(では)おげんきで。	(那麼)請多保重。	しつれいしました。	叨擾您了。
お疲れさまでした。	辛苦了	しつれいします。	打擾了。
おねがいします。	拜託了。	すみません。	不好意思。
おはようございます。	早安。(早上打招呼使用)	では、また。	再見。
おやすみなさい。	晚安。(睡前使用)	はじめまして。	初次見面。
ごちそうさまでした。	我吃飽了。	(どうぞ)よろしく おねがいします。	請多多指教。
こちらこそ。	我才是。	また明日。 *可用其它像是「来週(下週)」、「来月(下個月)」等表示未來時間的名詞代替「明日(明天)」。	明天見。
ごめんください。	不好意思。打擾了。		
ごめんなさい。	對不起。		

複習試題 請選出適合填入底線處的會話表現。

01 A「ペンを　借りても　いいですか。」
B「はい、＿＿＿＿。」　ⓐ こんにちは　ⓑ どうぞ

02 A「お茶は　いかがですか。」
B「いいえ、＿＿＿＿。」　ⓐ けっこうです　ⓑ ちがいます

03 A「ありがとうございます。」
B「いいえ、＿＿＿＿。」　ⓐ はじめまして　ⓑ どういたしまして

04 A「よろしく　おねがいします。」
B「＿＿＿＿よろしく　おねがいします。」　ⓐ どうも　ⓑ こちらこそ

05 A「お疲れさまでした。」
B「お疲れさまでした＿＿＿＿。」　ⓐ また明日　ⓑ ごちそうさまでした

答案：01 ⓑ 02 ⓐ 03 ⓑ 04 ⓑ 05 ⓐ

第7天 問題1 語法形式的判斷

考試題型與解題步驟

語法形式的判斷 根據文意選出適當的語法形式，填入敘述句或對話中的括號。總題數為9題。

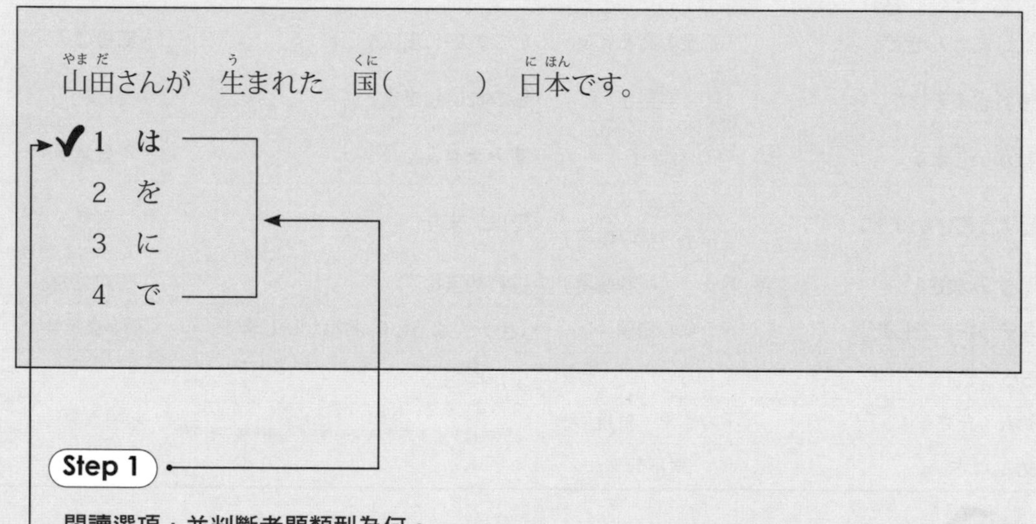

山田（やまだ）さんが　生（う）まれた　国（くに）（　　　）　日本（にほん）です。

✔1　は
2　を
3　に
4　で

Step 1

閱讀選項，並判斷考題類型為何。

四個選項皆為助詞，表示本題考的是選出適當的助詞。

Step 2

確認括號前後方、或是題目句子的內容，根據文法概念和文意，選出適當的答案。

根據括號前後方的內容，表示「出生的國家為日本」最符合文意，因此答案要選「1 は」。

上方題目的中文對照與詞彙說明，請參照「答案與解析」。

命題方向

① **主要考的是選出最適合填入括號內的助詞、或文型。**

題目考的是選出適合填入括號的助詞、文型、副詞、動詞、指示詞、疑問詞、或會話表現，其中出題比重最高的為助詞和文型。題目要求選出適當的助詞時，選項可能會出現「名詞＋助詞」的形態、或是題目句中出現兩個括號。

例 明日は（　　　）いっしょに　学校に　行きます。明天（　　）一起去學校。

① 彼と（○）　　② 彼を（×）→ 本題屬於選項為「名詞＋助詞」形態的考題。

毎日（　　　）まえに　本を　読みます。每天（　　）之前會看書。

① 寝る（○）　　② 寝た（×）→ 本題要求選出適當的文型。

② **另一種考的是根據括號前後方的文法或文意，選出適當的答案。**

部分考題僅需查看括號前後方的文法或文意，就能選出答案。若難以靠括號前後內容判斷出答案時，再確認整句話的語意，選出最適當的答案。

例 弟は テレビを（　　　）ながら ごはんを 食べます。弟弟一邊（　）電視一邊吃飯。

① み（○）　　② みて（×）→ 本題屬於僅看括號前後方就能選出答案的考題。

昨日、一人で　としょかんに（　　　）。昨天一個人（　　）圖書館。

① 行きました（○）　　② 行きます（×）→ 本題屬於得確認整句話的語意，才能選出答案的考題。

備考戰略

① **請徹底熟記常考助詞和文型。**

唯有熟記助詞和文型的意思，才能順利解題。因此建議閱讀本書的「N5必考文法」章節（p.94～97、p.108～119），熟記助詞和文型的意思，並搭配例句學習。

② **請徹底熟記「語法形式的判斷」大題中經常出現的各類單字。**

為順利選出符合文法概念和文意的選項，請務必熟記常考的名詞、動詞、形容詞、和副詞。

重點整理與常考詞彙

■「語法形式的判斷」大題常考名詞

🔊 077 文法_問題1 語法形式的判斷 01.mp3

あさ 朝	早上	あした 明日	明天
あと 後	之後	いえ 家	家
いま 今	現在	おととい	前天
かのじょ 彼女	她、女朋友	きのう 昨日	昨天
きょう 今日	今天	こんど 今度	這次、下次
じぶん 自分	自己	しゃしん 写真	照片
しゅうまつ 週末	週末	せんしゅう 先週	上週
としょかん 図書館	圖書館	とも 友だち	朋友
べんきょう 勉強	唸書	まえ 前	之前、前面
みせ 店	店	らいしゅう 来週	下週

■「語法形式的判斷」大題常考動詞

🔊 078 文法_問題1 語法形式的判斷 02.mp3

あ 会う	見面	あげる	給、給予他人恩惠
い 行く	去	う 売る	賣
お 起きる	起床、發生	か 買う	買
かえ 帰る	回去、回來	き 聞く	聽、詢問
く 来る	來	た 食べる	吃
とる	拍照、拿取	のぼ 登る	攀登
の 飲む	喝	はな 話す	説話
ひく	拉、演奏	み 見る	看
も 持つ	拿、持有	もらう	收、受到他人的恩惠
やる	做	わかる	知道

「語法形式的判斷」大題常考い・な形容詞

079 文法_問題1 語法形式的判斷 03.mp3

青い（あお）	藍的、不成熟的	赤い（あか）	紅的
明るい（あか）	明亮的	暑い（あつ）	熱的
いい	好的	忙しい（いそが）	忙碌的
遅い（おそ）	晚的、遲的	面白い（おもしろ）	有趣的
かわいい	可愛的	暗い（くら）	暗的
少ない（すく）	少的	冷たい（つめ）	冷的
ほしい	想要的	同じだ（おな）	相同的
きれいだ	美麗的、乾淨的	元気だ（げんき）	有精神的
好きだ（す）	喜歡的	大丈夫だ（だいじょうぶ）	不要緊的
ひまだ	有空閒的	まじめだ	認真的

「語法形式的判斷」大題常考副詞

080 文法_問題1 語法形式的判斷 04.mp3

あまり	不太	いつも	總是
ずっと	一直	ぜんぜん	完全（不）
そろそろ	緩緩、快要	だいたい	大概、幾乎
たいへん	非常、相當	たぶん	大概
だんだん	漸漸	ちょうど	剛好
ちょっと	一點	ときどき	偶爾、有時
とても	非常	なかなか	不太
はじめて	初次	また	又、再
まだ	還、仍	もう	已經
ゆっくり	慢慢地	よく	經常

實戰測驗1

🔊 081 文法_問題1 語法形式的判斷 05.mp3

もんだい１　（　　　）に　何を　入れますか。1・2・3・4から　いちばん　いい　ものを　一つ　えらんで　ください。

1　私は　かいしゃまで　ちかてつ（　　　）行きます。

1　の　　2　も　　3　で　　4　が

2　この　かばんは、母（　　　）作った　ものです。

1　を　　2　で　　3　は　　4　が

3　今朝、おそく　おきました。だから　今日は　朝ご飯を（　　　）。

1　たべませんでした　　2　たべました

3　たべて　います　　4　たべます

4　犬（　　　）好きですが、ねこ（　　　）好きじゃ　ないです。

1　に/に　　2　と／と　　3　は／は　　4　も／も

5　本田「石川さんは　何を　買いましたか。」
石川「私は（　　　）本と　ペンを　買いました。」

1　この　　2　どの　　3　ここ　　4　どこ

6　（学校で）
先生「英語の　しゅくだいを（　　　）だして　いない　人は、今週の　金よう日までには　だして　ください。」

1　ちょっと　　2　もう　　3　まだ　　4　だんだん

7　昨日の　パーティーには（　　　）来ませんでした。

1　だれに　　2　だれを　　3　だれが　　4　だれも

8 松田「今日は　吉田さんの　誕生日ですね。プレゼントは　何に　しましたか。」
中川「私は　ぼうしを（　　　）。」

1　もらいます　　2　くれます　　3　あげます　　4　します

9 （会社で）
山本「今日も　忙しかったですね。」
竹内「山本さんも　お疲れさまでした。じゃ、また（　　　）。」
山本「はい、お疲れさまでした。」

1　おととい　　2　昨日　　3　今日　　4　明日

答案 請參照「答案與解析」。

實戰測驗 2

082 文法_問題1 語法形式的判斷 06.mp3

もんだい１　（　　　）に　何を　入れますか。1・2・3・4から　いちばん　いい　ものを　一つ　えらんで　ください。

1　ふゆやすみに　イタリア（　　　）フランスに　行きます。

1　が　　2　と　　3　を　　4　は

2　去年までは　学生でした。今は　会社（　　　）はたらいて　います。

1　も　　2　か　　3　で　　4　や

3　私は　本を　読むのが　すきで、学校の　となりに　ある　本屋に（　　　）行きます。

1　あまり　　2　とても　　3　もう　　4　よく

4　今は　かみ（　　　）なくて、ペン（　　　）ないです。

1　も／も　　2　が／が　　3　に／に　　4　を／を

5　A「今の　電話は（　　　）からですか。」
B「友だちからです。」

1　どうして　　2　どなた　　3　いくら　　4　いくつ

6　田中「山田さんは　昨日　学校に　行きましたか。」
山田「いいえ、昨日は（　　　）。」

1　行きます　　2　行きました　　3　行きません　　4　行きませんでした

7　ラーメンは　1000円です。うどんは　800円です。ラーメンは　うどん（　　　）高いです。

1　より　　2　など　　3　まで　　4　の

8　私は　音楽を（　　　）ながら　うんどうを　します。

1　聞いた　　2　聞いて　　3　聞く　　4　聞き

9　（カフェで）

店の　人「飲みものは　何に　しますか。」

川村　　「アイスコーヒーを（　　　）。」

店の　人「はい、分かりました。」

1　ほしいですか　　2　ください　　3　どうも　　4　どうぞ

答案 請參照「答案與解析」。

實戰測驗 3

083 文法_問題1 語法形式的判斷 07.mp3

もんだい１　（　　　）に　何を　入れますか。１・２・３・４から　いちばん　いい　ものを　一つ　えらんで　ください。

1　韓国人の　友だち（　　　）てがみを　書きました。

1　を　　2　や　　3　に　　4　で

2　はこの　中に　本や　ノート（　　　）が　あります。

1　より　　2　も　　3　から　　4　など

3　学校に（　　　）まえに　朝ごはんを　食べます。

1　行って　　2　行く　　3　行った　　4　行き

4　A「週末は　何を　しましたか。」
B「友だちと　いっしょに　山に（　　　）。」

1　登りません　　2　登りませんでした
3　登りました　　4　登ります

5　田中「山本さんは　どんな　人ですか。」
青木「（　　　）明るくて　元気な　人です。」

1　彼女は　　2　彼女に　　3　彼女の　　4　彼女が

6　昨日は　休みでした。それで　朝　10時（　　　）寝ました。

1　など　　2　まで　　3　が　　4　も

7　今日は　ひまだったので　ごはんを（　　　）食べました。

1　だんだん　　2　ときどき　　3　ゆっくり　　4　ちょっと

8 木村（きむら）「ガレスさんは（　　）写真（しゃしん）が　好（す）きですか。」

ガレス「私（わたし）は　右（みぎ）の　写真（しゃしん）が　いいです。」

1　どの　　2　どこ　　3　どちら　　4　どれ

9 吉田（よしだ）「鈴木（すずき）さんと　同（おな）じ　かばんが　かいたいですが、どこで　かいましたか。」

鈴木（すずき）「駅前（えきまえ）の　デパートで（　　）。」

吉田（よしだ）「ありがとうございます。」

1　うって　います　　2　かって　います

3　あって　います　　4　わかって　います

第7天

問題1 語法形式的判斷

答案 請參照「答案與解析」。

實戰測驗 4

🔊 084 文法_問題1 語法形式的判斷 08.mp3

もんだい１　（　　　）に　何を　入れますか。1・2・3・4から　いちばん　いい　ものを　一つ　えらんで　ください。

1　先週（　　　）週末は　図書館で　べんきょうを　しました。

1　が　　2　に　　3　を　　4　の

2　駅前に　ある　レストランでは　いつも　カレー（　　　）食べます。

1　へ　　2　を　　3　や　　4　で

3　私の　家から　会社までは　車で　30分（　　　）かかります。

1　から　　2　しか　　3　ぐらい　　4　など

4　彼女は（　　　）公園で　さんぽを　します。

1　なかなか　　2　だんだん　　3　ぜんぜん　　4　ときどき

5　田中「鈴木さんの　妹さんは（　　　）ですか。」
鈴木「６さいです。ことし　小学校　１年生に　なりました。」

1　どうして　　2　どんな　　3　いくつ　　4　いくら

6　今日　英語の　しけん（　　　）あります。しかし、あまり　べんきょう　できませんでした。

1　と　　2　が　　3　に　　4　で

7　（学校で）
A「昨日も　授業が　終わってから　テニスの　練習を　しましたか。」
B「いいえ、昨日は　とても　つかれて　いたので　すぐ　家に（　　　）。」

1　帰りません　　2　帰りませんでした
3　帰ります　　4　帰りました

8　昨日は　すしを　食べました。今日は　パンを　食べました。明日は　そばを（　　　）つもりです。

1　食べ　　2　食べる　　3　食べて　　4　食べた

9　（会社で）
高橋「今日は　本当に　ありがとうございました。」
石川「（　　　）。」
高橋「じゃ、また　明日。」

1　はじめまして　　2　ごめんなさい　　3　ただいま　　4　どういたしまして

答案 請參照「答案與解析」。

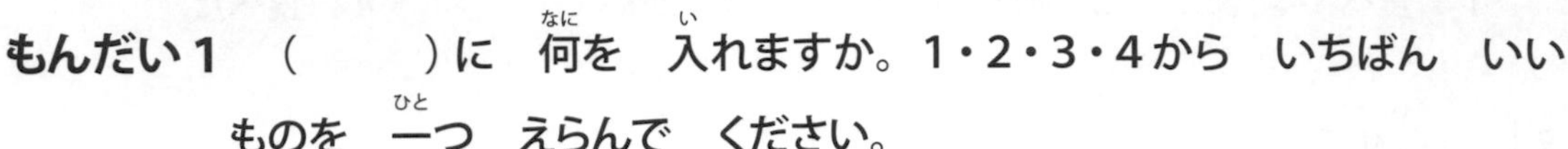

もんだい１　（　　　）に　何を　入れますか。１・２・３・４から　いちばん　いい　ものを　一つ　えらんで　ください。

1　朝ごはんは　くだもの（　　　）サラダを　食べます。

1　も　　2　で　　3　や　　4　が

2　吉田さん（　　　）昨日　一人で　歌の　れんしゅうを　しました。

1　に　　2　の　　3　を　　4　は

3　明日の　じゅぎょうは　午前　11時（　　　）はじまります。

1　まで　　2　から　　3　と　　4　も

4　（バスの　中で）

先生「（　　　）に　見える　あかい　たてものが　これから　行く　はくぶつかんです。そろそろ　降りる　じゅんびを　しましょう。」

1　あそこ　　2　どこ　　3　あの　　4　どの

5　岡田「木村さんは　昨日　何を　しましたか。」

木村「昨日は　犬と　いっしょに　こうえんに　行って、写真を（　　　）。」

1　とって　いますか　　2　とりますか

3　とりません　　4　とりました

6　韓国（　　　）行きたかったですが、中国（　　　）行きました。

1　も／も　　2　と／と　　3　に／に　　4　を／を

7　昨日　図書館で　読みたかった　本を　借りました。面白くて（　　　）ぜんぶ　読みました。

1　もう　　2　まだ　　3　たいへん　　4　ときどき

8 山本「おくれて（　　　）。」
川村「大丈夫です。今から　始める　つもりでした。」

1　おはようございます　　2　おねがいします
3　ごめんください　　4　ごめんなさい

9 （学校で）
鈴木「松田さん、消しゴム　ありますか。」
松田「はい、私は　三つ　もって　います。鈴木さんに　一つ（　　　）。」
鈴木「ありがとうございます。」

1　もらいます　　2　あげます　　3　はいります　　4　でます

答案 請參照「答案與解析」。

實戰測驗 6

086 文法_問題1 語法形式的判斷 10.mp3

もんだい１　（　　　）に　何を　入れますか。1・2・3・4から　いちばん　いい　ものを　一つ　えらんで　ください。

1　明日は　帰る　前に　友だちと　スーパー（　　　）行きます。

1　が　　2　へ　　3　と　　4　や

2　英語の　宿題を　して　きたのは　さとしくん（　　　）でした。

1　だけ　　2　より　　3　しか　　4　でも

3　本田さんは　とても　まじめな　人で、週末にも　朝　6時に（　　　）。

1　起きませんでした　　2　起きません

3　起きましょう　　4　起きます

4　吉村「この　ペン、田中さんの　ものじゃ　ないですか。」

田中「はい、私のです。（　　　）さがして　いました。」

吉村「見つかって　よかったですね。」

1　もっと　　2　ずっと　　3　すぐに　　4　あまり

5　今日は　宿題が　多いです。でも　宿題を（　　　）あと　寝る　つもりです。

1　やって　　2　やった　　3　やり　　4　やる

6　朝から　おなかが　いたくて　今日は（　　　）食べる　ことが　できませんでした。

1　何で　　2　何が　　3　何を　　4　何も

7　私は　肉が　好きです。そして　魚も　好きです。でも　野菜（　　　）好きじゃ　ありません。

1　に　　2　の　　3　は　　4　も

8 川島(かわしま)「昨日(きのう)　食(た)べた　中国(ちゅうごく)りょうりは（　　　）でしたか。」
森田(もりた)「ねだんは　少(すこ)し　高(たか)かったですが、とても　おいしかったです。」

1　いつ　　2　どう　　3　なぜ　　4　なん

9 （会社(かいしゃ)で）
A「今日(きょう)は　仕事(しごと)が　多(おお)くて　とても　疲(つか)れました。」
B「そうですね、家(いえ)に　帰(かえ)って　ゆっくり　休(やす)んで　ください。
では（　　　）。」

1　こちらこそ　　2　ごちそうさま　　3　はじめまして　　4　さようなら

答案 請參照「答案與解析」。

實戰測驗 7

087 文法_問題1 語法形式的判斷 11.mp3

もんだい１　（　　　）に　何を　入れますか。１・２・３・４から　いちばん　いい　ものを　一つ　えらんで　ください。

1　これは　山本さん（　　　）かばんです。

1　も　　2　の　　3　を　　4　へ

2　今、きょうしつには　だれ（　　　）いません。

1　と　　2　が　　3　も　　4　に

3　私は（　　　）夜に　シャワーを　あびます。

1　すぐに　　2　いつも　　3　たいへん　　4　ぜんぜん

4　先週　中学校を　卒業しました。来週（　　　）高校生です。

1　から　　2　まで　　3　しか　　4　だけ

5　橋本「田中さんは　東京から　来ましたか。」
田中「はい、（　　　）。」

1　ありました　　2　そうします　　3　そうです　　4　わかりました

6　明日から　ねる　前に　アメリカの　ニュースを（　　　）。

1　見ました　　2　見ませんでした
3　見て　いません　　4　見ます

7　私は　しょうがくせいの　妹と　弟（　　　）います。

1　が　　2　か　　3　を　　4　に

8　（学校で）

A「夏休みは　何を　しますか。」

B「いなかの　おばあさんの　家に（　　　）つもりです。」

1　行き　　2　行か　　3　行く　　4　行って

9　（スーパーで）

客　　　「この　オレンジは（　　　）ですか。」

店の　人「その　オレンジは　3つで　300円です。」

客　　　「じゃ、3つ　お願いします。」

1　いくら　　2　いつ　　3　どなた　　4　どこ

第7天

問題1　語法形式的判斷

答案 請參照「答案與解析」。

實戰測驗 8

🔊 088 文法_問題1 語法形式的判斷 12.mp3

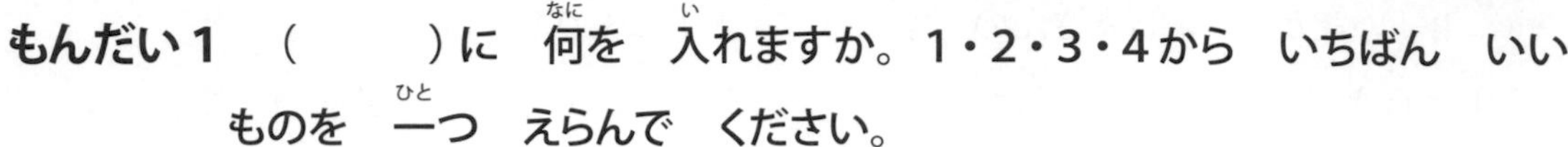

もんだい１　（　　　）に　何を　入れますか。1・2・3・4から　いちばん　いい　ものを　一つ　えらんで　ください。

1　明日は　朝　10時（　　　）田中さんと　会います。

1　が　　2　に　　3　を　　4　の

2　この　犬の　名前は　ベル（　　　）いいます。

1　より　　2　など　　3　と　　4　や

3　昨日は　家で　クッキー（　　　）作りました。

1　を　　2　と　　3　か　　4　へ

4　橋本「今度、私の　家に　遊びに（　　　）。」
田中「はい、行きたいです。」

1　来ましたか　　2　来て　いますか
3　来ませんか　　4　来て　いませんか

5　先生に　聞く　まえに、自分で（　　　）一度　考えて　みました。

1　まだ　　2　もう　　3　たいへん　　4　ちょうど

6　昨日　図書館で　勉強しました。今日（　　　）図書館で　勉強します。

1　と　　2　の　　3　も　　4　で

7　（学校で）
先生「みんなの　前で　話す　時は　大きな　声で（　　　）ください。」

1　話し　　2　話す　　3　話した　　4　話して

8 （家で）

母　「晩ごはんが　できました。食べましょう。」

子ども「（　　　）。」

1　おねがいします　　　2　おやすみなさい

3　いただきます　　　4　いらっしゃいませ

9 鈴木「この　花、とても　きれいですね。」

佐藤「きれいでしょう。昨日　田中さんから（　　　）。」

鈴木「そうですか。よかったですね。」

1　もらいました　　2　あげました　　3　行きました　　4　来ました

答案 請參照「答案與解析」。

第8天 問題2 句子的組織

考試題型與解題步驟

句子的組織 根據文法概念和文意，將四個選項排列出適當的順序後，選出適合填入★的選項，總題數為4題。

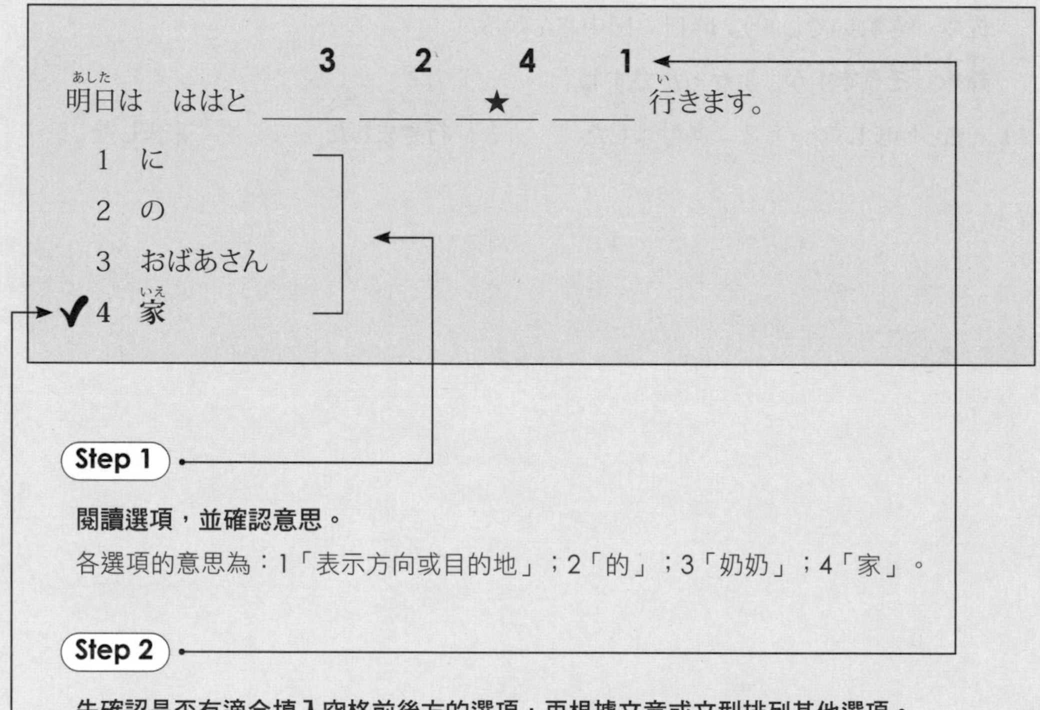

Step 1

閱讀選項，並確認意思。

各選項的意思為：1「表示方向或目的地」；2「的」；3「奶奶」；4「家」。

Step 2

先確認是否有適合填入空格前後方的選項，再根據文意或文型排列其他選項。

空格後方連接「行きます（去）」，其前方適合填入助詞に，組合成文型「に行く（去……）」。因此1 に要置於第四格上，排列成「に行きます」。接著根據文意，再將其他選項一併排列成3 おばあさん 2の 4家 1に（往奶奶的家）。

Step 3

請依序寫下各空格的選項號碼，並選擇★對應的選項為答案。

排列好順序後，該句話為「明天要跟媽媽去奶奶家」。★置於第三格，因此要填入的選項為4家。

上方題目的中文對照與詞彙說明，請參照「答案與解析」。

命題方向

① **大部分考題必須先排列出「空格前後方適合連接的選項」，再排列其他選項。**

先確認是否有適合填入空格前後方的選項，再根據文意排列其他選項。

例 2年前（ねんまえ） ＿＿ ＿＿ ★ ＿＿ います。

① に　② ここ　③ 住（す）んで　④ から

→ 2年前（ねんまえ） ④ から ② ここ ① に ③ 住（す）んで います。

從2年前開始就住在這裡

→ 空格後方連接「います」，其前方填入③ 住んで後，可組合成文型「ている（正在……）」，因此先把③置於第四格後，再排列其他選項。

② **另一種考題則為把選項組合成文型後，再排列其他選項。**

先排列出能夠組合成文型的選項後，再根據文意排列其他選項。

例 学校（がっこう）が ＿＿ ＿＿ ★ ＿＿ いっしょに 遊（あそ）びます。

① あと　② と　③ おわった　④ 友だち

→ 学校が ③ おわった ① あと ④ 友だち ② と いっしょに 遊びます。

放學之後跟朋友一起玩耍。

→ 先將③ おわった和 ① あと組合成文型「たあと（做……之後）」後，再排列其他選項。

備考戰略

① **請徹底熟記N5中經常出現的文型。**

唯有熟記N5中常考的文型，才能順利排列出選項的順序。因此建議閱讀本書的「N5必考文法」章節（p.108 ～119），熟記文型的意思和連接方式。

② **請徹底熟記句子的組織大題中經常出現的各類單字。**

除了熟悉文法概念之外，也要看得懂單字，才能組織出語意通順無誤的句子，因此請務必熟記經常於題目句中出現的各類單字。

重點整理與常考詞彙

「句子的組織」大題常考名詞

089 文法_問題2 句子的組織 01.mp3

雨（あめ）	雨	おべんとう	便當
学校（がっこう）	學校	サッカー	足球
時間（じかん）	時間	宿題（しゅくだい）	作業
背（せ）	身高	先生（せんせい）	老師
食（た）べもの	食物	時（とき）	時間
ところ	地點	中（なか）	中間、裡面
パーティー	派對	母（はは）	媽媽
病院（びょういん）	醫院	昼（ひる）	中午、白天
部屋（へや）	房間	本（ほん）	書
昔（むかし）	以前	もの	物品

「句子的組織」大題常考動詞

090 文法_問題2 句子的組織 02.mp3

歩（ある）く	走	生（う）まれる	出生
置（お）く	放置	終（お）わる	結束
借（か）りる	借	着（き）る	穿（衣服）
くれる	給（我）、給予（我）恩惠	消（け）す	關閉電源、消除
こわれる	壞、故障	住（す）む	住
使（つか）う	使用	作（つく）る	製作
つける	附加、開啟電源	習（なら）う	學
寝（ね）る	睡	乗（の）る	乘坐（交通工具）
入（はい）る	進入	始（はじ）める	開始
降（ふ）る	下（雨、雪等）	読（よ）む	讀

「句子的組織」大題常考い・な形容詞

091 文法_問題2 句子的組織 03.mp3

明(あか)るい	明亮的	いたい	痛的
おいしい	美味的	大(おお)きい	大的
かるい	輕盈的	寒(さむ)い	寒冷的
高(たか)い	高的、貴的	楽(たの)しい	快樂的
小(ちい)さい	小的	近(ちか)い	近的
ほそい	瘦的、細的	まるい	圓的
難(むずか)しい	難的	安(やす)い	便宜的
簡単(かんたん)だ	簡單的	きれいだ	美麗的、乾淨的
静(しず)かだ	安靜的	好(す)きだ	喜歡的
大丈夫(だいじょうぶ)だ	不要緊的	大切(たいせつ)だ	重要的

「句子的組織」大題常考副詞

092 文法_問題2 句子的組織 04.mp3

あまり	不太	一番(いちばん)	最
いっしょに	一起	いつも	總是
少(すこ)し	稍微	たくさん	許多
ちょっと	一點	とても	非常
まず	首先	また	又、再
まだ	還、仍	もう	已經

實戰測驗1

093 文法_問題2 句子的組織 05.mp3

もんだい２　＿＿★＿＿に　入る　ものは　どれですか。1・2・3・4から　いちばん　いい　ものを　一つ　えらんで　ください。

10　A「飲みものは　ぎゅうにゅうと　コーラが　ありますが、何を　飲みますか。」
B「ぎゅうにゅうは　朝　＿＿＿　＿★＿　＿＿＿　＿＿＿　飲みます。」

1　を　　2　コーラ　　3　ので　　4　飲みました

11　昨日　友だちと　家　＿＿＿　＿＿＿　＿★＿　＿＿＿　へ　行きました。

1　デパート　　2　ある　　3　となりに　　4　の

12　この　レストラン　＿＿＿　＿＿＿　＿★＿　＿＿＿　人が　たくさん　います。

1　おいしい　　2　は　　3　から　　4　安くて

13　この　コップは　２年まえ　＿＿＿　＿＿＿　＿★＿　＿＿＿　ものです。

1　に　　2　で　　3　中国　　4　買った

答案 請參照「答案與解析」。

實戰測驗 2

🔊094 文法_問題2 句子的組織 06.mp3

もんだい２　＿＿★＿＿に　入る　ものは　どれですか。1・2・3・4から　いちばん　いい　ものを　一つ　えらんで　ください。

10　（びょういんで）

A「まず　ごはんを　＿＿＿　＿＿＿　＿★＿　＿＿＿　飲んで　ください。」

B「はい、分かりました。」

1　あと　　2　くすり　　3　食べた　　4　を

11　安藤「今日は　どうして　しゅくだいを　しませんでしたか。」

川島「昨日　がっこうに　＿＿＿　＿＿＿　＿★＿　＿＿＿　かえりました。」

1　を　　2　家に　　3　おいて　　4　本

12　へやの　テーブルの　＿＿＿　＿＿＿　＿★＿　＿＿＿　時計が　あります。

1　はな　　2　と　　3　上　　4　に

13　私は　スポーツの　＿＿＿　＿＿＿　＿★＿　＿＿＿　いちばん　好きです。

1　が　　2　で　　3　なか　　4　サッカー

第8天　問題2　句子的組織

答案 請參照「答案與解析」。

實戰測驗 3

095 文法_問題2 句子的組織 07.mp3

もんだい２　＿★＿に　入る　ものは　どれですか。1・2・3・4から　いちばん　いい　ものを　一つ　えらんで　ください。

10　小さい　ころの　＿＿　＿＿　＿★＿　＿＿　ことでした。

1　ゆめは　　2　に　　3　先生　　4　なる

11　中学校に　＿＿　＿＿　＿★＿　＿＿　べんきょうを　始めました。

1　から　　2　入って　　3　英語　　4　の

12　じかんが　＿＿　＿＿　＿★＿　＿＿　乗って　行きましょう。

1　タクシー　　2　から　　3　ない　　4　に

13　（店で）

前田「この　＿＿　＿★＿　＿＿　＿＿　かるいですね。」

佐藤「でも、ねだんが　少し　高いです。」

1　大きいです　　2　カメラ　　3　が　　4　は

答案 請參照「答案與解析」。

實戰測驗 4

096 文法_問題2 句子的組織 08.mp3

もんだい２　＿★＿に　入る　ものは　どれですか。1・2・3・4から　いちばん　いい　ものを　一つ　えらんで　ください。

10　この　ペンと　ノートは　10年前　＿＿　＿＿　＿★＿　＿＿　ものです。

1　が　　2　そふ　　3　に　　4　くれた

11　昨日は　仕事が　＿＿　＿＿　＿★＿　＿＿　晩ごはんを　食べました。

1　あと　　2　友だち　　3　おわった　　4　と

12　（学校で）

山本「らいしゅうから　なつやすみですね。森さんは　なつやすみに　どこか　行きますか。」

森　「わたしは　＿＿　＿＿　＿★＿　＿＿　です。」

1　ヨーロッパ　　2　よてい　　3　行く　　4　に

13　（図書館で）

A「本を　よんで　いる　人も　いますので、図書館の　＿＿　＿＿　＿★＿　＿＿　ください。」

B「はい、すみません。」

1　しずか　　2　中では　　3　して　　4　に

答案 請參照「答案與解析」。

實戰測驗 5

097 文法_問題2 句子的組織 09.mp3

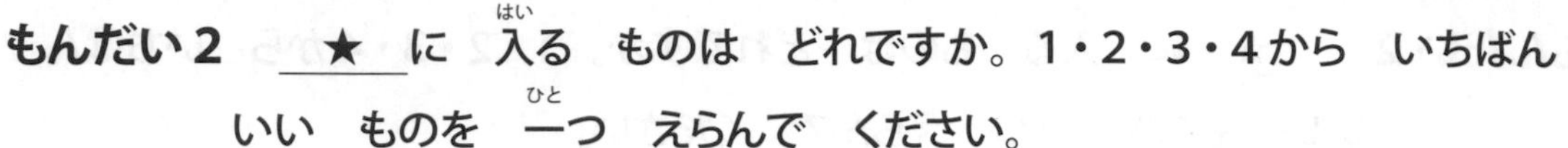

もんだい2　＿★＿ に 入(はい)る ものは どれですか。1・2・3・4から いちばん いい ものを 一(ひと)つ えらんで ください。

10　キムさんより パクさん ＿＿＿ ＿＿＿ ＿★＿ ＿＿＿ 高(たか)いです。

1　が　　2　の　　3　背(せ)が　　4　ほう

11　学校(がっこう)に ＿＿＿ ＿＿＿ ＿★＿ ＿＿＿ おべんとうを 買(か)います。

1　コンビニで　　2　行(い)く　　3　まえ　　4　に

12　彼女(かのじょ)は 田中(たなか)さんの 誕生日(たんじょうび) ＿＿＿ ＿＿＿ ＿★＿ ＿＿＿ 思(おも)います。

1　に　　2　来(こ)ない　　3　パーティー　　4　と

13　（家(いえ)で）

母(はは)　「本(ほん)を よむ ときは ＿＿＿ ＿＿＿ ＿★＿ ＿＿＿ ください。」

子(こ)ども「はい、わかりました。」

1　を　　2　して　　3　明(あか)るく　　4　部屋(へや)

答案 請參照「答案與解析」。

實戰測驗 6

🔊 098 文法_問題2 句子的組織 10.mp3

もんだい2　＿★＿に　入る　ものは　どれですか。1・2・3・4から　いちばん　いい　ものを　一つ　えらんで　ください。

10　雨が　降って　きましたが、かさ　＿＿＿　＿＿＿　＿★＿　＿＿＿　借りました。

1　なかった　　2　友だちに　　3　が　　4　ので

11　（スーパーで）

客　「チーズは　どこに　ありますか。」

店の人「たなの　いちばん　＿＿＿　＿★＿　＿＿＿　＿＿＿　あります。」

1　の　　2　に　　3　した　　4　ところ

12　（はくぶつかんで）

A「はくぶつかんの　中で　おかしを　食べても　いいですか。」

B「はくぶつかんの　中では　＿＿＿　＿＿＿　＿★＿　＿＿＿　が　できません。」

1　こと　　2　を　　3　食べる　　4　食べもの

13　この　前の　タイ旅行が　＿＿＿　＿＿＿　＿★＿　＿＿＿　また　行きたいです。

1　楽しかった　　2　とても　　3　今度　　4　から

第8天　問題2 句子的組織

答案 請參照「答案與解析」。

實戰測驗 7

099 文法_問題2 句子的組織 11.mp3

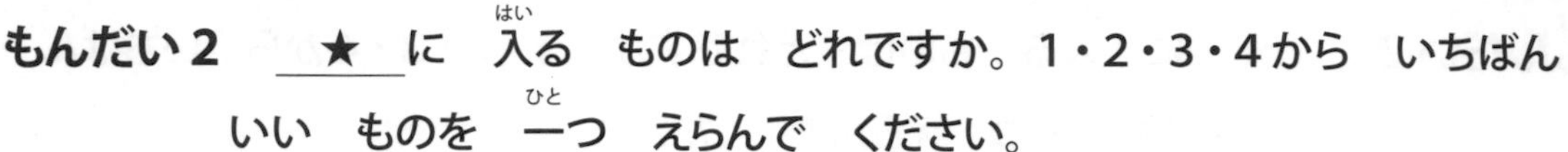

もんだい２　＿★＿に　入る　ものは　どれですか。１・２・３・４から　いちばん　いい　ものを　一つ　えらんで　ください。

10　10年前　＿＿＿　＿＿＿　＿★＿　＿＿＿　昨日　こわれました。

1　れいぞうこが　　2　きた　　3　から　　4　使って

11　昔　鈴木先生に　もらった　手紙　＿＿＿　＿＿＿　＿★＿　＿＿＿　に　して　います。

1　も　　2　たいせつ　　3　を　　4　今

12　（学校で）

本田「キムさんの　しゅみは　なんですか。」

キム「私の　しゅみは　日本　＿＿＿　＿＿＿　＿★＿　＿＿＿　ことです。」

1　アニメ　　2　見る　　3　の　　4　を

13　A「明日　いっしょに　サッカーの　れんしゅうを　しませんか。」

B「明日は　＿＿＿　＿＿＿　＿★＿　＿＿＿　聞きました。」

1　雨　　2　と　　3　ふる　　4　が

答案 請參照「答案與解析」。

實戰測驗 8

100 文法_問題2 句子的組織 12.mp3

もんだい２　＿★＿に　入(はい)る　ものは　どれですか。１・２・３・４から　いちばん　いい　ものを　一(ひと)つ　えらんで　ください。

10　A「昨日(きのう)　＿＿＿　＿＿＿　＿★＿　＿＿＿　は　ほかの　食(た)べものを　食(た)べましょう。」

B「はい、そうしましょう。」

1　から　　2　食(た)べた　　3　今日(きょう)　　4　カレーを

11　先週(せんしゅう)の　土(ど)よう日(び)　＿＿＿　＿＿＿　＿★＿　＿＿＿　を　見(み)て　いました。

1　は　　2　テレビ　　3　じゅう　　4　一日(いちにち)

12　頭(あたま)が　いたい　時(とき)は　びょういん　＿＿＿　＿＿＿　＿★＿　＿＿＿　いいです。

1　が　　2　行(い)った　　3　に　　4　ほう

13　私(わたし)の　そふは　毎朝(まいあさ)　＿＿＿　＿＿＿　＿★＿　＿＿＿　さんぽに　行(い)きます。

1　あと　　2　を　　3　読(よ)んだ　　4　しんぶん

第8天 問題2 句子的組織

答案 請參照「答案與解析」。

第9天　問題3　文章語法

考試題型與解題步驟

文章語法 根據文意選出適合填入空格的詞句，總題數為4題。出題模式為兩篇特定主題的文章，各搭配2道題；或是一篇文章搭配4道題。

クリスさんが 「私の 友だち」の ぶんしょうを 書いて、クラスの みんなの 前で 読みました。

クリスさんの ぶんしょう

私には リチャードと いう 友だちが います。国に いる ときは 家が 近かったですから よく いっしょに あそんで いました。**しかし、私が 日本に 来てから 一回も 会って いません。はやく 国に 帰って リチャードに** ＿＿＿。

1 会いましょう
✔2 会いたいです
3 会いません
4 会いませんでした

Step 1

閱讀選項，並判斷考題類型種類。

四個選項為1我們見面吧、2想見面、3不見面、4沒有見面，表示要根據文意，選出適當的文型。

Step 2

檢視空格前後方，掌握文意。

空格前方為「しかし、私が 日本に 来てから 一回も 会って いません。はやく 国に 帰って リチャードに（但是我來日本後，就連一次也沒有見過，快點回國理查）」，因此空格填入「想見面」最符合文意。

Step 3

選出最符合文意的選項。

四個選項中，最適合填入空格的是「想見面」，因此答案要選「2会いたいです」。

上方題目的中文對照與詞彙說明，請參照「答案與解析」。

命題方向

① **題目會要求選出適合填入空格的助詞、或文型。**

題目會要求根據文意，選出適合填入空格的助詞、文型、副詞、連接詞、或動詞等，當中出題比重最高的為助詞和文型。題目要求選出最佳的助詞時，選項可能會出現「名詞＋助詞」的形態。

例 私(わたし) [　　] りょうりが　好(す)きです。
① は（○）　② を（×）→ 本題考的是選出適當的助詞。

② **有些考題不能只看出現空格的句子就選答案，而必須連前後句的內容都一併確認，才能選出適當的答案。**

請特別留意某些陷阱選項，乍看之下適合填入有空格的句子，但若一併確認前方或後方句子時，就會發現語意不正確。

例 **いもうとは　明日(あした)の　パーティーに　行(い)きます。でも　私(わたし)は [　　]。**
妹妹明天要去派對。不過我 [　　]。
① 行(い)きません 不去（○）　② 行(い)きます 要去（×）
→ 需要一併確認空格前方句子的語意，才能選出正確答案。

備考戰略

① **請徹底熟記助詞、文型、副詞、連接詞的意思。**

唯有熟記助詞、文型、副詞、和連接詞的意思，才能看懂句子，精準掌握文意。因此建議閱讀本書的「N5必考文法」章節（p.94 ～121），熟記助詞、文型、副詞、和連接詞。

② **請徹底熟記「文章語法」大題中經常出現的各類單字。**

除了檢視空格所在的句子之外，也要確認前後句子的意思，才能順利選出答案，因此請務必熟記經常於題目句中出現的各類單字。

重點整理與常考詞彙

「文章語法」大題常考名詞 101 文法_問題3 文章語法 01.mp3

弟（おとうと）	弟弟	学生（がくせい）	學生
家族（かぞく）	家人	国（くに）	國家
クラス	班級	公園（こうえん）	公園
ご飯（はん）	飯、餐	コンサート	演唱會
今週（こんしゅう）	這週	作文（さくぶん）	作文
試合（しあい）	比賽	日本（にほん）	日本
場所（ばしょ）	地點	日（ひ）	日子
人（ひと）	人	ぶんしょう	文章
毎日（まいにち）	每天	みんな	大家
予定（よてい）	預定行程	旅行（りょこう）	旅行

「文章語法」大題常考動詞 102 文法_問題3 文章語法 02.mp3

遊ぶ（あそぶ）	玩	言う（いう）	說
入れる（いれる）	放入	遅れる（おくれる）	遲、晚
教える（おしえる）	教	思う（おもう）	想
書く（かく）	寫	かよう	通勤、通學
決まる（きまる）	決定	答える（こたえる）	回答
咲く（さく）	開花	違う（ちがう）	不同
出る（でる）	出來、出去	なおす	修正
なる	成為、變成	働く（はたらく）	工作
ひっこす	搬家	開く（ひらく）	開啟
まちがえる	弄錯	よろこぶ	開心

「文章語法」大題常考い・な形容詞

103 文法_問題3 文章語法 03.mp3

明（あか）るい	明亮的	新（あたら）しい	新的
嬉（うれ）しい	開心的	おいしい	美味的
多（おお）い	多的	悲（かな）しい	悲傷的
さびしい	寂寞的	少（すく）ない	少的
小（ちい）さい	小的	遠（とお）い	遠的
いやだ	討厭的	いろいろだ	各式各樣的
簡単（かんたん）だ	簡單的	静（しず）かだ	安靜的
大変（たいへん）だ	辛苦的	にぎやかだ	熱鬧的
人気（にんき）だ	受歡迎的	ふくざつだ	複雜的
便利（べんり）だ	方便的	有名（ゆうめい）だ	有名的

「文章語法」大題常考副詞

104 文法_問題3 文章語法 04.mp3

あまり	不太	一番（いちばん）	最
いつか	以後、什麼時間	いっしょに	一起
いつも	總是	少（すこ）し	稍微
ぜひ	務必	たくさん	許多
たとえば	例如	ちょっと	一點
ときどき	偶爾、有時	とくに	特別是
とても	非常	はじめて	初次
はやく	趕快、快速地	また	又、再
まだ	還、仍	もっと	更
ゆっくり	緩慢地	よく	經常

實戰測驗1

105 文法_問題3 文章語法 05.mp3

もんだい3　14 から 17 に 何(なに)を 入(い)れますか。ぶんしょうの いみを かんがえて、1・2・3・4から いちばん いい ものを 一(ひと)つ えらんで ください。

ケイティさんと エリザさんは「私(わたし)の 好(す)きな 場所(ばしょ)」の さくぶんを 書(か)いて、クラスの みんなの 前(まえ)で 読(よ)みます。

(1) ケイティさんの さくぶん

私(わたし)の 好(す)きな 場所(ばしょ)は カフェです。カフェで コーヒーや お茶(ちゃ)を 飲(の)みながら ゆっくり するのが 好(す)きだからです。日本(にほん)には かわいい カフェが たくさん あります。 14 、これからも いろいろな カフェに 行(い)くのが 楽(たの)しみです。コーヒーや お茶(ちゃ)が 好(す)きな 人(ひと)は いっしょに 15 。

(2) エリザさんの さくぶん

私(わたし)は こうえんに 行(い)くのが 好(す)きです。とくに、私(わたし)が すんで いる 家(いえ)の となりに ある こうえん 16 よく 行(い)きます。きれいな 花(はな)を 見(み)たり、うんどうを したり します。しかし、今(いま)は 冬(ふゆ)なので こうえんに 花(はな)が 17 。花(はな)が たくさん さく 春(はる)に、また こうえんへ 花(はな)を 見(み)に 行(い)きたいです。

14

1　でも　　2　だから　　3　いつも　　4　まだ

15

1　行きましたか　　2　行くからですか
3　行きませんか　　4　行って　いませんか

16

1　に　　2　より　　3　で　　4　から

17

1　あるからです　　2　あります
3　あったからです　　4　ありません

第9天
問題3 文章語法

答案 請參照「答案與解析」。

實戰測驗 2

🔊 106 文法_問題3 文章語法 06.mp3

もんだい3　[14]　から　[17]　に　何を　入れますか。ぶんしょうの　いみを　かんがえて、1・2・3・4から　いちばん　いい　ものを　一つ　えらんで　ください。

日本で　べんきょうして　いる　学生が「私の　しゅみ」の　ぶんしょうを　書いて、クラスの　みんなの　前で　読みました。

(1) ボブさんの　ぶんしょう

> 私は　りょうりを　するのが　好きです。むかしから　母と　いっしょに　りょうりを　して　いたからです。今は　日本の　りょうりを　れんしゅう　[14]　。
>
> 先週の　週末は　やきそばを　[15]　。やきそばは　はじめてでしたが、あまり　難しく　なかったです。これからも　いろいろな　食べものを　作って　みたいです。

(2) サンディーさんの　ぶんしょう

> 私は　歌を　聞くのが　好きです。とくに　私が　好きな　かしゅの　ジョージさんの　歌を　よく　聞きます。ジョージさんの　歌　[16]　明るい　歌が　多くて　いつ　聞いても　元気が　出るからです。
>
> また、ジョージさんの　コンサートは　とても　ゆうめいです。いつかは　コンサートに　行って、彼の　歌を　[17]　。

14

1　して　いません　　　2　して　います

3　しませんでした　　　4　しました

15

1　買いました　　　2　飲みました

3　作りました　　　4　見ました

16

1　も　　　2　の　　　3　か　　　4　は

17

1　聞きたいです　　　2　聞いて　います

3　聞きました　　　4　聞いて　みました

答案 請參照「答案與解析」。

實戰測驗 3

107 文法_問題3 文章語法 07.mp3

もんだい3　[14]　から　[17]　に　何を　入れますか。ぶんしょうの　いみを　かんがえて、1・2・3・4から　いちばん　いい　ものを　一つ　えらんで　ください。

リウさんと　チェンさんは　「私の　町」の　さくぶんを　書いて、クラスの　みんなの　前で　読みます。

(1) リウさんの　さくぶん

私は　静かな　いなかの　町に　すんで　います。昔　[14]　にぎやかな　ばしょに　すんで　いましたが、5年前に　今　すんで　いる　ところに　ひっこしました。

ここには、いろいろな　花が　あります。[15]、夜には　星も　たくさん　みる　ことが　できます。学校からは　少し　とおい　ところに　ありますが、きれいな　花や　星を　みに　きませんか。

(2) チェンさんの　さくぶん

私が　すんで　いる　町は　人が　多くて　いつも　にぎやかです。また　交通も　とても　べんりで、高い　ビルも　たくさん　あります。

先週、新しい　ショッピング　センターが　[16]　。そこには　おいしい　レストランや　かわいい　ものを　うって　いる　店が　たくさん　ありました。今週の　週末も　友だちと　いっしょに　[17]　に　いきたいです。

14

1 を　2 も　3 は　4 で

15

1 では　2 それで　3 しかし　4 そして

16

1 できます　2 できて　います

3 できました　4 できませんでした

17

1 遊ぶ(あそ)　2 遊び(あそ)　3 遊んで(あそ)　4 遊んだ(あそ)

答案 請參照「答案與解析」。

實戰測驗 4

108 文法_問題3 文章語法 08.mp3

もんだい３　[14]　から　[17]　に　何を　入れますか。ぶんしょうの　いみを　かんがえて、1・2・3・4から　いちばん　いい　ものを　一つ　えらんで　ください。

日本で　べんきょうして　いる　学生が　「私の　国」の　ぶんしょうを　書いて、クラスの　みんなの　前で　読みました。

(1) ロイさんの　ぶんしょう

> 私は　フランスから　来ました。フランスと　日本は　とても　[14]。とくに、食べものが　一番　ちがうと　おもいます。たとえば、フランスでは　食事の　時、パンを食べて、日本では　ご飯を　食べます。また、フランス　料理には　チーズを　使ったものが　多いです。
>
> 日本の　食べものも　おいしいですが、たまに　フランスの　パンと　チーズが　[15]。

(2) ハメスさんの　ぶんしょう

> 私は　ブラジルから　来ました。私の　国では　サッカーが　人気です。週末には、たくさんの　人が　サッカーの　試合を　見に　行きます。私も　ブラジルに　いる　[16]、毎週　サッカーの　試合を　見に　行って　いました。
>
> でも、日本では　まだ　サッカーの　試合を　見に　行って　いません。ブラジルに帰る　前に、日本でも　サッカーの　試合を　[17]。

14

1　ちがいます　　2　にあいます　　3　おもいます　　4　あります

15

1　食べたく　なりません　　2　食べたく　なります
3　食べて　きます　　4　食べに　きます

16

1　時へ　　2　時は　　3　時を　　4　時も

17

1　見ても　いいです　　2　見て　います
3　見る　つもりです　　4　見て　ください

第9天
問題3 文章語法

答案 請參照「答案與解析」。

實戰測驗 5

🔊 109 文法_問題3 文章語法 09.mp3

もんだい３　[14]から[17]に　何を　入れますか。ぶんしょうの　いみを　かんがえて、1・2・3・4から　いちばん　いい　ものを　一つ　えらんで　ください。

マイケルさんと　オリバーさんは　「私の　家族」の　さくぶんを　書いて、クラスの　みんなの　前で　読みます。

(1) マイケルさんの　さくぶん

私の　家族は　5人　家族です。りょうしんと　私、そして　妹、弟です。小さい　ころは　兄弟と　たくさん　けんかを　して　兄弟が　多いのが　いやでした。でも　今　[14]　兄弟と　いろいろな　話を　したり、いっしょに　旅行に　行ったり　して　兄弟が　いて　よかったと　思います。

今度の　冬休みにも　兄弟と　いっしょに　ヨーロッパに　旅行に　[15]。

(2) オリバーさんの　さくぶん

私の　家族は　りょうしんと　私の　3人　家族です。兄弟は　いません。しかし、兄弟が　いなくても　さびしくは　ありません。私には　犬の　ゴールディが　いるからです。ゴールディは　私が　嬉しい　時も　悲しい　時も　私の　そばに　います。

でも　[16]　ゴールディと　いっしょに　とった　家族　写真が　ありません。それで　来週は　ゴールディと　家族　写真を　[17]。

14

1　に　　2　で　　3　は　　4　も

15

1　行って　ください　　2　行く　よていです
3　行きません　　4　行きました

16

1　はじめて　　2　ときどき　　3　まだ　　4　ちょっと

17

1　とる　まえです　　2　とった　あとです
3　とるからです　　4　とりに　行きます

答案 請參照「答案與解析」。

實戰測驗 6

110 文法_問題3 文章語法 10.mp3

もんだい３　［14］から　［17］に　何を　入れますか。ぶんしょうの　いみを　かんがえて、1・2・3・4から　いちばん　いい　ものを　一つ　えらんで　ください。

ベンさんは　「日本　りゅうがく」の　さくぶんを　書いて、クラスの　みんなの　前で　読みます。

日本　りゅうがく

ベン・ハディ

私は　こうこうせいの　時、家族旅行で　はじめて　日本に　［14］。日本に　旅行に　行く　前までは　日本を　よく　知りませんでした。しかし、日本を　旅行してから、日本に　きょうみを　［15］。それで　日本へ　りゅうがくしたく　なって、1年前から　日本で　りゅうがくして　います。日本に　りゅうがくして　日本の　文化や　日本語を　たくさん　勉強する　ことが　できました。でも　私の　［16］　まだ　日本を　よく　知って　いる　人が　少ないです。だから　しょうらいは　国に　帰って　日本の　文化や　日本語を　おしえる　先生に　［17］。

14

1　おしえました　　2　来ました　　3　できました　　4　ありました

15

1　持たなく　なりました　　2　持っては　いけないです

3　持ちました　　4　持ちませんでした

16

1　国には　　2　国にも　　3　国が　　4　国を

17

1　なっても　いいです　　2　なりましょう

3　なって　ください　　4　なりたいです

答案 請參照「答案與解析」。

實戰測驗 7

111 文法_問題3 文章語法 11.mp3

もんだい3　[14] から [17] に　何を　入れますか。ぶんしょうの　いみを　かんがえて、1・2・3・4から　いちばん　いい　ものを　一つ　えらんで　ください。

トニーさんと　ケビンさんは　「週末に　した　こと」の　さくぶんを　書いて、クラスの　みんなの　前で　読みます。

(1) トニーさんの　さくぶん

> 週末は　友だちと　こうえんに　ピクニックに [14] 。こうえんには　きれいな　花が　たくさん　咲いて　いました。
>
> こうえんを　さんぽした　後、持って　いった　お弁当を　食べました。外で　きれいな　花を　見ながら　食べる　ごはんは　とても　おいしかったです。天気が　いい [15] 、また　ピクニックに　行きたいです。

(2) ケビンさんの　さくぶん

> 先週の　週末は　家の　そうじを　しました。いつもは　しない　キッチンや　窓の　そうじまで [16] 。
>
> 家が　きれいに　なったので　心も　きれいに　なりました。週末、外に　遊びに　行くのも　いいですが、たまには　外に　出ないで　家で　そうじを　する　ことも　いいと [17] 。

14

1　行って　きませんでした　　2　行きましょう

3　行って　きました　　4　行きたいです

15

1　日に　　2　日と　　3　日が　　4　日を

16

1　して　みます　　2　して　みました

3　する　からです　　4　した　からです

17

1　なりました　　2　しました　　3　思いました　　4　言いました

答案 請參照「答案與解析」。

實戰測驗 8

112 文法_問題3 文章語法 12.mp3

もんだい３　[14] から [17] に 何を 入れますか。ぶんしょうの いみを かんがえて、1・2・3・4から いちばん いい ものを 一つ えらんで ください。

日本で べんきょうして いる 学生が 「日本の 電車」の ぶんしょうを 書いて、クラスの みんなの 前で 読みました。

(1) アニクさんの ぶんしょう

日本の 電車は どこにでも はやく 行く ことが できて、とても べんりです。[14] 、いつも 決まった 時間に 来るので やくそくの 時間に おくれる ことも ありません。

だから 私は どこかに 行く 時に、よく 電車を 利用して います。これから [15] べんりな 日本の 電車を よく 利用する つもりです。

(2) イザベルさんの ぶんしょう

私は 毎日 電車に 乗って 学校に [16] 。しかし、私は 日本の 電車が あまり 好きじゃ ないです。日本の 電車は とても ふくざつだからです。この 前も まちがえて ちがう 電車に 乗りました。

また、いつも 人が 多くて 電車に 乗るのが たいへんです。だから、はやく うんてんを ならって、自分の 車で 学校に [17] 。

14

1　そして　　2　しかし　　3　それで　　4　それでは

15

1　は　　2　も　　3　の　　4　が

16

1　来(き)ませんでした　　2　来(き)て　みます
3　来(き)て　います　　4　来(く)るからです

17

1　かよって　ください　　2　かよいたいです
3　かよっては　いけないです　　4　かよいました

答案 請參照「答案與解析」。

讀解

第10天 問題4 內容理解（短篇）

考試題型與解題步驟

內容理解（短篇） 閱讀篇幅為60字至140字的短篇文章，選出相關考題的正確答案。該大題為一篇文章，考兩道相關問題。

毎週　金曜日は　学校が　終わった　あと、ピアノを　ならう　日です。**でも、今日は　頭が　痛かったので　ピアノ教室に　行かないで　家に　帰って　ねました。**明日は　友だちと　あそびたいですが、まずは　病院に　行く　つもりです。

今日　学校が　終わった　あと、何を　しましたか。

1　ピアノを　ならいました。

✔2　**家で　ねました。**

3　友だちと　あそびました。

4　病院に　行きました。

Step 2

仔細閱讀文章，確認與題目有關的內容，找出答題線索。

文中提到「でも、今日は 頭が 痛かったので ピアノ教室に 行かないで 家に 帰って ねました（但是今天因為頭痛，沒去鋼琴教室，而是回家睡覺）」，表示今天放學後直接回家睡覺。

Step 1

閱讀題目後，確認題目要問的內容是什麼。

本題詢問的主題是「今天放學後做了什麼事。」

Step 3

確認文中答題線索，並選出與文中內容相符的選項。

正確答案是選項「2 家で ねました（在家睡覺）」。

上方題目的中文對照與詞彙說明，請參照「答案與解析」。

命題方向

① **最常出現的文章類型為隨筆和便條。**

文章類型包含隨筆、便條、説明文、和電子郵件，當中出題比重最高的為隨筆和便條。文章為隨筆時，經常針對撰文者的朋友、家人、或提問一天的行程；文章為便條時，則會針對在學校或公司要做的事提問。

② **題目會詢問內容相關細節、選出與文章內容相符的圖片、或針對畫底線處提問。**

題目詢問內容中相關細節時，請找出各選項對應的內容；題目要求選出與文章內容相符的圖片時，請找出文中描述外型、位置、數量等資訊的內容，並仔細閱讀；題目針對文中畫底線處提問時，請確認文中畫底線處前後方的內容。

例「私(わたし)」は　昨日(きのう)、何(なに)を　しましたか。我昨天做了什麼？→詢問文中相關細節

さとうさんの　家(いえ)は　どれですか。佐藤先生的家是哪一間? → 選出與文章內容相符的圖片

リンさんは　何(なに)を　買(か)いましたか。林小姐買了什麼? → 針對文中畫底線處提問

備考戰略

請徹底熟記與家庭、休閒、學習、業務等主題相關的詞彙。

在「內容理解（短篇）」大題中，經常出現家庭、休閒、學習、業務等相關詞彙，因此請務必熟記與文章主題有關的常考詞彙。

重點整理與常考詞彙

家庭、休閒 113 讀解_問題4 內容理解（短篇）01.mp3

一緒（いっしょ）に	一起	映画館（えいがかん）	電影院
お金（かね）	錢	おもちゃ	玩具
買（か）う	買	かばん	包包
かわいい	可愛	着（き）る	穿
今年（ことし）	今年	自転車（じてんしゃ）	腳踏車
上手（じょうず）だ	擅長的	好（す）きだ	喜歡的
住（す）む	住	センター	中心
そうじ	打掃	高（たか）い	高的、貴的
誕生日（たんじょうび）	生日	作（つく）る	製作
時（とき）	時候	となり	隔壁
友（とも）だち	朋友	にもつ	行李
ねだん	價格	寝（ね）る	睡
花（はな）	花	母（はは）	母親
はらう	支付	ハンカチ	手帕
番号（ばんごう）	號碼	日（ひ）	日子
昼（ひる）ご飯（はん）	午餐	服（ふく）	衣服
プレゼント	禮物	本（ほん）	書
町（まち）	城鎮	窓（まど）	窗戶
むかい	對面	約束（やくそく）	約定
よろこぶ	開心	りょうしん	雙親

學習、業務

114 讀解_問題4 內容理解（短篇）02.mp3

後（あと）	之後	以上（いじょう）	以上
送る（おくる）	寄送	会議（かいぎ）	會議
学生（がくせい）	學生	貸す（かす）	借出
学校（がっこう）	學校	紙（かみ）	紙
借りる（かりる）	借	変わる（かわる）	改變
聞く（きく）	聽、問	決める（きめる）	決定
教室（きょうしつ）	教室	高校（こうこう）	高中
コピー	複印	字（じ）	字
授業（じゅぎょう）	課程	紹介（しょうかい）	介紹
調べる（しらべる）	調查、查詢	知る（しる）	知道
座る（すわる）	坐	席（せき）	座位
先生（せんせい）	老師	卒業（そつぎょう）	畢業
大学（だいがく）	大學	正しい（ただしい）	正確
机（つくえ）	書桌	伝える（つたえる）	傳達
電話（でんわ）	電話	ねがう	希望、請求
ノート	筆記本	美術館（びじゅつかん）	美術館
ペン	筆	メール	電子郵件
メモ	筆記	休み（やすみ）	休息、休假日
予定（よてい）	預定	読む（よむ）	讀
予約（よやく）	預約	れんらく	聯絡

第10天
問題4 內容理解（短篇）

實戰測驗1

115 讀解_問題4 內容理解（短篇）03.mp3

もんだい４　つぎの（１）から（２）の　ぶんしょうを　読んで、しつもんに　こたえて　ください。こたえは、１・２・３・４から　いちばん　いい　ものを　一つ　えらんで　ください。

(1)

昨日は　母の　誕生日でした。私は　ケーキを　作りました。母は　私が　作った　ケーキを　食べて、とても　よろこびました。去年は　何も　しなかった　弟は、花と　ハンカチを　母に　あげました。来年は　弟と　いっしょに　かわいい　かばんを　プレゼントしたいです。

18　「弟」は　母に　何を　プレゼントしましたか。

1　今年は　何も　プレゼントしませんでした。でも　来年は、ケーキを　あげます。

2　今年は　何も　プレゼントしませんでした。でも　来年は、花と　ハンカチを　あげます。

3　去年は　何も　プレゼントしませんでしたが、今年は　花と　ハンカチを　あげました。

4　去年は　何も　プレゼントしませんでしたが、今年は　かばんを　あげました。

(2)

金子さんの　机の　上に、この　メモと　本が　あります。

> 金子さん
>
> 今日の　ごご　3時に　ある　授業に　この　本を　持って　きて　ください。そのまえに、松岡さんに　授業に　来る　学生が　何人　いるか　聞いて　ください。そして、授業の　ときに　学生が　使う　ノートと　ペンを　かって　きて　ください。
>
> よろしく　おねがいします。
>
> 松田

19　この　メモを　読んで、金子さんは　はじめに　何を　しますか。

1　授業に　本を　持って　きます。

2　授業に　何人　来るか　聞きます。

3　松岡さんの　ノートと　ペンを　使います。

4　ノートと　ペンを　かって　きます。

答案 請參照「答案與解析」。

實戰測驗 2

116 讀解_問題4 內容理解（短篇）04.mp3

もんだい4　つぎの（1）から（2）の　ぶんしょうを　読んで、しつもんに　こたえて　ください。こたえは、1・2・3・4から　いちばん　いい　ものを　一つ　えらんで　ください。

(1)

さとうさんは　わたしの　友だちです。さとうさんは　かみが　長かったですが、先週　かみを　切って　短く　なりました。さとうさんは　ズボンより　スカートが　好きで　いつも　スカートを　はいて　います。また　さとうさんは　英語が　とても　上手で、高校で　英語を　教えて　います。

18　さとうさんは　だれですか。

1
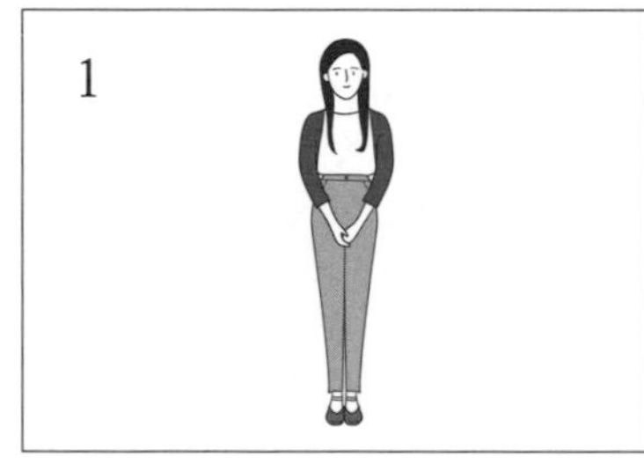

2

3

4

(2)

レストランの　前(まえ)で　この　紙(かみ)を　見(み)ました。

◆　　◆

レストランの　メニューの　ねだんに　ついて

来月(らいげつ)から　レストランの　メニューの　ねだんが　かわります。とんかつの　ねだんは　100円(えん)　高(たか)く　なります。そばの　ねだんは　50円(えん)　安(やす)く　なります。

・コーラや　おちゃなど　飲(の)みものの　ねだんは　かわりません。

◆　　◆

19　メニューの　ねだんは　どう　なりますか。

1　とんかつの　ねだんは　高(たか)く　なり、そばの　ねだんは　安(やす)く　なります。
2　そばの　ねだんは　高(たか)く　なり、とんかつの　ねだんは　安(やす)く　なります。
3　とんかつと　コーラの　ねだんは　かわりません。
4　そばと　おちゃの　ねだんは　かわりません。

答案 請參照「答案與解析」。

實戰測驗 3

🔊 117 讀解_問題4 內容理解（短篇） 05.mp3

もんだい４　つぎの（１）から（２）の　ぶんしょうを　読んで、しつもんに　こたえて　ください。こたえは、１・２・３・４から　いちばん　いい　ものを　一つ　えらんで　ください。

(1)

私が　住んで　いる　町を　紹介します。まず　学校の　となりに　コンビニが　あります。コンビニの　むかいには　病院が　あります。病院の　右側には　図書館が　あります。そして　来月、病院の　左側に　映画館が　できます。

18　「私」の　町は　どれですか。

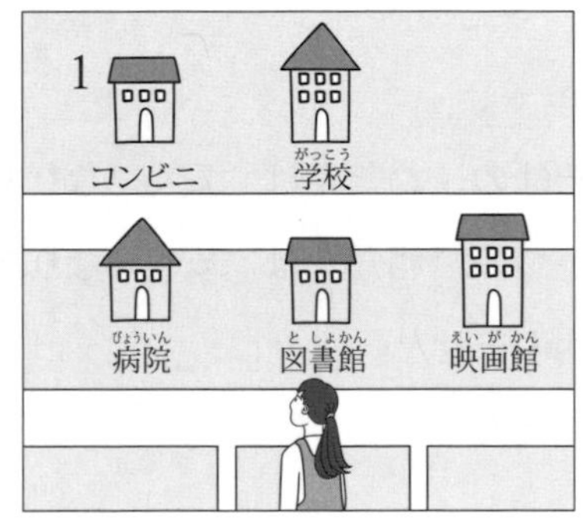

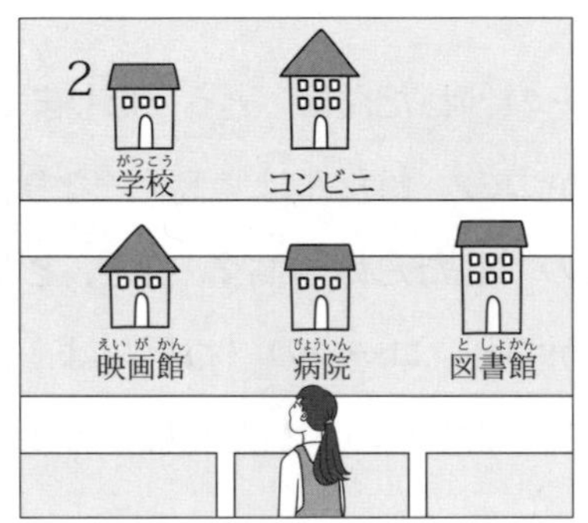

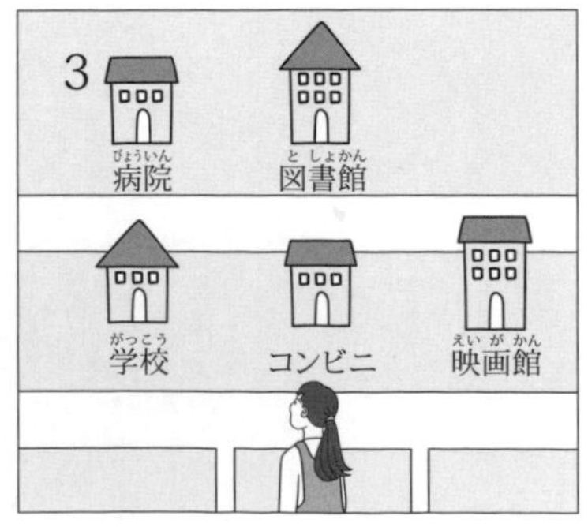

(2)

5月　5日は　「子どもの　日」です。この　日は　子どもが　元気で　いて　ほしいと　ねがう　日です。

私も　昔は　子どもの　日に　りょうしんから　おもちゃや　きれいな　服などの　プレゼントを　たくさん　もらったり、家族と　おいしい　ものを　食べたり　して　とても　楽しかったです。それは　もう　昔の　ことですが、今も　覚えて　います。

19　それは　どんな　ことですか。

1　おもちゃを　プレゼントした　こと
2　きれいな　服を　買った　こと
3　いろいろな　ものを　もらった　こと
4　おいしい　りょうりを　作った　こと

答案 請參照「答案與解析」。

實戰測驗 4

118 讀解_問題4 內容理解（短篇）06.mp3

もんだい4　つぎの（1）から（2）の　ぶんしょうを　読んで、しつもんに　こたえて　ください。こたえは、1・2・3・4から　いちばん　いい　ものを　一つ　えらんで　ください。

(1)

（大学で）

学生が　この　ポスターを　見ました。

自転車を　貸します

学校から　自転車を　貸します。借りる　ことが　できる　きかんは　七日間です。それ　以上は　できません。

・学校が　休みの　時は　借りる　ことが　できません。

・卒業した　学生は　借りる　ことが　できません。

山崎大学　学生センター

18　この　ポスターに　ついて　正しいのは　どれですか。

1　学校が　休みじゃない　時に、自転車を　一週間　借りる　ことが　できます。

2　学校が　休みじゃない　時に、自転車を　一週間　以上　借りる　ことが　できます。

3　学校が　休みの　時にも　自転車を　借りる　ことが　できます。しかし、一週間しか　借りる　ことが　できません。

4　学校が　休みの　時にも　自転車を　借りる　ことが　できます。そして、一週間以上　借りる　ことも　できます。

(2)

木村先生の　机の　上に、この　メモが　あります。

> 木村先生
>
> 来週　行く　びじゅつかんから　れんらくが　来ました。びじゅつかんに　何時までに来るか　知りたいと　言って　いました。れんらくは　電話で　して　ほしいと　言っていました。学生が　何人　行くかは　私が　つたえました。びじゅつかんに　れんらくした　あと、昼ごはんを　食べる　レストランの　よやくも　おねがいします。
>
> 中田

19　この　メモを　読んで、木村先生は　はじめに　何を　しますか。

1　学生と　びじゅつかんに　行きます。
2　来週　行く　びじゅつかんに　電話を　します。
3　びじゅつかんに　何人　行くか　つたえます。
4　昼ごはんを　食べる　レストランを　よやくします。

答案 請參照「答案與解析」。

實戰測驗 5

119 讀解_問題4 內容理解（短篇）07.mp3

もんだい４　つぎの（１）から　（２）の　ぶんしょうを　読んで、しつもんに　こたえて　ください。こたえは、１・２・３・４から　いちばん　いい　ものを　一つ　えらんで　ください。

(1)

学校で　私が　いつも　座る　せきを　しょうかいします。私は　背が　高い　ほうなので　いちばん　前の　せきには　座りません。また、目が　悪くて　いちばん　後ろの　せきでは　じが　よく　見えません。それで　いちばん　後ろの　せきにも　座りません。私は　窓の　となりに　座って　います。教室が　あつく　なった　時や　さむく　なった　時に、窓を　開けたり、閉めたり　します。

18　「私」の　せきは　どこですか。

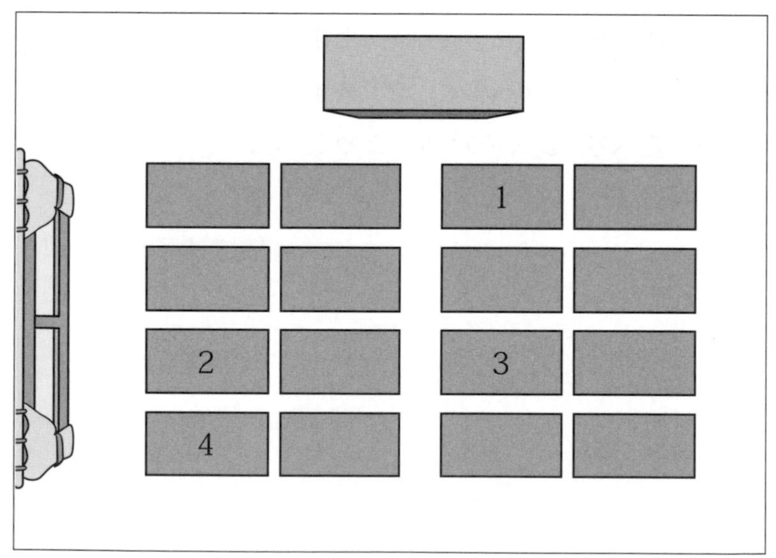

(2)

これは　松田さんが　川崎さんに　送った　メールです。

川崎さんへ

今日の　ランチの　約束ですが、きゅうに　会議が　入って　行く　ことが　できません。すみませんが、来週に　しても　いいですか。その　かわりに　今度の　ランチのお金は　私が　だします。

約束の　日を　また　きめたいので、この　メールを　よんだ　あとに、電話して　ください。

※ 川崎さんは　私の　電話番号を　知らないと　思います。私の　電話番号は
012-423-5627です。

松田

19　松田さんは　どうして　川崎さんに　メールを　送りましたか。

1　会議に　行く　ことが　できないから
2　ランチの　お金を　はらいたいから
3　約束の　日を　変えたいから
4　川崎さんの　電話番号が　知りたいから

答案 請參照「答案與解析」。

第11天 問題5 內容理解（中篇）

考試題型與解題步驟

內容理解（中篇） 閱讀篇幅為250字至280字左右的中篇文章，選出相關考題的正確答案。該大題為一篇文章，考兩道相關問題。

※ 請從頭開始閱讀文章，並套用下方解題步驟，依序作答。

　おととい　夜（よる）　おそくまで　友（とも）だちと　あそびました。友（とも）だちは　バスに　のって　さきに　帰（かえ）りました。友（とも）だちが　帰（かえ）った　あと、私（わたし）は　電車（でんしゃ）に　のりました。

　電車（でんしゃ）は　人（ひと）が　すくなくて　とても　しずかでした。すこし　つかれて　いたので　目（め）を　とじました。

　だれかの　こえが　きこえました。その　人（ひと）は　私（わたし）に　「お客（きゃく）さん、おきて　ください。ここが　さいごの　駅（えき）ですよ。」と　言（い）いました。**私（わたし）は　すぐに　おりました。こまりました。そこは　しらない　駅（えき）でした。**私（わたし）は　家（いえ）の　近（ちか）くの　駅（えき）で　おりないで　しらない　駅（えき）まで　来（き）て　いました。

　そこから　タクシーに　のって　家（いえ）まで　帰（かえ）りました。家（いえ）に　ついた　ときには　午前（ごぜん）　２時（じ）でした。

どうして　こまりましたか。

1　友（とも）だちが　さきに　帰（かえ）ったから
2　電車（でんしゃ）に　人（ひと）が　すくなかったから
3　だれかの　こえが　きこえたから
✔ **4　しらない　駅（えき）で　おりたから**

Step 2

找出文中的答題線索。

畫底線處前方提到：「私は すぐに おりました（我馬上就下車了）」；畫底線處後方則提到：「そこは しらない 駅でした（那是個陌生的車站）」，表示他對於在陌生的車站下車感到困擾。

Step 1

閱讀題目後，確認題目所問的內容。

本題詢問畫底線處「こまりました（感到困擾）」的理由。

Step 3

閱讀選項，並選出與文中答題線索內容相符的選項。

正確答案選擇與線索相符的「4 しらない 駅で おりたから（因為在不認識的車站下車）」。

上方題目的中文對照與詞彙說明，請參照「答案與解析」。

命題方向

① **最常出現的文章為隨筆。**

文章類型包含隨筆和信件，當中最常出現的為隨筆。隨筆的內容有撰文者的日常生活、或特殊體驗、以及站在外國人的視角，敘述在日本的體驗。

② **題目會針對畫底線處提問、詢問相關細節、詢問撰文者的想法或文章主旨。**

題目針對畫底線處提問時，請確認文中畫底線處與前後文；題目詢問相關細節時，請從文中找出各選項對應的內容，並仔細閱讀；題目詢問撰文者的想法或文章主旨時，請仔細閱讀文章的最後一段。

例 どうして **楽**(たの)**しかったです**か。為什麼開心呢？ → **針對文中畫底線處提問**

「私(わたし)」は **明日**(あした)**、何**(なに)**を** しますか。「我」明天要做什麼？ → **詢問文中相關細節**

マークさんは **何**(なに)**が** **言**(い)**いたい**ですか。馬克想說什麼？ → **詢問撰文者的想法**

③ **題目採「順序出題」方式，按照文章的段落依序出題。**

建議確認完題目的內容後，從頭開始閱讀文章，按照題目順序，逐題找出相關答題線索，並選出正確答案。

備考戰略

請徹底熟記與文化、休閒、日常等主題相關的詞彙。

在內容理解（中篇）大題中，經常出現文化、休閒、日常等相關詞彙，因此請務必熟記與文章主題有關的常考詞彙。

重點整理與常考詞彙

文化 120 讀解_問題5 內容理解（中篇）01.mp3

家（いえ）	家	今（いま）	現在
意味（いみ）	意思	英語（えいご）	英語
多（おお）い	多的	同（おな）じだ	相同的
外国人（がいこくじん）	外國人	書（か）く	寫
かたち	外形、形狀	漢字（かんじ）	漢字
かんしゃ	感謝	きもの	和服
ことば	話、言詞	ご飯（はん）	飯、餐
こまる	苦惱	作文（さくぶん）	作文
さくら	櫻花	ずっと	一直
たくさん	許多	たとえば	例如
楽（たの）しい	快樂的	楽（たの）しむ	享受
食（た）べ物（もの）	食物	食（た）べる	吃
ちがう	不同	使（つか）う	使用
習（なら）う	學	にている	相似
日本語（にほんご）	日語	日本人（にほんじん）	日本人
初（はじ）めて	初次	はじめる	開始
場所（ばしょ）	地點	話（はなし）	話語
人（ひと）	人	文（ぶん）	文章、句子
ぶんしょう	文章	まつり	祭典
昔（むかし）	以前	別（わか）れる	分別

休閒、日常

121 讀解_問題5 內容理解（中篇） 02.mp3

会(あ)う	見面	遊(あそ)ぶ	玩
雨(あめ)	雨	洗(あら)う	洗
アルバイト	打工	忙(いそが)しい	忙碌的
いつも	總是	犬(いぬ)	狗
うれしい	開心的	駅(えき)	車站
教(おし)える	教、告訴	遅(おそ)い	晚的、慢的
お腹(なか)がすく	肚子餓	おばあさん	奶奶
会社(かいしゃ)	公司	買(か)い物(もの)	購物
かう	飼養	帰(かえ)る	回去、回來
かさ	雨傘	がんばる	努力
汚(きたな)い	骯髒的	きらいだ	討厭的
くつ	鞋子	公園(こうえん)	公園
声(こえ)をかける	搭話	コップ	杯子
散歩(さんぽ)	散步	週末(しゅうまつ)	週末
水泳(すいえい)	游泳	大変(たいへん)だ	辛苦的
ティッシュペーパー	面紙	手伝(てつだ)う	幫忙
デパート	百貨公司	店長(てんちょう)	店長
夏休(なつやす)み	暑假	走(はし)る	跑
不便(ふべん)だ	不方便的	勉強(べんきょう)	唸書
ほしい	想要的、希望的	汚(よご)れる	弄髒

實戰測驗1

122 讀解_問題5 內容理解（中篇）03.mp3

もんだい５　つぎの　ぶんしょうを　読んで、しつもんに　こたえて　ください。こたえは、１・２・３・４から　いちばん　いい　ものを　一つ　えらんで　ください。

きのうは　友だちと　いっしょに　デパートで　買い物を　しました。私たちは　デパートの前で　12時に　会う　やくそくを　して　いました。

しかし、友だちは　12時　半に　なっても　来ませんでした。やくそくの　時間の　１時間あとに　友だちが　来ました。友だちは　駅で　会った　おばあさんに　道を　おしえて　いて、おそく　なったと　いいました。

ご飯の　時間が　おそく　なって、おなかが　すいて　いたので、いつもより　ご飯を　たくさん　食べました。昼ご飯を　食べた　あと、私たちは　ほしかった　ものを　買いました。私は　会社で　使う　コップと　くつを　買って、友だちは　家で　使う　ティッシュペーパーを　買いました。とても　たのしい　一日でした。

20 どうして 友だちは 12時 半に なっても 来ませんでしたか。

1 買い物を したから

2 デパートの 前で 友だちに 会ったから

3 おばあさんに 道を おしえたから

4 ご飯を おそく 食べたから

21 「私」は 何を 買いましたか。

1 会社に 持って いく コップと くつ

2 会社に 持って いく ティッシュペーパー

3 家で 使う コップと くつ

4 家で 使う ティッシュペーパー

答案 請參照「答案與解析」。

實戰測驗 2

123 讀解_問題5 內容理解（中篇）04.mp3

もんだい5　つぎの　ぶんしょうを　読んで、しつもんに　こたえて　ください。こたえは、1・2・3・4から　いちばん　いい　ものを　一つ　えらんで　ください。

これは　ゴメスさんが　書いた　さくぶんです。

日本語の　勉強

パウロ・ゴメス

私は　日本語　学校で　日本語を　習って　います。初めて　日本語を　勉強した　ときは　ひらがなや　カタカナを　読む　ことも　難しかったですが、今は　問題なく　読む　ことが　できます。しかし、まだ　①日本語の　ぶんしょうは　読む　ことが　できません。それは　日本語には　漢字も　あるからです。

②日本語の　漢字は　とても　難しいと　思います。かたちは　にていますが、いみは　ちがう　ことが　たくさん　あります。たとえば、「目」と「日」です。「目」と「日」の　かたちは　にていますが、いみは　ちがいます。

今までは　テキストに　ある　漢字を　読んで　勉強して　いました。でも、これからは、テキストを　読んだ　あとに、そこに　ある　漢字を　書いて　勉強したいと　思います。

20　どうして　①日本語の　ぶんしょうは　読む　ことが　できませんか。

1　日本語を　初めて　勉強するから

2　ひらがなを　読むのが　難しいから

3　カタカナを　読む　ことが　できないから

4　日本語に　漢字が　あるから

21　「私」は　どうして　②日本語の　漢字は　とても　難しいと　思いますか。

1　かたちは　にているが、いみは　ちがう　ことが　あるから

2　かたちは　ちがうが、いみは　にている　ことが　あるから

3　にている　いみの　漢字が　たくさん　あるから

4　ちがう　かたちの　漢字が　たくさん　あるから

答案 請參照「答案與解析」。

實戰測驗 3

124 讀解_問題5 內容理解（中篇）05.mp3

もんだい５　つぎの　ぶんしょうを　読んで、しつもんに　こたえて　ください。こたえは、１・２・３・４から　いちばん　いい　ものを　一つ　えらんで　ください。

　昨日　えきで　出口を　さがして　いる　外国人を　見ました。てつだいたかったですが、私は　英語が　上手じゃ　ないですので、少し　①しんぱいに　なりました。でも　がんばって　英語で　声を　かけました。

　その　外国人は　私が　行く　ばしょと　おなじ　ところを　さがして　いました。それで　私たちは　いっしょに　行きました。行きながら　いろいろな　話を　しました。

　別れる　まえに　その　外国人は　日本語で　「ありがとうございました」と　言いました。それを　聞いて　私は　②とても　うれしかったです。これからも　こまって　いる　人に　声を　かけたいと　思いました。

20　なぜ　①<u>しんぱいに　なりました</u>か。

1　出口を　さがして　いる　人を　見たから

2　英語が　上手じゃ　ないから

3　外国人が　声を　かけたから

4　外国人と　いっしょに　行ったから

21　どうして　②<u>とても　うれしかった</u>ですか。

1　こまって　いる　日本人を　てつだったから

2　こまって　いる　外国人を　てつだったから

3　日本人から　かんしゃの　ことばを　もらったから

4　外国人から　かんしゃの　ことばを　もらったから

答案 請參照「答案與解析」。

實戰測驗 4

125 讀解_問題5 內容理解（中篇）06.mp3

もんだい 5　つぎの　ぶんしょうを　読んで、しつもんに　こたえて　ください。こたえは、1・2・3・4から　いちばん　いい　ものを　一つ　えらんで　ください。

私は　カフェで　アルバイトを　して　います。カフェの　アルバイトは　夏休みに　なってから　はじめました。休みの　時は　時間が　多かったので　毎週　火よう日と　木よう日、そして　週末の　午前に　アルバイトを　して　いました。

しかし　休みが　おわって、学校が　はじまってからは　授業が　いそがしくて　週末だけ　する　ことに　しました。また、週末の　午前は　水泳教室に　行く　ことに　したので　アルバイトを　する　①時間も　午後に　かえました。

でも　昨日は　学校が　おわった　後、すぐ　カフェに　行きました。てんちょうは　私に「どうして　来たの」と　言いました。②まちがえました。昨日は　木よう日だったから　アルバイトに　行かない　日でした。次からは　まちがえないでしょう。

20　どうして　①時間も　午後に　かえましたか。

1　夏休みに　なったから

2　学校が　はじまったから

3　授業が　いそがしかったから

4　水泳教室に　行く　ことに　したから

21　「私」は　何を　②まちがえましたか。

1　アルバイトに　行く　時間

2　アルバイトに　行く　日

3　学校に　行く　時間

4　学校に　行く　日

答案 請參照「答案與解析」。

實戰測驗 5

126 讀解_問題5 內容理解（中篇）07.mp3

もんだい 5　つぎの　ぶんしょうを　読んで、しつもんに　こたえて　ください。こたえは、1・2・3・4から　いちばん　いい　ものを　一つ　えらんで　ください。

私は　一か月　前から　トムと　いう　小さい　犬を　かって　います。トムと　いっしょに　あそんだり、こうえんを　さんぽしたり　するのは　本当に　楽しいです。

今までは　雨の　日は　さんぽを　しませんでしたが、昨日　はじめて　雨が　降る　日に　さんぽを　しました。雨が　きらいな　犬も　多いと　聞いたので　しんぱいして　いました。でも　トムは　雨を　楽しんで　いて、雨の　中を　ずっと　はしって　いました。私たちは　いつもより　30分ぐらい　長く　さんぽを　してから　家に　帰りました。

トムが　とても　きたなく　なったので、あらうのが　たいへんでした。でも　トムが　よろこんで　いたので　これからは　雨が　降る　日でも　さんぽに　行く　つもりです。

20　ぶんに　ついて　正しいのは　どれですか。

1　「私」は　昨日から　犬を　かって　います。

2　「私」は　小さい　ときから　ずっと　犬を　かって　います。

3　トムは　雨を　楽しんで　いました。

4　トムは　雨が　きらいです。

21　どうして　たいへんでしたか。

1　はじめて　さんぽに　行ったから

2　長い　時間　さんぽを　したから

3　家に　おそく　帰ったから

4　トムが　とても　よごれて　いたから

答案 請參照「答案與解析」。

第12天 問題6 信息検索

考試題型與解題步驟

信息検索 閱讀篇幅為150字至250字左右的文章，選出相關考題的正確答案。題型為一篇說明文搭配一題指定相關條件的考題。

ルイさんは　野球（やきゅう）が　好き（す）で、リバーズの　しあいを　見（み）に　行き（い）たいです。しかし、月曜日（げつようび）から　金曜日（きんようび）までは　いそがしいので　行く（い）　ことが　できません。ルイさんは　いつ　しあいを　見（み）に　行き（い）ますか。

1　5月（がつ）12日（にち）
2　5月（がつ）13日（にち）
✔3　5月（がつ）16日（にち）
4　5月（がつ）17日（にち）

野球（やきゅう）の　しあいの　お知（し）らせ

野球（やきゅう）チーム「東京（とうきょう）マウンテンズ」の　しあいが　あります。
家族（かぞく）や　友（とも）だちと　いっしょに　行き（い）ましょう！

日（ひ）	チーム	時間（じかん）
5月（がつ）12日（にち）(火)（か）	VS リバーズ	午後（ごご）6時（じ）～
5月（がつ）13日（にち）(水)（すい）	VS ファイアーズ	午後（ごご）6時（じ）～
5月（がつ）16日（にち）(土)（ど）	VS リバーズ	午後（ごご）2時（じ）～
5月（がつ）17日（にち）(日)（にち）	VS ファイアーズ	午前（ごぜん）11時（じ）～

Step 1

閱讀題目，並確認題目列出的條件和詢問的內容。

題目列出的條件為：(1) リバーズの しあいを 見に 行きたいです（想去看河川隊的比賽）和 (2) 月曜日から 金曜日までは いそがしいので 行く ことが できません（週一到週五很忙，所以沒辦法去），並詢問何時能去看比賽。

Step 2

請在文中找出符合題目列出條件的內容，並標示出來。

(1) 請找出有河川隊伍的比賽，並圈選起來。

(2) 5月12日（二）和5月16日（六）皆為與河川隊的比賽，請標示出週末的比賽。

Step 3

答案要選擇與題目列出的所有條件相符的選項。

5月16日滿足題目列出的所有條件，因此答案要選3「5月16日」。

上方題目的中文對照與詞彙說明，請參照「答案與解析」。

命題方向

① **文章主要為針對商品或活動的說明文。**

文章通常為説明文，告知商品、活動的價格、日程等資訊。

② **題目主要會列出個人喜好、星期幾、時間等條件。**

題目會列出2至3個條件，像是個人喜好、星期幾、時間、金額、日期、年齡等，當中最常列出的條件為個人喜好、星期幾、和時間。像是使用文型「～が好きです（喜歡……）」或「～たいです（想做……）」表示個人喜好。

例トマスさんは　**しゅうまつに**（條件①）　**ひまわり　公園(こうえん)に　行(い)きたいです。**（條件②）**時間(じかん)は　みじかいほうが　いいです。**（條件③）トマスさんは　どの　行(い)き方(かた)で　行(い)きますか。

湯瑪士週末想去向日葵公園。時間短一點比較好。湯瑪士會以哪種方式前往？

③ **有時說明文的表格下方會列有特殊事項。**

若説明文表格的下方出現特殊事項或注意事項時，請仔細確認其內容，對照題目列出的條件後，再選出正確答案。

備考戰略

① **請練習在文章中找出符合題目列出條件的內容，藉此培養解題能力。**

在作答「信息檢索」大題時，必須精準掌握題目列出的條件，才能順利找出文中對應的內容。因此練習完題目後，請務必仔細確認詳解本中的中文對照和解析，再次練習從文中找出與條件相符的內容。

② **請徹底熟記與指南、日程、活動、宣傳等主題相關的詞彙。**

在「信息檢索」大題中，經常出現指南、日程、活動、宣傳等相關詞彙，因此請務必熟記與文章主題有關的常考詞彙。

重點整理與常考詞彙

指南、日程

127 讀解_問題6 信息檢索 01.mp3

朝（あさ）	早上	案内（あんない）	引導、指引
以下（いか）	以下	行く（い）	去
かかる	花費	火曜日（かようび）	星期二
期間（きかん）	期間	金曜日（きんようび）	星期五
クラス	班、等級	来る（く）	來
月曜日（げつようび）	星期一	午後（ごご）	下午
午前（ごぜん）	上午	今度（こんど）	這次、下次
時間（じかん）	時間	食堂（しょくどう）	餐廳
水曜日（すいようび）	星期三	スポーツ	運動
それから	接著、然後	大丈夫だ（だいじょうぶ）	不要緊的
たのむ	請託、點餐	できる	可以～、有能力～
泊まる（と）	住宿	土曜日（どようび）	星期六
日曜日（にちようび）	星期日	始まる（はじ）	開始
ホテル	飯店	毎週（まいしゅう）	每週
毎日（まいにち）	每天	また	又、再
または	或者	短い（みじか）	短的
木曜日（もくようび）	星期四	休む（やす）	休息
曜日（ようび）	星期～	夜（よる）	晚上
～月（がつ）	～月	～時（じ）	～時
～日（にち）	～日	～分（ふん）	～分

活動、宣傳

128 讀解_問題6 信息檢索 02.mp3

アニメ	動畫	歌（うた）	歌
美しい（うつく）	美麗的	海（うみ）	海
英会話（えいかいわ）	英語會話	円（えん）	日圓
おいしい	美味的	海外（かいがい）	國外
外国語（がいこくご）	外語	歌手（かしゅ）	歌手
韓国（かんこく）	韓國	ギター	吉他
教育（きょういく）	教育	きれいだ	美麗的、乾淨的
元気だ（げんき）	有精神的	子ども（こ）	小孩
ゴルフ	高爾夫球	サークル	社團
しゅみ	興趣	小学校（しょうがっこう）	小學
ショッピング	購物	スペイン	西班牙
セット	套組、套餐	選手（せんしゅ）	選手
タイ	泰國	中国（ちゅうごく）	中國
テニス	網球	ドイツ	德國
ドラマ	電視劇	内容（ないよう）	內容
バイオリン	小提琴	バドミントン	羽毛球
ベトナム	越南	見る（み）	看
安い（やす）	便宜的	ゆっくり	緩慢地
ヨーロッパ	歐洲	ランチ	午餐
利用（りよう）	利用、使用	料理（りょうり）	料理

實戰測驗1

129 讀解_問題6 信息檢索 03.mp3

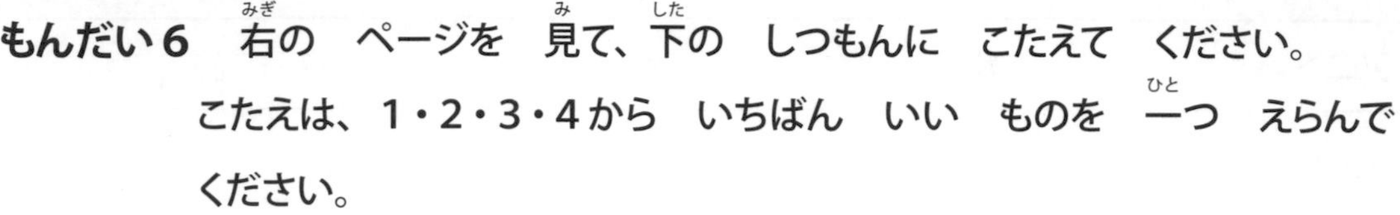

もんだい6　右の　ページを　見て、下の　しつもんに　こたえて　ください。こたえは、1・2・3・4から　いちばん　いい　ものを　一つ　えらんで　ください。

22　ニコルさんは　学生しょくどうで　ランチセットを　たのみたいです。ニコルさんは　トマトが　好きでは　ありません。それから、600円より　安い　ものが　いいです。ニコルさんは　何を　えらびますか。

1　①

2　②

3　③

4　④

森山大学
学生しょくどう

4月の
ランチセット！

時間

午前11時30分～
午後１時30分

電話

☎：013-465-289

① ***Aセット　450円***

☺ やきそば　または　うどん
☺ おにぎり

② ***Bセット　500円***

☺ トマトパスタ
☺ パン　または　スープ

③ ***Cセット　650円***

☺ トマトパスタ
☺ パン
☺ スープ
☺ ぎゅうにゅう　または　りんごジュース

④ ***Dセット　700円***

☺ とんかつ
☺ ご飯　または　うどん
☺ サラダ
☺ おちゃ　または　りんごジュース

第12天

問題6 信息檢索

答案 請參照「答案與解析」。

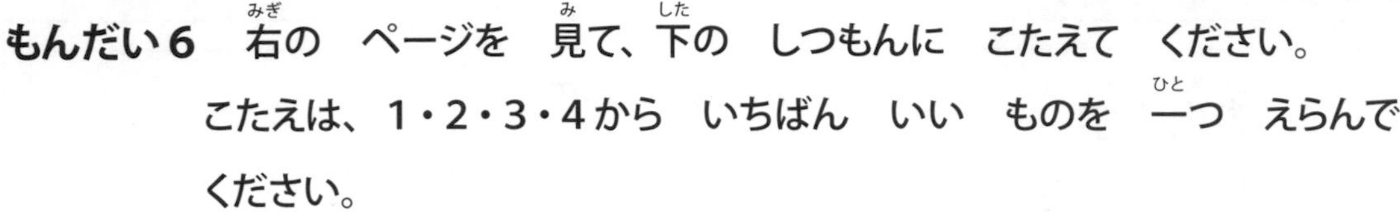

もんだい 6　右の　ページを　見て、下の　しつもんに　こたえて　ください。こたえは、1・2・3・4から　いちばん　いい　ものを　一つ　えらんで　ください。

22　本田さんは　しゅみ教室に　行きたいです。木よう日には　アルバイトが　あります。学校が　終わる　16時の　あとに　はじまって、外国語を　習う　クラスが　いいです。本田さんは　どの　クラスに　行きますか。

1　①

2　②

3　③

4　④

♣いち、に、さん　しゅみ教室！♣

新しい　しゅみを　はじめたい　人は　きて　ください！

クラス	習う　こと	よう日	時間	ばしょ
①	バイオリン - アニメの　歌を　習います。	毎週 水、金	17:00 ～ 19:00	101号室
②	ギター - すきな　かしゅの　歌を　習います。	毎週 木、金	10:30 ～ 12:30	103号室
③	かんこくご - かんこくの　歌を　ききながら　かんこくごを　習います。	毎週 月、金	10:30 ～ 12:30	101号室
④	ちゅうごくご - ちゅうごくの　ドラマを　みながら　ちゅうごくごを　習います。	毎週 火、水	17:00 ～ 19:00	103号室

ひので　文化センター

(☎電話: 013-749-3245)

答案 請參照「答案與解析」。

實戰測驗 3

131 讀解_問題6 信息檢索 05.mp3

もんだい6　右の　ページを　見て、下の　しつもんに　こたえて　ください。こたえは、1・2・3・4から　いちばん　いい　ものを　一つ　えらんで　ください。

22　ローラさんは　今週の　金曜日、友だちと　ひまわりワールドに　行きたいです。ひがし駅から　シャトルバスに　乗る　よていです。いちばん　早い　時間の　バスに　乗りたいです。ローラさんは　何時の　シャトルバスに　乗りますか。

1　9時の　シャトルバス
2　9時　10分の　シャトルバス
3　10時の　シャトルバス
4　10時　10分の　シャトルバス

シャトルバスの　時間

7月から　ひまわりワールドまでの　シャトルバスを　始めます。
次の　内容を　読んで　ください。

みなみ駅 → ひまわりワールド
09:00 → 09:20
10:00 → 10:20
11:00 → 11:20
12:00 → 12:20
13:00 → 13:20
14:00 → 14:20
15:00 → 15:20

ひがし駅 → ひまわりワールド
09:10 → 09:20
10:10 → 10:20
11:10 → 11:20
12:10 → 12:20
13:10 → 13:20
14:10 → 14:20
15:10 → 15:20

* 9時と　9時10分の　シャトルバスは　週末だけ　利用できます。
* 大人は　200円、子どもは　100円です。

☎ 012-343-5435

第12天　問題6　信息検索

答案 請參照「答案與解析」。

實戰測驗 4

🔊 132 讀解_問題6 信息檢索 06.mp3

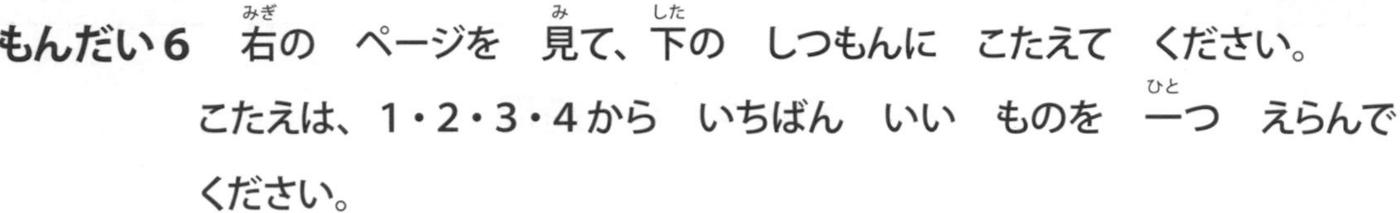

もんだい６　右の　ページを　見て、下の　しつもんに　こたえて　ください。こたえは、１・２・３・４から　いちばん　いい　ものを　一つ　えらんで　ください。

22　山本さんは　7月　22日から　7月　28日まで　休みです。また　ヨーロッパに　旅行に　行きたいです。山本さんは　何を　えらびますか。

1　①

2　②

3　③

4　④

海外旅行は　スマイル旅行で！☺

今度の　夏休みには　海外旅行に　行きませんか。

① ベトナム旅行

☺ 旅行きかん：7月　22日～7月　24日

☺ お金：一人　35,000円

☺ おいしい　ベトナム料理を　毎日　食べる　ことが　できます。

② ドイツ旅行

☺ 旅行きかん：7月　22日～7月　27日

☺ お金：一人　200,000円

☺ きれいな　ホテルに　泊まる　ことが　できます。

③ スペイン旅行

☺ 旅行きかん：7月　23日～7月　30日

☺ お金：一人　250,000円

☺ うつくしい　海で　ゆっくり　休む　ことが　できます。

④ タイ旅行

☺ 旅行きかん：7月　26日～7月　28日

☺ お金：一人　40,000円

☺ 安い　ねだんで　ショッピングする　ことが　できます。

第12天 問題6 信息檢索

答案 請參照「答案與解析」。

實戰測驗 5

133 讀解_問題6 信息檢索 07.mp3

もんだい６　右の　ページを　見て、下の　しつもんに　こたえて　ください。こたえは、１・２・３・４から　いちばん　いい　ものを　一つ　えらんで　ください。

22　ローズさんは　友だちの　アナさんと　いっしょに　おかし教室に　行きたいです。

ふたりは　いつ　おかし教室に　行きますか。

1　月曜日 11:00-12:00
2　水曜日 15:00-16:00
3　金曜日 12:00-13:00
4　土曜日 13:00-14:00

(1)　おかし教室の　時間

	10:00-11:00	11:00-12:00	12:00-13:00	13:00-14:00	14:00-15:00	15:00-16:00
月曜日～金曜日	X	X	O	X	O	O
土曜日	O	O	O	X	X	X

(2)　ローズさんの　アルバイトの　時間

	10:00-11:00	11:00-12:00	12:00-13:00	13:00-14:00	14:00-15:00	15:00-16:00
月曜日					14:00-15:00	15:00-16:00
火曜日			12:00-13:00	13:00-14:00	14:00-15:00	15:00-16:00
水曜日		11:00-12:00	12:00-13:00			
木曜日	10:00-11:00				14:00-15:00	15:00-16:00
金曜日			12:00-13:00	13:00-14:00		
土曜日	10:00-11:00	11:00-12:00	12:00-13:00			

(3)　アナさんの　アルバイトの　時間

	10:00-11:00	11:00-12:00	12:00-13:00	13:00-14:00	14:00-15:00	15:00-16:00
月曜日		11:00-12:00	12:00-13:00			
火曜日		11:00-12:00			14:00-15:00	15:00-16:00
水曜日				13:00-14:00	14:00-15:00	
木曜日			12:00-13:00	13:00-14:00	14:00-15:00	
金曜日					14:00-15:00	15:00-16:00
土曜日						15:00-16:00

答案 請參照「答案與解析」。

聽解

第13天　問題1　問題理解

第14天　問題2　重點理解

第15天　問題3　語言表達

第16天　問題4　即時應答

第13天 問題1 問題理解

考試題型與解題步驟

🔊 134 聽解_問題1 問題理解 01.mp3

問題理解 聽完兩人對話、或單人獨白後，選出最終決定的事項。總題數為7題。

[題本]

✔

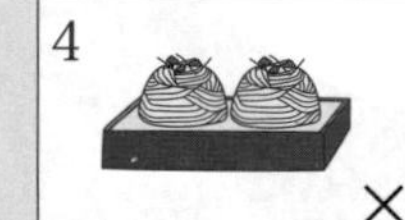

Step 1

請於聽力原文播出前，快速瀏覽選項，事先確認聽力中可能會提及的內容。

瀏覽選項的圖示，確認聽力中可能會提及與1「披薩」、2「有淋醬汁的飯類（咖哩）」、3「壽司」、4「蕎麥麵」相關的內容。

[音檔]

うちで女の人と男の人が話しています。**二人は何を食べますか。**

F：昼ご飯、何が食べたいですか。

M：昨日ピザを食べましたから、今日は他のものを食べましょう。

F：はい、カレーはどうですか。

M：僕たちがいつも行くカレー屋は今日お休みです。

F：**それじゃ、すしはどうですか。**駅前のそば屋のとなりに新しく店ができました。

M：**いいですね。**

二人は何を食べますか。

Step 2

請邊聽開頭提及的題目，邊掌握題目的重點。聆聽雙人對話或單人獨白時，請確認最終決定要做的事為何。

題目詢問兩人要吃什麼東西。對話中，女生提議吃壽司，而後男生表示同意，因此請在選項3旁標示○。1披薩為昨天吃的食物、2當中提到今天咖哩店休息、4當中提到蕎麥麵店旁開了新的壽司店，因此請在選項1、2、4旁標示X。

Step 3

請於題目播放第二遍時，邊聽題目，邊選出正確答案。

答案請選擇標示○的選項「3壽司」。

上方題目的中文對照與詞彙說明，請參照「答案與解析」。

命題方向

① **選項大多採圖示的方式。**

選項大多採取圖示模式，有時也會有直接列出單字、或句子的選項。若選項為單字或句子時，聽力原文中通常會提及同樣的內容，因此建議提前確認選項。

② **題目最常考的是最終選定的東西。**

題目會詢問最終決定的東西、時間、地點、數量、次數、要做的事，當中最常考的是最終選定的東西。此類考題的選項多為圖示，因此建議在聽力音檔播出前，提前確認各選項東西的種類、外型、數量等，便能輕鬆選出答案。

例 **女の人**(おんな ひと)は、明日(あした)**何**(なに)を持(も)っていきますか。女子明天要帶什麼東西去？

1
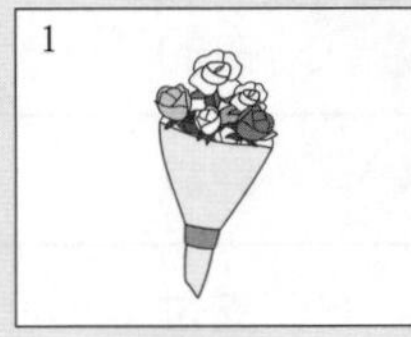

2

3
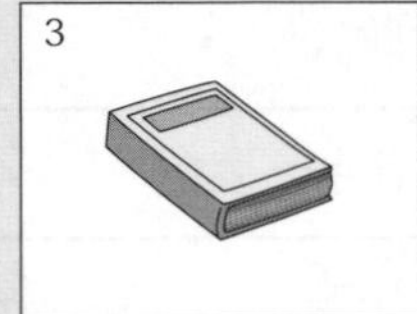

4

備考戰略

① **反覆聆聽音檔，練習邊聽邊寫出解題關鍵字。**

作答「問題理解」大題時，得聽完整段聽力原文，明確掌握最終決定的內容，才能順利選出答案，因此必須充分練習聽力。建議善用本書提供的MP3音檔，有助於提升學習效率。

② **請徹底熟記與購物、旅遊／景點、料理／餐食、學業等主題相關的詞彙。**

在問題理解大題中，經常出現購物、旅遊／景點、料理／用餐、學業等相關詞彙，因此請務必熟記與這些主題有關的常考詞彙。

重點整理與常考詞彙

購物　135 聽解_問題1 問題理解 02.mp3

色（いろ）	顏色	絵（え）	畫
選（えら）ぶ	選擇	買（か）い物（もの）	購物
着（き）る	穿	靴下（くつした）	襪子
黒（くろ）い	黑的	財布（さいふ）	錢包
雑誌（ざっし）	雜誌	白（しろ）い	白的
高（たか）い	高的、貴的	時計（とけい）	鐘錶
ネクタイ	領帶	払（はら）う	支付
ハンカチ	手帕	欲（ほ）しい	想要
安（やす）い	便宜的	リボン	緞帶
渡（わた）す	交付	ワンピース	洋裝

旅遊／景點　136 聽解_問題1 問題理解 03.mp3

アメリカ	美國	後（うし）ろ	後面
駅（えき）	車站	銀行（ぎんこう）	銀行
公園（こうえん）	公園	交差点（こうさてん）	十字路口
着（つ）く	穿	博物館（はくぶつかん）	博物館
ピクニック	野餐	左側（ひだりがわ）	左側
病院（びょういん）	醫院	ビル	大樓
ホテル	飯店	前（まえ）	前面、之前
曲（ま）がる	轉彎、彎曲	まっすぐ	筆直地
右側（みぎがわ）	右側	道（みち）	路
旅行（りょこう）	旅行	旅行会社（りょこうがいしゃ）	旅行社

料理／餐食

137 聽解_問題1 問題理解 04.mp3

洗う（あらう）	洗	いちご	草莓
おにぎり	飯糰	カップ	杯子
牛乳（ぎゅうにゅう）	牛奶	薬を飲む（くすりをのむ）	吃藥
魚（さかな）	魚	食事（しょくじ）	餐、用餐
スーパー	超市	すし	壽司
スパゲッティ	義大利麵	食べ物（たべもの）	食物
卵（たまご）	蛋	チーズ	乳酪
とんかつ	炸豬排	飲み物（のみもの）	飲料
メニュー	菜單	もも	桃子
野菜（やさい）	蔬菜	冷蔵庫（れいぞうこ）	冰箱

學業

138 聽解_問題1 問題理解 05.mp3

鉛筆（えんぴつ）	鉛筆	覚える（おぼえる）	背
返す（かえす）	歸還、返還	漢字（かんじ）	漢字
簡単だ（かんたんだ）	簡單的	がんばる	努力
消しゴム（けしゴム）	橡皮擦	辞書（じしょ）	字典
質問（しつもん）	提問	小学生（しょうがくせい）	小學生
新聞（しんぶん）	報紙	説明（せつめい）	說明
全部（ぜんぶ）	全部	机（つくえ）	書桌
テキスト	課本	テストを受ける（うける）	參加考試
習う（ならう）	學	ノート	筆記本
ボールペン	原子筆	問題（もんだい）	問題、題目

第13天 問題1 問題理解

實戰測驗1

139 聽解_問題1 問題理解 06.mp3

もんだい 1

もんだい１では、はじめに　しつもんを　きいて　ください。それから　はなしを　きいて、もんだいようしの　１から４の　なかから、いちばん　いい　ものを　ひとつ　えらんで　ください。

1ばん

2ばん

3ばん

1　やさいを　あらう

2　やさいを　きる

3　くだものを　あらう

4　たまごを　だす

4ばん

1　うみ

2　やま

3　えいがかん

4　びじゅつかん

5ばん

6ばん

1　すいようびの　ごぜん

2　すいようびの　ごご

3　もくようびの　ごぜん

4　もくようびの　ごご

7ばん

答案 請參照「答案與解析」。

實戰測驗2

140 聽解_問題1 問題理解 07.mp3

もんだい１

　もんだい１では、はじめに　しつもんを　きいて　ください。それから　はなしを　きいて、もんだいようしの　１から４の　なかから、いちばん　いい　ものを　ひとつ　えらんで　ください。

１ばん

1

2

3

4

2ばん

3ばん

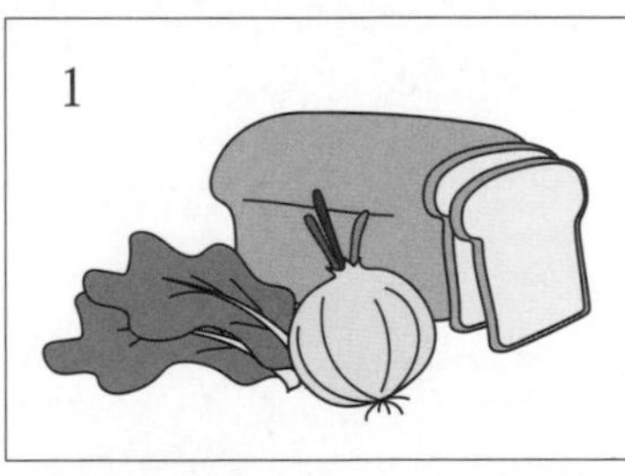

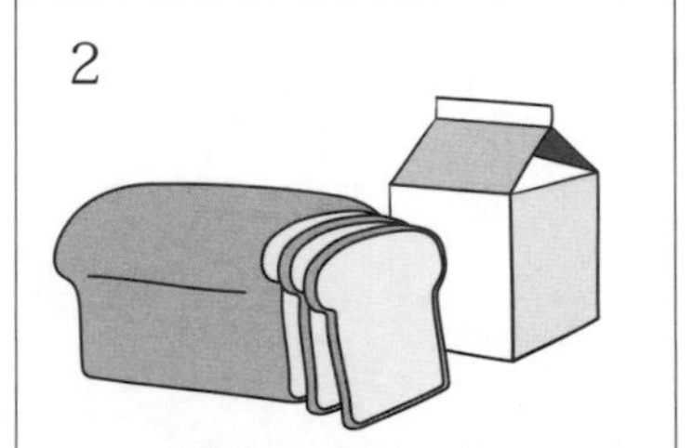

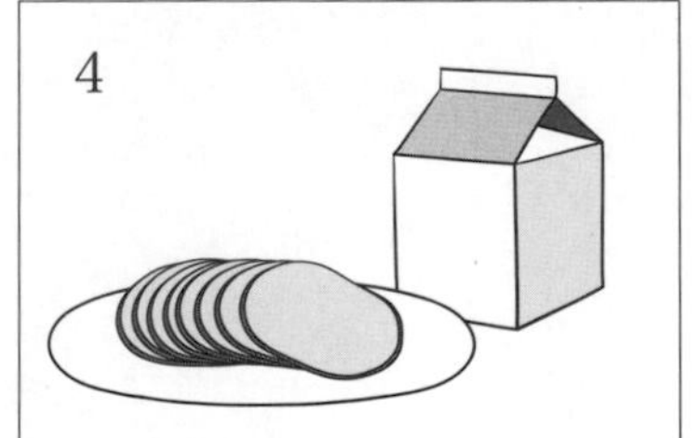

第13天
問題1 問題理解

4ばん

1　4じ

2　5じ

3　6じ

4　7じ

5ばん

1　1かい

2　2かい

3　3かい

4　4かい

6ばん

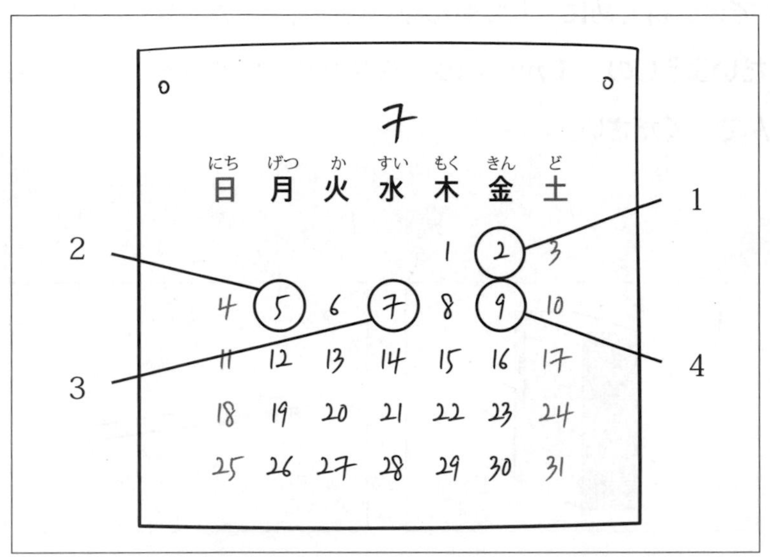

7ばん

答案 請參照「答案與解析」。

實戰測驗3

141 聽解_問題1 問題理解 08.mp3

もんだい１

もんだい１では、はじめに　しつもんを　きいて　ください。それから　はなしを　きいて、もんだいようしの　１から４の　なかから、いちばん　いい　ものを　ひとつ　えらんで　ください。

１ばん

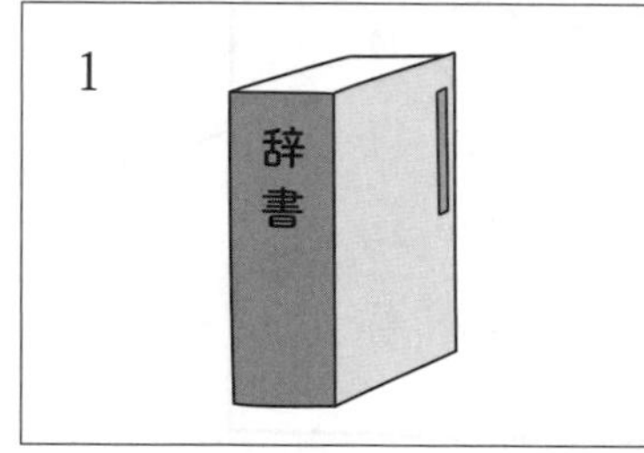

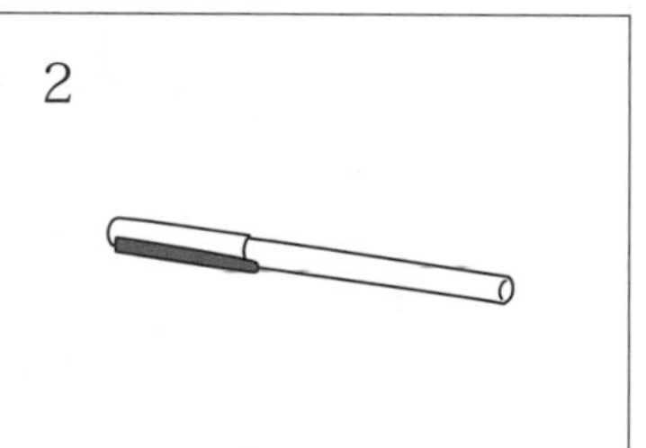

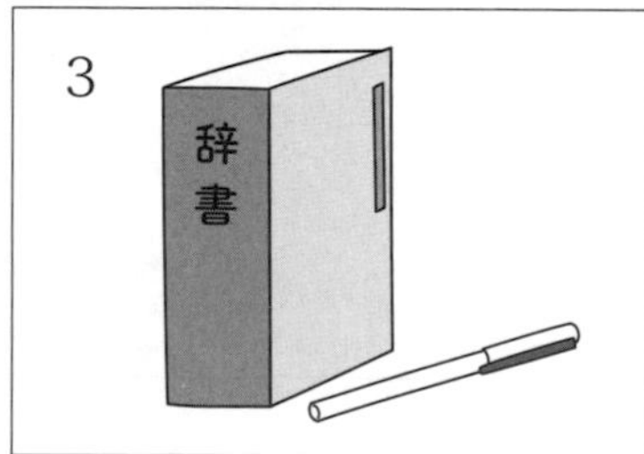

２ばん

1　こんしゅうの　きんようび

2　こんしゅうの　どようび

3　らいしゅうの　かようび

4　らいしゅうの　きんようび

3ばん

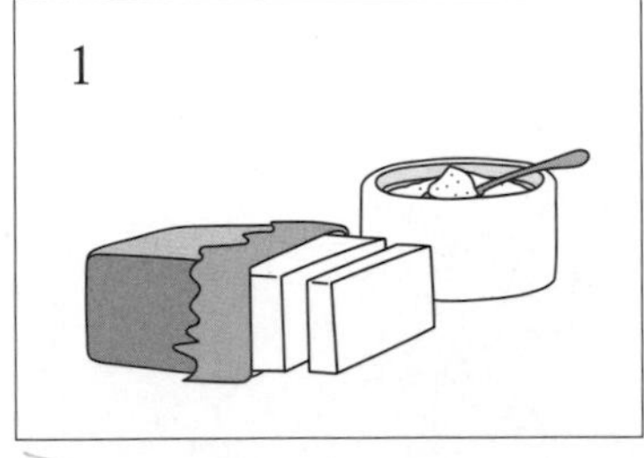

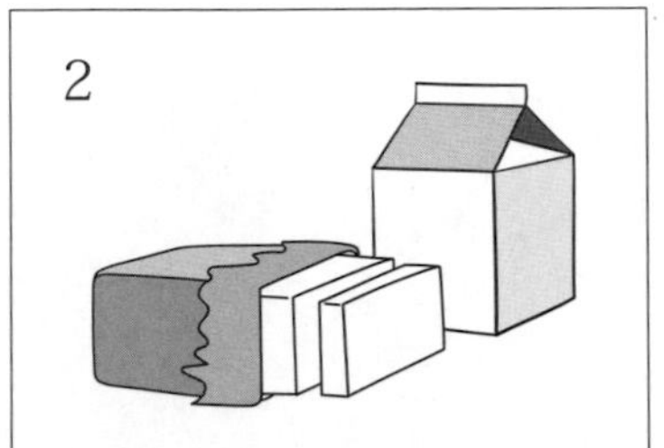

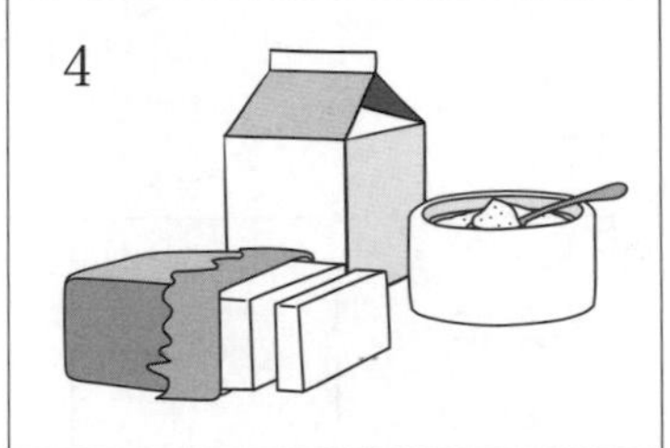

4ばん

5ばん

1　げつようび

2　すいようび

3　どようび

4　にちようび

6ばん

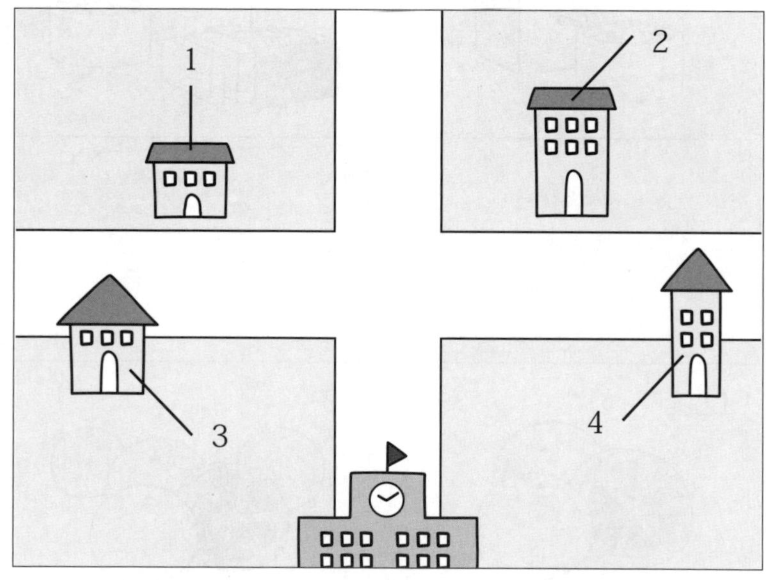

7ばん

1

答案 請參照「答案與解析」。

第14天 問題2 重點理解

考試題型與解題步驟

🔊 142 聽解_問題2 重點理解 01.mp3

重點理解 聽完兩人對話、單人獨白後，針對題目選出適當的答案。總題數為6題。

[題本]

1 ジュース ✕
✔ 2 コーヒー ○
3 ぎゅうにゅう ✕
4 おちゃ ✕

Step 1

請於聽力原文播出前，快速瀏覽選項，事先確認聽力中可能會提及的內容。

確認聽力中可能會提及與1「果汁」、2「咖啡」、3「牛奶」、4「茶」相關的內容。

[音檔]

男の人と女の人が話しています。**男の人は何を飲みますか。**

M：佐藤さん、何にしますか。

F：うーん、私はジュースにします。コーヒーとか牛乳とかを飲むとお腹が痛くなりますので。

M：そうですか。じゃあ、**僕はコーヒーにします**。あ、お茶もありますよ。

F：あ、そうですか。じゃあ、私、お茶にします。

M：はい、わかりました。頼んできます。

男の人は何を飲みますか。

Step 2

請邊聽開頭提及的題目，邊掌握題目的重點。而後聆聽對話或獨白時，請從中確認可能為答案的選項。

題目詢問男生要喝什麼。對話中，男生表示：「僕はコーヒーにします（我要咖啡）」，因此請在選項2的コーヒー（咖啡）旁標示○。果汁、牛奶、和茶皆為女生提到的飲品，因此請在選項1、3、4旁標示X。

Step 3

請於題目播放第二遍時，邊聽題目，邊選出正確答案。

答案請選擇標示○的選項「2コーヒー（咖啡）」。

上方題目的中文對照與詞彙說明，請參照「答案與解析」。

命題方向

① **題目最常使用疑問詞「何（什麼）」提問。**

題目最常使用的是疑問詞「何（什麼）」，針對東西、要做的事、數量提問。除此之外也會出現以「どこ（哪裡）」、「だれ（誰）」、「いつ（何時）」等疑問詞詢問地點、人、時間等。

例 **女の人**は、昨日**何**をしましたか。女生昨天做了什麼？

男の学生は、夏休みに**どこ**へ行きましたか。男學生暑假去了哪裡？

② **選項通常為單字，且大多會出現在聽力原文中。**

選項可能出現單字、句子、圖示、電話號碼等不同形式，當中最常出現的為單字。聽力原文中通常會直接提及同樣的單字，因此請務必要提前確認選項。

例 **選項**	**音檔**
1 ゆうびんきょく(×) 郵局 2 ぎんこう(○) 銀行	女の人と男の人が話しています。女生和男生正在聊天。 男の人は昨日どこに行ってきましたか。男生昨天去了哪裡？ F：昨日は、**郵便局**で手紙を送りました。 昨天去郵局寄了信。 M：そうですか。僕は昨日**銀行**に行ってきました。 是喔？我昨天去了一趟銀行。

備考戰略

① **反覆聆聽音檔，練習邊聽邊寫出解題關鍵字。**

作答「重點理解」大題時，必須辨別出聽力原文中與各選項相關的內容。因此必須培養一定的聽力實力，才能聽懂聽力原文中特定的內容。建議善用本書提供的MP3音檔，有助於提升學習效率。

② **請徹底熟記與家人、上課／工作、食物／餐廳、興趣等主題相關的詞彙。**

在重點理解大題中，經常出現家人、課程／工作、食物／餐廳、興趣等相關詞彙，因此請務必熟記與這些主題有關的常考詞彙。

重點整理與常考詞彙

家人　143 聽解_問題2 重點理解 02.mp3

兄（あに）	哥哥	姉（あね）	姐姐
家（いえ）	家	妹（いもうと）	妹妹
妹（いもうと）さん	（別人的）妹妹	お母（かあ）さん	媽媽
奥（おく）さん	（別人的）太太	お父（とう）さん	爸爸
弟（おとうと）	弟弟	弟（おとうと）さん	（別人的）弟弟
お兄（にい）さん	哥哥	お姉（ねえ）さん	姐姐
家族（かぞく）	家人	兄弟（きょうだい）	兄弟姐妹
結婚（けっこん）	結婚	祖父（そふ）	爺爺
祖母（そぼ）	奶奶	父（ちち）	爸爸
母（はは）	媽媽	両親（りょうしん）	雙親

上課／工作　144 聽解_問題2 重點理解 03.mp3

アルバイト	打工	椅子（いす）	椅子
教（おし）える	教	遅（おそ）い	遲的、晚的
会社（かいしゃ）	公司	書（か）く	寫
学生（がくせい）	學生	聞（き）く	聽、問
教室（きょうしつ）	教室	クラス	班、等級
仕事（しごと）	工作	電話番号（でんわばんごう）	電話號碼
日本語（にほんご）	日語	場所（ばしょ）	地點
働（はたら）く	工作	勉強（べんきょう）	唸書
毎朝（まいあさ）	每天早上	休（やす）みの日（ひ）	休假日
予定（よてい）	預定行程	読（よ）む	讀

食物／餐廳

145 聽解_問題2 重點理解 04.mp3

お菓子（かし）	點心	お腹（なか）が　空（す）く	肚子餓
お昼（ひる）	中午、午餐	お弁当（べんとう）	便當
喫茶店（きっさてん）	咖啡廳	果物（くだもの）	水果
クッキー	餅乾	さとう	糖
皿（さら）	盤子	サンドイッチ	三明治
ジュース	果汁	食堂（しょくどう）	餐廳
ステーキ	牛排	そば	蕎麥麵
パン	麵包	晩（ばん）ご飯（はん）	晚餐
みかん	橘子	ランチ	午餐
料理（りょうり）	料理	りんご	蘋果

興趣

146 聽解_問題2 重點理解 05.mp3

新（あたら）しい	新的	運動場（うんどうじょう）	運動場
映画館（えいがかん）	電影院	面白（おもしろ）い	有趣的
コンサート	演唱會	サッカー	足球
自転車（じてんしゃ）	腳踏車	小説（しょうせつ）	小說
スキー	滑雪	すごい	厲害的
大変（たいへん）だ	辛苦的	楽（たの）しい	快樂的
ダンス	跳舞	動物園（どうぶつえん）	動物園
走（はし）る	跑	バスケットボール	籃球
パソコン	個人電腦	美術館（びじゅつかん）	美術館
プール	游泳池	練習（れんしゅう）	練習

實戰測驗1

147 聽解_問題2 重點理解 06.mp3

もんだい 2

もんだい２では、はじめに　しつもんを　きいて　ください。それから　はなしを　きいて、もんだいようしの　１から４の　なかから、いちばん　いい　ものを　ひとつ　えらんで　ください。

1ばん

1

2

3

4

2ばん

1　おとうさん

2　おかあさん

3　あに

4　あね

3ばん

1　１かいの　１ばん　きょうしつ

2　１かいの　２ばん　きょうしつ

3　２かいの　１ばん　きょうしつ

4　２かいの　２ばん　きょうしつ

4ばん

1　531-4189

2　531-4819

3　538-4189

4　538-4819

5ばん

1　２まい

2　３まい

3　４まい

4　５まい

6ばん

1　やま

2　うみ

3　えき

4　デパート

答案 請參照「答案與解析」。

實戰測驗 2

148 聽解_問題2 重點理解 07.mp3

もんだい 2

もんだい 2 では、はじめに　しつもんを　きいて　ください。それから　はなしを　きいて、もんだいようしの　1 から 4 の　なかから、いちばん　いい　ものを　ひとつ　えらんで　ください。

1ばん

1

2

3

4

2ばん

1　ともだち
2　あに
3　いもうと
4　せんせい

3ばん

1　３にん

2　４にん

3　５にん

4　６にん

4ばん

1　じてんしゃ

2　タクシー

3　でんしゃ

4　バス

5ばん

1　２かい

2　３かい

3　５かい

4　７かい

6ばん

1

2

3

4

答案 請參照「答案與解析」。

實戰測驗 3

🔊149 聽解_問題2 重點理解 08.mp3

もんだい 2

もんだい２では、はじめに　しつもんを　きいて　ください。それから　はなしを　きいて、もんだいようしの　１から４の　なかから、いちばん　いい　ものを　ひとつ　えらんで　ください。

1ばん

1
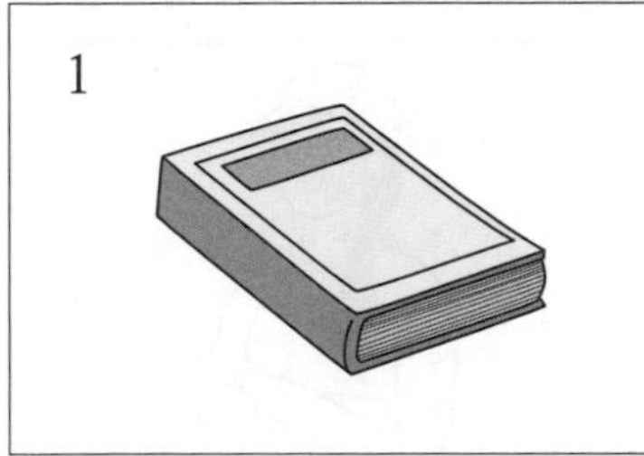

2

3

4

第14天 問題2 重點理解

2ばん

3ばん

1　1まい

2　2まい

3　4まい

4　7まい

4ばん

1　しゅくだいを　しました

2　じゅぎょうを　ききました

3　りょうりを　しました

4　えいがを　みました

5ばん

1　レストラン

2　えき

3　スーパー

4　がっこう

6ばん

1　1つ

2　2つ

3　3つ

4　5つ

答案 請參照「答案與解析」。

第15天 問題3 語言表達

考試題型與解題步驟

150 聽解_問題3 語言表達 01.mp3

語言表達 圖片情境中，對於箭頭指向的人最適合表達的話語。總題數為5題，各題提供三個選項。

[題本]

✔ 1. ○
2. ✕
3. ✕

※ 請利用播放例題的時間，事先在每題圖片右方的空白處寫下選項編號。

[音檔]

友(とも)だちをうちに呼(よ)びたいです。友(とも)だちに何(なん)と言(い)いますか。

M: ✔ 1 うちに来(き)ませんか。
2 大(おお)きなうちですね。
3 今(いま)行(い)ってもいいですか。

Step 2

聆聽選項，針對問題選出最適當的答案。

1提出「要不要來我家？」，符合圖片的情境，因此請在1旁邊標示○；2「房子好大喔」，不符合圖片情境、3「方便現在去嗎？」為右方男生適合表達的話語，因此請在3旁邊標示X。綜合上述，答案要選標示○的1。

Step 1

先確認圖片當中的情境和箭頭所指的人物，並於題目播放時，確認圖中的情境為何。

圖中的箭頭指向左方的男生，他想邀請朋友去他家，因此要選出他適合在該情境中表達的話語。

上方題目的中文對照與詞彙說明，請參照「答案與解析」。

命題方向

① **最常考的情境為：一方向另一方提出邀請。**

題目會出現一方向另一方提出邀請、問候、提出疑問、麻煩對方做某事、提醒對方等情境，當中最常考的為提出邀請。

例 

→ 箭頭指向右方的男生。觀察圖片中的人物，可以得知男生似乎想請女生吃蛋糕。因此請思考男生可能會對女生說什麼話，並聆聽題目和選項。

② **陷阱選項會出現箭頭未指向的人該說的話、或是不符合情境的話語。**

請務必於播放題目前，看圖確認箭頭所指的人物是誰。接著於聆聽題目的時候，迅速確認圖片當中的情境。這樣才能順利刪去箭頭未指向的人該說的話、或是不符合情境的話語。

例 友(とも)だちにケーキをあげます。何(なん)と言(い)いますか。

給朋友蛋糕時，會說些什麼？

① このケーキ食(た)べませんか。要不要吃這塊蛋糕？(○)

② ケーキはおいしかったです。蛋糕很好吃。(×) → 不符合情境的話語

③ ケーキをください。請給我蛋糕。(×)→ 箭頭未指向的人該說的話

備考戰略

① **反覆聆聽音檔，練習邊聽邊寫出解題關鍵字。**

「語言表達」大題的試題本上不會印有題目和選項，因此必須培養一定的聽力實力，才能聽懂聽力原文中出現的題目和選項內容。建議善用本書提供的MP3音檔，有助於提升學習效率。

② **請徹底熟記與健康／飲食、購物／觀光、溝通表達等主題相關的詞彙。**

在「語言表達」大題中，經常出現健康／飲食、購物／觀光、溝通表達等相關詞彙，因此請務必熟記與這些主題有關的常考詞彙。

重點整理與常考詞彙

健康／飲食 151 聽解_問題3 語言表達 02.mp3

足（あし）	腳	暑（あつ）い	炎熱的
熱（あつ）い	熱的	危（あぶ）ない	危險的
歩（ある）く	走	痛（いた）い	痛的
お茶（ちゃ）	茶	お水（みず）	水
カレー	咖哩	ケーキ	蛋糕
コーヒー	咖啡	ご飯（はん）	飯、餐
散歩（さんぽ）	散步	頼（たの）む	點餐、請託
注意（ちゅうい）	注意	チョコレート	巧克力
疲（つか）れる	疲累	飲（の）む	喝
店（みせ）	店	レストラン	餐廳

購物／觀光 152 聽解_問題3 語言表達 03.mp3

開（あ）く	開啟	開（あ）ける	開啟
いくら	多少	海（うみ）	海
大（おお）きい	大的	買（か）う	買
客（きゃく）	客人	サイズ	尺寸
シャツ	襯衫	週末（しゅうまつ）	週末
好（す）きだ	喜歡的	少（すこ）し	稍微
タクシー	計程車	小（ちい）さい	小的
チケット	票	テレビ	電視
長（なが）い	長的	荷物（にもつ）	行李
はがき	明信片	必要（ひつよう）だ	必要的

溝通表達

153 聽解_問題3 語言表達 04.mp3

会(あ)う	見面	あげる	給、給予他人恩惠
あまり	不太	ある	有
いい	好的	言(い)う	說
うち	家	うるさい	吵鬧的
遅(おく)れる	晚、慢	終(お)わる	結束
変(か)える	改變	貸(か)す	借出
借(か)りる	借	来(く)る	來
子(こ)ども	小孩	静(しず)かだ	安靜的
失礼(しつれい)	失禮	知(し)る	知道
すぐ	馬上	する	做
座(すわ)る	坐	たくさん	許多
次(つぎ)	下一個	できる	可以、有能力
手伝(てつだ)う	幫忙	出(で)る	出去、出來
となり	隔壁	入(はい)る	進入
早(はや)く	快速地	人(ひと)	人
ふむ	踏	また	又、再
まだ	還、仍	待(ま)つ	等
窓(まど)	窗戶	もう	已經
もらう	收、受到他人的恩惠	約束(やくそく)	約定
呼(よ)ぶ	叫、稱呼	わかる	知道

實戰測驗1

🔊 154 聽解_問題3 語言表達 05.mp3

もんだい３

もんだい３では、えを　みながら　しつもんを　きいて　ください。

➡（やじるし）の　ひとは　なんと　いいますか。１から３の　なかから、いちばん　いい　ものを　ひとつ　えらんで　ください。

１ばん

2ばん

3ばん

第15天
問題3
語言表達

4ばん

5ばん

答案 請參照「答案與解析」。

實戰測驗 2

🔊 155 聽解_問題3 語言表達 06.mp3

もんだい 3

もんだい 3 では、えを　みながら　しつもんを　きいて　ください。

➡（やじるし）の　ひとは　なんと　いいますか。1 から 3 の　なかから、いちばん　いい　ものを　ひとつ　えらんで　ください。

1ばん

2ばん

3ばん

4ばん

5ばん

答案 請參照「答案與解析」。

第15天
問題3
語言表達

實戰測驗 3

🔊 156 聽解_問題3 語言表達 07.mp3

もんだい 3

もんだい 3では、えを　みながら　しつもんを　きいて　ください。

➡（やじるし）の　ひとは　なんと　いいますか。1から3の　なかから、いちばん　いい　ものを　ひとつ　えらんで　ください。

1ばん

2ばん

3ばん

第15天 問題3 語言表達

4ばん

5ばん

答案 請參照「答案與解析」。

- メモ -

第16天 問題4 即時應答

考試題型與解題步驟

🔊157 聽解_問題4 即時應答 01.mp3

即時應答 聽完簡短的題目和三個選項後，選出適當的答覆。總題數為6題。

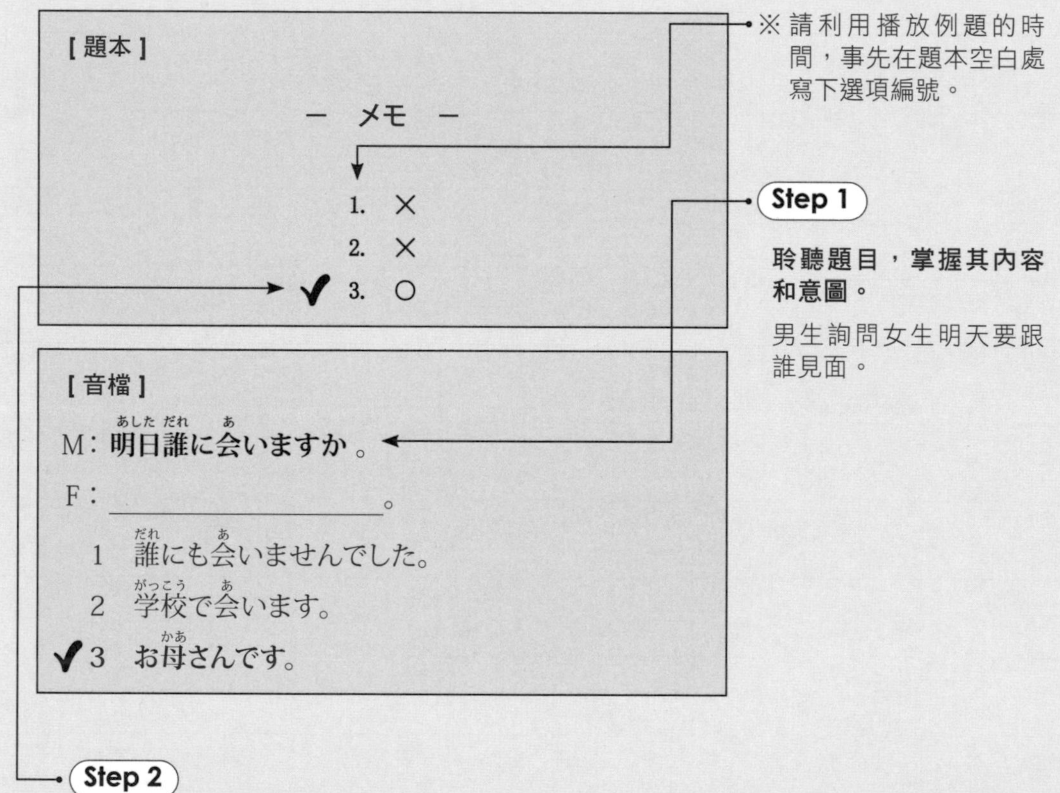

[題本]
－ メモ －
1. ×
2. ×
✔ 3. ○
[音檔]
M：明日誰に会いますか。
F：＿＿＿＿＿＿＿＿。
1 誰にも会いませんでした。
2 学校で会います。
✔3 お母さんです。
※請利用播放例題的時間，事先在題本空白處寫下選項編號。
Step 1
聆聽題目，掌握其內容和意圖。
男生詢問女生明天要跟誰見面。

Step 2

聆聽選項，選出最適當的答覆。

1 雖然重複使用題目句中的「誰」，並使用了與「会いますか（要見面嗎）相關的「会いませんでした（沒有見面）」，但並非答案，因此請標示X；2該答覆適合回答問句「どこで会いますか（要在哪裡見面？）」，因此請標示X；3回答見面的對象，為適當的答覆，因此請標示○。綜合上述，答案要選標示○的「3 お母さんです（母親）」。

上方題目的中文對照與詞彙說明，請參照「答案與解析」。

命題方向

① **最常出現使用疑問詞「何（什麼）」提問的題目句。**

題目句包含使用「何（什麼）」、「いつ（何時）」、「どこ（哪裡）」等疑問詞提問的問句、確認事實與否的問句、以及提出建議的問句。當中最常考的為使用疑問詞提問的問題，因此請務必根據問句中使用的疑問詞，選出適當的答覆。

例 何を食べましたか。你吃了什麼？ - ラーメンを食べました。我吃了拉麵。

いつ帰りますか。什麼時候回來？ - 来月帰ります。下個月回去。

② **陷阱選項會出現適合回應其他問句的答覆、不符合情境的話語、刻意重複題目句中的字詞、使用與題目句有所關聯的字詞等，企圖混淆視聽。**

本大題沒有充分的時間讓人慢慢思考答案，因此請邊聆聽題目和選項，邊理解內容，並留意不要掉入上述的幾項答題陷阱之中。

例 週末はどこに行きますか。週末要去哪裡？

① 映画館に行きます。去電影院。(○)

② 明日行きます。明天去。(×)

→適合用來回應使用其他疑問詞的問句「いつ行きますか（什麼時候去？）」，此為陷阱選項。

③ どこにも行きませんでした。哪裡也沒去。(×)

→ 使用題目句中的「どこ」，並使用「行きませんでした（沒有去）」，僅與題目句中的「行きますか」有所關聯，為陷阱選項。

備考戰略

① **反覆聆聽音檔，練習邊聽邊寫出解題關鍵字。**

「即時應答」大題的試題本上不會印有任何字句，得自行聽出題目和選項才行。且並未提供充分的時間讓人慢慢思考答案，唯有快速又準確地聽懂內容，才能順利解題。建議善用本書提供的MP3音檔，有助於提升學習效率。

② **請徹底熟記與約定／日程、日常生活、學校／公司等主題相關的詞彙。**

在「即時應答」大題中，經常出現約定／行程、日常生活、學校／公司等相關詞彙，因此請務必熟記與這些主題有關的常考詞彙。

重點整理與常考詞彙

約定／日程　158 聽解_問題4 即時應答 02.mp3

あさって	後天	明日（あした）	明天
忙しい（いそがしい）	忙碌的	いつ	什麼時候
一緒に（いっしょに）	一起	今（いま）	現在
昨日（きのう）	昨天	今日（きょう）	今天
去年（きょねん）	去年	今朝（けさ）	今天早上
時間（じかん）	時間	出す（だす）	拿出、提出
何時（なんじ）	幾點	日（ひ）	日子
毎日（まいにち）	每天	休み（やすみ）	休息、休假日
～か月（げつ）	～個月	～間（かん）	表示間隔的時間
～時（じ）	～點鐘	～時間（じかん）	～個小時

日常生活　159 聽解_問題4 即時應答 03.mp3

遊ぶ（あそぶ）	玩	行く（いく）	去
いる	存在	運動（うんどう）	運動
映画（えいが）	電影	おいしい	美味的
多い（おおい）	多的	起きる（おきる）	起床、發生
置く（おく）	放置	思う（おもう）	想
降りる（おりる）	降落、下車	かさ	雨傘
風邪（かぜ）	感冒	カメラ	相機
かわいい	可愛的	元気だ（げんきだ）	有精神的
コート	外套	写真（しゃしん）	照片
上手だ（じょうずだ）	擅長的	食べる（たべる）	吃

誕生日（たんじょうび）	生日	近く（ちかく）	附近
使う（つかう）	使用	デパート	百貨公司
電車（でんしゃ）	電車	遠い（とおい）	遠的
とても	非常	登る（のぼる）	攀登
乗る（のる）	乘坐（交通工具）	バス	公車
飛行機（ひこうき）	飛機	昼ご飯（ひるごはん）	午餐
プレゼント	禮物	部屋（へや）	房間
短い（みじかい）	短的	見る（みる）	看
持つ（もつ）	拿、持有	優しい（やさしい）	溫柔的
山（やま）	山	ラーメン	拉麵

學校／公司

160 聽解_問題4 即時應答 04.mp3

英語（えいご）	英語	帰る（かえる）	回去、回來
学校（がっこう）	學校	かばん	包包
授業（じゅぎょう）	課程	宿題（しゅくだい）	作業
先生（せんせい）	老師	大学（だいがく）	大學
作る（つくる）	製作	テスト	考試
図書館（としょかん）	圖書館	友だち（ともだち）	朋友
夏休み（なつやすみ）	暑假	二人（ふたり）	兩人
冬休み（ふゆやすみ）	寒假	本（ほん）	書
本屋（ほんや）	書店	難しい（むずかしい）	難的
休む（やすむ）	休息	～年生（ねんせい）	～年級的學生

實戰測驗1 ～3

もんだい 4

もんだい４は、えなどが　ありません。ぶんを　きいて、１から３の　なかから、いちばん　いい　ものを　ひとつ　えらんで　ください。

－ メモ －

實戰測驗 1	實戰測驗 2	實戰測驗 3
161 聽解_問題4 即時應答 05.mp3	162 聽解_問題4 即時應答 06.mp3	163 聽解_問題4 即時應答 07.mp3

答案 請參照「答案與解析」。

答案 請參照「答案與解析」。

答案 請參照「答案與解析」。

- メモ -

實戰模擬試題1、2、3

實戰模擬試題1

じゅけんばんごうを　かいて、その　したの　マークらんに　マークして　ください。
Fill in your examinee registration number in this box, and then mark the circle for each digit of the number.

じゅけんばんごう
(Examinee Registration Number)
准考證號碼

20A1010123-30123

にほんごのうりょくしけん かいとうようし
答案卡書寫說明

N5 語言知識（文字・語彙）

げんごちしき（もじ・ごい）

〈ちゅうい　Notes〉
1. くろい えんぴつ(HB、No.2)で かいてください。
Use a black medium soft (HB or No.2) pencil.
(ペンや ボールペンでは かかないでください。)
(Do not use any kind of pen.)
2. かきなおす ときは、けしゴムで きれいに けしてください。
Erase any unintended marks completely.
3. きたなく したり、おったり しないでください。
Do not soil or bend this sheet.
4. マークれい Marking Examples

よい れい Correct Example	わるい れい Incorrect Examples
●	⊗○○⓪⊖◐●

あなたの　なまえを　ローマじで　かいて　ください。　Please print in block letters.
請填寫姓名的羅馬拼音。

なまえ Name: KIM JISU
→請確認是否與准考證上的英文姓名一致。

請確認答案卡上填寫的號碼是否與准考證上的號碼一致。

劃卡時，請注意題號是否正確。→

もんだい 1 問題1

1	①	②	③	④
2	①	②	③	④
3	①	②	③	④
4	①	②	③	④
5	①	②	③	④
6	①	②	③	④
7	①	②	③	④

もんだい 2 問題2

8	①	②	③	④
9	①	②	③	④
10	①	②	③	④
11	①	②	③	④
12	①	②	③	④

もんだい 3 問題3

13	①	②	③	④
14	①	②	③	④
15	①	②	③	④
16	①	②	③	④
17	①	②	③	④
18	①	②	③	④

もんだい 4 問題4

19	①	②	③	④
20	①	②	③	④
21	①	②	③	④

〈注意事項〉
1. 一律使用黑色鉛筆作答（HB或No.2）。
請勿使用原子筆作答。
2. 修改答案時，請使用橡皮擦擦拭乾淨。
3. 請勿折疊、或弄髒答案卡。
4. 劃記範例

正確劃記	錯誤劃記
●	⊗○○⓪⊖◐●

せいねんがっぴを　かいて　ください。
Fill in your date of birth in the box.

出生日期

せいねんがっぴ(Date of Birth)

ねん Year	つき Month	ひ Day
1993	04	14

請填寫正確的出生日期，
切勿寫成考試當天日期。

實戰模擬試題1

にほんごのうりょくしけん　かいとうようし

N5 語言知識（文字・語彙）答案卡

げんごちしき（もじ・ごい）

〈ちゅうい　Notes〉
1. くろい　えんぴつ(HB、No.2)で　かいて　ください。
Use a black medium soft (HB or No.2) pencil.
(ペンや　ボールペンでは　かかないで　ください。)
(Do not use any kind of pen.)
2. かきなおす　ときは、けしゴムで　きれいに　けしてください。
Erase any unintended marks completely.
3. きたなく　したり、おったり　しないで　ください。
Do not soil or bend this sheet.
4. マークれい Marking Examples

よい　れい Correct Example	わるい　れい Incorrect Examples
●	⊗ ○ ○ ⓪ ⊖ ◐ ●

じゅけんばんごうを　かいて、その　したの　マークらんに　マークして　ください。
Fill in your examinee registration number in this box, and then mark the circle for each digit of the number.

じゅけんばんごう
(Examinee Registration Number)

20A1010123-30123

あなたの　なまえを　ローマじで　かいて　ください。　Please print in block letters.

なまえ Name

せいねんがっぴを　かいて　ください。
Fill in your date of birth in the box.

せいねんがっぴ(Date of Birth)

ねん Year	つき Month	ひ Day

もんだい 1				
1	①	②	③	④
2	①	②	③	④
3	①	②	③	④
4	①	②	③	④
5	①	②	③	④
6	①	②	③	④
7	①	②	③	④
もんだい 2				
8	①	②	③	④
9	①	②	③	④
10	①	②	③	④
11	①	②	③	④
12	①	②	③	④

もんだい 3				
13	①	②	③	④
14	①	②	③	④
15	①	②	③	④
16	①	②	③	④
17	①	②	③	④
18	①	②	③	④
もんだい 4				
19	①	②	③	④
20	①	②	③	④
21	①	②	③	④

實戰模擬試題1

にほんごのうりょくしけん　かいとうようし

N5 語言知識（文法・讀解）答案卡

げんごちしき（ぶんぽう）・どっかい

〈ちゅうい　Notes〉

1. くろい えんぴつ(HB、No.2)で かいて ください。
Use a black medium soft (HB or No.2) pencil.
(ペンや ボールペンでは かかないで ください。)
(Do not use any kind of pen.)
2. かきなおす ときは、けしゴムで きれいに けしてください。
Erase any unintended marks completely.
3. きたなく したり、おったり しないで ください。
Do not soil or bend this sheet.
4. マークれい Marking Examples

よい　れい Correct Example	わるい　れい Incorrect Examples
●	⊘ ◯ ◯ ◯ ◯ ◯ ◯

じゅけんばんごうを　かいて、その　したの　マークらんに　マークして　ください。
Fill in your examinee registration number in this box, and then mark the circle for each digit of the number.

じゅけんばんごう
(Examinee Registration Number)

20A1010123-30123

あなたの　なまえを　ローマじで　かいて　ください。　Please print in block letters.

なまえ Name

せいねんがっぴを　かいて　ください。
Fill in your date of birth in the box.

せいねんがっぴ(Date of Birth)		
ねん　Year	つき Month	ひ Day

もんだい 1				
1	①	②	③	④
2	①	②	③	④
3	①	②	③	④
4	①	②	③	④
5	①	②	③	④
6	①	②	③	④
7	①	②	③	④
8	①	②	③	④
9	①	②	③	④
もんだい 2				
10	①	②	③	④
11	①	②	③	④
12	①	②	③	④
13	①	②	③	④
もんだい 3				
14	①	②	③	④
15	①	②	③	④
16	①	②	③	④
17	①	②	③	④

もんだい 4				
18	①	②	③	④
19	①	②	③	④
もんだい 5				
20	①	②	③	④
21	①	②	③	④
もんだい 6				
22	①	②	③	④

實戰模擬試題1

にほんごのうりょくしけん かいとうようし

N5 聴解 答案卡
ちょうかい

じゅけんばんごうを　かいて、その　したの　マークらんに　マークして　ください。
Fill in your examinee registration number in this box, and then mark the circle for each digit of the number.

じゅけんばんごう
(Examinee Registration Number)

2 0 A 1 0 1 0 1 2 3 - 3 0 1 2 3

〈ちゅうい　Notes〉
1. くろい えんぴつ(HB、No.2)で かいて ください。
Use a black medium soft (HB or No.2) pencil.
(ペンや ボールペンでは かかないで ください。)
(Do not use any kind of pen.)
2. かきなおす ときは、けしゴムで きれいに けしてください。
Erase any unintended marks completely.
3. きたなく したり、おったり しないで ください。
Do not soil or bend this sheet.
4. マークれい Marking Examples

よい　れい Correct Example	わるい　れい Incorrect Examples
●	⊘ ◯ ◯ ⓪ ◯ ◯ ◯

あなたの　なまえを　ローマじで　かいて　ください。　Please print in block letters.

なまえ Name

もんだい 1

れい	●	②	③	④
1	①	②	③	④
2	①	②	③	④
3	①	②	③	④
4	①	②	③	④
5	①	②	③	④
6	①	②	③	④
7	①	②	③	④

もんだい 2

れい	①	②	③	●
1	①	②	③	④
2	①	②	③	④
3	①	②	③	④
4	①	②	③	④
5	①	②	③	④
6	①	②	③	④

もんだい 3

れい	①	●	③
1	①	②	③
2	①	②	③
3	①	②	③
4	①	②	③
5	①	②	③

もんだい 4

れい	①	●	③
1	①	②	③
2	①	②	③
3	①	②	③
4	①	②	③
5	①	②	③
6	①	②	③

せいねんがっぴを　かいて　ください。
Fill in your date of birth in the box.

せいねんがっぴ(Date of Birth)

ねん Year	つき Month	ひ Day

Language Knowledge（Vocabulary）　　もんだいようし

N5

げんごちしき（もじ・ごい）

（20ぷん）

ちゅうい
Notes

1．しけんが　はじまるまで、この　もんだいようしを　あけないで　ください。
Do not open this question booklet until the test begins.

2．この　もんだいようしを　もって　かえる　ことは　できません。
Do not take this question booklet with you after the test.

3．じゅけんばんごうと　なまえを　したの　らんに、じゅけんひょうと　おなじように　かいて　ください。
Write your examinee registration number and name clearly in each box below as written on your test voucher.

4．この　もんだいようしは、ぜんぶで　4ページ　あります。
This question booklet has 4pages.

5．もんだいには　かいとうばんごうの　1、2、3 … が　あります。かいとうは、かいとうようしに　ある　おなじ　ばんごうの　ところに　マークして　ください。
One of the row numbers 1, 2, 3 … is given for each question. Mark your answer in the same row of the answer sheet.

じゅけんばんごう　Examinee Registration Number	

なまえ　Name	

もんだい１　＿＿＿の　ことばは　ひらがなで　どう　かきますか。１・２・３・４から　いちばん　いい　ものを　ひとつ　えらんで　ください。

（れい）　姉は　しょうがっこうの　せんせいです。

1　そふ　　2　そぼ　　3　あね　　4　あに

（かいとうようし）

（れい）	①　②　●　④

1　前に　たって　ください。

1　よこ　　2　あいだ　　3　まえ　　4　うしろ

2　あかい　はなを　十本　かいました。

1　じゅっぽん　　2　じゅっぼん　　3　じゅうぼん　　4　じゅうぽん

3　やまださんは　ふくが　多いです。

1　おおきい　　2　きたない　　3　すくない　　4　おおい

4　よく　聞いて　ください。

1　おいて　　2　きいて　　3　みがいて　　4　かいて

5　さとうさんから　電話が　ありました。

1　でんわ　　2　でんは　　3　てんわ　　4　てんは

6　母は　ぎんこうで　15ねん　はたらいて　います。

1　はは　　2　ちち　　3　おとうと　　4　いもうと

7　とても　うつくしい　写真ですね。

1　じゃじん　　2　しゃじん　　3　しゃしん　　4　じゃしん

もんだい２　＿＿＿の　ことばは　どう　かきますか。１・２・３・４から　いちばん　いい　ものを　ひとつ　えらんで　ください。

（れい）　ひがしの　そらが　あかるく　なりました。

１　軍　　２　車　　３　東　　４　東

（かいとうようし）

（れい）	①　②　●　④

8　いっしょに　ぴあのを　ひきませんか。

１　ピマソ　　２　ピアソ　　３　ピマノ　　４　ピアノ

9　すいえいを　ならいます。

１　教います　　２　習います　　３　休います　　４　始います

10　あした　かぞくと　りょこうに　いきます。

１　家族　　２　家旅　　３　宅族　　４　宅旅

11　ふとい　ペンは　どこに　ありますか。

１　夫い　　２　犬い　　３　太い　　４　天い

12　めが　いたくて　くすりを　のみました。

１　禁　　２　薬　　３　茶　　４　楽

もんだい３　（　　　）に　なにが　はいりますか。１・２・３・４から　いちばん　いい　ものを　ひとつ　えらんで　ください。

（れい）　さむいので、まどを（　　　）ください。

1　しめて　　2　もって　　3　とって　　4　けして

（かいとうようし）

（れい）	● ② ③ ④

13　きょうは（　　　）を　きたので　さむく　ないです。

1　セーター　　2　ハンカチ　　3　ネクタイ　　4　ボタン

14　けさ　おそく（　　　）、じゅぎょうに　おくれました。

1　おぼえて　　2　こたえて　　3　とまって　　4　おきて

15　この　ちずを　2（　　　）コピーして　ください。

1　ほん　　2　だい　　3　ひき　　4　まい

16　きのう　ともだちと　やきゅうの（　　　）を　しました。

1　もんだい　　2　れんしゅう　　3　えいが　　4　ざっし

17　A「おとうさん、（　　　）。」
B「おかえり。」

1　いただきます　　2　さようなら　　3　ただいま　　4　すみません

18　まつださんは　こうえんを（　　　）います。

1　はしって
2　およいで
3　のぼって
4　とって

もんだい４　＿＿＿の　ぶんと　だいたい　おなじ　いみの　ぶんが　あります。
１・２・３・４から　いちばん　いい　ものを　ひとつ　えらんで　ください。

（れい）　かいしゃは　ちかいですか。

1　べんきょうを　する　ところは　ちかいですか。

2　ごはんを　たべる　ところは　ちかいですか。

3　おかねを　だす　ところは　ちかいですか。

4　しごとを　する　ところは　ちかいですか。

（かいとうようし）

（れい）	①　②　③　●

19　おととし　だいがくに　はいりました。

1　いっかげつまえに　だいがくに　はいりました。

2　にかげつまえに　だいがくに　はいりました。

3　いちねんまえに　だいがくに　はいりました。

4　にねんまえに　だいがくに　はいりました。

20　おばの　いえは　とおいです。

1　ははの　おとうとの　いえは　とおいです。

2　ははの　いもうとの　いえは　とおいです。

3　ははの　そふの　いえは　とおいです。

4　ははの　そぼの　いえは　とおいです。

21　へやが　くらかったです。それで　あかるく　しました。

1　へやの　でんきを　つけました。

2　へやの　そうじを　しました。

3　へやの　ベッドを　かえました。

4　へやの　ドアを　しめました。

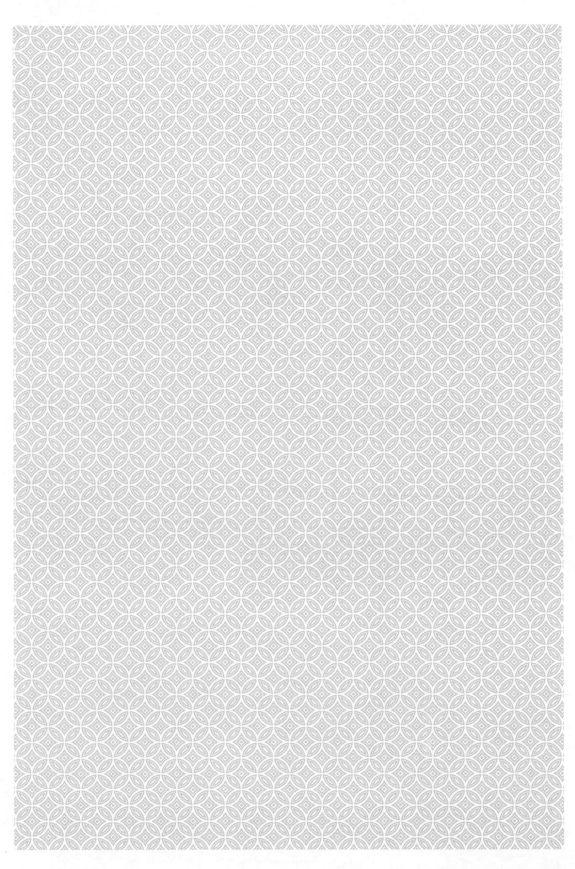

Language Knowledge (Grammar) • Reading

問題用紙

N5

言語知識(文法)・読解

(40分)

注　意

Notes

1．試験が始まるまで、この問題用紙を開けないでください。

Do not open this question booklet until the test begins.

2．この問題用紙を持って帰ることはできません。

Do not take this question booklet with you after the test.

3．受験番号となまえをしたの欄に、受験票とおなじようにかいてください。

Write your examinee registration number and name clearly in each box below as written on your test voucher.

4．この問題用紙は、全部で12ページあります。

This question booklet has 12 pages.

5．問題には解答番号の 1 、 2 、 3 … があります。解答は、解答用紙にあるおなじ番号のところにマークしてください。

One of the row numbers 1, 2, 3 … is given for each question. Mark your answer in the same row of the answer sheet.

受験番号　Examinee Registration Number	

なまえ　Name	

もんだい１　（　　　）に　何を　入れますか。１・２・３・４から　いちばん　いい　ものを　一つ　えらんで　ください。

（れい）　わたしは　えいご（　　　）すきです。

1　の　　2　を　　3　が　　4　に

（かいとうようし）

（れい）	①　②　●　④

1　週末は　いつも　そと（　　　）晩ごはんを　食べます。

1　が　　2　は　　3　で　　4　も

2　外国に　いる　友だち（　　　）手紙を　書きました。

1　へ　　2　か　　3　を　　4　や

3　昨日、本屋で　英語（　　　）じしょを　買いました。

1　に　　2　の　　3　と　　4　が

4　アメリカ　旅行で　行く　ところが（　　　）決まりました。

1　まだ　　2　あまり　　3　たいへん　　4　だいたい

5　（会社で）

岡田「林さん、これを　木下さんに　伝えて　ください。」

林　「はい、（　　　）。」

1　ありました　　2　ありません　　3　わかりました　　4　わかりません

第17天 實戰模擬試題1

6　今日は　とても　あつい ですね。冷たい　お水が（　　　）たいです。

1　飲んで　　2　飲んだ　　3　飲む　　4　飲み

7　明日　おんがくしつで　いっしょに　ピアノを（　　　）。

1　ひいて　いますか　　2　ひいて　いましたか

3　ひきませんか　　4　ひきましたか

8　A「この　中に（　　　）いますか。」

B「いいえ、そこは　あいて　います。」

1　だれか　　2　だれに　　3　だれも　　4　だれへ

9　松田「イさんは（　　　）まで　日本に　いますか。」

イ　「私は　来年の　8月まで　日本に　います。」

松田「そうですか。その　時まで　たくさん　遊びましょう。」

1　いくつ　　2　いつ　　3　どこ　　4　どなた

もんだい 2　＿★＿に　入る（はいる）　ものは　どれですか。1・2・3・4から　いちばん　いい　ものを　一つ（ひとつ）　えらんで　ください。

（もんだいれい）

A「きのうは　何（なに）を　しましたか。」

B「きのうは　としょかん　＿＿＿　＿＿＿　＿★＿　＿＿＿　べんきょうを　しました。」

1　の　　2　にほんご　　3　行（い）って　　4　に

（こたえかた）

1．ただしい　文（ぶん）を　つくります。

> A「きのうは　何（なに）を　しましたか。」
> **B「きのうは　としょかん　＿＿＿　＿＿＿　＿★＿　＿＿＿　べんきょうを　しました。」**
> 4　**に**　3　**行（い）って**　2　**にほんご**　1　**の**

2．＿★＿に　入る（はいる）　ばんごうを　くろく　ぬります。

（かいとうようし）

（れい）	① ● ③ ④

10　山田（やまだ）さんの　お兄（にい）さんは　＿＿＿　＿＿＿　＿★＿　＿＿＿　です。

1　ほそい　　2　せ　　3　が　　4　高（たか）くて

11　今日（きょう）は　学校（がっこう）に　＿＿＿　＿＿＿　＿★＿　＿＿＿　じぶんで　作（つく）りました。

1　おべんとう　　2　を　　3　持（も）って　　4　いく

第17天
實戰模擬試題1

12 私(わたし)が いま 着(き)て いる きもの ＿＿＿ ＿＿＿ ＿★＿ ＿＿＿ です。

1 もの　　2 もらった

3 は　　4 おばあさんから

13 （きょうしつの 中(なか)で）

A「ちょっと 寒(さむ)い ＿＿＿ ＿＿＿ ＿★＿ ＿＿＿ いいですか。」

B「はい、だいじょうぶです。」

1 けしても　　2 エアコン　　3 ので　　4 を

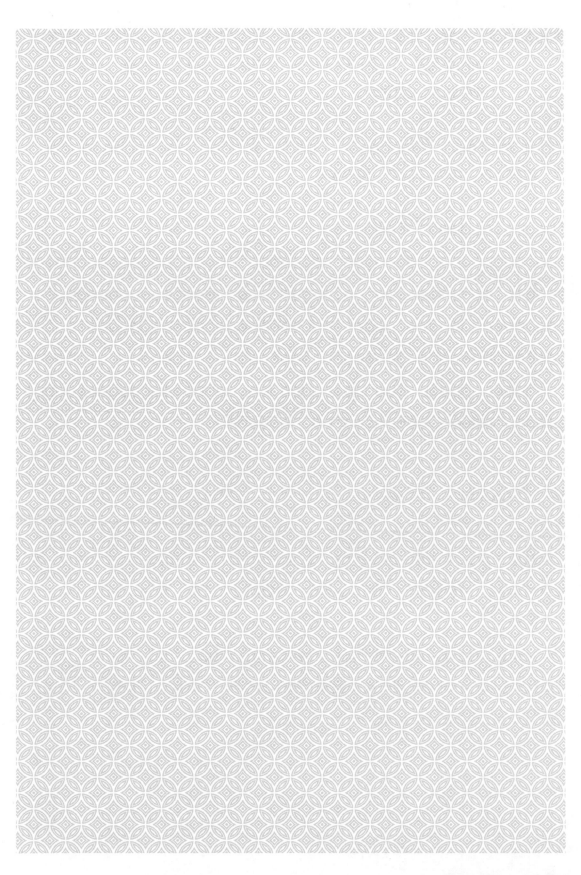

もんだい３　[14] から [17] に　何を　入れますか。ぶんしょうの　いみを　かんがえて、１・２・３・４から　いちばん　いい　ものを　一つ　えらんで　ください。

テイラーさんと　ウディさんは　「好きな　食べもの」の　さくぶんを　書いて、クラスの　みんなの　前で　読みます。

(1)　テイラーさんの　さくぶん

> 私は　食べものの　中で、たこやきが　一番　好きです。たこやきは　家でも　かんたんに　作る　ことが　できるので、よく　作って [14]。家で　たこやきを　作る　時は　好きな　食べものを　入れて　作る　ことが　できます。
>
> 今週の　週末は　私の　家で　友だちと　いっしょに　たこやき [15] 作って　食べる　よていです。とても　楽しみです。

(2)　ウディさんの　さくぶん

> 私は　ハンバーガーが　とても　好きです。毎日　一回は　ハンバーガーを食べます。[16] 家の　前に　ある　お店が　とても　おいしくて　よく　行きます。
>
> しかし、ハンバーガーを　毎日　食べるのは　体に　よく　ないと [17]。これからは　ハンバーガーを　週末だけ　食べる　ことに　します。

14

1　食べません　　2　食べませんでした

3　食べて　います　　4　食べて　ください

15

1　を　　2　が　　3　と　　4　に

16

1　もっと　　2　とくに　　3　でも　　4　では

17

1　聞いて　みます　　2　聞かないです

3　聞きましょう　　4　聞きました

もんだい４　つぎの　(１)から　(２)の　ぶんしょうを　読んで、しつもんに　こたえて　ください。こたえは、１・２・３・４から　いちばん　いい　ものを　一つ　えらんで　ください。

(1)

明日は　クラスの　みんなで　プールに　行きます。いつもは　８時までに　学校に　行きますが、プールが　10時に　あくので、明日は　９時までに　学校に　行きます。また、明日は　きょうかしょの　代わりに　おべんとうと　飲みものを　持って　行きます。早く　明日に　なって、プールで　泳ぎたいです。

18　この　ぶんに　ついて　正しいのは　どれですか。

1　いつもは　８時までに　学校に　行きます。でも、明日は　９時までに　学校に　行きます。

2　いつもは　９時までに　学校に　行きます。でも、明日は　８時までに　学校に　行きます。

3　明日は　学校に　きょうかしょを　持って　行きます。

4　明日は　学校に　おべんとうだけ　持って　行きます。

(2)

これは　サラーさんが　ジョンさんに　送った　メールです。

<table><tr><td>
ジョンさんへ
　かぜで　先週の　日本語の　授業を　休みましたが、ジョンさんから　借りた　ノートを　見て、授業の　ないようが　分かりました。本当に　ありがとうございます。明日の　授業に、借りた　ノートを　持って　行きます。また、私が　作った　クッキーも　持って　行くので、いっしょに　食べましょう。では、明日の　授業で　会いましょう。
サラー
</td></tr></table>

19　サラーさんは　どうして　ジョンさんに　メールを　送りましたか。

1　授業の　ないようを　教えたいから

2　借りた　ノートを　返したいから

3　おいしい　クッキーが　作りたいから

4　明日　いっしょに　授業に　行きたいから

もんだい５　つぎの　ぶんしょうを　読んで、しつもんに　こたえて　ください。
こたえは、１・２・３・４から　いちばん　いい　ものを　一つ　えらんで　ください。

これは　リンさんが　書いた　さくぶんです。

はじめての　きもの

リン・メイ

私は　日本に　来る　前から　きものを　着て　みたかったです。しゃしんで　見た　きものが　とても　きれいだったからです。そして　昨日、きものを　着る　ことが　できました。

しかし、きものを　着る　ことは　おもったより　難しかったです。とても　難しくて、一人では　着る　ことが　できませんでした。でも、お店の　人の　おかげで　かんたんに　着る　ことが　できました。

きものを　着た　あと　となり　まちの　さくら　まつりに　行きました。そこで　さくらと　いっしょに　きれいな　しゃしんを　たくさん　とりました。また、さくらの　木の　下で　おいしい　やきそばも　食べました。食べものを　食べる　時や　トイレに　行く　時は　少し　ふべんでしたが、きものを　着て　まつりに　行く　ことが　できて、とても　楽しい　一日でした。

20 ぶんに　ついて　正しいのは　どれですか。

1　「私」は　日本に　来る　前は　きものを　着たく　なかったです。

2　「私」は　日本に　来る　前も　よく　きものを　着て　いました。

3　一人で　きものを　着る　ことは　難しかったです。

4　一人で　きものを　着る　ことは　かんたんでした。

21 どうして　楽しい　一日でしたか。

1　うつくしい　きものの　しゃしんを　たくさん　見たから

2　きものを　着て　まつりに　行ったから

3　自分で　きものを　着る　ことが　できたから

4　おいしい　食べものを　食べたから

もんだい６　右の　ページを　見て、下の　しつもんに　こたえて　ください。こたえは、１・２・３・４から　いちばん　いい　ものを　一つ　えらんで　ください。

22　森さんは　日よう日に、小学校　2年生の　むすめと　いっしょに　山登りに　行きたいです。森さんは　どの　コースに　行きますか。

1　Aコース

2　Bコース

3　Cコース

4　Dコース

家族　山登り　教室

丈夫な　体の　ために　家族で　ひがし山に　山登りに　行きませんか。

Aコース
- よう日：土よう日
- 時間：午前10:00～午後 4:00
- 小学校　2年生　いじょうの　子どもと　行く　ことが　できます。

Bコース
- よう日：土よう日
- 時間：午前 9:00～午後 4:00
- 小学校　3年生　いじょうの　子どもと　行く　ことが　できます。

Cコース
- よう日：日よう日
- 時間：午前10:00～午後 3:00
- 小学校　1年生　いじょうの　子どもと　行く　ことが　できます。

Dコース
- よう日：日よう日
- 時間：午前 9:00～午後 4:00
- 小学校　3年生　いじょうの　子どもと　行く　ことが　できます。

Listening

問題用紙

N5

聴解
（30分）

注　意
Notes

1. 試験が始まるまで、この問題用紙を開けないでください。
Do not open this question booklet until the test begins.

2. この問題用紙を持って帰ることはできません。
Do not take this question booklet with you after the test.

3. 受験番号と名前を下の欄に、受験票と同じように書いてください。
Write your examinee registration number and name clearly in each box below as written on your test voucher.

4. この問題用紙は、全部で14ページあります。
This question booklet has 14 pages.

5. この問題用紙にメモをとってもいいです。
You may make notes in this question booklet.

受験番号　Examinee Registration Number	

名　前　Name	

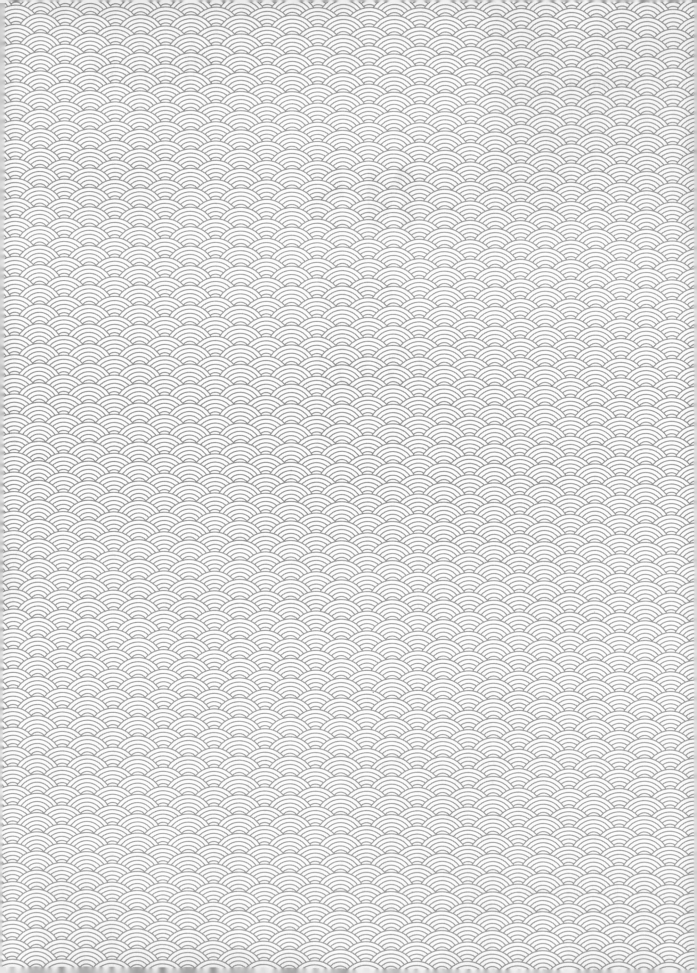

もんだい 1

164 實戰模擬試題 1 聽解.mp3

もんだい１では、はじめに　しつもんを　きいて　ください。それから　はなしを　きいて、もんだいようしの　１から４の　なかから、いちばん　いい　ものを　ひとつ　えらんで　ください。

れい

1

2

3

4

第17天 實戰模擬試題 1

1ばん

2ばん

3ばん

6

日（にち）	月（げつ）	火（か）	水（すい）	木（もく）	金（きん）	土（ど）
		1	2	3	(4)	5
6	7	(8)	9	(10)	11	12
13	14	15	16	17	18	19
(20)	21	22	23	24	25	26
27	28	29	30			

1 → 4
2 → 8
3 → 10
4 → 20

4ばん

1

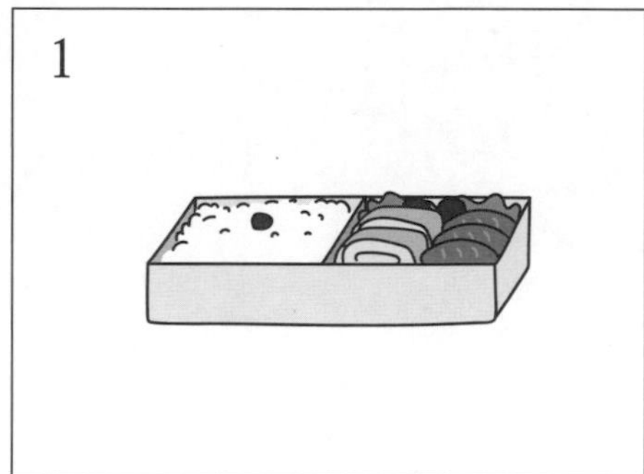

2

3

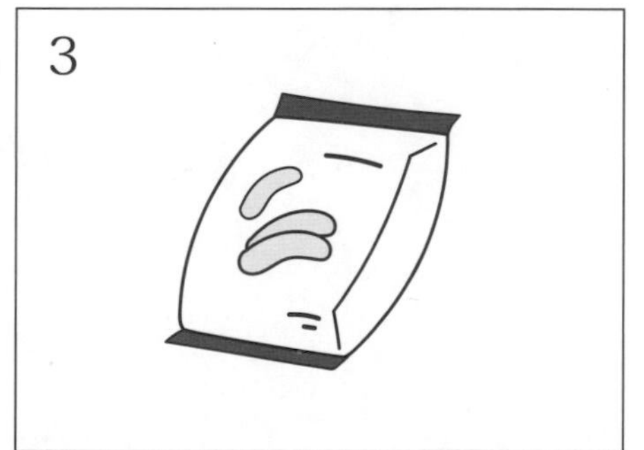

4

5ばん

1　500えん

2　600えん

3　1000えん

4　1100えん

6ばん

1　せんせい

2　いしゃ

3　サッカーせんしゅ

4　けいかん

7ばん

1

6月8日

2

3

4

もんだい 2

もんだい２では、はじめに　しつもんを　きいて　ください。それから　はなしを　きいて、もんだいようしの　１から４の　なかから、いちばん　いい　ものを　ひとつ　えらんで　ください。

れい

1　うみ

2　やま

3　びじゅつかん

4　えいがかん

1ばん

1

2ばん

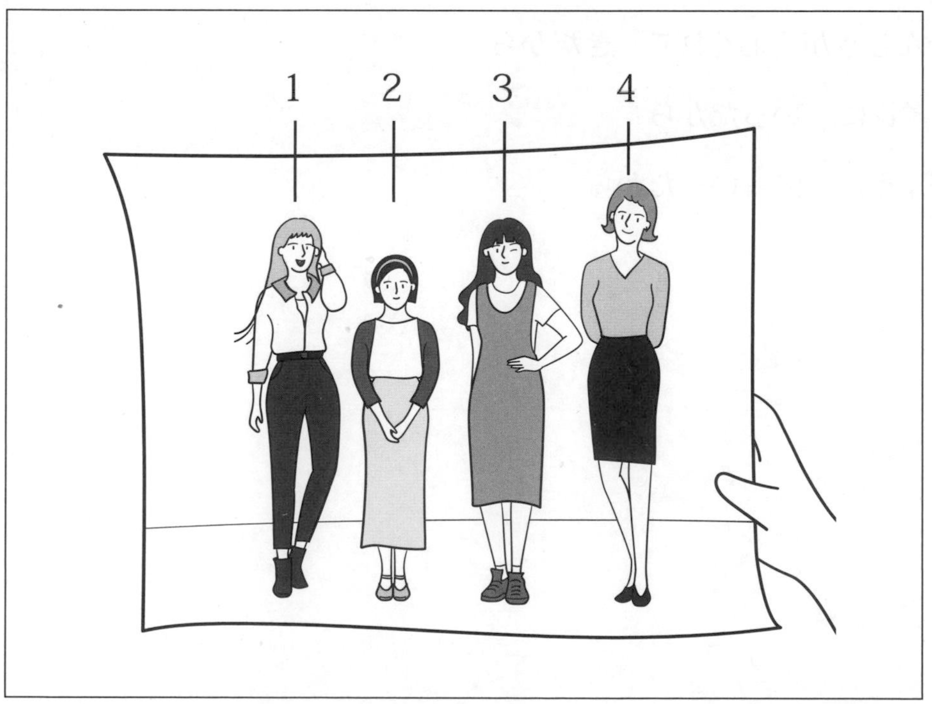

3ばん

1　ピザ

2　すし

3　ラーメン

4　カレー

4ばん

1　あさ　おそく　おきたから

2　でんしゃが　おくれて　きたから

3　トイレに　いったから

4　びょういんに　いったから

5ばん

1　レストラン

2　ぎんこう

3　えき

4　がっこう

6ばん

1　17こ

2　18こ

3　19こ

4　20こ

もんだい３

もんだい３では、えを　みながら　しつもんを　きいて　ください。
➡（やじるし）の　ひとは　なんと　いいますか。１から３の　なかから、いちばん　いい　ものを　ひとつ　えらんで　ください。

れい

1ばん

2ばん

3ばん

4ばん

5ばん

第17天
實戰模擬試題1

もんだい４

もんだい４は、えなどが　ありません。ぶんを　きいて、１から３の　なかから、いちばん　いい　ものを　ひとつ　えらんで　ください。

－メモ－

答案 請參照「答案與解析」。

實戰模擬試題 2

實戰模擬試題 2

にほんごのうりょくしけん かいとうようし

N5 語言知識（文字・語彙）答案卡

げんごちしき （もじ・ごい）

〈ちゅうい Notes〉

1. くろい えんぴつ(HB、No.2)で かいて ください。
Use a black medium soft (HB or No.2) pencil.
(ペンや ボールペンでは かかないで ください。)
(Do not use any kind of pen.)
2. かきなおす ときは、けしゴムで きれいに けしてください。
Erase any unintended marks completely.
3. きたなく したり、おったり しないで ください。
Do not soil or bend this sheet.
4. マークれい Marking Examples

よい れい Correct Example	わるい れい Incorrect Examples
●	⊘ ○ ○ ⓪ ⊖ ◐ ●

じゅけんばんごうを かいて、その したの マークらんに マークして ください。
Fill in your examinee registration number in this box, and then mark the circle for each digit of the number.

じゅけんばんごう
(Examinee Registration Number)

20A1010123-30123

あなたの なまえを ローマじで かいて ください。 Please print in block letters.

なまえ Name

せいねんがっぴを かいて ください。
Fill in your date of birth in the box.

せいねんがっぴ(Date of Birth)

ねん Year	つき Month	ひ Day

もんだい 1				
1	①	②	③	④
2	①	②	③	④
3	①	②	③	④
4	①	②	③	④
5	①	②	③	④
6	①	②	③	④
7	①	②	③	④
もんだい 2				
8	①	②	③	④
9	①	②	③	④
10	①	②	③	④
11	①	②	③	④
12	①	②	③	④

もんだい 3				
13	①	②	③	④
14	①	②	③	④
15	①	②	③	④
16	①	②	③	④
17	①	②	③	④
18	①	②	③	④
もんだい 4				
19	①	②	③	④
20	①	②	③	④
21	①	②	③	④

實戰模擬試題 2

じゅけんばんごうを　かいて、その　したの　マークらんに　マークして　ください。
Fill in your examinee registration number in this box, and then mark the circle for each digit of the number.

じゅけんばんごう
(Examinee Registration Number)

20A1010123-30123

にほんごのうりょくしけん　かいとうようし

N5 語言知識（文法・讀解）答案卡

げんごちしき（ぶんぽう）・どっかい

〈ちゅうい　Notes〉
1. くろい　えんぴつ(HB、No.2)で　かいて　ください。
Use a black medium soft (HB or No.2) pencil.
(ペンや　ボールペンでは　かかないで　ください。)
(Do not use any kind of pen.)
2. かきなおす　ときは、けしゴムで　きれいに　けしてください。
Erase any unintended marks completely.
3. きたなく したり、おったり しないで ください。
Do not soil or bend this sheet.
4. マークれい Marking Examples

よい　れい Correct Example	わるい　れい Incorrect Examples
●	⊗ ○ ○ ⓪ ○ ◐ ●

あなたの　なまえを　ローマじで　かいて　ください。　Please print in block letters.

なまえ Name

せいねんがっぴを　かいて　ください。
Fill in your date of birth in the box.

せいねんがっぴ(Date of Birth)		
ねん Year	つき Month	ひ Day

もんだい 1				
1	①	②	③	④
2	①	②	③	④
3	①	②	③	④
4	①	②	③	④
5	①	②	③	④
6	①	②	③	④
7	①	②	③	④
8	①	②	③	④
9	①	②	③	④
もんだい 2				
10	①	②	③	④
11	①	②	③	④
12	①	②	③	④
13	①	②	③	④
もんだい 3				
14	①	②	③	④
15	①	②	③	④
16	①	②	③	④
17	①	②	③	④

もんだい 4				
18	①	②	③	④
19	①	②	③	④
もんだい 5				
20	①	②	③	④
21	①	②	③	④
もんだい 6				
22	①	②	③	④

實戰模擬試題 2

にほんごのうりょくしけん　かいとうようし

N5 聽解 答案卡

ちょうかい

じゅけんばんごうを　かいて、その　したの　マークらんに　マークして　ください。
Fill in your examinee registration number in this box, and then mark the circle for each digit of the number.

じゅけんばんごう
(Examinee Registration Number)

20A1010123-30123

〈ちゅうい　Notes〉

1. くろい えんぴつ(HB、No.2)で かいて ください。
Use a black medium soft (HB or No.2) pencil.
(ペンや ボールペンでは かかないで ください。)
(Do not use any kind of pen.)
2. かきなおす ときは、けしゴムで きれいに けしてください。
Erase any unintended marks completely.
3. きたなく したり、おったり しないで ください。
Do not soil or bend this sheet.
4. マークれい Marking Examples

よい　れい Correct Example	わるい　れい Incorrect Examples
●	⊘ ◯ ◯ ◯ ◯ ◯ ◯

あなたの　なまえを　ローマじで　かいて　ください。　Please print in block letters.

なまえ Name	

せいねんがっぴを　かいて　ください。
Fill in your date of birth in the box.

せいねんがっぴ(Date of Birth)		
ねん　Year	つき Month	ひ Day

もんだい 1				
れい	●	②	③	④
1	①	②	③	④
2	①	②	③	④
3	①	②	③	④
4	①	②	③	④
5	①	②	③	④
6	①	②	③	④
7	①	②	③	④

もんだい 2				
れい	①	②	③	●
1	①	②	③	④
2	①	②	③	④
3	①	②	③	④
4	①	②	③	④
5	①	②	③	④
6	①	②	③	④

もんだい 3			
れい	①	●	③
1	①	②	③
2	①	②	③
3	①	②	③
4	①	②	③
5	①	②	③

もんだい 4			
れい	①	●	③
1	①	②	③
2	①	②	③
3	①	②	③
4	①	②	③
5	①	②	③
6	①	②	③

Language Knowledge（Vocabulary）　　**もんだいようし**

N5

げんごちしき（もじ・ごい）

（20ぷん）

ちゅうい
Notes

1．しけんが　はじまるまで、この　もんだいようしを　あけないで　ください。
Do not open this question booklet until the test begins.

2．この　もんだいようしを　もって　かえる　ことは　できません。
Do not take this question booklet with you after the test.

3．じゅけんばんごうと　なまえを　したの　らんに、じゅけんひょうと　おなじように　かいて　ください。
Write your examinee registration number and name clearly in each box below as written on your test voucher.

4．この　もんだいようしは、ぜんぶで　4ページ　あります。
This question booklet has 4pages.

5．もんだいには　かいとうばんごうの　1、2、3 … が　あります。
かいとうは、かいとうようしに　ある　おなじ　ばんごうの　ところに　マークして　ください。
One of the row numbers 1, 2, 3 … is given for each question. Mark your answer in the same row of the answer sheet.

じゅけんばんごう　Examinee Registration Number	

なまえ　Name	

もんだい１　＿＿＿の　ことばは　ひらがなで　どう　かきますか。
１・２・３・４から　いちばん　いい　ものを　ひとつ　えらんで
ください。

（れい）　姉は　しょうがっこうの　せんせいです。

1　そふ　　2　そぼ　　3　あね　　4　あに

（かいとうようし）

（れい）	①　②　●　④

1　お金は　どこに　ありますか。

1　みせ　　2　みず　　3　さら　　4　かね

2　朝は　ほんを　よみます。

1　あさ　　2　よる　　3　ひる　　4　いま

3　がっこうに　がくせいが　九十人　います。

1　きゅうじゅにん　　2　きゅうじゅうにん

3　きゅうじゅじん　　4　きゅうじゅうじん

4　暗い　ところで　べんきょうを　しないで　ください。

1　ぐろい　　2　くろい　　3　ぐらい　　4　くらい

5　火よう日に　りょうしんに　あいます。

1　げつようび　　2　かようび　　3　きんようび　　4　にちようび

6　やまださんと　遊んで　きました。

1　のんで　　2　たのんで　　3　あそんで　　4　よんで

7　やすみの　ひは　いつも　海に　いきます。

1　うみ　　2　やま　　3　かわ　　4　いけ

もんだい２　＿＿＿の　ことばは　どう　かきますか。１・２・３・４から　いちばん　いい　ものを　ひとつ　えらんで　ください。

（れい）　ひがしの　そらが　あかるく　なりました。

１　軍　　２　車　　３　東　　４　束

（かいとうようし）

（れい）	①　②　●　④

8　しごとが　すすみません。

１　進みません　　２　焦みません　　３　準みません　　４　住みません

9　すきな　おかしは　ちょこれーとです。

１　テョユレート　　２　チョユレート　　３　テョコレート　　４　チョコレート

10　こんしゅう、テストが　あります。

１　今週　　２　来週　　３　今月　　４　来月

11　ここを　みぎに　まがって　ください。

１　存　　２　右　　３　左　　４　在

12　この　ほんは　とても　あついです。

１　女い　　２　安い　　３　厚い　　４　原い

もんだい３　（　　　）に　なにが　はいりますか。１・２・３・４から　いちばん　いい　ものを　ひとつ　えらんで　ください。

（れい）　さむいので、まどを（　　　）ください。

1　しめて　　2　もって　　3　とって　　4　けして

（かいとうようし）

（れい）	● ② ③ ④

13　ここは　10かいまで　あるのに、（　　　）が　ないので　ふべんです。

1　ラジオ　　2　ストーブ　　3　タクシー　　4　エレベーター

14　しょくじが　おわってから、さらを　きれいに（　　　）。

1　あびます　　2　あらいます　　3　とまります　　4　かいます

15　これは　こどもでも　つかう　ことが　できる（　　　）かばんです。

1　かるい　　2　おもい　　3　きたない　　4　むずかしい

16　うんどうした　あと、コーラを　２（　　　）のみました。

1　ひき　　2　さつ　　3　まい　　4　はい

17　えいごは　にがてなので、すこし（　　　）はなして　ください。

1　いちばん　　2　ちょうど　　3　ゆっくり　　4　まっすぐ

18　きのうは　ともだちと（　　　）で　じてんしゃに　のりました。

1　こうえん　　2　えき　　3　ぎんこう　　4　だいどころ

もんだい４　＿＿＿の　ぶんと　だいたい　おなじ　いみの　ぶんが　あります。
１・２・３・４から　いちばん　いい　ものを　ひとつ　えらんで　ください。

（れい）　かいしゃは　ちかいですか。

1　べんきょうを　する　ところは　ちかいですか。

2　ごはんを　たべる　ところは　ちかいですか。

3　おかねを　だす　ところは　ちかいですか。

4　しごとを　する　ところは　ちかいですか。

（かいとうようし）

（れい）	①　②　③　●

19　えきまえに　しょくどうが　あります。

1　えきまえに　トイレが　あります。

2　えきまえに　やおやが　あります。

3　えきまえに　レストランが　あります。

4　えきまえに　ゆうびんきょくが　あります。

20　とけいが　たくさん　あります。

1　とけいが　ちいさいです。

2　とけいが　おおきいです。

3　とけいが　すくないです。

4　とけいが　おおいです。

21　もりさんは　わたしの　あねと　けっこんしました。

1　あねは　もりさんの　おくさんです。

2　あねは　もりさんの　ともだちです。

3　あねは　もりさんの　せいとです。

4　あねは　もりさんの　せんせいです。

Language Knowledge (Grammar) • Reading

問題用紙

N5

言語知識（文法）・読解

（40分）

注　意

Notes

1．試験が始まるまで、この問題用紙を開けないでください。
Do not open this question booklet until the test begins.

2．この問題用紙を持って帰ることはできません。
Do not take this question booklet with you after the test.

3．受験番号と名前を下の欄に、受験票と同じように書いてください。
Write your examinee registration number and name clearly in each box below as written on your test voucher.

4．この問題用紙は、全部で12ページあります。
This question booklet has 12 pages.

5．問題には解答番号の 1 、2 、3 … があります。
解答は、解答用紙にある同じ番号のところにマークしてください。
One of the row numbers 1, 2, 3 … is given for each question. Mark your answer in the same row of the answer sheet.

受験番号　Examinee Registration Number	

名前　Name	

もんだい１　（　　）に　何(なに)を　入(い)れますか。1・2・3・4から　いちばん　いい　ものを　一(ひと)つ　えらんで　ください。

(れい)　わたしは　えいご（　　）すきです。

1　の　　2　を　　3　が　　4　に

（かいとうようし）

(れい)	①　②　●　④

1　きょうは　一人(ひとり)（　　）ごはんを　食(た)べます。

1　へ　　2　に　　3　で　　4　を

2　私(わたし)の　つくえの　上(うえ)には　ペン（　　）ノートなどが　あります。

1　の　　2　が　　3　は　　4　や

3　A「（　　）かわいいですね。」

B「ありがとうございます。これは　昨日(きのう)　デパートで　かいました。」

1　それ　　2　その　　3　あれ　　4　あの

4　（学校(がっこう)で）

先生(せんせい)「みなさん、明日(あした)は　みなさんの　お母(かあ)さんが　学校(がっこう)に　来(く)る　日(ひ)です。だから、きょうしつを（　　）しましょう。」

1　きれい　　2　きれいに　　3　きれいな　　4　きれいだ

5　会社(かいしゃ)まで　何(なに)（　　）乗(の)って　きましたか。

1　が　　2　を　　3　も　　4　に

6　この　クラスは　学生(がくせい)が　少(すく)ないです。10人(にん)（　　）いません。

1　から　　2　など　　3　しか　　4　だけ

7　（コンサートで）

A「ここで　写真（しゃしん）を（　　　）。」

B「すみません。知（し）りませんでした。」

A「注意（ちゅうい）してくださいね。」

1　とりましょう

2　とらないで　ください

3　とりたく　ないです

4　とりませんでした

8　（きっさてんで）

佐藤（さとう）「山田（やまだ）さん、この　店（みせ）、コーヒー　いがいに　ジュースも（　　　）。
　あ、お茶（ちゃ）も（　　　）ね。」

山田（やまだ）「じゃ、私（わたし）は　お茶（ちゃ）に　します。」

1　あります　　2　そうです　　3　わかります　　4　けっこうです

9　彼（かれ）は　いつも　はやく　来（く）るから、（　　　）来（き）て　いると　思（おも）います。

1　もう　　2　たくさん　　3　とても　　4　ちょっと

もんだい２　＿★＿に　入る　ものは　どれですか。１・２・３・４から　いちばん　いい　ものを　一つ　えらんで　ください。

（もんだいれい）

A「きのうは　何を　しましたか。」

B「きのうは　としょかん　＿＿＿　＿＿＿　＿★＿　＿＿＿　べんきょうを　しました。」

1　の　　2　にほんご　　3　行って　　4　に

（こたえかた）

1．ただしい　文を　つくります。

> **A「きのうは　何を　しましたか。」**
>
> **B「きのうは　としょかん　＿＿＿　＿＿＿　＿★＿　＿＿＿　べんきょうを　しました。」**
>
> 4　**に**　3　**行って**　2　**にほんご**　1　**の**

2.　＿★＿に　入る　ばんごうを　くろく　ぬります。

（かいとうようし）

（れい）	①　●　③　④

10　今は　じゅぎょう　＿＿＿　＿＿＿　＿★＿　＿＿＿　して　ください。

1　しずか　　2　に　　3　だから　　4　ちゅう

11　この　へやは　昼　＿＿＿　＿＿＿　＿★＿　＿＿＿　つけて　います。

1　くらい　　2　電気を　　3　ので　　4　でも

第18天　實戰模擬試題2

12 一週間　前に　生まれた　＿＿＿　＿＿＿　＿★＿　＿＿＿　います。

1　ずっと　　2　寝て　　3　いもうと　　4　は

13 前田「田中さん、クリスマス　＿＿＿　＿＿＿　＿★＿　＿＿＿　ですか。」

田中「クリスマスだから　チキンが　いいですね。」

1　なに　　2　食べたい　　3　に　　4　が

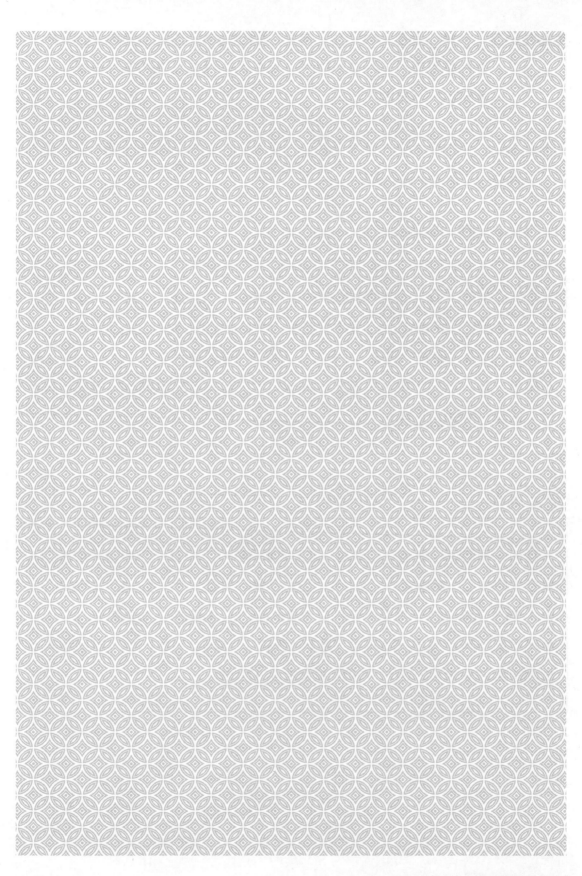

もんだい３　[14] から [17] に　何を　入れますか。ぶんしょうの　いみを　かんがえて、１・２・３・４から　いちばん　いい　ものを　一つ　えらんで　ください。

トムさんと　サマンサさんは　「私の　ゆめ」の　さくぶんを　書いて、クラスの　みんなの　前で　読みます。

(1)　トムさんの　さくぶん

> 私は　花屋 [14] はたらきたいです。子どもの　ころから　きれいな　花を　見る　ことが　好きでした。また、花を　プレゼントした　とき、人が　よろこんで　いる　顔を　見る　ことも　大好きです。だから、いつか　自分の　花屋を　開いて、まいにち　花と　いっしょに　はたらきたいです。その　ときは　私の　花屋に [15]。

(2)　サマンサさんの　さくぶん

> 私の　ゆめは　医者に　なる　ことです。私の　弟は　小さい　ころ、病気で　いつも　病院に　いました。でも、今　弟は　サッカーも　できるくらい [16] 元気です。弟が　元気に　なったのは、病院の　お医者さんの　おかげです。その　お医者さんを　見て　医者に　なりたいと　思いました。もっと　勉強して、たくさんの　人の　病気を [17]。

14

1　を　　2　に　　3　で　　4　は

15

1　来（き）ます　　2　来（き）て　ください

3　来（き）ましたか　　4　来（き）ても　いいですか

16

1　あまり　　2　もっと　　3　まだ　　4　とても

17

1　なおしたいです　　2　なおしました

3　なおしましょう　　4　なおして　います

もんだい４　つぎの　（１）から　（２）の　ぶんしょうを　読んで、しつもんに　こたえて　ください。こたえは、１・２・３・４から　いちばん　いい　ものを　一つ　えらんで　ください。

(1)

（教室で）

学生が　この　紙を　見ました。

クラスの　みなさんへ

来週の　木曜日は　どうぶつえんに　行きます。どうぶつえんでは　いろいろな　どうぶつを　見る　ことが　できます。とくに　1月に　生まれた　パンダが　有名です。

どうぶつを　見る　まえに、まず　クラスの　みんなで　写真を　とります。昼ごはんは　どうぶつを　見た　あと、きれいな　花が　咲いて　いる　ところで　食べます。

18　学生は　どうぶつえんで　はじめに　何を　しますか。

1　どうぶつを　見ます。

2　クラスの　みんなで　写真を　とります。

3　昼ごはんを　食べます。

4　花が　さいて　いる　ところに　行きます。

(2)

(会社で)

吉村さんの　机の　上に、この　メモが　あります。

> 吉村さん
>
> 　さっき、鈴木ぶちょうから　電話が　ありました。
>
> 　明日(28日) 10時の　かいぎが　明後日(29日)に　変わりました。時間は変わりませんが、かいぎに　来る　人が　5人から　7人に　変わりました。
>
> 　それで、かいぎしつの　よやくを　よろしく　おねがいします、と　ぶちょうが　言って　いました。
>
> 山田

19　メモに　ついて　正しいのは　どれですか。

1　かいぎの　日は　変わりませんが、時間が　午前に　変わりました。

2　かいぎの　日は　変わりませんが、時間が　午後に　変わりました。

3　かいぎの　日が　明後日に　変わりました。人数は　変わりません。

4　かいぎの　日が　明後日に　変わりました。人数も　変わりました。

もんだい5　つぎの　ぶんしょうを　読んで、しつもんに　こたえて　ください。こたえは、1・2・3・4から　いちばん　いい　ものを　一つ　えらんでください。

さゆりさんは　ミシェルさんに　てがみを　書きました。

ミシェルさんへ

おげんきですか。東京は　もう　春です。カナダは　どうですか。

①ミシェルさんが　東京に　来たのが　2年前の　冬ですね。ミシェルさんが「日本の　えいがが　好きで、日本語の　勉強を　しに　来ました。えいがで　みた　東京に　すむ　ことが　できて　うれしいです」と　言った　ことを今でも　おぼえて　います。

ミシェルさんと　なかよく　なってから　いっしょに　海に　行ったり、山に　登ったり　しましたね。いなかの　おばあさんの　うちに　ふたりで　あそびに　行った　ことが　②いちばん　楽しかったです。きれいな　星を　みながら　いろいろな　はなしを　しましたね。

ミシェルさんが　カナダに　帰って　さびしいです。ことしの　夏休みは　私が　カナダに　会いに　行きます。

では、また　れんらくします。

さゆりより

20　①ミシェルさんが　東京に　来たのは　どうしてですか。

1　えいがの　勉強が　したかったから

2　日本語の　勉強が　したかったから

3　東京が　好きだったから

4　東京に　すんで　みたかったから

21　何が　②いちばん　楽しかったですか。

1　海に　行った　こと

2　山に　登った　こと

3　おばあさんの　うちに　行った　こと

4　カナダに　会いに　行った　こと

もんだい６　右の　ページを　見て、下の　しつもんに　こたえて　ください。こたえは、１・２・３・４から　いちばん　いい　ものを　一つ　えらんで　ください。

22　山田さんは　スポーツ　教室に　行きたいです。毎週　火よう日には　英会話の　教室が　ありますので、スポーツ　教室に　行く　ことが　できません。会社が　６時に　終わるので　６時　30分より　後に　始まる　ものが　いいです。また、ねだんが　5,000円　以下の　ものに　したいです。山田さんは　どの　教室に　行きますか。

1　ゴルフ

2　バドミントン

3　すいえい

4　テニス

5月の　スポーツ　教室☆彡

教室あんない

好きな　スポーツを　して　げんきに　なりましょう❣

❶ ゴルフ	❷ バドミントン
✽ よう日：毎週　月・水 ✽ 時間：午後　7時～8時　30分 ✽ お金：10,000円 ✽ ゴルフが　はじめての　人でも大丈夫です。	✽ よう日：毎週　火・木 ✽ 時間：午後　6時　30分～7時　30分 ✽ お金：4,000円 ✽ バドミントンの　せんしゅだった　せんせいが　おしえます。

❸ すいえい	❹ テニス
✽ よう日：毎週　水・金 ✽ 時間：午後　7時～８時 ✽ お金：3,000円 ✽ 一クラスに、15人　以下です。	✽ よう日：毎週　木・金 ✽ 時間：午後　6時～7時 ✽ お金：5,000円 ✽ 小学校　1年生から　6年生までの　クラスです。

きたやま　スポーツ　センター

(☎電話: 012-435-3584)

Listening

問題用紙

N5

聴解

(30分)

注　意

Notes

1．試験が始まるまで、この問題用紙を開けないでください。
Do not open this question booklet until the test begins.

2．この問題用紙を持って帰ることはできません。
Do not take this question booklet with you after the test.

3．受験番号と名前を下の欄に、受験票と同じように書いてください。
Write your examinee registration number and name clearly in each box below as written on your test voucher.

4．この問題用紙は、全部で14ページあります。
This question booklet has 14 pages.

5．この問題用紙にメモをとってもいいです。
You may make notes in this question booklet.

受験番号　Examinee Registration Number	

名　前　Name	

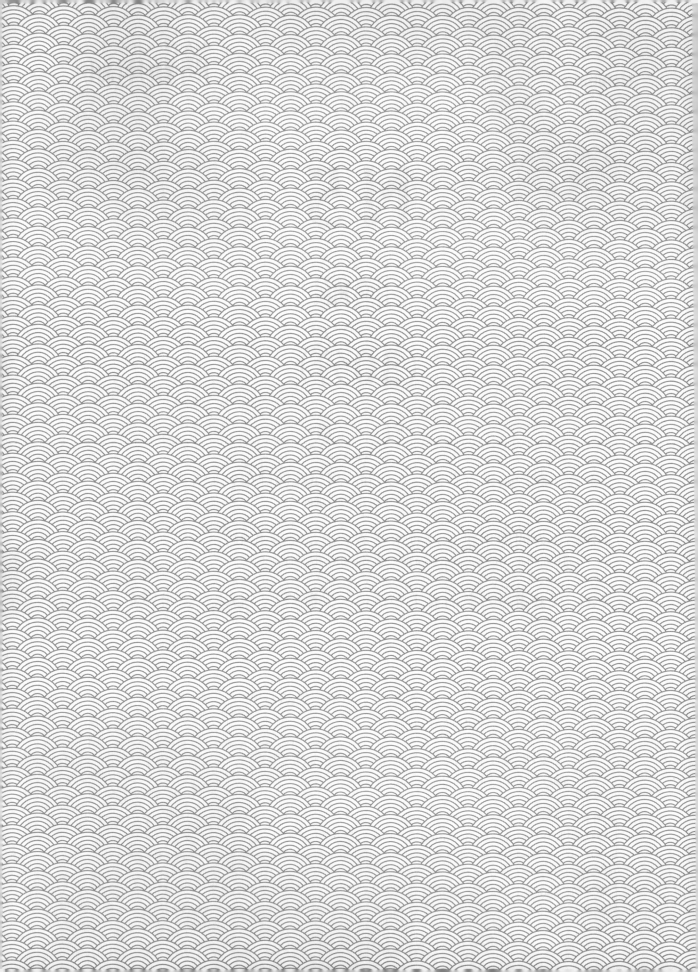

もんだい 1

165 實戰模擬試題 2 聽解.mp3

もんだい 1 では、はじめに　しつもんを　きいて　ください。それから　はなしを　きいて、もんだいようしの　1 から 4 の　なかから、いちばん　いい　ものを　ひとつ　えらんで　ください。

れい

第18天 實戰模擬試題 2

1ばん

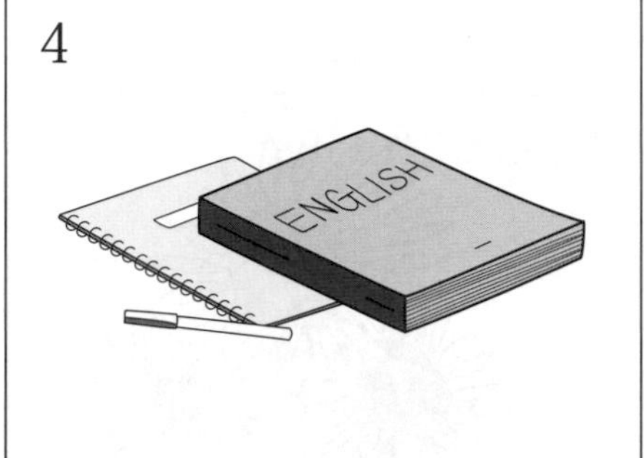

2ばん

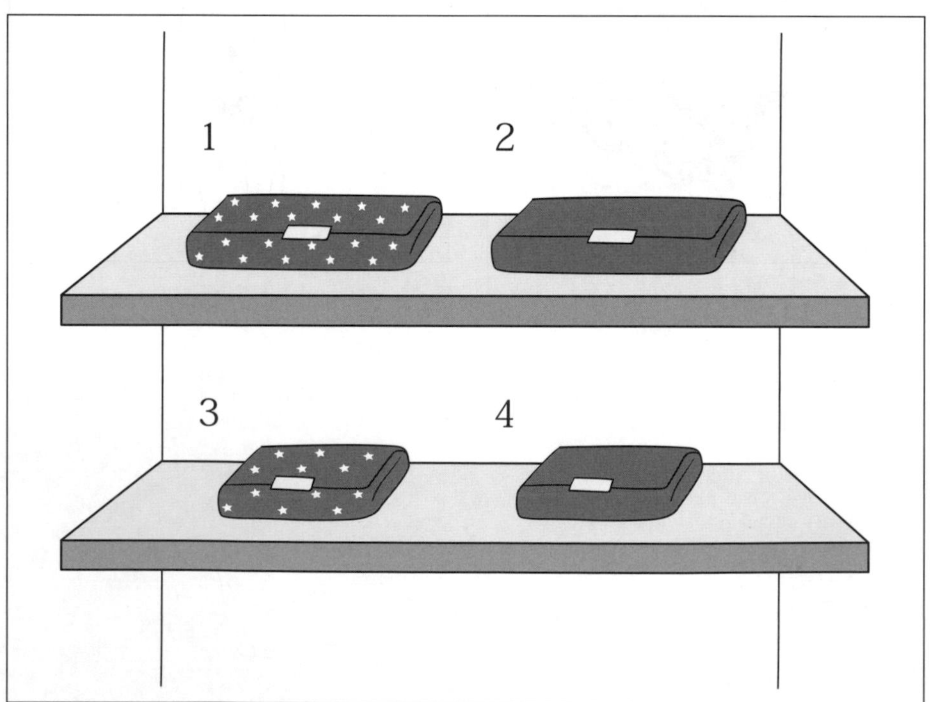

3ばん

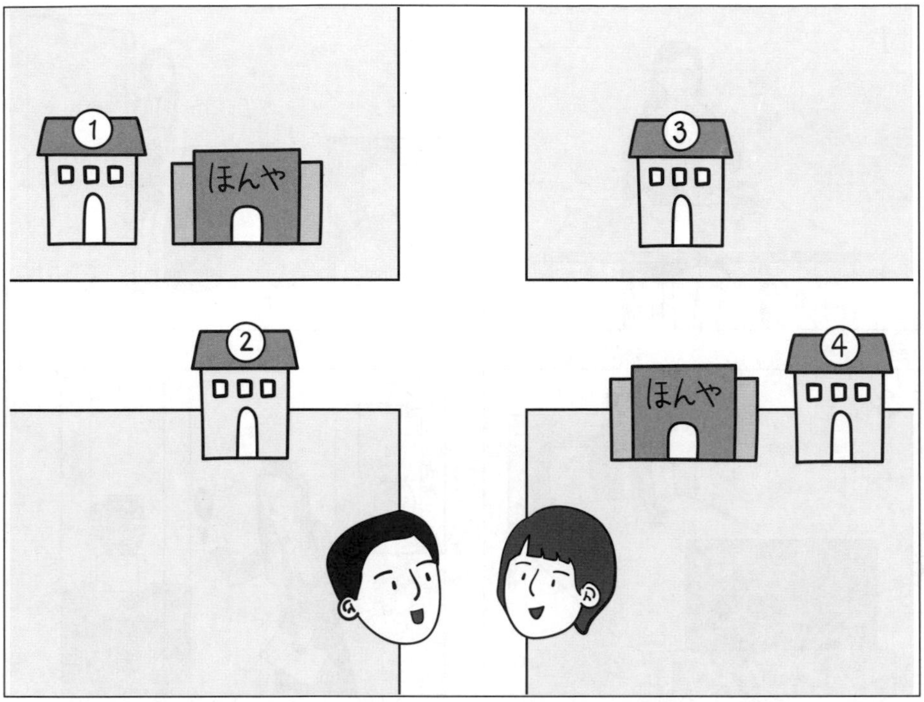

4ばん

1　バス

2　じてんしゃ

3　でんしゃ

4　タクシー

5ばん

6ばん

1　2まい

2　3まい

3　4まい

4　5まい

7ばん

1

2

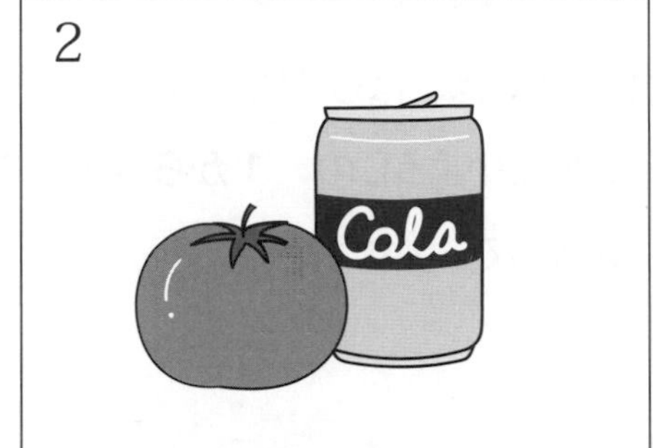

3

4

もんだい 2

もんだい２では、はじめに　しつもんを　きいて　ください。それから　はなしを　きいて、もんだいようしの　１から４の　なかから、いちばん　いい　ものを　ひとつ　えらんで　ください。

れい

1　うみ

2　やま

3　びじゅつかん

4　えいがかん

1ばん

1　ひとり

2　ふたり

3　よにん

4　ごにん

2ばん

1　がっこう

2　としょかん

3　いえ

4　きっさてん

第18天 實戰模擬試題2

3ばん

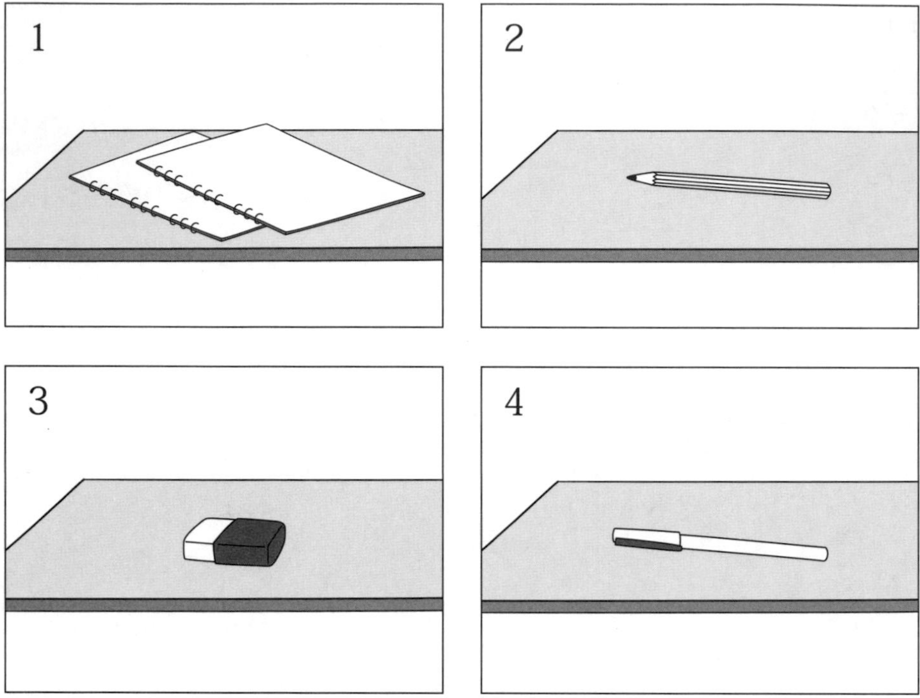

4ばん

1　はは

2　あね

3　いもうと

4　ともだち

5ばん

1　30ぷん

2　１じかん

3　２じかん

4　２じかんはん

6ばん

1

2

3

4

もんだい 3

もんだい3では、えを　みながら　しつもんを　きいて　ください。
➡(やじるし)の　ひとは　なんと　いいますか。1から3の　なかから、いちばん　いい　ものを　ひとつ　えらんで　ください。

れい

1ばん

2ばん

第18天 實戰模擬試題 2

3ばん

4ばん

5ばん

第18天

實戰模擬試題2

もんだい４

もんだい４は、えなどが　ありません。ぶんを　きいて、１から３の　なかから、いちばん　いい　ものを　ひとつ　えらんで　ください。

－メモ－

答案 請參照「答案與解析」。

實戰模擬試題 3

實戰模擬試題 3

にほんごのうりょくしけん　かいとうようし

N5 語言知識（文字・語彙）答案卡

げんごちしき（もじ・ごい）

〈ちゅうい　Notes〉

1. くろい えんぴつ(HB、No.2)で かいて ください。
Use a black medium soft (HB or No.2) pencil.
(ペンや ボールペンでは かかないで ください。)
(Do not use any kind of pen.)
2. かきなおす ときは、けしゴムで きれいに けしてください。
Erase any unintended marks completely.
3. きたなく したり、おったり しないで ください。
Do not soil or bend this sheet.
4. マークれい Marking Examples

よい　れい Correct Example	わるい　れい Incorrect Examples
●	⊗ ○ ⊖ ⓪ ⊘ ◐ ●

じゅけんばんごうを　かいて、その　したの　マークらんに　マークして　ください。
Fill in your examinee registration number in this box, and then mark the circle for each digit of the number.

じゅけんばんごう (Examinee Registration Number)

20A1010123-30123

あなたの　なまえを　ローマじで　かいて　ください。　Please print in block letters.

なまえ Name

もんだい 1				
1	①	②	③	④
2	①	②	③	④
3	①	②	③	④
4	①	②	③	④
5	①	②	③	④
6	①	②	③	④
7	①	②	③	④
もんだい 2				
8	①	②	③	④
9	①	②	③	④
10	①	②	③	④
11	①	②	③	④
12	①	②	③	④

もんだい 3				
13	①	②	③	④
14	①	②	③	④
15	①	②	③	④
16	①	②	③	④
17	①	②	③	④
18	①	②	③	④
もんだい 4				
19	①	②	③	④
20	①	②	③	④
21	①	②	③	④

せいねんがっぴを　かいて　ください。
Fill in your date of birth in the box.

せいねんがっぴ(Date of Birth)		
ねん Year	つき Month	ひ Day

實戰模擬試題 3

にほんごのうりょくしけん　かいとうようし

N5 語言知識（文法・讀解）答案卡

げんごちしき（ぶんぽう）・どっかい

〈ちゅうい　Notes〉
1. くろい えんぴつ(HB、No.2)で かいて ください。
Use a black medium soft (HB or No.2) pencil.
(ペンや ボールペンでは かかないで ください。)
(Do not use any kind of pen.)
2. かきなおす ときは、けしゴムで きれいに けしてください。
Erase any unintended marks completely.
3. きたなく したり、おったり しないで ください。
Do not soil or bend this sheet.
4. マークれい Marking Examples

よい　れい Correct Example	わるい　れい Incorrect Examples
●	⊗ ○ ○ ⓪ ○ ◐ ●

じゅけんばんごうを　かいて、その　したの　マークらんに　マークして　ください。
Fill in your examinee registration number in this box, and then mark the circle for each digit of the number.

じゅけんばんごう
(Examinee Registration Number)

20A1010123-30123

あなたの　なまえを　ローマじで　かいて　ください。　Please print in block letters.

なまえ Name

せいねんがっぴを　かいて　ください。
Fill in your date of birth in the box.

せいねんがっぴ(Date of Birth)		
ねん　Year	つき Month	ひ Day

もんだい 1				
1	①	②	③	④
2	①	②	③	④
3	①	②	③	④
4	①	②	③	④
5	①	②	③	④
6	①	②	③	④
7	①	②	③	④
8	①	②	③	④
9	①	②	③	④
もんだい 2				
10	①	②	③	④
11	①	②	③	④
12	①	②	③	④
13	①	②	③	④
もんだい 3				
14	①	②	③	④
15	①	②	③	④
16	①	②	③	④
17	①	②	③	④

もんだい 4				
18	①	②	③	④
19	①	②	③	④
もんだい 5				
20	①	②	③	④
21	①	②	③	④
もんだい 6				
22	①	②	③	④

實戰模擬試題 3

にほんごのうりょくしけん　かいとうようし

N 5 聽解 答案卡

ちょうかい

〈ちゅうい　Notes〉

1. くろい えんぴつ(HB、No.2)で かいて ください。
   Use a black medium soft (HB or No.2) pencil.
   (ペンや ボールペンでは かかないで ください。)
   (Do not use any kind of pen.)
2. かきなおす ときは、けしゴムで きれいに けしてください。
   Erase any unintended marks completely.
3. きたなく したり、おったり しないで ください。
   Do not soil or bend this sheet.
4. マークれい Marking Examples

よい　れい Correct Example	わるい　れい Incorrect Examples
●	⊗ ○ ⊖ ⓪ ⊜ ◐ ◉

じゅけんばんごうを　かいて、その　したの マークらんに　マークして　ください。
Fill in your examinee registration number in this box, and then mark the circle for each digit of the number.

じゅけんばんごう (Examinee Registration Number)

20A1010123-30123

あなたの　なまえを　ローマじで　かいて　ください。　Please print in block letters.

なまえ Name

せいねんがっぴを　かいて　ください。
Fill in your date of birth in the box.

せいねんがっぴ(Date of Birth)

ねん Year	つき Month	ひ Day

もんだい 1

れい	●	②	③	④
1	①	②	③	④
2	①	②	③	④
3	①	②	③	④
4	①	②	③	④
5	①	②	③	④
6	①	②	③	④
7	①	②	③	④

もんだい 2

れい	①	②	③	●
1	①	②	③	④
2	①	②	③	④
3	①	②	③	④
4	①	②	③	④
5	①	②	③	④
6	①	②	③	④

もんだい 3

れい	①	●	③
1	①	②	③
2	①	②	③
3	①	②	③
4	①	②	③
5	①	②	③

もんだい 4

れい	①	●	③
1	①	②	③
2	①	②	③
3	①	②	③
4	①	②	③
5	①	②	③
6	①	②	③

Language Knowledge（Vocabulary）　　もんだいようし

N5

げんごちしき（もじ・ごい）

（20ぷん）

ちゅうい
Notes

1．しけんが　はじまるまで、この　もんだいようしを　あけないで　ください。
Do not open this question booklet until the test begins.

2．この　もんだいようしを　もって　かえる　ことは　できません。
Do not take this question booklet with you after the test.

3．じゅけんばんごうと　なまえを　したの　らんに、じゅけんひょうと　おなじように　かいて　ください。
Write your examinee registration number and name clearly in each box below as written on your test voucher.

4．この　もんだいようしは、ぜんぶで　4ページ　あります。
This question booklet has 4pages.

5．もんだいには　かいとうばんごうの　1、2、3 … が　あります。かいとうは、かいとうようしに　ある　おなじ　ばんごうの　ところに　マークして　ください。
One of the row numbers 1, 2, 3 … is given for each question. Mark your answer in the same row of the answer sheet.

じゅけんばんごう　Examinee Registration Number	

なまえ　Name	

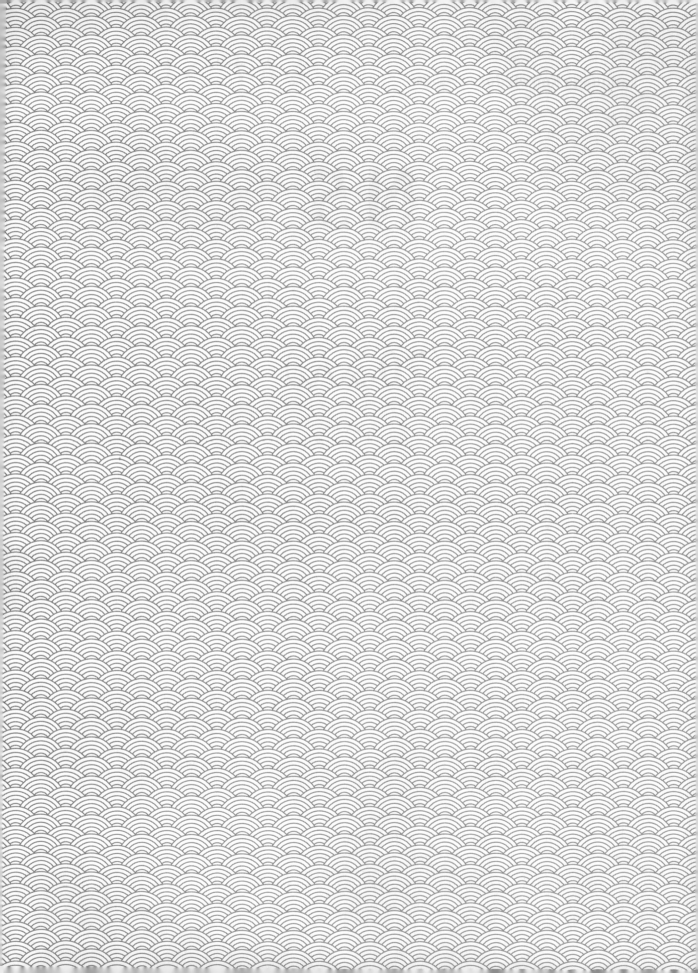

もんだい１　＿＿＿の　ことばは　ひらがなで　どう　かきますか。
１・２・３・４から　いちばん　いい　ものを　ひとつ　えらんで
ください。

（れい）　姉は　しょうがっこうの　せんせいです。
1　そふ　　2　そぼ　　3　あね　　4　あに

（かいとうようし）

（れい）	①　②　●　④

1　とても　おおきい　犬ですね。
1　とり　　2　ねこ　　3　さかな　　4　いぬ

2　えきまえで　おんなの　人に　みちを　ききました。
1　ひと　　2　ひど　　3　こ　　4　ご

3　たかくても　丈夫な　ものを　かいます。
1　しょうぶ　　2　しょおぶ　　3　じょうぶ　　4　じょおぶ

4　おとうとが　ほんやに　入りました。
1　うりました　　2　はいりました　　3　とまりました　　4　おくりました

5　わたしは　きょうも　会社に　いきます。
1　かいさ　　2　かいしゃ　　3　がいさ　　4　がいしゃ

6　金よう日から　なつやすみです。
1　どようび　　2　きんようび　　3　かようび　　4　げつようび

7　かのじょは　青い　ふくを　きて　います。
1　くろい　　2　しろい　　3　あおい　　4　あかい

もんだい２　＿＿＿の　ことばは　どう　かきますか。１・２・３・４から　いちばん　いい　ものを　ひとつ　えらんで　ください。

（れい）　ひがしの　そらが　あかるく　なりました。

1　軍　　2　車　　3　東　　4　束

（かいとうようし）

（れい）	①　②　●　④

8　この　りんごは　はっぴゃくえんです。

1　六万円　　2　六千円　　3　八千円　　4　八百円

9　しずかに　して　ください。

1　清か　　2　晴か　　3　青か　　4　静か

10　てーぶるの　うえに　りんごが　あります。

1　ラーブレ　　2　テーブレ　　3　ラーブル　　4　テーブル

11　これから　ちょっと　でかけて　きます。

1　出かけて　　2　話かけて　　3　行かけて　　4　遊かけて

12　いまから　でんしゃに　のります。

1　雪卓　　2　雪車　　3　電車　　4　電卓

もんだい３　（　　　）に　なにが　はいりますか。１・２・３・４から　いちばん　いい　ものを　ひとつ　えらんで　ください。

（れい）　さむいので、まどを（　　　）ください。

1　しめて　　2　もって　　3　とって　　4　けして

（かいとうようし）

（れい）	● ② ③ ④

13　ねる　まえに　いつも（　　　）を　あびます。

1　テレビ　　2　シャワー　　3　ラジオ　　4　ドア

14　こちらの　ほんだなに　ほんを（　　　）ください。

1　ならべて　　2　うって　　3　かして　　4　おわって

15　しゅくだいを（　　　）ので、いま　だす　ことが　できません。

1　おぼえた　　2　わすれた　　3　つくった　　4　はなした

16　いもうとは　らいねん　５（　　　）に　なります。

1　さい　　2　にん　　3　かい　　4　さつ

17　とうきょうまで　いく　バスの（　　　）を　かいました。

1　じしょ　　2　てがみ　　3　にっき　　4　きっぷ

18　ごはんを　たべる　まえに　「（　　　）」と　いいます。

1　おやすみなさい

2　いってきます

3　いただきます

4　ごちそうさまでした

もんだい4 ＿＿＿の　ぶんと　だいたい　おなじ　いみの　ぶんが　あります。1・2・3・4から　いちばん　いい　ものを　ひとつ　えらんで　ください。

（れい）かいしゃは　ちかいですか。

1　べんきょうを　する　ところは　ちかいですか。
2　ごはんを　たべる　ところは　ちかいですか。
3　おかねを　だす　ところは　ちかいですか。
4　しごとを　する　ところは　ちかいですか。

（かいとうようし）

（れい）	①　②　③　●

19　りょうしんは　まいあさ　うんどうを　します。

1　ちちと　ははは　まいあさ　うんどうを　します。
2　そふと　そぼは　まいあさ　うんどうを　します。
3　あにと　おとうとは　まいあさ　うんどうを　します。
4　あねと　いもうとは　まいあさ　うんどうを　します。

20　この　りょうりは　あまいです。

1　この　りょうりは　にくが　はいって　います。
2　この　りょうりは　しょうゆが　はいって　います。
3　この　りょうりは　しおが　はいって　います。
4　この　りょうりは　さとうが　はいって　います。

21　この　たまごは　あそこで　かいました。

1　あそこは　ゆうびんきょくです。
2　あそこは　ほんやです。
3　あそこは　スーパーです。
4　あそこは　プールです。

Language Knowledge (Grammar) • Reading

問題用紙

N5

言語知識（文法）・読解

（40分）

注意

Notes

1．試験が始まるまで、この問題用紙を開けないでください。

Do not open this question booklet until the test begins.

2．この問題用紙を持って帰ることはできません。

Do not take this question booklet with you after the test.

3．受験番号と名前を下の欄に、受験票と同じように書いてください。

Write your examinee registration number and name clearly in each box below as written on your test voucher.

4．この問題用紙は、全部で12ページあります。

This question booklet has 12 pages.

5．問題には解答番号の [1]、[2]、[3] … があります。解答は、解答用紙にある同じ番号のところにマークしてください。

One of the row numbers [1], [2], [3] … is given for each question. Mark your answer in the same row of the answer sheet.

受験番号 Examinee Registration Number	

名前 Name	

もんだい１　（　　　）に　何(なに)を　入(い)れますか。１・２・３・４から　いちばん　いい　ものを　一(ひと)つ　えらんで　ください。

（れい）　わたしは　えいご（　　　）　すきです。

1　の　　　2　を　　　3　が　　　4　に

（かいとうようし）

（れい）	①　②　●　④

1　本田(ほんだ)さんは　イギリス人(じん)（　　　）けっこんしました。

1　の　　　2　が　　　3　も　　　4　と

2　今日(きょう)は　そら（　　　）とても　青(あお)いです。

1　や　　　2　が　　　3　を　　　4　に

3　暗(くら)い　ところで　本(ほん)（　　　）読(よ)む　ことは　目(め)に　よくないです。

1　を　　　2　や　　　3　は　　　4　と

4　A「すみません、松本(まつもと)さんは　今(いま)（　　　）に　いますか。」

B「さっき　トイレに　行(い)きました。」

1　だれ　　　2　なに　　　3　どこ　　　4　いつ

5　先生(せんせい)「来週(らいしゅう)の　水(すい)よう日(び)は　ひたちこうえんに　行(い)きます。その　日(ひ)は、じぶんの　おべんとうを（　　　）きて　ください。」

学生(がくせい)「はい、分(わ)かりました。」

1　持(も)って　　　2　持(も)った　　　3　持(も)ち　　　4　持(も)つ

第19天
實戰模擬試題3

6 3時間（　　　）宿題を　しました。でも　まだ　おわって　いません。

1　から　　2　より　　3　くらい　　4　が

7 今度の　夏休みは（　　　）一人で　海外旅行に　行きます。

1　だんだん　　2　はじめて　　3　ぜんぜん　　4　たいへん

8 おととい　花を　買いました。昨日は　本を　買いました。今日は何も（　　　）ない　つもりです。

1　買い　　2　買わ　　3　買う　　4　買った

9 木下「明日は　どこで　会うのが　いいですか。」

吉田「駅の　前で（　　　）。」

木下「はい。じゃ、また　明日。」

1　会いません　　2　会って　います

3　会いましょう　　4　会いました

もんだい２　＿★＿に　入る（はいる）　ものは　どれですか。1・2・3・4から　いちばん　いい　ものを　一つ（ひとつ）　えらんで　ください。

（もんだいれい）

A「きのうは　何（なに）を　しましたか。」

B「きのうは　としょかん　＿＿＿　＿＿＿　＿★＿　＿＿＿　べんきょうを　しました。」

1　の　　2　にほんご　　3　行（い）って　　4　に

（こたえかた）

1．ただしい　文（ぶん）を　つくります。

A「きのうは　何（なに）を　しましたか。」 **B「きのうは　としょかん　＿＿＿　＿＿＿　＿★＿　＿＿＿　べんきょうを　しました。」** 4　**に**　3　**行（い）って**　2　**にほんご**　1　**の**

2．＿★＿に　入る（はいる）　ばんごうを　くろく　ぬります。

（かいとうようし）

（れい）	①　●　③　④

10　私（わたし）は　学校（がっこう）から　＿＿＿　＿＿＿　＿★＿　＿＿＿　学校（がっこう）までは　歩（ある）いて　5分（ふん）です。

1　住（す）んで　いて　2　ところ　　3　近（ちか）い　　4　に

11　母（はは）は　毎週（まいしゅう）　金（きん）よう日（び）、アベルさん　＿＿＿　＿＿＿　＿★＿　＿＿＿　います。

1　を　　2　に　　3　習（なら）って　　4　フランス語（ご）

第19天　實戰模擬試題3

12 鈴木（すずき）「昨日（きのう）の　パーティーは　どうでしたか。」

村山（むらやま）「とても　＿＿＿　＿＿＿　＿★＿　＿＿＿　なかったです。」

1　おいしく　　2　ですが　　3　りょうりが　　4　楽（たの）しかった

13 （図書館（としょかん）で）

A「この　＿＿＿　＿＿＿　＿★＿　＿＿＿　ですか。」

B「すみません、その　パソコンは　こわれて　います。」

1　いい　　2　パソコン　　3　使（つか）っても　　4　を

もんだい３　[14] から [17] に　何を　入れますか。ぶんしょうの　いみを　かんがえて、１・２・３・４から　いちばん　いい　ものを　一つ　えらんで　ください。

ルカクさんと　ロバートさんは　「旅行したい　国」の　さくぶんを　書いて、クラスの　みんなの　前で　読みます。

(1) ルカクさんの　さくぶん

> サッカーが　好きな　私は　サッカーが　有名な　イタリアを　旅行してみたいです。イタリアに　行って　テレビで　見て　いた　しあいを　見たいです。また、イタリアの　食べものは　とても　おいしいと [14]。それで、イタリアで　おいしい　ものも　たくさん　食べたいです。
>
> イタリアは　私の　国 [15] 遠いですが、ぜひ　行って　みたいです。

(2) ロバートさんの　さくぶん

> 私が　旅行したい　国は　韓国です。韓国には　私が　好きな　かしゅが [16]。それで、韓国に　行って　好きな　かしゅの　コンサートに　行って　みたいです。また、韓国でしか　売って　いない　アルバムなども　買いたいです。
>
> 今年は　勉強を　がんばらなくては　いけないので、来年の　なつやすみに韓国に [17]。

14

1　言います　　2　答えます　　3　します　　4　います

15

1　へ　　2　の　　3　から　　4　だけ

16

1　いるからです　　2　いませんでした

3　いる　ときです　　4　いない　ほうが　いいです

17

1　行って　います　　2　行く　つもりです

3　行って　ください　　4　行かないです

もんだい４　つぎの　（１）から　（２）の　ぶんしょうを　読んで、しつもんに　こたえて　ください。こたえは、１・２・３・４から　いちばん　いい　ものを　一つ　えらんで　ください。

(1)

明日から　フランス　旅行に　行きます。一か月間　旅行を　しますので、昨日は　部屋の　そうじを　しました。そして、フランスで　行く　びじゅつかんや　有名な　レストランも　しらべました。今日は　旅行に　持って　行く　にもつを　かばんに　入れて　早く　寝る　よていです。

18　「私」は　昨日、何を　しましたか。

1　旅行に　行って　きました。

2　部屋の　そうじを　しました。

3　びじゅつかんに　行きました。

4　にもつを　かばんに　入れました。

(2)

これは　山本さんが　石田先生に　送った　メールです。

> 石田先生
>
> 　来週の　金曜日までに　出す　しゅくだいの　ことで　しつもんが　あります。英語の　テキストに　何度　読んでも　わからない　ところが　あって、明日　先生の　ところに　聞きに　行っても　いいですか。時間は　いつでも　大丈夫です。
>
> 　この　メールを　読んで　へんじを　ください。よろしく　おねがいします。
>
> 山本

19　この　メールを　読んで、石田先生は　はじめに　何を　しますか。

1　しつもんを　読みます。

2　テキストを　読みます。

3　山本さんの　ところに　行きます。

4　山本さんに　へんじを　します。

もんだい5　つぎの　ぶんしょうを　読んで、しつもんに　こたえて　ください。こたえは、1・2・3・4から　いちばん　いい　ものを　一つ　えらんで　ください。

私は　毎日　きっさてんに　行きます。コーヒーは　もちろん　好きですが、りゆうは　それでは　ありません。きっさてんに　行く　りゆうは　一人で　ゆっくり　したいからです。昔は　きっさてんに　パソコンを　持って　行って　仕事を　したり、お店の　人と　友だちに　なって　話を　したり　して　いましたが、さいきんは　して　いません。それは、一人の　時間が　たいせつだと　いう　ことを　しったからです。

大人に　なると、仕事や　かぞくの　ことで　いそがしくて　休む　時間を　持つ　ことも　かんたんでは　ありません。しかし、ずっと　いそがしいと　あたまや　こころが　つかれて　いきます。一人で　ゆっくり　する　時間は　だれにでも　ひつような、たいせつな　ことだと　思います。

20 どうして 毎日 きっさてんに 行きますか。

1 コーヒーが 好きだから

2 一人で ゆっくり したいから

3 きっさてんで 仕事を するから

4 お店の 人と 友だちに なったから

21 「私」は 何が 言いたいですか。

1 毎日 仕事を する ほうが いいです。

2 かぞくとの 時間は たいせつです。

3 一人の 時間は たいせつです。

4 ときどき 友だちに 会う ほうが いいです。

もんだい６　右の　ページを　見て、下の　しつもんに　こたえて　ください。こたえは、１・２・３・４から　いちばん　いい　ものを　一つ　えらんで　ください。

22　トマスさんは　週末に　いちご　まつりに　行きたいです。外で　できる　イベントが　好きです。トマスさんは　どんな　イベントに　行きますか。

1　①

2　②

3　③

4　④

いちご　まつりへ　ようこそ

3月17日(月)～3月23日(日)

	イベント	曜日	ばしょ
①	いちごの　ジャムを　作って、持って帰ります。	月・水・金・日	にし　センターの　101号室
②	自分で　いちごを　とって、持って　帰ります。	金・土・日	にし　いちご　パーク ＊雨が　降る　日は　休みです。
③	いちごを　使った　おいしい　ケーキを　作ります。	月・木・土	にし　センターの　203号室
④	いちごの　木を　うえる　ことが　できます。	火・金・土	にし　センターの　庭 ＊雨が　降る　日は　休みです。

＜まつり　期間の　天気＞

月	火	水	木	金	土	日
☀	☂	☂	☀	☀	☂	☀

Listening

問題用紙

N5

聴解

（30分）

注　意

Notes

1. 試験が始まるまで、この問題用紙を開けないでください。
   Do not open this question booklet until the test begins.

2. この問題用紙を持って帰ることはできません。
   Do not take this question booklet with you after the test.

3. 受験番号と名前を下の欄に、受験票と同じように書いてください。
   Write your examinee registration number and name clearly in each box below as written on your test voucher.

4. この問題用紙は、全部で14ページあります。
   This question booklet has 14 pages.

5. この問題用紙にメモをとってもいいです。
   You may make notes in this question booklet.

受験番号　Examinee Registration Number	
名　前　Name	

もんだい 1

🔊166 實戰模擬試題３聽解.mp3

もんだい１では、はじめに　しつもんを　きいて　ください。それから　はなしを　きいて、もんだいようしの　１から４の　なかから、いちばん　いい　ものを　ひとつ　えらんで　ください。

れい

第19天 實戰模擬試題3

1ばん

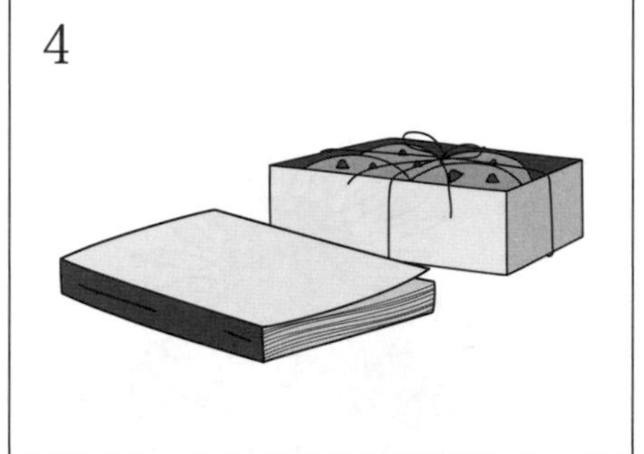

2ばん

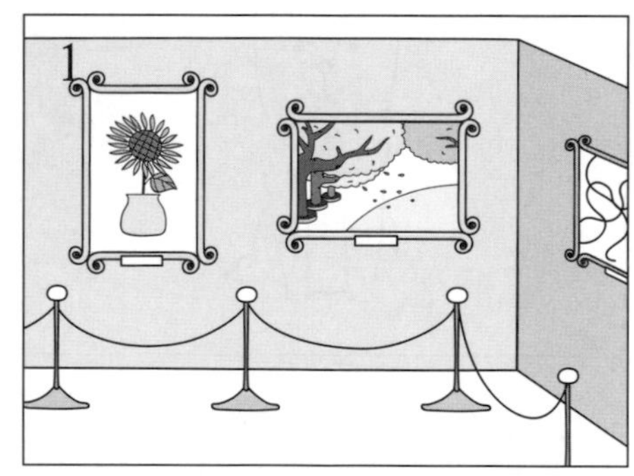

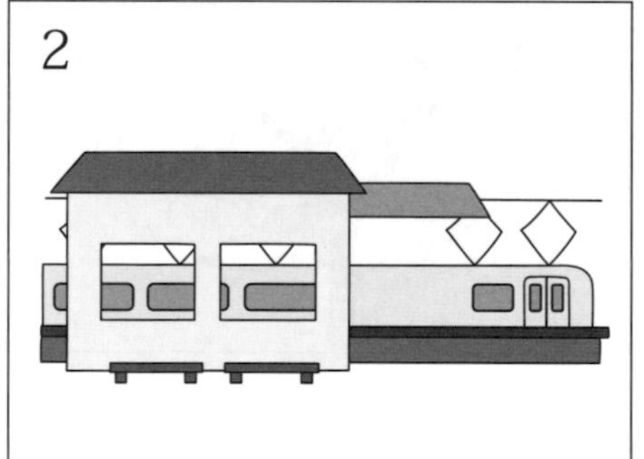

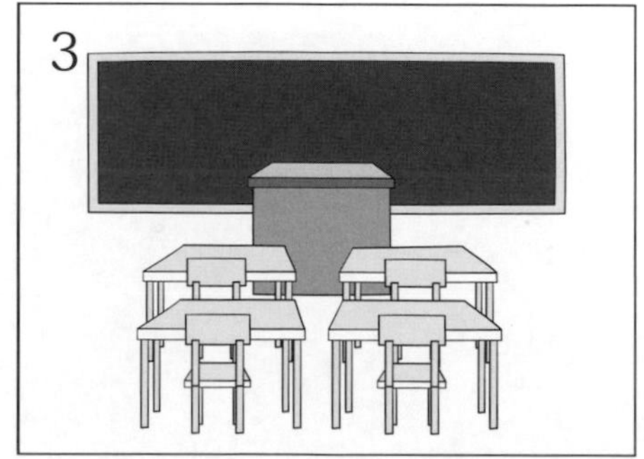

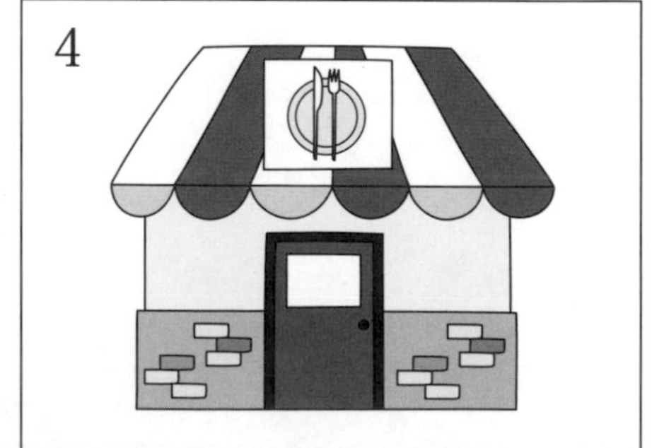

3ばん

1
2
3
4

4ばん

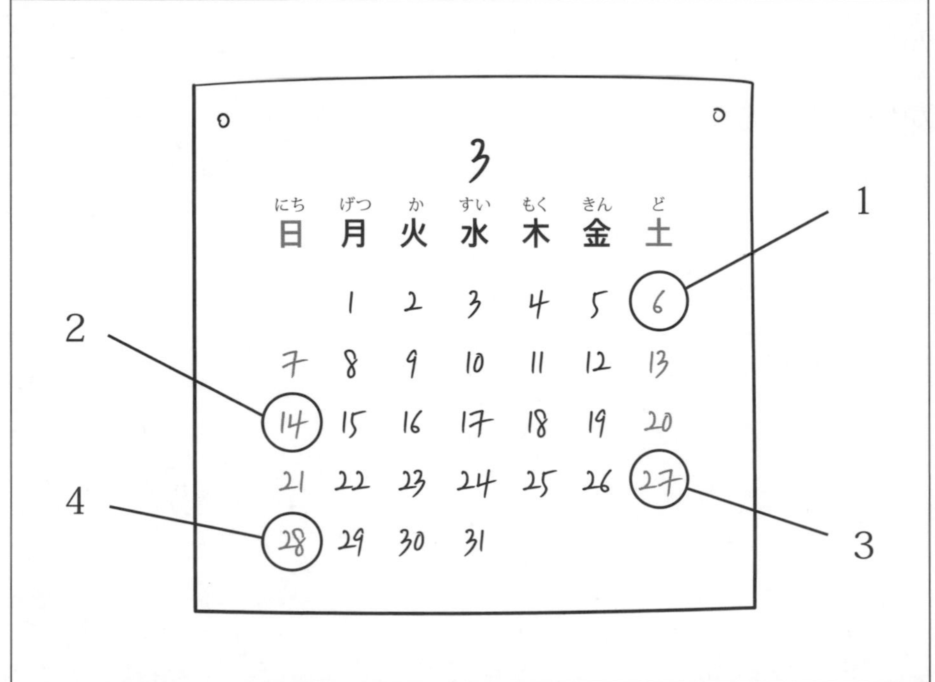
3
日 月 火 水 木 金 土
1 2 3 4 5 6
7 8 9 10 11 12 13
14 15 16 17 18 19 20
21 22 23 24 25 26 27
28 29 30 31
1
2
3
4

5ばん

1　りょこうに　いく

2　かばんを　かう

3　けいかくを　たてる

4　おかしを　かう

6ばん

1　4かい

2　5かい

3　6かい

4　7かい

7ばん

1

もんだい 2

　もんだい２では、はじめに　しつもんを　きいて　ください。それから　はなしを
きいて、もんだいようしの　１から４の　なかから、いちばん　いい　ものを
ひとつ　えらんで　ください。

れい

1　うみ

2　やま

3　びじゅつかん

4　えいがかん

1ばん

1　サンドイッチ

2　バナナ

3　カレー

4　ラーメン

2ばん

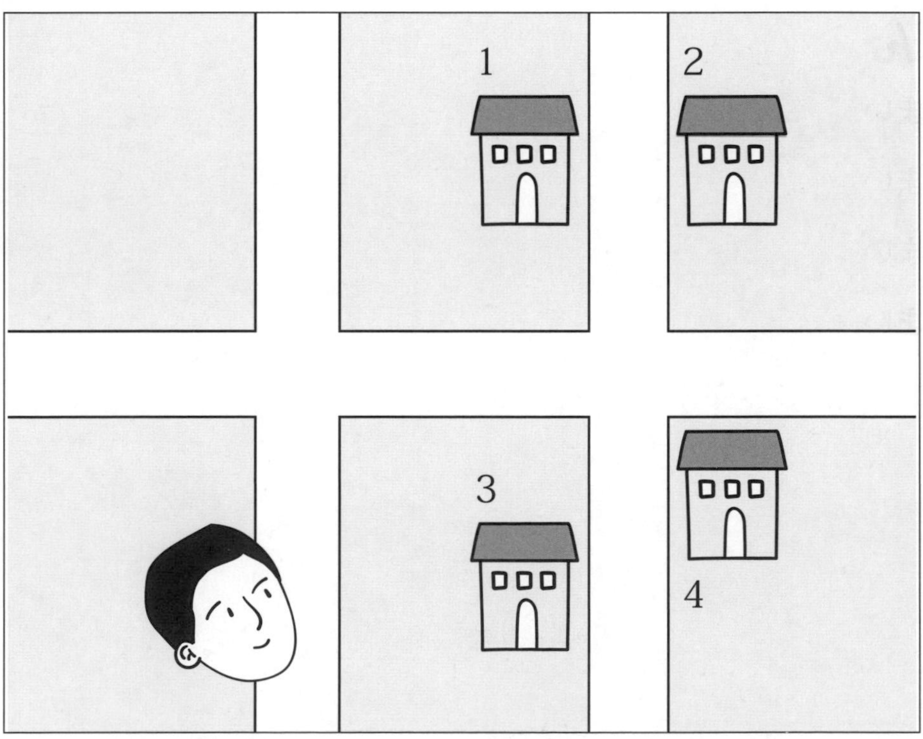

3ばん

1　えいごを　べんきょうする　こと

2　えいごを　おしえる　こと

3　しょうせつを　よむ　こと

4　しょうせつを　かく　こと

4ばん

1　2まい

2　4まい

3　6まい

4　8まい

5ばん

1　テニス

2　サッカー

3　スキー

4　ダンス

6ばん

1　518-6718

2　581-6718

3　518-6781

4　581-6781

もんだい 3

もんだい 3 では、えを　みながら　しつもんを　きいて　ください。
➡（やじるし）の　ひとは　なんと　いいますか。1 から 3 の　なかから、いちばん　いい　ものを　ひとつ　えらんで　ください。

れい

1ばん

2ばん

第19天
實戰模擬試題3

3ばん

4ばん

5ばん

もんだい４

もんだい４は、えなどが　ありません。ぶんを　きいて、１から３の　なかから、いちばん　いい　ものを　ひとつ　えらんで　ください。

－ メモ －

答案 請參照「答案與解析」。

答案與解析

文字．語彙

文法

讀解

聽解

實戰模擬試題 1

實戰模擬試題 2

實戰模擬試題 3

文字・語彙

 漢字讀法

出題型態與解題步驟 p.44

> 每天早上閱讀<u>報紙新聞</u>。

詞彙 新聞 しんぶん 名報紙｜まいあさ 副每天早上｜よむ 動閱讀

實戰測驗 1

p.48

1 1　**2** 3　**3** 2　**4** 4　**5** 2
6 1　**7** 3

> 問題 1　請問＿＿的平假名怎麼寫？請在 1、2、3、4 中選擇一個最適合的答案。

1

> 這座<u>庭</u>院非常漂亮。

解析 「庭」的讀音是 1 にわ。

詞彙 庭 にわ 名庭院｜家 いえ 名家｜山 やま 名山｜
海 うみ 名海｜この 這｜とても 副非常｜きれいだ な形漂亮的

2

> 他有來<u>上午</u>的課。

解析 「午前」的讀音是 3 ごぜん。要注意ぜん是濁音。

詞彙 午前 ごぜん 名上午｜かれ 名他｜じゅぎょう 名課｜くる 動來

3

> 請在喫茶店幫我<u>買</u>茶。

解析 「買って」的讀音是 2 かって。

詞彙 買う かう 動買｜言う いう 動說｜持つ もつ 動拿
待つ まつ 動等待｜きっさてん 名喫茶店｜おちゃ 名茶
～てください 請（做）～

4

> 我的教室在<u>一樓</u>。

解析 「一階」的讀音是 4 いっかい。要注意，雖然表示數字 1 的一讀音是いち，但是接在計算樓層的單位階（かい）後面時，要讀作有促音的いっ。

詞彙 一階 いっかい 名一樓｜わたし 名我｜きょうしつ 名教室
ある 動有

5

> 我有一位<u>姐姐</u>。

解析 「姉」的讀音是 2 あね。

詞彙 姉 あね 名姐姐｜兄 あに 名哥哥｜弟 おとうと 名弟弟
妹 いもうと 名妹妹｜わたし 名我｜ひとり 名一位
いる 動有

6

> 這台汽車很<u>大</u>。

解析 「大きい」的讀音是 1 おおきい。大的音讀可以讀作たい或だい，訓讀則可以讀作おお，要注意的是，在大きい的時候，讀音是おお。

詞彙 大きい おおきい い形大的｜この 這｜くるま 名汽車

7

> 從<u>下週</u>開始去公司。

解析 「来週」的讀音是 3 らいしゅう。要注意しゅう是長音。

詞彙 来週 らいしゅう 名下週｜今週 こんしゅう 名這週｜
かいしゃ 名公司｜いく 動去

實戰測驗 2

p.49

1 2　**2** 1　**3** 2　**4** 1　**5** 4
6 3　**7** 3

> 問題 1 請問＿＿的平假名怎麼寫？請在 1、2、3、4 中選擇一個最適合的答案。

1

> 他昨天回<u>國</u>了。

解析 「国」的讀音是 2 くに。

詞彙 国 くに 名國家｜家 いえ 名家｜店 みせ 名店｜

部屋 へや名房間｜かれ名他｜きのう名昨天｜かえる動回去｜

2

這枝鉛筆我每天都使用。

解析 「使います」的讀音是 1 つかいます。

詞彙 使う つかう動使用｜買う かう動買｜もらう動得到｜習う ならう動學習｜この 這｜えんぴつ名鉛筆｜まいにち名每天

3

這裡的拉麵一百圓。

解析 「百円」的讀音是 2 ひゃくえん。要注意ひゃく不是濁音。

詞彙 百円 ひゃくえん名一百圓｜ここ名這裡｜ラーメン名拉麵

4

我最喜歡春天。

解析 「春」的讀音是 1 はる。

詞彙 春 はる名春天｜夏 なつ名夏天｜秋 あき名秋天｜冬 ふゆ名冬天｜わたし名我｜いちばん副最｜すきだ な形喜歡的

5

書桌上有書。

解析 「机」的讀音是 4 つくえ。

詞彙 机 つくえ名書桌｜棚 たな名架子｜箱 はこ名箱子｜椅子 いす名椅子｜うえ名上面｜ほん名書｜ある動有

6

他正在讀雜誌。

解析 「雑誌」的讀音是 3 ざっし。要注意ざっ是濁音，而且有促音。

詞彙 雑誌 ざっし名雜誌｜かれ名他｜よむ動閱讀｜～ている 正在（做）～

7

跟她借了一把長雨傘。

解析 「長い」的讀音是 3 ながい。

詞彙 長い ながい い形長的｜大きい おおきい い形大的｜小さい ちいさい い形小的｜高い たかい い形貴的、高的｜かのじょ名她｜～から助從～｜かさ名雨傘｜かりる動借

實戰測驗 3

p.50

1 2　**2** 1　**3** 4　**4** 2　**5** 1
6 3　**7** 3

問題 1 請問＿＿＿的平假名怎麼寫？請在 1、2、3、4 中選擇一個最適合的答案。

1

請洗手。

解析 「手」的讀音是 2 て。

詞彙 手 て名手｜足 あし名腳｜顔 かお名臉｜目 め名眼睛｜あらう動洗｜～てください 請（做）～

2

請問佐藤同學的學校在哪裡？

解析 「学校」的讀音是 1 がっこう。要注意がっ是促音，而且こう是長音。

詞彙 学校 がっこう名學校｜どこ名哪裡

3

這是在家製作的。

解析 「作りました」的讀音是 4 つくりました。

詞彙 作る つくる動製作｜分かる わかる動知道、理解｜切る きる動切｜撮る とる動拍（照片）｜これ名這個｜いえ名家

4

那裡有大樹。

解析 「木」的讀音是 2 き。

詞彙 木 き名樹｜花 はな名花｜絵 え名圖畫｜箱 はこ名箱子｜あそこ名那裡｜おおきい い形大的｜ある動有

5

現在是十點九分。

解析 「九分」的讀音是 1 きゅうふん。表示數字 9 的九有きゅう和く兩種讀音，要注意的是，在九分的時候讀音是きゅう，而且ふん不是濁音。

詞彙 九分 きゅうふん名九分｜いま名現在｜～じ ～點

6

每週都去奶奶家。

解析 「毎週」的讀音是 3 まいしゅう。要注意しゅう是長音。

詞彙 毎週 まいしゅう名每週｜おばあさん名奶奶｜いえ名家｜
いく動去

7

車站前面有高樓。

解析 「高い」的讀音是 3 たかい。

詞彙 高い たかい い形高的、貴的｜古い ふるい い形舊的
汚い きたない い形髒的｜狭い せまい い形窄的
えきまえ名車站前面｜ビル名大樓｜ある動有

實戰測驗 4

p.51

1 2	**2** 1	**3** 3	**4** 4	**5** 1
6 3	**7** 3			

問題 1 請問＿＿＿的平假名怎麼寫？請在 1、2、3、4 中選擇一個最適合的答案。

1

這前面有百貨公司。

解析 「先」的讀音是 2 さき。

詞彙 先 さき名前面｜隣 となり名旁邊｜中 なか名裡面、中
後ろ うしろ名後面｜この 這｜デパート名百貨公司｜ある動有

2

請在明天以前交出。

解析 「出して」的讀音是 1 だして。

詞彙 出す だす動交出、繳交｜押す おす動按壓
返す かえす動歸還｜渡す わたす動交付｜あした名明天
～までに ～（期限）為止｜～てください 請（做）～

3

想在外國讀書。

解析 「外国」的讀音是 3 がいこく。要注意こく不是濁音。

詞彙 外国 がいこく名外國｜べんきょう名讀書｜する動做
～たい 想（做）～

4

哥哥在班上是最強的。

解析 「強い」的讀音是 4 つよい。

詞彙 強い つよい い形強的｜忙しい いそがしい い形忙碌的
弱い よわい い形弱的｜面白い おもしろい い形有趣的
あに名哥哥｜クラス名班級｜いちばん副最

5

這間公司有九百人在工作。

解析 「九百人」的讀音是 1 きゅうひゃくにん。表示數字 9 的九有きゅう和く兩種讀音，要注意的是，在表示數字 900 的九百時，讀音是きゅう，而且ひゃく不是濁音。

詞彙 九百人 きゅうひゃくにん名九百人｜この 這｜かいしゃ名公司
はたらく動工作｜～ている 正在（做）～

6

喜歡看著天空。

解析 「空」的讀音是 3 そら。

詞彙 空 そら名天空｜海 うみ名大海｜森 もり名森林｜山 やま名山
みる動看｜こと名代指事情｜すきだ な形喜歡

7

她的聲音很好聽。

解析 「声」的讀音是 3 こえ。

詞彙 声 こえ名聲音｜かみ名頭髮｜手 て名手｜目 め名眼睛
かのじょ名她｜きれいだ な形漂亮的

實戰測驗 5

p.52

1 3	**2** 1	**3** 2	**4** 1	**5** 4
6 2	**7** 4			

問題 1 請問＿＿＿的平假名怎麼寫？請在 1、2、3、4 中選擇一個最適合的答案。

1

買了新車。

解析 「車」的讀音是 3 くるま。

詞彙 車 くるま名車｜家 いえ名家｜靴 くつ名鞋子｜傘 かさ名雨傘
あたらしい い形新的｜かう動買

2

她現在正在走路。

解析 「歩いて」的讀音是 1 あるいて。

詞彙 歩く あるく動走路｜泣く なく動哭泣｜働く はたらく動工作
書く かく動寫｜かのじょ名她｜いま名現在
～ている 正在（做）～

3

明明是九月，卻非常熱。

解析 「九月」的讀音是 2 くがつ。表示數字 9 的九有く和きゅう兩種讀音，但是要注意的是，在表示 9 月時，讀音是く。

詞彙 九月 くがつ名九月 | ～のに助明明～卻 | とても副非常
あつい い形熱的

4

這道料理很甜。

解析 「甘い」的讀音是 1 あまい。

詞彙 甘い あまい い形甜的 | 辛い からい い形辣的 | うまい い形好吃的
まずい い形難吃的 | この 這 | りょうり名料理

5

附近有超市，所以很方便。

解析 「便利」的讀音是 4 べんり。要注意べ是濁音。

詞彙 便利だ べんりだ な形方便的 | ちかく名附近 | スーパー名超市
ある動有

6

買了蛋回來。

解析 「卵」的讀音是 2 たまご。

詞彙 卵 たまご名蛋 | 魚 さかな名魚、魚肉 | 塩 しお名鹽巴
薬 くすり名藥 | かう動買 | くる動來

7

車站旁邊有銀行。

解析 「銀行」的讀音是 4 ぎんこう。要注意ぎん是濁音，而且こう是用到こ跟う的長音。

詞彙 銀行 ぎんこう名銀行 | えき名車站 | となり名旁邊 | ある動有

實戰測驗 6

p.53

1 3	**2** 2	**3** 1	**4** 2	**5** 3
6 4	**7** 1			

問題 1 請問______的平假名怎麼寫？請在 1、2、3、4 中選擇一個最適合的答案。

1

教室裡連一個學生都沒有。

解析 「学生」的讀音是 3 がくせい。要注意がく沒有促音，而且せい是長音。

詞彙 学生 がくせい名學生 | きょうしつ名教室 | ひとり名一個人
いる動有

2

清潔了窗戶。

解析 「窓」的讀音是 2 まど。

詞彙 窓 まど名窗戶 | 家 いえ名家 | 庭 にわ名庭院 | 店 みせ名店
そうじ名打掃 | する動做

3

這條河很美。

解析 「川」的讀音是 1 かわ。

詞彙 川 かわ名河 | 山 やま名山 | 海 うみ名海 | 花 はな名花
この 這 | うつくしい い形美麗的

4

房間非常寒冷。

解析 「寒い」的讀音是 2 さむい。

詞彙 寒い さむい い形寒冷的 | 暑い あつい い形炎熱的
広い ひろい い形寬的 | 狭い せまい い形窄的 | へや名房間
とても副非常

5

寫了兩百次左右，才把這個記起來。

解析 「二百回」的讀音是 3 にひゃっかい。表示數字 2 的二，音讀可以讀作に，訓讀可以讀作ふた，要注意的是，在二百回的讀音是に，而且ひゃっかい不是濁音。

詞彙 二百回 にひゃっかい名兩百次 | これ名這個
～くらい助～左右 | かく動寫 | おぼえる動記住

6

行李放在外面了。

解析 「外」的讀音是 4 そと。

詞彙 外 そと名外面 | 中 なか名裡面、中 | 下 した名下面
上 うえ名上面 | にもつ名行李 | おく動放

7

請趕快回家去。

解析 「帰って」的讀音是 1 かえって。

詞彙 帰る かえる動返回 | 行く いく動去 | 入る はいる動進入
止る とまる動停 | はやく副快點 | いえ名家
～てください 請（做）～

文字・語彙

實戰測驗 7

p.54

1 1　**2** 4　**3** 2　**4** 4　**5** 3
6 4　**7** 1

問題 1　請問＿＿＿的平假名怎麼寫？請在 1、2、3、4 中選擇一個最適合的答案。

1

我住在東京的東邊。

解析 「東」的讀音是 1 ひがし。

詞彙 東 ひがし 名東、東邊 | 南 みなみ 名南、南邊
北 きた 名北、北邊 | 西 にし 名西、西邊 | わたし 名我
とうきょう 名東京（地名） | ほう 名側、方面 | すむ 動居住
～ている 正在（做）～

2

喝一點也沒關係嗎？

解析 「飲んでも」的讀音是 4 のんでも。

詞彙 飲む のむ 動喝 | 読む よむ 動閱讀 | 遊ぶ あそぶ 動玩
休む やすむ 動休息 | すこし 副一點點
～てもいい（做）～也沒關係

3

在教室請安靜。

解析 「教室」的讀音是 2 きょうしつ。要注意きょう是長音，而且しつ不是濁音。

詞彙 教室 きょうしつ 名教室 | しずかだ な形安靜的 | する 動做
～てください 請（做）～

4

這件襯衫很便宜。

解析 「安い」的讀音是 4 やすい。

詞彙 安い やすい い形便宜的 | 高い たかい い形貴的 |
小さい ちいさい い形小的 | 大きい おおきい い形大的
この 這 | シャツ 名襯衫

5

不在店裡用餐嗎？

解析 「店」的讀音是 3 みせ。

詞彙 店 みせ 名店 | 家 いえ 名家 | 中 なか 名裡 | 外 そと 名外面 |
しょくじ 名餐 | する 動做

6

麵包店的左邊有郵局。

解析 「左」的讀音是 4 ひだり。

詞彙 左 ひだり 名左邊 | 前 まえ 名前面 | 右 みぎ 名右邊
隣 となり 名旁邊 | パンや 名麵包店 | ゆうびんきょく 名郵局
ある 動有

7

這頂帽子三千圓。

解析 「三千円」的讀音是 1 さんぜんえん。要注意，雖然表示數字 1000 的千讀作せん，但是表示數字 3000 的三千，要讀作さんぜん。

詞彙 三千円 さんぜんえん 名三千圓 | この 這 | ぼうし 名帽子

實戰測驗 8

p.55

1 4　**2** 1　**3** 3　**4** 2　**5** 3
6 4　**7** 1

問題 1　請問＿＿＿的平假名怎麼寫？請在 1、2、3、4 中選擇一個最適合的答案。

1

老師站在門前。

解析 「立って」的讀音是 4 たって。

詞彙 立つ たつ 動站 | 待つ まつ 動等待 | 止る とまる 動停
座る すわる 動坐 | せんせい 名老師 | ドア 名門 | まえ 名前面
～ている（做）著～、正在（做）～

2

在附近的餐廳吃了午餐。

解析 「食堂」的讀音是 1 しょくどう。要注意どう既是濁音，也是長音。

詞彙 食堂 しょくどう 名餐廳 | ちかく 名附近
ひるごはん 名午飯、午餐 | たべる 動吃

3

跟哥哥一起去游泳池。

解析 「兄」的讀音是 3 あに。

詞彙 兄 あに名哥哥 | 父 ちち名爸爸、父親 | 母 はは名媽媽、母親
姉 あね名姐姐 | いっしょに副一起 | プール名游泳池
いく動去

4

為了準備，花了一個星期。

解析 「一週間」的讀音是 2 いっしゅうかん。要注意，雖然表示數字 1 的一讀作いち，但如果出現在計算星期的單位「週間（しゅうかん）」後面，就會改讀作有促音的いっ了，此外，也要注意しゅう是長音。

詞彙 一週間 いっしゅうかん名一週、一星期間 | じゅんび名準備
する動做 | ～のに 為了～ | かかる動花費

5

臉變得紅紅的。

解析 「顔」的讀音是 3 かお。

詞彙 顔 かお名臉 | 足 あし名腳、腿 | 手 て名手 | 目 め名眼睛
あかいい形紅的 | ～くなる 變得～

6

這部電影非常有名。

解析 「有名」的讀音是 4 ゆうめい。要注意ゆう是長音，而且めい是用到め跟い的長音。

詞彙 有名だ ゆうめいだな形有名的 | この 這 | えいが名電影
とても副非常

7

房間裡面很髒。

解析 「汚い」的讀音是 1 きたない。

詞彙 汚い きたないい形骯髒的 | うるさいい形吵鬧的
暗い くらいい形黑暗的 | 明るい あかるいい形明亮的
へや名房間 | なか名裡面、中

問題 2 漢字書寫

出題型態與解題步驟 p.56

跟朋友用電話講話了。

詞彙 話す はなす動講話 | ともだち名朋友 | でんわ名電話

實戰測驗 1 p.60

8 1 **9** 4 **10** 2 **11** 1 **12** 3

問題 2 請問＿＿＿的字怎麼寫？請在 1、2、3、4 中選擇一個最適合的答案。

8

昨天天氣很好。

解析 「てんき」的寫法是 1 天気。3、4 是不存在的詞。要區分並記住天（てん，天空）跟選項 2、4 的大（たい，大），也要區分気（き，氣）跟選項 3、4 的汽（き，汽）。

詞彙 天気 てんき名天氣 | きのう名昨天 | よいい形好的。

9

書桌上有花。

解析 「うえ」的寫法是 4 上。

詞彙 上 うえ名上 | 後 あと名後 | 前 まえ名前 | 下 した名下
つくえ名書桌 | はな名花 | ある動有

10

今天讀了書。

解析 「よみました」的寫法是 2 読みました。1、3、4 是不存在的詞。

詞彙 読む よむ動閱讀 | きょう名今天 | ほん名書

11

在餐廳吃飯。

解析 將「れすとらん」的片假名正確寫法是 1 レストラン。2、3、4 是不存在的詞。

詞彙 レストラン名餐廳 | ごはん名飯 | たべる動吃

12

學校有個老舊的時鐘。

解析 「ふるい」的寫法是 3 古い。

詞彙 古い ふるいい形老舊的、古老的 | 高い たかいい形貴的
安い やすいい形便宜的、低廉的 | 軽い かるいい形輕的
がっこう名學校 | とけい名時鐘 | ある動有

實戰測驗 2 p.61

8 1 **9** 3 **10** 4 **11** 2 **12** 4

文字・語彙

問題 2　請問＿＿＿的字怎麼寫？請在 1、2、3、4 中選擇一個最適合的答案。

8

孩子們全都很健康。

解析 「げんき」的寫法是 1 元気。2、3、4 是不存在的詞。要分清楚並記住元（げん，根源）跟選項 2、4 的完（かん，完全）。

詞彙 元気だ げんきだ [な形] 健康的｜こども [名] 孩子｜～たち ～們
みんな [名] 全部

9

請使用電梯。

解析 將「えれべーたー」的片假名正確寫法是 3 エレベーター。1、2、4 是不存在的詞。

詞彙 エレベーター [名] 電梯｜つかう [動] 使用｜～てください 請（做）～

10

帶了御飯糰過來。

解析 「もって」的寫法是 4 持って。1 是不存在的詞。

詞彙 持つ もつ [動] 帶、拿｜渡る わたる [動] 遞交
おにぎり [名] 飯糰｜くる [動] 來

11

這條路非常寬。

解析 「みち」的寫法是 2 道。

詞彙 道 みち [名] 路｜家 いえ [名] 家｜店 みせ [名] 店｜庭 にわ [名] 庭院
この 這｜とても [副] 非常｜ひろい [い形] 寬的

12

昨天搭了飛機。

解析 「のりました」的寫法是 4 乗りました。1、2、3 是不存在的詞。

詞彙 乗る のる [動] 搭乘｜きのう [名] 昨天｜ひこうき [名] 飛機

實戰測驗 3

p.62

8 4	**9** 3	**10** 3	**11** 1	**12** 2

問題 2　請問＿＿＿的字怎麼寫？請在 1、2、3、4 中選擇一個最適合的答案。

8

請慢慢休息。

解析 「やすんで」的寫法是 4 休んで。1、2 是不存在的詞。

詞彙 休む やすむ [動] 休息｜読む よむ [動] 閱讀
ゆっくり [副] 慢慢地｜～てください 請（做）～

9

搭了計程車過來。

解析 將「たくしー」的片假名正確寫法是 3 タクシー。1、2、4 是不存在的詞。

詞彙 タクシー [名] 計程車｜のってくる 搭過來

10

今天的考試很簡單。

解析 「やさしかった」的寫法是 3 易しかった。1、2、4 是不存在的詞。

詞彙 易しい やさしい [い形] 簡單的｜きょう [名] 今天
テスト [名] 考試、測驗

11

這鞋子七千圓。

解析 「ななせんえん」的寫法是 1 七千円。

詞彙 七千円 ななせんえん [名] 七千圓｜七万円 ななまんえん [名] 七萬圓
五千円 ごせんえん [名] 五千圓｜五万円 ごまんえん [名] 五萬圓
この 這｜くつ [名] 鞋子

12

中國在日本的西邊。

解析 「にし」的寫法是 2 西。

詞彙 西 にし [名] 西邊｜東 ひがし [名] 東邊｜南 みなみ [名] 南邊
北 きた [名] 北邊｜ちゅうごく [名] 中國｜にほん [名] 日本
ある [動] 有

實戰測驗 4

p.63

8 1	**9** 4	**10** 3	**11** 2	**12** 2

問題 2　請問＿＿＿的字怎麼寫？請在 1、2、3、4 中選擇一個最適合的答案。

8

她很擅長英語。

解析 「じょうず」的寫法是 1 上手。

詞彙 上手だ じょうずだ [な形] 擅長的、嫻熟的
下手だ へただ [な形] 不擅長的、不熟練的
かのじょ [名] 她 | えいご [名] 英語

9

他現在正在擺放椅子。

解析 「ならべて」的寫法是 4 並べて。1、2、3 是不存在的詞。

詞彙 並べる ならべる [動] 擺放 | かれ [名] 他 | いま [名] 現在
いす [名] 椅子 | ～ている 正在（做）～

10

把領帶給了父親。

解析 將「ねくたい」的片假名正確寫法是 3 ネクタイ。1、2、4 是不存在的詞。

詞彙 ネクタイ [名] 領帶 | おとうさん [名] 父親 | あげる [動] 給予

11

今天一直下雨。

解析 「あめ」的寫法是 2 雨。

詞彙 雨 あめ [名] 雨 | 雪 ゆき [名] 雪 | 雲 くも [名] 雲
きょう [名] 今天 | ずっと [副] 一直

12

忘了約定時間。

解析 「わすれました」的寫法是 2 忘れました。1、3、4 是不存在的詞。

詞彙 忘れる わすれる [動] 忘記 | やくそく [名] 約定 | じかん [名] 時間

實戰測驗 5

p.64

8 4 **9** 2 **10** 1 **11** 3 **12** 1

問題 2 請問＿＿＿的字怎麼寫？請在 1、2、3、4 中選擇一個最適合的答案。

8

涼風正在吹拂。

解析 「かぜ」的寫法是 4 風。2 是不存在的詞。

詞彙 風 かぜ [名] 風 | すずしい [い形] 涼爽的 | ふく [動] 吹拂
～ている 正在（做）～

9

田中小姐買了手帕。

解析 「はんかち」的片假名正確寫法是 2 ハンカチ。1、3、4 是不存在的詞。

詞彙 ハンカチ [名] 手帕 | かう [動] 購買

10

昨天吃了什麼？

解析 「たべました」的寫法是 1 食べました。2、3、4 是不存在的詞。

詞彙 食べる たべる [動] 吃 | きのう [名] 昨天 | なに [名] 什麼

11

每天都會讀報紙。

解析 「まいにち」的寫法是 3 毎日。

詞彙 毎日 まいにち [名] 每天 | 毎朝 まいあさ [名] 每天早上
毎晩 まいばん [名] 每天晚上 | 毎週 まいしゅう [名] 每週
しんぶん [名] 報紙 | よむ [動] 閱讀 | ～ている 表示重複的動作

12

得到了白色的包包。

解析 「しろい」的寫法是 1 白い。3 是不存在的詞。

詞彙 白い しろい [い形] 白色的 | 高い たかい [い形] 貴的、高的
かばん [名] 包包 | もらう [動] 得到

實戰測驗 6

p.65

8 2 **9** 1 **10** 3 **11** 2 **12** 4

問題 2 請問＿＿＿的字怎麼寫？請在 1、2、3、4 中選擇一個最適合的答案。

8

父親給了我包包。

解析 「ちち」的寫法是 2 父。

詞彙 父 ちち [名] 父親、爸爸 | 母 はは [名] 母親、媽媽
苺 いちご [名] 草莓 | かばん [名] 包包 | くれる [動] 給（我）

9

超市很近，所以很方便。

解析 「べんり」的寫法是 1 便利。2、3、4 是不存在的詞。要區分並記住便（べん，便利的）和選項 3、4 的更（こう，

改），也要區分並記住利（り，有利的）和選項 2、4 的制（せい，節制）。

詞彙 便利だ べんりだ ナ形 方便的 | スーパー 名 超市
ちかい イ形 近的

10

請打開冷氣。

解析 「えあこん」的片假名正確寫法是 3 エアコン。1、2、4 是不存在的詞。

詞彙 エアコン 名 冷氣 | つける 動 開 | ～てください 請（做）～

11

這是我跟朋友看的電影。

解析 「みた」的寫法是 2 見た。1、3、4 是不存在的詞。

詞彙 見る みる 動 看 | これ 名 這個 | ともだち 名 朋友
えいが 名 電影

12

孩子出生了。

解析 「うまれました」的寫法是 4 生まれました。1、2、3 是不存在的詞。

詞彙 生まれる うまれる 動 出生 | こども 名 孩子

實戰測驗 7

p.66

8 1 **9** 3 **10** 2 **11** 4 **12** 3

問題 2 請問＿＿＿的字怎麼寫？請在 1、2、3、4 中選擇一個最適合的答案。

8

跟姐姐借了相機。

解析 「かめら」的片假名正確寫法是 1 カメラ。2、3、4 是不存在的詞。

詞彙 カメラ 名 相機 | あね 名 姐姐 | ～から 助 從～
かりる 動 借

9

學校很遠，所以很不方便。

解析 「ふべん」的寫法是 3 不便。要區分並記住不（ふ，不）和選項 1、4 的木（き，木），也要區分並記住便（べん，方便的）和選項 1、2 的使（し，使用）。

詞彙 不便だ ふべんだ ナ形 不便的 | がっこう 名 學校
とおい イ形 遠的。

10

請寫下電話號碼。

解析 「かいて」的寫法是 2 書いて。1、3、4 是不存在的詞。

詞彙 書く かく 動 寫 | でんわばんごう 名 電話號碼
～てください 請（做）～

11

我們的狗腿很長。

解析 「あし」的寫法是 4 足。

詞彙 足 あし 名 腿、腳 | 耳 みみ 名 耳朵 | 目 め 名 眼睛
鼻 はな 名 鼻子 | うち 名 我們、我們家
いぬ 名 狗 | ながい イ形 長的

12

在大學見了朋友。

解析 「あいました」的寫法是 3 会いました。1、2、4 是不存在的詞。

詞彙 会う あう 動 見面 | だいがく 名 大學 | ともだち 名 朋友

實戰測驗 8

p.67

8 1 **9** 2 **10** 3 **11** 4 **12** 4

問題 2 請問＿＿＿的字怎麼寫？請在 1、2、3、4 中選擇一個最適合的答案。

8

明天有足球比賽。

解析 「しあい」的寫法是 1 試合。2、3、4 是不存在的詞。要區分並記住試（し，試驗）和選項 3、4 的式（しき，方式），也要分清楚並記住合（あい，合併）跟選項 2、4 的会（かい，聚會）。

詞彙 試合 しあい 名 比賽 | あした 名 明天 | サッカー 名 足球 |
ある 動 有。

9

您喜歡的運動是什麼？

解析 「すぽーつ」的片假名正確寫法是 2 スポーツ。1、3、4 是不存在的詞。

詞彙 スポーツ 名 運動 | すきだ ナ形 喜歡 | なん 名 什麼

10

去買花。

解析 「はな」的寫法是 3 花。
詞彙 花 はな 名花 | 傘 かさ 名雨傘 | 車 くるま 名車子
皿 さら 名盤子 | かう 動買 | ～にいく 去（做）～

11

請幫我切菜。

解析 「きって」的寫法是 4 切って。
詞彙 切る きる 動切 | 買う かう 動買 | 渡る わたる 動遞交 |
洗う あらう 動洗 | やさい 名蔬菜 | ～てください 請（做）～

12

我不擅長料理。

解析 「へた」的寫法是 4 下手。1、3 是不存在的詞。
詞彙 下手だ へただ な形不擅長、不會的
上手だ じょうずだ な形擅長的 | わたし 名我 | りょうり 名料理

問題 3 前後關係

出題型態與解題步驟 p.68

因為今天是奶奶的生日，所以寫了（　　）。
1 鉛筆　　2 錢
3 照片　　**4 信**

詞彙 きょう 名今天 | おかあさん 名母親 | たんじょうび 名生日
～ので 助因為～ | かく 動寫 | えんぴつ 名鉛筆
おかね 名錢 | しゃしん 名照片 | てがみ 名信

實戰測驗 1

p.72

13 2　**14** 1　**15** 3　**16** 4　**17** 1
18 3

問題 3 請問（　　）應該填入什麼？請在 1、2、3、4 中選擇一個最適合的答案。

13

我在車站前的（　　）借了書。
1 公司　　**2 圖書館**
3 公園　　4 書店

解析 所有選項都是名詞。與空格後面的內容搭配使用時，是「としょかんでほんをかりました（在圖書館借了書）」的文意脈絡最通順，所以 2 としょかん（圖書館）是正確答案。其他選項的用法為：1 かいしゃではたらく（在公司工作）；3 こうえんでさんぽする（在公園散步），4 ほんやでほんをかう（在書店買書）。
詞彙 わたし 名我 | えきまえ 名車站前 | ほん 名書
かりる 動借 | かいしゃ 名公司 | としょかん 名圖書館
こうえん 名公園 | ほんや 名書店

14

春天有很多漂亮的花朵（　　）。
1 盛開　　2 放
3 搭乘　　4 看

解析 所有選項都是動詞。與空格前面的內容搭配使用時，是「はながたくさんさきます（花朵盛開）」的文意脈絡最通順，所以 1 さきます（盛開）是正確答案。其他選項的用法為：2 にもつをおく（放行李），3 バスにのる（搭公車），4 テレビをみる（看電視）。
詞彙 はる 名春天 | きれいだ な形漂亮的 | はな 名花朵
たくさん 副很多 | さく 動（花朵）盛開 | おく 動放置
のる 動搭乘 | みる 動看

15

明明傍晚了，外面卻還是很（　　），所以沒有開燈。
1 吵　　2 忙
3 亮　　4 暗

解析 所有選項都是い形容詞。與空格後面的內容搭配使用時，是「あかるいのででんきはつけません（很亮，所以沒有開燈）」的文意脈絡最通順，所以 3 あかるい（亮）是正確答案。要注意，不要只看到空格前面的そとがまだ（外面仍然）就選擇 4 くらい（暗）作為正確答案。其他選項的用法為：1 テレビの音がうるさいのでテレビを消す（因為電視的聲音很吵，就關掉電視），2 仕事がいそがしいのでつかれる（因為工作忙碌，所以很疲憊），4 部屋がくらいのででんきをつける（因為房間很暗，所以開電燈）。
詞彙 ゆうがた 名傍晚 | そと 名外面 | まだ 副還
～ので 助因為～ | でんき 名電燈、電力 | つける 動開
うるさい い形吵鬧的 | いそがしい い形忙碌的
あかるい い形明亮的 | くらい い形昏暗的

16

明天是我的生日（　　），要來喔。
1 旅行　　2 休假
3 班級　　**4 派對**

解析 所有選項都是名詞。與空格前面的內容搭配使用時，是「たんじょうびパーティー（生日派對）」的文意脈絡最通順，所以 4 パーティー（派對）是正確答案。其他選項的用法為：1 家族りょこう（家族旅行），2 夏やすみ（暑假），3 午前クラス（上午班）。
詞彙 あした 名明天 | わたし 名我 | たんじょうび 名生日

～から助因為～｜くる動來｜～てください 請（做）
りょこう名旅行｜やすみ名休假｜クラス名班、班級
パーティー名派對

17

田中先生家裡有 3（　　）汽車。
1　輛　2　張
3　號　4　枝

解析 所有選項都是計數的單位。最適合用來計算空格前面的くるま（汽車）的單位是「だい（輛）」，所以 1 だい（輛）是正確答案。2 是計算紙張時常用的單位，3 是計算號碼時常用的單位，4 是計算鉛筆、花朵等細長物時常用的單位。

詞彙 いえ名家｜くるま名汽車｜ある動有｜～だい ～輛
～まい ～張｜～ばん ～號｜～ほん ～枝

18

今天（　　）很感謝。
1　請　2　怎麼樣
3　真的　4　適當地

解析 所有選項都是副詞。從整個提示句看來，是「きょうはどうもありがとうございました（今天真的很感謝）」的文意脈絡最通順，所以 3 どうも（真的）是正確答案。1 主要用在恭敬地請對方做某事時，2 主要用在詢問對方的心情或狀態時，4 主要用在說出「請多多指教」時。

詞彙 きょう名今天｜どうぞ副請｜いかが副怎麼樣、怎麼
どうも副真的、真｜よろしく副多多指教

實戰測驗 2

p.73

13 3　**14** 2　**15** 4　**16** 1　**17** 3
18 4

問題 3 請問（　　）應該填入什麼？請在 1、2、3、4 中選擇一個最適合的答案。

13

我到美國的大學（　　）了。
1　結婚　2　料理
3　留學　4　逛街

解析 所有選項都是名詞。與空格前面的內容搭配使用時，是「アメリカのだいがくにりゅうがく（到美國的大學留學）」的文意脈絡最通順，所以 3 りゅうがく（留學）是正確答案。其他選項的用法為：1 彼とけっこんする（跟他結婚），2 魚をりょうりする（料理魚肉），4 デパートでかいものする（在百貨公司逛街購物）。

詞彙 わたし名我｜アメリカ名美國｜だいがく名大學
する動做｜けっこん名結婚｜りょうり名料理
りゅうがく名留學｜かいもの名購物

14

請看到課本第 17（　　）的小狗圖片。
1　公尺　**2　頁**
3　本　4　張

解析 所有選項都是計數的單位。與空格前後的內容搭配使用時，是「テキストの 17 ページにあるいぬのえ（課本第 17 頁的小狗圖片）」的文意脈絡最通順，所以 2 ページ（頁）是正確答案。要注意，不要看到空格前面的テキスト（課本），就選擇 3 さつ（本）作為正確答案。1 是計算長度的單位，3 是計算書本的單位，4 是計算紙張的單位。

詞彙 テキスト名課本｜ある動有｜いぬ名狗｜え名圖片
みる動看｜～てください 請（做）～｜～メートル ～公尺
～ページ ～頁｜～さつ ～本｜～まい ～張

15

這是森先生的書，請（　　）給他。
1　擺　2　賣
3　記住　**4　歸還**

解析 所有選項都是動詞。從整個句子看來，是「これはもりさんのほんですから、かれにかえしてください（這是森先生的書，請歸還給他）」的文意脈絡最通順，所以 4 かえして（歸還）是正確答案。其他選項的用法為：1 テーブルにならべる（擺在桌上），2 スーパーでうる（在超市販售），3 なまえをおぼえる（記住名字）。

詞彙 これ名這個｜ほん名書｜～から助因為～｜かれ名他
～てください 請（做）～｜ならべる動擺放｜うる動賣
おぼえる動記住、背｜かえす動歸還、退還

16

週末常常在家看（　　）。
1　電視　2　廣播
3　暖爐　4　相機

解析 所有選項都是名詞。與空格後面的內容搭配使用時，是「テレビをみます（看電視）」的文意脈絡最通順，所以 1 テレビ（電視）是正確答案。其他選項的用法為：2 ラジオをきく（聽廣播），3 ストーブをつける（打開暖爐），4 カメラでとる（用相機拍照）。

詞彙 しゅうまつ名週末｜よく副經常、充分地｜いえ名家
みる動看｜テレビ名電視｜ラジオ名廣播
ストーブ名暖爐｜カメラ名相機

17

房間沒有任何人在，所以非常（　　）。

1 簡單	2 擅長
3 安靜	4 健康

解析 所有選項都是な形容詞。與空格前面的內容搭配使用時，是「だれもいなくてとてもしずか（沒有任何人在，所以非常安靜）」的文意脈絡最通順，所以 3 しずか（安靜）是正確答案。其他選項的用法為：1 この問題はかんたんだ（這個問題很簡單），2 父はりょうりがじょうずだ（爸爸很擅長做菜），4 こどもはげんきだ（孩子很健康）。

詞彙 へや名房間 | だれ名誰 | いる動有 | とても副非常
かんたんだ な形簡單的 | じょうずだ な形擅長的
しずかだ な形安靜的 | げんきだ な形健康的

18

在桌上放了（　）。

1 魚	2 西瓜
3 蘋果	**4 雞蛋**

解析 提示句的括號應填入在桌上（テーブルのうえに）的東西。從圖片看來，在桌上的是雞蛋，所以 4 たまご（雞蛋）是正確答案。

詞彙 テーブル名桌子 | うえ名上面 | おく動放 | さかな名魚
すいか名西瓜 | りんご名蘋果 | たまご名雞蛋

實戰測驗 3

p.74

13 4　**14** 1　**15** 3　**16** 4　**17** 1
18 2

問題 3 請問（　）應該填入什麼？請在 1、2、3、4 中選擇一個最適合的答案。

13

不知道路的時候就看（　）。

1 照片	2 辭典
3 信	**4 地圖**

解析 所有選項都是名詞。從整個句子看來，是「みちがわからないときはちずをみます（不知道路的時候就看地圖）」的文意脈絡最通順，所以 4 ちず（地圖）是正確答案。其他選項的用法為：1 家族としゃしんをとる（和家人拍照片），2 ことばのいみはじしょでさがす（用辭典查找詞意），3 友だちにてがみを書く（寫信給朋友）。

詞彙 みち名路 | わかる動知道、理解 | とき名時候 | みる動看
しゃしん名照片 | じしょ名辭典 | てがみ名信 | ちず名地圖

14

人全部都（　）後，清潔電車裡面。

1 下車	2 搭乘
3 坐下	4 行走

解析 所有選項都是動詞。從整個句子看來，是「ひとがみんなおりたあと、でんしゃのなかをそうじします（人全部都下車後，清潔電車裡面）」的文意脈絡最通順，所以 1 おりた（下車）是正確答案。要注意，千萬不可看到空格前面的ひとがみんな（人全部都）跟空格後面的あと（後），就選擇 2 のった（搭乘）、3 すわった（坐下）作為正確答案。其他選項的用法為：2 バスにのる（搭公車），3 いすにすわる（坐椅子），4 みちをあるく（走路）。

詞彙 ひと名人 | みんな名全部 | あと名後 | でんしゃ名電車
なか名裡面、中 | そうじ名清潔 | する動做 | おりる動下車
のる動搭乘 | すわる動坐下 | あるく動行走

15

高橋小姐家有 5（　）貓咪。

1 枝	2 杯
3 隻	4 名

解析 所有選項都是計數的單位。最適合用來計算空格前面的ねこ（貓咪）的單位是「ひき（隻）」，所以 3 ひき（隻）是正確答案。1 是計算花朵、鉛筆等細長物的單位，2 是計算杯裝物的單位，4 是計算人數的單位。

詞彙 いえ名家 | ねこ名貓咪 | いる動有 | ～ほん ～枝
～はい ～杯 | ～ひき ～隻 | ～にん ～名

16

下週也（　）去玩吧！

1 不太	2 漸漸
3 非常	**4 再**

解析 所有選項都是副詞。從整個句子看來，是「らいしゅうもまたあそびにいきましょう（下週也要再去玩）」的文意脈絡最通順，所以 4 また（再）是正確答案。其他選項的用法為：1 今はあまりあつくない（現在不太熱），2 天気がだんだんよくなる（天氣漸漸變好），3 今日はとてもさむい（今天非常冷）。

詞彙 らいしゅう名下週 | あそぶ動玩 | ～にいく 去（做）～
あまり副不太 | だんだん副漸漸 | とても副非常
また副再

17

因為肚子太痛，現在要去（　）了。

1 醫院	2 電影院
3 公寓	4 餐廳

解析 所有選項都是名詞。與空格前面的內容搭配使用時，是「おなかがとてもいたいので、いまからびょういん（因為肚子太痛，現在要去醫院了）」的文意脈絡最通順，所以 1 びょ

ういん（醫院）是正確答案。其他選項的用法為：2 えいがを見にえいがかんに行く（去電影院看電影），3 アパートにすんでいる（住在公寓），4 おなかがすいたのでレストランに行く（因為肚子很餓而去餐廳）。

詞彙 おなか名肚子｜とても副太、非常｜いたいい形痛的
～ので助因為～｜いま名現在｜～から助從～
いく動去｜びょういん名醫院｜えいがかん名電影院
アパート名大樓｜レストラン名餐廳

18

這很（　　），所以非常危險。

1　冷　　**2　燙**
3　重　　4　快

解析 附圖是沸騰的茶壺。根據圖片檢視提示句的話，是「これはあついので、とてもあぶないです（這很燙，所以非常危險）」的文意脈絡最恰當，所以 2 あつい（燙）是正確答案。

詞彙 これ名這個｜～ので助因為～｜とても副非常
あぶないい形危險的｜つめたいい形冷的｜あついい形燙的
おもいい形重的｜はやいい形快的

實戰測驗 4

p.75

13 2　**14** 1　**15** 4　**16** 3　**17** 1
18 2

問題 3 請問（　　）應該填入什麼？請在 1、2、3、4 中選擇一個最適合的答案。

13

2 年前（　　）了，現在有一個孩子。

1　學習　　**2　結婚**
3　工作　　4　洗滌

解析 所有選項都是名詞。從整個句子看來，2「にねんまえにけっこんして、いまはこどもがひとりいます（2 年前結婚了，現在有一個孩子）」的文意脈絡最通順，所以 2 けっこん（結婚）是正確答案。其他選項的用法為：1 まじめにべんきょうして大学に入った（因為腳踏實地讀書而進了大學），3 しごとをしてつかれた（因工作而疲憊），4 せんたくをしてきれいになった（洗乾淨了）。

詞彙 ～ねん ～年｜まえ名前｜する動做｜いま名現在
こども名孩子｜ひとり名一人｜いる動有
べんきょう名學習｜けっこん名結婚｜しごと名工作
せんたく名洗滌

14

因為上個週末也在工作，非常（　　）。

1　疲憊　　2　忘記
3　工作　　4　教導

解析 所有選項都是動詞。與空格前面的內容搭配使用時，是「しゅうまつもはたらいたので、とてもつかれました（因為週末也在工作，非常疲憊）」的文意脈絡最通順，所以 1 つかれました（疲憊）是正確答案。其他選項的用法為：2 しゅくだいをわすれる（忘記作業），3 ぎんこうにつとめる（在銀行工作），4 英語をおしえる（教導英語）。

詞彙 せんしゅう名上週｜しゅうまつ名週末｜はたらく動工作
～ので助因為｜～とても副非常｜つかれる動疲憊
わすれる動忘記｜つとめる動工作｜おしえる動教導

15

田中先生每天早上都會跑 3（　　）。

1　本　　2　杯
3　公克　　**4　公里**

解析 所有選項都是計數的單位。與空格前後的內容搭配使用時，是「3 キロはしっています（跑 3 公里）」的文意脈絡最通順，所以用來計算距離的 4 キロ（公里）是正確答案。1 是計算書本的單位，2 是計算杯裝物的單位，3 是計算重量的單位。

詞彙 まいあさ名每天早上｜はしる動跑｜～ている 表示重複的動作
～さつ ～本｜～はい ～杯｜～グラム ～公克｜～キロ ～公里

16

因為很冷，請把（　　）關起來。

1　暖爐　　2　冷氣
3　門　　4　按鈕

解析 所有選項都是名詞。從整個句子看來，是「さむいですから、ドアをしめてください（因為很冷，請把門關起來）」的文意脈絡最通順，所以 3 ドア（門）是正確答案。要注意，不要只看到空格前面的さむいですから（因為很冷），就選擇 1 ストーブ（暖爐）作為正確答案。其他選項的用法為：1 ストーブをつける（打開暖爐），2 エアコンをつける（打開冷氣），4 ボタンをおす（按按鈕）。

詞彙 さむいい形冷的｜～から助因為～｜しめる動關閉
～てください 請（做）～｜ストーブ名暖爐｜エアコン名冷氣
ドア名門｜ボタン名按鈕

17

17
我喜歡（　　）色的衣服。

1　淺　　2　細
3　窄　　4　難吃

解析 所有選項都是い形容詞。與空格後面的內容搭配使用時，是うすいいろ（淺色）的文意脈絡最通順，所以 1 うすい（淺的）是正確答案。其他選項的用法為：2 ほそいかみ（細髮），3 せまい部屋（窄房間），4 まずい料理（難吃的料理）。

詞彙 わたし名我 | いろ名顏色 | ふく名衣服
すきだな形喜歡 | うすいい形淺的 | ほそいい形細的、狹窄的
せまいい形窄的 | まずいい形難吃的

18

因為不知道路，在（　　）問了警官。

1　店家　　　　**2　派出所**
3　公司　　　　4　醫院

解析 所有選項都是名詞。與空格後面的內容搭配使用時，是こうばんでけいかんにききました（在派出所問了警官）的文意脈絡最通順，所以 2 こうばん（派出所）是正確答案。其他選項的用法為：1 みせでかいものする（在商店購物），3 かいしゃではたらく（在公司工作），4 びょういんで薬をもらう（在醫院領藥）。

詞彙 みち名路 | わかる動知道、理解 | ～ので助因為～
けいかん名警官 | きく動詢問 | みせ名店家
こうばん名派出所 | かいしゃ名公司 | びょういん名醫院

實戰測驗 5

p.76

13 1　**14** 3　**15** 3　**16** 2　**17** 4
18 4

問題 3 請問（　　）應該填入什麼？請在 1、2、3、4 中選擇一個最適合的答案。

13

姐姐在當（　　），所以在學校教英語。

1　老師　　　　2　孩子
3　學生　　　　4　大人

解析 所有選項都是名詞。與空格後面的內容搭配使用時，是せんせいをしていて、がっこうでえいごをおしえています（在當老師，所以在學校教英語）的文意脈絡最通順，所以 1 せんせい（老師）是正確答案。其他選項的用法為：2 こどもがうまれる（孩子出生），3 がくせいがべんきょうをする（學生進行學習），4 おとなになる（成為大人）。

詞彙 あね名姐姐 | する動做 | ～ている 正在（做）～ |
がっこう名學校 | えいご名英語 | おしえる動教導 |
せんせい名老師 | こども名孩子 | がくせい名學生 |
おとな名大人 |

14

吃完飯以後，請（　　）牙。

1　放進　　　　2　擺放
3　刷　　　　4　關閉

解析 所有選項都是動詞。與空格前面的內容搭配使用時，是はをみがいて（刷牙）的文意脈絡最通順，所以 3 みがいて（刷）是正確答案。1 常用在はこにいれる（放進箱子），2 常用在皿をならべる（擺放盤子），4 常用在電気をけす（關閉電源）。

詞彙 ごはん名飯 | たべる動吃 | あと名後、之後
は名牙、牙齒 | ～てください 請（做）～ | いれる動放進
ならべる動擺放 | みがく動（磨）擦 | けす動關閉、抹去

15

日語課在 5（　　）的教室上課。

1　張　　　　2　輛
3　樓　　　　4　杯

解析 所有選項都是計數的單位。搭配空格前後的內容使用時，是 5かいのきょうしつでします（在 5 樓的教室上課）的文意脈絡最通順，所以 3 かい（樓）是正確答案。1 是用來計算紙張的單位，2 是用來計算車輛的單位，4 是用來計算杯裝物的單位。

詞彙 にほんご名日語 | じゅぎょう名課程 | きょうしつ名教室
する動做 | ～まい ～張 | ～だい ～輛 | ～かい ～樓
～はい ～杯

16

請用這（　　）寫下名字。

1　教材　　　　**2　筆**
3　刀子　　　　4　膠帶

解析 所有選項都是名詞。與空格後面的內容搭配使用時，是ペンでなまえをかいて（用筆寫名字）的文意脈絡最通順，所以 2 ペン（筆）是正確答案。其他選項的用法為：1 テキストを読む（閱讀教材），3 ナイフで切る（用刀子切），4 テープを切る（弄斷膠帶）。

詞彙 この 這 | なまえ名名字 | かく動寫 | ～てください 請（做）～
テキスト名教材 | ペン名筆 | ナイフ名刀子 | テープ名膠帶

17

他是（　　）的人，所以不管是誰都知道他。

1　簡單　　　　2　方便
3　辛苦　　　　**4　有名**

解析 所有選項都是な形容詞。從整個句子看來，是かれはゆうめいなひとだから、だれでもかれをしっています（他是有名的人，所以不管是誰都知道他）的文意脈絡最通順，所以 4 ゆうめい（有名）是正確答案。其他選項的用法為：1 かん

たんな問題（簡單的問題），2 べんりなところ（方便的地方），3 たいへんな仕事（辛苦的工作）。

詞彙 かれ名他｜ひと名人｜～から助因為～｜だれ名誰｜～でも助即使～｜しる動知道｜～ている 正在（做）～｜かんたんだな形簡單的｜べんりだな形方便的｜たいへんだな形辛苦的｜ゆうめいだな形有名的

18

搭（　）翱翔天際很開心。

1 公車　　2 計程車
3 電車　　**4 飛機**

解析 所有選項都是名詞。與空格後面的內容搭配使用時，是ひこうきにのってそらをとぶこと（搭飛機翱翔天際）的文意脈絡最通順，所以 4 ひこうき（飛機）是正確答案。其他選項的用法為：1 バスにのって学校に行く（搭公車去學校），2 タクシーを呼ぶ（叫計程車），3 でんしゃをのりかえる（轉乘電車）。

詞彙 のる動搭乘｜そら名天空｜とぶ動飛｜こと名代指事情｜たのしいい形開心的｜バス名公車｜タクシー名計程車｜でんしゃ名電車｜ひこうき名飛機

實戰測驗 6

p.77

13 1　**14** 4　**15** 3　**16** 4　**17** 2　**18** 1

問題 3 請問（　）應該填入什麼？請在 1、2、3、4 中選擇一個最適合的答案。

13

因為沒有帶（　），沒辦法進去裡面。

1 鑰匙　　2 箱子
3 橋　　4 椅子

解析 所有選項都是名詞。從整個句子看來，是かぎをもっていないので、なかにはいることができません（因為沒有帶鑰匙，沒辦法進去裡面）的文意脈絡最通順，所以 1 かぎ（鑰匙）是正確答案。其他選項的用法為：2 はこににもつを入れる（把行李放進箱子），3 はしをわたる（過橋），4 いすにすわる（坐椅子）。

詞彙 もつ動帶、拿｜～ている 正在（做）～｜～ので助因為～｜なか名裡面、中｜はいる動進去｜～ことができる 能夠（做）～｜かぎ名鑰匙｜はこ名箱子｜はし名橋｜いす名椅子

14

因為夏天很熱，每天都（　）著帽子出門。

1 穿　　2 穿
3 縫　　**4 戴**

解析 所有選項都是動詞。與空格前面的內容搭配使用時，是ぼうしをかぶって（戴著帽子）的文意脈絡最通順，所以 4 かぶって（戴）是正確答案。其他選項的用法為：1 シャツをきる（穿襯衫），2 くつをはく（穿鞋），3 ボタンをつける（縫上鈕扣）。

詞彙 なつ名夏天｜あついい形熱的｜～ので助因為～｜まいにち名每天｜ぼうし名帽子｜でかける動外出｜～ている 表示重複的動作｜きる動穿（上衣）｜はく動穿（鞋子）、穿（下著）｜つける動縫上、裝上｜かぶる動戴（帽子）

15

在百貨公司買了 3（　）可愛的雨傘回來。

1 公斤／公里　　2 公克
3 把　　4 本

解析 所有選項都是計數的單位。最適合用來計算空格前面的かさ（雨傘）的單位是ほん（把），所以 3 ぼん（把）是正確答案。要注意，計算細長物的單位本的讀音雖然是ほん，但是前面出現數字 3 時，就要讀作濁音ぼん。1 是用來計算長度或重量的單位，2 是用來計算重量的單位，4 是用來計算書本的單位。

詞彙 デパート名百貨公司｜かわいいい形可愛的｜かさ名雨傘｜かう動買｜くる動來｜～キロ ～公里、～公斤｜～グラム ～公克｜～ほん ～把｜～さつ ～本

16

請（　）沒人在的房間的電燈。

1 放置　　2 關上
3 按下　　**4 關上**

解析 所有選項都是動詞。與空格前面的內容搭配使用時，是でんきはけして（關上電燈）的文意脈絡最通順，所以 4 けして（關上）是正確答案。其他選項的用法為：1 にもつをおく（放行李），2 まどをしめる（關上窗戶），3 ボタンをおす（按下按鈕）。

詞彙 だれも 任何人｜いる動有｜へや名房間｜でんき名電燈、電力｜～てください 請（做）～｜おく動放置｜しめる動關上｜おす動按｜けす動關

17

椅子上有（　）。

1 筆記本　　**2 相機**
3 午餐　　4 原子筆

解析 提示句的括號應填入在椅子上（いすのうえに）的東西。從圖片看來，在椅子上的是相機，所以 2 カメラ（相機）正確答案。

詞彙 いす名椅子｜うえ名上面｜ある動有
ノート名筆記本｜カメラ名相機｜ランチ名午餐、午飯
ボールペン名原子筆

18

A：「謝謝你的禮物。」
B：「（　　）。」

1　不用客氣	2　我要出門了
3　我吃飽了	4　麻煩了

解析 所有選項都是招呼語。從整個提示句來看，因為 A 說的是プレゼントありがとうございます（謝謝你的禮物），B 說どういたしまして（不用客氣）的文意脈絡是最通順的。因此，1 どういたしまして（不用客氣）是正確答案。2 主要用在出門前，3 主要用在吃完飯後，4 主要用在拜託別人的時候。

詞彙 プレゼント名禮物

實戰測驗 7

p.78

13 2	**14** 1	**15** 4	**16** 1	**17** 2
18 2				

問題 3 請問（　　）應該填入什麼？請在 1、2、3、4 中選擇一個最適合的答案。

13

請你直走，在下個（　　）拐彎。

1　城鎮	**2　轉角**
3　山	4　庭院

解析 所有選項都是名詞。與空格後面的內容搭配使用時，是かどをまがってください（在轉角拐彎）的文意脈絡最通順，所以 2 かど（轉角）是正確答案。其他選項的用法為：1 まちをあるく（走過城鎮），3 やまをのぼる（爬山），4 にわに花をうえる（在庭院種花）。

詞彙 まっすぐ副直直地、直著｜いく動去｜つぎ名下個
まがる動轉、改變方向｜～てください 請（做）～
まち名城鎮｜かど名轉角｜やま名山｜にわ名庭院

14

在（　　）查詢不懂的詞彙的意思。

1　辭典	2　明信片
3　信	4　地圖

解析 所有選項都是名詞。從整個句子看來，しらないことばのいみはじしょでしらべます（在辭典查詢不懂的詞彙的意思）的文意脈絡最通順，所以 1 じしょ（辭典）是正確答案。其他選項的用法為：2 友だちにはがきを送る（寄明信片給朋友），3 先生にてがみを書く（寫信給老師），4 道が分からなくてちずを見る（因為不知道路而看地圖）。

詞彙 しる動知道｜ことば名詞彙｜いみ名含義
しらべる動尋找、查找｜じしょ名辭典｜はがき名明信片
てがみ名信｜ちず名地圖

15

收到了 3（　　）書當作生日禮物。

1　公克	2　輛
3　公尺	**4　本**

解析 所有選項都是計數的單位。最適合用來計算空格前面的ほん（書）的單位是さつ（本），所以 4 さつ（本）是正確答案。1 是用來計算重量的單位，2 是用來計算汽車的單位，3 是用來計算長度的單位。

詞彙 たんじょうび名生日｜プレゼント名禮物｜ほん名書
もらう動收到｜～グラム 公克～｜～だい ～輛
～メートル ～公尺｜～さつ ～本

16

在這裡請（ ）菸。

1　不要抽	2　不要走
3　不要出去	4　不要喝

解析 所有選項都是動詞。與空格前面的內容搭配使用時，是たばこをすわないで（請不要抽菸）的文意脈絡最通順，所以 1 すわないで（不要抽）是正確答案。其他選項的用法為：2 エスカレーターをあるかないでください（請不要在手扶梯上行走），3 部屋をでないでください（請不要出房間），4 お酒をのまないでください（請不要喝酒）。

詞彙 ここ名這裡｜たばこ名菸｜～ないでください 請不要（做）～
すう動抽（菸）｜あるく動走｜でる動出去｜のむ動喝

17

他比我（　　），卻已經是公司的部長了。

1　寬敞	**2　年輕**
3　涼快	4　少

解析 所有選項都是い形容詞。與空格前面的內容搭配使用時，是かれはわたしよりわかい（他比我年輕）的文意脈絡最通順，所以 2 わかい（年輕）是正確答案。其他選項的用法為：1 私の部屋よりひろい（比我的房間寬敞），3 昨日よりすずしい（比昨天涼快），4 去年より仕事がすくない（工作比去年少）。

詞彙 かれ名他｜わたし名我｜～より助比～｜もう副已經
かいしゃ名公司｜ぶちょう名部長｜ひろいい形寬的

わかい い形 年輕的、年幼的 ｜ すずしい い形 涼快的
すくない い形 少的

18

想擁有喜歡的歌手的演唱會（　）。

1　測驗　　**2　門票**
3　開關　　4　新聞

解析 所有選項都是名詞。與空格前後的內容搭配使用時，是コンサートのチケットがほしいです（想擁有演唱會門票）的文意脈絡最通順，所以 2 チケット（門票）是正確答案。其他選項的用法為：1 英語のテスト（英語測驗），3 電気のスイッチ（電燈的開關），4 今日のニュース（今天的新聞）。

詞彙 すきだ な形 喜歡的 ｜ かしゅ 名 歌手 ｜ コンサート 名 演唱會
ほしい い形 想擁有、想要 ｜ テスト 名 測驗 ｜ チケット 名 門票
スイッチ 名 開關 ｜ ニュース 名 新聞

實戰測驗 8

p.79

13 2　**14** 4　**15** 1　**16** 2　**17** 3
18 4

問題 3 請問（　）應該填入什麼？請在 1、2、3、4 中選擇一個最適合的答案。

13

錢包在衣服的（　）。

1　手帕　　**2　口袋**
3　門　　4　游泳池

解析 所有選項都是名詞。與空格前面的內容搭配使用時，是ふくのポケット（衣服的口袋）的文意脈絡最通順，所以 2 ポケット（口袋）是正確答案。其他選項的用法為：1 かわいいハンカチ（可愛的手帕），3 部屋のドア（房間的門），4 学校のプール（學校的游泳池）。

詞彙 さいふ 名 錢包 ｜ ふく 名 衣服 ｜ ある 動 有 ｜ ハンカチ 名 手帕
ポケット 名 口袋 ｜ ドア 名 門 ｜ プール 名 游泳池

14

朋友沒來上課，所以我（　）了電話。

1　講　　2　叫
3　收　　**4　撥**

解析 所有選項都是動詞。與空格前面的內容搭配使用時，是でんわをかけました（撥了電話）的文意脈絡最通順，所以 4 かけました（撥）是正確答案。其他選項的用法為：1 ともだちとはなす（跟朋友講話），2 タクシーをよぶ（叫計程車），3 プレゼントをもらう（收到禮物）。

詞彙 ともだち 名 朋友 ｜ じゅぎょう 名 課程 ｜ くる 動 來
でんわ 名 電話 ｜ はなす 動 講話 ｜ よぶ 動 叫
もらう 動 收到 ｜ かける 動 撥出

15

吉田先生每週運動 3（　）。

1　次　　2　張
3　輛　　4　個

解析 所有選項都是計數的單位。與空格前後的內容搭配使用時，是しゅうに 3 かいうんどう（每週運動 3 次）的文意脈絡最通順，所以用來計算次數的 1 かい（次）是正確答案。2 是用來計算紙張的單位，3 是用來計算汽車的單位，4 是用來計算物品數量的單位。

詞彙 しゅう 名 週 ｜ うんどう 名 運動 ｜ する 動 做
～ている 表示重複的動作 ｜ ～かい ～次 ｜ ～まい ～張
～だい ～輛 ｜ ～こ ～個

16

昨天跟松村小姐喝了（　）。

1　蕎麥麵　　**2　紅茶**
3　拉麵　　4　蛋糕

解析 所有選項都是名詞。與空格後面的內容搭配使用時，是こうちゃをのみました（喝了紅茶）的文意脈絡最通順，所以 2 こうちゃ（紅茶）是正確答案。其他選項的用法為：1 そばをたべる（吃蕎麥麵），3 ラーメンをたべる（吃拉麵），4 ケーキをつくる（做蛋糕）。

詞彙 きのう 名 昨天 ｜ のむ 動 喝 ｜ そば 名 蕎麥麵
こうちゃ 名 紅茶 ｜ ラーメン 名 拉麵 ｜ ケーキ 名 蛋糕

17

因為朋友要來，把家裡弄（　）了。

1　辛苦　　2　喜歡
3　乾淨　　4　擅長

解析 所有選項都是な形容詞。與空格前後的內容搭配使用時，是いえのなかをきれいにしました（把家裡弄乾淨了）的文意脈絡最通順，所以 3 きれい（乾淨）是正確答案。其他選項的用法為：1 たいへんな仕事（辛苦的工作），2 ラーメンがすきになる（喜歡上拉麵），4 英語がじょうずになる（英語變好）。

詞彙 ともだち 名 朋友 ｜ くる 動 來 ｜ ～ので 助 因為～ ｜ いえ 名 家
なか 名 裡面、中 ｜ ～にする 使（變得）～
たいへんだ な形 辛苦的 ｜ すきだ な形 喜歡的
きれいだ な形 乾淨的 ｜ じょうずだ な形 擅長的

18

今天下著（　　）。

1　雲　　　2　晴
3　雪　　　**4　雨**

解析 附圖是下著雨的圖片。根據圖片檢視提示句的話，是きょうはあめがふっています（今天下著雨）的文意脈絡最恰當，所以 4 あめ（雨）是正確答案。

詞彙 きょう 名 今天｜ふる 動 下｜～ている ～著｜くも 名 雲
はれ 名 晴朗｜ゆき 名 雪｜あめ 名 雨

 問題 4 近義替換

出題型態與解題步驟 p.80

我家的廚房很寬敞。
1　我家洗澡的地方很寬敞。
2　我家做飯的地方很寬敞。
3　我家睡覺的地方很寬敞。
4　我家讀書的地方很寬敞。

詞彙 うち 名 我家、家｜だいどころ 名 廚房｜ひろい い形 寬的
からだ 名 身體｜あらう 動 洗｜ところ 名 地方｜ごはん 名 飯
つくる 動 製作｜ねる 動 睡覺｜ほん 名 書｜よむ 動 閱讀

實戰測驗 1

p.84

19 2　**20** 1　**21** 3

問題 4　有個句子的意思和＿＿＿的句子大致相同。請在 1、2、3、4 中選擇一個最適合的答案。

19

森小姐是老師。
1　森小姐在店裡賣東西。
2　森小姐在學校教課。
3　森小姐在店裡做飯。
4　森小姐在學校聽課。

解析 提示句的せんせいです意思是「是老師」，所以使用了意思相近的がっこうでじゅぎょうをします（在學校教課）的 2 もりさんはがっこうでじゅぎょうをします（森小姐在學校教課）是正確答案。

詞彙 せんせい 名 老師｜みせ 名 店｜もの 名 東西｜うる 動 賣
がっこう 名 學校｜じゅぎょう 名 課｜する 動 做
ごはん 名 飯｜つくる 動 製作｜きく 動 聽

20

那裡有賣蔬菜的地方。
1　那裡有蔬菜店。
2　那裡有花店。
3　那裡有公寓。
4　那裡有醫院。

解析 提示句的やさいをうっているところ意思是「賣蔬菜的地方」，所以使用了意思相近的やおや（蔬菜店）的 1 あそこにやおやがあります（那裡有蔬菜店）是正確答案。

詞彙 あそこ 名 那裡｜やさい 名 蔬菜｜うる 動 賣
～ている 正在（做）～｜ところ 名 地方｜ある 動 有
やおや 名 蔬菜店｜はなや 名 花店｜アパート 名 公寓
びょういん 名 醫院

21

今天是 5 號。後天開始放假。
1　放假是從 3 號開始。
2　放假是從 6 號開始。
3　放假是從 7 號開始。
4　放假是從 4 號開始。

解析 和提示句的きょうはいつかです。あさってからやすみです（今天是 5 號。後天開始放假）意思最接近的 3 やすみはなのかからです（放假是從 7 號開始）是正確答案。

詞彙 きょう 名 今天｜いつか 名 5 號｜あさって 名 後天
～から 助 從～｜やすみ 名 放假、休假｜みっか 名 3 號
むいか 名 6 號｜なのか 名 7 號｜よっか 名 4 號

實戰測驗 2

p.85

19 3　**20** 1　**21** 4

問題 4　有個句子的意思和＿＿＿的句子大致相同。請在 1、2、3、4 中選擇一個最適合的答案。

19

正在喫茶店工作。
1　正在喫茶店用餐。
2　正在喫茶店讀書。
3　正在喫茶店做工作。
4　在喫茶店講電話。

解析 提示句的はたらいて意思是「工作」，所以使用了意思相近的しごとをして（做工作）的 3 きっさてんでしごとをしています（在喫茶店做工作）是正確答案。

詞彙 きっさてん 名 喫茶店、咖啡廳｜はたらく 動 工作
～ている 正在（做）～｜しょくじ 名 用餐　する 動 做
べんきょう 名 讀書｜しごと 名 工作｜でんわ 名 電話

20

學校旁邊有銀行。

1 學校附近有銀行。

2 學校附近沒有銀行。

3 學校裡面有銀行。

4 學校附近沒有銀行。

解析 提示句的となり意思是「旁邊」，所以使用了意思相近的ちかく（附近），而且意思和提示句相同的 1 がっこうのちかくにぎんこうがあります（學校附近有銀行）是正確答案。

詞彙 がっこう名學校｜となり名旁邊｜ぎんこう名銀行
ある動有｜ちかく名附近｜なか名裡面

21

她是我妹妹。

1 我是她弟弟。

2 我是她媽媽。

3 我是她爸爸。

4 我是她姐姐。

解析 和提示句的かのじょはわたしのいもうとです（她是我妹妹）意思最接近的 4 わたしはかのじょのあねです（我是她姐姐）是正確答案。

詞彙 かのじょ名她｜わたし名我｜いもうと名妹妹
おとうと名弟弟｜はは名媽媽｜ちち名爸爸｜あね名姐姐

實戰測驗 3

p.86

19 4　**20** 3　**21** 2

問題 4 有個句子的意思和＿＿＿的句子大致相同。請在 1、2、3、4 中選擇一個最適合的答案。

19

昨天讀的書很無趣。

1 昨天讀的書很簡單。

2 昨天讀的書不簡單。

3 昨天讀的書很有趣。

4 昨天讀的書不有趣。

解析 提示句的つまらなかったです意思是「無趣」，所以使用了意思相同的おもしろくなかったです（不有趣）的 4 きのうよんだほんはおもしろくなかったです（昨天讀的書不有趣）是正確答案。

詞彙 きのう名昨天｜よむ動閱讀｜ほん名書｜つまらない 無趣的
やさしいい形簡單的｜おもしろいい形有趣的

20

在許多人前面說了話。

1 在學生前面說了話。

2 在警官前面說了話。

3 在眾人前面說了話。

4 在家人前面說了話。

解析 提示句的たくさんのひと意思是「許多人」，所以使用了意思相近的おおぜい（眾人）的 3 おおぜいのまえではなしました（在眾人前面說了話）是正確答案。

詞彙 たくさん副很多｜ひと名人｜まえ名前面
はなす動說話｜がくせい名學生｜けいかん名警官、警察官
おおぜい名一群人、眾人｜かぞく名家人

21

他沒有跟任何人同住。

1 他跟爸媽住在一起。

2 他是自己一個人住。

3 他跟朋友一起住。

4 他是兩個人一起住。

解析 和提示句的かれはだれともいっしょにすんでいません（他沒有跟任何人同住）意思最接近的 2 かれはひとりですんでいます（他是自己一個人住）是正確答案。

詞彙 かれ名他｜だれ名誰｜いっしょに副一起｜すむ動居住
～ている ～正在（做）｜りょうしん名爸媽
ひとり名自己、一個人｜ともだち名朋友｜ふたり名兩個人

實戰測驗 4

p.87

19 1　**20** 3　**21** 4

問題 4 有個句子的意思和＿＿＿的句子大致相同。請在 1、2、3、4 中選擇一個最適合的答案。

19

這裡是郵局。

1 這裡是寄信的地方。

2 這裡是讀書的地方。

3 這裡是做菜的地方。

4 這裡是看電影的地方。

解析 提示句的ゆうびんきょく意思是「郵局」，所以使用了意思相近的てがみをおくるところ（寄信的地方）的 1 ここはてがみをおくるところです（這裡是寄信的地方）是正確答案。

詞彙 ここ名這裡｜ゆうびんきょく名郵局｜てがみ名信
おくる動寄｜ところ名地方｜べんきょう名讀書
する動做｜りょうり名料理｜えいが名電影｜みる動看

20

媽媽的生日是前天。

1　媽媽的生日是 4 天前。
2　媽媽的生日是 3 天前。
3　媽媽的生日是 2 天前。
4　媽媽的生日是 1 天前。

解析 提示句的おととい意思是「前天」，所以使用了意思相同的ふつかまえ（2 天前）的 3 ははのたんじょうびはふつかまえでした（媽媽的生日是 2 天前）是正確答案。

詞彙 はは名母親、媽媽 | たんじょうび名生日 | おととい名前天
よっか名4 天 | まえ名前 | みっか名3 天 | ふつか名2 天
いちにち名1 天

21

她總是戴著眼鏡。

1　她的耳朵不好。
2　她的腿不好。
3　她的牙齒不好。
4　她的眼睛不好。

解析 和提示句的かのじょはいつもめがねをかけています（她總是戴著眼鏡）意思最接近的 4 かのじょはめがわるいです（她的眼睛不好）是正確答案。

詞彙 かのじょ名她 | いつも副總是 | めがね名眼鏡
かける動戴（眼鏡） | ～ている ～著 | みみ名耳朵
わるいい形不好的、差的 | あし名腿 | は名牙齒 | め名眼睛

實戰測驗 5

p.88

19 4　**20** 3　**21** 2

問題 4　有個句子的意思和＿＿＿的句子大致相同。請在 1、2、3、4 中選擇一個最適合的答案。

19

教室很吵。

1　教室很乾淨。
2　教室不乾淨。
3　教室很安靜。
4　教室不安靜。

解析 提示句的うるさいです意思是「很吵」，所以使用了意思相同的しずかじゃないです（不安靜）的 4 きょうしつがしずかじゃないです（教室不安靜）是正確答案。

詞彙 きょうしつ名教室 | うるさいい形吵鬧的
きれいだな形乾淨的、漂亮的 | しずかだな形安靜的

20

昨天見了哥哥跟弟弟。

1　昨天見了爸媽。
2　昨天見了朋友。
3　昨天見了兄弟。
4　昨天見了外國人。

解析 提示句的あにとおとうと意思是「哥哥跟弟弟」，所以使用了意思相同的きょうだい（兄弟）的 3 きのうはきょうだいにあいました（昨天見了兄弟）是正確答案。

詞彙 きのう名昨天 | あに名哥哥 | おとうと名弟弟 |
あう動見面 | りょうしん名爸媽 | ともだち名朋友
きょうだい名兄弟 | がいこくじん名外國人

21

去了百貨公司一趟。

1　洗了衣服。
2　逛街了。
3　做作業了。
4　旅行了。

解析 和提示句的デパートにいってきました（去了百貨公司一趟）意思最接近的 2 かいものをしました（逛街了）是正確答案。

詞彙 デパート名百貨公司 | いく動去 | くる動來
せんたく名洗衣服 | する動做 | かいもの名逛街
しゅくだい名作業 | りょこう名旅行

實戰測驗 6

p.89

19 1　**20** 3　**21** 2

問題 4　有個句子的意思和＿＿＿的句子大致相同。請在 1、2、3、4 中選擇一個最適合的答案。

19

山田先生現在很閒。

1　山田先生現在不忙。
2　山田先生現在很忙。
3　山田先生現在不健康。
4　山田先生現在很健康。

解析 提示句的ひまです意思是「很閒」，所以使用了意思相同的いそがしくないです（不忙）的 1 やまださんはいまいそがしくないです（山田先生現在不忙）是正確答案。

詞彙 いま名現在 | ひまだな形悠閒的 | いそがしいい形忙碌的
げんきだな形健康的

20

今早讀了報紙。
1　昨天早上讀了報紙。
2　昨天晚上讀了報紙。
3　今天早上讀了報紙。
4　今天晚上讀了報紙。

解析 提示句的けさ意思是「今天早上」，所以使用了意思相同的きょうのあさ（今天早上）的 3 きょうのあさしんぶんをよみました（今天早上讀了報紙）是正確答案。

詞彙 けさ名今天早上｜しんぶん名報紙｜よむ動閱讀
きのう名昨天｜あさ名早上｜よる名晚上
きょう名今天

21

房間變乾淨了。
1　寫作了。
2　打掃了。
3　料理了。
4　散步了。

解析 和提示句的へやがきれいになりました（房間變乾淨了）意思最接近的 2 そうじをしました（打掃了）是正確答案。

詞彙 へや名房間｜きれいだな形乾淨的、漂亮的｜なる動變成
さくぶん名寫作｜する動做｜そうじ名打掃
りょうり名料理｜さんぽ名散步

實戰測驗 7

p.90

19 4　**20** 3　**21** 1

問題 4　有個句子的意思和＿＿＿的句子大致相同。請在 1、2、3、4 中選擇一個最適合的答案。

19

這本書的內容很簡單。
1　這本書的內容很有趣。
2　這本書的內容很多。
3　這本書的內容很困難。
4　這本書的內容很容易。

解析 提示句的かんたんです意思是「簡單」，所以使用了意思相近的やさしいです（容易）的 4 このほんはないようがやさしいです（這本書的內容很容易）是正確答案。

詞彙 この 這｜ほん名書｜ないよう名內容
かんたんだな形簡單的｜おもしろいい形有趣的
おおいい形多的｜むずかしいい形困難的
やさしいい形容易的

20

他不擅長料理。
1　他擅長料理。
2　他喜歡料理。
3　他不擅長料理。
4　他不喜歡料理。

解析 提示句的へたです意思是「不擅長」，所以使用了意思相近的じょうずじゃないです（不擅長）的 3 かれはりょうりがじょうずじゃないです（他不擅長料理）是正確答案。

詞彙 かれ名他｜りょうり名料理｜へただな形不擅長的
じょうずだな形擅長的｜すきだな形喜歡

21

爸爸給了哥哥腳踏車。
1　哥哥從爸爸那裡得到了腳踏車。
2　爸爸跟哥哥借了腳踏車。
3　哥哥跟爸爸借了腳踏車。
4　爸爸從哥哥那裡得到了腳踏車。

解析 和提示句的ちちはあににじてんしゃをあげました（爸爸給了哥哥腳踏車）意思最接近的 1 あにはちちにじてんしゃをもらいました（哥哥從爸爸那裡得到了腳踏車）是正確答案。

詞彙 ちち名爸爸｜あに名哥哥｜じてんしゃ名腳踏車
あげる動給｜もらう動得到｜かりる動借

實戰測驗 8

p.91

19 4　**20** 1　**21** 3

問題 4　有個句子的意思和＿＿＿的句子大致相同。請在 1、2、3、4 中選擇一個最適合的答案。

19

這種點心很難吃。
1　這種點心很大。
2　這種點心不大。
3　這種點心很好吃。
4　這種點心不好吃。

解析 提示句的まずいです意思是「難吃」，所以使用了意思相同的おいしくないです（不好吃）的 4 このおかしはおいしくないです（這種點心不好吃）是正確答案。

詞彙 この 這｜おかし名點心｜まずいい形難吃的
おおきいい形大的｜おいしいい形好吃的

20

<u>這裡是喝咖啡和茶的地方。</u>

1 這裡是喫茶店。

2 這裡是銀行。

3 這裡是派出所。

4 這裡是圖書館。

解析 提示句的コーヒーやおちゃをのむところ是「喝咖啡和茶的地方」的意思，所以使用了意思相同的きっさてん（喫茶店）的 1 ここはきっさてんです（這裡是喫茶店）是正確答案。

詞彙 ここ 名 這裡｜コーヒー 名 咖啡｜～や 助 ～和
おちゃ 名 茶｜のむ 動 喝｜ところ 名 地方
きっさてん 名 喫茶店、咖啡廳｜ぎんこう 名 銀行
こうばん 名 派出所｜としょかん 名 圖書館

21

<u>把筆記本放進包包。</u>

1 筆記本在包包旁邊。

2 筆記本在包包上面。

3 筆記本在包包裡面。

4 筆記本在包包下面。

解析 和提示句的かばんにノートをいれました（把筆記本放進包包）意思最接近的 3 ノートはかばんのなかにあります（筆記本在包包裡面）是正確答案。

詞彙 かばん 名 包包｜ノート 名 筆記本｜いれる 動 放
となり 名 旁邊｜ある 動 有｜うえ 名 上面
なか 名 裡面、中｜した 名 下面

文字・語彙

文法

語法形式的判斷

出題型態與解題步驟 p.122

山田先生出生的國家（　　）是日本。

1　助詞（表示主題）　　2　助詞（表示受詞）

3　在（動作發生的時間）　　4　在（動作發生的地點）

詞彙 生まれる うまれる動出生｜国 くに名國家
日本 にほん名日本｜～は助表示主題｜～を助表示受詞
～に助在～（動作發生的時間）
～で助在～（動作發生的地點）

實戰測驗 1

p.126

1 3	**2** 4	**3** 1	**4** 3	**5** 1
6 3	**7** 4	**8** 3	**9** 4	

問題 1 請問（　　）應該填入什麼？請在 1、2、3、4 中選擇一個最適合的答案。

1

我（　　）地鐵去到公司。

1　的　　2　也

3　用　　4　助詞（表示主詞）

解析 這題要選擇適合填入空格的助詞。根據「ちかてつ（地鐵）」及「行きます（去）」，選項 2 も（也）、3 で（用）都可能是正確答案。如果檢視整個句子，則是私はかいしゃまでちかてつで行きます（我用地鐵去到公司）的文意脈絡比較通順。因此，3 で（用）是正確答案。

詞彙 私 わたし名我｜かいしゃ名公司｜～まで助到～
ちかてつ名地鐵｜行く いく動去｜～の助～的
～も助～也｜～で助表示方法與手段｜～が助表示主詞

2

這個包包是媽媽（　　）做的。

1　助詞（表示受詞）　　2　用（方法與手段）

3　助詞（表示主題）　　**4　助詞（表示主詞）**

解析 這題要選擇適合填入空格的助詞。根據「母（媽媽）」及「作ったものです（做的）」，是「是媽媽做的」的文意脈絡比較通順。因此，4 が（表示主詞的助詞）是正確答案。

詞彙 この 這｜かばん名包包｜母 はは名媽媽、母親
作る つくる動製作｜もの名的（代指事物）、東西
～を助表示受詞｜～で助表示方法與手段
～は助表示主題｜～が助表示主詞

3

今天早上比較晚起床，所以今天（　　）早餐。

1　沒吃　　2　吃了

3　吃著　　4　吃

解析 這題要選擇適合填入空格的句型。根據「だから今日は朝ご飯を（所以今天早餐）」，所有選項都可能是正確答案。前一句提到おそくおきました（比較晚起床），所以是だから今日は朝ご飯をたべませんでした（所以今天沒吃早餐）的文意脈絡比較通順。因此，1 たべませんでした（沒吃）是正確答案。

詞彙 今朝 けさ名今天早上｜おそいい形晚的｜おきる動起床
だから連所以｜今日 きょう名今天｜朝ご飯 あさごはん名早餐
たべる動吃｜～ている 正在（做）～

4

狗（　　）我很喜歡，但是貓（　　）就不喜歡了。

1　對於　　2　與

3　助詞（表示主題）　　4　也

解析 這題要選擇適合填入空格的助詞。根據「犬（狗）」及「好きですが（喜歡）」，選項 3 は（表示主題）、4 も（也）都可能是正確答案。如果檢視第二個空格前面的ねこ（貓）和空格後面的好きじゃないです（不喜歡），則是「狗我很喜歡，但是貓就不喜歡了」的文意脈絡比較通順。因此，3 は（表示主題的助詞）是正確答案。

詞彙 犬 いぬ名狗｜好きだ すきだな形喜歡的｜ねこ名貓
～に助對於～、向～｜～と助和～、與～｜～は助表示主題
～も助～也

5

本田：「石川先生買了什麼？」
石川：「我買了（　　）書跟筆。」

1　這　　2　哪個

3　這裡　　4　哪裡

解析 這題要選擇適合填入空格的指示語。根據「私は（我）」及「本と（書跟）」，是「我（買了）這書跟」的文意脈絡比較

通順。因此，1 この（這）是正確答案。

詞彙 何 なに名什麼｜買う かう動買｜私 わたし名我
本 ほん名書｜ペン名筆｜この 這｜どの 哪個
ここ名這裡｜どこ名哪裡

6

（在學校）
老師：「（　　）沒有繳交英文作業的人，請在這週五前繳交。」

1　有點	2　已經
3　還	4　漸漸

解析 這題要選擇適合填入空格的副詞。根據「しゅくだいを（作業）」及「だしていない（沒有繳交）」，是「還沒有繳交作業的」的文意脈絡比較通順。因此，3 まだ（還）是正確答案。

詞彙 学校 がっこう名學校｜先生 せんせい名老師
英語 えいご名英語｜しゅくだい名作業｜だす動交、繳交
～ている ～的狀態｜人 ひと名人｜今週 こんしゅう名這週
金曜日 きんようび名星期五｜～までに ～（期限）以前
～てください 請（做）～｜ちょっと副有點｜もう副已經
まだ副還｜だんだん副漸漸

7

昨天的派對（　　）沒有來。

1　對誰	2　把誰
3　誰	**4　誰也**

解析 這題要選擇適合填入空格的助詞所在的選項。根據「パーティーには（派對）」及「来ませんでした（沒有來）」，是「派對誰也沒有來」的文意脈絡比較通順。因此，意思是「～也」的助詞も所在的 4 だれも（誰也）是正確答案。

詞彙 昨日 きのう名昨天｜パーティー名派對｜来る くる動來
だれ名誰｜～に助對於～、向～｜～を助表示受詞
～が助表示主詞｜～も助～也

8

松田：「今天是吉田先生的生日，你決定好了什麼禮物？」
中川：「我要（　）帽子。」

1　得到	2　給（我）
3　給（別人）	4　做

解析 這題要選擇適合填入空格的動詞。根據「私はぼうしを（我把帽子…）」，選項 1 もらいます（得到）、3 あげます（給）都可能是正確答案。因為松田說的是プレゼントは何にしましたか（你決定好了什麼禮物），所以是「我要給帽子」的文意脈絡比較通順。因此，3 あげます（給）是正確答案。參考重點：1 的もらう是「得到」的意思，2 的くれる（給）是「別人給我」的意思，3 的あげる（給）是「我給別人」的意思。

詞彙 今日 きょう名今天｜誕生日 たんじょうび名生日
プレゼント名禮物｜何 なに名什麼｜する動做
私 わたし名我｜ぼうし名帽子｜もらう動得到
くれる動給（我）｜あげる動給

9

（在公司）
山本：「今天也很忙啊。」
竹內：「山本先生也辛苦了。那麼，（　　）再見。」
山本：「好的，辛苦了。」

1　前天	2　昨天
3　今天	**4　明天**

解析 這題要選擇適合填入空格的會話用法。因為空格前面有また（再），空格中可能填入表示未來時間點的說法。因此，4 明日（明天）是正確答案。また明日直譯起來是「再明天」，以中文語順解讀則是「明天見」，當作「明天要再見」的招呼語。要記住，像また明日（明天見）一樣，表示未來某個時間點要再見時，是說成「また＋未來的某個時間點」。

詞彙 会社 かいしゃ名公司｜今日 きょう名今天
忙しい いそがしいい形忙碌的｜じゃ連那麼｜また副再
おととい名前天｜昨日 きのう名昨天｜明日 あした名明天
また明日 またあした 明天見

實戰測驗 2

p.128

1 2	**2** 3	**3** 4	**4** 1	**5** 2
6 4	**7** 1	**8** 4	**9** 2	

問題 1 請問（ ）應該填入什麼？請在 1、2、3、4 中選擇一個最適合的答案。

1

寒假去義大利（　　）法國。

1　助詞が（表示主詞）	**2　連接詞と**（表示「和…」）
3　助詞を（表示受詞）	4　助詞は（表示主題）

解析 這題要選擇適合填入空格的助詞。根據「イタリア（義大利）」及「フランスに行きます（去法國）」是「去義大利和法國」的文意脈絡比較通順。因此，2 と（和）是正確答案。

詞彙 ふゆやすみ名寒假｜イタリア名義大利｜フランス名法國
行く いく動去｜～が助表示主詞｜～と助和～、與～
～を助表示受詞｜～は助表示主題

2

直到去年還是學生。現在（　　）公司工作。

1　も（也）　　2　助詞か（表示推測）

3　で（在）　　4　や（和）

解析 這題要選擇適合填入空格的助詞。根據「会社（公司）」及「はたらいて（工作）」，是「在公司工作」的文意脈絡比較通順。因此，3 で（在）是正確答案。

詞彙 去年 きょねん名去年｜～まで助直到～
学生 がくせい名學生｜今 いま名現在
会社 かいしゃ名公司｜はたらく動工作
～ている 正在（做）～｜～も助～也｜～か助表示推測
～で助在～（動作發生的地點）｜～や助～和

3

我很喜歡看書，所以（　　）去學校旁邊的書店。

1　不太　　2　非常

3　已經　　**4　經常**

解析 這題要選擇適合填入空格的副詞。根據「本屋に（書店）」及「行きます（去）」，是「經常去書店」的文意脈絡比較通順。因此，4 よく（經常）是正確答案。

詞彙 私 わたし名我｜本 ほん名書｜読む よむ動閱讀
すきだ な形喜歡｜学校 がっこう名學校｜となり名旁邊
ある動有｜本屋 ほんや名書店｜行く いく動去
あまり副不太｜とても副非常｜もう副已經｜よく副經常

4

現在（　　）沒有紙，（　　）沒有筆。

1　も／も（也／也）

2　が／が（表示主詞）

3　に／に（在，動作發生的時間）

4　を／を（助詞，表示受詞）

解析 這題要選擇適合填入空格的助詞。根據「かみ（紙）」及「なくて（沒有）」，選項 1 も（也）、2 が（表示受詞的助詞）都可能是正確答案。根據「ぺん（筆）」及「ないです（沒有）」，是「也沒有紙，也沒有筆」的文意脈絡比較通順。因此，1 も（也）是正確答案。

詞彙 今 いま名現在｜かみ名紙｜ない い形沒有｜ペン名筆
～も助～也｜～が助表示主詞
～に助在～（動作發生的時間）｜～を助表示受詞

5

A：「現在的電話是（　　）打來的？」

B：「朋友打來的。」

1　怎麼　　**2　誰**

3　多少錢　　4　幾個

解析 這題要選擇適合填入空格的疑問詞。根據「電話は（電話）」及「からですか（從…來的）」，是「電話是誰打來的」的文意脈絡比較通順。因此，2 どなた（誰）是正確答案。

詞彙 今 いま名現在｜電話 でんわ名電話｜～から助來自～
友だち ともだち名朋友｜どうして副怎麼
どなた名誰、哪位｜いくら名多少錢｜いくつ名幾個

6

田中：「山田先生昨天有去學校嗎？」

山田：「沒有，昨天（　　）。」

1　去　　2　去了

3　不去　　**4　沒有去**

解析 這題要選擇適合填入空格的句型。根據「いいえ、昨日は（沒有，昨天）」，選項 2 行きました（去了）、4 行きませんでした（沒有去）都可能是正確答案。因為田中問的是昨日学校に行きましたか（昨天有去學校嗎？），而山田回答了いいえ，把用到動詞過去否定形的選項 4 行きませんでした（沒有去）填入空格，在文意脈絡上比較通順。因此，4 行きませんでした（沒有去）是正確答案。要記住，4 的ませんでした是「沒有（做）～」的意思，1 的ます是「（做）～」的意思，2 的ました是「（做）了～」的意思，3 的ません是「不（做）～」的意思。

詞彙 昨日 きのう名昨天｜学校 がっこう名學校｜行く いく動去

7

拉麵 1000 圓，烏龍麵 800 圓。拉麵（　　）烏龍麵貴。

1　比　　2　等

3　為止　　4　的

解析 這題要選擇適合填入空格的助詞。根據「ラーメンはうどん（拉麵烏龍麵）」及「高いです（貴）」是「拉麵比烏龍麵貴」的文意脈絡比較通順。因此，1 より（比）是正確答案。

詞彙 ラーメン名拉麵｜～円 ～えん ～圓｜うどん名烏龍麵
高い たかい い形貴的｜～より助比～｜～など助～等
～まで助～為止｜～の助～的

8

我邊（　　）音樂邊運動。

1　聞いた（聽過）　　2　聞いて（聽）

3　聞く（聽）　　**4　聞き（聽）**

解析 這題要選擇適合銜接空格後句型的動詞型態。空格後面的ながら可以跟動詞ます形銜接成意思是「一邊～」的句型，所以把選項 4 聞き（聽）這個動詞ます形填入空格後，就會變成聞きながら（一邊聽）。因此，4 聞き（聽）是正確答案。要記住，動詞ます形 + ながら是「一邊～」的意思。

詞彙 私 わたし名我｜音楽 おんがく名音樂｜～ながら 一邊（做）～
うんどう名運動｜する動做｜聞く きく動聽

9

(在咖啡廳)
店員：「請問要喝什麼呢？」
川村：「（　　）冰咖啡。」
店員：「好的，我知道了。」

1　想要嗎　　**2　請給我**
3　真的　　4　請

解析 這題要選擇適合填入空格的會話用法。根據「アイスコーヒーを（冰咖啡）」，是「請給我冰咖啡」的文意脈絡比較通順。因此，2 ください（請給我）是正確答案。要記住，在跟別人索討某個東西時，是用～をください（請給我～）來表示，而且加在ほしい（想要）前面的助詞是が。

詞彙 カフェ名咖啡廳｜店 みせ名店｜人 ひと名人
飲みもの のみもの名喝的｜何 なに名什麼｜する動做
アイスコーヒー名冰咖啡｜分かる わかる動知道
ほしいい形想要的｜～ください 請給我～｜どうも副真的
どうぞ副請

實戰測驗 3

p.130

1 3	**2** 4	**3** 2	**4** 3	**5** 1
6 2	**7** 3	**8** 1	**9** 1	

問題 1　請問（ ）應該填入什麼？請在 1、2、3、4 中選擇一個最適合的答案。

1

寫了信（　　）韓國朋友。

1　助詞（表示受詞）　　2　和
3　給　　4　在

解析 這題要選擇適合填入空格的助詞。根據「友だち（朋友）」及「てがみを（把信…）」，是「信給朋友」的文意脈絡比較通順。因此，3 に（給）是正確答案。

詞彙 韓国人 かんこくじん名韓國人｜友だち ともだち名朋友
てがみ名信｜書く かく動寫｜～を助表示受詞
～や助～和｜～に助對於～、向～
～で助在～（動作發生的地點）

2

箱子裡面有書和筆記本（　　）。

1　比　　2　也
3　從　　**4　等等**

解析 這題要選擇適合填入空格的助詞。根據「ノート（筆記本）」及「が（表示主詞的助詞）」，是「筆記本等等」的文意脈絡比較通順。因此，4 など（等等）是正確答案。

詞彙 はこ名箱子｜中 なか名裡｜本 ほん名書
ノート名筆記本｜ある動有｜～より助比～｜～も助～也
～から助從～｜～など助～等等

3

（　　）學校前，先吃早餐。

1　行って（去）　　**2　行く（去）**
3　行った（去過）　　4　行き（去）

解析 這題要選擇適合銜接空格後句型的動詞型態。空格後面的まえに可以跟動詞辭書形銜接成意思是「（做）～前」的句型，所以把選項 2 行く（去）這個動詞辭書形填入空格後，就會變成行くまえに（去學校前）。因此，2 行く（去）是正確答案。要記住，動詞辭書形 + まえに是「（做）～前」的意思。

詞彙 学校 がっこう名學校｜～まえに（做）～前
朝ごはん あさごはん名早餐｜食べる たべる動吃
行く いく動去

4

A：「週末做了什麼？」
B：「跟朋友一起（　　）山。」

1　不爬　　2　沒有爬
3　爬了　　4　爬

解析 這題要選擇適合填入空格的句型。根據「友だちといっしょに山に（跟朋友一起去山…）」，所有選項都可能是正確答案。因為 A 問的是週末は何をしましたか（週末做了什麼），所以是「跟朋友一起爬了山」的文意脈絡比較通順。因此，3 登りました（爬了）是正確答案。要記住，3 ました是「（做）了～」的意思，1 的ません是「不（做）～」的意思，2 ませんでした是「沒有（做）～」的意思，4 ます是「（做）～」的意思。

詞彙 週末 しゅうまつ名週末｜何 なに名什麼｜する動做
友だち ともだち名朋友｜いっしょに副一起｜山 やま名山
登る のぼる動爬、登上

5

田中：「山本小姐是什麼樣的人？」
青木：「（　　）是開朗又健康的人。」

1　彼女は　　2　彼女に
3　彼女の　　4　彼女が

解析 這題要選擇適合填入空格的助詞所在的選項。根據「明るくて元気な人です（是開朗又健康的人）」（是開朗又健康的人）看來，是「她是開朗又健康的人」的文意脈絡比較通順。因此，表示已知舊訊息的助詞は的 1 彼女は（她）是正確答案。

詞彙 どんな 什麼樣｜人 ひと名人｜明るい あかるいい形開朗的

元気だ げんきだ㊟形健康的｜彼女 かのじょ名她
～は助表示已知的舊訊息｜～に助對於～、向～
～の助～的｜～が助表示未知的新訊息

6

昨天是休息日，所以睡（　　）了早上 10 點。
1　等　　**2　到**
3　助詞（表示主詞）　　4　也

解析 這題要選擇適合填入空格的助詞。根據「10 時（10 點）」及「寝ました（睡覺）」，是「睡到 10 點」的文意脈絡比較通順。因此，2 まで（到）是正確答案。

詞彙 昨日 きのう名昨天｜休み やすみ名休息日｜それで連所以
朝 あさ名早上｜～時 ～じ ～點｜寝る ねる動睡覺
～など助～等｜～まで助直到～｜～が助表示主詞
～も助～也

7

因為今天很悠閒，所以（　　）吃了飯。
1　漸漸　　2　偶爾
3　慢慢　　4　有點

解析 這題要選擇適合填入空格的副詞。根據「ひまだったのでごはんを（因為很悠閒，所以把飯…）」及「食べました（吃了）」，是「因為很閒，所以慢慢吃了飯」的文意脈絡比較通順。因此，3 ゆっくり（慢慢）是正確答案。

詞彙 今日 きょう名今天｜ひまだ㊟形悠閒的｜～ので助因為～
ごはん名飯｜食べる たべる動吃｜だんだん副漸漸
ときどき副偶爾｜ゆっくり副慢慢｜ちょっと副有點

8

木村：「加雷斯先生喜歡（　　）照片？」
加雷斯：「我喜歡右邊的照片。」
1　どの（哪一個）　　2　どこ（哪裏）
3　どちら（哪位）　　4　どれ（哪個）

解析 這題要選擇適合填入空格的指示語。根據「ガレスさんは（加雷斯先生）」及「写真が（照片）」，是「加雷斯先生喜歡哪一張照片」的文意脈絡比較通順。因此，1 どの（哪一個）是正確答案。如果空格後方的名詞写真（照片）前面要銜接名詞，名詞與名詞之間就需要助詞の，所以名詞 2 どこ（哪裡）、3 どちら（哪位）不能填入空格。

詞彙 写真 しゃしん名照片｜好きだ すきだ㊟形喜歡的
私 わたし名我｜右 みぎ名右邊｜いい い形好的
どの 哪一個｜どこ名哪裡｜どちら名哪位｜どれ名哪個

9

吉田：「我想買跟鈴木小姐一樣的包包，請問你是在哪裡買的？」
鈴木：「車站前面的百貨公司（　　）。」
吉田：「謝謝。」
1　在賣　　2　在買
3　在見面　　4　知道

解析 這題要選擇適合填入空格的動詞。根據「駅前のデパートで（車站前面的百貨公司）」，選項 1 うっています（在賣）、2 かっています（在買）、3 あっています（在見面）都可能是正確答案。因為吉田說的是鈴木さんと同じかばんがかいたいですが、どこでかいましたか（我想買跟鈴木小姐一樣的包包，請問你是在哪裡買的），所以是「車站前面的百貨公司在賣」的文意脈絡比較通順。因此，1 うっています（在賣）是正確答案。

詞彙 同じだ おなじだ㊟形一樣的｜かばん名包包｜かう動買
～たい 想（做）～｜どこ名哪裡｜駅前 えきまえ名車站前面
デパート名百貨公司｜うる動賣｜～ている 正在（做）～
あう動見面｜わかる動知道

實戰測驗 4

p.132

1 4	**2** 2	**3** 3	**4** 4	**5** 3
6 2	**7** 4	**8** 2	**9** 4	

問題 1　請問（　　）應該填入什麼？請在 1、2、3、4 中選擇一個最適合的答案。

1

上週（　　）週末在圖書館讀書。
1　が（表示主詞）　　2　に（動作發生的時間）
3　を（表示受詞）　　**4　の（的）**

解析 這題要選擇適合填入空格的助詞。根據「先週（上週）」及「週末は（週末）」，是「上週的週末」的文意脈絡比較通順。因此，4 の（的）是正確答案。

詞彙 先週 せんしゅう名上週｜週末 しゅうまつ名週末
図書館 としょかん名圖書館｜べんきょう名學習
する動做｜～が助表示主詞｜～に助在～（動作發生的時間）
～を助表示受詞｜～の助～的

2

總是在車站前面的餐廳吃咖哩（　　）。
1　へ（表示方向）　　**2　を（表示受詞）**
3　や（表示並列）　　4　で（動作發生的地點）

解析 這題要選擇適合填入空格的助詞。根據「カレー（咖哩）」及「食べます（吃）」，是「吃咖哩」的文意脈絡比較通順。因此，2 を（表示受詞的助詞）是正確答案。

詞彙 駅前 えきまえ 名 車站前面｜ある 動 有｜レストラン 名 餐廳
いつも 副 總是｜カレー 名 咖哩｜食べる たべる 動 吃
～へ 助 表示方向｜～を 助 表示受詞
～や 助 助詞（表示並列）｜～で 助 在～（動作發生的地點）

3

從我家到公司開車要花費 30 分鐘（　）。

1 從	2 除了～之外
3 左右	4 等

解析 這題要選擇適合填入空格的助詞。根據「30 分（30 分鐘）」及「かかります（花費）」，是「花費 30 分鐘左右」的文意脈絡比較通順。因此，3 ぐらい（左右）是正確答案。

詞彙 私 わたし 名 我｜家 いえ 名 家｜～から 助 從～
会社 かいしゃ 名 公司｜～まで 助 到～｜車 くるま 名 車
～分 ～ふん ～分鐘｜かかる 動 花費｜～しか 助 除了～之外
～ぐらい 助 ～左右｜～など 助 ～等

4

她（　）會在公園散步。

1 （不）容易	2 漸漸
3 根本	**4 有時候**

解析 這題要選擇適合填入空格的副詞。根據「彼女は（她）」及「公園で（在公園）」，所有選項都可能是正確答案。如果檢視整個句子，則是彼女はときどき公園でさんぽをします（她有時候會在公園散步）的文意脈絡比較通順。因此，4 ときどき（有時候）是正確答案。

詞彙 彼女 かのじょ 名 她｜公園 こうえん 名 公園｜さんぽ 名 散步
する 動 做｜なかなか 副 一直不～｜だんだん 副 漸漸
ぜんぜん 副 根本｜ときどき 副 有時候、不時

5

田中：「鈴木小姐的妹妹是（　）？」
鈴木：「6 歲，今年上小學 1 年級了。」

1 怎麼	2 什麼樣
3 幾歲	4 多少錢

解析 這題要選擇適合填入空格的疑問詞。從空格前面的鈴木さんの妹さんは（鈴木小姐的妹妹）和空格後面的ですか（是）看來，選項 1 どうして（怎麼）、3 いくつ（幾歲）都可能是正確答案。因為鈴木回答了 6 さいです（6 歲），所以是「鈴木小姐的妹妹是幾歲」的文意脈絡比較通順。因此，3 いくつ（幾歲）是正確答案。

詞彙 妹さん いもうとさん 名（別人的）妹妹｜～さい ～歲
ことし 名 今年｜小学校 しょうがっこう 名 小學
～年生 ～ねんせい ～年級｜なる 動 成為｜どうして 副 怎麼
どんな 什麼樣｜いくつ 名 幾歲｜いくら 名 多少錢

6

今天有英文考試（　）。不過，我沒能讀到多少。

1 と（表示「和」）	**2 が（表示主詞）**
3 に（動作發生的時間）	4 で（動作發生的地點）

解析 這題要選擇適合填入空格的助詞。從空格前面的しけん（考試）和空格後面的あります（有）看來，是「有考試」的文意脈絡比較通順。因此，2 が（表示主詞的助詞）是正確答案。

詞彙 今日 きょう 名 今天｜英語 えいご 名 英文｜しけん 名 考試
ある 動 有｜しかし 連 不過｜あまり 副 不太
べんきょう 名 讀書｜できる 動 能夠｜～と 助 和～、與～
～が 助 表示主詞｜～に 助 在～（動作發生的時間）
～で 助 在～（動作發生的地點）

7

（在學校）
A：「昨天下課後也有練習網球嗎？」
B：「沒有，因為昨天非常累，就直接（　）家。」

1 不回	2 沒有回
3 將要回	**4 回了**

解析 這題要選擇適合填入空格的句型。根據「つかれていたのですぐ家に（因為很累，就直接往家…）」，是「因為很累，就直接回家了」的文意脈絡比較通順。因此，4 帰りました（回了）是正確答案。要記住，4 的ました是「（做）了～」的意思，1 的ません是「不（做）～」的意思，2 的ませんでした是「沒有（做）～」的意思，3 的ます是「（將做）～」的意思。

詞彙 学校 がっこう 名 學校｜昨日 きのう 名 昨天
授業 じゅぎょう 名 課程｜終わる おわる 動 結束
～てから（做）完之後～｜テニス 名 網球
練習 れんしゅう 名 練習｜する 動 做｜とても 副 非常
つかれる 動 疲憊的｜～ている 表示重複的動作、處於～的狀態
～ので 助 因為～｜すぐ 副 直接｜家 いえ 名 家
帰る かえる 動 回去

8

昨天吃了壽司，今天吃了麵包，明天預計（　）蕎麥麵。

1 吃	**2 要吃**
3 吃著	4 吃了

解析 這題要選擇適合銜接空格後句型的動詞型態。空格後面的つもりです是つもりだ的丁寧形，つもりだ可以銜接動詞辭書形的句型，意思是「預計～」。所以把選項 2 食べる（要吃）這個動詞辭書形填入空格後，就會變成食べるつもりだ（預計要吃）。因此，2 食べる（要吃）是正確答案。要記住，動詞辭書形 + つもりだ是「預計～」的意思。

詞彙 昨日 きのう 名昨天 | すし 名壽司 | 食べる たべる 動吃
今日 きょう 名今天 | パン 名麵包 | 明日 あした 名明天
そば 名蕎麥麵 | ～つもりだ 預計～

9

(在公司)
高橋：「今天真的很感謝。」
石川：「（　　）。」
高橋：「那就明天再見了。」

1　初次見面	2　不好意思
3　我回來了	**4　不客氣**

解析 這題要選擇適合填入空格的會話用法。因為高橋說的是ありがとうございました（謝謝），回答どういたしまして（不客氣）的文意脈絡比較通順。因此，4 どういたしまして（不客氣）是正確答案。要記住，在受人感謝時，可以用どういたしまして（不客氣）回答。

詞彙 会社 かいしゃ 名公司 | 今日 きょう 名今天
本当に ほんとうに 副真的 | じゃ 連那麼 | また 副再
明日 あした 名明天 |

實戰測驗 5

p.134

1 3	**2** 4	**3** 2	**4** 1	**5** 4
6 3	**7** 1	**8** 4	**9** 2	

問題 1　請問（　　）應該填入什麼？請在 1、2、3、4 中選擇一個最適合的答案。

1

早餐吃水果（　　）沙拉。

1　也	2　在（動作發生的地點）
3　和	4　助詞（表示主詞）

解析 這題要選擇適合填入空格的助詞。根據「くだもの（水果）」及「サラダを（沙拉）」，是「水果和沙拉」的文意脈絡比較通順。因此，3 や（和）是正確答案。

詞彙 朝ごはん あさごはん 名早餐 | くだもの 名水果
サラダ 名沙拉 | 食べる たべる 動吃 | ～も 助～也
～で 助在～（動作發生的地點） | ～や 助～和
～が 助表示主詞

2

吉田小姐（　　）昨天獨自練習了唱歌。

1　に（對於）	2　の（的）
3　を（表示受詞）	**4　は（表示主題）**

解析 這題要選擇適合填入空格的助詞。根據「吉田さん（吉田小姐）」及「昨日（昨天）」，選項 1 に（向）、3 を（表示受詞的助詞）、4 は（表示主題的助詞）都可能是正確答案。如果檢視整個句子，則是吉田さんは昨日一人で歌のれんしゅうをしました（吉田小姐昨天獨自練習了唱歌）的文意脈絡比較通順。因此，4 は（表示主題的助詞）是正確答案。

詞彙 昨日 きのう 名昨天 | 一人 ひとり 名獨自 | 歌 うた 名歌
れんしゅう 名練習 | する 動做 | ～に 助對於～、向～
～の 助～的 | ～を 助表示受詞 | ～は 助表示主題

3

明天的課程（　　）上午 11 點開始。

1　直到	**2　從**
3　和	4　也

解析 這題要選擇適合填入空格的助詞。根據「11 時（11 點）」及「はじまります（開始）」，是「從 11 點開始」的文意脈絡比較通順。因此，2 から（從）是正確答案。

詞彙 明日 あした 名明天 | じゅぎょう 名課
午前 ごぜん 名上午 | ～時 ～じ ～點 | はじまる 動開始
～まで 助直到～ | ～から 助從～ | ～と 助和～、與～
～も 助～也

4

(在公車裡)
老師：「在（　　）看見的紅色建築物就是我們現在要去的博物館，差不多要準備下車囉。」

1　那裡	2　哪裡
3　那個	4　哪個

解析 這題要選擇適合填入空格的指示語。根據「に見えるあかいたてものが（在…看見的紅色建築物）」，是「在那邊看見的紅色建築物」的文意脈絡比較通順。因此，1 あそこ（那邊）是正確答案。

詞彙 バス 名公車 | 中 なか 名裡 | 先生 せんせい 名老師
見える みえる 動看到 | あかい い形紅色的
たてもの 名建築物 | これから 從現在開始 | 行く いく 動去
はくぶつかん 名博物館 | そろそろ 副差不多要
降りる おりる 動下車 | じゅんび 名準備 | する 動做
あそこ 名那邊、那裡 | どこ 名哪裡、哪邊 | あの 那個
どの 哪個

5

岡田：「木村小姐昨天做了什麼？」
木村：「昨天跟小狗一起去公園（　　）照片。」
1　正在拍嗎　　2　要拍嗎
3　不拍　　**4　拍了**

解析 這題要選擇適合填入空格的句型。根據「写真を（照片）」，所有選項都可能是正確答案。如果檢視空格所在的整個句子，則是昨日は犬といっしょにこうえんに行って、写真をとりました（昨天跟小狗一起去公園拍了照片）的文意脈絡比較通順。因此，4 とりました（拍了）是正確答案。要記住，4 ました是「（做）了～」的意思，1 ていますか是「（做）著～嗎」的意思，2 ますか是「（做）～嗎」的意思，3 ません是「不（做）～」的意思。

詞彙 昨日 きのう名昨天｜何 なに名什麼｜する動做
犬 いぬ名小狗、狗｜いっしょに副一起｜こうえん名公園
行く いく動去｜写真 しゃしん名照片｜とる動拍攝
～ている 正在（做）～

6

雖然想去韓國（　　），卻去了中國（　　）。
1　も／も（也／也）
2　と／と（和／和）
3　に／に（表示動作到達的點）
4　を／を（表示受詞）

解析 這題要選擇適合填入空格的助詞。根據「韓国（韓國）」及「行きたかったですが（雖然想去）」，選項 1 も（也）、3 に（表示動作到達的點的助詞）都可能是正確答案。從第二個空格前面的中国（中國）和空格後面的行きました（去了）看來，是「雖然想去韓國，卻去了中國」的文意脈絡比較通順。因此，3 に／に（表示動作到達的點／表示動作到達的點）是正確答案。要記住，空格後面的動詞行く（去）銜接的並不是助詞を（表示受詞），而是助詞に（表示動作到達的點），當作「去～」的意思使用。

詞彙 韓国 かんこく名韓國｜行く いく動去｜～たい 想（做）～
中国 ちゅうごく名中國｜～も助～也｜～と助和～、與～｜
～に助表示動作到達的點｜～を助表示受詞

7

昨天在圖書館借了之前想讀的書，因為很有趣，（　　）全部讀完了。
1　已經　　2　還
3　非常　　4　偶爾

解析 這題要選擇適合填入空格的副詞。根據「面白くて（因為很有趣）」及「ぜんぶ読みました（全部讀完了）」，是「因為很有趣，已經全部讀完了」的文意脈絡比較通順。因此，1 もう（已經）是正確答案。

詞彙 昨日 きのう名昨天｜図書館 としょかん名圖書館
読む よむ動讀｜～たい 想（做）～｜本 ほん名書
借りる かりる動借｜面白い おもしろい い形有趣的
ぜんぶ名全部｜もう副已經｜まだ副還｜たいへん副非常
ときどき副偶爾

8

山本：「（　　）我來晚了。」
川村：「沒關係，現在才打算開始。」
1　你好　　2　拜託了
3　有人在嗎　　**4　對不起**

解析 這題要選擇適合填入空格的會話用法。根據「おくれて（來晚了）」，是「對不起我來晚了」的文意脈絡比較通順。因此，4 ごめんなさい（對不起）是正確答案。要記住，在道歉說對不起的時候，可以用ごめんなさい（對不起）來表示。

詞彙 おくれる動晚到｜大丈夫だ だいじょうぶだ な形沒關係的
今 いま名現在｜～から助從～｜始める はじめる動開始
～つもりだ 打算（做）～

9

（在學校）
鈴木：「松田先生，請問你有橡皮擦嗎？」
松田：「有，我有三個。我（　　）鈴木小姐一個吧。」
鈴木：「謝謝。」
1　得到　　**2　給**
3　進來　　4　出去

解析 這題要選擇適合填入空格的動詞。根據「鈴木さんに一つ（…鈴木小姐一個）」，選項 1 もらいます（得到）、2 あげます（給）都可能是正確答案。因為前一句提到私は三つもっています（我有三個），是「我給鈴木小姐一個吧」的文意脈絡比較通順。因此，2 あげます（給）是正確答案。

詞彙 学校 がっこう名學校｜消しゴム けしゴム名橡皮擦
ある動有｜私 わたし名我｜三つ みっつ名三個
もつ動持有｜～ている 正在（做）～｜一つ ひとつ名一個
もらう動得到｜あげる動給｜はいる動進來｜でる動出去

實戰測驗 6

p.136

1 2	**2** 1	**3** 4	**4** 2	**5** 2
6 4	**7** 3	**8** 2	**9** 4	

問題 1　請問（　　）應該填入什麼？請在 1、2、3、4 中選擇一個最適合的答案。

文法

1

明天回去以前，要跟朋友一起去（　　）超市。
1 が（表示主詞）　**2 へ（表示方向）**
3 と（和）　4 や（和）

解析 這題要選擇適合填入空格的助詞。根據「スーパー（超市）」及「行きます（去）」，是「去超市」的文意脈絡比較通順。因此，2 へ（表示方向的助詞）是正確答案。

詞彙 明日 あした 名明天｜帰る かえる 動回去｜前 まえ 名前
友だち ともだち 名朋友｜スーパー 名超市｜行く いく 動去
～が 助表示主詞｜～へ 助表示方向｜～と 助和～、與～
～や 助～和

2

做好英語作業的（　　）小智。
1　只有　2　比
3　除了～之外　4　即使

解析 這題要選擇適合填入空格的助詞。根據「さとしくん（小智）」及「でした（是）」，是「只有小智」的文意脈絡比較通順。因此，1 だけ（只有）是正確答案。

詞彙 英語 えいご 名英語｜宿題 しゅくだい 名作業｜する 動做
くる 動來｜～だけ 助只有～｜～より 助比～
～しか 助除了～之外｜～でも 助即使～

3

本田先生是非常認真的人，週末也早上 6 點（　　）。
1　沒有起床　2　不起床
3　起床吧　**4　起床**

解析 這題要選擇適合填入空格的句型。根據「朝 6 時に（早上 6 點）」，所有選項都可能是正確答案。如果檢視整個句子，則是本田さんはとてもまじめな人で、週末にも朝 6 時に起きます（本田先生是非常認真的人，週末也早上 6 點起床）的文意脈絡比較通順。因此，4 起きます（起床）是正確答案。要記住，4 ます是「（做）～」的意思，1 ませんでした是「沒有（做）～」的意思，2 ません是「不（做）～」的意思，3 ましょう是「（做）～吧」的意思。

詞彙 とても 副非常｜まじめだ な形認真的｜人 ひと 名人
週末 しゅうまつ 名週末｜朝 あさ 名早上｜～時 ～じ ～點
起きる おきる 動起床

4

吉村：「這枝筆不是田中先生的嗎？」
田中：「對，是我的。我（　　）在找。」
吉村：「幸好找到了。」
1　更加　**2　一直**
3　馬上　4　不太

解析 這題要選擇適合填入空格的副詞。根據「さがしていました（在找）」，選項 1 もっと（更加）、2 ずっと（一直）都可能是正確答案。因為前一句提到はい、私のです（對，是我的），是ずっとさがしていました（一直在找）的文意脈絡比較通順。因此，2 ずっと（一直）是正確答案。

詞彙 この 這｜ペン 名筆｜もの 名東西｜私 わたし 名我
さがす 動找｜～ている 正在（做）～
見つかる みつかる 動被發現｜よい い形幸好的
もっと 副更加｜ずっと 副一直｜すぐに 副馬上、立即
あまり 副不太

5

今天作業很多。不過我打算（　　）作業之後睡覺。
1　做　**2　做完**
3　做　4　做

解析 這題要選擇適合銜接空格後句型的動詞型態。空格後面的あと可以和動詞た形銜接成意思是「～完之後」的句型。所以把選項 2 やった（做完）這個動詞た形填入空格後，就會變成やったあと（做完之後）。因此，2 やった（做完）是正確答案。要記住，動詞た形 + あと是「～（做）完之後」的意思。

詞彙 今日 きょう 名今天｜宿題 しゅくだい 名作業
多い おおい い形多的｜でも 連可是｜あと 名後
寝る ねる 動睡覺｜～つもりだ 打算（做）～｜やる 動做

6

從一早肚子就很痛，所以今天（　　）吃不了。
1　用什麼　2　什麼
3　把什麼　**4　什麼也**

解析 這題要選擇適合填入空格的助詞所在的選項。根據「今日は（今天）」及「食べることができませんでした（吃不了）」，是「今天什麼也吃不了」的文意脈絡比較通順。因此，意思是「～也」的助詞も所在的 4 何も（什麼也）是正確答案。

詞彙 朝 あさ 名早上｜～から 助從～｜おなか 名肚子
いたい い形痛的｜今日 きょう 名今天｜食べる たべる 動吃
～ことができない 沒辦法～｜何 なに 名什麼
～で 助表示方法與手段｜～が 助表示主詞｜～を 助表示受詞
～も 助～也

7

我喜歡肉，然後也喜歡魚，但是蔬菜（　　）就不喜歡了。
1　在（動作發生的時間）　2　的
3　助詞（表示主題）　4　也

解析 這題要選擇適合填入空格的助詞。根據「でも野菜（但是蔬菜）」及「好きじゃありません（不喜歡）」，選項 3 は（表示主題的助詞）、4 も（也）都可能是正確答案。前一句提到魚も好きです（也喜歡魚），所以でも野菜は好きじゃありません（但是蔬菜就不喜歡了）的文意脈絡比較通順。因

此，3 は（表示主題的助詞）是正確答案。

詞彙 私 わたし名我｜肉 にく名肉｜好きだ すきだ(な形)喜歡
そして連然後｜魚 さかな名魚｜でも連但是
野菜 やさい名蔬菜｜～に助在～（動作發生的時間）
～の助～的｜～は助表示主題｜～も助～也

8

川島：「昨天吃的中國料理（　　）？」
森田：「價位有點高，但是非常好吃。」
1　什麼時候　　**2　怎麼樣**
3　為什麼　　4　什麼

解析 這題要選擇適合填入空格的疑問詞。根據「昨日食べた中国りょうりは（昨天吃的中國料理）」及「でしたか（表示詢問）」，選項 2 どう（怎麼樣）、4 なん（什麼）都可能是正確答案。因為森田說的是高かったですが、とてもおいしかったです（價位有點高，但是非常好吃），所以是「昨天吃的中國料理怎麼樣」的文意脈絡比較通順。因此，2 どう（怎麼樣）是正確答案。

詞彙 昨日 きのう名昨天｜食べる たべる動吃
中国 ちゅうごく名中國｜りょうり名料理｜ねだん名價格
少し すこし副有點｜高い たかい(い形)貴的、高的
とても副非常｜おいしい(い形)好吃的｜いつ名什麼時候
どう 怎麼樣｜なぜ副為什麼｜なん名什麼

9

（在公司）
A：「今天工作很多，讓人非常疲憊。」
B：「對啊，請你回家後充分休息。那麼（　　）。」
1　我才　　2　我吃飽了
3　初次見面　　**4　再見**

解析 這題要選擇適合填入空格的會話用法。從空格前面的では（那麼）看來，是「那麼，再見」的文意脈絡比較通順。因此，4 さようなら（再見）是正確答案。要記住，在分開的時候，可以說さようなら（再見）。

詞彙 会社 かいしゃ名公司｜今日 きょう名今天
仕事 しごと名工作｜多い おおい(い形)多的｜とても副非常
疲れる つかれる動疲憊的｜家 いえ名家
帰る かえる動回去｜ゆっくり副充分地、慢慢地
休む やすむ動休息｜～てください 請（做）～｜では連那麼

實戰測驗 7

p.138

1 2	**2** 3	**3** 2	**4** 1	**5** 3
6 4	**7** 1	**8** 3	**9** 1	

問題 1　請問（　　）應該填入什麼？請在 1、2、3、4 中選擇一個最適合的答案。

1

這是山本小姐（　　）包包。
1　も（也）　　**2　の（的）**
3　を（表示受詞）　　4　へ（表示動作指向的對象）

解析 這題要選擇適合填入空格的助詞。根據「山本さん（山本小姐）」及「かばんです（是包包）」，是「山本小姐的包包」的文意脈絡比較通順。因此，2 の（的）是正確答案。

詞彙 これ名這是｜かばん名包包｜～も助～也｜～の助～的
～を助表示受詞｜～へ助表示動作指向的對象

2

現在教室裡面誰（　　）不在。
1　と（和）　　2　が（表示主詞）
3　も（也）　　4　に（對於）

解析 這題要選擇適合填入空格的助詞。根據「だれ（誰）」及「いません（不在）」，是「誰也不在」的文意脈絡比較通順。因此，3 も（也）是正確答案。

詞彙 今 いま名現在｜きょうしつ名教室｜だれ名誰
いる動有｜～と助和～、與～｜～が助表示主詞
～も助～也｜～に助對於～、向～

3

我（　　）在晚上洗澡。
1　馬上　　**2　總是**
3　非常　　4　完全

解析 這題要選擇適合填入空格的副詞。根據「私は（我）」及「夜に（在晚上）」，選項 2 いつも（總是）、4 ぜんぜん（完全）都可能是正確答案。如果檢視整個句子，則是私はいつも夜にシャワーをあびます（我總是在晚上洗澡）的文意脈絡比較通順。因此，2 いつも（總是）是正確答案。

詞彙 私 わたし名我｜夜 よる名晚上｜シャワーをあびる 洗澡
すぐに副馬上｜いつも副總是｜たいへん副非常
ぜんぜん副完全

4

上週國中畢業，（　　）下週就是高中生了。
1　從　　2　直到
3　除了～之外　　4　只

解析 這題要選擇適合填入空格的助詞。根據「来週（下週）」及「高校生です（高中生）」，選項 1 から（從）、2 まで（直到）都可能是正確答案。前一句提到先週中学校を卒業しました（上週國中畢業），所以来週から高校生です（從下週開始就是高中生了）的文意脈絡比較通順。因此，1 から

（從）是正確答案。

詞彙 先週 せんしゅう名上週｜中学校 ちゅうがっこう名國中
卒業そつぎょう名畢業｜する動做｜来週 らいしゅう名下週
高校生 こうこうせい名高中生｜～から助從～
～まで助直到～｜～しか助除了～之外｜～だけ助只有～

5

橋本：「田中先生從東京來嗎？」
田中：「是的，（　　）。」

1　有過	2　我會那麼做的
3　就是那樣	4　我知道了

解析 這題要選擇適合填入空格的會話用法。從空格前面的はい（是的）看來，所有選項都可能是正確答案。因為橋本問的是田中さんは東京から来ましたか（田中先生從東京來嗎），回答はい、そうです（是的，就是那樣）的文意脈絡比較通順。因此，3 そうです（就是那樣）是正確答案。要記住，針對確認事實的問題回答「對」的時候，可以說はい、そうです（是的，就是那樣）。

詞彙 東京 とうきょう名東京（地名）｜～から助從～
来る くる動來｜ある動有｜そう副那麼｜する動做
わかる動知道

6

從明天開始，睡前（　　）美國新聞。

1　看了	2　沒有看
3　沒有在看	**4　看**

解析 這題要選擇適合填入空格的句型。從空格前面的ニュースを（新聞）看來，所有選項都可能是正確答案。如果檢視整個句子，則是明日からねる前にアメリカのニュースを見ます（從明天開始，睡前看美國新聞）的文意脈絡比較通順。因此，4 見ます（看）是正確答案。要記住，4 ます是「（做）～」的意思，1 ました是「（做）了～」的意思，2 ませんでした是「沒有（做）～」的意思，3 ていません是「沒有正在（做）～」的意思。

詞彙 明日 あした名明天｜～から助從～｜ねる動睡覺
前 まえ名前｜アメリカ名美國｜ニュース名新聞
見る みる動看｜～ている 正在（做）～

7

我有讀國小的妹妹和弟弟（　　）。

1　が（表示主詞）	2　か（表示推測）
3　を（表示受詞）	4　に（對於）

解析 這題要選擇適合填入空格的助詞。根據「弟（弟弟）」及「います（有）」，選項 1 が（表示主詞的助詞）、4 に（對於）都可能是正確答案。如果檢視整個句子，則是私はしょうがくせいの妹と弟がいます（我有讀國小的妹妹和弟弟）的文意脈絡比較通順。因此，1 が（表示主詞的助詞）是正確答案。

詞彙 私 わたし名我｜しょうがくせい名小學生｜妹 いもうと名妹妹
弟 おとうと名弟弟｜いる動有｜～が助表示主詞
～か助表示推測｜～を助表示受詞｜～に助對於～、向～

8

（在學校）
A：「你暑假要做什麼？」
B：「預計（　　）鄉下奶奶家。」

1　去	2　不去
3　要去	4　去完

解析 這題要選擇適合銜接空格後句型的動詞型態。空格後面的つもりです是つもりだ的丁寧形，而且つもりだ可以跟動詞辭書形銜接成意思是「預計要（做）～」的句型。所以把選項 3 行く（要去）這個動詞辭書形填入空格後，就會變成行くつもりだ（預計要去）。因此，3 行く（要去）是正確答案。要記住，動詞辭書形 + つもりだ是「預計要（做）～」的意思。

詞彙 学校 がっこう名學校｜夏休み なつやすみ名暑假
何 なに名什麼｜する動做｜いなか名鄉下
おばあさん名奶奶｜家 いえ名家｜～つもりだ 預計要（做）～
行く いく動去

9

（在超市）
客人：「這種橘子（　　）？」
店員：「那種橘子 3 個 300 圓。」
客人：「那請給我 3 個。」

1　多少錢	2　什麼時候
3　誰	4　哪裡

解析 這題要選擇適合填入空格的疑問詞。根據「このオレンジは（這種橘子）」及「ですか（表示詢問）」，是「這種橘子多少錢」的文意脈絡比較通順。因此，1 いくら（多少錢）是正確答案。

詞彙 スーパー名超市｜客 きゃく名客人｜この 這
オレンジ名橘子｜店 みせ名店｜人 ひと名人｜その 那個
3つ みっつ名3 個｜～円 ～えん ～圓｜じゃ連那麼
いくら名多少錢｜いつ名什麼時候｜どなた名誰｜どこ名哪裡

實戰測驗 8

p.140

1 2	**2** 3	**3** 1	**4** 3	**5** 2
6 3	**7** 4	**8** 3	**9** 1	

問題 1　請問（　　）應該填入什麼？請在 1、2、3、4 中選擇一個最適合的答案。

1

明天（　　）早上 10 點要和田中先生見面。

1　が（表示主詞）　　2　**に（動作發生的時間）**

3　を（表示受詞）　　4　の（的）

解析 這題要選擇適合填入空格的助詞。根據「10 時（10 點）」及「田中さんと（和田中先生）」，是「在 10 點和田中先生」的文意脈絡比較通順。因此，2 に（表示動作發生時間的助詞）是正確答案。

詞彙 明日 あした名明天｜朝 あさ名早上｜～時 ～じ ～點
会う あう動見面｜～が助表示主詞
～に助在～（動作發生的時間）、向～
～を助表示受詞｜～の助～的

2

說這隻狗的名字（　　）貝爾。

1　比　　2　等

3　叫做　　4　和

解析 這題要選擇適合填入空格的助詞。根據「ベル（貝爾）」及「いいます（說）」，是「說叫貝爾」的文意脈絡比較通順。因此，3 と（叫）是正確答案。

詞彙 この 這｜犬 いぬ名狗｜名前 なまえ名名字｜いう動說
～より助比～｜～など助～等｜～と助叫做～、和
～や助～和

3

昨天在家做了（　　）餅乾。

1　を（表示受詞）　　2 と（和）

3　か（表示推測）　　4　へ（表示方向）

解析 這題要選擇適合填入空格的助詞。根據「クッキー（餅乾）」及「作りました（做了）」，是「做了餅乾」的文意脈絡比較通順。因此，1 を（表示受詞的助詞）是正確答案。

詞彙 昨日 きのう名昨天｜家 いえ名家｜クッキー名餅乾
作る つくる動製作｜～を助表示受詞｜～と助和～、與～
～か助表示推測｜～へ助表示方向

4

橋本：「下次（　　）我家玩。」

田中：「好的，我很想去。」

1　來了嗎　　2　正在來嗎

3　要不要來呢　　4　不是在來了嗎

解析 這題要選擇適合填入空格的句型。根據「今度、私の家に遊びに（下次，到我家玩）」，是「下次要不要來我家玩」的文意脈絡比較通順。因此，3 来ませんか（要不要來呢）是正確答案。要記住，3 ませんか是「要不要（做）～」的意思，1 的ましたか是「（做）～了嗎」的意思，2 ていますか是「正在（做）～嗎」的意思，4 ていませんか是「不是正在（做）～了嗎」的意思。

詞彙 今度 こんど名下次、這次｜私 わたし名我｜家 いえ名家
遊ぶ あそぶ動玩｜行く いく動去｜～たい 想（做）～
来る くる動來｜～ている 正在～、～著

5

在問老師以前，已經自己（　　）思考過一次了。

1　還　　**2　再**

3　非常　　4　正好

解析 這題要選擇適合填入空格的副詞。根據「自分で（自己）」及「一度（一次）」，是「自己再一次」的文意脈絡比較通順。因此，2 もう（再）是正確答案。要記住，用日文表示「再一次」的時候，是もう（再）在一度（一次）前面，說成もう一度（再一次）。

詞彙 先生 せんせい名老師｜聞く きく動問、聽
まえ名之前、前面｜自分で じぶんで 自己｜一度 いちど名一次
考える かんがえる動思考｜～てみる ～（做）看看｜まだ副還
もう副再、已經｜たいへん副非常｜ちょうど副正好

6

昨天在圖書館讀書，今天（　　）在圖書館讀書。

1　和　　2　的

3　也　　4　在（動作發生的地點）

解析 這題要選擇適合填入空格的助詞。根據「今日（今天）」及「図書館で（在圖書館）」，是「今天也在圖書館讀書」的文意脈絡比較通順。因此，3 も（也）是正確答案。

詞彙 昨日 きのう名昨天｜図書館 としょかん名圖書館
勉強 べんきょう名讀書｜する動做｜今日 きょう名今天
～と助和～、與～｜～の助～的｜～も助～也
～で助在～（動作發生的地點）

7

（在學校）

老師：「在大家面前說話時，請大聲（　　）。」

1　話し　　2　話す

3　話した　　**4　話して**

解析 這題要選擇適合銜接空格後句型的動詞型態。因為空格後面的ください可以跟動詞て形銜接成意思是「請（做）～」的句型，把選項 4 話して（說）這個動詞て形填入空格後，就會變成話してください（請說）。因此，4 話して（說）是正確答案。要記住，動詞て形 + ください是「請（做）～」的意思。

詞彙 学校 がっこう名學校｜先生 せんせい名老師
みんな名大家｜前 まえ名前面、前｜話す はなす動說話、講話
時 とき名時候｜大きな 大きなな形大的｜声 こえ名聲音
～てください 請（做）～

文法

8

(在家)
媽媽：「晚飯煮好了，吃吧。」
孩子：「（　　　　）。」

1　麻煩了　　2　晚安
3　我要開動了　　4　歡迎光臨

解析 這題要選擇適合填入空格的會話用法。媽媽說的是晚ごはんができました。食べましょう（晚飯煮好了，吃吧），所以いただきます（我要開動了）的文意脈絡比較通順。因此，3 いただきます（我要開動了）是正確答案。要記住，在開飯前會說いただきます（我要開動了）以表示感謝。

詞彙 家 いえ 名 家｜母 はは 名 媽媽、母親
晩ごはん ばんごはん 名 晚飯｜できる 動 做好
食べる たべる 動 吃｜子ども こども 名 孩子

9

鈴木：「這朵花非常漂亮耶。」
佐藤：「很漂亮吧？是昨天從田中小姐那裡（　　）的。」
鈴木：「是這樣啊？太好了。」

1　拿到　　2　給
3　去　　4　來

解析 這題要選擇適合填入空格的動詞。根據「昨日田中さんから（昨天從田中小姐那裡）」，是「是昨天從田中小姐那裡拿到的」的文意脈絡比較通順。因此，1 もらいました（拿到）是正確答案。作為參考，要記住 1 的もらう是「得到」的意思，2 的あげる（給予）是「我給別人」的意思。

詞彙 この 這｜花 はな 名 花｜とても 副 非常
きれいだ な形 漂亮的｜昨日 きのう 名 昨天｜～から 助 從～
よい い形 很好的｜もらう 動 得到｜あげる 動 給
行く いく 動 去｜来る くる 動 來

問題 2 句子的組織

出題型態與解題步驟 p.142

明天跟媽媽去 ＿＿＿ ＿＿＿ ★ ＿＿＿ 。

1　に（助詞，表示動作到達的點）
2　の（的）
3　おばあさん（奶奶）
4　家（家）

詞彙 明日 あした 名 明天｜はは 名 媽媽、母親｜行く いく 動 去
～に 助 表示動作到達的點｜～の 助 ～的｜おばあさん 名 奶奶
家 いえ 名 家

實戰測驗 1

p.146

10 3　**11** 2　**12** 1　**13** 2

問題 2　請問 ＿★＿ 應該填入什麼？請在 1、2、3、4 中選擇一個最適合的答案。

10

A：「飲料有牛奶和可樂，你要喝什麼？」
B：「★因為我早上喝過牛奶了，我要喝可樂。」

1　を（表示受詞）　　2　コーラ（可樂）
3　ので（因為）　　4　飲みました（喝過）

解析 沒有可以連接空格前後的選項，選項也無法互相連接成句型。因此，按照意思排列所有選項後，就會變成 4 飲みました 3 ので 2 コーラ 1 を（因為喝過了，可樂），也自然地銜接了文意脈絡，所以 3 ので（因為）是正確答案。

詞彙 飲みもの のみもの 名 喝的、飲料｜ぎゅうにゅう 名 牛奶
コーラ 名 可樂｜ある 動 有｜何 なに 名 什麼｜飲む のむ 動 喝
朝 あさ 名 早上｜～を 助 表示受詞｜～ので 助 因為～

11

昨天跟朋友去了★在我家旁邊 的 百貨公司。

1　百貨公司　　**2　有**
3　旁邊　　4　的

解析 因為空格前面的家是名詞，可以銜接助詞，所以可以把 4 の（的）填入第一個空格，組合成「家の（家的）」。接下來，按照意思排列剩餘選項後，會組成 4 の 3 となりに 2 ある 1 デパート（的旁邊的百貨公司），也自然地銜接了文意脈絡，所以 2 ある（有）是正確答案。

詞彙 昨日 きのう 名 昨天｜友だち ともだち 名 朋友｜家 いえ 名 家
行く いく 動 去｜デパート 名 百貨公司｜ある 動 有
となり 名 旁邊、鄰居｜～に 助 在～（存在的位置）｜～の 助 ～的

12

因為這間餐廳便宜又 ★好吃，所以人很多。

1　おいしい（好吃）　　2　は（助詞，表示主題）
3　から（因為）　　4　安くて（便宜又）

解析 因為空格前面的レストラン是名詞，可以銜接助詞，所以可以把 2 は（表示主題的助詞）或 3 から（因為）填入第一個空格，組合成「レストランは（餐廳）」或是「レストランから（從餐廳）」。接下來，按照意思排列剩餘選項後，會組成 2 は 4 安くて 1 おいしい 3 から（因為便宜又好吃）或是 3 から 2 は 4 安くて 1 おいしい（從便宜又好吃）。從空格前後看來，是連接成「因為這間餐廳便宜又好吃」的文意脈絡最通順，所以 1 おいしい（好吃）是正確答案。作為參

考，要記住，選項 3 から銜接名詞時，是用作「從」的意思，如果要用作「因為」的意思，就必須在名詞後面加上だ。

詞彙 この 這｜レストラン名餐廳｜人 ひと名人
たくさん副很多｜いる動有｜おいしいい形好吃的
～は助表示主題｜～から助因為～、從～
安い やすいい形便宜的

13

這個杯子是在 2 年前★在 中國 買的。
1 に（在，動作發生的時間）
2 で（在，動作發生的地點）
3 中國
4 買

解析 空格後面的もの可以銜接動詞た形，組合成たもの（（過去所做）的）這個句型，所以要把選項 4 買った（買的）填入最後的空格，組成「買ったもの（買的東西）」。接下來，按照意思排列剩餘選項後，會組成 1 に 3 中国 2 で 4 買った（在中國買），也自然地銜接了文意脈絡，所以 2 で（在）是正確答案。

詞彙 この 這｜コップ名杯子｜～年 ～ねん ～年｜まえ名前
もの名的（代指事物）、東西｜～に助在～（動作發生的時間）
～で助在～（動作發生的地點）｜中国 ちゅうごく名中國
買う かう動買

實戰測驗 2

p.147

10 2 **11** 3 **12** 1 **13** 4

問題 2 請問 ★ 應該填入什麼？請在 1、2、3、4 中選擇一個最適合的答案。

10

（在醫院）
A：「請先吃飯 以後，再吃★藥。」
B：「好的，我知道了。」
1 後 **2 藥**
3 吃 4 を（助詞，表示受詞）

解析 先看看有沒有可以相互連接的選項。選項 3 的動詞た形可以和選項 1 的あと銜接成たあと（～（做）後）這個句型，所以要先把選項 3 食べた和 1 あと連接起來。接下來，按照意思排列剩餘選項後，會組成 3 食べた 1 あと 2 くすり 4 を（吃以後再藥），也自然地銜接了文意脈絡，所以 2 くすり（藥）是正確答案。

詞彙 びょういん名醫院｜まず副先｜ごはん名飯
くすりを飲む くすりをのむ 吃藥｜～てください 請（做）～
分かる わかる動知道｜あと名後｜食べる たべる動吃
～を助表示受詞｜

11

安藤：「今天怎麼沒寫作業？」
川島：「昨天把書 ★放在學校，就回家了。」
1 を（助詞，表示受詞） 2 （朝向）家
3 放 4 書

解析 先看看有沒有可以相互連接的選項。選項 4 的本是名詞，可以銜接助詞，所以要先把選項 4 本和 1 を連接起來。接下來，按照意思排列剩餘選項後，會組成 4 本 1 を 3 おいて 2 家に（把書放在，家），也自然地銜接了文意脈絡，所以 3 おいて（放）是正確答案。

詞彙 今日 きょう名今天｜どうして副怎麼會
しゅくだい名作業｜する動做｜昨日 きのう名昨天
がっこう名學校｜かえる動回去｜～を助表示受詞
家 いえ名家｜～に助表示動作到達的點
おく動放｜本 ほん名書

12

在房間的桌子上有★花 和手錶。
1 花 2 和
3 上 4 在

解析 沒有可以連接空格前後的選項，選項也無法互相連接成句型。因此，按照意思排列所有選項後，就會變成 3 上 4 に 1 はな 2 と（…上有花和…），也自然地銜接了文意脈絡，所以 1 はな（花）是正確答案。

詞彙 へや名房間｜テーブル名桌子｜時計 とけい名手錶
ある動有｜はな名花｜～と助與～、和～｜上 うえ名上
～に助在～（存在的位置）

13

我在運動當中，最喜歡★足球。
1 が（助詞，表示主詞） 2 在
3 當中 **4 足球**

解析 沒有可以連接空格前後的選項，選項也無法互相連接成句型。因此，按照意思排列所有選項後，就會變成 3 なか 2 で 4 サッカー 1 が（在當中，足球），也自然地銜接了文意脈絡，所以 4 サッカー（足球）是正確答案。

詞彙 私 わたし名我｜スポーツ名運動｜いちばん副最、最為
好きだ すきだな形好的、喜歡的｜～が助表示主詞
～で助在～｜なか名中、裡面｜サッカー名足球

文法

實戰測驗 3

p.148

10 2　**11** 3　**12** 1　**13** 4

問題 2 請問 ★ 應該填入什麼？請在 1、2、3、4 中選擇一個最適合的答案。

10

小時候的夢想是成為 老師 ★ 。

1　夢想　**2　に（助詞，表示變化結果）**
3　老師　4　成為

解析 先看看有沒有可以相互連接的選項。選項 2 的に可以和選項 4 的なる銜接成になる（成為～）這個句型，所以要先把選項 2 に和 4 なる連接起來。接下來，按照意思排列剩餘選項後，會組成 1 ゆめは　3 先生　2 に　4 なる（夢想成為老師），也自然地銜接了文意脈絡，所以 2 に（表示變化結果的助詞）是正確答案。要記住，在表示「成為～」的時候，なる（成為）搭配的不是助詞が（表示主詞），而是助詞 に（表示變化的結果）。

詞彙 小さい ちいさい い形 年幼的、小的 | ころ 名 時期、時候
こと 名 代指事情 | ゆめ 名 夢想 | ～は 助 表示主題
～になる 成為～ | 先生 せんせい 名 老師

11

進入國中以後，才開始★英語 的學習。

1　以後　2　進入
3　英語　4　的

解析 先看看有沒有可以相互連接的選項。選項 2 的動詞て形可以和選項 1 的から銜接成てから（～以後）這個句型，所以要先把選項 2 入って和 1 から連接起來。接下來，按照意思排列剩餘選項後，會組成 2 入って　1 から　3 英語　4 の（進入以後，英語的），也自然地銜接了文意脈絡，所以 3 英語（英語）是正確答案。

詞彙 中学校 ちゅうがっこう 名 國中 | べんきょう 名 學習
始める はじめる 動 開始 | ～てから（做）完之後～
入る はいる 動 進入 | 英語 えいご 名 英語 | ～の 助 ～的

12

因為 沒有時間了，就搭★計程車去吧。

1　計程車
2　因為
3　沒有
4　に（助詞，表示動作到達的點）

解析 沒有可以連接空格前後的選項，選項也無法互相連接成句型。因此，按照意思排列所有選項後，就會變成 3 ない 2 から 1 タクシー 4 に（因為沒有，計程車），也自然地銜接了文意脈絡，所以 1 タクシー（計程車）是正確答案。要記住，在表示「搭乘～」的時候，乗る（搭乘）搭配的不是助詞 を（表示受詞），而是助詞に（表示動作到達的點）。

詞彙 じかん 名 時間 | ～に乗る ～にのる 搭乘～ | 行く いく 動 去
タクシー 名 計程車 | ～から 助 因為 | ～ない い形 沒有的

13

（在店裡）
前田：「這台相機 ★ 大，但是很輕。」
佐藤：「可是價格有點貴。」

1　大　2　相機
3　が（但是）　**4　は（助詞，表示主題）**

解析 空格前面的この（這）是指示語，所以後面可以銜接名詞，因此，可以把 2 カメラ（相機）填入第一個空格，組合成「このカメラ（這台相機）」。接下來，按照意思排列剩餘選項後，會組成 2 カメラ 4 は 1 大きいです 3 が（相機大，但是），也自然地銜接了文意脈絡，所以 4 は（表示主題的助詞）是正確答案。

詞彙 店 みせ 名 店 | この 這 | かるい い形 輕的 | でも 連 可是
ねだん 名 價格 | 少し すこし 副 有點 | 高い たかい い形 貴的
大きい おおきい い形 大的 | カメラ 名 相機 | ～が 助 但是～
～は 助 表示主題

實戰測驗 4

p.149

10 1　**11** 2　**12** 3　**13** 4

問題 2 請問 ★ 應該填入什麼？請在 1、2、3、4 中選擇一個最適合的答案。

10

10
這筆和筆記本是爺爺 ★ 在 10 年前給我的。

1　が（助詞，表示主詞）　2　爺爺
3　に（在，動作發生的時間）　4　給

解析 空格後面的もの可以和動詞た形銜接成たもの（～的）這個句型，所以可以把選項 4 的くれた（給）填入最後的空格，組成「くれたもの（給的）」。接下來，按照意思排列剩餘選項後，會組成 3 に　2 そふ　1 が　4 くれた（在爺爺給的），也自然地銜接了文意脈絡，所以 1 が（表示主詞的助詞）是正確答案。

詞彙 この 這 | ペン 名 筆 | ノート 名 筆記本 | ～年 ～ねん ～年
前 まえ 名 前 | もの 名 的（代指事物）、東西 | ～が 助 表示主詞
そふ 名 爺爺 | ～に 名 在～（動作發生的時間）
くれる 動 給（我）

11

昨天工作結束 後 和 ★朋友吃了晚餐。
1 後　　**2 朋友**
3 結束　　4 和

解析 先看看有沒有可以相互連接的選項。選項 3 的動詞た形可以和選項 1 的あと銜接成たあと（（做）～後）這個句型，所以要先把選項 3 おわった和 1 あと連接起來。接下來，按照意思排列剩餘選項後，會組成 3 おわった 1 あと 2 友だち 4 と（結束後和朋友），也自然地銜接了文意脈絡，所以 2 友だち（朋友）是正確答案。

詞彙 昨日 きのう名昨天 | 仕事 しごと名工作
晩ごはん ばんごはん名晚餐 | 食べる たべる動吃
あと名後、之後 | 友だち ともだち名朋友 | おわる動結束
～と助～和

12

（在學校）
山本：「下週開始就是暑假了，森小姐暑假要去哪裡？」
森：「我預計 ★要去 歐洲。」
1 歐洲
2 預計
3 要去
4 に（助詞，表示動作到達的點）

解析 空格後面的です可以銜接名詞，所以可以把 1 ヨーロッパ（歐洲）或 2 よてい（預計）填入最後的空格，組成「ヨーロッパです（是歐洲）」或是「よていです（預計）」。接下來，按照意思排列剩餘選項後，會組成 1 ヨーロッパ 4 に 3 行く 2 よてい（預計要去歐洲）或是 2 よてい 4 に 3 行く 1 ヨーロッパ（預定要去的歐洲）。因為排列成「預計要去歐洲」才符合整體的文意脈絡，3 行く（要去）是正確答案。

詞彙 学校 がっこう名學校 | らいしゅう名下週 | ～から助從～
なつやすみ名暑假 | どこか 哪裡 | 行く いく動去
わたし名我 | ヨーロッパ名歐洲 | よてい名預定
～に助表示動作到達的點

13

（在圖書館）
A：「因為有人在讀書，在圖書館裡面請保持 安靜 ★。」
B：「好的，對不起。」
1 安靜　　2 在裡面
3 保持　　**4 地**

解析 空格後面的ください是動詞，可以和て形銜接成てください（請（做）～）這個句型，所以可以把選項 3 的して（做）入最後的空格，組成「してください（請做）」。接下來，按照意思排列剩餘選項後，會組成 2 中では 1 しずか 4 に 3 して（在裡面請保持安靜），也自然地銜接了文意脈絡，所以 4 に（地）是正確答案。要記住，助詞に銜接な形容詞語幹以後，就可以像「～地」一樣，作為副詞使用。

詞彙 図書館 としょかん名圖書館 | 本 ほん名書 | よむ動讀
～ている 正在（做）～ | 人 ひと名人 | いる動在
～ので助因為～ | ～てください 請（做）～ |
しずかだ な形安靜的 | 中 なか名中、裡面 | ～では 在～
～にする 使～（變得）

實戰測驗 5

p.150

10 1　**11** 4　**12** 2　**13** 3

問題 2 請問 ★ 應該填入什麼？請在 1、2、3、4 中選擇一個最適合的答案。

10

朴先生一方 的 ★ 身高比金小姐高。
1 が（助詞，表示主詞）　2 的
3 身高　　4 方

解析 先看看有沒有可以相互連接的選項。選項 4 的ほう可以和選項 2 的の銜接成のほう（～一方）這個型，所以可以先連接選項 2 の和 4 ほう，再排進第一個空格，組成「パクさんのほう（朴先生一方的）」。接下來，按照意思排列剩餘選項後，會組成 2 の 4 ほう 1 が 3 背が（方的身高），也自然地銜接了文意脈絡，所以 1 が（表示主詞的助詞）是正確答案。

詞彙 ～より助比～ | 高い たかい い形（身高）高的
～が助表示主詞 | ～の助～的 | 背 せ名身高
ほう名方、方向

11

★在 去 學校以前，在便利商店買便當。
1 在便利商店　　2 去
3 以前　　**4 に（在，動作發生的時間）**

解析 先看看有沒有可以相互連接的選項。選項 3 的まえ可以和選項 4 的に銜接成まえに（在（做）～以前）這個句型，所以要先把選項 3 まえ和 4 に連接起來。接下來，因為選項 2 的動詞辭書形可以和選項 3 的まえ銜接成「動詞辭書形 + まえ（～（做）以前）」這個句型，可以排列出選項 2 行く和 3 まえ。在這之後，再按照意思排列剩餘選項後，會組成 2 行く 3 まえ 4 に 1 コンビニで（去以前，在便利商店），也自然地銜接了文意脈絡，所以 4 に（在）是正確答案。

詞彙 学校 がっこう名學校 | おべんとう名便當 | 買う かう動買
コンビニ名便利商店 | 行く いく動去 | まえ名前、前面
～に助在～（動作發生的時間）

12

我認為她★不會來田中先生的生日派對。
1 に（助詞，表示動作到達的點）
2 不會來
3 派對
4 と（表示引用）

解析 空格後面的思います的辭書形是思う，而思う可以和助詞と銜接成と思う（認為～）這個句型，所以要把選項 4 的と（表示引用）填入最後的空格，組成「と思います（認為～）」。接下來，按照意思排列剩餘選項後，會組成 3 パーティー 1 に 2 来ない 4 と（不會來派對），也自然地銜接了文意脈絡，所以 2 来ない（不會來）是正確答案。

詞彙 彼女 かのじょ名她｜誕生日 たんじょうび名生日
～と思う ～とおもう 認為～｜～に助表示動作到達的點
来る くる動來｜パーティー名派對

13

（在家）
媽媽：「讀書的時候，請讓房間保持★明亮。」
孩子：「好的，我知道了。」
1 を（助詞，表示受詞）　2 讓
3 明亮　4 房間

解析 空格後面的ください可以和動詞て形銜接成てください（請（做）～）這個句型，所以要把選項 2 的して（讓）填入最後的空格，組成「してください（請讓）」。接下來，按照意思排列剩餘選項後，會組成 4 部屋 1 を 3 明るく 2 して（讓房間明亮），也自然地銜接了文意脈絡，所以 3 明るく（明亮）是正確答案。

詞彙 家 いえ名家｜母 はは名媽媽、母親｜本 ほん名書
よむ動讀｜とき名時候｜～てください 請（做）～
子ども こども名孩子｜わかる動知道｜～を助表示受詞
する動做｜明るい あかるいい形明亮的｜部屋 へや名房間

實戰測驗 6

p.151

10 4　**11** 1　**12** 3　**13** 4

問題 2 請問 ＿★＿ 應該填入什麼？請在 1、2、3、4 中選擇一個最適合的答案。

10

下雨了，但是★因為我沒有傘，所以向朋友借了。
1 沒有　2 向朋友
3 が（助詞，表示主詞）　**4 因為**

解析 因為空格前面的かさ是名詞，可以銜接助詞，所以要把 3 が（表示主詞的助詞）填入第一個空格，組成「かさが（雨傘）」。接下來，按照意思排列剩餘選項後，會組成 3 が 1 なかった 4 ので 2 友だちに（因為沒有，所以向朋友），也自然地銜接了文意脈絡，所以 4 ので（因為）是正確答案。作為參考，選項 4 的助詞ので銜接名詞時，要在前面加上な，以「名詞＋なので」的型態使用。

詞彙 雨 あめ名雨｜降る ふる動下（雨、雪等）｜くる動來
かさ名雨傘｜借りる かりる動借｜ないい形沒有的
友だち ともだち名朋友｜～が助表示主詞｜～ので助因為～

11

（在超市）
客人：「請問起司在哪裡？」
店員：「在架子最底下★的地方。」
1 的　2 在（存在的位置）
3 底下　4 地方

解析 沒有可以連接空格前後的選項，選項也無法互相連接成句型。因此，按照意思排列所有選項後，就會變成 3 した 1 の 4 ところ 2 に（在底下的地方），也自然地銜接了文意脈絡，所以 1 の（的）是正確答案。

詞彙 スーパー名超市｜客 きゃく名客人｜チーズ名起司
どこ名哪裡｜ある動有｜店 みせ名店｜人 ひと名人
たな名架子｜いちばん副最｜～の助～的
～に助在～（存在的位置）｜した名底下｜ところ名地點、地方

12

（在博物館）
A：「在博物館可以吃點心嗎？」
B：「在博物館裡面，不能做★吃食物這件事。」
1 事　2 助詞（表示受詞）
3 吃　4 食物

解析 先看看有沒有可以連接空格前後的選項。空格後面的できません是できる的否定丁寧形，而ができる可以和動詞辭書形＋こと銜接成動詞辭書形＋ことができる（能夠（做）～）這個句型，所以要把選項 3 食べる這個動詞辭書形和 1 こと連接在一起，填入最後的空格，組成「食べることができません（不能吃）」。接下來，按照意思排列剩餘選項後，會組成 4 食べもの 2 を 3 食べる 1 こと（吃食物這件事），也自然地銜接了文意脈絡，所以 3 食べる（吃）是正確答案。

詞彙 はくぶつかん名博物館 中 なか名中、裡面｜おかし名點心
食べる たべる動吃｜～てもいい 可以（做）～

～ことができる 能夠（做）～ | ～を助表示受詞
食べもの たべもの名食物

13

★因為之前的泰國旅行非常 開心，所以下次還想再去。
1 開心 2 非常
3 下次 **4 因為**

解析 沒有可以連接空格前後的選項，選項也無法互相連接成句型。因此，按照意思排列所有選項後，就會變成 2 とても 1 楽しかった 4 から 3 今度（因為非常開心，所以下次），也自然地銜接了文意脈絡，所以 4 から（因為）是正確答案。

詞彙 この前 このまえ名之前 | タイ名泰國 | 旅行 りょこう名旅行
また副再 | 行く いく動去 | ～たい 想（做）～
楽しい たのしいい形開心的 | とても副非常
今度 こんど名下次 | ～から助因為～

實戰測驗 7

p.152

10 2 **11** 1 **12** 4 **13** 3

問題 2 請問 ★ 應該填入什麼？請在 1、2、3、4 中選擇一個最適合的答案。

10

從 10 年前用 ★到現在的冰箱昨天故障了。
1 冰箱 **2 到現在**
3 從 4 用

解析 先看看有沒有可以相互連接的選項。選項 2 的きた是くる的た形，くる可以和動詞て形銜接成てくる（～（做）過來）這個句型，所以要先把選項 4 使って和 2 きた連接起來。接下來，按照意思排列剩餘選項後，會組成 3 から 4 使って 2 きた 1 れいぞうこが（從用到現在的冰箱），也自然地銜接了文意脈絡，所以 2 きた（到現在）是正確答案。

詞彙 ～年 ～ねん ～年 | 前 まえ名前 | 昨日 きのう名昨天
こわれる動故障 | れいぞうこ名冰箱 | くる動來
～から助從～ | 使う つかう動使用

11

以前從鈴木老師那裡收到的信，現在 ★也 珍惜著。
1 也 2 珍惜
3 を（助詞，表示受詞） 4 現在

解析 空格後面的にして的して是する的て形，因為にする可以和な形容詞語幹銜接成な形容詞語幹 + にする（使～（變得））這個句型，先將選項 2 的たいせつ（珍惜）填入最後的空格，組成「たいせつにして（珍惜）」。接下來，按照意思排列剩餘選項後，會組成 3 を 4 今 1 も 2 たいせつ（現在也珍惜），也自然地銜接了文意脈絡，所以 1 も（也）是正確答案。

詞彙 昔 むかし名以前、先前 | 先生 せんせい名老師
もらう動收到 | 手紙 てがみ名信 | する動做
～ている（做）著～ | ～も助～也 | たいせつだな形珍惜的
～を助表示受詞 | 今 いま名現在

12

（在學校）
本田：「金小姐的興趣是什麼？」
金：「我的興趣是看日本的 動畫 ★」
1 動畫 2 看
3 的 **4 を（助詞，表示受詞）**

解析 選項 2 的動詞辭書形見る可以和空格後面的こと銜接成動詞辭書形 + こと（～（做）這件事）這個句型，所以 2 的見る（看）填入最後的空格，組成「見ること（看的這件事）」。接下來，按照意思排列剩餘選項後，會組成 3 の 1 アニメ 4 を 2 見る（看的動畫這件事），也自然地銜接了文意脈絡，所以 4 を（表示受詞的助詞）是正確答案。

詞彙 学校 がっこう名學校 | しゅみ名興趣 | なん名什麼
私 わたし名我 | 日本 にほん名日本 | こと名代指東西、事情
アニメ名動畫 | 見る みる動看 | ～の助～的 | ～を助表示受詞

13

A：「明天不一起練習足球嗎？」
B：「聽說明天會★下 雨 。」
1 雨 2 と（表示引用）
3 下 4 が（助詞，表示主詞）

解析 沒有可以連接空格前後的選項，選項也無法互相連接成句型。因此，按照意思排列所有選項後，就會變成 1 雨 4 が 3 ふる 2 と（聽說會下雨），也自然地銜接了文意脈絡，所以 3 ふる（下雨）是正確答案。

詞彙 明日 あした名明天 | いっしょに副一起、一同
サッカー名足球 | れんしゅう名練習 | する動做
聞く きく動聽 | 雨 あめ名雨 | ～と助表示引用
ふる動下（雨、雪等） | ～が助表示主詞

實戰測驗 8

p.153

10 1 **11** 3 **12** 4 **13** 3

問題 2 請問 ★ 應該填入什麼？請在 1、2、3、4 中選擇一個最適合的答案。

文法

10

A：「★因為昨天吃了 咖哩，今天就吃別的食物吧。」
B：「好，就這麼辦。」

1 因為 2 吃了
3 今天 4 咖哩

解析 因為空格後面的は（表示主題的助詞）是助詞，前面可以銜接名詞，所以要把 3 今日（今天）填入最後的空格，組成「今日は（今天）」。
接下來，按照意思排列剩餘選項後，會組成 4 カレーを 2 食べた 1 から 3 今日（因為吃了咖哩，今天），也自然地銜接了文意脈絡，所以 1 から（因為）是正確答案。

詞彙 昨日 きのう名昨天 | ほか名別的
食べもの たべもの名食物、吃的 | 食べる たべる動吃
そう副像那樣 | する動做 | ～から助因為～
今日 きょう名今天 | カレー名咖哩 | ～を助表示受詞

11

上週六看了★整整 一天的電視。

1 は（助詞，表示主題） 2 電視
3 整整 4 一天

解析 先看看有沒有可以相互連接的選項。選項 3 的じゅう可以和時間名詞銜接成「時間名詞 + じゅう（整整～）」這個句型，所以要先把選項 4 一日和 3 じゅう連接起來。接下來，按照意思排列剩餘選項後，會組成 1 は 4 一日 3 じゅう 2 テレビ（整整一天電視），也自然地銜接了文意脈絡，所以 3 じゅう（整整）是正確答案。

詞彙 先週 せんしゅう名上週 | 土曜日 どようび名星期六
見る みる動看 | ～ている 正在（做）～ | ～は助表示主題
テレビ名電視 | ～じゅう 整整～、整天 | 一日 いちにち名一天

12

頭痛的時候，去醫院★比較好。

1 が（助詞，表示主詞） 2 去
3 に（助詞，表示動作到達的點） **4 比較**

解析 先看看有沒有可以相互連接的選項。選項 2 的動詞た形可以和選項 4 的ほう銜接成たほう（～〔與某個行動〕比較）這個句型，所以選項 2 行った和 4 ほう連接起來。接下來，按照意思排列剩餘選項後，會組成 3 に 2 行った 4 ほう 1 が（去比較），也自然地銜接了文意脈絡，所以 4 ほう（比較）是正確答案。

詞彙 頭 あたま名頭 | いたい い形痛的 | 時 とき名時候
びょういん名醫院 | いい い形好的 | ～が助表示主詞
行く いく動去 | ～に助表示動作到達的點 | ほう名邊、方

13

我爺爺每天早上★讀了 報紙 後，就會去散步。

1 後 2 を（助詞，表示受詞）
3 讀了 4 報紙

解析 先看看有沒有可以相互連接的選項。選項 3 的動詞た形和選項 1 的あと可以銜接成たあと（（做了）後～）這個句型，所以選項 3 読んだ和 1 あと連接起來。接下來，按照意思排列剩餘選項後，會組成 4 しんぶん 2 を 3 読んだ 1 あと（讀了報紙後），也自然地銜接了文意脈絡，所以 3 読んだ（讀了）是正確答案。

詞彙 私 わたし名我 | そふ名爺爺 | 毎朝 まいあさ名每天早上
さんぽ名散步 | 行く いく動去 | あと名後
～を助表示受詞 | 読む よむ動讀 | しんぶん名報紙

問題 3 文章語法

出題型態與解題步驟 p.154

克里斯同學以「我的朋友」為主題，寫了一篇文章，並在所有同學面前讀了出來。
克里斯同學的文章

我有個朋友叫理查，待在家鄉時，因為我們兩家住得很近，所以我們常常一起玩。**不過，我來到日本以後，我們一次也沒有見過面。＿＿＿ 趕快回到家鄉 ＿＿＿ 理查。**

1 見面吧
2 想見到
3 不見面
4 沒有見面

詞彙 私 わたし名我 | 友だち ともだち名朋友 | ぶんしょう名文章
書く かく動寫 | クラス名班上、班級 | みんな名全部
前 まえ名前面 | 読む よむ動讀 | ～という 叫做～
いる動有 | 国 くに名家鄉、國家 | とき名時候 | 家 いえ名家
近い ちかい い形近的 | よく副經常 | いっしょに副一起
あそぶ動玩 | ～ている 表示重複的動作、處於～的狀態
しかし連可是 | 日本 にほん名日本 | ～てから（做）完之後～
一回 いっかい名一次 | 会う あう動見面 | はやく副趕快
帰る かえる動回去

實戰測驗 1

p.158

14 2　**15** 3　**16** 1　**17** 4

問題 3　請問從 [14] 到 [17] 應該填入什麼？請思考文章的意思，在 1、2、3、4 中選擇一個最適合的答案。

詞彙 私 わたし名我｜好きだ すきだ[な形]喜歡的
場所 ばしょ名地點｜さくぶん名作文｜書く かく動寫
クラス名班上、班級｜みんな名全部｜前 まえ名前面
読む よむ動讀｜カフェ名咖啡廳｜コーヒー名咖啡
～や助～和｜お茶 おちゃ名茶｜飲む のむ動喝
～ながら 一邊～｜ゆっくりする 悠閒地待著｜～から助因為～
日本 にほん名日本｜かわいい[い形]可愛的｜たくさん副很多
ある動有｜これから 以後｜いろいろだ[な形]各式各樣的
行く いく動去｜楽しみ たのしみ名期待｜人 ひと名人
いっしょに副一起、一同｜こうえん名公園｜とくに副特別
すむ動居住｜～ている 正在（做）～｜家 いえ名家
となり名隔壁、鄰居｜よく副經常、充分地
きれいだ[な形]漂亮的｜花 はな名花｜見る みる動看
～たり～たりする 表示列舉｜うんどう名運動
する動做｜しかし連不過｜今 いま名現在｜冬 ふゆ名冬天
～ので助因為～｜たくさん副很多｜さく動（花朵）盛開
春 はる名春天｜また副再、再次｜～たい 想（做）～

14

1 但是	**2 所以**
3 總是	4 還

解析 這題要選擇適合填入空格的連接詞或副詞。根據「[　]、これからもいろいろなカフェに行くのが楽しみです（[　]，我以後也很期待去到各式各樣的咖啡廳）」，選項 1 でも（但是）、2 だから（所以）都可能是正確答案。因為前面的句子提到日本にはかわいいカフェがたくさんあります（日本有很多可愛的咖啡廳），把能夠連接空格前後的內容成為順接關係的連接詞だから（所以）填入空格，在文意脈絡上比較通順，所以 2 だから（所以）是正確答案。

詞彙 でも連但是、可是｜だから連所以｜いつも副總是｜まだ副還

15

1 去了嗎	2 因為去嗎
3 要不要去	4 不是在去了嗎

解析 這題要選擇適合填入空格的句型。根據「コーヒーやお茶が好きな人はいっしょに（喜歡咖啡和茶的人，一起）」，所有選項都可能是正確答案。因為前面的句子提到これからもいろいろなカフェに行くのが楽しみです（我以後也很期待去到各式各樣的咖啡廳），把行きませんか（要不要去）填入空格，在文意脈絡上比較通順，所以 3 行きませんか（要不要去）是正確答案。要記住，3 的ませんか是「要不要（做）～」的意思，1 的ましたか是「（做）～了嗎」的意思，2 的からですか是「因為（做）嗎～」的意思，4 的ていませんか是「不是正在（做）～了嗎」的意思。

16

1 **に（助詞，表示動作到達的點）**
2 比
3 在
4 從

解析 這題要選擇適合填入空格的助詞。根據「とくに、私がすんでいる家のとなりにあるこうえん（尤其，我住的房子旁邊的公園）」及「よく行きます（常去）」，是「我特別常去我住的房子旁邊的公園」在文意脈絡上比較通順，所以 1 に（表示動作到達點的助詞）是正確答案。

詞彙 ～に助表示動作到達的點｜～より助比～｜～で助在～
～から助從～

17

1 因為有	2 有
3 因為有過	**4 沒有**

解析 這題要選擇適合填入空格的句型。所有選項都可以銜接空格前面的助詞が（表示主詞的助詞）。從空格所在的句子看來，しかし、今は冬なのでこうえんに花がありません（不過，因為現在是冬天，公園沒有花）在文意脈絡上比較通順，所以 4 ありません（沒有）是正確答案。要記住，4 的ません是「不（做）～」的意思，1 的からです是「因為（做）～」的意思，2 的ます是「（做）～」的意思，3 的たからです是「因為（做）了～」的意思。

實戰測驗 2

p.160

14 2　**15** 3　**16** 4　**17** 1

問題 3　請問從 [14] 到 [17] 應該填入什麼？請思考文章的意思，在 1、2、3、4 中選擇一個最適合的答案。

14-17

在日本讀書的學生以「我的興趣」為主題，寫了一篇文章，並在所有同學面前讀出來。

(1) 鮑伯同學的文章

[14] 我喜歡做菜。因為我從以前就會跟母親一起做菜。[14] 現在 14 練習日本料理。

[15] 上週末， 15 日式炒麵。雖然是第一次做日式炒麵，但是不太困難。以後我也想做做看各式各樣的菜。

(2) 珊蒂同學的文章

我喜歡聽歌。我特別常聽我喜歡的歌手——喬治先生的歌。[16] 因為喬治先生的歌 16 有許多充滿希望的歌，不管什麼時候聽，都會讓人振作起來。

再說，喬治的演唱會非常有名。[17] 總有一天去演唱會 17 他的歌。

詞彙 日本 にほん名日本 | べんきょう名學習 | する動做
～ている 正在（做）～ | 学生 がくせい名學生 | 私 わたし名我
しゅみ名興趣 | ぶんしょう名文章 | 書く かく動寫
クラス名班上、班級 | みんな名全部 | 前 まえ名前面
読む よむ動讀 | りょうり名料理 | 好きだ すきだ[な形]喜歡的
むかし名以前、以往 | ～から助從～ | 母 はは名母親、媽媽
いっしょに副一起 | ～から助因為～ | 今 いま名現在
れんしゅう名練習 | 先週 せんしゅう名上週
週末 しゅうまつ名週末 | やきそば名日式炒麵
はじめて副第一次 | あまり副不太
難しい むずかしい[い形]困難的 | これから 以後
いろいろだ[な形]各式各樣的 | 食べもの たべもの名食物、吃的
作る つくる動製作 | ～てみる ～（做）看看
～たい 想（做）～ | 歌 うた名歌 | 聞く きく動聽
とくに副尤其 | かしゅ名歌手 | よく副經常
明るい あかるい[い形]明亮的 | 多い おおい[い形]多的
いつ名什麼時候 | 元気が出る げんきがでる 振作起來
また副再 | コンサート名演唱會 | とても副非常
ゆうめいだ[な形]有名的 | いつか副總有一天 | 行く いく動去
彼 かれ名他

14

1 並沒有正在做	**2 正在做**
3 沒有做	4 做了

解析 這題要選擇適合填入空格的句型。所有選項都可以銜接空格前面的名詞れんしゅう。從空格前面的**私はりょうりをするのが好きです**（我喜歡做菜）看來，是「現在正在練習日本料理」在文意脈絡上比較通順，所以 2 しています（正在做）是正確答案。

15

1 買了	2 喝了
3 做了	4 看了

解析 這題要選擇適合填入空格的動詞。從空格前面的**先週の週末はやきそばを**（上週末日式炒麵）看來，選項 1 買いました（買了）、3 作りました（做了）都可能是正確答案。因為後面的句子提到**やきそばははじめてでしたが、あまり難しくなかったです**（雖然是第一次做日式炒麵，但是不太困難），把作りました（做了）填入空格，在文意脈絡上比較通順，所以 3 作りました（做了）是正確答案。

詞彙 買う かう動買 | 飲む のむ動喝 | 見る みる動看

16

1 也	2 的
3 或	**4 助詞（表示主題）**

解析 這題要選擇適合填入空格的助詞。根據「**ジョージさんの歌**（喬治先生的歌）」及「**明るい歌が多くていつ聞いても元気が出るからです**（因為有許多充滿希望的歌，不管什麼時候聽，都會讓人振作起來）」，「因為喬治先生的歌有許多充滿希望的歌，不管什麼時候聽，都會讓人振作起來」在文意脈絡上比較通順，所以 4 は（表示主題的助詞）是正確答案。

詞彙 ～も助～也 | ～の助～的 | ～か助或～ | ～は助表示主題

17

1 想聽	2 正在聽
3 聽了	4 嘗試聽過

解析 這題要選擇適合填入空格的句型。所有選項都可以銜接空格前面的助詞を（表示受詞）。從空格所在的句子看來，是**いつかはコンサートに行って、彼の歌を聞きたいです**（總有一天想去演唱會聽他的歌）在文意脈絡上比較通順，所以 1 聞きたいです（想聽）是正確答案。要記住，1 的たいです是「想（做）～」的意思，2 的ています是「正在（做）～」的意思，3 的ました是「（做）了～」的意思，4 的てみました是「試（做）過～」的意思。

實戰測驗 3

p.162

14 3 **15** 4 **16** 3 **17** 2

問題 3 請問從 14 到 17 應該填入什麼？請思考文章的意思，在 1、2、3、4 中選擇一個最適合的答案。

14-17

劉同學和陳同學以「我的城鎮」為主題，寫了一篇作文，並在所有同學面前讀出來。

（1）劉同學的作文

[14] 我現在住在安靜的鄉下城鎮。以前 [14] 住在繁華的地方，但是在 5 年前搬到現在住的地方了。

[15] 這裡有各式各樣的花。 [15] ，晚上還可以看到很多星星。雖然距離學校有點遠，要不要來看漂亮的花和星星呢？

（2）陳同學的作文

我住的城鎮人很多，也總是熱鬧。另外，交通非常便利，也有很多高樓大廈。

[16] 上週，新的購物中心 [16] 。那裡有很多好吃的餐廳，和販賣可愛東西的商店。這週末也想跟朋友一起 [17] 去 [17] 。

詞彙 私 わたし名我｜町 まち名城鎮｜さくぶん名作文
書く かく動寫｜クラス名班上、班級｜みんな名全部
前 まえ名前面｜読む よむ動讀｜静かだ しずかだ な形安靜的
いなか名鄉下｜すむ動居住｜～ている 正在（做）～
昔 むかし名以前、往日｜にぎやかだ な形繁華的、熱鬧的
ばしょ名地點、地方｜～年 ～ねん ～年｜今 いま名現在
ところ名地方｜ひっこす動搬家｜ここ名這裡
いろいろだ な形各式各樣的｜花 はな名花｜ある動有
夜 よる名夜晚｜星 ほし名星星｜たくさん副很多
みる動看｜～ことができる 能夠（做）～
学校 がっこう名學校｜～から助從～｜少し すこし副有點
とおい い形遠的｜きれいだ な形漂亮的｜～や助～和
～にくる 來（做）～｜人 ひと名人｜多い おおい い形多的
いつも副隨時都｜また連另外｜交通 こうつう名交通
とても副非常｜べんりだ な形便利的｜高い たかい い形高的
ビル名大廈、建築物｜先週 せんしゅう名上週
新しい あたらしい い形新的｜ショッピング名逛街
センター名中心｜そこ名那裡｜おいしい い形好吃的
レストラン名餐廳｜かわいい い形可愛的
もの名東西、的（代指事情）｜うる動販賣｜店 みせ名商店
今週 こんしゅう名這週｜週末 しゅうまつ名週末
友だち ともだち名朋友｜いっしょに副一起
～にいく 去（做）～｜～たい 想（做）～

14

1 を（表示受詞）	2 も（也）
3 は（表示主題）	4 で（在，動作發生的地點）

解析 這題要選擇適合填入空格的助詞。根據「昔 ＿＿ にぎやかなばしょにすんでいましたが、5年前に今すんでいるところにひっこしました（以前 ＿＿ 住在繁華的地方，但是在5年前搬到現在住的地方了）」，選項 2 も（也）、3 は（表示主題的助詞）都可能是正確答案。因為前面的句子提到私は静かないなかの町にすんでいます（我現在住在安靜的鄉下城鎮），把表示空格前後的內容相反的助詞は（表示主題的助詞）填入空格，在文意脈絡上比較通順，所以 3 は（表示主題的助詞）是正確答案。

詞彙 ～を助表示受詞｜～も助～也｜～は助表示主題
～で助在～（動作發生的地點）

15

1 那麼	2 所以
3 不過	**4 而且**

解析 這題要選擇適合填入空格的連接詞。根據「 ＿＿ 、夜には星もたくさんみることができます（ ＿＿ ，晚上還可以看到很多星星）」，選項 2 それで（所以）、3 しかし（不過）、4 そして（而且）都可能是正確答案。因為前面的句子提到ここには、いろいろな花があります（這裡有各式各樣的花），把能夠連接空格前後的內容成為順接關係的連接詞而そして（而且）填入空格，在文意脈絡上比較通順，所以 4 そして（而且）是正確答案。

詞彙 では連那麼｜それで連所以｜しかし連可是｜そして連而且

16

1 即將落成	2 正在落成
3 落成了	4 沒有落成

解析 這題要選擇適合填入空格的句型。所有選項都可以銜接空格前面的助詞が（表示主詞的助詞）。根據「先週、新しいショッピングセンターが（上週，新的購物中心）」，選項 3 できました（落成了）、4 できませんでした（沒有落成）都可能是正確答案。因為後面的句子提到そこにはおいしいレストランやかわいいものをうっている店がたくさんありました（那裡有很多好吃的餐廳，和販賣可愛東西的商店），把できました（落成了）填入空格，在文意脈絡上比較通順，所以 3 できました（落成了）是正確答案。要記住，3 的ました是「（做）了～」的意思，1 的ます是「（做）～」的意思，2 的ています是「表示進行中的動作或狀態」的意思，4 的ませんでした是「沒有（做）～」的意思。

詞彙 できる動完成、落成

17

1 玩	**2 玩**
3 玩	4 玩了

解析 這題要選擇適合填入空格的句型。空格後面的にいきたい是先將にいく的いく換成ます形，再銜接たい（想（做）～）句型的用法。因為にいく可以和動詞ます形銜接成意思是「去

文法

（做）～」的句型，把選項 2 遊び（玩）填入空格後，就會變成遊びにいきたい（想去玩），所以 2 遊び（玩）是正確答案。要記住，動詞ます形＋にいく是「去（做）～」的意思。

詞彙 遊ぶ あそぶ動玩

實戰測驗 4

p.164

14 1　**15** 2　**16** 2　**17** 3

問題 3 請問從 14 到 17 應該填入什麼？請思考文章的意思，在 1、2、3、4 中選擇一個最適合的答案。

14-17

在日本讀書的學生以「我的國家」為主題，寫了一篇文章，並在所有同學面前讀出來。

（1）洛伊同學的文章

我來自法國。[14] 法國和日本非常 14 。尤其飲食是我認為最不一樣的。舉例來說，在法國吃飯的時候是吃麵包，在日本則是吃米飯。另外，法國料理經常用到起司。

[15] 雖然日本的食物也好吃，但是我偶爾會 15 法國的麵包和起司。

（2）哈梅斯同學的文章

我來自巴西。在我的國家，足球很受歡迎。在週末，許多人會去看足球比賽。[16] 我也在巴西 16 ，每週都去看足球比賽。

不過，[17] 我在日本還沒有去看足球比賽。在回到巴西以前，我也 17 在日本 17 足球比賽。

詞彙 日本 にほん名日本｜べんきょう名學習｜する動做
～ている 正在（做）～｜学生 がくせい名學生｜私 わたし名我
国 くに名國家｜ぶんしょう名文章｜書く かく動寫
クラス名班上、班級｜みんな名全部｜前 まえ名前面
読む よむ動讀｜フランス名法國｜～から助從～
来る くる動來｜とても副非常｜とくに副尤其
食べもの たべもの名飲食｜一番 いちばん副最
ちがう動不一樣｜～とおもう 認為～｜たとえば副舉例來說
食事 しょくじ名用餐｜時 とき名時候｜パン名麵包
食べる たべる動吃｜ご飯 ごはん名飯｜また連再、另外
料理 りょうり名料理｜チーズ名起司｜使う つかう動使用
もの名的（代指事物）、東西｜多い おおいい形多的
おいしいい形好吃的｜たまに 偶爾｜ブラジル名巴西
サッカー名足球｜人気だ にんきだな形受歡迎的
週末 しゅうまつ名週末｜たくさん副多地｜人 ひと名人
試合 しあい名比賽｜見る みる動看
～に行く ～にいく 去（做）～｜いる動有
毎週 まいしゅう名每週
～ている 表示重複的動作、處於～的狀態
でも連但是｜まだ副還｜帰る かえる動回去

14

1 不一樣	2 適合
3 認為	4 有

解析 這題要選擇適合填入空格的動詞。根據「フランスと日本はとても（法國和日本非常）」，選項 1 ちがいます（不一樣）、2 にあいます（適合）都可能是正確答案。因為後面的句子提到とくに、食べものが一番ちがうとおもいます（尤其飲食是我認為最不一樣的），把ちがいます（不一樣）填入空格，在文意脈絡上比較通順，所以 1 ちがいます（不一樣）是正確答案。

詞彙 にあう動適合｜おもう動認為｜ある動有

15

1 沒有變得想吃	**2 變得想吃**
3 吃完再來	4 來吃

解析 這題要選擇適合填入空格的句型。所有選項都可以銜接空格前面的助詞が。從空格所在的句子看來，日本の食べものもおいしいですが、たまにフランスのパンとチーズが食べたくなります（雖然日本的食物也好吃，但是我偶爾會變得想吃法國的麵包和起司）在文意脈絡上比較通順，所以 2 食べたくなります（變得想吃）是正確答案。要記住，2 的くなります 是「變得～」的意思，1 的くなりません「沒有變得～」的意思，3 的てきます是「～完再來」的意思，4 的にきます是「來（做）～」的意思。

詞彙 ～たい 想（做）～｜～くなる 變得～、變成～
～にくる 來～（做）

16

1 在～的時候	**2 的時候**
3 把～的時候	4 的時候也

解析 這題要選擇適合填入空格的助詞所在的選項。根據「私もブラジルにいる（我也在巴西）」及「毎週サッカーの試合を見に行っていました（每週都去看足球比賽）」，是「我也在巴西的時候，每週都去看足球比賽」在文意脈絡上比較通順，所以 表示主題的助詞は所在的 2 時は（的時候）是正確答案。

詞彙 ～へ助表示方向｜～は助表示主題｜～を助表示受詞
～も助～也

17

1　看了也沒關係	2　正在看
3　預計要看	4　請看

解析 這題要選擇適合填入空格的句型。所有選項都可以銜接空格前面的助詞を（表示受詞）。根據「ブラジルに帰る前に、日本でもサッカーの試合を（在回到巴西以前，我也在日本足球比賽）」，選項 3 見るつもりです（預計要看）、4 見てください（請看）都可能是正確答案。因為前面的句子提到日本ではまだサッカーの試合を見に行っていません（我在日本還沒有去看足球比賽），把表示未來會看的見るつもりです（預計要看）填入空格，在文意脈絡上比較通順，所以 3 見るつもりです（預計要看）是正確答案。要記住，3 的つもりです是「預計要（做）～」的意思，1 的てもいいです是「（做）～也沒關係」的意思，2 的ています是「正在（做）～」的意思，4 的てください是「請（做）～」的意思。

詞彙 ～てもいい（做）～也沒關係 ｜ ～つもりだ 預計要（做）～ ～てください 請（做）～

實戰測驗 5

p.166

14 3　**15** 2　**16** 3　**17** 4

問題 3 請問從 [14] 到 [17] 應該填入什麼？請思考文章的意思，在 1、2、3、4 中選擇一個最適合的答案。

14-17

麥可同學和奧利維同學以「我的家庭」為主題，寫了一篇作文，並在所有同學面前讀出來。

（1）麥可同學的作文

我的家庭是 5 人家庭，是爸媽跟我，還有妹妹、弟弟。[14] 小時候常常跟兄弟姐妹吵架，所以不喜歡有很多兄弟姐妹。不過，現在 [14] 卻因為可以和兄弟姐妹聊各種話題、[14]，[15] 一起去旅行，而覺得有兄弟姐妹很好。

[15] 這次寒假也 [15] 跟兄弟姐妹一起 [15] 歐洲旅行。

（2）奧利維的作文

我的家庭是爸媽跟我的 3 人家庭，沒有兄弟姐妹。但是，就算沒有兄弟姐妹，我也不孤單，因為我有小狗戈爾迪。在我開心的時候跟難過的時候，戈爾迪都陪在的身邊。[16] 不過，我 [16] 沒有跟戈爾迪一起拍的家庭照。[17] 所以下週要跟戈爾迪 [17] 家庭照。

詞彙 私 わたし名我 ｜ 家族 かぞく名家庭 ｜ さくぶん名作文
書く かく動寫 ｜ クラス名班上、班級 ｜ みんな名全部
前 まえ名前面 ｜ 読む よむ動讀 ｜ ～人 ～にん ～人
りょうしん名父母 ｜ そして連而且 ｜ 妹 いもうと名妹妹
弟 おとうと名弟弟 ｜ 小さい ちいさいい形年幼的、小的
ころ名時候 ｜ 兄弟 きょうだい名兄弟姐妹 ｜ たくさん副很多
けんか名吵架 ｜ する動做 ｜ 多い おおいい形多的
いやだな形討厭的 ｜ でも連但是 ｜ 今 いま名現在
いろいろ副各種 ｜ 話 はなし名話題
～たり～たりする 表示列舉 ｜ いっしょに副一起
旅行 りょこう名旅行 ｜ 行く いく動去 ｜ いる動有（人、動物）
よいい形好的 ｜ ～と思う ～とおもう 認為～
今度 こんど名這次 ｜ 冬休み ふゆやすみ名寒假
ヨーロッパ名歐洲 ｜ しかし連可是 ｜ ～ても 但是～
さびしいい形孤單的 ｜ 犬 いぬ名狗、小狗 ｜ ～から助因為～
嬉しい うれしいい形開心的 ｜ 時 とき名時候
悲しい かなしいい形難過的 ｜ そば名旁邊 ｜ とる動拍（照）
写真 しゃしん名照片 ｜ ある動有（事物、植物）
それで連所以 ｜ 来週 らいしゅう名下週

14

1　に（對於）	2　で（在，動作發生的地點）
3　は（表示主題）	4　も（也）

解析 這題要選擇適合填入空格的助詞。根據「でも今 ＿＿ 兄弟といろいろな話をしたり、いっしょに旅行に行ったりして兄弟がいてよかったと思います（現在 ＿＿ 卻因為可以和兄弟姐妹聊各種話題、一起去旅行，而覺得有兄弟姐妹很好）」，選項 3 は（表示主題的助詞）、4 も（也）都可能是正確答案。因為前面的句子提到小さいころは兄弟とたくさんけんかをして兄弟が多いのがいやでした（小時候常常跟兄弟姐妹吵架，所以不喜歡有很多兄弟姊妹），把表示空格前後的內容相反的助詞は（表示主題的助詞）填入空格，在文意脈絡上比較通順，所以 3 は（表示主題的助詞）是正確答案。

詞彙 ～に助對於～、向～ ｜ ～で助在～（動作發生的地點）
～は助表示主題 ｜ ～も助～也

15

1　請去	**2　預計要去**
3　不去	4　去了

解析 這題要選擇適合填入空格的句型。根據「今度の冬休みにも兄弟といっしょにヨーロッパに旅行に（這次寒假也跟兄弟姐妹一起歐洲旅行）」，選項 1 行ってください（請去）、2 行くよていです（預計要去）、3 行きません（不去）都可

能是正確答案。因為前面的句子提到いっしょに旅行に行ったりして兄弟がいてよかったと思います（因為可以一起去旅行，而覺得有兄弟姐妹很好），把行くよていです（預計要去）填入空格，在文意脈絡上比較通順，所以 2 行くよていです（預計要去）是正確答案。要記住，1 的てください是「請（做）～」的意思，3 的ません是「不（做）～」的意思，4 的ました是「（做）了～」的意思。

詞彙 ～てください 請（做）～ | よてい 名 預計

16

1　第一次	2　有時候
3　還	4　有點

解析 這題要選擇適合填入空格的副詞。根據「でも（不過）」及「ゴールディといっしょにとった家族写真がありません（我沒有跟戈爾迪一起拍的家庭照）」，是「不過，我還沒有跟戈爾迪一起拍的家庭照」在文意脈絡上比較通順，所以 3 まだ（還）是正確答案。

詞彙 はじめて 副 第一次 | ときどき 副 有時候 | まだ 副 還
ちょっと 副 有點

17

1　拍之前	2　拍之後
3　因為拍	**4　去拍**

解析 這題要選擇適合填入空格的句型。所有選項都可以銜接空格前面的助詞を（表示受詞）。從空格所在的句子看來，是それで来週はゴールディと家族写真をとりに行きます（所以下週要跟戈爾迪去拍家庭照）在文意脈絡上比較通順，所以 4 とりに行きます（去拍）是正確答案。要記住，4 的に行きます是「去（做）～」的意思，1 的まえです是「（做）～之前」的意思，2 的たあとです是「（做）～之後」的意思，3 的からです是「因為（做）～」的意思。

詞彙 まえ 名 前、前面 | あと 名 後

實戰測驗 6

p.168

14 2　**15** 3　**16** 1　**17** 4

問題 3 請問從 14 到 17 應該填入什麼？請思考文章的意思，在 1、2、3、4 中選擇一個最適合的答案。

14-17

班同學以「日本留學」為主題，寫了一篇作文，並在所有同學面前讀出來。

日本留學

班・哈迪

[14] 我高中的時候，因為家族旅遊，第一次 14 日本。到日本旅行前，我不太認識日本。[15] 但是，到日本旅行過之後，就對日本 15 興趣了。所以我變得想要到日本留學，就從 1 年前開始在日本留學了。[16] 在日本留學，能夠學到許多日本的文化和日文。可是，我的 16 [16]、[17] 瞭解日本的人還很少，所以將來 17 回到家鄉，教導日本文化跟日語的老師。

詞彙 日本 にほん 名 日本 | りゅうがく 名 留學 | さくぶん 名 作文
書く かく 動 寫 | クラス 名 班上、班級 | みんな 名 全部
前 まえ 名 前、前面 | 読む よむ 動 讀 | 私 わたし 名 我
こうこうせい 名 高中生 | 時 とき 名 時候 | 家族 かぞく 名 家族
旅行 りょこう 名 旅行 | はじめて 副 第一次 | 行く いく 動 去
～まで 助 直到～ | よく 副 充分地 | 知る しる 動 知道
しかし 連 但是 | する 動 做 | ～てから（做）完～以後
きょうみ 名 興趣 | それで 連 所以 | ～たい 想（做）～
なる 動 成為 | ～年 ～ねん ～年 | ～から 助 從～
～ている 正在（做）～ | 文化 ぶんか 名 文化
日本語 にほんご 名 日語 | たくさん 副 多
勉強 べんきょう 名 學習 | ～ことができる 能夠（做）～
でも 連 但是 | まだ 副 還 | 人 ひと 名 人
少ない すくない い形 少的、少見的 | だから 連 所以
しょうらい 名 將來 | 国 くに 名 故鄉、國家 | 帰る かえる 動 回去
おしえる 動 教導 | 先生 せんせい 名 老師

14

1　教導了	**2　來了**
3　出現了	4　有了

解析 這題要選擇適合填入空格的動詞。從空格前面的私はこうこうせいの時、家族旅行ではじめて日本に（我高中的時候，因為家族旅遊，第一次日本）看來，是「我高中的時候，因為家族旅遊，第一次來到日本」在文意脈絡上比較通順，所以 2 来ました（來到）是正確答案。

詞彙 来る くる 動 來 | できる 動 出現 | ある 動 有

15

1　變得沒有	2　不能產生
3　產生了	4　沒有產生

解析 這題要選擇適合填入空格的句型。所有選項都可以銜接空格前面的助詞を（表示受詞）。從空格前面的しかし、日本を

旅行してから、日本にきょうみを（但是，到日本旅行過之後，對日本興趣）看來，選項 1 持たなくなりました（變得沒有）和 3 持ちました（產生了）都可能是正確答案。因為後面的句子提到それで日本へりゅうがくしたくなって（所以我變得想要到日本留學），填入持ちました（產生了），在文意脈絡上比較通順，所以 3 持ちました（產生了）是正確答案。要記住，3 的ました是「（做）了～」的意思，1 的くなりました是「變得（做）～」的意思，2 的てはいけないです是「不能（做）～」的意思，4 的ませんでした是「沒有（做）～」的意思

詞彙 ～てはいけない 不能（做）～

16

1 **在國家**	2 在國家也
3 國家	4 把國家

解析 這題要選擇適合填入空格的助詞所在的選項。根據「でも私の［　　］まだ日本をよく知っている人が少ないです（可是我們［　　］瞭解日本的人還很少）」看來，選項 1 国には（在國家）、2 国にも（在國家也）都可能是正確答案。因為前面的句子提到日本にりゅうがくして日本の文化や日本語をたくさん勉強することができました（在日本留學，能夠學到許多日本的文化和日文），填入表示主題的助詞は所在的国には（在國家），在文意脈絡上比較通順，所以 1 国には（在國家）是正確答案。

詞彙 ～に助在～（存在的位置）｜～は助表示主題｜～も助～也
～が助～表示主詞｜～を助表示受詞

17

1 成為也可以	2 成為吧
3 請成為	4 **想成為**

解析 這題要選擇適合填入空格的句型。根據「だからしょうらいは国に帰って日本の文化や日本語をおしえる先生に（所以將來回到家鄉，教導日本文化跟日語的老師）」，所有選項都可能是正確答案。因為前面的句子提到日本をよく知っている人が少ないです（瞭解日本的人還很少），填入なりたいです（想成為）在文意脈絡上比較通順，所以 4 なりたいです（想成為）是正確答案。要記住，4 的たいです是「想（做）～」的意思，1 的てもいいです是「（做）～也可以」的意思，2 的ましょう是「（做）～吧」的意思，3 的てください是「請（做）～」的意思。

詞彙 ～てもいい（做）～也可以｜～ましょう（做）～吧
～てください 請（做）～

實戰測驗 7

p.170

14 3　**15** 1　**16** 2　**17** 3

問題 3 請問從［14］到［17］應該填入什麼？請思考文章的意思，在 1、2、3、4 中選擇一個最適合的答案。

14-17

托尼同學和凱文同學以「週末做過的事」為主題，寫了一篇作文，並在所有同學面前讀出來。

(1) 托尼同學的作文

[14] 週末和朋友到公園［14］野餐。公園有很多漂亮的花開了。

在公園散步後，吃了帶去的便當。在外面一邊看著漂亮的花朵，一邊吃的飯非常好吃。[15] 天氣好［15］，想要再去野餐。

(2) 凱文同學的作文

上個 [16] 週末打掃了家裡。就連平時不會打掃的廚房跟窗戶都［16］。

[17] 因為家裡變得乾淨，心也變得乾淨了。週末到外頭玩耍也很好，但是［17］偶爾不出門，待在家裡打掃也很好。

詞彙 週末 しゅうまつ名週末｜する動做｜こと名代指東西、事情
さくぶん名作文｜書く かく動寫｜クラス名班上、班級
みんな名全部｜前 まえ名前面｜読む よむ動讀
友だち ともだち名朋友｜こうえん名公園｜ピクニック名野餐
きれいだな形漂亮的、乾淨的｜花 はな名花｜たくさん副多
咲く さく動開（花）｜～ている 保持～的狀態｜さんぽ名散步
後 あと名後｜持つ もつ動帶｜行く いく動去
お弁当 おべんとう名便當｜食べる たべる動吃
外 そと名外面｜見る みる動看｜～ながら 一邊（做）～
ごはん名飯｜とても副非常｜おいしいい形好吃的
天気 てんき名天氣｜いいい形好的｜また副再
～たい 想（做）～｜先週 せんしゅう名上週｜家 いえ名家
そうじ名打掃｜いつも名平時｜キッチン名廚房
窓 まど名窗戶｜～まで助就連～｜なる動成為
～ので助因為～｜心 こころ名心｜遊ぶ あそぶ動玩
～に行く ～にいく 去（做）～｜たまに 偶爾｜出る でる動出去

文法

14

1 沒去一趟	2 去吧
3 去了一趟	4 想去

解析 這題要選擇適合填入空格的句型。從空格前面的週末は友だちとこうえんにピクニックに（週末和朋友到公園野餐）看來，所有選項都可能是正確答案。因為後面的句子提到こうえんにはきれいな花がたくさん咲いていました（公園有很多漂亮的花開了），把行ってきました（去了一趟）填入空格，在文意脈絡上比較通順，所以 3 行ってきました（去了一趟）是正確答案。要記住，3 的てきました是「（做）～完回來了」的意思，1 的てきませんでした是「沒（做）～就回來了」的意思，2 的ましょう是「（做）～吧」的意思，4 的たいです是「想（做）～」的意思。

詞彙 くる動來

15

1 在日子	2 和日子
3 日子	4 把日子

解析 這題要選擇適合填入空格的助詞所在的選項。根據「天気がいい（天氣好）」及「またピクニックに行きたいです（想要再去野餐）」，「天氣好的日子，想要再去野餐」在文意脈絡上比較通順，所以意思是「在～」的助詞に所在的 1 日に（在日子）是正確答案。

詞彙 日 ひ名日子｜～に助在～（動作發生的時間）｜～と助和～｜～が助表示主詞｜～を助表示受詞

16

1 打掃看看	**2 打掃過了**
3 因為打掃	4 因為掃了

解析 這題要選擇適合填入空格的句型。所有選項都可以銜接空格前面的助詞まで（就連～都）。根據「いつもはしないキッチンや窓のそうじまで（就連平時不會打掃的廚房跟窗戶都…）」，所有選項都可能是正確答案。因為前面的句子提到週末は家のそうじをしました（週末打掃了家裡），把してみました（打掃過了）填入空格，在文意脈絡上比較通順，所以 2 してみました（打掃過了）是正確答案。要記住，2 的てみました是「（做）～過了」的意思，1 的てみます是「（做）～看看」的意思，3 的からです是「因為（做）～」的意思，4 的たからです是「因為（做）了～」的意思。

詞彙 ～てみる ～（做）看看｜～から助因為～

17

1 變成了	2 做了
3 認為	4 說了

解析 這題要選擇適合填入空格的動詞。根據「週末、外に遊びに行くのもいいですが、たまには外に出ないで家でそうじをすることもいいと（週末到外頭玩耍也很好，但是偶爾不出門，待在家裡打掃也很好）」，選項 3 思いました（認為）、4 言いました（說了）都可能是正確答案。因為前面的句子提到家がきれいになったので心もきれいになりました（因為家裡變得乾淨，心也變得乾淨了），把表示空格所在的句子內容是自己想法的動詞思いました（認為）填入空格，在文意脈絡上比較通順，所以 3 思いました（認為）是正確答案。作為參考，要記住，動詞思う可以和助詞と銜接成と思う（認為～）這個句型。

詞彙 思う おもう動認為｜言う いう動說

實戰測驗 8

p.172

14 1 **15** 2 **16** 3 **17** 2

問題 3 請問從 14 到 17 應該填入什麼？請思考文章的意思，在 1、2、3、4 中選擇一個最適合的答案。

14-17

在日本讀書的學生以「日本的電車」為主題，寫了一篇文章，並在所有同學面前讀了出來。

（1）亞尼克同學的文章

日本的電車不管要去哪裡，都能夠迅速抵達，[14] 非常便利。 14 ，因為總是在固定的時間來，不會趕不上約定的時間。

所以，當我要去哪裡的時候，[15] 常常搭電車。我以後 15 打算常常搭日本便利的電車。

（2）伊莎貝爾的文章

[16] 我每天都搭電車 16 學校。不過，我不太喜歡日本的電車，因為日本的電車非常複雜。我之前還搞錯，搭到其他電車。

另外，因為人總是很多，[17] 搭電車很辛苦。所以， 17 趕快學會開車，用自己的車 17 學校。

詞彙 日本 にほん名日本｜べんきょう名學習｜する動做｜～ている 正在（做）～｜学生 がくせい名學生｜電車 でんしゃ名電車｜ぶんしょう名文章｜書く かく動寫｜クラス名班上、班級｜みんな名全部｜前 まえ名前面｜読む よむ動讀｜どこ名哪裡｜はやく副快速地｜行く いく動去｜～ことができる 能夠（做）～｜とても副非常｜べんりだ な形便利的｜いつも副總是｜決まる きまる動固定｜時間 じかん名時間｜来る くる動來｜～ので助因為～｜やくそく名約定｜おくれる動遲到

こと名東西、的（代指事情）｜ある動有｜だから連所以
私 わたし名我｜どこか 哪裡｜時 とき名時候
よく副經常、充分地｜利用 りよう名利用｜これから 以後
～つもりだ 打算（做）～｜毎日 まいにち名每天
乗る のる動搭乘｜学校 がっこう名學校｜しかし連不過
あまり副不太｜好きだ すきだな形喜歡的
ふくざつだな形複雜的｜～から助因為～
この前 このまえ名之前｜まちがえる動搞錯、弄錯
ちがう動不同｜また連另外｜人 ひと名人
多い おおいい形多的｜たいへんだな形辛苦的
うんてん名駕駛｜ならう動學習｜自分 じぶん名自己
車 くるま名車子

14

1　而且	2　可是
3　所以	4　那麼

解析 這題要選擇適合填入空格的連接詞。根據「＿＿、いつも決まった時間に来るのでやくそくの時間におくれることもありません（＿＿，因為總是在固定的時間來，所以不會趕不上約定的時間）」，選項 1 そして（而且）、2 しかし（可是）、3 それで（所以）都可能是正確答案。因為前面的句子提到とてもべんりです（非常便利），把能夠連接空格前後的內容成為順接關係的連接詞そして（而且）填入空格，在文意脈絡上比較通順，所以 1 そして（而且）是正確答案。

詞彙 そして連而且｜それで連所以｜それでは連那麼

15

1　は（助詞，表示主題）	**2　も（也）**
3　の（的）	4　が（助詞，表示主詞）

解析 這題要選擇適合填入空格的助詞。根據「これから べんりな日本の電車をよく利用するつもりです（以後打算常常搭日本便利的電車）」（以後打算常常搭日本便利的電車）看來，選項 1 は（表示主題的助詞）、2 も（也）都可能是正確答案。因為前面的句子提到よく電車を利用しています（現在常常利用電車），把表示現在就常搭，未來也會常搭的助詞も（也）填入空格，在文意脈絡上比較通順，所以 2 も（也）是正確答案。

詞彙 ～は助表示主題｜～も助～也｜～の助～的
～が助～表示主詞

16

1　沒有來	2　會來看看
3　（重複）來	4　因為來

解析 這題要選擇適合填入空格的句型。所有選項都可以銜接空格前面的助詞に（表示動作到達的點）。從空格所在的句子看來，私は毎日電車に乗って学校に来ています（我每天都搭電車來學校），在文意脈絡上比較通順，所以 3 来ています（（重複）來）是正確答案。要記住，3 ています是「重複（做）～」的意思，1 ませんでした是「沒有（做）～」的意思，2 てみます是「（做）～看看」的意思，4 からです是「因為（做）～」的意思。

詞彙 ～てみる（做）～看看

17

1　請往返	**2　想…往返**
3　不能往返	4　往返了

解析 這題要選擇適合填入空格的句型。所有選項都可以銜接空格前面的助詞に（表示動作到達的點）。根據「だから、はやくうんてんをならって、自分の車で学校に（所以，趕快學會開車，用自己的車）」，選項 1 かよってください（請往返）、2 かよいたいです（想往返）都可能是正確答案。因為前面的句子提到電車に乗るのがたいへんです（搭電車很辛苦），把かよいたいです（想往返）填入空格，在文意脈絡上比較通順，所以 2 かよいたいです（想往返）是正確答案。要記住，2 たいです是「想（做）～」，1 てください是「請（做）～」的意思，3 てはいけないです是「不能（做）～」的意思，4 ました是「（做）了～」的意思。

詞彙 ～てください 請（做）～｜～たい 想（做）～
～てはいけない 不能（做）～

文法

讀解

問題 4 內容理解（短篇）

出題型態與解題步驟 p.176

每週五是放學後學鋼琴的日子。不過，因為今天頭痛，沒去鋼琴教室，就回到家睡覺了。明天想跟朋友一起玩，可是我打算先去醫院。

請問今天放學後做了**什麼**？

1　學了鋼琴。
2　在家睡了覺。
3　跟朋友玩了。
4　去了醫院。

詞彙 每週 まいしゅう名每週｜金曜日 きんようび名星期五
学校 がっこう名學校｜終わる おわる動結束｜あと名後
ピアノ名鋼琴｜ならう動學習｜日 ひ名日子｜でも連可是
今日 きょう名今天｜頭 あたま名頭｜痛い いたい い形痛的
～ので助因為～｜教室 きょうしつ名教室｜行く いく動去
家 いえ名家｜帰る かえる動回來、回去｜ねる動睡覺
明日 あした名明天｜友だち ともだち名朋友｜あそぶ動玩
～たい 想（做）～｜まず副先｜病院 びょういん名醫院
～つもりだ 打算（做）～｜何 なに名什麼｜する動做

實戰測驗 1

p.180

18 3　**19** 2

問題 4　請閱讀下列（1）到（2）的文章，並回答問題。請在 1、2、3、4 中選擇一個最適合的答案。

18

昨天是媽媽的生日。我做了蛋糕。媽媽吃了我做的蛋糕，非常高興。**去年什麼都沒做的弟弟，送了媽媽花跟手帕。**明年我想要跟弟弟一起送出可愛的包包。

請問**「弟弟」送了媽媽什麼禮物**？

1　今年什麼都沒送。不過，明年會送蛋糕。
2　今年什麼都沒送。不過，明年會送花跟手帕。
3　去年什麼都沒送。但是今年送了花跟手帕。
4　去年什麼都沒送。但是今年送了包包。

解析 這題使用隨筆形式的引文詢問著弟弟送給媽媽的東西。引文的中段提到「**去年は何もしなかった弟は、花とハンカチを母にあげました**（去年什麼都沒做的弟弟，送了媽媽花跟手帕）」，所以 3「**去年は何もプレゼントしませんでしたが、今年は花とハンカチをあげました**（去年什麼都沒送。但是今年送了花跟手帕）」是正確答案。文中提到，雖然弟弟去年什麼都沒送，但是今年已經送了花跟手帕，而且明年還想要跟「我」一起送出包包，所以 1、2、4 是錯誤答案。

詞彙 昨日 きのう名昨天｜母 はは名媽媽、母親
誕生日 たんじょうび名生日｜私 わたし名我
ケーキ名蛋糕｜作る つくる動製作｜食べる たべる動吃
とても副非常｜よろこぶ動高興｜去年 きょねん名去年
何も なにも 什麼也｜する動做｜弟 おとうと名弟弟
花 はな名花｜ハンカチ名手帕｜あげる動給
来年 らいねん名明年｜いっしょに副一起、一同
かわいい い形可愛的｜かばん名包包｜プレゼント名禮物
～たい 想（做）～｜何 なに名什麼｜今年 ことし名今年
でも連不過

19

在金子小姐的書桌上，有這張字條和書。

金子小姐

　請幫我把這本書帶到今天下午 3 點的課堂上。**在那之前，請詢問松岡先生，今天有幾個學生會來上課。**還有，請買好同學上課時要用的筆記本跟筆。
　麻煩你了。

松田

請問讀完這張字條後，**金子小姐要先做什麼**？

1　把書帶來課堂上。
2　詢問有幾個人會來上課。
3　使用松岡先生的筆記本跟筆。
4　買來筆記本跟筆。

解析 這題使用字條形式的引文詢問著金子小姐要先做的事情。引文的中段提到「**そのまえに、松岡さんに授業に来る学生が何人いるか聞いてください**（在那之前，請詢問松岡先生，今天有幾個學生會來上課）」，所以 2「**授業に何人来るか聞きます**（詢問有幾個人會來上課）」是正確答案。1 跟 4 是向松岡先生問完有幾個學生會來上課以後才要做的事，而 3 因為文中要求的是買來筆記本跟筆，給同學上課時使用，所以是錯誤答案。

詞彙 机 つくえ 名 書桌｜上 うえ 名 上｜この 這｜メモ 名 字條
本 ほん 名 書｜ある 動 有（事物、植物）等等
今日 きょう 名 今天｜ごご 名 下午｜～時 ～じ ～點
授業 じゅぎょう 名 課｜持つ もつ 動 帶｜来る くる 動 來
～てください 請（做）～｜その 那｜まえ 名 前、前面
学生 がくせい 名 學生｜何人 なんにん 名 幾個人
いる 動 有（人、動物）｜聞く きく 動 詢問、聽
そして 連 而且｜とき 名 時候｜使う つかう 動 使用
ノート 名 筆記本｜ペン 名 筆｜かう 動 買｜読む よむ 動 讀
はじめに 副 先｜何 なに 名 什麼｜する 動 做

實戰測驗 2

p.182

18 4　**19** 1

問題 4 請閱讀下列（1）到（2）的文章，並回答問題。請在 1、2、3、4 中選擇一個最適合的答案。

18

佐藤小姐是我的朋友。**佐藤小姐以前頭髮很長，但是她在上週剪了頭髮，所以變短了。佐藤小姐喜歡裙子多過褲子，所以總是穿著裙子**。此外，佐藤小姐的英文非常好，所以在高中教英文。

請問**佐藤小姐是誰**？

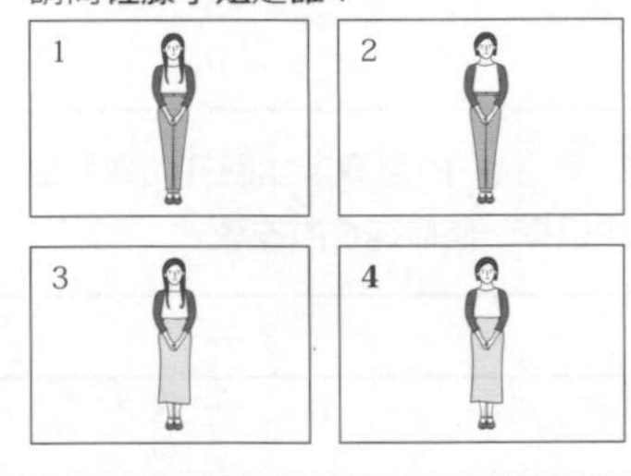

解析 這題使用隨筆形式的引文詢問著符合引文內容的圖片。要在引文中找到題目所說的さとうさん（佐藤小姐），並仔細閱讀週遭的內容。引文的開頭到中段提到「さとうさんはかみが長かったですが、先週かみを切って短くなりました。さとうさんはズボンよりスカートが好きでいつもスカートをはいています（佐藤小姐以前頭髮很長，但是她在上週剪了頭髮，所以變短了。佐藤小姐喜歡裙子多過褲子，所以總是穿著裙子）」，所以短髮又穿著裙子的圖片 4 是正確答案。文中提到佐藤小姐上週剪短頭髮了，所以 1 跟 3 是錯誤答案，而且文中提到佐藤小姐總是穿著裙子，所以 1 跟 2 是錯誤答案。

詞彙 わたし 名 我｜友だち ともだち 名 朋友｜かみ 名 頭、頭髮
長い ながい い形 長的｜先週 せんしゅう 名 上週
切る きる 動 剪｜短い みじかい い形 短的｜～くなる 變得～
ズボン 名 褲子｜～より 助 比～｜スカート 名 裙子
好きだ すきだ な形 喜歡的｜いつも 副 總是
はく 動 穿著（下著）、穿（鞋子）｜～ている（做）～著
また 副 此外｜英語 えいご 名 英語｜とても 副 非常
上手だ じょうずだ な形 擅長的｜高校 こうこう 名 高中
教える おしえる 動 教導｜だれ 名 誰

19

在餐廳前面看到了這張紙。
關於餐廳菜單的價格

自下周起，餐廳菜單的價格將調整。**炸豬排的價格調漲 100 圓。蕎麥麵的價格調降 50 圓。**

• 可樂和茶等飲料的價格不變。

請問**菜單的價格**怎麼樣了？

1　**炸豬排的價格變貴，蕎麥麵的價格變便宜。**
2　蕎麥麵的價格變貴，炸豬排的價格變便宜。
3　炸豬排跟可樂的價格不變。
4　蕎麥麵跟茶的價格不變。

解析 這題使用公告形式的引文詢問著菜單的價格。引文的中段提到「とんかつのねだんは 100 円高くなります。そばのねだんは 50 円安くなります（炸豬排的價格調漲 100 圓。蕎麥麵的價格調降 50 圓）」，所以 1「とんかつのねだんは高くなり、そばのねだんは安くなります（炸豬排的價格變貴，蕎麥麵的價格變便宜）」是正確答案。因為文中提到豬排的價格變貴、蕎麥麵的價格變便宜，所以 2、3、4 是錯誤答案。

詞彙 レストラン 名 餐廳、餐館｜前 まえ 名 前｜この 這
紙 かみ 名 紙｜見る みる 動 看｜メニュー 名 菜單｜
ねだん 名 價格｜～について 關於～｜来月 らいげつ 名 下個月
～から 助 從～｜かわる 動 更改、改變｜とんかつ 名 炸豬排
～円 ～えん ～圓｜高い たかい い形 貴的｜～くなる 變得～
そば 名 蕎麥麵｜安い やすい い形 便宜的｜コーラ 名 可樂
～や 助 和｜おちゃ 名 茶｜～など 助 ～等等
飲みもの のみもの 名 飲料、喝的｜どう 副 怎麼｜なる 動 成為

實戰測驗 3

p.184

18 2　**19** 3

問題 4　請閱讀下列（1）到（2）的文章，並回答問題。請在 1、2、3、4 中選擇一個最適合的答案。

18

介紹一下我住的城鎮。首先，學校旁邊有便利商店。便利商店對面有醫院。醫院右邊有圖書館。然後，下個月，醫院左邊電影院會落成。

請問「我」的城鎮是哪一個？

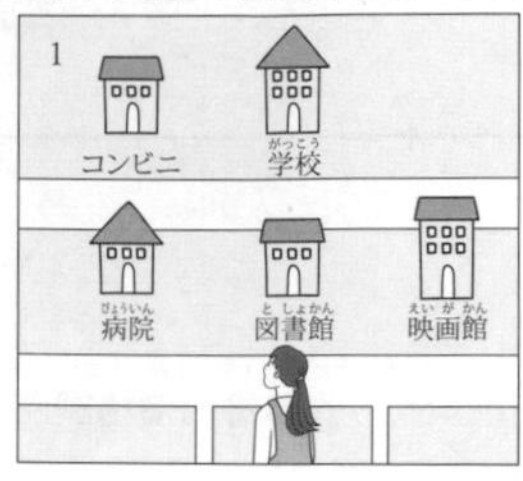

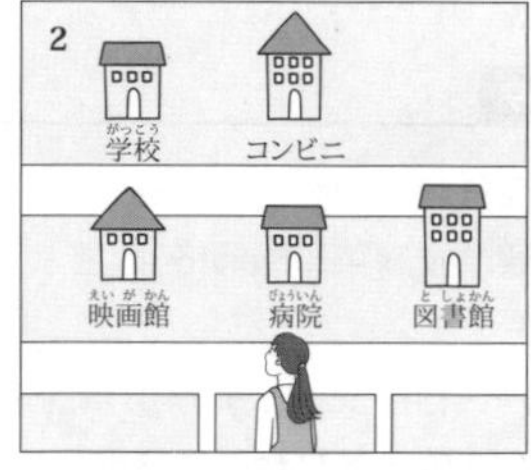

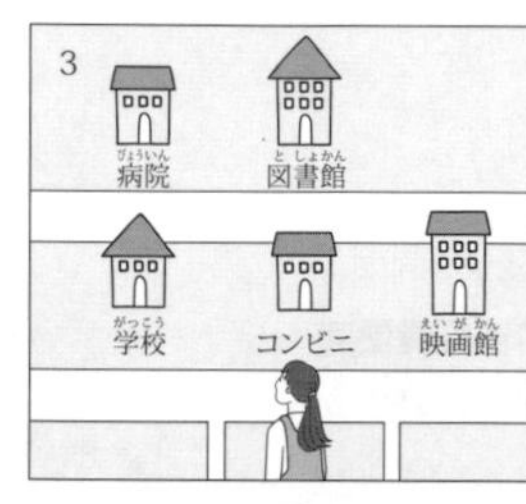

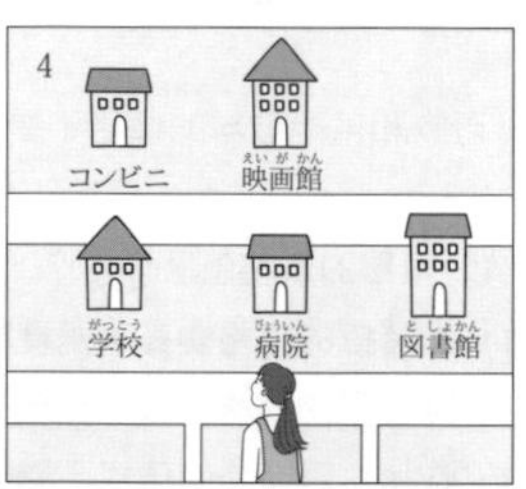

解析 這題使用隨筆形式的引文詢問著符合引文內容的圖片。要在引文中找到題目所說的町（城鎮），並仔細閱讀週遭的內容。引文中段提到「まず学校のとなりにコンビニがあります。コンビニのむかいには病院があります（學校旁邊有便利商店。便利商店對面有醫院）」，接著再提到「病院の右側には図書館があります。そして来月、病院の左側に映画館ができます（醫院右邊有圖書館。然後，下個月，醫院左邊電影院會落成）」，所以和引文內容一致的圖片 2 是正確答案。

詞彙 私 わたし 名 我｜住む すむ 動 居住｜～ている 正在（做）～
町 まち 名 城鎮｜紹介 しょうかい 名 介紹｜する 動 做
まず 副 首先｜学校 がっこう 名 學校｜となり 名 旁邊、隔壁
コンビニ 名 便利商店｜ある 動 有｜むかい 名 對面
病院 びょういん 名 醫院｜右側 みぎがわ 名 右邊、右側
図書館 としょかん 名 圖書館｜そして 連 然後
来月 らいげつ 名 下個月｜左側 ひだりがわ 名 左邊、左側
映画館 えいがかん 名 電影院｜できる 動 完成｜どれ 名 哪個

19

5 月 5 日是「兒童節」。這天是祈求小朋友健康長大的日子。

我以前在兒童節，也會**從爸媽那邊收到許多禮物，像是玩具和漂亮的衣服等**，也會和家人一起吃好吃的東西，所以非常開心。雖然那已經是以前的事了，我現在依然記得。

請問那是什麼？

1　送玩具當禮物
2　買漂亮的衣服
3　收到各式各樣的東西
4　製作美味的料理

解析 這題使用隨筆形式的引文詢問著底線處的それ（那個）是什麼。引文中，底線處前面的部分提到「りょうしんからおもちゃやきれいな服などのプレゼントをたくさんもらったり（會從爸媽那邊收到許多禮物，像是玩具和漂亮的衣服等）」，所以 3「いろいろなものをもらったこと（收到各式各樣的東西）」是正確答案。1 和 2 因為文中提到以前在兒童節會收到玩具和漂亮的衣服當禮物，4 因為文中提到以前在兒童節會跟家人一起吃好吃的東西，所以是錯誤答案。

詞彙 ～月 ～がつ ～月｜～日 ～にち ～日｜子ども こども 名 兒童
日 ひ 名 日子｜この 這
元気でいる げんきでいる 健康生活、健健康康的
～てほしい 希望～｜ねがう 動 祈求｜私 わたし 名 我
昔 むかし 名 以前｜りょうしん 名 父母｜～から 助 從～
おもちゃ 名 玩具｜～や 助 ～和｜きれいだ な形 漂亮的
服 ふく 名 衣服｜～など 助 ～等｜プレゼント 名 禮物
たくさん 副 多｜もらう 動 接收｜～たり～たりする 表示列舉
家族 かぞく 名 家人｜おいしい い形 好吃的｜もの 名 東西
食べる たべる 動 吃｜とても 副 非常｜楽しい たのしい い形 開心的
それ 名 那個｜もう 副 已經｜こと 名 事、的（代指事物）
今 いま 名 現在｜覚える おぼえる 動 記得｜～ている 正在（做）～
どんな 什麼樣｜する 動 做｜買う かう 動 買
いろいろだ な形 各式各樣的｜りょうり 名 料理｜作る つくる 動 製作

實戰測驗 4

p.186

18 1　**19** 2

問題 4　請閱讀下列（1）到（2）的文章，並回答問題。請在 1、2、3、4 中選擇一個最適合的答案。

18

（在大學裡）
學生看到了這張海報。

> 出借腳踏車
> 學校出借腳踏車。可借用期間是 7 天。不可以借更久。
> • 學校休假時不能借。
> • 已畢業的學生不能借。
>
> 山崎大學學生中心

關於這張海報，請問何者敘述正確？

1　學校沒有休假時，可以借腳踏車一個星期。
2　學校沒有休假時，可以借腳踏車一個星期以上。
3　就算是學校休假時，也可以借腳踏車。不過，只能借一個星期。
4　就算是學校休假時，也可以借腳踏車。而且可以借一個星期以上。

解析 這題使用公告形式的引文詢問著正確敘述海報內容的選項。引文的開頭提到「借りることができるきかんは七日間です（可借用期間是 7 天）」，而引文的中段提到「学校が休みの時は借りることができません（學校休假時不能借）」，所以 1 「学校が休みじゃない時に、自転車を一週間借りることができます（學校沒有休假時，可以借腳踏車一個星期）」是正確答案。2、4 因為文中提到不能借一星期以上，而 3、4 因為文中寫到學校休假時不可以借，所以是錯誤答案。

詞彙 大学 だいがく 名 大學 ｜ 学生 がくせい 名 學生 ｜ この 這
ポスター 名 海報 ｜ 見る みる 動 看 ｜ 自転車 じてんしゃ 名 腳踏車
貸す かす 動 出借 ｜ 学校 がっこう 名 學校 ｜ ～から 助 從～
借りる かりる 動 借 ｜ ～ことができる 能夠（做）～
きかん 名 期間 ｜ 七日 なのか 名 7 天 ｜ ～間 ～かん ～間
それ 名 那個 ｜ 以上 いじょう 名 以上 ｜ できる 動 可以
休み やすみ 名 休假、休息 ｜ 時 とき 名 時候
卒業 そつぎょう 名 畢業 ｜ する 動 做 ｜ センター 名 中心
～について 關於～ ｜ 正しい ただしい い形 正確的 ｜ どれ 名 哪個
一週間 いっしゅうかん 名 一週 ｜ しかし 連 但是
～しか 助 ～以外 ｜ そして 連 而且

19

在木村老師的桌上，有這張字條。
木村老師
下週要去的美術館有跟我聯絡，說想要知道我們幾點會到美術館。對方希望我們回電。我已經告訴他有幾個學生會去了。跟美術館聯絡以後，也要麻煩你預約吃午餐的餐廳。

中田

請問讀完這張字條後，木村老師要先做什麼？

1 跟學生去美術館。
2 打電話給下週要去的美術館。
3 告訴美術館有幾個人會去。
4 預約要吃午餐的餐廳。

解析 這題使用字條形式的引文詢問著木村老師應該先做的事。引文的開頭提到「来週行くびじゅつかんかられんらくが来ました。びじゅつかんに何時までに来るか知りたいと言っていました（下週要去的美術館有跟我聯絡，說想要知道幾點會到美術館。）」、「れんらくは電話でしてほしいと言っていました（對方希望我們回電）」，所以 2 「来週行くびじゅつかんに電話をします（打電話給下週要去的美術館）」是正確答案。1 是下週要做的事，3 是中田小姐已經做完的事，4 是聯絡完美術館才要做的事，所以是錯誤答案。

詞彙 先生 せんせい 名 老師 ｜ 机 つくえ 名 書桌 ｜ 上 うえ 名 上
この 這 ｜ メモ 名 字條 ｜ ある 動 有 ｜ 来週 らいしゅう 名 下週
行く いく 動 去 ｜ びじゅつかん 名 美術館 ｜ ～から 助 從～
れんらく 名 聯絡 ｜ 来る くる 動 來 ｜ 何～ なん～ 幾～
～時 ～じ ～點 ｜ ～までに ～之前 ｜ 知る しる 動 知道
～たい 想（做）～ ｜ ～と言っていた ～といっていた 說了～
電話 でんわ 名 電話 ｜ する 動 做 ｜ ～てほしい 希望（做）～
学生 がくせい 名 學生 ｜ ～人 ～にん ～人 ｜ 私 わたし 名 我
つたえる 動 告訴 ｜ あと 名 後
昼ごはん ひるごはん 名 午飯 ｜ 食べる たべる 動 吃
レストラン 名 餐廳 ｜ よやく 名 預約 ｜ 読む よむ 動 讀
はじめに 副 優先 ｜ 何 なに 名 什麼

實戰測驗 5 p.188

18 2　　**19** 3

問題 4 請閱讀下列（1）到（2）的文章，並回答問題。請在 1、2、3、4 中選擇一個最適合的答案。

18

介紹一下我在學校固定坐的座位。因為我的個子偏高，**沒有坐在最前面的座位**。此外，因為眼睛不好，在最後面的座位看不清楚字。所以我**也沒有坐在最後面的座位。我坐在窗戶旁邊**。當教室變熱和變冷的時候，我就會打開或關上窗戶。

請問「我」的位置在哪裡？

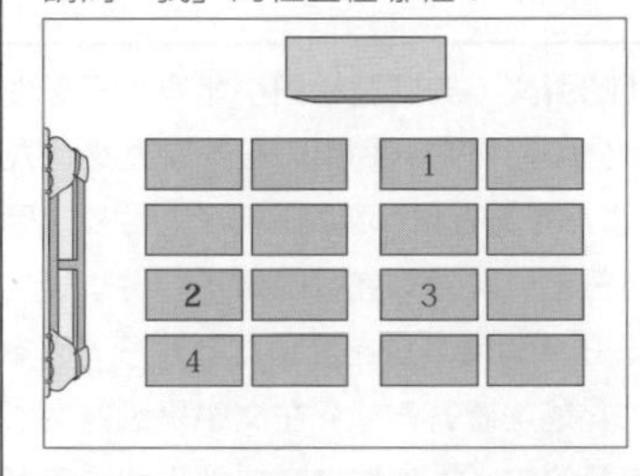

解析 這題使用隨筆形式的引文詢問著符合引文內容的座位。要在引文中找到題目所說的せき（座位），並仔細閱讀週遭的內容。引文的開頭提到「いちばん前のせきには座りません（沒有坐在最前面的座位）」，而且引文的中段提到「いちばん後ろのせきにも座りません。私は窓のとなりに座っています（所以我也沒有坐在最後面的座位。我坐在窗戶旁邊）」，所以既不在最前面，也不在最後面，又在窗戶邊的座位 2 是正確答案。

詞彙 学校 がっこう 名 學校 ｜ 私 わたし 名 我 ｜ いつも 副 總是、一直
座る すわる 動 坐 ｜ せき 名 座位 ｜ しょうかい 名 介紹
する 動 做 ｜ 背 せ 名 個子 ｜ 高い たかい い形（個子）高、高的
ほう 名 邊 ｜ ～ので 助 因為～ ｜ いちばん 副 最
前 まえ 名 前 ｜ また 副 此外、又 ｜ 目 め 名 眼睛
悪い わるい い形 不好 ｜ 後ろ うしろ 名 後面 ｜ じ 名 文字
よく 副 好好地 ｜ 見える みえる 動 看到 ｜ それで 連 所以
窓 まど 名 窗戶 ｜ となり 名 旁邊
～ている 表示重複的動作、處於～的狀態

教室 きょうしつ名教室｜あつい い形熱的｜～くなる 變得～
時 とき名時候｜～や助～和｜さむい い形冷的
開ける あける動打開｜～たり～たりする 表示列舉
閉める しめる動關閉｜どこ名哪裡｜

19

這是松田小姐寄給川崎先生的電子郵件。
致川崎先生

雖然是約今天午餐，可是我突然有個會議，所以不能去了。對不起，可以下週再約嗎？作為彌補，下次的午餐我請客。

因為想要重新決定要約的日期，請你讀完這封電子郵件以後，打電話給我。
※ 我想你應該不知道我的電話號碼，我的電話號碼是 012-423-5627。

松田

請問松田小姐**怎麼會寄電子郵件**給川崎先生？
1 因為不能去會議
2 因為想要付午餐錢
3 因為想要更改約好的日期
4 因為想知道川崎先生的電話號碼

解析 這題使用電子郵件形式的引文，詢問著松田小姐寄電子郵件給川崎先生的原因。引文中段提到「約束の日をまたきめたいので、このメールをよんだあとに、電話してください（因為想要重新決定要約的日期，請你讀完這封電子郵件以後，打電話給我）」，所以 3「約束の日を変えたいから（因為想要更改約好的日期）」是正確答案。1 在文中是因為突然有會議，所以不能赴午餐的約，2 雖然文中提到下次吃午餐時要請客，但是那並不是寄出電子郵件的原因，4 因為松田小姐已經把自己的電話留給川崎先生了，所以是錯誤答案。

詞彙 これ名這個｜送る おくる動寄送｜メール名電子郵件、郵件
今日 きょう名今天｜ランチ名午餐、午飯
約束 やくそく名約定｜きゅうに 突然｜会議 かいぎ名會議
入る はいる動出現、進來｜行く いく動去
～ことができる 能夠（做）～｜来週 らいしゅう名下週
する動做｜～てもいい（做）～也沒關係
そのかわりに 作為替代｜今度 こんど名下次
お金 おかね名錢｜私 わたし名我｜だす動拿出｜日 ひ名日期
また副再次、再｜きめる動決定｜～たい 想（做）～
～ので助因為～｜この 這｜よむ動讀｜あと名後
電話 でんわ名電話｜～てください 請（做）～
番号 ばんごう名號碼｜知る しる動知道
～と思う ～とおもう 認為～｜どうして副怎麼會｜
～から助因為～｜はらう動支付｜変える かえる動改變

問題5 內容理解（中篇）

出題型態與解題步驟 p.190

前天晚上和朋友玩到很晚。朋友先坐公車回去了。朋友回去以後，我坐上電車。

電車上人很少，所以非常安靜。因為我有點疲憊，就閉上了眼睛。

我聽到了某個人的聲音。那個人對我說：「客人，請起來，這裡是終點站。」**我馬上下車了。傷腦筋。那裡是陌生的站。**我沒有在我家附近的站下車，一路坐到我不認識的站了。

我在那裡搭了計程車回家。回到家的時候是上午 2 點。

請問怎麼會傷腦筋？
1 因為朋友先回去了
2 因為電車上人很少
3 因為聽到了某個人的聲音
4 因為在陌生的站下車

詞彙 おととい名前天｜夜 よる名晚上｜おそい い形晚的
～まで助直到～｜友だち ともだち名朋友｜あそぶ動玩
バス名公車｜のる動搭乘｜さきに副先
帰る かえる動回去｜あと名後｜私 わたし名我
電車 でんしゃ名電車｜人 ひと名人｜すくない い形少的
とても副非常｜しずかだ な形安靜的｜すこし副一點
つかれる動疲憊｜～ている ～著、處於～的狀態
～ので助因為～｜目 め名眼睛｜とじる動閉上（眼睛）、關上
だれか 某人｜こえ名聲音｜きこえる動聽見｜その 那
お客さん おきゃくさん名客人｜おきる動起來
～てください 請（做）～｜ここ名這裡、這個地方
さいご名最後｜駅 えき名車站｜～と言う ～という 說～
すぐに副直接｜おりる動下車｜こまる動傷腦筋
そこ名那個地方、那裡｜しる動知道｜家 いえ名家
近く ちかく名附近｜来る くる動來｜～から助從～
タクシー名計程車｜つく動抵達｜とき名時候
午前 ごぜん名上午｜～時 ～じ ～點｜どうして副怎麼會
～から助因為～

實戰測驗 1

p.194

20 3　　**21** 1

問題 5　請閱讀下文並回答問題。請在 1、2、3、4 中選擇一個最適合的答案。

20-21

昨天和朋友一起在百貨公司購物。我們約好在 12 點在百貨公司門口碰面。

可是，朋友到了 12 點半，還是沒有來。在約好的時間 1 小時以後，朋友來了。[20] 朋友說，他為了替在車站遇見的老奶奶指路，所以遲到了。

因為吃飯時間拖到，肚子很餓的關係，我吃得比平常多。吃完午餐後，我們買了想要的東西。

[21] 我買了要在公司要用的杯子和鞋子，朋友買了要在家裡用的衛生紙。真是非常開心的一天。

詞彙 きのう 名 昨天｜友だち ともだち 名 朋友
いっしょに 副 一起、一同｜デパート 名 百貨公司
買い物 かいもの 名 購物｜する 動 做｜私たち わたしたち 名 我們
前 まえ 名 前｜～時 ～じ ～點｜会う あう 動 見面
やくそく 名 約定｜～ている ～著、處於～的狀態
しかし 連 但是｜半 はん 名 半｜なる 動 成為
～ても（做了）～還是｜来る くる 動 來｜時間 じかん 名 時間
あと 名 後｜駅 えき 名 車站｜おばあさん 名 奶奶
道 みち 名 路｜おしえる 動 告知、教導｜おそい い形 晚的
～という 說～｜ご飯 ごはん 名 飯｜～くなる 變得～
おなかがすく 肚子餓｜～ので 助 因為～｜いつも 名 平常、通常
～より 助 比～｜たくさん 副 多｜食べる たべる 動 吃
昼ご飯 ひるごはん 名 午飯｜ほしい い形 想要的、渴望的
もの 名 東西｜買う かう 動 買｜私 わたし 名 我
会社 かいしゃ 名 公司｜使う つかう 動 使用｜コップ 名 杯子
くつ 名 鞋子｜家 いえ 名 家｜ティッシュペーパー 名 衛生紙
とても 副 非常｜たのしい い形 開心的｜一日 いちにち 名 一天

20

請問朋友怎麼會到了 12 點半，還是沒有來？

1　因為逛街
2　因為在百貨公司前面見到朋友
3　因為替奶奶指路
4　因為晚吃飯

解析 引文中底線處的 12 時半になっても来ませんでした（到了 12 點半，還是沒有來）的原因，要在後面的部分尋找。底線後面的部分提到「友だちは駅で会ったおばあさんに道をおしえていて、おそくなったといいました（朋友說，他為了替在車站遇見的老奶奶指路，所以遲到了）」，所以 3「おばあさんに道をおしえたから（因為替奶奶指路）」是正確答案。1 因為買了東西，2 因為在百貨公司前面見到朋友，4 因為晚吃飯，所以是錯誤答案。

詞彙 どうして 副 怎麼會｜～から 助 因為～

21

請問「我」買了什麼？

1　要帶去公司的杯子和鞋子
2　要帶去公司的衛生紙
3　要在家裡用的杯子和鞋子
4　要在家裡用的衛生紙

解析 請在引文中找到題目所說的私（我）跟買う（買），並仔細閱讀週遭的內容。第三段提到「私は会社で使うコップとくつを買って（我買了要在公司要用的杯子和鞋子）」，所以 1「会社に持っていくコップとくつ（要帶去公司的杯子和鞋子）」是正確答案。2 的衛生紙是朋友買的東西，3 的杯子和鞋子是「我」要買到公司用的，4 是朋友買的東西，所以是錯誤答案。

詞彙 何 なに 名 什麼｜持つ もつ 動 帶｜いく 動 去

實戰測驗 2

p.196

20 4　　**21** 1

問題 5　請閱讀下文並回答問題。請在 1、2、3、4 中選擇一個最適合的答案。

20-21

這是戈梅斯同學寫的作文。

讀日語

保羅．戈梅斯

我正在日語學校學日語。剛開始學日語的時候，就連讀出平假名和片假名都有困難，但是現在已經可以順利讀出來了。不過，我仍然①讀不了日語文章。[20] 那是因為日語中還有漢字。

②我覺得日語的漢字非常困難。[21] 很多字的外形相像，意思卻不一樣。譬如「目」跟「日」。「目」跟「日」的外形相像，意思卻不一樣。

我一直以來，都是學著讀出課本的漢字。不過，以後讀完課本之後，我想要學著寫出上面的漢字。

詞彙 これ 名 這個｜書く かく 動 寫｜さくぶん 名 作文
日本語 にほんご 名 日語｜勉強 べんきょう 名 讀書
私 わたし 名 我｜学校 がっこう 名 學校｜習う ならう 動 學習
～ている 正在（做）～、表示重複的動作
初めて はじめて 副 剛開始｜とき 名 時候｜ひらがな 名 平假名

讀解

カタカナ名片假名｜読む よむ動讀
こと名事情、的（代指事物）｜難しい むずかしいい形困難的
今 いま名現在｜問題 もんだい名問題
～ことができる 能夠（做）～｜しかし連但是｜まだ副還
ぶんしょう名文章｜それ名那個｜漢字 かんじ名漢字
ある動有｜～から助因為～｜とても副非常
～と思う ～とおもう 認為～｜かたち名樣子｜にている 類似
いみ名意思｜ちがう動不一樣｜たくさん副多
たとえば副舉例來說｜目 め名眼睛｜日 ひ名日子、太陽
～まで助直到～｜テキスト名課本｜でも連可是
これから 以後｜あと名後｜そこ名那裡
～たい 想（做）～

20

請問怎麼會①讀不了日語文章？
1 因為剛開始學日語
2 因為平假名很難讀
3 因為讀不了片假名
4 因為日語有漢字

解析 引文中底線處的「日本語のぶんしょうは読むことができません（讀不了日語文章）」的原因，要在後面的部分尋找。底線後面的部分提到「それは日本語には漢字もあるからです（那是因為日語中還有漢字）」，所以 4 「日本語に漢字があるから（因為日語有漢字）」是正確答案。雖然文中敘述一開始學日語時，就連讀出平假名跟片假名都有困難，但是現在已經可以順利讀出了，所以 1、2、3 是錯誤答案。
詞彙 どうして副怎麼會

21

請問「我」怎麼會②覺得日語的漢字非常困難？
1 因為有外形相像，意思卻不一樣的字
2 因為有外形不同，意思卻很像的字
3 因為有很多意思很像的漢字
4 因為有很多外形不同的漢字

解析 引文中底線處的日本語の漢字はとても難しいと思います（我覺得日語的漢字非常困難）的原因，要在後面的部分尋找。底線後面的部分提到「かたちはにていますが、いみはちがうことがたくさんあります（很多字的外形相像，意思卻不一樣）」，所以 1「かたちはにているが、いみはちがうことがあるから（因為有外形相像，意思卻不一樣的字）」是正確答案。3 跟 4 並沒有在引文中被提及，所以是錯誤答案。

實戰測驗 3

p.198

20 2 **21** 4

問題 5 請閱讀下文並回答問題。請在 1、2、3、4 中選擇一個最適合的答案。

20-21

昨天在車站看到了正在尋找出口的外國人。雖然想幫他，可是 [20] **我的英語不好**，所以有點①擔心。但我還是努力用英語跟他搭了話。

那個外國人正在尋找的地點，就是我要去的地方。所以我們就一起去了。去的路上，我們聊了各種話題。

在分開前，那個 [21] **外國人用日語說了「謝謝」**。聽到那句話以後，我②感到非常高興。以後我也想跟遇到困難的人搭話。

詞彙 昨日 きのう名昨天｜えき名車站｜出口 でぐち名出口
さがす動尋找｜～ている 正在（做）～、表示重複的動作
外國人 がいこくじん名外國人｜見る みる動看
てつだう動幫助、幫忙｜～たい 想（做）～
私 わたし名我｜英語 えいご名英語
上手だ じょうずだな形擅長的｜～ので助因為～
少し すこし副一點｜しんぱい名擔憂｜～になる 變得～
でも連但是｜がんばる動努力｜声をかける こえをかける 搭話
その 那｜行く いく動去｜ばしょ名地點｜おなじ 同樣的
ところ名地方｜それで連所以｜私たち わたしたち名我們
いっしょに副一起｜～ながら（做）～的同時
いろいろだな形各種｜話 はなし名話題｜する動做
別れる わかれる動分開｜まえ名前
日本語 にほんご名日語｜～と言う ～という 說～
それ名那個｜聞く きく動聽｜とても副非常
うれしいい形高興的｜これから 以後｜こまる動為難
人 ひと名人｜～と思う ～とおもう 認為～

20

請問為什麼會①擔心？
1 因為看到了正在尋找出口的人
2 因為英語不好
3 因為外國人搭了話
4 因為跟外國人一起走了

解析 引文中底線處的しんぱいになりました（擔心）的原因，要在前面的部分尋找。底線前面的部分提到**私は英語が上手じゃないですので**（我的英語不好），所以 2 **英語が上手じゃないから**（因為英語不好）是正確答案。因為看見尋找出口的人這件事本身並不是讓「我」擔心的原因，所以 1 是錯誤答案，而且因為是「我」主動向外國人搭話的，而且那也不是讓「我」擔心的原因，所以 3 是錯誤答案。

詞彙 なぜ副為什麼｜～から助因為～

21

請問怎麼會②**感到非常高興**？
1　因為幫助了遇到困難的日本人
2　因為幫助了遇到困難的外國人
3　因為獲得了來自日本人的道謝
4　因為獲得了來自外國人的道謝

解析 引文中底線處的とてもうれしかったです（感到非常高興）的原因，要在前面的部分尋找。底線前面的部分提到**外国人は日本語で「ありがとうございました」と言いました。それを聞いて私は**（外國人用日語說了「謝謝」。聽到那句話以後，我），所以 4 **外国人からかんしゃのことばをもらったから**（因為獲得了來自外國人的道謝）是正確答案。因為幫助遇到困難的外國人這件事本身並不是感到高興的原因，所以 2 是錯誤答案。

詞彙 どうして副怎麼會｜日本人 にほんじん名日本人
～から助從～｜かんしゃ名感謝｜ことば名話語
もらう動得到

實戰測驗 4

p.200

20 4　　**21** 2

問題 5　請閱讀下文並回答問題。請在 1、2、3、4 中選擇一個最適合的答案。

20-21

我在咖啡廳打工。咖啡廳的打工是放暑假以後才開始的。因為放假的時候有很多時間，我每週二、四，還有週末上午都會打工。

但是，假期結束、開始上學以後，因為課業繁忙，就決定只有週末打工了。此外，[20] **因為週末上午決定去游泳教室**，把打工的①時間也改到了下午。

不過，昨天放學後，我馬上去了咖啡廳。店長對我說了：「你為什麼要來」。②我搞錯了。[21] **因為昨天是星期四，是不用打工的日子**。下次我不會再搞錯了。

詞彙 私 わたし名我｜カフェ名咖啡廳｜アルバイト名打工
する動做｜～ている 正在（做）～｜夏休み なつやすみ名暑假
～になる 變成～｜～てから（做）～完以後｜はじめる動開始
休み やすみ名放假、休假｜時 とき名時候
時間 じかん名時間｜多い おおいい形多的｜～ので助因為～
毎週 まいしゅう名每週｜火曜日 かようび名星期二
木曜日 もくようび名星期四｜そして連而且
週末 しゅうまつ名週末｜午前 ごぜん名上午
しかし連但是｜おわる動結束｜学校 がっこう名學校
はじまる動開始｜授業 じゅぎょう名課程
いそがしいい形忙碌的｜～だけ助只～
～ことにする 決定（做）～｜また連此外
水泳 すいえい名游泳｜教室 きょうしつ名教室
行く いく動去｜午後 ごご名下午｜かえる動改變
でも連可是、不過｜昨日 きのう名昨天
後 あと名之後｜すぐ副直接｜てんちょう名店長
どうして副為什麼、怎麼會｜来る くる動來
～と言う ～という 說～｜まちがえる動搞錯、弄錯
～から助因為～｜日 ひ名日子｜次 つぎ名下次
～から助從～

20

請問怎麼會①**把時間改到下午**？
1　因為放暑假了
2　因為開始上學了
3　因為課業繁忙
4　因為決定去游泳教室

解析 引文中底線處的**時間も午後にかえました**（時間也改到了下午）的原因，要在前面的部分尋找。底線前面的部分提到「**週末の午前は水泳教室に行くことにしたので**（因為週末上午決定去游泳教室）」，所以 4 **水泳教室に行くことにしたから**（因為決定去游泳教室）是正確答案。開始上學以後，因課業繁忙改成只有週末上班，改變的是打工的天數，和時間，所以 2 跟 3 是錯誤答案。

21

請問「我」②**搞錯了什麼**？
1　去打工的時間
2　去打工的日子
3　去學校的時間
4　去學校的日子

解析 引文中底線處的「**まちがえました**（搞錯了）」是關於什麼，要在後面的部分尋找。底線後面的部分提到「**昨日は木曜日だったからアルバイトに行かない日でした**（因為昨天是星期四，是不用打工的日子）」，2 **アルバイトに行く日**（去打工的日子）是正確答案。

詞彙 何 なに名什麼

實戰測驗 5

p.202

20 3　**21** 4

問題 5 請閱讀下文並回答問題。請在 1、2、3、4 中選擇一個最適合的答案。

20-21

我從一個月前開始飼養名叫湯姆的小狗。跟湯姆一起玩耍、到公園散步真的很開心。

雖然先前的雨天都沒有去散步，但是昨天第一次在下雨天散步了。因為聽說很多狗討厭雨，我本來很擔心。不過[20]湯姆很喜歡雨，還一直在雨中奔跑。我們比平時多散步了 30 分鐘左右，才回到家。

[21]因為湯姆變得非常髒，洗起來很累人。但是因為湯姆很高興，所以，以後就算是下雨天，我也打算去散步。

詞彙 私 わたし名我｜一か月 いっかげつ名一個月
前 まえ名前、前面｜～から助從～、因為
～という 名為～、叫做～｜小さい ちいさいい形小的、年幼的
犬 いぬ名狗、犬｜かう動飼養、養
～ている 正在（做）～、表示重複的動作、處於～的狀態
いっしょに副一起｜あそぶ動玩
～たり～たりする 表示列舉｜こうえん名公園
さんぽ名散步｜する動做｜本当に ほんとうに 真的
楽しい たのしいい形開心的｜今 いま名現在｜～まで助直到～
雨 あめ名雨｜日 ひ名日子｜昨日 きのう名昨天
はじめて副第一次｜降る ふる動降下｜きらいだな形討厭
多い おおいい形多的｜聞く きく動聽｜～ので助因為～
しんぱい名擔心｜でも連可是｜楽しむ たのしむ動享受
中 なか名中、裡面｜ずっと副一直｜はしる動奔跑
私たち わたしたち名我們｜いつも名平時｜～より助比～
～分 ～ふん ～分鐘｜～ぐらい助～左右｜長い ながいい形長的
～てから（做）～完｜家 いえ名家｜帰る かえる動回去
とても副非常｜きたないい形髒的｜～くなる 變得～
あらう動洗｜たいへんだな形累人的
よろこぶ動開心、高興｜これから 以後
～でも助就算（做）～｜行く いく動去
～つもりだ 打算（做）～

20

關於文章，請問何者敘述正確？

1　「我」從昨天開始養狗。
2　「我」從小就一直養狗了。
3　湯姆喜歡雨。
4　湯姆討厭雨。

解析 為了找出符合引文描述的選項，要在引文中找出選項常提及的犬（狗）、トム（湯姆）、雨（雨）。第二段提到「トムは雨を楽しんでいて、雨の中をずっとはしっていました（湯姆很喜歡雨，還一直在雨中奔跑）」，所以 3 トムは雨を楽しんでいました（湯姆喜歡雨）是正確答案。因為文中提到「我」開始養狗的時間是一個月前，所以 1 跟 2 是錯誤答案，而且因為文中提到湯姆喜歡雨，所以 4 是錯誤答案。

詞彙 ぶん名文章｜～について 關於～｜正しい ただしいい形正確的
どれ名哪個｜とき名時候

21

請問怎麼會累人？

1　因為第一次去散步
2　因為第一次散步很久
3　因為很晚回家
4　因為湯姆變得非常髒

解析 引文中底線處的「たいへんでした（累人）」的原因，要在前面的部分尋找。底線前面的部分提到「トムがとてもきたなくなったので（因為湯姆變得非常髒）」，所以 4 トムがとてもよごれていたから（因為湯姆變得非常髒）是正確答案。因為文中提到這是第一次在下雨天去散步，所以 1 是錯誤答案，而且雖然文中提到散步得比平常久才回到家，但是那並不是累人的原因，所以 2 跟 3 是錯誤答案。

詞彙 どうして副怎麼會｜時間 じかん名時間｜おそいい形晚的
よごれる動變髒｜

問題 6 信息檢索

出題型態與解題步驟

p.204

路易先生喜歡棒球，所以**想去看河川隊的比賽**。只是，他**從星期一到星期五都很忙，沒辦法去**。請問路易先生**什麼時候**會去看比賽？

1　5 月 12 日
2　5 月 13 日
3　5 月 16 日
4　5 月 17 日

棒球比賽公告
有棒球隊伍「東京山脈」的比賽。
和家人以及朋友一起去吧！

日期	隊伍	時間
5 月 12 日（二）	VS 河川	下午 6 點～
5 月 13 日（三）	VS 火焰	下午 6 點～
5 月 16 日（六）	VS 河川	下午 2 點～
5 月 17 日（日）	VS 火焰	上午 11 點～

詞彙 野球 やきゅう名棒球｜好きだ すきだな形喜歡的

しあい名比賽 | 見る みる動看 | 行く いく動去
～たい 想（做）～ | しかし連但是
月曜日 げつようび名星期一 | ～から助從～
金曜日 きんようび名星期五 | ～まで助直到～
いそがしいい形忙碌的 | ～ので助因為～ |
～ことができる 能夠（做）～ | いつ名什麼時候
～月 ～がつ ～月 | ～日 ～にち ～日
お知らせ おしらせ名公告 | チーム名隊伍
東京 とうきょう名東京（地名） | ある動有
家族 かぞく名家人 | ～や助～和 | 友だち ともだち名朋友
いっしょに副一起、一同 | 日 ひ名日期、日子
時間 じかん名時間 | 火 か名（星期）二 | 午後 ごご名下午
～時 ～じ ～點 | 水 すい名（星期）三 | 土 ど名（星期）六
日 にち名（星期）日 | 午前 ごぜん名上午

實戰測驗 1

p.208

22 1

問題 6 請檢視右頁，並回答以下問題。請在 1、2、3、4 中選擇一個最適合的答案。

22

妮可同學想在學生餐廳點午餐套餐。妮可同學不喜歡番茄。而且，最好比 600 圓便宜。請問妮可小姐會選擇什麼？

1 ①
2 ②
3 ③
4 ④

解析 這題問的是妮可同學會選擇的午餐套餐。根據題目提到的條件（1）トマトが好きではありません（不喜歡番茄）、（2）600 円より安いものがいいです（最好比 600 圓便宜）檢視引文的話，

（1）不喜歡番茄：從各個套餐的菜色看來，加了番茄的菜色有 B セット（B 套餐）跟 C セット（C 套餐）的トマトパスタ（番茄義大利麵），所以可以先刪去 B 套餐跟 C 套餐。

（2）比 600 圓便宜：刪去 B 套餐跟 C 套餐後，檢視 A 套餐跟 D 套餐的價格時，比 600 圓便宜的是 A 套餐。

因此，A 套餐的 1 ① 是正確答案。

詞彙 学生 がくせい名學生 | しょくどう名餐廳
ランチ名午餐、午飯 | セット名套餐 | たのむ動點餐、拜託
～たい 想（做）～ | トマト名番茄 | 好きだ すきだな形喜歡的
それから連然後 | ～円 ～えん ～圓 | ～より助比～
安い やすいい形便宜的 | もの名的、東西（代指事物）
いいい形好的 | 何 なに名什麼 | えらぶ動挑選

森山大學 學生餐廳 4 月的 午餐套餐！ 時間 上午 11 點 30 分～ 下午 1 點 30 分 電話 ☎：013-465-289	① A 套餐 450 圓 ☺ 日式炒麵或烏龍麵 ☺ 御飯糰
	② B 套餐 500 圓 ☺ 番茄義大利麵 ☺ 麵包或湯品
	③ C 套餐 650 圓 ☺ 番茄義大利麵 ☺ 麵包 ☺ 湯品 ☺ 牛奶或蘋果汁 好吃！
	④ D 套餐 700 圓 ☺ 炸豬排 ☺ 飯或烏龍麵 ☺ 沙拉 ☺ 茶或蘋果汁

詞彙 大学 だいがく名大學 | ～月 ～がつ ～月 | 時間 じかん名時間
午前 ごぜん名上午 | ～時 ～じ ～點 | ～分 ～ふん ～分
午後 ごご名下午 | 電話 でんわ名電話 | やきそば名日式炒麵
または連或是 | うどん名烏龍麵 | おにぎり名御飯糰
パスタ名義大利麵 | パン名麵包 | スープ名湯品
ぎゅうにゅう名牛奶 | りんご名蘋果 | ジュース名果汁
おいしいい形好吃的 | とんかつ名豬排 | ご飯 ごはん名飯
サラダ名沙拉 | おちゃ名茶

實戰測驗 2

p.210

22 4

問題 6 請檢視右頁，並回答以下問題。請在 1、2、3、4 中選擇一個最適合的答案。

22

本田先生想去才藝班。他星期四有打工。喜歡的是在放學的 16 點以後開始、學習外語的課程。
請問本田先生會去哪堂課？

1 ①
2 ②
3 ③
4 ④

解析 這題問的是本田先生會去的課程。根據題目提到的條件（1）木曜日にはアルバイトがあります（他星期四有打工）、（2）16 時のあとにはじまって（在 16 點以後開始）、（3）外国語を習うクラス（學習外語的課程）檢視引文的話，

(1) 星期四有打工：從引文的曜日（星期）看來，課程在星期四的②是去不了的。

(2) 16 點以後開始：從引文的時間（時間）看來，在①、③、④當中，16 點以後開始的是①跟④。

(3) 學習外語的課程：在①跟④當中，學習外語的課程是學習中文的④。

因此，4 ④是正確答案。

詞彙 しゅみ名興趣 ｜ 教室 きょうしつ名教室 ｜ 行く いく動去
～たい 想（做）～ ｜ 木曜日 もくようび名星期四
アルバイト名打工 ｜ ある動有 ｜ 学校 がっこう名學校
終わる おわる動結束 ｜ ～時 ～じ ～點 ｜ あと名以後、後
はじまる動開始 ｜ 外国語 がいこくご名外語
習う ならう動學習 ｜ クラス名課程、課 ｜ いいい形好的
どの 哪

♣一、二、三才藝班！♣

想開始新興趣的人就來吧！

課程	學習內容	日子	時間	地點
①	小提琴 －學習動漫歌曲。	每週 三、五	17:00 ～ 19:00	101 號室
②	吉他 －學習喜歡的歌手的歌曲。	每週 四、五	10:30 ～ 12:30	103 號室
③	韓文 －聽韓文歌學韓文。	每週 一、五	10:30 ～ 12:30	101 號室
④	中文 －看中國劇學中文。	每週 二、三	17:00 ～ 19:00	103 號室

日出文化中心

（☎電話：013-749-3245）

詞彙 いち名一 ｜ に名二 ｜ さん名三 ｜ 新しい あたらしいい形新的
はじめる動開始 ｜ 人 ひと名人 ｜ くる動來
～てください 請（做）～ ｜ こと名東西 ｜ 曜日 ようび名星期
時間 じかん名時間 ｜ ばしょ名地點 ｜ バイオリン名小提琴
アニメ名動畫 ｜ 歌 うた名歌曲 ｜ 毎週 まいしゅう名每週
水 すい名（星期）三 ｜ 金 きん名（星期）五
～号室 ～ごうしつ ～號室 ｜ ギター名吉他 ｜ すきだな形喜歡
かしゅ名歌手 ｜ 木 もく名（星期）四 ｜ かんこくご名韓語
かんこく名韓國 ｜ きく動聽 ｜ ～ながら 一邊（做）～
月 げつ名（星期）一 ｜ ちゅうごくご名中文
ちゅうごく名中國 ｜ ドラマ名戲劇 ｜ みる動看
火 か名（星期）二 ｜ 文化 ぶんか名文化 ｜ センター名中心
電話 でんわ名電話

實戰測驗 3

p.212

22 4

問題 6 請檢視右頁，並回答以下問題。請在 1、2、3、4 中選擇一個最適合的答案。

22

蘿拉小姐這**週五**想和朋友一起去向日葵世界。打算**在東站搭接駁公車**。她想要搭**最早的一班公車**。請問蘿拉小姐會搭**幾點的接駁公車**？

1　9 點的接駁公車

2　9 點 10 分的接駁公車

3　10 點的接駁公車

4　10 點 10 分的接駁公車

解析 這題問的是蘿拉小姐會搭的接駁公車。根據題目提到的條件（1）**金曜日**（星期五）、（2）**ひがし駅からシャトルバスに乗る**（在東站搭接駁公車）、（3）**いちばん早い時間のバス**（最早的一班公車）檢視引文的話，

（1）星期五：從時刻表下方的說明看來，**9 時と 9 時 10 分のシャトルバスは週末だけ利用できます**（9 點和 9 點 10 分的接駁公車僅週末可利用），所以在蘿拉小姐預計去的星期五，不能搭乘 9 點跟 9 點 10 分 的接駁公車。

（2）在東站搭接駁公車：在 2 個時刻表當中，應該看的是寫有ひがし駅 → ひまわりワールド（東站 → 向日葵世界）的時刻表。

（3）最早一班公車：在寫有ひがし駅 → ひまわりワールド（東站 → 向日葵世界）的時刻表中，最早一班公車是 9 點 10 分的接駁公車，但是星期五不能搭乘 9 點 10 分的接駁公車。第二早的接駁公車是 10 點 10 分的接駁公車。

因此，4 「10 時 10 分のシャトルバス（10 點 10 分的接駁公車）」是正確答案。

詞彙 今週 こんしゅう名這週 ｜ 金曜日 きんようび名星期五
友だち ともだち名朋友 ｜ 行く いく動去 ｜ ～たい 想（做）～
駅 えき名車站 ｜ ～から助從～ ｜ シャトルバス名接駁公車
乗る のる動搭乘 ｜ よてい名預計 ｜ いちばん副最
早い はやいい形早的 ｜ 時間 じかん名時間 ｜ バス名公車
何～ なん～ 幾～ ｜ ～時 ～じ ～點 ｜ ～分 ～ふん ～分鐘

接駁公車的時間

7 月起開始開往向日葵世界的接駁公車。

請見以下內容。

南站 → 向日葵世界
09:00 → 09:20
10:00 → 10:20
11:00 → 11:20
12:00 → 12:20
13:00 → 13:20
14:00 → 14:20
15:00 → 15:20

東站 → 向日葵世界
09:10 → 09:20
10:10 → 10:20
11:10 → 11:20
12:10 → 12:20
13:10 → 13:20
14:10 → 14:20
15:10 → 15:20

* 9 點和 9 點 10 分的接駁公車僅週末可利用。
* 大人 200 圓，孩童 100 圓。

☎ 012 – 343 - 5435

詞彙 〜月 〜がつ 〜月 | 〜まで 助 直到〜 | 始める はじめる 動 開始
次 つぎ 名 以下 | 内容 ないよう 名 內容 | 読む よむ 動 讀
〜てください 請（做）〜 | 週末 しゅうまつ 名 週末
〜だけ 助 只〜、僅〜 | 利用 りよう 名 利用 | できる 動 可以
大人 おとな 名 大人 | 〜円 〜えん 〜圓 | 子ども こども 名 孩子

實戰測驗 4

p.214

22 2

問題 6 請檢視右頁，並回答以下問題。請在 1、2、3、4 中選擇一個最適合的答案。

22

山本小姐從 7 月 22 日到 7 月 28 日休假。此外，他想去歐洲旅遊。請問山本小姐會選擇什麼？

1 ①
2 ②
3 ③
4 ④

解析 這題問的是山本小姐會選擇哪種旅遊商品。根據題目提到的條件（1）7月22日から7月28日まで休み（從 7 月 22 日到 7 月 28 日休假）、（2）ヨーロッパに旅行に行きたいです（想去歐洲旅遊）檢視引文的話，

（1）7 月 22 日～7 月 28 日休假：從引文中的旅行きかん（旅遊期間）看來，③ スペイン旅行（西班牙旅遊）旅遊期間是 7 月 23 日～7 月 30 日（7 月 23 日到 7 月 30 日），所以無法選擇。

（2）歐洲旅遊：在扣除掉西班牙旅遊的選項中，旅遊地點是歐洲的只有② ドイツ旅行（德國旅遊）。

因此，2 ②是正確答案。

詞彙 〜月 〜がつ 〜月 | 〜日 〜にち 〜日 | 〜から 助 從〜
〜まで 助 直到〜 | 休み やすみ 名 休假、放假日 | また 連 此外
ヨーロッパ 名 歐洲 | 旅行 りょこう 名 旅遊 | 行く いく 動 去
〜たい 想（做）〜 | 何 なに 名 什麼 | えらぶ 動 選擇

出國旅遊就要找微笑旅遊！ ☺

這次暑假要不要出國旅遊呢？

① 越南旅遊
☺ 旅遊期間：7 月 22 日～7 月 24 日
☺ 費用：一人 35,000 圓
☺ 可以每天吃到好吃的越南料理。

② 德國旅遊
☺ 旅遊期間：7 月 22 日～7 月 27 日
☺ 費用：一人 200,000 圓
☺ 可以住在漂亮的飯店。

③ 西班牙旅遊
☺ 旅遊期間：7 月 23 日～7 月 30 日
☺ 費用：一人 250,000 圓
☺ 可以在美麗的海邊放鬆休息。

④ 泰國旅遊
☺ 旅遊期間：7 月 26 日～7 月 28 日
☺ 費用：一人 40,000 圓
☺ 可以用便宜的價格購物。

詞彙 海外 かいがい 名 海外 | 今度 こんど 名 這次 |
夏休み なつやすみ 名 暑假 | ベトナム 名 越南 |
きかん 名 期間 | お金 おかね 名 錢 | 一人 ひとり 名 一個人
〜円 〜えん 〜圓 | おいしい い形 好吃的 | 料理 りょうり 名 料理
毎日 まいにち 名 每天 | 食べる たべる 動 吃
〜ことができる 能夠（做）〜 | ドイツ 名 德國
きれいだ な形 漂亮的、乾淨的 | ホテル 名 飯店
泊まる とまる 動 住、投宿 | スペイン 名 西班牙
うつくしい い形 美麗的 | 海 うみ 名 海 | ゆっくり 副 放鬆地
休む やすむ 動 休息 | タイ 名 泰國 | 安い やすい い形 便宜的
ねだん 名 價格、費用 | ショッピング 名 購物 | する 動 做

實戰測驗 5

p.216

22 2

問題 6 請檢視右頁，並回答以下問題。請在 1、2、3、4 中選擇一個最適合的答案。

22

蘿絲小姐想跟朋友安娜小姐一起去甜點教室。

請問兩個人什麼時候會去甜點教室？

1 星期一 11:00-12:00

2 星期三 15:00-16:00

3 星期五 12:00-13:00

4 星期六 13:00-14:00

解析 這題問的是蘿絲小姐跟安娜小姐什麼時候會去甜點教室。為了找出兩個人可以一起去的甜點教室的時間，要先比較選項跟表（1）的內容，在選項 1 到 4 的時程中找出甜點教室開放的時間。

從表（1）看來，因為 1 月曜日 11:00-12:00（星期一 11:00-12:00）和 4 土曜日 13:00-14:00（星期六 13:00-14:00）甜點教室沒有開門，所以可以先選出 2 水曜日 15:00-16:00（星期三 15:00-16:00）和 3 金曜日 12:00-13:00（星期五 12:00-13:00）。

從表（2）和（3）看來，因為兩人都沒有打工，可以去的時段是 2 水曜日 15:00-16:00（星期三 15:00-16:00）和 3 金曜日 12:00-13:00（星期五 12:00-13:00）當中的 2。

因此，2 水曜日 15:00-16:00（星期三 15:00-16:00）是正確答案。

詞彙 友だち ともだち名朋友 | いっしょに副一起 | おかし名甜點
教室 きょうしつ名教室 | 行く いく動去 | ～たい 想（做）～
ふたり名兩人、兩 | いつ名什麼時候
月曜日 げつようび名星期一 | 水曜日 すいようび名星期三
金曜日 きんようび名星期五 | 土曜日 どようび名星期六

（1）甜點教室的時間

	10:00-11:00	11:00-12:00	12:00-13:00	13:00-14:00	14:00-15:00	15:00-16:00
星期一～星期五	X	X	O	X	O	O
星期六	O	O	O	X	X	X

（2）蘿絲小姐的打工時間

	10:00-11:00	11:00-12:00	12:00-13:00	13:00-14:00	14:00-15:00	15:00-16:00
星期一					14:00-15:00	15:00-16:00
星期二			12:00-13:00	13:00-14:00	14:00-15:00	15:00-16:00
星期三		11:00-12:00	12:00-13:00			
星期四	10:00-11:00				14:00-15:00	15:00-16:00
星期五			12:00-13:00	13:00-14:00		
星期六	10:00-11:00	11:00-12:00	12:00-13:00			

（3）安娜小姐的打工時間

	10:00-11:00	11:00-12:00	12:00-13:00	13:00-14:00	14:00-15:00	15:00-16:00
星期一		11:00-12:00	12:00-13:00			
星期二		11:00-12:00			14:00-15:00	15:00-16:00
星期三				13:00-14:00	14:00-15:00	
星期四			12:00-13:00	13:00-14:00	14:00-15:00	
星期五					14:00-15:00	15:00-16:00
星期六						15:00-16:00

詞彙 時間 じかん名時間 | アルバイト名打工
火曜日 かようび名星期二 | 木曜日 もくようび名星期四

聽解

問題 1 問題理解

出題型態與解題步驟 p.220

[音檔]

うちで女の人と男の人が話しています。**二人は何を食べますか。**

F：昼ご飯、何が食べたいですか。

M：昨日ピザを食べましたから、今日は他のものを食べましょう。

F：はい、カレーはどうですか。

M：僕たちがいつも行くカレー屋は今日お休みです。

F：**それじゃ、すしはどうですか。**駅前のそば屋のとなりに新しく店ができました。

M：**いいですね。**

二人は**何を食べますか。**

[試卷]

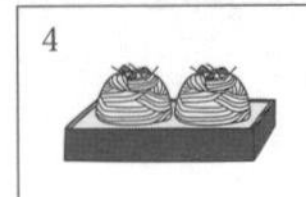

翻譯 女人和男人正在家裡交談。**請問兩個人要吃什麼？**

F：午餐想吃什麼？

M：昨天吃過披薩了，今天吃其他的吧。

F：好，咖哩怎麼樣？

M：我們常去的咖哩店今天休息。

F：**那壽司怎麼樣？**站前的蕎麥麵店隔壁新開了一間店。

M：**好啊。**

請問**兩個人要吃什麼？**

詞彙 うち名家｜食べる たべる動吃｜昼ご飯 ひるごはん名午餐
何 なに名什麼｜～たい 想（做）～｜昨日 きのう名昨天
ピザ名披薩｜～から助因為～｜今日 きょう名今天
他 ほか名其他｜もの名的（代指事物）、東西｜カレー名咖哩
僕たち ぼくたち名我們｜いつも副總是｜行く いく動去
カレー屋 カレーや名咖哩店
お休み おやすみ名休息日、公休日｜それじゃ連那麼
すし名壽司｜駅前 えきまえ名站前｜そば屋 そばや名蕎麥麵店
となり名旁邊｜新しい あたらしいい形新的｜店 みせ名店
できる動出現｜いいい形好的

實戰測驗 1

p.224

1 2	**2** 4	**3** 4	**4** 1	**5** 3
6 1	**7** 4			

問題 1，請先聆聽題目。接著聆聽談話，並在試卷的 1 到 4 中選出一個最適合的答案。

1

[音檔]

教室で、男の学生と女の学生が話しています。**男の学生は明日何を持ってきますか。**

M：明日の授業に何を持ってきますか。

F：明日は自分の家族を紹介する作文を英語で書くから、**家族の写真とボールペンがいります。**

M：はい。

F：それから、辞書は学校にありますから、持ってこなくてもいいと言っていましたよ。

M：はい、ありがとうございます。

男の学生は明日何を持ってきますか。

[試卷]

翻譯 男學生正在教室裡和女學生交談。請問男學生明天要帶什麼過來？

M：明天的課要帶什麼？

聽解

F：明天要用英語寫出介紹自己家庭的作文，所以需要全家福跟原子筆。

M：好的。

F：還有，聽說辭典學校就有了，所以可以不用帶。

M：好的，謝謝。

請問男學生明天要帶什麼過來？

解析 選項是照片、原子筆、辭典的圖片，而題目問的是男學生明天應該帶什麼過來，所以在聆聽對話時，要掌握男學生明天應該帶的東西。因為女同學說了「家族の写真とボールペンがいります（需要全家福跟原子筆）」，所以由照片跟原子筆的圖片組成的 2 是正確答案。1 因為圖片裡少了原子筆，3、4 因為已經說不用帶辭典了，所以是錯誤答案。

詞彙 教室 きょうしつ 名 教室｜学生 がくせい 名 學生
明日 あした 名 明天｜持つ もつ 動 帶｜くる 動 來
授業 じゅぎょう 名 課程｜何 なに 名 什麼
自分 じぶん 名 自己｜家族 かぞく 名 家人
紹介 しょうかい 名 介紹｜する 動 做｜作文 さくぶん 名 作文
英語 えいご 名 英語｜書く かく 動 寫｜～から 助 因為～
写真 しゃしん 名 照片｜ボールペン 名 原子筆｜いる 動 需要
それから 連 還有｜辞書 じしょ 名 辭典｜学校 がっこう 名 學校
ある 動 有｜～なくてもいい 不（做）～也可以
～と言っていた ～といっていた 說了～

2

[音檔]

バスの中で、先生が話しています。**学生**は、**始めに何**をしますか。

F：みなさん、ひがし公園に着きました。今日はひがし公園を見たあと、コンサートに行きます。そして、そのあとホテルに行きます。あ、みなさん、**公園に入る前にご飯を食べます**。じゃ、今から公園の前のレストランに行きましょう。

学生は、**始めに何**をしますか。

[試卷]

翻譯 老師正在公車裡談話。請問學生要先做什麼？

F：各位，已經到東公園了。今天看完東公園以後，要去音樂會。然後在那之後，要去飯店。啊，各位，在進入公園前要吃飯。那麼，現在就去公園前面的餐廳吧。

請問學生要先做什麼？

解析 選項有參觀公園的圖片、觀賞演奏會的圖片、在飯店休息的圖片、用餐的圖片，而題目問的是同學要先做什麼，所以在聽老師說話時，要掌握學生應該做的第一件事。因為老師說了「公園に入る前にご飯を食べます（在進入公園前要吃飯）」，所以用餐的圖片 4 是正確答案。1 因為吃完飯才會進入公園，2 因為參觀完公園才會去演唱會，3 因為看完演唱會才會去飯店，所以是錯誤答案。

詞彙 バス 名 公車｜中 なか 名 中｜先生 せんせい 名 老師
学生 がくせい 名 學生｜始めに はじめに 首先
みなさん 名 各位｜公園 こうえん 名 公園｜着く つく 動 抵達
今日 きょう 名 今天｜見る みる 動 看｜あと 名 後
コンサート 名 音樂會｜行く いく 動 去｜そして 連 而且
その 那｜あと 名 後｜ホテル 名 飯店｜入る はいる 動 進去
前 まえ 名 前、前面｜ご飯 ごはん 名 飯、餐｜食べる たべる 動 吃
じゃ 連 那麼｜今 いま 名 現在｜～から 助 從～
レストラン 名 餐廳

3

[音檔]

家で、男の人と女の人が話しています。**男の人**は**始めに何**をしますか。

M：今何を作っていますか。

F：スパゲッティを作っています。

M：何か手伝うことはないですか。

F：うーん、私が野菜を洗って、それを切ります。その間に、スパゲッティのあとに食べる果物を洗ってください。

M：はい。

F：あ、**その前に冷蔵庫から卵を一つ出してください。**

M：はい、わかりました。

男の人は**始めに何**をしますか。

[試卷]

1　やさいを　あらう

2　やさいを　きる

3　くだものを　あらう

4　たまごを　だす

翻譯 在家裡，男人和女人正在交談。請問男人要先做什麼？

M：現在正在做什麼？

F：正在做義大利麵。

M：有什麼我能幫忙的嗎？

F：嗯，我會洗菜跟切菜。你趁那個時候，幫我把吃完義大利麵之後要吃的水果洗一洗吧。

M：好。

F：啊，在那之前，先幫我從冰箱拿出一顆蛋。

M：好，我知道了。

請問**男人要先做什麼**？

1　洗菜

2　切菜

3　洗水果

4　拿出蛋

解析 選項有洗菜、切菜、洗水果、拿出蛋，而題目問的是男人要先做什麼，所以在聆聽對話時，要掌握男人應該做的第一件事。因為女人說了「その前に冷蔵庫から卵を一つ出してください（在那之前，先幫我從冰箱拿出一顆蛋）」，所以 4 たまごを　だす（拿出蛋）正確答案。1、2 是女人要做的事，3 是拿完雞蛋才要做的事，所以是錯誤答案。

詞彙 家 いえ 名家｜始めに はじめに 首先｜今 いま 名現在
何 なに 名什麼｜作る つくる 動製作｜～ている 正在（做）～
スパゲッティ 名義大利麵｜手伝う てつだう 動幫忙
こと 名事情、的（代指事物）｜ない い形沒有｜私 わたし 名我
野菜 やさい 名蔬菜｜洗う あらう 動洗｜それ 名那個
切る きる 動切｜その 那｜間 あいだ 名期間、之間
あと 名之後、後｜食べる たべる 動吃｜果物 くだもの 名水果
～てください 請（做）～｜前 まえ 名前
冷蔵庫 れいぞうこ 名冰箱｜～から 助從～｜卵 たまご 名蛋
一つ ひとつ 名一、一個｜出す だす 動拿出
わかる 動知道、理解

4

[音檔]

女の人と男の人が話しています。二人は今週末、**どこ**に行きますか。

F：今週末、どこか遊びに行きましょう。

M：いいですよ。どこに行きたいですか。

F：海はどうですか。先週は山に行ってきたから、今度は海に行きましょう。

M：うーん、海もいいですが、外は暑いから、涼しい映画館や美術館はどうですか。

F：映画は家で見ることもできるし、今週末は晴れだと聞いたので、**海に行きましょう**。

M：それもそうですね。**そうしましょう**。

二人は今週末、**どこ**に行きますか。

[試卷]

1 うみ

2 やま

3 えいがかん

4 びじゅつかん

翻譯 女人和男人正在交談。請問**兩人**這週末要去**哪裡**？

F：這週末一起去哪裡玩吧。

M：好啊，妳想去哪裡？

F：海邊怎麼樣？上週去過山上了，這次去海邊吧。

M：嗯，海邊也很好，但是外面很熱耶，去涼爽的電影院和美術館怎麼樣？

F：電影也可以在家裡看，既然聽說這週末是晴天，**就去海邊吧**。

M：說得也是。就這麼辦吧。

請問**兩人**這週末要去**哪裡**？

1　海邊

2　山上

3　電影院

4　美術館

解析 選項有海邊、山上、電影院、美術館，而題目問的是兩人週末要去哪裡，所以在聆聽對話時，要掌握兩人週末會去的地點。女人說完「海に行きましょう（去海邊）」之後，男人就說了「そうしましょう（就這麼辦吧）」，所以 1 うみ（海）是正確答案。2 是上週去過的地方，3、4 是男人提議的的地點，但是女人因為這週末是晴天，要去海邊而拒絕了，所以是錯誤答案。

詞彙 二人 ふたり 名兩人｜今週末 こんしゅうまつ 名這週末
行く いく 動去｜どこか 某個地方｜遊ぶ あそぶ 動玩
いい い形好的｜どこ 名哪裡｜～たい 想（做）～｜海 うみ 名海
先週 せんしゅう 名上週｜山 やま 名山｜くる 動來
～から 助因為～｜今度 こんど 名這次｜外 そと 名外面
暑い あつい い形熱的｜涼しい すずしい い形涼爽的
映画館 えいがかん 名電影院｜～や 助～和
美術館 びじゅつかん 名美術館｜映画 えいが 名電影
家 いえ 名家｜見る みる 動看｜～こともできる 也可以（做）～
晴れ はれ 名晴朗、天氣晴｜聞く きく 動聽｜～ので 助因為～
それ 名那個

5

[音檔]

男の人と女の人が話しています。**男の人**は**何**を買ってきますか。

M：今から**りんごを買い**にスーパーに**行ってきます**。

F：**卵とジュースも買ってきてください**。

M：はい。

F：あ、すみません。ジュースは冷蔵庫にありました。**卵だけお願いします**。

男の人は**何**を買ってきますか。

[試卷]

翻譯 男人和女人正在交談。請問男人要買什麼回來？

M：我現在要去超市買蘋果。

F：也請你幫忙買蛋和果汁回來。

M：好的。

F：啊，不好意思，果汁冰箱就有了，麻煩買蛋就好。

請問男人要買什麼回來？

解析 選項有蘋果、蛋、果汁所組成的圖片，而題目問的是男人要買什麼回來，所以在聆聽對話時，要掌握男人會買的東西。雖然在男人說完「りんごを買いにスーパーに行ってきます（我要去超市買蘋果）」之後，女人說了「卵とジュースも買ってきてください（也請你幫忙買蛋和果汁回來）」，可是女人後來又說「卵だけお願いします（麻煩買蛋就好）」，所以由蘋果和蛋的圖片組成的 3 是正確答案。因為女人一開始託男人買果汁，後來又改口說買蛋就好，所以少了蛋的 1 跟多了果汁的 2、4 是錯誤答案。

詞彙 買う かう 動買｜くる 動來｜今 いま 名現在｜～から 助從～
りんご 名蘋果｜スーパー 名超市｜行く いく 動去
卵 たまご 名蛋｜ジュース 名果汁｜～てください 請（做）～
冷蔵庫 れいぞうこ 名冰箱｜ある 動有｜～だけ 助只～

6

[音檔]

会社で、女の人と男の人が話しています。**女の人はいつ飛行機に乗りますか。**

F：今週、東京に旅行に行きます。

M：東京までは飛行機に乗って行きますか。

F：はい。

M：いつ行きますか。

F：水曜日です。水曜日の午後とか木曜日の午前中に行きたかったですが、チケットがなかったので**水曜日の午前中に行きます。**

女の人はいつ飛行機に乗りますか。

[試卷]

1 すいようびの　ごぜん

2 すいようびの　ごご

3 もくようびの　ごぜん

4 もくようびの　ごご

翻譯 在公司裡，女人和男人正在交談。請問女人什麼時候搭飛機？

F：這週要去東京旅遊。

M：妳要搭飛機去東京嗎？

F：對。

M：什麼時候去？

F：星期三。本來想要星期三下午或星期四上午時段去，但是沒有票了，所以星期三上午時段去。

請問女人什麼時候搭飛機？

1 星期三上午

2 星期三下午

3 星期四上午

4 星期四下午

解析 選項有星期三上午、星期三下午、星期四上午、星期四下午，而題目問的是女人什麼時候搭飛機，所以在聆聽對話時，要掌握女人搭飛機的時間。因為女人說了「水曜日の午前中に行きます（星期三上午時段去）」，所以 1 すいようびの ごぜん（星期三上午去）是正確答案。2、3 是沒有票的時段，而 4 並沒有被提及，所以是錯誤答案。

詞彙 会社 かいしゃ 名公司｜飛行機 ひこうき 名飛機
乗る のる 動搭乘｜今週 こんしゅう 名這週
東京 とうきょう 名東京（地名）｜旅行 りょこう 名旅遊
行く いく 動去｜～まで 助直到～｜いつ 名什麼時候
水曜日 すいようび 名星期三｜午後 ごご 名下午
～とか 助或～｜木曜日 もくようび 名星期四
午前中 ごぜんちゅう 上午時段｜～たい 想（做）～
チケット 名票｜～ので 助因為～｜ごぜん 名上午

7

[音檔]

デパートで、男の人と店の人が話しています。**男の人はどんなTシャツを買いますか。**

M：すみません。どんなTシャツがありますか。

F：鳥の絵と犬の絵のTシャツがあります。

M：**犬の絵がいいですね。**

F：はい、色はどうしますか。白と黒がありますよ。

M：**黒いのをください。**

男の人はどんなTシャツを買いますか。

[試卷]

翻譯 在百貨公司裡，男人和店員正在交談。請問男人要買哪種 T 恤？

M：不好意思，請問有哪些 T 恤？

F：有小鳥圖案跟小狗圖案的 T 恤。

M：我喜歡小狗圖案。

F：要哪種顏色呢？有白色跟黑色。

M：請給我黑色的。

請問男人要買哪種 T 恤？

解析 選項列出了幾種 T 恤的圖片，而題目問的是男人要買哪種 T 恤，所以在聆聽對話時，要掌握男人買的 T 恤款式。因為男人說完「**犬の絵がいいですね**（我喜歡小狗圖案）」之後，又說「**黒いのをください**（請給我黑色的）」，所以畫有小狗圖案的黑色 T 恤圖片 4 是正確答案。1、2 因為男人說了要黑色 T 恤，3 因為男人說了喜歡小狗圖案，所以是錯誤答案。

詞彙 デパート 名 百貨公司｜店 みせ 名 店｜Tシャツ 名 T 恤
買う かう 動 買｜どんな 什麼樣｜ある 動 有｜鳥 とり 名 鳥
絵 え 名 圖案｜犬 いぬ 名 小狗、狗｜いい い形 好的
色 いろ 名 顏色｜白 しろ 名 白色｜黒 くろ 名 黑色
～ください 請給我～

實戰測驗 2

p.228

1 2	**2** 4	**3** 1	**4** 3	**5** 3
6 4	**7** 2			

問題 1，請先聆聽題目。接著聆聽談話，並在試卷的 1 到 4 中選出一個最適合的答案。

1

[音檔]

食堂で、男の人と女の人が話しています。**女の人はどんなメニュー**を選びましたか。

M：前田さんは何にしますか。僕はすしにします。この店はすしがおいしいですよ。

F：私は…、**今日はすしよりそばが食べたいです。**

M：そうですか。じゃ、飲み物は何にしますか。お茶とコーラがあります。

F：**私はお茶にします。**

女の人はどんな**メニュー**を選びましたか。

[試卷]

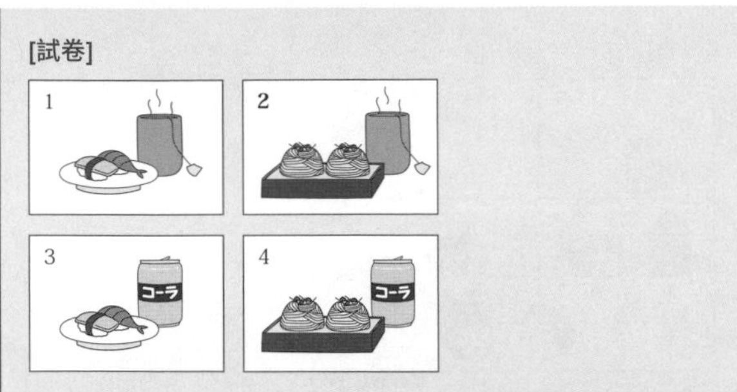

翻譯 在餐廳裡，男人和女人正在交談。請問女人選擇了哪些菜？

M：前田小姐要點什麼呢？我要點壽司。這間店的壽司很好吃。

F：我…今天比起壽司，更想吃蕎麥麵。

M：這樣啊？那飲料要點什麼呢？有茶跟可樂。

F：我要茶。

請問女人選擇了哪些菜？

解析 選項有壽司、蕎麥麵、茶、可樂所組成的圖片，而題目問的是女人選擇了哪些菜，所以在聆聽對話時，要掌握女人選擇的菜色。女人說完「**今日はすしよりそばが食べたいです**（今天比起壽司，更想吃蕎麥麵）」以後，又說了「**私はお茶にします**（我要茶）」，所以由蕎麥麵和茶的圖片組成的 2 是正確答案。1、3 的壽司是男人選擇的菜，而 4 的可樂雖然男人有提到，但是女人並沒有選擇，所以是錯誤答案。

詞彙 食堂 しょくどう 名 餐廳｜メニュー 名 菜單｜選ぶ えらぶ 動 選擇
何 なに 名 什麼｜～にする 要～（表示決定）
僕 ぼく 名 我（男人的自稱）｜すし 名 壽司｜この 這
店 みせ 名 店｜おいしい い形 好吃的｜私 わたし 名 我
今日 きょう 名 今天｜～より 助 比～｜そば 名 蕎麥麵
食べる たべる 動 吃｜～たい 想（做）～｜じゃ 連 那麼
飲み物 のみもの 名 飲料｜お茶 おちゃ 名 茶
コーラ 名 可樂｜ある 動 有

2

[音檔]

女の人と男の人が話しています。**女の人はどこ**へ行きますか。

F：すみません。病院はどこですか。

M：あそこの**交差点で右に曲がってください。道の左側にビルが 2 つあります。**

F：はい。

M：**高いほうのビルが病院です。**

F：わかりました。ありがとうございます。

女の人は**どこ**へ行きますか。

[試卷]

翻譯 女人和男人正在交談。請問**女人**要去**哪裡**？

F：不好意思，請問醫院在哪裡？

M：**請在那個岔路右轉。路的左側有兩棟建築物**。

F：好。

M：**比較高的那棟建築物就是醫院**。

F：我知道了，謝謝。

請問**女人**要去**哪裡**？

解析 選項由一個小地圖呈現，而題目問的是女人要去哪裡，所以在聆聽對話時，要掌握女人要去的地點。男人說完「交差点で右に曲がってください。道の左側にビルが２つあります（請在那個岔路右轉。路的左側有兩棟建築物）」之後，又說了「高いほうのビルが病院です（比較高的那棟建築物就是醫院）」，所以在岔路右轉後，位於左側的較高建築物 4 是正確答案。

詞彙 行く いく動去｜病院 びょういん名醫院｜どこ名哪裡
あそこ名那裡｜交差点 こうさてん名岔路｜右 みぎ名右邊
曲がる まがる動轉彎｜～てください 請（做）～｜道 みち名路
左側 ひだりがわ名左側｜ビル名大樓、建築物｜ある動有
高い たかいい形高的｜ほう名邊｜わかる動知道、理解

3

[音檔]

学校で、男の学生と女の学生が話しています。**男の学生**は明日**何**を持ってきますか。

M：明日の料理の授業に何を持ってきますか。

F：私たちはサンドイッチを作りますから、パンと野菜、ハムが必要です。

M：そうですか。じゃあ、**僕がパンと野菜を持ってきます**。

F：じゃ、私はハムを持ってきます。

M：あ、牛乳をお願いしてもいいですか。

F：わかりました。それも持ってきます。

男の学生は明日**何**を持ってきますか。

[試卷]

翻譯 在學校裡，男學生和女學生正在交談。請問**男學生**明天要帶**什麼**過來？

M：明天的烹飪課要帶什麼過來？

F：因為我們要做三明治，需要麵包、蔬菜跟火腿。

M：這樣啊？**那我帶麵包跟蔬菜**。

F：那我帶火腿。

M：啊，牛奶可以麻煩妳嗎？

F：我知道了，那個也由我帶吧。

請問**男學生**明天要帶**什麼**過來？

解析 選項有麵包、蔬菜、牛奶、火腿組成的圖片，而題目問的是男學生要帶什麼過來，所以在聆聽對話時，要掌握男學生明天應該帶的東西。因為男學生說了「僕がパンと野菜を持ってきます（我帶麵包跟蔬菜）」，所以由麵包和蔬菜的圖片組成的 1 是正確答案。2、3、4 的牛奶和火腿是女學生應該帶的東西，所以是錯誤答案。

詞彙 学校 がっこう名學校｜学生 がくせい名學生
明日 あした名明天｜持つ もつ動帶｜くる動來
料理 りょうり名料理｜授業 じゅぎょう名課程｜何 なに名什麼
私たち わたしたち名我們｜サンドイッチ名三明治
作る つくる動製作｜～から助因為～｜パン名麵包
野菜 やさい名蔬菜｜ハム名火腿
必要だ ひつようだな形需要的｜じゃあ連那麼
僕 ぼく名我（男人的自稱）｜じゃ連那麼
牛乳 ぎゅうにゅう名牛奶｜～てもいい（做）～也可以
わかる動知道、理解｜それ名那個

4

[音檔]

女の人と男の人が話しています。**二人**は**何時**に会いますか。

F：午後一緒に本屋へ行きませんか。

M：いいですよ。何時に会いましょうか。

F：４時はどうですか。

M：僕は仕事が５時に終わります。ご飯を食べてから７時に会うのはどうですか。

F：あ、じゃあ、本屋に行く前に、一緒に食事するのはどうですか。

M：いいですね。じゃ、**6時に会ってまずはご飯を食べに行きましょう。**

F：はい、そうしましょう。

二人は**何時**に会いますか。

[試卷]

1 4じ

2 5じ

3 6じ

4 7じ

翻譯 女人和男人正在交談。請問**兩人幾點**要見面？

F：下午要不要一起去書店？

M：好啊，幾點見面？

F：4 點怎麼樣？

M：我 5 點下班，吃完飯以後，7 點見面怎麼樣？

F：哦，那去書局之前，要一起吃飯嗎？

M：好耶，那就 **6 點見面，先去吃飯吧**。

F：好的，就這麼辦。

請問**兩人幾點**要見面？

1 4 點

2 5 點

3 6 點

4 7 點

解析 選項有 4 點、5 點、6 點、7 點，而題目問的是兩人幾點要見面，所以在聆聽對話時，要掌握兩人見面的時間。男人說了「6時に会ってまずはご飯を食べに行きましょう（6 點見面，先去吃飯吧）」，所以 3 6じ（6 點）是正確答案。1 是女人一開始提議，但是男人說不行的時間，2 是男人下班的時間，而 4 的 7 點是男人提議各自吃完飯再見面的時間，但因為最後決定 6 點見面，所以是錯誤答案。

詞彙 何～ なん～ 幾～｜～時 ～じ ～點｜会う あう [動]見面

午後 ごご[名]下午｜一緒に いっしょに[副]一起

本屋 ほんや[名]書店｜行く いく[動]去｜いい[い形]好的

僕 ぼく[名]我｜仕事 しごと[名]工作｜終わる おわる[動]結束

ご飯 ごはん[名]飯｜食べる たべる[動]吃｜～てから（做）完以後

じゃあ[連]那麼｜前 まえ[名]前、前面｜食事 しょくじ[名]用餐

する[動]做｜じゃ[連]那麼｜まず[副]優先

～に行く ～にいく 去（做）～

5

[音檔]

女の人と男の人が話しています。**男の人**は**週に何回**アルバイトをしていますか。

F：今週末は何をしますか。

M：スーパーでアルバイトをします。

F：そうですか。**土曜日も日曜日もアルバイトをしますか。**

M：**はい、そして火曜日もアルバイトをします。**もともとは月曜日にもしていましたが、授業がありますから、先月からは月曜日はしていません。

F：そうですか。大変ですね。

男の人は**週に何回**アルバイトをしていますか。

[試卷]

1 1かい

2 2かい

3 3かい

4 4かい

翻譯 女人和男人正在交談。請問**男人現在一週打工幾次**？

F：這週末要做什麼？

M：在超市打工。

F：這樣啊？**星期六跟星期日都要打工嗎？**

M：**對，而且星期二也要打工。**本來星期一也要打工，但是因為有課，從上個月開始，星期一就不打工了。

F：原來如此，一定很辛苦吧。

請問**男人現在一週打工幾次**？

1 1 次

2 2 次

3 3 次

4 4 次

解析 選項有 1 次、2 次、3 次、4 次，而題目問的是男人現在一週打工幾次，所以在聆聽對話時，要掌握男人一週打工的次數。女人問完「土曜日も日曜日もアルバイトをしますか（星期六跟星期日都要打工嗎）」之後，男人回答了「はい、そして火曜日もアルバイトをします（對，而且星期二也要打工）」，所以 3 3かい（3 次）是正確答案。

詞彙 週 しゅう[名]一週｜何～ なん～ 幾～｜～回 ～かい ～次

アルバイト[名]打工｜する[動]做｜～ている 正在（做）～

今週末 こんしゅうまつ[名]這週末｜何 なに[名]什麼

スーパー[名]超市｜土曜日 どようび[名]星期六

日曜日 にちようび[名]星期日｜そして[連]而且

火曜日 かようび[名]星期二｜もともと[副]本來

月曜日 げつようび[名]星期一｜授業 じゅぎょう[名]課程

ある[動]有｜～から[助]因為～｜先月 せんげつ[名]上個月

～から[助]從～｜大変だ たいへんだ[な形]辛苦的

6

[音檔]

学校で、先生が話しています。**夏休み**は**いつ**からですか。

M：みなさん、今日は五日ですね。テストは七日ですから、あと二日しかありません。がんばって勉強していますか。**九日からは夏休み**なので、もう少しがんばりましょう。

夏休みは**いつ**からですか。

[試卷]

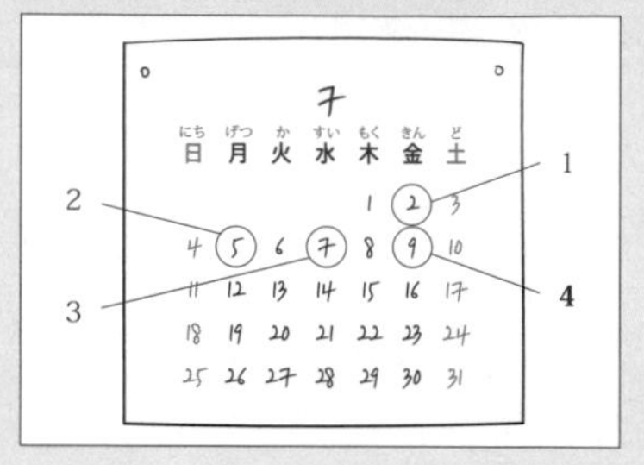

翻譯 在學校裡，老師正在談話。請問**暑假**從**什麼時候**開始？

M：各位，今天是 5 號。考試是 7 號，所以接下來只剩下 2 天了。你們有努力讀書嗎？**9 號開始就放暑假了**，再努力一下吧。

請問**暑假**從**什麼時候**開始？

解析 選項有 2 號、5 號、7 號、9 號，而題目問的是暑假什麼時候開始，所以在聆聽老師談話時，要掌握暑假開始的日期。老師說了「**九日からは夏休み**（9 號開始就放暑假了）」，所以 4 的 9 號是正確答案。1 是談話中提到 2 天後有考試，2 是今天的日期，3 則是考試後的日期，所以是錯誤答案。

詞彙 学校 がっこう 名學校 | 先生 せんせい 名老師 |
夏休み なつやすみ 名暑假 | いつ 名什麼時候 | ～から 助從～
みなさん 名各位 | 今日 きょう 名今天 | 五日 いつか 名5 號
テスト 名考試、測驗 | 七日 なのか 名7 號 | ～から 助因為～
あと 副接下來 | 二日 ふつか 名2 天 | ～しか 助～以外
ある 動有 | がんばる 動努力、認真做
勉強 べんきょう 名讀書 | ～ている 正在（做）～
九日 ここのか 名9 號 | ～ので 助因為～
もう少し もうすこし 副再稍微

7

[音檔]

電話で女の人が話しています。**二人**は、**午後**、**何**を買いに行きますか。

F：もしもし、佐藤さん？ 鈴木です。今度結婚する森さんへのプレゼントを買いに行くの、今日の午後でしたよね。私たちはカップにしましょう。森さん、**会社で使うカップが小さくて、大きいのが欲しいと言っていました。それから、花より犬の絵のものがいいと思います。**

二人は、**午後**、**何**を買いに行きますか。

[試卷]

翻譯 女人正在講電話。請問**兩人下午**要去買**什麼**？

F：喂？佐藤小姐嗎？我是鈴木。去買禮物送給這次結婚的森小姐，是今天下午吧？我們就送杯子吧。森小姐**說過他在公司用的杯子太小了，所以想要大一點的。而且，我覺得比起花朵，小狗的圖案更好。**

請問**兩人下午**要去買**什麼**？

解析 選項列出了幾種杯子的圖片，而題目問的是兩人下午要去買什麼，所以在聆聽女人說話的時候，要掌握兩人買的杯子款式。女人說了「**会社で使うカップが小さくて、大きいのが欲しいと言っていました。それから、花より犬の絵のものがいいと思います**（說過他在公司用的杯子太小了，所以想要大一點的。而且，我覺得比起花朵，小狗的圖案更好）」，所以尺寸大，又有小狗圖案的杯子圖片 2 是正確答案。1、3 因為談話中提到小狗圖案比花朵圖案好，而 4 因為談話中提到想要大一點的，所以是錯誤答案。

詞彙 電話 でんわ 名電話 | 午後 ごご 名下午 | 買う かう 動買
行く いく 動去 | 今度 こんど 名這次 | 結婚 けっこん 名結婚
する 動做 | プレゼント 名禮物 | 今日 きょう 名今天
私たち わたしたち 名我們 | カップ 名杯子
～にする 要～（表示決定） | 会社 かいしゃ 名公司
使う つかう 動使用 | 小さい ちいさい い形小的
大きい おおきい い形大的 | 欲しい ほしい い形想要的
～と言っていた ～といっていた 說了～ | それから 連還有
花 はな 名花 | ～より 助比～ | 犬 いぬ 名小狗、狗
絵 え 名圖案 | もの 名的（代指事物）、東西 | いい い形好的
～と思う ～とおもう 認為～

實戰測驗 3

p.232

1 4	**2** 3	**3** 1	**4** 2	**5** 2
6 1	**7** 4			

問題 1，請先聆聽題目。接著聆聽談話，並在試卷的 1 到 4 中選出一個最適合的答案。

1

[音檔]

女の学生と男の学生が話しています。**女の学生**は先生に**何**を渡しますか。

F：田中さん、この前借りた辞書とペンです。返しますね。ありがとうございました。

M：どういたしまして。

F：あ、**宿題のプリントは田中さんに渡しますか**。

M：え、まだ出していませんか。昨日、クラスのみんなのを先生に渡しましたので、自分で**先生に出してください**。

F：そうですか。わかりました。

女の学生は先生に**何**を渡しますか。

[試卷]

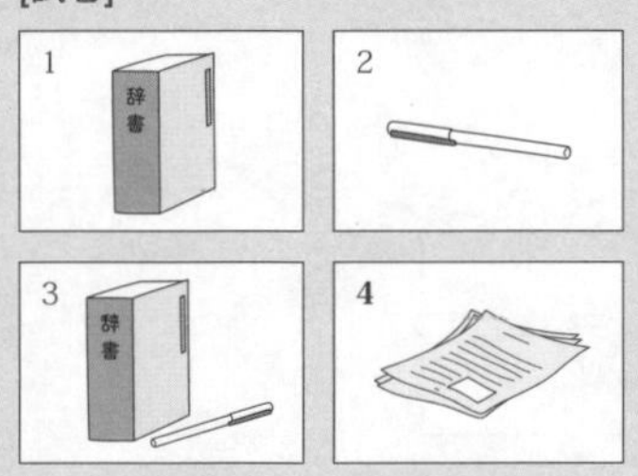

翻譯 女學生和男學生正在交談。請問**女學生**要交給老師**什麼**？

F：田中同學，這是之前跟你借的辭典跟筆，還給你，謝謝。

M：不客氣。

F：啊，**印好的作業是交給田中同學嗎**？

M：嗯？妳還沒交嗎？我昨天已經把全班的都交給老師了，所以**請妳自己交給老師**。

F：這樣啊？我知道了。

請問**女學生**要交給老師**什麼**？

解析 選項有辭典、筆、寫有內容的紙張圖片，而題目問的是女學生要交給老師什麼，所以在聆聽對話時，要掌握女學生應該交給老師的東西。女學生說完「**宿題のプリントは田中さんに渡しますか**（印好的作業是交給田中同學嗎）」之後，男學生就說了「**先生に出してください**（請妳自己交給老師）」，所以印好的作業圖片 4 是正確答案。1、2、3 的辭典跟筆是交還先前跟田中同學借的東西，所以是錯誤答案。

詞彙 学生 がくせい 名學生｜先生 せんせい 名老師
渡す わたす 動交出｜この前 このまえ 名先前
借りる かりる 動借｜辞書 じしょ 名辭典｜ペン 名筆
返す かえす 動歸還｜宿題 しゅくだい 名作業
プリント 名列印、印刷資料｜まだ 副還
～ている 處於～的狀態、正在（做）～｜昨日 きのう 名昨天
クラス 名班、班級｜みんな 名全部｜～ので 助因為～
自分で じぶんで 自己｜出す だす 動繳交、交出
～てください 請（做）～｜わかる 動知道、理解

2

[音檔]

男の人と女の人が話しています。**二人**は**いつ**映画を見に行きますか。

M：今週の金曜日、映画を見に行きませんか。

F：金曜日はちょっと…。土曜日はどうですか。

M：すみません、土曜日は家族みんなで山に行く予定です。

F：あ、じゃ、来週の金曜日はどうですか。

M：金曜日もいいですが、**来週の火曜日はどうですか**。休みの日ですし、いいと思います。

F：**いいですね、じゃ、その日に会いましょう**。

二人は**いつ**映画を見に行きますか。

[試卷]

1 こんしゅうの　きんようび
2 こんしゅうの　どようび
3 らいしゅうの　かようび
4 らいしゅうの　きんようび

翻譯 男人和女人正在交談。請問**兩人什麼時候**要看電影？

M：這週五要不要一起去看電影？

F：週五有點…。週六怎麼樣？

M：對不起，週六我們全家預計一起去爬山。

F：哦，那下週五怎麼樣？

M：週五也可以，**但是下週二怎麼樣**？那天放假，我覺得很好。

F：好耶，那就那天見囉。

請問**兩人什麼時候**要看電影？

1　這週五
2　這週六
3　下週二
4　下週五

解析 選項有這週五、這週六、下週二、下週五，而題目問的是兩人什麼時候要看電影，所以在聆聽對話時，要掌握兩人看電影的時間。男人問完「**来週の火曜日はどうですか**（下週二

怎麼樣？）」之後，女人就說了「いいですね、じゃ、その日に会いましょう（好耶，那就那天見囉）」，所以 3 らいしゅうの　かようび（下週二）是正確答案。1 是男人有提到，但是女人否決的日子，2 是男人說要跟家人一起去爬山的日子，4 是女人跟男人都說可以，但最後沒有選擇的日子，所以是錯誤答案。

詞彙 映画 えいが 名 電影｜見る みる 動 看｜行く いく 動 去
今週 こんしゅう 名 這週｜金曜日 きんようび 名 星期五
ちょっと 副 有點｜土曜日 どようび 名 星期六
家族 かぞく 名 家人｜みんなで 全部一起｜山 やま 名 山
予定 よてい 名 預計｜じゃ 連 那麼｜来週 らいしゅう 名 下週
いい い形 好的｜火曜日 かようび 名 星期二
休みの日 やすみのひ 休息日｜〜と思う 〜とおもう 認為〜
その 那｜日 ひ 名 日子｜会う あう 動 見面

3

[音檔]

女の人と男の人が話しています。**男の人**は**何**を買って帰りますか。

F：今日、ケーキを作りますから、帰るとき、**バターとさとうを買ってきてください。**
M：さとう、家になかったですか。
F：はい、昨日全部食べました。
M：わかりました。ぎゅうにゅうとか他のものはいりませんか。
F：はい、大丈夫です。

男の人は**何**を買って帰りますか。

[試卷]

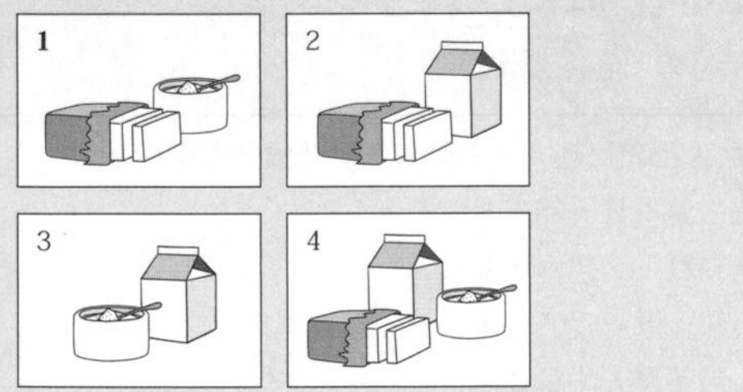

翻譯 女人和男人正在交談。請問男人要買什麼回來？
F：今天要做蛋糕，所以你回來的時候，**請幫忙買奶油跟砂糖回來。**
M：砂糖家裡沒有了嗎？
F：對，昨天吃完了。
M：知道了，不需要牛奶或其他的嗎？
F：對，不用。

請問男人要買什麼回來？

解析 選項有奶油、砂糖、牛奶組成的圖片，而題目問的是男人要買什麼回來，所以在聆聽對話時，要掌握男人應該買的東西。女人說了「バターとさとうを買ってきてください（請幫忙買奶油跟砂糖回來）」，所以由奶油和砂糖的圖片組成的 1 是正確答案。女人已經說不需要牛奶了，所以 2、3、4 是錯誤答案。

詞彙 買う かう 動 買｜帰る かえる 動 回來｜今日 きょう 名 今天
ケーキ 名 蛋糕｜作る つくる 動 製作｜〜から 助 因為〜
とき 名 時候｜バター 名 奶油｜さとう 名 砂糖｜くる 動 來
〜てください 請（做）〜｜家 いえ 名 家｜ない い形 沒有
昨日 きのう 名 昨天｜全部 ぜんぶ 名 全部｜食べる たべる 動 吃
わかる 動 知道、理解｜ぎゅうにゅう 名 牛奶｜〜とか 助 或〜
他 ほか 名 其他｜もの 名 的（代指事物）、東西｜いる 動 需要
大丈夫だ だいじょうぶだ な形 沒關係的

4

[音檔]

スーパーで、男の人と女の人が話しています。**二人**は**何**を買いますか。

M：今日もりんごを買いますか。
F：うーん、りんごは先週食べましたから、オレンジやももを買いましょう。
M：今日は**オレンジが安いからオレンジにしましょう。**
F：いいですよ。二人で食べるから３つ買いますね。
M：明後日、**友だちがうちに遊びにくるから、５つにしましょう。**
F：はい。

二人は**何**を買いますか。

[試卷]

翻譯 在超市裡，男人和女人正在交談。請問**兩人**要買**什麼**？
M：今天也要買蘋果嗎？
F：嗯，蘋果上禮拜吃過了，買橘子和桃子吧。
M：今天的**橘子很便宜，就買橘子吧。**
F：好啊，因為是兩個人一起吃，就買 3 個囉。
M：因為後天**有朋友要來家裡玩，買 5 個吧。**
F：好。

請問**兩人**要買**什麼**？

解析 選項有 3 個橘子、5 個橘子、3 個水蜜桃、5 個水蜜桃的圖片，而題目問的是兩人要買什麼，所以在聆聽對話時，要掌握兩人買的東西。男人說完「オレンジが安いからオレンジ

にしましょう（今天的橘子很便宜，就買橘子吧）」之後，又說了「**友だちがうちに遊びにくるから、5つにしましょう**（因為後天有朋友要來家裡玩，買5個吧）」，所以有5顆橘子的圖片2是正確答案。1是女人一開始提到的，3、4的桃子是女人曾經提到的，但是男人說了要買橘子，所以是錯誤答案。

詞彙 スーパー 名 超市｜買う かう 動 買｜今日 きょう 名 今天
りんご 名 蘋果｜先週 せんしゅう 名 上週｜食べる たべる 動 吃
～から 助 因為～｜オレンジ 名 橘子｜～や 助 ～和
もも 名 桃子｜安い やすい い形 便宜的
～にする 要～（表示決定）｜いい い形 好的｜二人 ふたり 名 兩人
明後日 あさって 名 後天｜友だち ともだち 名 朋友
うち 名 家｜遊ぶ あそぶ 動 玩｜くる 動 來｜

5

[音檔]

店で、女の人と男の人が話しています。**男の人**は来週**何曜日**にアルバイトをしますか。

F：森山さん、来週の月曜日か水曜日に時間がありますか。

M：え、何かありますか。

F：来週、山下さんが一週間アルバイトに来ることができません。

M：そうですか。**水曜日は大丈夫です。**

F：じゃあ、その日はお願いします。それから、週末もできますか。

M：すみません。土曜日と日曜日は友だちと旅行に行きます。

男の人は来週**何曜日**にアルバイトをしますか。

[試卷]

1 げつようび

2 すいようび

3 どようび

4 にちようび

翻譯 在店裡，女人和男人正在交談。請問男人下星期的**星期幾**要打工？

F：森山先生，你下星期的星期一或星期三有空嗎？

M：哦，請問怎麼了嗎？

F：下個星期，山下先生整個禮拜都不能來打工。

M：這樣啊？**星期三沒問題。**

F：那麼，那天就麻煩你了。還有，你週末也可以嗎？

M：對不起，我星期六跟星期日要跟朋友出遊。

請問男人下星期的**星期幾**要打工？

1　星期一

2　星期三

3　星期六

4　星期日

解析 選項有星期一、星期三、星期六、星期日，而題目問的是男人下星期的星期幾要打工，所以在聆聽對話時，要掌握男人打工的日子。男人說了「**水曜日は大丈夫です**（星期三沒問題）」，所以2すいようび（星期三）是正確答案。1雖然女人有提到，但是男人只回答星期三沒問題，而3、4男人因為已經說了週末要跟朋友出遊，所以是錯誤答案。

詞彙 店 みせ 名 店｜来週 らいしゅう 名 下週｜何～ なん～ 什麼～
曜日 ようび 名 星期｜アルバイト 名 打工｜する 動 做
月曜日 げつようび 名 星期一｜水曜日 すいようび 名 星期三
時間 じかん 名 時間｜ある 動 有｜何 なに 名 什麼
一週間 いっしゅうかん 名 為期一週｜来る くる 動 來
～ことができる 能夠（做）～
大丈夫だ だいじょうぶだ な形 沒問題的
じゃあ 連 那麼｜その 那｜日 ひ 名 日子｜それから 連 然後
週末 しゅうまつ 名 週末｜できる 動 能夠
土曜日 どようび 名 星期六｜日曜日 にちようび 名 星期日
友だち ともだち 名 朋友｜旅行 りょこう 名 旅遊｜行く いく 動 去

6

[音檔]

電話で男の人が話しています。**二人はどこ**に行きますか。

M：もしもし、鈴木さん？今日一緒にラーメンを食べに行きますよね。学校からラーメン屋までは歩いていくことができます。まず、**学校を出てまっすぐ行くと、交差点があります。その交差点で左に曲がってください。道の右側にラーメン屋があります。**店の前で会いましょう。

二人はどこに行きますか。

[試卷]

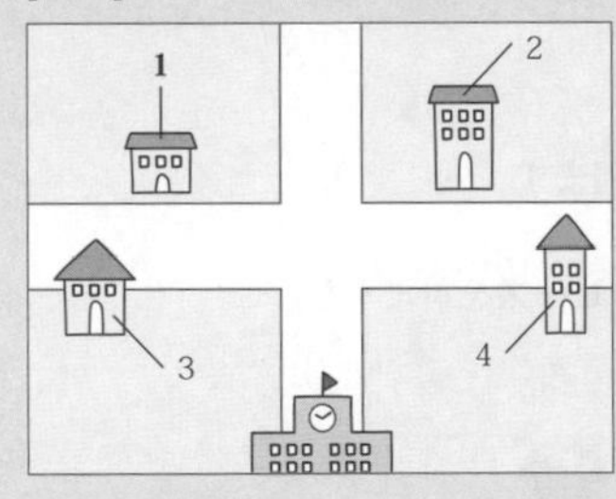

翻譯 男人正在講電話。請問**兩人要去哪裡**？

M：喂？鈴木小姐？今天要一起去吃拉麵對吧？從學校到拉麵店，可以用走的喔。首先，**從學校出來以後直走，會有一個十字路口。請你在那個十字路口左轉。拉麵店就在馬路的右側。**在店門口見囉。

請問**兩人要去哪裡**？

解析 選項由一個小地圖呈現，而題目問的是兩人要去哪裡，所以在聆聽男人說話時，要掌握兩人要去的地點。男人說了「学

校を出てまっすぐ行くと、交差点があります。その交差点で左に曲がってください。道の右側にラーメン屋があります（從學校出來以後直走，會有一個十字路口。請你在那個十字路口左轉。拉麵店就在馬路的右側）」，所以在十字路口左轉後，位於右側的 1 是正確答案。

詞彙 電話 でんわ 名 電話｜行く いく 動 去｜今日 きょう 名 今天
一緒に いっしょに 副 一起｜ラーメン 名 拉麵
食べる たべる 動 吃｜行く いく 動 去｜学校 がっこう 名 學校
～から 助 從～｜ラーメン屋 ラーメンや 名 拉麵店
～まで 助 直到～｜歩く あるく 動 走
～ことができる 能夠（做）～｜まず 副 首先
出る でる 動 出來｜まっすぐ 副 直直地
交差点 こうさてん 名 十字路口｜ある 動 有
その 那｜左 ひだり 名 左邊｜曲がる まがる 動 轉彎
～てください 請（做）～｜道 みち 名 路
右側 みぎがわ 名 右側｜店 みせ 名 店｜前 まえ 名 前面
会う あう 動 見面

7

[音檔]

うちで、女の人と男の人が話しています。**女の人**は明日**どんなワンピース**を着ますか。

F：明日、南さんの誕生日パーティーにこのワンピースを着ていくつもりですが、どうですか。

M：パーティーだからリボンとか絵が一つもないものより、大きいリボンがあるのがいいと思います。

F：自分の誕生日じゃないので、大きいリボンはちょっと…。

M：じゃあ、小さいリボンがたくさんあるこれはどうですか。

F：うん…、それより**この小さいねこの絵があるものはどうですか。**

M：**いいですね。**

F：**じゃ、明日はこれを着ます。**

女の人は明日**どんなワンピース**を着ますか。

[試卷]

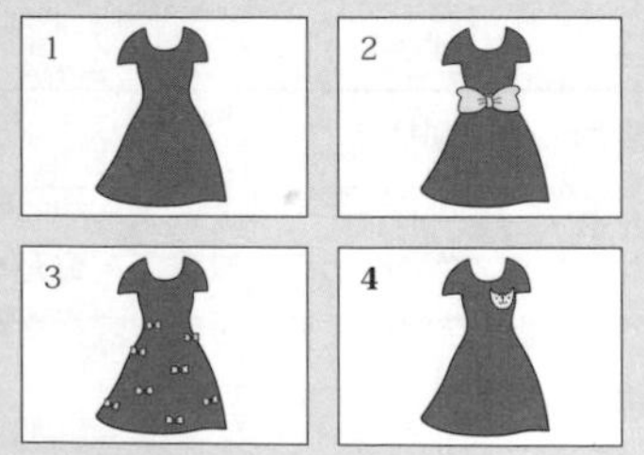

翻譯 女人和男人正在家裡交談。請問女人明天要穿**哪件洋裝**？

F：我明天打算穿這件洋裝去南小姐的生日派對，怎麼樣？

M：既然是派對，我覺得比起沒有任何緞帶或圖案的，還是有大緞帶的比較好。

F：因為不是我生日，大緞帶有點…。

M：那不然，有很多小緞帶的這件怎麼樣？

F：嗯…比起那件，**這件上面有小貓咪圖案的怎麼樣？**

M：**很好啊。**

F：**那明天就穿這件了。**

請問**女人**明天要穿**哪件洋裝**？

解析 選項列出了幾種洋裝的圖片，而題目問的是女人要穿哪件洋裝，所以在聆聽對話時，要掌握女人明天要穿的洋裝款式。女人問完「**この小さいねこの絵があるものはどうですか**（這件上面有小貓咪圖案的怎麼樣）」之後，男人回答「**いいですね**（很好啊）」，女人就說了「**じゃ、明日はこれを着ます**（那明天就穿這件了）」，所以畫有小貓咪圖案的洋裝圖片 4 是正確答案。1 是女人詢問，但是男人說別件比較好的款式，2 是男人提到，但是女人認為不是自己過生日，所以別件比較好的款式，3 是男人提到的，但是女人並不喜歡的款式，所以是錯誤答案。

詞彙 うち 名 家｜明日 あした 名 明天｜ワンピース 名 洋裝
着る きる 動 穿｜誕生日 たんじょうび 名 生日
パーティー 名 派對｜この 這｜いく 動 去
～つもりだ 預計（做）～｜～から 助 因為～｜リボン 名 緞帶
～とか 助 或～｜絵 え 名 圖案｜一つ ひとつ 名 一
ない い形 沒有｜もの 名 的（代指事物）、東西｜～より 助 比～
大きい おおきい い形 大的｜ある 動 有｜いい い形 好的
～と思う ～とおもう 認為～｜自分 じぶん 名 我、自己
～ので 助 因為～｜ちょっと 副 有點｜じゃあ 連 那麼
小さい ちいさい い形 小的｜たくさん 副 多｜これ 名 這個
それ 名 那個｜ねこ 名 貓咪｜じゃ 連 那麼

問題 2 重點理解

出題型態與解題步驟 p.236

[音檔]

男の人と女の人が話しています。**男の人**は**何を飲みます**か。

M：佐藤さん、何にしますか。

F：うーん、私はジュースにします。コーヒーとか牛乳とかを飲むとお腹が痛くなりますので。

M：そうですか。じゃあ、**僕はコーヒーにします**。あ、お茶もありますよ。

F：あ、そうですか。じゃあ、私、お茶にします。

M：はい、わかりました。頼んできます。

男の人は何を飲みますか。

[試卷]

1 ジュース

2 コーヒー

3 ぎゅうにゅう

4 おちゃ

翻譯 男人和女人正在交談，請問**男人要喝什麼**？

M：佐藤小姐，妳要點什麼？

F：嗯，我要點果汁。因為我喝了咖啡或牛奶會肚子痛。

M：這樣啊？**那我喝咖啡吧**。啊，也有茶耶。

F：哦，是嗎？那我要喝茶。

M：好，我知道了，我去點完餐再回來。

請問**男人要喝什麼**？

1 果汁

2 咖啡

3 牛奶

4 茶

詞彙 飲む のむ 動 喝｜何 なに 名 什麼｜～にする 要～（表示決定）
私 わたし 名 我｜ジュース 名 果汁｜コーヒー 名 咖啡
～とか 或～｜牛乳 ぎゅうにゅう 名 牛奶｜お腹 おなか 名 肚子
痛い いたい い形 痛的｜～くなる 變得～｜～ので 助 因為～
じゃあ 連 那｜僕 ぼく 名 我（男人的自稱）｜お茶 おちゃ 名 茶
ある 動 有｜わかる 動 知道、理解
頼む たのむ 動 點餐、拜託｜くる 動 來

實戰測驗 1

p.240

1 4　**2** 3　**3** 2　**4** 1　**5** 3
6 2

問題 2 ，請先聆聽題目。接著聆聽談話，並在試卷的 1 到 4 中選出一個最適合的答案。

1

[音檔]

男の人と女の人が話しています。**二人**は週末に**何**をしますか。

M：今週の週末、映画館に行きましょう。それから、買い物もしましょう。

F：今週末は外に出たくないです。

M：じゃ、家で一緒に料理をしませんか。

F：今週はゆっくり休みたいです。料理より**テレビでサッカーを見るのはどうですか**。

M：**いいですね。そうしましょう**。

二人は週末に何をしますか。

[試卷]

翻譯 男人和女人正在交談。請問兩人週末要做什麼？

M：這週末去電影院吧，然後，也去購物吧。

F：這週末不想出門。

M：那想不想一起在家煮菜？

F：這週想要放鬆休息。與其做菜，看電視足球賽怎麼樣？

M：好耶，就這麼辦。

請問兩人週末要做什麼？

解析 選項列出了看電影、逛街、煮菜、看足球的圖片，而題目問的是兩人週末要做什麼。在對話中，聽到女人說出「テレビでサッカーを見るのはどうですか（看電視足球賽怎麼樣）」之後，男人就回答了「いいですね。そうしましょう（好耶，就這麼辦）」，所以看足球的圖片 4 是正確答案。1、2 因為女人已經說了不想出門，3 因為女人說了想要好好休息，所以是錯誤答案。

詞彙 週末 しゅうまつ 名 週末｜今週 こんしゅう 名 這週

映画館 えいがかん名電影院｜行く いく動去
それから連然後｜買い物 かいもの名購物｜する動做
今週末 こんしゅうまつ名這週末｜外 そと名外、外面
出る でる動出去｜～たい 想（做）～｜じゃ連那麼
家 いえ名家｜一緒に いっしょに副一起｜料理 りょうり名料理
ゆっくり副放鬆地、好好地（休息）｜休む やすむ動休息
～より助比～｜テレビ名電視｜サッカー名足球
見る みる動看｜いいい形好的｜そう副那麼

2

[音檔]

会社で、女の人と男の人が話しています。**男の人が使う車は誰のものですか。**

F：森さん、車を買いましたか。

M：いいえ、これは僕の車じゃないです。

F：誰のですか。お父さんのものですか。

M：いいえ、**兄の車です。**兄が母からもらったものですが、今は使わないから、僕が使っています。

F：そうですか。私の姉も車を持っていますが、毎日車で会社に行きますから、私は使うことができません。

男の人が使う車は誰のものですか。

[試卷]

1 おとうさん

2 おかあさん

3 あに

4 あね

翻譯 在公司裡，女人和男人正在交談。請問男人開的車是誰的？

F：森先生，你買車了嗎？

M：不是，這不是我的車。

F：是誰的？爸爸的嗎？

M：不是，**是哥哥的車**。是哥哥從媽媽那裡拿到的，但是他現在不開，所以給我開。

F：這樣啊？我姐姐也有車，但是因為她每天都開車去公司，我就不能開了。

請問男人開的車是誰的？

1　爸爸

2　媽媽

3　哥哥

4　姐姐

解析 這題問的是在 1「爸爸」、2「媽媽」、3「哥哥」、4「姐姐」之中，男人開的車是誰的。在對話中，男人提到**兄の車です**（是哥哥的車），所以 3 **あに**（哥哥）是正確答案。1 是女人提到，但男人否認的對象，2 說的是哥哥從媽媽那裡拿到了車，而 4 是女人說自己的姐姐有車，所以是錯誤答案。

詞彙 会社 かいしゃ名公司｜使う つかう動使用
車 くるま名車子｜誰 だれ名誰
もの名的（代指事物）、東西｜買う かう動買｜これ名這個
僕 ぼく名我（男人的自稱）｜お父さん おとうさん名爸爸
兄 あに名哥哥｜母 はは名媽媽｜～から助從～｜もらう動得到
今 いま名現在｜～から助因為～｜～ている 正在（做）～
私 わたし名我｜姉 あね名姐姐｜持つ もつ動帶、拿
毎日 まいにち名每天｜行く いく動去
～ことができる 能夠（做）～｜おかあさん名媽媽

3

[音檔]

電話で女の人が話しています。金曜日に**どの教室**に行きますか。

F：もしもし、田中さん？ 林です。金曜日のテストの場所は２階の１番教室だと言いましたが、２階じゃありません。**１階の２番教室です**。そして、テストの時間は10時からです。だから、その日は10時までに１階に来てください。

金曜日に**どの教室**に行きますか。

[試卷]

1　1かいの　1ばん　きょうしつ

2　1かいの　2ばん　きょうしつ

3　2かいの　1ばん　きょうしつ

4　2かいの　2ばん　きょうしつ

翻譯 女人正在講電話。請問星期五要去哪間教室？

F：喂？田中小姐嗎？我是林。原本說星期五的考試地點是 2 樓的 1 號教室，但是並不是 2 樓，而是 **1 樓的 2 號教室**。還有，考試時間是從 10 點開始。所以那天請你在 10 點前過來 1 樓。

請問星期五要去哪間教室？

1　1 樓的 1 號教室

2　1 樓的 2 號教室

3　2 樓的 1 號教室

4　2 樓的 2 號教室

解析 這題問的是在 1「1 樓的 1 號教室」、2「1 樓的 2 號教室」、3「2 樓的 1 號教室」、4「2 樓的 2 號教室」之中，星期五要去哪間教室。女人提到「**1 階の 2 番教室です**（是 1 樓的 2 號教室）」，所以 2「**1かいの　2ばん　きょうしつ**（1 樓的 2 號教室）」是正確答案。1、4 並沒有被提及，3 的 2 樓的 1 號教室是女人先前講錯的地點，所以是錯誤答案。

詞彙 電話 でんわ名電話｜金曜日 きんようび名星期五｜どの 哪個
教室 きょうしつ名教室｜行く いく動去｜テスト名考試、測驗
場所 ばしょ名地點｜～階 ～かい ～樓｜～番 ～ばん ～號
～と言う ～という 說～｜そして連而且

時間 じかん[名]時間｜～時 ～じ ～點｜～から[助]從～
だから[連]所以｜その 那｜日 ひ[名]日子｜～までに 之前
来る くる[動]來｜～てください 請（做）～

4

[音檔]

日本語学校で、女の人と男の人が話しています。**女の人の電話番号**は**何番**ですか。

F：すみません。来週から夜の日本語クラスで勉強したいです。

M：そうですか。お名前と電話番号を教えてください。

F：サラ・スミスです。**電話番号は531-4189です。**

M：はい、サラさん。えーと、電話番号が531-4819ですよね。

F：いいえ。4189です。

M：あ、はい、わかりました。じゃ、来週一度来てください。授業について案内します。

女の人の電話番号は**何番**ですか。

[試卷]

1　531-4189
2　531-4819
3　538-4189
4　538-4819

翻譯 在日語學校，女人和男人正在交談。請問女人的電話號碼是幾號？

F：不好意思，我想要從下週開始上晚上的日語課。
M：這樣啊？請告訴我您的姓名跟電話。
F：莎拉・史密斯。**電話號碼是 531-4189。**
M：好的，莎拉小姐。嗯，電話號碼是 531-4819 對嗎？
F：不是，是 4189。
M：哦，好的，我知道了，那請您下週過來一趟，會為您講解課程。

請問女人的電話號碼是幾號？

1　531-4189
2　531-4819
3　538-4189
4　538-4819

解析 這題問的是在選項列出的電話號碼中，女人的電話號碼是幾號。在對話中，女人提到**電話番号は 531-4189 です**（電話號碼是 531-4189），所以 1 531-4189 是正確答案。2 的 4819 是男人聽錯而回答的號碼，3、4 的 538 則是利用發音跟 1 相近的 8 造成混淆的號碼，所以是錯誤答案。

詞彙 日本語 にほんご[名]日語｜学校 がっこう[名]學校
電話番号 でんわばんごう[名]電話號碼｜何～ なん～ 幾～
～番 ～ばん ～號｜来週 らいしゅう[名]下週｜～から[助]從～
夜 よる[名]夜晚｜クラス[名]課、課程｜勉強 べんきょう[名]讀書
する[動]做｜～たい 想（做）～｜お名前 おなまえ[名]姓名
教える おしえる[動]告知｜～てください 請（做）～
わかる[動]知道、理解｜じゃ[連]那麼｜一度 いちど[名]一次
来る くる[動]來｜授業 じゅぎょう[名]課程｜～について 關於～
案内 あんない[名]說明

5

[音檔]

男の人と女の人が話しています。**女の人**はクリスマスカードを**何枚**買いましたか。女の人です。

M：来週クリスマスですね。クリスマスカードは買いましたか。僕は友だちにあげるカードを３枚買いました。

F：**私も両親と友だちにあげるカードを４枚買いました。**前田さんは家族には書きませんか。

M：そうですね。明日両親にあげるカードを２枚買います。

女の人はクリスマスカードを**何枚**買いましたか。

[試卷]

1　2まい
2　3まい
3　4まい
4　5まい

翻譯 男人和女人正在交談。請問女人買了幾張聖誕卡片？是女人。

M：下星期就是聖誕節了，妳買聖誕卡片了嗎？我買了 3 張要送給朋友。
F：我也買了 4 張要送給爸媽跟朋友。前田先生，你不寫給家人嗎？
M：對耶，我明天要買 2 張送給爸媽了。

請問女人買了幾張聖誕卡片？

1　2 張
2　3 張
3　4 張
4　5 張

解析 這題問的是在 1「2 張」、2「3 張」、3「4 張」、4「5 張」之中，女人買了幾張卡片。在對話中，女人提到「**私も両親と友だちにあげるカードを４枚買いました**（我也買了 4 張要送給爸媽跟朋友）」，所以 3「４まい（4 張）」是正確答案。1 的 2 張是男人說明天要買來送給家人的數量，2 的 3 張是男人買好要送給朋友的數量，4 並沒有被提及，所以是錯誤答案。

詞彙 クリスマスカード[名]聖誕卡片｜何～ なん～ 幾～
～枚 ～まい ～張｜買う かう[動]買｜来週 らいしゅう[名]下週
クリスマス[名]聖誕節｜僕 ぼく[名]我（男人的自稱）

聽解

友だち ともだち名朋友們｜あげる動給｜カード名卡片
私 わたし名我｜両親 りょうしん名爸媽
家族 かぞく名家人｜書く かく動寫｜明日 あした名明天

6

[音檔]
男の学生と女の学生が話しています。**女の学生**は夏休みに**どこ**へ行きますか。

M：今度の夏休みにどこへ行きますか。
F：去年、山に行きましたので、**今年は海に行きます**。
M：いいですね。僕は駅前のデパートでアルバイトをします。
F：すごいですね。

女の学生は夏休みに**どこ**へ行きますか。

[試卷]
1 やま
2 うみ
3 えき
4 デパート

翻譯 男學生和女學生正在交談。請問**女學生**暑假要去**哪裡**？
M：妳這次暑假要去哪裡？
F：因為去年去了山上，**今年要去海邊**。
M：真好，我要到站前的百貨公司打工。
F：好厲害喔。

請問女學生暑假要去哪裡？
1 山上
2 海邊
3 車站
4 百貨公司

解析 這題問的是在 1「山上」、2「海邊」、3「車站」、4「百貨公司」之中，女學生暑假要去哪裡。在對話中，女學生提到「今年は海に行きます（今年要去海邊）」，所以 2「うみ（海邊）」是正確答案。1 是女學生去年去過的地方，3、4 是男學生說自己在站前的百貨公司打工，所以是錯誤答案。

詞彙 学生 がくせい名學生｜夏休み なつやすみ名暑假
どこ名哪裡｜行く いく動去｜今度 こんど名這次
去年 きょねん名去年｜山 やま名山｜～ので助因為～
今年 ことし名今年｜海 うみ名海｜いいい形好的
僕 ぼく名我（男人的自稱）｜駅前 えきまえ名站前
デパート名百貨公司｜アルバイト名打工｜する動做
すごいい形厲害的

實戰測驗 2

p.242

1 4　**2** 2　**3** 3　**4** 2　**5** 4
6 1

問題 2，請先聆聽題目。接著聆聽談話，並在試卷的 1 到 4 中選出一個最適合的答案。

1

[音檔]
女の人と男の人が話しています。**女の人**は週末に**何**をしましたか。

F：前田さん、週末に何をしましたか。
M：友だちとサッカーをする予定でしたが、雨が降りましたから、映画を見に行きました。
F：そうですか。私は両親が旅行に行きましたので、**家で一人でゆっくり休みました**。

女の人は週末に**何**をしましたか。

[試卷]

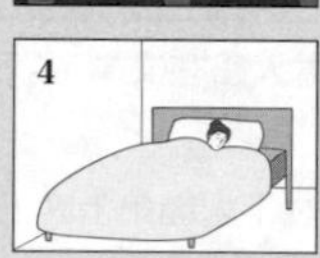

翻譯 女人和男人正在交談。請問**女人**週末做了**什麼**？
F：前田先生，你週末做了什麼？
M：本來打算跟朋友一起踢足球，但是因為下雨，就去看電影了。
F：這樣啊。我是因為爸媽出遊了，**一個人在家放鬆休息**。

請問女人週末做了什麼？

解析 選項列出了踢足球的圖片、看電影的圖片、旅遊的圖片、休息的圖片，而題目問的是女人週末做了什麼。在對話中，女人提到「家で一人でゆっくり休みました（一個人在家放鬆休息）」所以休息的圖片 4 是正確答案。1 是男人本來想做，卻因為下雨而沒辦法做的事，2 是男人週末做的事，3 是女人的父母做的事，所以是錯誤答案。

詞彙 週末 しゅうまつ名週末｜何 なに名什麼｜する動做
友だち ともだち名朋友們｜サッカー名足球
予定 よてい名預計｜雨 あめ名雨｜降る ふる動下
～から助因為～｜映画 えいが名電影｜見る みる動看
～に行く ～にいく 去（做）～｜私 わたし名我
両親 りょうしん名爸媽｜旅行 りょこう名旅遊

〜ので 助 因為〜｜家 いえ 名 家｜一人 ひとり 名 一個人
ゆっくり 副 放鬆地｜休む やすむ 動 休息

2

[音檔]

男の人と女の人が話しています。**男の人は誰と**コンサートに行きましたか。

M：昨日コンサートに行ってきました。とても楽しかったです。

F：わー、友だちと一緒に行きましたか。

M：いえ、**兄と一緒に行きました。**

F：そうですか。私は昨日妹と料理教室に行ってきました。

M：料理教室はどうでしたか。

F：有名な先生のクラスだったので、いろいろ勉強することができました。

男の人は誰とコンサートに行きましたか。

[試卷]

1 ともだち
2 あに
3 いもうと
4 せんせい

翻譯 男人和女人正在交談。請問**男人跟誰**去了音樂會？

M：昨天去了音樂會，真的很開心。
F：哇，跟朋友一起去嗎？
M：不是，**跟哥哥一起去。**
F：這樣啊，我昨天跟妹妹一起去了料理教室。
M：料理教室怎麼樣？
F：因為是名師的課，可以學到各式各樣的東西。

請問男人跟誰去了音樂會？

1 朋友
2 哥哥
3 妹妹
4 老師

解析 這題問的是在 1「朋友」、2「哥哥」、3「妹妹」、4「老師」之中，男人跟誰去看了演唱會。在對話中，男人提到「兄と一緒に行きました（跟哥哥一起去）」，所以 2 あに（哥哥）是正確答案。1 是女人有提到，但男人否認的人，3 是跟女人一起去料理教室的人，4 是在女人去的料理教室上課的人，所以是錯誤答案。

詞彙 コンサート 名 音樂會｜行く いく 動 去｜昨日 きのう 名 昨天
くる 動 來｜とても 副 真的、非常｜楽しい たのしい い形 開心的
友だち ともだち 名 朋友｜一緒に いっしょに 副 一起
兄 あに 名 哥哥｜私 わたし 名 我｜妹 いもうと 名 妹妹
料理 りょうり 名 料理｜教室 きょうしつ 名 教室
有名だ ゆうめいだ な形 有名的｜先生 せんせい 名 老師
クラス 名 課程、班級｜〜ので 助 因為〜｜いろいろ 副 各種
勉強 べんきょう 名 讀書｜する 動 做
〜ことができる 能夠（做）〜

3

[音檔]

女の学生が話しています。**女の学生は何人家族**ですか。

F：はじめまして。鈴木まりあです。**私は両親と一緒に住んでいます。姉が一人、兄が一人います**が、今はみんな他のところに住んでいます。妹や弟はいませんが、犬が一匹います。名前はマロンで、とてもかわいいです。

女の学生は何人家族ですか。

[試卷]

1 3にん
2 4にん
3 5にん
4 6にん

翻譯 女學生正在談話。請問**女學生家是幾人家庭**？

F：初次見面。我是鈴木瑪莉亞。**我跟爸媽一起住。我有 1 個姐姐、1 個哥哥**，但是現在大家都住在其他地方。我沒有弟弟和妹妹，但是有一隻小狗。牠的名字叫瑪隆，真的很可愛。

請問女學生家是幾人家庭？

1 3 人
2 4 人
3 5 人
4 6 人

解析 這題問的是在選項 1「3 人」、2「4 人」、3「5 人」、4「6 人」之中，女學生有幾個家人。女學生提到「私は両親と一緒に住んでいます。姉が一人、兄が一人います（我跟爸媽一起住。我有 1 個姐姐、1 個哥哥）」，所以 3 5にん（5 人）是正確答案。

詞彙 学生 がくせい 名 學生｜何〜 なん〜 幾〜｜〜人 〜にん 〜人
家族 かぞく 名 家人｜私 わたし 名 我｜両親 りょうしん 名 爸媽
一緒に いっしょに 副 一起｜住む すむ 動 住
〜ている 正在（做）〜｜姉 あね 名 姐姐
一人 ひとり 名 1 人、獨自｜兄 あに 名 哥哥｜いる 動 有
今 いま 名 現在｜みんな 名 大家｜他 ほか 名 其他
ところ 名 地方、地點｜妹 いもうと 名 妹妹｜〜や 助 〜和
弟 おとうと 名 弟弟｜犬 いぬ 名 狗｜〜匹 〜ひき 〜隻
名前 なまえ 名 名字｜とても 副 真的、非常｜かわいい い形 可愛的

4

[音檔]

女の学生と男の学生が話しています。**男の学生**は今日**何**で学校に来ましたか。

F：林さん、毎朝何で学校に来ていますか。

M：自転車で来ています。

F：今日テストがあるのに、大変じゃなかったですか。

M：そこまで大変ではないですが、**今日は遅く起きましたので、タクシーで来ました。**

F：そうですか。私はいつも電車に乗ってきます。バスもありますが、電車のほうが速いので、電車で来ます。

男の学生は今日**何**で学校に来ましたか。

[試卷]

1 じてんしゃ

2 タクシー

3 でんしゃ

4 バス

翻譯 女學生和男學生正在交談。請問男學生今天怎麼來學校？

F：林同學，你每天早上怎麼來學校？

M：騎腳踏車來。

F：今天有考試耶，不會很累嗎？

M：不至於那麼累，但是因為我今天比較晚起床，所以搭計程車來。

F：這樣啊。我總是搭電車來。雖然也有公車，但是電車比較快，所以搭電車來。

請問男學生今天怎麼來學校？

1　腳踏車

2　計程車

3　電車

4　公車

解析 這題問的是在 1「腳踏車」、2「計程車」、3「電車」、4「公車」之中，男學生今天是用什麼來的。在對話中，男學生提到「今日は遅く起きましたので、タクシーで来ました（因為今天比較晚起床，所以搭計程車來）」，所以 2 タクシー（計程車）是正確答案。1 是男學生平時騎的，但是他已經說今天搭了計程車，3 是女學生搭的，4 是女學生說也可以坐公車來上學，只是會比電車慢，所以是錯誤答案。

詞彙 学生 がくせい 名學生 ｜ 今日 きょう 名今天

学校 がっこう 名學校 ｜ 来る くる 動來

毎朝 まいあさ 名每天早上 ｜ 何 なに 名什麼

～ている 正在（做）～ ｜ 自転車 じてんしゃ 名腳踏車

テスト 名考試、測驗 ｜ ある 動有 ｜ ～のに 助但是～

大変だ たいへんだ な形累人的 ｜ そこまで 那麼

遅い おそい い形晚的 ｜ 起きる おきる 動起床

～ので 助因為～ ｜ タクシー 名計程車 ｜ 私 わたし 名我

いつも 副總是 ｜ 電車 でんしゃ 名電車 ｜ 乗る のる 動搭乘

バス 名公車 ｜ ほう 名方 ｜ 速い はやい い形快的

5

[音檔]

男の人と女の人が話しています。**男の人**は**週に何回**運動をしていますか。

M：森さん、運動をどのくらいしていますか。

F：前は週に5回走っていましたが、今月は仕事が忙しくて、週に3回だけです。

M：そうですか。僕は毎日30分、運動しています。

F：週末もですか。

M：はい。

F：じゃ、**週に7回も運動しているのですか。すごいですね。**

男の人は**週に何回**運動をしていますか。

[試卷]

1 2かい

2 3かい

3 5かい

4 7かい

翻譯 男人和女人正在交談。請問男人一週運動幾次？

M：森小姐，請問妳多常運動？

F：之前一週跑步 5 次，但是這個月工作很忙，所以一週只有運動 3 次。

M：這樣啊？我每天都運動 30 分鐘。

F：週末也是嗎？

M：對。

F：那你就是每週運動 7 次囉？好厲害喔。

請問男人一週運動幾次？

1　2 次

2　3 次

3　5 次

4　7 次

解析 這題問的是在 1「2 次」、2「3 次」、3「5 次」、4「7 次」之中，男人每週運動幾次。在對話中，女人提到「週に7回も運動しているのですか。すごいですね（那你就是每週運動 7 次囉？好厲害喔）」，所以 4「7かい（7 次）」是正確答案。1 並沒有被提及，2 的 3 次是女人現在一週運動的次數，3 的 5 次是女人以前一週運動的次數，所以是錯誤答案。

詞彙 週 しゅう 名一週、週 ｜ 何～ なん～ 幾～ ｜ ～回 ～かい ～次

運動 うんどう 名運動 ｜ する 動做 ｜ どの 哪個

～くらい 助～左右 ｜ ～ている 正在（做）～、表示重複的動作

前 まえ 名前、前面 ｜ 走る はしる 動跑步

今月 こんげつ 名 這個月 | 仕事 しごと 名 工作
忙しい いそがしい い形 忙碌的 | ～だけ 助 ～只、僅
僕 ぼく 名 我（男人的自稱） | 毎日 まいにち 名 每天
～分 ～ふん ～分鐘 | 週末 しゅうまつ 名 週末 | じゃ 連 那麼
すごい い形 厲害的

6

[音檔]

男の人と女の人が話しています。**女の人**はデパートで**何**を買いますか。

M：中田さん、どこへ行きますか。

F：デパートへ行きます。佐藤さんはどこへ行きますか。

M：僕もデパートへ行きます。何を買いに行きますか。

F：**ワンピースを買いに行きます**。

M：昨日かばんが買いたいと言っていませんでしたか。

F：はい、でも、明日のパーティーで新しい服が着たいので、今日は服を買います。佐藤さんは何を買いますか。

M：僕はシャツとくつを買いに行きます。

女の人はデパートで**何**を買いますか。

[試卷]

1 
2 
3 
4 

翻譯 男人和女人正在交談。請問女人要在百貨公司買什麼？

M：中田小姐，妳要去哪裡？

F：要去百貨公司。佐藤先生要去哪裡？

M：我也要去百貨公司。妳要去買什麼？

F：**要去買洋裝。**

M：妳昨天不是說想買包包嗎？

F：對，可是明天在派對想穿新衣服，所以今天要買衣服。佐藤先生要買什麼？

M：我要去買襯衫跟鞋子。

請問女人要在百貨公司買什麼？

解析 這題問的是在選項列出的洋裝、包包、襯衫、鞋子圖片中，女人要買什麼。女人提到「ワンピースを買いに行きます（要去買洋裝）」，所以洋裝圖片 1 是正確答案。2 是女人說過想買，但是今天不買的東西，3、4 是男人要買的東西，所以是錯誤答案。

詞彙 デパート 名 百貨公司 | 買う かう 動 買 | どこ 名 哪裡
行く いく 動 去 | 僕 ぼく 名 我（男人的自稱） | 何 なに 名 什麼
ワンピース 名 洋裝 | 昨日 きのう 名 昨天 | かばん 名 包包
～たい 想（做）～ | ～と言っていた ～といっていた 說～
でも 連 可是 | 明日 あした 名 明天 | パーティー 名 派對
新しい あたらしい い形 新的 | 服 ふく 名 衣服 | 着る きる 動 穿
～ので 助 因為～ | 今日 きょう 名 今天 | シャツ 名 襯衫
くつ 名 鞋子

實戰測驗 3

p.245

1 2	**2** 4	**3** 3	**4** 3	**5** 1
6 2				

問題 2 ，請先聆聽題目。接著聆聽談話，並在試卷的 1 到 4 中選出一個最適合的答案。

1

[音檔]

男の人と女の人が話しています。**女の人**は姉から**何**をもらいましたか。

M：本村さん、誕生日おめでとうございます。これ、プレゼントです。どうぞ。

F：わ、これ読みたかった本です。ありがとうございます。

M：どういたしまして。あ、**今持っているかばんも今日もらったものですか。**

F：**はい、姉からのプレゼントです。**このくつも兄がくれたものです。

M：かわいいくつですね。

F：はい、そして、弟からも花をもらいました。

女の人は姉から**何**をもらいましたか。

[試卷]

1 
2 
3 
4 

翻譯 男人和女人正在交談。請問女人從姐姐那裡收到了什麼？

M：本村小姐，生日快樂。這是禮物，請妳收下吧。

F：哇，這是我一直想讀的書。謝謝。

M：別客氣，啊，**妳現在背的包包也是今天收到的嗎？**

F：**對，這是姐姐送的禮物。**這雙鞋也是哥哥送的。

M：好可愛的鞋子。

F：對啊，而且，我還從弟弟那裡收到了花。

請問女人從姐姐那裡收到了什麼？

解析 這題問的是在選項列出的書、包包、鞋子、花圖片中，女人從姐姐那裡收到了什麼。在對話中，女人被男人問到「今持っているかばんも今日もらったものですか（妳現在背的包包也是今天收到的嗎？）」之後，回答了「はい、姉からのプレゼントです（對，這是姐姐送的禮物）」，所以包包圖片 2 是正確答案。1 是男人送給女人的禮物，3 是女人從哥哥那裡收到的禮物，4 是女人從弟弟那裡收到的禮物，所以是錯誤答案。

詞彙 姉 あね 名姐姐｜～から 助從～｜もらう 動得到
誕生日 たんじょうび 名生日｜これ 名這個
プレゼント 名禮物｜どうぞ 副請收下｜読む よむ 動讀
～たい 想（做）～｜本 ほん 名書｜今 いま 名現在
持つ もつ 動拿、帶｜～ている 正在（做）～｜かばん 名包包
今日 きょう 名今天｜もの 名的（代指事物）、東西｜この 這
くつ 名鞋子｜兄 あに 名哥哥｜くれる 動給
かわいい い形可愛的｜そして 連而且｜弟 おとうと 名弟弟
花 はな 名花

2

[音檔]

女の人と男の人が話しています。**田中さんは誰**ですか。

F：この写真のめがねをかけている人が田中さんですか。

M：いえ、それは石川さんです。**田中さんはめがねはかけていません。ぼうしをかぶっています。**

F：あ、じゃあ、この人が田中さんですか。

M：はい、そうです。

田中さんは誰ですか。

[試卷]

翻譯 女人和男人正在交談。請問田中小姐是誰？

F：這張照片裡戴著眼鏡的人是田中小姐嗎？

M：不是，那是石川小姐。**田中小姐沒戴眼鏡。她戴著帽子。**

F：哦，那這個人是田中小姐嗎？

M：是的，沒錯。

請問田中小姐是誰？

解析 這題問的是在選項列出的幾個女人圖片中，田中小姐是誰。在對話中，男人提到「田中さんはめがねはかけていません。ぼうしをかぶっています（田中小姐沒戴眼鏡。她戴著帽子）」，所以沒戴眼鏡，又戴著帽子的女人圖片 4 是正確答案。

詞彙 この 這｜写真 しゃしん 名照片｜めがねをかける 戴眼鏡
～ている 正在（做）～｜人 ひと 名人｜それ 名那個
ぼうしをかぶる 戴帽子｜じゃあ 連那麼

3

[音檔]

女の人と男の人が話しています。**女の人**はチケットを**何枚**買いますか。

F：今度の旅行、行く人は何人ですか。

M：大人５人と子ども２人なので、７人です。

F：じゃ、みなみ動物園のチケットを７枚買いますね。

M：いや、そこ、子どもはチケットがなくても大丈夫です。

F：そうですか。

M：はい。そして、先月友だちからそこのチケットを１枚もらったので、**４枚買ってください。**

F：はい、わかりました。

女の人はチケットを**何枚**買いますか。

[試卷]

1　1まい

2　2まい

3　4まい

4　7まい

翻譯 女人和男人正在交談。請問女人要買幾張票？

F：這次旅行有幾個人要去？

M：有 5 個大人和 2 個小孩，所以是 7 個人。

F：那我買 7 張南動物園的票。

M：不，在那裡，小孩沒有票也沒關係。

F：是喔？

M：對，而且，因為我上個月從朋友那裡拿到了 1 張那裡的門票，**所以請買 4 張。**

F：好，我知道了。

請問女人要買幾張票？

1　1 張

2　2 張

3　4 張

4　7 張

解析 這題問的是在 1「1 張」、2「2 張」、3「4 張」、4「7 張」之中，女人要買幾張票。在對話中，男人提到「4 枚買ってください（請買 4 張）」，所以 3「4 まい（4 張）」是正確答案。1 是男人從朋友那裡拿到了 1 張票，2 是對話中說到有 2 個孩子，4 是對話中說到總人數有 7 人，所以是錯誤答案。

詞彙 チケット 名票｜何～ なん～ 幾～｜～枚 ～まい ～張
買う かう 動買｜今度 こんど 名這次｜旅行 りょこう 名旅行

行く いく 動去｜人 ひと 名人｜～人 ～にん ～人
大人 おとな 名大人｜子ども こども 名孩子
2人 ふたり 名2 人｜～ので 助因為～｜じゃ 連那麼
動物園 どうぶつえん 名動物園｜そこ 名那裡｜ない い形沒有
～ても 助就算～｜大丈夫だ だいじょうぶだ な形沒關係的
そして 連而且｜先月 せんげつ 名上個月
友だち ともだち 名朋友｜～から 助從～｜もらう 動得到
～てください 請（做）～｜わかる 動知道、理解

4

[音檔]

女の学生が話しています。**女の学生**は今日の午後、**何**をしましたか。

F：今日は朝早く起きて、英語の宿題をしました。そのあと、学校に行って午前の授業を聞きました。来週、料理のテストがありますから、**午後は友だちと一緒にサンドイッチを作る練習をしました**。明日は休みの日なので、午後に母と映画を見に行く予定です。

女の学生は今日の午後、**何**をしましたか。

[試卷]

1 しゅくだいを　しました
2 じゅぎょうを　ききました
3 りょうりを　しました
4 えいがを　みました

翻譯 女學生正在談話。請問**女學生**今天下午做了**什麼**？

F：今天早上早起做了英語作業。在那之後，去學校聽了上午的課。因為下週有料理測驗，**下午跟朋友們一起練習做了三明治**。明天是休息日，所以下午預計跟媽媽一起去看電影。

請問**女學生**今天下午做了**什麼**？

1　做了作業
2　聽了課
3　做了料理
4　看了電影

解析 這題問的是在 1「做了作業」、2「聽了課」、3「做了料理」、4「看了電影」之中，女學生今天下午做了什麼。女學生提到「**午後は友だちと一緒にサンドイッチを作る練習をしました（下午跟朋友們一起練習做了三明治）**」，所以 3 りょうりを　しました（做了料理）是正確答案。1 的作業是今天早上起床後做的，2 的課是今天上午聽的，4 的電影是明天下午要看的，所以是錯誤答案。

詞彙 学生 がくせい 名學生｜今日 きょう 名今天｜午後 ごご 名下午
する 動做｜朝 あさ 名早上｜早く はやく 副早早地
起きる おきる 動起來｜英語 えいご 名英語
宿題 しゅくだい 名作業｜その 那｜あと 名後
学校 がっこう 名學校｜行く いく 動去｜午前 ごぜん 名上午
授業 じゅぎょう 名課程｜聞く きく 動聽
来週 らいしゅう 名下週｜料理 りょうり 名料理
テスト 名考試、測驗｜ある 動有｜～から 助因為～
友だち ともだち 名朋友｜一緒に いっしょに 副一起
サンドイッチ 名三明治｜作る つくる 動製作
練習 れんしゅう 名練習｜明日 あした 名明天
休みの日 やすみのひ 休息日、放假日｜～ので 助因為～
母 はは 名母親、媽媽｜映画 えいが 名電影｜見る みる 動看
～に行く ～にいく 去（做）～｜予定 よてい 名預計

5

[音檔]

男の学生と女の学生が話しています。**男の学生**は**どこ**でアルバイトをしますか。

M：僕、今日からアルバイトをします。

F：どこでしますか。レストランですか。

M：はい、**駅前の大きいレストランです**。

F：あ、そこ知っています。私はとなりのスーパーで働いています。

M：そうですか。

F：はい、今日も学校が終わってからアルバイトに行きます。

男の学生は**どこ**でアルバイトをしますか。

[試卷]

1 レストラン
2 えき
3 スーパー
4 がっこう

翻譯 男學生和女學生正在交談。請問**男學生**在**哪裡**打工？

M：我從今天開始打工。

F：在哪裡打工？餐廳嗎？

M：對，**站前的大型餐廳**。

F：哦，那裡我知道。我在旁邊的超市工作。

M：是喔？

F：對，今天放學後也要去打工。

請問**男學生**在**哪裡**打工？

1　餐廳
2　車站
3　超市
4　學校

解析 這題問的是在 1「餐廳」、2「車站」、3「超市」、4「學校」之中，男學生打工的地點。在對話中，男學生提到「駅前の大きいレストランです（站前的大型餐廳）」，所以 1 レストラン（餐廳）是正確答案。2 是說男學生打工的地方

聽解

在車站前面，3 是女學生打工的地點，4 是說放學後要去打工，所以是錯誤答案。

詞彙 學生 がくせい 名 學生 ｜ アルバイト 名 打工 ｜ する 動 做
僕 ぼく 名 我（男人的自稱） ｜ 今日 きょう 名 今天
～から 助 從～ ｜ どこ 名 哪裡 ｜ レストラン 名 餐廳
駅前 えきまえ 名 站前 ｜ 大きい おおきい い形 大的
そこ 名 那裡 ｜ 知る しる 動 知道 ｜ ～ている 正在（做）～
私 わたし 名 我 ｜ となり 名 旁邊、隔壁 ｜ スーパー 名 超市
働く はたらく 動 工作 ｜ 學校 がっこう 名 學校
終わる おわる 動 結束 ｜ ～てから（做）～完以後
～に行く ～にいく 去（做）～ ｜ えき 名 車站

6

[音檔]

学校で、先生と男の学生が話しています。**男の学生**は椅子を**いくつ**持ってきますか。

F：田中くん、下の教室から椅子を持ってきてください。

M：はい、いくつ持ってきますか。

F：5つ必要ですが、この教室に3つありますから、**2つ持ってきてください。**

M：はい、わかりました。

男の学生は椅子を**いくつ**持ってきますか。

[試卷]

1　1つ
2　2つ
3　3つ
4　5つ

翻譯 在學校裡，老師和男學生正在交談。請問**男學生**要拿**幾張**椅子過來？

F：田中，請從樓下的教室拿椅子過來。

M：好的，要拿幾張過來？

F：需要 5 張，但是這間教室裡有 3 張了，所以**請你拿 2 張過來。**

M：好的，我知道了。

請問**男學生**要拿**幾張**椅子過來？

1　1 張
2　2 張
3　3 張
4　5 張

解析 這題問的是在 1「1 張」、2「2 張」、3「3 張」、4「5 張」之中，男學生要拿幾張椅子過來。在對話中，老師提到「2つ持ってきてください（請你拿 2 張過來）」，所以 2 2つ（2 張）是正確答案。1 並沒有被提及，3 的 3 張是教室裡有的椅子數量，4 的 5 張是需要的椅子數量，所以是錯誤答案。

詞彙 學校 がっこう 名 學校 ｜ 先生 せんせい 名 老師
學生 がくせい 名 學生 ｜ 椅子 いす 名 椅子 ｜ いくつ 名 幾個
持つ もつ 動 帶、拿 ｜ くる 動 來 ｜ 下 した 名 下
教室 きょうしつ 名 教室 ｜ ～から 助 從～
～てください 請（做）～ ｜ 必要だ ひつようだ な形 需要
この 這 ｜ ある 動 有 ｜ ～から 助 因為～ ｜ わかる 動 知道、理解

問題 3 語言表達

出題型態與解題步驟 p.248

[音檔]

友だちをうちに呼びたいです。友だちに何と言いますか。

M：1　**うちに来ませんか。**
2　大きなうちですね。
3　今行ってもいいですか。

翻譯 **想叫朋友來家裡**。要對朋友說什麼？

M：1　**想不想來我家？**
2　好大的房子喔。
3　可以現在去嗎？

詞彙 友だち 名 朋友 ｜ うち 名 家 ｜ 呼ぶ よぶ 動 呼喚
～たい 想（做）～ ｜ 来る くる 動 來 ｜ 大きな おおきな 大的
今 いま 名 現在 ｜ 行く いく 動 去
～てもいい（做）～也沒關係、（做）～也可以

實戰測驗 1

p.252

1 1	**2** 3	**3** 1	**4** 2	**5** 2

問題 3，請看著圖片聆聽問題。➡（箭頭指向）的人要說什麼？請在 1 到 3 中選出一個最適合的答案。

1

[試卷]

[音檔]

ご飯が食べたいです。友だちに何と言いますか。

M：1　**ご飯を食べに行きましょう。**
2　何を食べましたか。
3　今は食べたくないです。

翻譯 想吃飯。應該對朋友說什麼？

M：**1　去吃飯吧。**

2　吃了什麼？

3　現在不想吃。

解析 這題要選出邀朋友吃飯的說法。

1（O）ご飯を食べに行きましょう（去吃飯吧）是邀約吃飯的說法，所以是正確答案。

2（X）何を食べましたか（吃了什麼？）是詢問吃了什麼東西的說法，所以是錯誤答案。

3（X）今は食べたくないです（現在不想吃）是受邀吃飯的朋友可能說出的話，所以是錯誤答案。

詞彙 ご飯 ごはん 名 飯、餐｜食べる たべる 動 吃

～たい 想（做）～｜友だち ともだち 名 朋友

～に行く ～にいく 去（做）～｜何 なに 名 什麼

今 いま 名 現在

2

[試卷]

[音檔]

友だちから誕生日プレゼントをもらいました。何と言いますか。

F：1　どういたしまして。

2　いってきます。

3　ありがとうございます。

翻譯 從朋友那裡收到了生日禮物。應該說什麼？

F：1　不客氣。

2　我出門了。

3　謝謝。

解析 這題要選出向致贈禮物的朋友道謝的說法。

1（X）どういたしまして（不客氣）是送出禮物的朋友可能用來回應道謝的說法，所以是錯誤答案。

2（X）いってきます（我出門了）是外出時說的問候語，所以是錯誤答案。

3（O）ありがとうございます（謝謝）是表達感激的意思，所以是正確答案。

詞彙 友だち ともだち 名 朋友｜～から 助 從～

誕生日 たんじょうび 名 生日｜プレゼント 名 禮物

もらう 動 得到

3

[試卷]

[音檔]

テレビを買います。店の人に何と言いますか。

M：**1　これをください。**

2　これはいつ買いましたか。

3　これはうちにあります。

翻譯 要買電視。應該跟店員說什麼？

M：**1　請給我這個。**

2　這個是什麼時候買的？

3　這個家裡有。

解析 這題要選出向店員表示要購買電視的說法。

1（O）これをください（請給我這個）是要購買自己指的電視的意思，所以是正確答案。

2（X）これはいつ買いましたか（這個是什麼時候買的）是詢問何時購買電視的說法，所以是錯誤答案。

3（X）これはうちにあります（這個家裡有）是表示家裡已經有電視的說法，所以是錯誤答案。

詞彙 テレビ 名 電視｜買う かう 動 買｜店 みせ 名 店

人 ひと 名 人｜これ 名 這個｜～ください 請～｜いつ 名 什麼時候

うち 名 家｜ある 動 有

4

[試卷]

[音檔]

友だちとテストの勉強がしたいです。何と言いますか。

F：1　テストはどうでしたか。

2　一緒に勉強しませんか。

3　友だちと勉強しますか。

翻譯 想跟朋友一起讀書準備考試。應該說什麼？

F：1　考得怎麼樣？

2　要不要一起讀書？

3　跟朋友一起讀書嗎？

解析 這題要選出邀請朋友一起讀書準備考試的說法。

1（X）**テストはどうでしたか**（考得怎麼樣）是詢問考試結果的說法，所以是錯誤答案。

2（O）**一緒に勉強しませんか**（要不要一起讀書？）是邀朋友一起讀書的說法，所以是正確答案。

3（X）**友だちと勉強しますか**（跟朋友一起讀書嗎）是詢問對方有沒有跟朋友一起讀書的說法，所以是錯誤答案。

詞彙 友だち ともだち 名朋友 ｜ テスト 名考試、測驗
勉強 べんきょう 名讀書 ｜ する 動做 ｜ ～たい 想（做）～
一緒に いっしょに 副一起

5

[試卷]

[音檔]

子どもたちが**階段で遊んでいます**。何と言いますか。

M：1　そこに行きましょう。

2　そこは危ないですよ。

3　そこで遊びたかったです。

翻譯 孩子們在樓梯上玩耍。應該說什麼？

M：1　去那裡吧。

2　那裡很危險。

3　我一直很想在那裡玩耍。

解析 這題要選出提醒孩子們在樓梯上玩耍很危險的說法。

1（X）**そこに行きましょう**（去那裡吧）是提議去樓梯那邊的說法，所以是錯誤答案。

2（O）**そこは危ないですよ**（那裡很危險）是表示樓梯很危險的說法，所以是正確答案。

3（X）**そこで遊びたかったです**（我曾很想在那裡玩耍）是自己曾想在樓梯上玩耍的意思，所以是錯誤答案。

詞彙 子ども こども 名孩子 ｜ ～たち ～們 ｜ 階段 かいだん 名樓梯
遊ぶ あそぶ 動玩 ｜ ～ている 正在（做）～ ｜ そこ 名那裡
行く いく 動去 ｜ 危ない あぶない い形危險的
～たい 想（做）～

實戰測驗 2

p.255

1 2	**2** 1	**3** 2	**4** 3	**5** 3

問題 3，請看著圖片聆聽問題。➡（箭頭指向）的人要說什麼？請在 1 到 3 中選出一個最適合的答案。

1

[試卷]

[音檔]

郵便局で**はがきが買いたいです**。何と言いますか。

M：1　これははがきですか。

2　このはがきはいくらですか。

3　このはがきを買いますか。

翻譯 在郵局想買明信片。應該說什麼？

M：1　這是明信片嗎？

2　這種明信片多少錢？

3　要買這種明信片嗎？

解析 這題要選出在郵局買明信片時說的話。

1（X）**これははがきですか**（這是明信片嗎？）是詢問是否為明信片的說法，所以是錯誤答案。

2（O）**このはがきはいくらですか**（這種明信片多少錢？）是詢問明信片價格的說法，所以是正確答案。

3（X）**このはがきを買いますか**（要買這種明信片嗎？）是郵局員工可能會說的話，所以是錯誤答案。

詞彙 郵便局 ゆうびんきょく 名郵局 ｜ はがき 名明信片
買う かう 動買 ｜ ～たい 想（做）～ ｜ これ 名這個 ｜ この 這
いくら 名多少

2

[試卷]

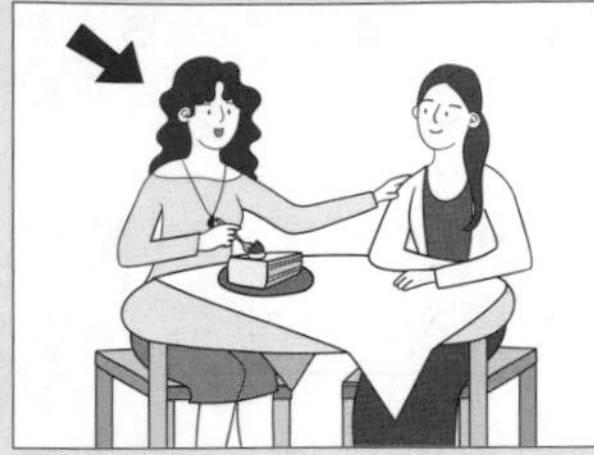

[音檔]

今からケーキを食べます。**友だちと一緒に食べたいです。**
何と言いますか。

F：1　これ一緒に食べませんか。
　2　ケーキを食べました。
　3　このケーキ、食べてもいいですか。

翻譯 現在要吃蛋糕了。想跟朋友一起吃。應該說什麼？

F：1　要不要一起吃這個？
　2　吃了蛋糕。
　3　這個蛋糕我可以吃嗎？

解析 這題要選出邀朋友吃蛋糕的說法。

1（O）これ一緒に食べませんか（要不要一起吃這個？）是邀朋友一起吃蛋糕的說法，所以是正確答案。

2（X）ケーキを食べました（吃了蛋糕）是已經吃了蛋糕的說法，所以是錯誤答案。

3（X）このケーキ、食べてもいいですか（這個蛋糕我可以吃嗎？）是詢問能否吃蛋糕的說法，所以是錯誤答案。

詞彙 今 いま名現在｜～から助從～｜ケーキ名蛋糕
食べる たべる動吃｜友だち ともだち名朋友
一緒に いっしょに副一起｜～たい 想（做）～｜これ名這個
～てもいい 可以（做）

3

[試卷]

[音檔]

家に帰りました。お母さんに何と言いますか。

M：1　おかえり。
　2　ただいま。
　3　いってきます。

翻譯 回到家裡了。應該對媽媽說什麼？

M：1　歡迎回家。
　2　我回來了。
　3　我出門了。

解析 這題要選出回到家的時候，對待在家的媽媽說的話。

1（X）おかえり（歡迎回家。）是待在家的人可能對回到家的人說出的問候語，所以是錯誤答案。

2（O）ただいま（我回來了）是回到家時說的問候語，所以是正確答案。

3（X）いってきます（我出門了）是離家時說的問候語，所以是錯誤答案。

詞彙 家 いえ名家｜帰る かえる動回來
お母さん おかあさん名母親、媽媽

4

[試卷]

[音檔]

友だちが鉛筆を持っていません。何と言いますか。

F：1　この鉛筆は私のだよ。
　2　この鉛筆をくれる？
　3　この鉛筆を使ってもいいよ。

翻譯 朋友沒有帶鉛筆。應該說什麼？

F：1　這枝鉛筆是我的。
　2　可以給我這枝鉛筆嗎？
　3　你可以用這枝鉛筆。

解析 這題要選出把鉛筆借給朋友時說的話。

1（X）この鉛筆は私のだよ（這枝鉛筆是我的）是表示自己擁有鉛筆的意思，所以是錯誤答案。

2（X）この鉛筆をくれる？（可以給我這枝鉛筆嗎？）是索討鉛筆的意思，所以是錯誤答案。

3（O）この鉛筆を使ってもいいよ（你可以用這枝鉛筆）是願意出借鉛筆的意思，所以是正確答案。

詞彙 友だち ともだち名朋友｜鉛筆 えんぴつ名鉛筆
持つ もつ動帶｜～ている 正在（做）～｜この 這
私 わたし名我｜くれる動給｜使う つかう動使用
～てもいい 可以（做）～

5

[試卷]

[音檔]

教室の中が暑いです。友だちに何と言いますか。

M：1 暑いですから、窓を開けました。

2 窓は開いていますよ。

3 すみません、窓を開けてください。

翻譯 教室裡面很熱。要對朋友說什麼？

M：1 因為很熱，就把窗戶打開了。

2 窗戶開著。

3 不好意思，請打開窗戶。

解析 這題要選出因為教室裡面很熱，而請人打開窗戶的說法。

1（X）暑いですから、窓を開けました（因為很熱，就把窗戶打開了）是早已打開窗戶的說法，所以是錯誤答案。

2（X）窓は開いていますよ（窗戶開著）是窗戶已經開著的說法，所以是錯誤答案。

3（O）すみません、窓を開けてください（不好意思，請打開窗戶）是拜託別人打開窗戶的說法，所以是正確答案。

詞彙 教室 きょうしつ 名 教室｜中 なか 名 中、裡面
暑い あつい い形 熱的｜友だち ともだち 名 朋友
～から 助 因為～｜窓 まど 名 窗戶｜開ける あける 動 開啟
開く あく 動 被開啟｜～ている 處於～的狀態
～てください 請（做）～

實戰測驗 3

p.258

1 2　**2** 3　**3** 2　**4** 3　**5** 1

問題 3，請看著圖片聆聽問題。➡（箭頭指向）的人要說什麼？請在 1 到 3 中選出一個最適合的答案。

1

[試卷]

[音檔]

映画のチケットが２枚あります。**友だちと見たいです。**何と言いますか。

M：1 好きな映画は何ですか。

2 一緒に映画館に行きましょう。

3 映画は二人で見ますか。

翻譯 有 2 張電影票。**想跟朋友一起看。**應該說什麼？

M：1 你喜歡的電影是哪部？

2 一起去電影院吧。

3 電影是兩個人一起看嗎？

解析 這題要選出邀約朋友一起看電影的說法。

1（X）好きな映画は何ですか（你喜歡的電影是哪部？）是詢問對方喜歡什麼電影的說法，所以是錯誤答案。

2（O）一緒に映画館に行きましょう（一起去電影院吧）是邀約對方一起看電影的說法，所以是正確答案。

3（X）映画は二人で見ますか（電影是兩個人一起看嗎？）是受邀的朋友可能說出的話，所以是錯誤答案。

詞彙 映画 えいが 名 電影｜チケット 名 票｜～枚 ～まい ～張
ある 動 有｜友だち ともだち 名 朋友｜見る みる 動 看
～たい 想（做）～｜好きだ すきだ な形 喜歡｜何 なん 名 什麼
一緒に いっしょに 副 一起｜映画館 えいがかん 名 電影院
行く いく 動 去｜二人 ふたり 名 兩個人

2

[試卷]

[音檔]

バスが東京駅まで行くかどうか知りたいです。何と言いますか。

M：1　東京駅はどこですか。

2　このバスは東京駅から来ましたか。

3　このバス、東京駅に行きますか。

翻譯 想知道公車是否會到東京站。應該說什麼？

M：1　東京站在哪裡？

2　這台公車是從東京站來的嗎？

3　這台公車會去東京站嗎？

解析 這題要選出詢問公車是否會到東京站的說法。

1（X）東京駅はどこですか（東京站在哪裡？）是詢問東京站位置的說法，所以是錯誤答案。

2（X）このバスは東京駅から来ましたか（這台公車是從東京站來的嗎？）是詢問公車是否從東京站來的說法，所以是錯誤答案。

3（O）このバス、東京駅に行きますか（這台公車會去東京站嗎？）是詢問公車會不會到東京站的說法，所以是正確答案。

詞彙 バス 名 公車｜東京駅 とうきょうえき 名 東京站｜～まで 助 直到～｜行く いく 動 去｜～かどうか 是否～｜知る しる 動 知道｜～たい 想（做）～｜どこ 名 哪裡｜この 這｜～から 助 從～｜来る くる 動 來

3

[試卷]

[音檔]

友だちと一緒にご飯を食べます。何と言いますか。

F：1　いってきます。

2　いただきます。

3　どういたしまして。

翻譯 跟朋友一起吃飯。應該說什麼？

F：1　我出門了。

2　我要開動了。

3　不客氣。

解析 這題要選擇開飯前說的話。

1（X）いってきます（我出門了）是出門時說的問候語，所以是錯誤答案。

2（O）いただきます（我要開動了）是開飯前說的問候語，所以是正確答案。

3（X）どういたしまして（不客氣）是受到別人感謝時，表達謙虛的問候語，所以是錯誤答案。

詞彙 友だち ともだち 名 朋友｜一緒に いっしょに 副 一起｜ご飯 ごはん 名 飯｜食べる たべる 動 吃｜

聽解

4

[試卷]

[音檔]

友だちと一緒に海に行きたいです。何と言いますか。

F：1　海に行きましたか。

2　海に行きません。

3　海に行きませんか。

翻譯 想跟朋友一起去海邊。應該說什麼？

F：1　去海邊了嗎？

2　不去海邊。

3　要不要去海邊？

解析 這題要選出邀請朋友一起去海邊的勸誘說法。

1（X）海に行きましたか（去海邊了嗎？）是詢問是否有去海邊的說法，所以是錯誤答案。

2（X）海に行きません（不去海邊）是表示不去海邊的說法，所以是錯誤答案。

3（O）海に行きませんか（要不要去海邊？）是邀請對方一起去海邊的說法，所以是正確答案。

詞彙 友だち ともだち 名 朋友｜一緒に いっしょに 副 一起
海 うみ 名 海｜行く いく 動 去｜～たい 想（做）～

5

[試卷]

[音檔]

図書館で**隣の人たちがうるさいです。**何と言いますか。

M：1 **少し静かにしてください。**

2 すみません、うるさかったですか。

3 隣に座りますか。

翻譯 在圖書館裡面，旁邊的人們很吵。應該說什麼？

M：**1 請安靜一點。**

2 對不起，很吵嗎？

3 坐在旁邊嗎？

解析 這題要選出在圖書館裡面，請旁邊的人安靜一點的說法。

1（O）少し静かにしてください（請安靜一點）是請對方放低音量的說法，所以是正確答案。

2（X）すみません、うるさかったですか（對不起，很吵嗎？）是旁邊那群被要求安靜的人可能說出的話，所以是錯誤答案。

3（X）隣に座りますか（坐在旁邊嗎？）是詢問是否坐在旁邊的說法，所以是錯誤答案。

詞彙 図書館 としょかん 名 圖書館｜隣 となり 名 旁邊、隔壁
人 ひと 名 人｜～たち ～們｜うるさい い形 吵鬧的
少し すこし 副 稍微｜静かだ しずかだ な形 安靜的｜する 動 做
～てください 請（做）～｜座る すわる 動 坐

問題 4 即時應答

出題型態與解題步驟 p.262

[音檔]

M：**明日誰に会いますか。**

F：1 誰にも会いませんでした。

2 学校で会います。

3 **お母さんです。**

翻譯 M：明天**要見誰**？

F：1 誰都沒碰到。

2 在學校見。

3 媽媽。

詞彙 明日 あした 名 明天｜誰 だれ 名 誰｜会う あう 動 見面
学校 がっこう 名 學校｜お母さん おかあさん 名 媽媽

實戰測驗 1

p.266

1 3 **2** 1 **3** 2 **4** 3 **5** 2
6 1

問題 4 沒有圖片。請聆聽句子，並在 1 到 3 中選出一個最適合的答案。

1

[音檔]

F：すみません。**このかばんはいくらですか。**

M：1 三つです。

2 Mサイズです。

3 **1,500円です。**

翻譯 F：不好意思，**這個包包多少錢？**

M：1 三個。

2 M 號。

3 1,500 圓。

解析 女人正在詢問男人包包的價格。

1（X）這是被問到いくつですか（有幾個？）時會做出的回應，所以是錯誤答案。

2（X）這是使用與かばん（包包）有關的 M サイズ（M 號）造成混淆的錯誤答案。

3（O）用來回答いくらですか（多少錢？）這個問句，是恰當的回應。

詞彙 この 這｜かばん 名 包包｜いくら 名 多少｜三つ みっつ 名 三個
サイズ 名 尺寸｜～円 ～えん ～圓

2

[音檔]

M：森さん、**休みの日は何をしますか。**

F：**1　山に登ります。**

2　運動は毎日しています。

3　今から休みませんか。

翻譯 M：森小姐，**休息日要做什麼？**

F：**1　爬山。**

2　每天都有運動。

3　要不要現在開始休息？

解析 男人正在詢問女人休息日要做什麼。

1（O）表示休息日會去爬山，所以是恰當的回應。

2（X）這是使用與何をしますか（要做什麼？）有關的運動しています（都有運動）造成混淆的錯誤答案。

3（X）這是使用與休み（休息）有關的休みませんか（要不要休息）造成混淆的錯誤答案。

詞彙 休み やすみ名休息｜日 ひ名日子｜何 なに名什麼
する動做｜山 やま名山｜登る のぼる動登上
運動 うんどう名運動｜毎日 まいにち名每｜
～ている 正在（做）～｜今 いま名現在｜～から助從～
休む やすむ動休息

3

[音檔]

M：今日、テストですね。**テストは何時からですか。**

F：1　3時間です。

2　2時です。

3　四日です。

翻譯 M：今天是考試耶。**考試幾點開始？**

F：1　3小時。

2　2點。

3　4號。

解析 男人正在詢問女人考試開始的時間。

1（X）這是被問到テストは何時間しますか（考試幾點開始？）時會做出的回應，所以是錯誤答案。

2（O）表示考試2點開始，所以是恰當的回應。

3（X）這是被問到テストはいつですか（考試是什麼時候？）時會做出的回應，所以是錯誤答案。

詞彙 今日 きょう名今天｜テスト名考試、測驗｜何～ なん～ 幾～
～時 ～じ ～點｜～から助從～｜時間 じかん名時間
四日 よっか名4號

4

[音檔]

F：林さん、**この映画を見ましたか。**

M：1　はい、映画館に行きましょう。

2　映画はどうでしたか。

3　はい、友だちと見ました。

翻譯 F：林先生，你看過這部電影嗎？

M：1　是，去電影院吧。

2　電影怎麼樣嗎？

3　是，跟朋友看過。

解析 女人正在詢問男人是否看過這部電影。

1（X）已經用「是」表示看過電影了，後面卻說「去電影院吧」，所以是前後兜不起來的錯誤答案。

2（X）這是重複使用映画（電影）和したか（～嗎？）造成混淆的錯誤答案。

3（O）表示看過電影，所以是恰當的回應。

詞彙 この 這｜映画 えいが名電影｜見る みる動看
映画館 えいがかん名電影院｜行く いく動去
友だち ともだち名朋友

5

[音檔]

F：宿題は**いつまでに出しますか。**

M：1　先生です。

2　明日です。

3　授業があります。

翻譯 F：作業什麼時候之前要交？

M：1　是老師。

2　明天。

3　有課。

解析 女人正在詢問男人應該交出作業的日期。

1（X）這是問題用到疑問詞誰（誰）時會做出的回應，所以是錯誤答案。而且也使用了與宿題（作業）有關的先生（老師）造成混淆。

2（O）表示明天前要交出作業，所以是恰當的回應。

3（X）使用與宿題（作業）有關的授業（課）造成混淆的錯誤答案。

詞彙 宿題 しゅくだい名作業｜いつ名什麼時候｜～までに ～之前
出す だす動繳交、交出｜先生 せんせい名老師
明日 あした名明天｜授業 じゅぎょう名課程｜ある動有

6

[音檔]

M：かわいいコートですね。どこで買いましたか。

F：1 母にもらいました。

2 明日デパートに行きます。

3 去年買いました。

翻譯 M：好可愛的外套，是在哪裡買的？

F：**1 從媽媽那裡拿到的。**

2 明天去百貨公司。

3 去年買了。

解析 男人正在詢問女人購買外套的地點。

1（O）表示外套不是買的，而是從媽媽那裡拿到的，所以是恰當的回應。遇到使用どこで（在哪裡）詢問出處的問題時，除了地點以外，也可以用人物來回答。

2（X）這是使用與どこで買いましたか（在哪裡買的？）有關的デパート（百貨公司）造成混淆的錯誤答案。

3（X）這是問題用到疑問詞いつ（何時）時會做出的回應，而且也是使用與買いましたか（買了嗎）有關的買いました（買了）造成混淆的錯誤答案。

詞彙 かわいい い形 可愛的｜コート 名 外套｜どこ 名 哪裡
買う かう 動 買｜母 はは 名 母親、媽媽｜もらう 動 得到
明日 あした 名 明天｜デパート 名 百貨公司｜行く いく 動 去
去年 きょねん 名 去年

實戰測驗 2

p.266

1 3	**2** 2	**3** 1	**4** 2	**5** 2
6 1				

問題 4 沒有圖片。請聆聽句子，並在 1 到 3 中選出一個最適合的答案。

1

[音檔]

F：昨日はどうして授業に来ませんでしたか。

M：1 彼は昨日の授業に来ました。

2 今日は授業がありません。

3 風邪で授業に行くことができませんでした。

翻譯 F：昨天怎麼沒來上課？

M：1 他昨天有來上課。

2 今天沒有課。

3 因為感冒，沒辦法去上課。

解析 女人正在詢問男人昨天沒來上課的原因。

1（X）這是重複使用昨日（昨天），並使用與来ませんでしたか（沒來嗎？）有關的来ました（來了）造成混淆的錯誤答案。

2（X）這是重複使用授業（課），並使用與昨日（昨天）有關的（今天）造成混淆的錯誤答案。

3（O）解釋了昨天不能來上課的原因，所以是恰當的回應。

詞彙 昨日 きのう 名 昨天｜どうして 副 怎麼會
授業 じゅぎょう 名 課程｜来る くる 動 來｜彼 かれ 名 他
今日 きょう 名 今天｜ある 動 有｜風邪 かぜ 名 感冒
行く いく 動 去｜～ことができる 能夠（做）～

2

[音檔]

F：兄弟が何人いますか。

M：1 弟は5さいです。

2 兄が二人います。

3 姉は大学1年生です。

翻譯 F：有幾個兄弟姐妹？

M：1 弟弟 5 歲。

2 有 2 個哥哥。

3 姐姐大學 1 年級。

解析 女人正在詢問男人有幾個兄弟姐妹。

1（X）這是問題用到疑問詞何さい（幾歲）時會做出的回應，所以是錯誤答案。而且也使用了與兄弟（兄弟姐妹）有關的弟（弟弟）造成混淆。

2（O）表示有 2 個哥哥，所以是恰當的回應。

3（X）這是被問到姉は何年生ですか（姐姐幾年級？）時會做出的回應，所以是錯誤答案。

詞彙 兄弟 きょうだい 名 兄弟姐妹｜何～ なん～ 幾～
～人 ～にん ～人｜いる 動 有｜弟 おとうと 名 弟弟
～さい ～歲｜兄 あに 名 哥哥｜二人 ふたり 名 2 人
姉 あね 名 姐姐｜大学 だいがく 名 大學
～年生 ～ねんせい ～年級

3

[音檔]

M：田中さんの誕生日プレゼントはこのかばんにしましょう。

F：1 はい、そうしましょう。

2 いいえ、誕生日じゃないです。

3 私はかばんをもらいました。

翻譯 M：田中小姐的生日禮物就送這個包包吧。

F：**1 好，就這麼辦。**

2 不，不是生日。

3 我收到包包了。

解析 男人正在向女人提議送這個包包當作田中小姐的生日禮物，因此要選擇接受或拒絕提議的回應作為正確答案。

1（O）同意男人的提議，所以是恰當的回應。

2（X）已經用「不」拒絕了男人的提議，後面卻說「不是生日」，所以是前後兜不起來的錯誤答案。而且也重複使用了誕生日（生日）造成混淆。

3（X）這是重複使用かばん（包包）造成混淆的錯誤答案。

詞彙 誕生日 たんじょうび 名 生日｜プレゼント 名 禮物｜この 這｜かばん 名 包包｜～にする 要～（表示決定）｜私 わたし 名 我｜もらう 動 得到｜

4

[音檔]

M：すみません、近くに銀行がありますか。

F：1 銀行のとなりにスーパーがあります。

2 いえ、近くに銀行はありません。

3 あそこは銀行ではありません。

翻譯 M：不好意思，請問附近有銀行嗎？

F：1　銀行旁邊有超市。

2　沒有，附近沒有銀行。

3　那裡不是銀行。

解析 男人正在詢問女人附近是否有銀行。

1（X）被問銀行在哪裡，卻說明超市的位置，所以是錯誤答案。

2（O）表示附近沒有銀行，所以是恰當的回應。

3（X）使用ではありません（不是～）造成混淆的錯誤答案。而且也重複使用銀行（銀行）造成混淆。

詞彙 近く ちかく 名 附近｜銀行 ぎんこう 名 銀行｜ある 動 有｜となり 名 旁邊｜スーパー 名 超市｜あそこ 名 那裡｜

5

[音檔]

F：夏休みに一緒に山に行かない？

M：1 いや、行かなかったよ。

2 うん、いいよ。

3 え、今から？

翻譯 F：暑假想不想一起去山上？

M：1　不，沒去。

2　嗯，好啊。

3　哦，現在嗎？

解析 女人正在向男人提議一起去山上，因此要選擇接受或拒絕提議的回應作為正確答案。

1（X）已經用「不」拒絕去山上的提議了，後面卻說「沒去」，所以是前後兜不起來的錯誤答案。

2（O）表示接受女人的提議，所以是恰當的回應。

3（X）對方明明提議暑假去，卻詢問是不是現在馬上去，所以是不符合情境的錯誤答案。

詞彙 夏休み なつやすみ 名 暑假｜一緒に いっしょに 副 一起｜山 やま 名 山｜行く いく 動 去｜いい い形 好的｜今 いま 名 現在｜～から 助 從～

6

[音檔]

M：今朝何時に起きましたか。

F：1 7時です。

2 6時間です。

3 5分です。

翻譯 M：今天早上幾點起床？

F：1　7點。

2　6小時。

3　5分鐘。

解析 男人正在詢問女人今天早上起床的時間。

1（O）表示今天早上7點起床，所以是恰當的回應。

2（X）這是被問到何時間ですか（幾小時？）時會做出的回應，所以是錯誤答案。

3（X）這是被問到何分ですか（幾分鐘？）時會做出的回應，所以是錯誤答案。

詞彙 今朝 けさ 名 今天早上｜何～ なん～ 幾～｜～時 ～じ ～點｜起きる おきる 動 起床｜～時間 ～じかん ～小時｜～分 ～ふん ～分鐘

實戰測驗 3

p.266

1 2　**2** 2　**3** 1　**4** 3　**5** 3　**6** 1

問題4沒有圖片。請聆聽句子，並在1到3中選出一個最適合的答案。

1

[音檔]

M：森山さんの誕生日はいつですか。

F：1 去年でした。

2 あさってです。

3 4か月間します。

翻譯 M：森山小姐的生日是什麼時候？

F：1　去年。

2　後天。

3　為期4個月。

解析 男人正在詢問女人生日是什麼時候。

1（X）這是被問到いつでしたか（（之前）是什麼時候？）

時會做出的回應，所以是錯誤答案。

2（O）表示生日在後天，所以是恰當的回應。

3（X）這是被問到何か月間しますか（為期幾個月？）時會做出的回應，所以是錯誤答案。

詞彙 誕生日 たんじょうび名生日｜いつ名什麼時候
去年 きょねん名去年｜あさって名後天
〜か月 〜かげつ 〜個月｜〜間 〜かん 〜間｜する動做

2

[音檔]
M：これは林さんの本ですか。
F：1 林さんは本屋にいます。
2 はい、私の本です。
3 いいえ、林さんはいません。

翻譯 M：這是林小姐的書嗎？
F：1 林小姐在書店。
2 對，是我的書。
3 不是，林小姐不在。

解析 男人正在向女人詢問這是不是林小姐的書。

1（X）這是被問到林さんはどこにいますか（林小姐在哪裡？）時會做出的回應，所以是錯誤答案。

2（O）用「對」回答是林小姐的書之後，又加上「是我的書」，由此可知，女人就是林小姐，所以是正確答案。

3（X）已經用「不」回答這不是林小姐的書了，後面卻說「林小姐不在」，所以是前後兜不起來的錯誤答案。

詞彙 これ名這個｜本 ほん名書｜本屋 ほんや名書店
いる動有｜私 わたし名我

3

[音檔]
F：今日一緒に帰りませんか。
M：**1 いいですね、そうしましょう。**
2 はい、今日は一緒に来ました。
3 いいえ、帰りました。

翻譯 F：今天要不要一起回去？
M：**1 好啊，就這麼辦。**
2 好，今天是一起來的。
3 不，回去了。

解析 女人正在向男人提議一起回家，因此要選擇接受或拒絕提議的回應作為正確答案。

1（O）表示接受女人的提議，所以是恰當的回應。

2（X）已經用「好」接受女人的提議了，後面卻說「今天是一起來的」，所以是前後兜不起來的錯誤答案。而且也重複使用一緒に（一起）造成混淆。

3（X）已經用「不」拒絕了女人的提議，後面卻說「回去了」，所以是前後兜不起來的錯誤答案。而且也使用了與帰りませんか（要不要回去）有關的帰りました（回去了）造成混淆。

詞彙 今日 きょう名今天｜一緒に いっしょに副一起｜
帰る かえる動回去｜いい い形好的｜来る くる動來｜

4

[音檔]
F：昼ご飯、どうでしたか。
M：1 食べたくないです。
2 おいしいラーメンを作ります。
3 おいしかったです。

翻譯 F：午餐怎麼樣？
M：1 不想吃。
2 要煮美味的拉麵。
3 很好吃。

解析 女人正在詢問男人午餐怎麼樣，也就是詢問好不好吃。

1（X）這是使用與昼ご飯（午餐）有關的食べたくないです（不想吃）造成混淆的錯誤答案。

2（X）這是使用與昼ご飯（午餐）有關的ラーメン（拉麵）造成混淆的錯誤答案。

3（O）表示午餐很好吃，所以是恰當的回應。

詞彙 昼ご飯 ひるごはん名午餐｜食べる たべる動吃
〜たい 想（做）〜｜おいしい い形好吃的｜ラーメン名拉麵
作る つくる動製作

5

[音檔]
F：キムさんはどこから来ましたか。
M：1 キムさんは来ませんでした。
2 毎日来ています。
3 韓国から来ました。

翻譯 F：金先生來自哪裡？
M：1 金先生沒來。
2 每天都來。
3 來自韓國。

解析 女人正在詢問男人來自哪裡。

1（X）這是使用與来ましたか（來了嗎？）有關的来ませんでした（沒來）造成混淆的錯誤答案。

2（X）這是使用與来ましたか（來了嗎？）有關的来ています（都來）造成混淆的錯誤答案。

3（O）表示來自韓國，所以是恰當的回應。

詞彙 どこ名哪裡｜〜から助從〜｜来る くる動來
毎日 まいにち名每天｜〜ている 正在（做）〜
韓国 かんこく名韓國

6

[音檔]

M：あそこの赤いかばんは誰のですか。

F：1 南さんのものだと思います。

2 あそこにかばんを置きますね。

3 赤いかばんはありません。

翻譯 M：那個紅色包包是誰的？

F：**1 我覺得是南小姐的。**

2 我會把包包放在那裡。

3 沒有紅色的包包。

解析 男人正在詢問女人紅色包包是誰的。

1（O）表示紅色包包是南小姐的，所以是恰當的回應。

2（X）這是重複使用あそこ（那裡）、かばん（包包）造成混淆的錯誤答案。

3（X）這是重複使用赤いかばん（紅色的包包）造成混淆的錯誤答案。

詞彙 あそこ 名 那裡 | 赤い あかい い形 紅色的 | かばん 名 包包

誰 だれ 名 誰 | もの 名 的（代指事物）、東西

～と思う ～とおもう 覺得～ | 置く おく 動 放置 | ある 動 有

聽解

實戰模擬試題 1

言語知識(文字・語彙)

問題 1	**1** 3	**2** 1	**3** 4	**4** 2	**5** 1	**6** 1	**7** 3
問題 2	**8** 4	**9** 2	**10** 1	**11** 3	**12** 2		
問題 3	**13** 1	**14** 4	**15** 4	**16** 2	**17** 3	**18** 1	
問題 4	**19** 4	**20** 2	**21** 1				

言語知識(文法)

問題 1	**1** 3	**2** 1	**3** 2	**4** 4	**5** 3	**6** 4	**7** 3
	8 1	**9** 2					
問題 2	**10** 4	**11** 1	**12** 2	**13** 4			
問題 3	**14** 3	**15** 1	**16** 2	**17** 4			

讀解

問題 4	**18** 1	**19** 2
問題 5	**20** 3	**21** 2
問題 6	**22** 3	

聽解

問題 1	**1** 4	**2** 3	**3** 1	**4** 3	**5** 4	**6** 2	**7** 3
問題 2	**1** 2	**2** 4	**3** 2	**4** 3	**5** 4	**6** 3	
問題 3	**1** 1	**2** 2	**3** 3	**4** 3	**5** 1		
問題 4	**1** 2	**2** 3	**3** 1	**4** 2	**5** 2	**6** 1	

言語知識（文字・語彙）

1

請站在前面。

解析 「前」的讀音是 3 まえ。

詞彙 前 まえ 名前｜横 よこ 名旁邊｜間 あいだ 名之間｜後ろ うしろ 名後面｜たつ 動站｜～てください 請（做）～

2

買了十朵紅花。

解析 「十本」的讀音是 1 じゅっぽん。要注意，雖然表示數字 10 的十讀音是じゅう，而且計算花朵、鉛筆等細長物的單位本讀音是ほん，但是十本的讀音是有促音的じゅっ跟有半濁音的ぽん。

詞彙 十本 じゅっぽん 名十朵｜あかい い形紅色的｜はな 名花｜かう 動買

3

山田小姐衣服很多。

解析 「多い」的讀音是 4 おおい。

詞彙 多い おおい い形多的｜大きい おおきい い形大的｜汚い きたない い形髒的｜少ない すくない い形少的｜ふく 名衣服｜

4

請仔細聆聽。

解析 「聞いて」的讀音是 2 きいて。

詞彙 聞く きく 動聽｜置く おく 動擺放｜磨く みがく 動磨｜書く かく 動寫｜よく 副好好地｜～てください 請（做）～

5

有來自佐藤先生的電話。

解析 「電話」的讀音是 1 でんわ。要注意，でん是濁音。

詞彙 電話 でんわ 名電話｜～から 助來自～｜ある 動有

6

媽媽在銀行工作 15 年了。

解析 「母」的讀音是 1 はは。

詞彙 母 はは 名母親、媽媽｜父 ちち 名父親、爸爸｜弟 おとうと 名弟弟｜妹 いもうと 名妹妹｜ぎんこう 名銀行｜～ねん ～年｜はたらく 動工作｜～ている 正在（做）～

7

非常美麗的照片。

解析 「写真」的讀音是 3 しゃしん。要注意，しゃ和しん都不是濁音。

詞彙 写真 しゃしん 名照片｜とても 副非常｜うつくしい い形美麗的

8

要不要一起彈鋼琴？

解析 正確地將ぴあの寫成片假名的是 4 ピアノ。1、2、3 是不存在的詞。

詞彙 ピアノ 名鋼琴｜いっしょに 副一起｜ひく 動彈（樂器）

9

學習游泳。

解析 ならいます的寫法是 2 習います。1、3、4 是不存在的詞。

詞彙 習う ならう 動學習｜すいえい 名游泳

10

明天要跟家人去旅行。

解析 かぞく的寫法是 1 家族。2、3、4 是不存在的詞。要分清楚並記住家（か，家）跟選項 3、4 的宅（たく，家），還有族（ぞく，族群）跟選項 2、4 的旅（りょ，旅行）。

詞彙 家族 かぞく 名家人｜あした 名明天｜りょこう 名旅行｜いく 動去

11

粗的筆在哪裡？

解析 ふとい的寫法是 3 太い。1、2、4 是不存在的詞。

詞彙 太い ふとい い形粗的｜ペン 名筆｜どこ 名哪裡｜ある 動有

12

眼睛不舒服，所以吃了藥。

解析 くすり的寫法是 2 薬。1 是不存在的詞。

詞彙 薬 くすり 名藥｜茶 ちゃ 名茶｜め 名眼睛｜いたい い形痛的｜のむ 動吃（藥）、喝

13

因為今天穿了（　　），所以不冷。

1 毛衣　　2 手帕

3 領帶　　4 鈕扣

解析 所有選項都是名詞。與空格後面的內容搭配使用時，是セーターをきたので（因為穿了毛衣）的文意脈絡最通順，所以 1 セーター（毛衣）是正確答案。其他選項的用法為：2ハ

實戰模擬試題 1

ンカチを持つ（帶手帕），3 ネクタイをしめる（打領帶），4 ボタンをつける（扣鈕子）

詞彙 きょう名今天 | きる動穿 | ～ので助因為～ | さむいい形冷的 | セーター名毛衣 | ハンカチ名手帕 | ネクタイ名領帶 | ボタン名鈕扣、按鈕

14

今天早上很晚（　　），上課遲到了。	
1　因為記住	2　因為回答
3　因為停下	**4　因為起床**

解析 所有選項都是動詞。從整個句子看來，是けさおそくおきて、じゅぎょうにおくれました（因為今天早上很晚起床，上課遲到了）的文意脈絡最通順，所以 4 おきて（因為起床）是正確答案。其他選項的用法為：1 歌をおぼえて歌う（記住以哼唱歌曲），2 質問にこたえてください（請回答問題），3 車がとまってこまる（因車子停下而困擾）。

詞彙 けさ名今天早上 | おそいい形晚的、慢的 | じゅぎょう名課 | おくれる動遲到 | おぼえる動背、記住 | こたえる動回答 | とまる動停止 | おきる動起來

15

請幫我影印 2（　　）這個地圖。	
1　把	2　輛
3　隻	**4　張**

解析 所有選項都是計數的單位。最適合用來計算空格前面的ちず（地圖）的單位是まい（張），所以 4 まい（張）是正確答案。1 是用來計算鉛筆或花等細長物的單位，2 是用來計算汽車的單位，3 是用來計算動物的單位。

詞彙 この 這 | ちず名地圖 | コピー名影印 | する動做 | ～てください 請（做）～ | ～ほん ～把、～枝 | ～だい ～輛 | ～ひき ～頭 | ～まい ～張

16

昨天跟朋友進行了棒球的（　　）。	
1　問題	**2　練習**
3　電影	4　雜誌

解析 所有選項都是名詞。與空格前後的內容搭配使用時，是やきゅうのれんしゅうをしました（進行了棒球的練習）的文意脈絡最通順，所以 2 れんしゅう（練習）是正確答案。要注意，不要只看到空格前面的やきゅうの（棒球的），就選擇 3 えいが（電影）或 4 ざっし（雜誌）作為正確答案。其他選項的用法為：1 えいごのもんだい（英語的問題）、3 にほんのえいが（日本的電影）、4 アメリカのざっし（美國的雜誌）。

詞彙 きのう名昨天 | ともだち名朋友 | やきゅう名棒球 | する動做 | もんだい名問題 | れんしゅう名練習 | えいが名電影 | ざっし名雜誌

17

A：「爸爸，（　　）。」	
B：「妳回來啦！」	
1　我要開動了	2　掰掰
3　我回來了	4　對不起

解析 所有選項都是招呼語。從整個提示句看來，因為 B 說的是おかえり（妳回來啦），A 說ただいま（我回來了）的文意脈絡最通順，所以 3 ただいま（我回來了）是正確答案。1 常在吃飯前說，2 常在跟別人分別時說，4 常在道歉時說。

詞彙 おとうさん名爸爸、父親

18

松田小姐正在（　　）公園。

1　跑	2　游
3　登上	4　拍

解析 附圖是女人正在跑步的圖片。根據圖片檢視提示句的話，是まつださんはこうえんをはしっています（松田小姐正在跑公園）的文意脈絡最通順，所以 1 はしって（跑）是正確答案。

詞彙 こうえん名公園 | ～ている 正在（做）～ | はしる動跑 | およぐ動游 | のぼる動登 | とる動拍（照）

19

前年進入了大學。
1　1 個月前進入了大學。
2　2 個月前進入了大學。
3　1 年前進入了大學。
4　2 年前進入了大學。

解析 提示句用到的おととし是「前年」的意思，所以使用了意思相同的にねんまえ（2 年前）的 4 にねんまえにだいがくにはいりました（2 年前進入了大學）是正確答案。

詞彙 おととし名前年 | だいがく名大學 | はいる動進入 | ～かげつ ～個月 | まえ名前 | ～ねん ～年

20

阿姨家很遠。
1　媽媽的弟弟家很遠。
2　媽媽的妹妹家很遠。
3　媽媽的爺爺家很遠。
4　媽媽的奶奶家很遠。

解析 提示句用到的おば是「阿姨」的意思，所以使用了意思相同的ははのいもうと（媽媽的妹妹）的 2 ははのいもうとのいえはとおいです（媽媽的妹妹家很遠）是正確答案。

詞彙 おば名阿姨、姑姑｜いえ名家｜とおいい形遠的
ははは名母親、媽媽｜おとうと名弟弟｜いもうと名妹妹
そふ名爺爺｜そぼ名奶奶

21

房間暗暗的，所以弄亮了。
1 開了房間的電燈。
2 打掃了房間。
3 換了房間的床。
4 關了房間的門。

解析 跟提示句的へやがくらかったです。それであかるくしました（房間暗暗的，所以弄亮了）意思最接近的 1 へやのでんきをつけました（開了房間的電燈）是正確答案。

詞彙 へや名房間｜くらいい形暗的｜それで連所以
あかるいい形亮的｜する動做｜でんき名電燈、電力
つける動打開｜そうじ名打掃｜ベッド名床｜かえる動換
ドア名門｜しめる動關

言語知識（文法） p.287

1

週末總是（　）外面吃晚餐。
1 が（助詞，表示主詞）　2 は（助詞，表示主題）
3 で（在，動作發生地點） 4 も（也）

解析 這題要選擇適合填入空格的助詞。根據「そと（外面）」及「晚ごはんを（晚餐）」，是「在外面晚餐」的文意脈絡比較通順。因此，3 で（在動作發生的地點）是正確答案。

詞彙 週末 しゅうまつ名週末｜いつも副總是｜そと名外面
晩ごはん ばんごはん名晚餐｜食べる たべる動吃
～が助表示主詞｜～は助表示主題
～で助在～（動作發生的地點）｜～も助～也

2

（　　）待在外國的朋友寫了信。
1 へ（向）　2 か（助詞，表示推測）
3 を（助詞，表示受詞）　4 や（和）

解析 這題要選擇適合填入空格的助詞。根據「友だち（朋友）」及「手紙を（信）」，是「向朋友信」的文意脈絡比較通順。因此，1 へ（向）是正確答案。

詞彙 外国 がいこく名外國｜いる動有｜友だち ともだち名朋友
手紙 てがみ名信｜書く かく動寫｜～へ助表示方向
～か助表示推測｜～を助表示受詞｜～や助～和

3

昨天在書店買了英語（　　）辭典。
1 に（對於）　**2 の（的）**
3 と（和）　4 が（助詞，表示主詞）

解析 這題要選擇適合填入空格的助詞。根據「英語（英語）」及「じしょを（辭典）」，是「英語的辭典」的文意脈絡比較通順。因此，2 の（的）是正確答案。

詞彙 昨日 きのう名昨天｜本屋 ほんや名書店｜英語 えいご名英語
じしょ名辭典｜買う かう動買｜～に助對於～｜～の助～的
～と助和～｜～が助表示主詞

4

在美國旅行要去的地方（　）決定了。
1 還　2 不太
3 非常　**4 大致上**

解析 這題要選擇適合填入空格的副詞。從空格後面的決まりました（決定了）看來，是「大致上決定了」的文意脈絡比較通順。因此，4 だいたい（大致上）是正確答案。

詞彙 アメリカ名美國｜旅行 りょこう名旅行｜行く いく動去
ところ名地方、地點｜決まる きまる動決定
まだ副還｜あまり副不太｜たいへん副非常
だいたい副大致上

5

（在公司）
岡田：「林先生小姐，請將這個傳達給木下先生。」
林：「是，（　）。」
1 有過　2 沒有
3 我知道了　4 不知道

解析 這題要選擇適合填入空格的會話用法。從空格前面的はい（是）看來，所有選項都可能是正確答案。因為岡田說了これを木下さんに伝えてください（請將這個傳達給木下先生），回答はい、わかりました（是，我知道了）的文意脈絡比較通順。因此，3 わかりました（我知道了）是正確答案。要記住，在答應請求時，可以回答はい、わかりました（是，我知道了）。

詞彙 会社 かいしゃ名公司｜これ名這個｜伝える つたえる動傳達
～てください 請（做）～｜ある動有｜わかる動知道

6

今天非常熱耶。好想（　　）冰水。
1 飲んで　2 飲んだ
3 飲む　**4 飲み**

解析 這題要選擇適合銜接空格後句型的動詞型態。空格後面的たい可以和動詞ます形銜接成意思是「想（做）～」的句型，把選項 4 飲み（喝）這個動詞ます形填入空格後，就會變成

實戰模擬試題 1

飲みたい（想喝）。因此，4 飲み（喝）是正確答案。要記住，動詞ます形＋たい是「想（做）～」的意思。

詞彙 今日 きょう 名 今天｜とても 副 非常｜あつい い形 熱的
冷たい つめたい い形 冰的｜水 みず 名 水｜～たい 想（做）～
飲む のむ 動 喝

7

明天在音樂教室一起（　　）鋼琴？

1　ひいていますか（正在彈嗎）
2　ひいていましたか（本來正在彈嗎）
3　ひませんか（要不要彈）
4　ひきましたか（彈了嗎）

解析 這題要選擇適合填入空格的句型。從空格前面的ピアノを（鋼琴）看來，所有選項都可能是正確答案。如果檢視整個句子，是「明日おんがくしつでいっしょにピアノをひきませんか（明天要不要在音樂教室一起彈鋼琴）」的文意脈絡比較通順。因此，3 ひきませんか（要不要彈）是正確答案。要記住，3 的ませんか是「要不要（做）～」的意思，1 ていますか是「正在（做）～嗎」的意思，2 ていましたか是「本來正在（做）～嗎」，4 ましたか是「（做）～了嗎」的意思。

詞彙 明日 あした 名 明天｜おんがくしつ 名 音樂教室
いっしょに 副 一起｜ピアノ 名 鋼琴｜ひく 動 彈奏、演奏
～ている 正在（做）～

8

A：「這裡面有（　　　）在？」
B：「沒有，那裡是空的。」

1　だれか（誰嗎）　　2　だれに（對於誰）
3　だれも（誰也）　　4　だれへ（往誰）

解析 這題要選擇適合填入空格的助詞所在的選項。根據「中に（裡面）」及「いますか（有嗎）」，是「裡面有誰在嗎」的文意脈絡比較通順。因此，表示「推測」的助詞か所在的 1 だれか（誰嗎）是正確答案。

詞彙 この 這｜中 なか 名 裡面、中｜いる 動 有｜そこ 名 那裡
あく 動 空出｜～ている（做）～著、處於～的狀態｜だれ 名 誰
～か 助 表示推測｜～に 助 對於～｜～も 助 ～也
～へ 助 表示方向

9

松田：「李先生在日本待到（　　）？」
李　：「我在日本待到明年 8 月為止。」
松田：「這樣啊？那在那之前多玩樂吧。」

1　幾個　　**2　什麼時候**
3　哪裡　　4　誰

解析 這題要選擇適合填入空格的疑問詞。根據「イさんは（李先生）」及「まで（到）」，所有選項都可能是正確答案。如果檢視空格所在的整個句子，是イさんはいつまで日本にいますか（李先生在日本待到什麼時候）的文意脈絡比較通順。因此，2 いつ（什麼時候）是正確答案。

詞彙 ～まで 助 直到～｜日本 にほん 名 日本｜いる 動 有
私 わたし 名 我｜来年 らいねん 名 明年｜～月 ～がつ ～月
その 那｜時 とき 名 時候｜たくさん 副 多｜遊ぶ あそぶ 動 玩
いくつ 名 幾個｜いつ 名 什麼時候｜どこ 名 哪裡｜どなた 名 誰

10

山田小姐的哥哥身高 ★高又 瘦。

1　瘦　　2　身高
3　が（助詞，表示主詞）　　**4　高又**

解析 空格後面的です可以銜接い形容詞普通形或名詞，所以可以把 1 ほそい（瘦）或 2 せ（身高）填入最後的空格，組成「ほそいです（很瘦）」或是「せです（是身高）」。接下來，按照意思排列剩餘選項後，會組成 2 せ 3 が 4 高くて 1 ほそい（身高高又瘦），也自然地銜接了文意脈絡，所以 4 高くて（高又）是正確答案。

詞彙 お兄さん おにいさん 名 哥哥｜ほそい い形 瘦的、苗條的
せ 名 身高｜～が 助 表示主詞｜高い たかい い形（身高）高的

11

今天自己做了要帶 去學校的★便當。

1　便當　　2　を（助詞，表示受詞）
3　帶　　4　去

解析 先看看有沒有可以相互連接的選項。選項 3 用到的動詞て形可以和選項 4 的いく銜接成ていく（（做）～去）這個句型，所以要先把選項 3 持って和 4 いく連接起來。接下來，按照意思排列剩餘選項後，會組成 3 持って 4 いく 1 おべんとう 2 を（要帶去的便當），也自然地銜接了文意脈絡，所以 1 おべんとう（便當）是正確答案。

詞彙 今日 きょう 名 今天｜学校 がっこう 名 學校｜じぶんで 自己
作る つくる 動 製作｜おべんとう 名 便當｜～を 助 表示受詞
持つ もつ 動 帶｜～ていく（做）～去

12

我現在穿的和服是從奶奶那裡 ★拿到 的。

1　的　　**2　拿到**
3　は（助詞，表示主題）　　4　從奶奶那裡

解析 因為空格前面的きもの是名詞，可以銜接助詞，所以要把 3 は（表示主題的助詞）填入第一個空格，組合成「きものは（和服）」。接下來，按照意思排列剩餘選項後，會組成 3 は 4 おばあさんから 2 もらった 1 もの（從奶奶那裡拿到的），也自然地銜接了文意脈絡，所以 2 もらった（拿到）是正確答案。

詞彙 私 わたし 名 我｜いま 名 現在｜着る きる 動 穿
～ている 正在（做）～｜きもの 名 和服
もの 名 的（代指事物）、東西｜もらう 動 得到｜～は 助 表示主題
おばあさん 名 奶奶｜～から 助 從～

13

(在教室裡)
A：「因為有點冷，可以把冷氣 ★ 關掉嗎？」
B：「可以，沒問題。」
1 關掉　2 冷氣
3 因為　**4 を（助詞，表示受詞）**

解析 選項 1 的ても可以和空格後面的いい銜接成てもいい（（做）～也可以）這個句型，所以要把 1 的「けしても（關掉）」填入最後的空格，組成「けしてもいい（可以關掉）」。接下來，按照意思排列剩餘選項後，會組成 3 ので 2 エアコン 4 を 1 けしても（因為把冷氣關掉也），也自然地銜接了文意脈絡，所以 4 を（表示受詞的助詞）是正確答案。

詞彙 きょうしつ名教室｜中 なか名裡面、中｜ちょっと副有點
寒い さむい い形寒冷的｜～てもいい（做）～也可以
だいじょうぶだ な形沒關係的｜けす動關閉｜エアコン名冷氣
～ので助因為～｜～を助表示受詞

14-17

泰勒同學和伍迪同學以「喜歡的食物」為主題，寫了一篇作文，並在所有同學面前讀出來。

(1) 泰勒同學的作文

[14] **我在食物中，最喜歡章魚燒。因為章魚燒也可以在家簡單製作，所以我很常做來 14 。**在家做章魚燒的時候，可以加入自己喜歡的食物製作。

[15] **這週末打算跟朋友一起在我家做章魚燒 15 吃。**非常期待。

(2) 伍迪同學的作文

我非常喜歡漢堡。[16] **每天都吃一次漢堡。 16 因為我家前面的店非常好吃，所以常去。**

[17] **不過， 17 每天吃漢堡對身體不好。**我以後只要週末吃漢堡就好。

詞彙 好きだ すきだ な形喜歡｜食べもの たべもの名食物、吃的
さくぶん名作文｜書く かく動寫｜クラス名班級
みんな名全部｜前 まえ名前｜読む よむ動讀
私 わたし名我｜中 なか名中、裡面｜たこやき名章魚燒
一番 いちばん副最｜家 いえ名家｜かんたんだ な形簡單的
作る つくる動製作｜～ことができる 能夠（做）～
～ので助因為～｜よく副經常、充分地｜時 とき名時候
入れる いれる動放入｜今週 こんしゅう名這週
週末 しゅうまつ名週末｜友だち ともだち名朋友
いっしょに副一起｜食べる たべる動吃｜よてい名預計
とても副非常｜楽しみだ たのしみだ 期待的
ハンバーガー名漢堡｜毎日 まいにち名每天
～回 ～かい ～遍、～次｜前 まえ名前｜ある動有｜店 みせ名店
おいしい い形好吃的｜行く いく動去｜しかし連但是
体 からだ名身體｜よい い形好的｜これから 往後
～だけ助只～｜～ことにする 決定（做）～

14

1 不吃　2 沒吃
3（反覆）吃　4 請吃

解析 這題要選擇適合填入空格的句型。所有選項都可以銜接空格前面的作って（做來）。從空格前面的「たこやきは家でもかんたんに作ることができるので、よく作って（因為章魚燒也可以在家簡單製作，所以我很常做來）」看來，選項 3 食べています（（反覆）吃）跟 4 食べてください（請吃）都可能是正確答案。因為前面的句子提到「私は食べものの中で、たこやきが一番好きです（我在食物中，最喜歡章魚燒）」，把食べています（（反覆）吃）填入空格，在文意脈絡上比較通順，所以 3 食べています（（反覆）吃）是正確答案。要記住，3 的ています是「經常反覆（做）～」的意思，1 的ません是「不（做）～」的意思，2 的ませんでした是「沒（做）～」的意思，4 的てください是「請（做）～」的意思。

詞彙 ～ている 反覆（做）～｜～てください 請（做）～

15

1 を（助詞，表示受詞）　2 が（助詞，表示主詞）
3 和　4 對於

解析 這題要選擇適合填入空格的助詞。從空格前面的「今週の週末は私の家で友だちといっしょにたこやき（這週末跟朋友一起在我家章魚燒）」和空格後面的「作って食べるよていです（打算做來吃）」看來，「這週末打算跟朋友一起在我家做章魚燒吃」的文意脈絡比較通順。因此，1 を（表示受詞的助詞）是正確答案。

詞彙 ～を助表示受詞｜～が助表示主詞｜～と助和～
～に助對～、對於～

16

1 更加　**2 尤其**
3 可是　4 那麼

解析 這題要選擇適合填入空格的副詞或連接詞。從空格所在的句子 16 家の前にあるお店がとてもおいしくてよく行きます（ 16 因為我家前面的店非常好吃）看來，選項 2 とくに（尤其）、3 でも（可是）都可能是正確答案。因為空格前面的句子提到「毎日一回はハンバーガーを食べます（每天都吃一次漢堡）」，把用來強調、針對空格前面的內容進行額外說明的副詞とくに（尤其）填入空格，在文意脈絡上比較通順，所以 2 とくに（尤其）是正確答案。

詞彙 もっと副更加、更｜とくに副尤其｜でも連可是｜では連那麼

17

1　聽看看	2　不聽
3　聽吧	**4　聽了**

解析 這題要選擇適合填入空格的句型。所有選項都可以銜接空格前面的助詞と（說～）。從空格所在的句子看來，是しかし、ハンバーガーを毎日食べるのは体によくないと聞きました（不過，聽說每天吃漢堡對身體不好）的文意脈絡比較通順，所以 4 聞きました（聽了）是正確答案。要記住，4 的ました是「～（做）了」的意思，1 的てみます是「～（做）看看 ~」的意思，2 的ないです是「沒（做）～」的意思，3 的ましょう是「～（做）吧」的意思。

詞彙 聞く きく動聽 ｜ ～てみる ～（做）看看

讀解 p.294

18

明天要跟全班同學去游泳池。**平常要 8 點前去學校，但是因為游泳池 10 點開，明天要 9 點前去學校。**而且，明天改帶便當跟飲料代替課本。希望明天趕快到來，就可以在游泳池裡游泳。

關於這篇文章，請問何者敘述正確？

1　平時 8 點前去學校。不過明天要 9 點前去學校。

2　平時 9 點前去學校。不過明天要 8 點前去學校。

3　明天要帶課本去學校。

4　明天只要帶便當去學校。

解析 這題使用隨筆詢問著符合引文內容的選項。引文的前半段提到「いつもは 8 時までに学校に行きますが、プールが 10 時にあくので、明日は 9 時までに学校に行きます（平常要 8 點前去學校，但是因為游泳池 10 點開，明天要 9 點前去學校。）」，所以 1 いつもは 8 時までに学校に行きます。でも、明日は 9 時までに学校に行きます（平時 8 點前去學校。不過明天要 9 點前去學校）是正確答案。3 跟 4 因為引文敘述說改帶便當跟飲料代替課本，所以是錯誤答案。

詞彙 明日 あした名明天 ｜ クラス名班級 ｜ みんな名全部
プール名游泳池 ｜ 行く いく動去 ｜ いつも名平常、通常
～時 ～じ ～點 ｜ ～までに ～（期限）之前
学校 がっこう名學校 ｜ あく動開 ｜ ～ので助因為
また副另外、而且 ｜ きょうかしょ名課本
代わりに かわりに 代替 ｜ おべんとう名便當
飲みもの のみもの名喝的 ｜ 持つ もつ動帶
早く はやく副快速地 ｜ なる動成為 ｜ 泳ぐ およぐ動游泳
～たい 想（做）～ ｜ この 這 ｜ ぶん名文章 ｜ ～について 關於～
正しい ただしいい形對的 ｜ どれ名哪個 ｜ でも連可是
～だけ助只～、僅～

19

這是莎拉小姐寫給約翰先生的電子郵件。

> 給約翰先生
>
> 因為感冒，上週的日語課請假了，但是看完約翰先生借我的筆記後，我明白上課的內容了。真的很感謝你。**明天上課時，我會把跟你借的筆記帶去。**另外，我也會帶自己做的餅乾過去，一起吃吧。那就明天上課見囉。
>
> 莎拉

請問莎拉小姐怎麼會寄電子郵件給約翰先生？

1　因為想告知上課內容

2　因為想歸還之前借的筆記

3　因為想做好吃的餅乾

4　因為明天想一起去上課

解析 這題使用電子郵件詢問著莎拉小姐寄信給約翰先生的原因。引文的中半部提到「明日の授業に、借りたノートをって行きます（明天上課時，我會把跟你借的筆記帶去）」，所以 2 借りたノートを返したいから（因為想歸還之前借的筆記）是正確答案。1 因為莎拉小姐跟約翰先生借筆記來看之後，就弄懂上課內容了，3 因為莎拉小姐說會把她做好的餅乾帶去，4 因為已經說了明天上課見，所以是錯誤答案。

詞彙 これ名這個 ｜ 送る おくる動寄送 ｜ メール名電子郵件
かぜ名感冒 ｜ 先週 せんしゅう名上週 ｜ 日本語 にほんご名日語
授業 じゅぎょう名課 ｜ 休む やすむ動休息 ｜ ～から助從～
借りる かりる動借 ｜ ノート名筆記 ｜ 見る みる動看
ないよう名內容 ｜ 分かる わかる動知道
本当に ほんとうに 真的 ｜ 明日 あした名明天 ｜ 持つ もつ動帶
行く いく動去 ｜ また副又 ｜ 私 わたし名我
作る つくる動製作 ｜ クッキー名餅乾 ｜ ～ので助因為～
いっしょに副一起 ｜ 食べる たべる動吃 ｜ では連那麼
会う あう動見面 ｜ どうして副怎麼會
教える おしえる動告知、教導 ｜ ～たい 想（做）～
～から助因為～ ｜ 返す かえす動歸還 ｜ おいしいい形好吃的

20-21

這是林同學寫的作文。

第一次的和服

林・美

我在來到日本以前，就想穿和服了。因為透過照片看到的和服非常漂亮。而就在昨天，我穿到和服了。

只不過，[20] 穿和服比想像中困難。因為非常困難，一個人沒辦法穿。但是，多虧店員，讓我輕鬆穿上了。穿上和服以後，我去了隔壁城鎮的櫻花祭。在那裡跟櫻花一起拍了許多漂亮的照片。另外，還在櫻花樹下吃了好吃的炒麵。雖然吃東西和去廁所的時候有點不方便，[21] 但是可以穿著和服去慶典，是非常開心的一天。

詞彙 これ 名 這個 ｜ 書く かく 動 寫 ｜ さくぶん 名 作文
はじめて 副 第一次 ｜ きもの 名 和服 ｜ 私 わたし 名 我
日本 にほん 名 日本 ｜ 来る くる 動 來 ｜ 前 まえ 名 前
～から 助 從～ ｜ 着る きる 動 穿 ｜ ～てみる ～（做）看看
～たい 想（做）～ ｜ しゃしん 名 照片 ｜ 見る みる 動 看
とても 副 非常 ｜ きれいだ な形 漂亮的 ｜ ～から 助 因為～
そして 連 而且 ｜ 昨日 きのう 名 昨天
～ことができる 能夠（做）～ ｜ しかし 連 但是
こと 名 事情、的（代指事物） ｜ おもう 動 認為 ｜ ～より 助 比～
難しい むずかしい い形 困難的 ｜ 一人 ひとり 名 獨自
でも 連 但是 ｜ お店 おみせ 名 店 ｜ 人 ひと 名 人
おかげで 多虧 ｜ かんたんだ な形 簡單的 ｜ あと 名 後
となり 名 隔壁 ｜ まち 名 城鎮 ｜ さくら 名 櫻花 ｜ まつり 名 慶典
行く いく 動 去 ｜ そこ 名 那裡 ｜ いっしょに 副 一起
たくさん 副 多 ｜ とる 動 拍攝 ｜ また 副 另外 ｜ 木 き 名 樹
下 した 名 下 ｜ おいしい い形 好吃的 ｜ やきそば 名 炒麵
食べる たべる 動 吃 ｜ 食べ物 たべもの 名 食物、吃的
時 とき 名 時候 ｜ ～や 助 ～和 ｜ トイレ 名 廁所
少し すこし 副 一點 ｜ ふべんだ な形 不方便的
楽しい たのしい い形 開心的 ｜ 一日 いちにち 名 一天

20

關於文章，請問何者敘述正確？

1 「我」在來到日本以前，並不想穿和服。
2 「我」在來到日本以前，常常穿和服。
3 一個人穿和服很困難。
4 一個人穿和服很簡單。

解析 為了找出正確敘述引文的選項，必須在引文中找到選項中經常提到的きもの（和服），並仔細閱讀週遭的內容。第二段提到「きものを着ることはおもったより難しかったです。とても難しくて、一人では着ることができませんでした（穿和服比想像中困難。因為非常困難，一個人沒辦法穿）」，所以 3 一人できものを着ることは難しかったです（一個人穿和服很困難）是正確答案。1 跟 2 因為文中描述說來到日本以前就很想穿和服了，所以是錯誤答案。

詞彙 ぶん 名 文章 ｜ ～について 關於～ ｜ 正しい ただしい い形 正確
どれ 名 哪個 ｜ よく 副 經常
～ている 表示重複的動作、正在（做）～

21

請問怎麼會是開心的一天？

1 因為看到了很多美麗的和服照片
2 因為穿著和服去了慶典
3 因為可以自己穿和服
4 因為吃了好吃的食物

解析 引文中底線處的楽しい一日でした（是非常開心的一天）的原因，要在前面的部分尋找。底線前面的部分提到「きものを着てまつりに行くことができて（但是可以穿著和服去慶典）」，所以 2 きものを着てまつりに行ったから（因為穿著和服去了慶典）是正確答案。1 因為文中描述跟櫻花一起拍了很多漂亮的照片，3 因為文中描述沒辦法自己穿上和服，需要請人幫忙，4 因為文中雖然提到吃了炒麵，卻沒有因此覺得今天是開心的一天，所以是錯誤答案。

詞彙 どうして 副 怎麼會 ｜ うつくしい い形 美麗的
自分で じぶんで 以自己之力

22

森先生星期日想要跟國小 2 年級的女兒一起去登山。請問森先生會走哪條路線？

1 A 路線　　2 B 路線
3 C 路線　　4 D 路線

解析 這題問的是森先生會選擇的路線。根據題目提到的條件（1）日曜日（星期日）、（2）小学校２年生のむすめといっしょに（跟國小 2 年級的女兒一起）檢視引文的話，

（1）星期日：從各個路線的曜日（星期）看來，在星期日進行的路線，有 C 路線跟 D 路線。

（2）跟國小 2 年級的女兒一起：如果分別檢視 C 路線跟 D 路線最後的說明，會發現可以跟國小 2 年級的女兒一起去的路線，就只有寫到「可與國小 1 年級以上的孩子同行」的 C 路線。

因此，3 C コース（C 路線）是正確答案。

詞彙 日曜日 にちようび 名 星期日 ｜ 小学校 しょうがっこう 名 國小
～年生 ～ねんせい ～年級生 ｜ むすめ 名 女兒
いっしょに 副 一起 ｜ 山登り やまのぼり 名 登山
～に行く ～にいく 去（做）～ ｜ ～たい 想（做）～
どの 哪個 ｜ コース 名 路線 ｜ 行く いく 動 去

家庭登山教室

為了強壯的身體，要不要跟家人一起去爬東山呢？

A 路線	B 路線
・星期：星期六 ・時段：上午 10：00～下午 4：00 ・可與國小 2 年級以上的孩子同行。	・星期：星期六 ・時段：上午 9：00～下午 4：00 ・可與國小 3 年級以上的孩子同行。

C 路線	D 路線
・星期：星期日 ・時段：上午 10：00～下午 3：00 ・可與國小 1 年級以上的孩子同行。	・星期：星期日 ・時段：上午 9：00～下午 4：00 ・可與國小 3 年級以上的孩子同行。

詞彙 家族 かぞく 名 家庭 ｜ 教室 きょうしつ 名 教室
丈夫だ じょうぶだ な形 健壯的、健康的 ｜ 体 からだ 名 身體
～ために 為了～ ｜ 山 さん 名 山 ｜ 曜日 ようび 名 星期
土曜日 どようび 名 星期六 ｜ 時間 じかん 名 時間
午前 ごぜん 名 上午 ｜ 午後 ごご 名 下午 ｜ いじょう 名 以上
子ども こども 名 孩子 ｜ ～ことができる 能夠（做）～

聽解 p.303

☞ 播放問題 1 的說明與例題時，要迅速地先閱讀並掌握第 1 題到第 7 題的選項。如果聽到語音說では、始めます（那麼，即將開始），就要馬上做好解題的準備。

音檔說明和例題

もんだい 1 では、はじめにしつもんを聞いてください。それから話を聞いて、もんだいようしの 1 から 4 の中から、いちばんいいものを一つえらんでください。では練習しましょう。

男の学生と女の学生が話しています。**女の学生は何の写真**を撮りますか。

M：写真を撮る宿題、来週までですよね。田中さんは何を撮りますか。

F：**私は花が好きですから、花を撮ります。**林くんは何を撮りますか。

M：うちの猫を撮ります。実は学校の木を撮る練習をしていましたが、上手に撮るのが難しくてやめました。

F：そうですか。家に犬もいますよね。

M：はい。でも、よく動くので撮るのが難しいです。

女の学生は何の写真を撮りますか。

いちばんいいものは 1 ばんです。かいとうようしのもんだい 1 の例のところを見てください。いちばんいいものは 1 ばんですから、答えはこのように書きます。では、始めます。

翻譯 問題 1，請先聆聽問題。接著聆聽談話，再從試卷的 1 到 4 之中選出一個最適合的答案。那就來練習看看吧。

男學生和女學生正在交談。請問**女學生**要拍**什麼照片**？

M：攝影作業是下禮拜截止嗎？田中同學要拍什麼呢？

F：**因為我很喜歡花，所以應該會拍花**。林要拍什麼呢？

M：拍我的貓咪。其實我練習過拍學校的樹，但是很難拍得好，所以就放棄了。

F：是喔？你家也有狗對不對？

M：對，可是狗常常在動，所以很難拍。

請問**女學生**要拍**什麼照片**？

最適合的選項是 1。請見答案卡問題 1 的範例部分。因為最適合的答案是 1，正確答案請以相同方式進行標示。那麼，即將開始。

1

[音檔]

女の人と男の人が話しています。二人は何を買いますか。

F：さとしの自転車、この小さいものはどうですか。

M：来年、小学生になるから、**もっと大きいもののほうがいいと思います。**

F：そうですね。そうしましょう。色はどうしますか。黒と白がありますよ。

M：黒がかわいいですね。

F：うーん、ときどきあなたと一緒に夜、公園で自転車に乗るから、**黒は危ないと思いますよ。**

M：そうですね。じゃ、これにしましょう。

二人は何を買いますか。

[試卷]

1 
2 
3 
4 

翻譯 女人和男人正在交談。請問兩人要買什麼？

F：小智的腳踏車，買這台小的怎麼樣？

M：他明年就要上小學了，我覺得再大一點的比較好。

F：對耶，那就這麼辦。顏色要選哪種的？有黑色跟白色。

M：黑色的很可愛耶。

F：嗯，因為他晚上有時候會跟你一起到公園騎腳踏車，我覺得黑色很危險。

M：對耶，那就這台吧。

請問兩人要買什麼？

解析 選項列出了幾種腳踏車的圖片，而題目問的是兩人要買什麼，所以在聆聽對話時，要掌握兩人要買的腳踏車款式。因為男人說完もっと大きいもののほうがいい（再大一點的比較好）之後，女人就說了黑は危ないと思いますよ（我覺得黑色很危險），所以大台的白色腳踏車圖片 4 是正確答案。1、2 因為已經說到孩子明年要上小學，大台的比較好了，而 3 則是因為已經說了黑色很危險，所以是錯誤答案。

詞彙 二人 ふたり名兩人、兩個人｜買う かう動買
自転車 じてんしゃ名腳踏車｜この 這
小さい ちいさい い形小的｜もの名的（代指事物）、東西
来年 らいねん名明年｜小学生 しょうがくせい名小學生
なる動成為｜～から助因為～｜もっと副更加、更
大きい おおきい い形大的｜ほう名邊、方｜いい い形好的
～と思う ～とおもう 認為～｜色 いろ名顏色｜黒 くろ名黑色
白 しろ名白色｜ある動有｜かわいい い形可愛的
ときどき副偶爾｜あなた名你｜一緒に いっしょに副一起
夜 よる名晚上｜公園 こうえん名公園｜乗る のる動搭乘
危ない あぶない い形危險的｜じゃ連那麼｜これ名這個
～にする 要～（表示決定）

2

[音檔]

図書館で、男の人と女の人が話しています。**男の人はどの本を借りますか。**

M：すみません、「犬の生活」という本が借りたいです。その本はどこにありますか。

F：大きい犬の絵がある本ですか。

M：はい。

F：それは今はありません。来週、借りることができます。

M：あ、そうですか。じゃ、**「動物の世界」という本はありますか。**

F：**はい、それはあそこにあります。鳥の絵がある、厚くて重い本です。**

M：はい、わかりました。

男の人はどの本を借りますか。

[試卷]

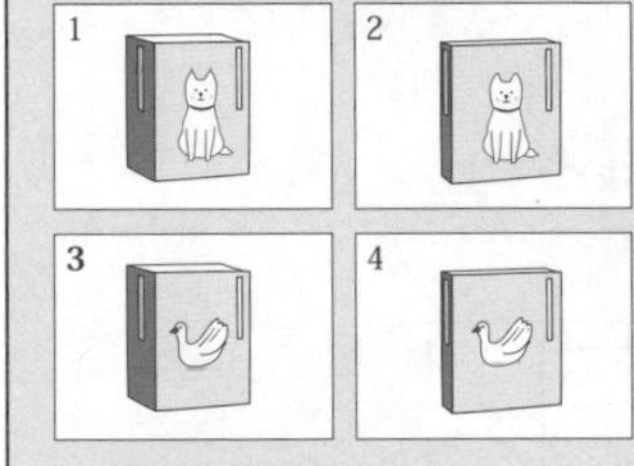

翻譯 在圖書館，男人和女人正在交談。請問男人要借哪本書？

M：不好意思，我想借一本叫「狗的生活」的書。請問那本書在哪裡？

F：是上面有大型狗圖案的書嗎？

M：對。

F：那本書現在沒有。下週可以借。

M：哦，這樣啊？那有「動物的世界」這本書嗎？

F：有的，那本在那裡。是一本有小鳥圖案，而且很厚重的書。

M：好的，我知道了。

請問男人要借哪本書？

解析 選項列出了幾本書的圖片，而題目問的是男人要借什麼書，所以在聆聽對話時，要掌握男人要借的書。在男人詢問「動物の世界」という本はありますか（那有「動物的世界」這本書嗎）以後，女人就說了はい、それはあそこにあります。鳥の絵がある、厚くて重い本です（有的，那本在那裡。是一本有小鳥圖案，而且很厚重的書），所以有小鳥圖案的厚

重書本圖片 3 是正確答案。1、2 因為內容已表明目前沒有印有小狗圖案的書，4 則因為小鳥圖案的書是厚重的書，所以是錯誤答案。

詞彙 図書館 としょかん名圖書館｜本 ほん名書
借りる かりる動借｜犬 いぬ名狗｜生活 せいかつ名生活
～という 名為～｜～たい 想（做）～｜その 那｜どこ名哪裡
ある動有｜大きい おおきいい形大的｜絵 え名圖片
それ名那個｜今 いま名現在｜来週 らいしゅう名下週
～ことができる 能夠（做）～｜じゃ連那麼
動物 どうぶつ名動物｜世界 せかい名世界｜あそこ名那裡
鳥 とり名鳥｜厚い あつい い形厚的｜重い おもい い形重的
わかる動知道、瞭解

3

[音檔]

男の学生と女の学生が話しています。**女の学生が旅行に行く日はいつ**ですか。

M：みなみさん、今度、アメリカに旅行に行くと聞きました。いつ行きますか。

F：はい、**四日に行って、二十日に帰ります**。

M：わあ、いいですね。僕は八日、大阪に旅行に行きます。

F：そうですか。いつ帰ってきますか。

M：十日です。

女の学生が旅行に行く日はいつですか。

[試卷]

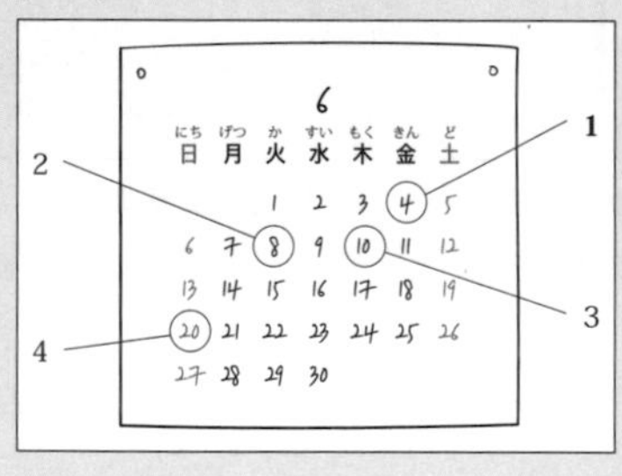

翻譯 男學生和女學生正在交談。請問女學生要去旅遊的日期是什麼時候？
M：南小姐，聽說妳這次要去美國旅遊。什麼時候去？
F：對，4 號去，20 號回來。
M：哇，真好。我 8 號要去大阪旅遊。
F：這樣啊？什麼時候回來？
M：10 號。

請問女學生要去旅遊的日期是什麼時候？

解析 選項有 4 號、8 號、10 號、20 號，而題目問的是女學生要去旅遊的日期，所以在聆聽對話時，要掌握女學生什麼時候去旅遊。因為女學生說了「四日に行って、二十日に帰ります（4 號去，20 號回來）」，所以 1 的 4 號是正確答案。2 是男學生去旅遊的日期，3 是男學生從旅遊回來的日期，4 是女學生從旅遊回來的日期，所以是錯誤答案。

詞彙 学生 がくせい名學生｜旅行 りょこう名旅行｜行く いく動去
日 ひ名日子｜今度 こんど名這次｜アメリカ名美國
聞く きく動聽｜いつ名什麼時候｜四日 よっか名4 號
二十日 はつか名20 號｜帰る かえる動回來｜いい い形好的
僕 ぼく名我（男人的自稱）｜八日 ようか名8 號
大阪 おおさか名大阪（地名）｜くる動來
十日 とおか名10 號

4

[音檔]

学校で、先生が話しています。**学生**は明日、**何**を持ってきますか。

F：みなさん、明日はピクニックです。お弁当と飲み物は学校で準備します。**みなさんは友だちと一緒に食べるお菓子を持ってきてください**。それから、カメラなどの高いものは持ってこないでください。

学生は明日、**何**を持ってきますか。

[試卷]

翻譯 在學校，老師正在談話。請問學生明天要帶什麼過來？
F：各位，明天就要野餐了。便當跟飲料會由學校準備。請各位帶要跟朋友一起吃的點心過來。還有，相機等貴重物品，請不要攜帶。

請問學生明天要帶什麼過來？

解析 選項有便當、飲料、點心、相機的圖片，而題目問的是學生明天應該帶什麼過來，所以在聆聽老師說的話時，要掌握學生應帶的物品。因為老師說了みなさんは友だちと一緒に食べるお菓子を持ってきてください（請各位帶要跟朋友一起吃的點心過來），餅乾圖片 3 是正確答案。1、2 是會由學校準備的東西，4 是請同學不要帶的貴重物品，所以是錯誤答案。

詞彙 学校 がっこう名學校｜先生 せんせい名老師
学生 がくせい名學生｜明日 あした名明天
持つ もつ動帶、拿｜くる動來｜みなさん名各位
ピクニック名野餐｜お弁当 おべんとう名便當
飲み物 のみもの名飲料｜準備 じゅんび名準備
友だち ともだち名朋友｜一緒に いっしょに副一起
食べる たべる動吃｜お菓子 おかし名點心

～てください 請（做）～｜それから連然後｜カメラ名相機
～など助～等｜高い たかいい形貴的
もの名的（代指事物）、東西
～ないでください 請不要（做）～

5

[音檔]

店で、男の人と店の人が話しています。**男の人はいくら払いますか。**

M：すみません。このりんごはいくらですか。
F：600円です。
M：じゃ、このみかんとももはいくらですか。
F：みかんは500円、ももは1000円です。
M：そうですか。じゃあ、**りんごとみかんをください。**
F：**はい、1100円です。**

男の人はいくら払いますか。

[試卷]

1 500えん
2 600えん
3 1000えん
4 1100えん

翻譯 在店裡，男人跟店員正在交談。請問男人要付多少錢？
M：不好意思，這種蘋果多少錢？
F：600 圓。
M：那這種橘子跟桃子多少錢？
F：橘子 500 圓，桃子 1000 圓。
M：這樣啊？那請給我蘋果跟橘子。
F：好的，這樣是 1100 圓。

請問男人要付多少錢？
1　500 圓
2　600 圓
3　1000 圓
4　1100 圓

解析 選項有 500 圓、600 圓、1000 圓、1100 圓，而題目問的是男人要付多少錢，所以在聆聽對話時，要掌握男人應該付的金額。男人說完**りんごとみかんをください**（請給我蘋果跟橘子）之後，店員就說了**はい、1100 円です**（好的，這樣是 1100 圓），所以 4 1100 えん（1100 圓）是正確答案。1 是橘子的價格，2 是蘋果的價格，3 是桃子的價格，所以是錯誤答案。

詞彙 店 みせ名店｜払う はらう動支付｜この 這｜りんご名蘋果
いくら名多少｜～円 ～えん ～圓｜じゃ連那麼｜みかん名橘子
もも名桃子｜じゃあ連那麼｜～ください 請～

6

[音檔]

男の学生と女の学生が話しています。**女の学生は何になりたいと言っていますか。**

M：田中さんは何になりたいですか。
F：子どもの頃は、先生になりたかったですが、**今は医者になりたいです。**佐藤さんは何になりたいですか。
M：僕は子どもの頃は、サッカー選手になりたかったですが、今は警官になりたいです。

女の学生は何になりたいと言っていますか。

[試卷]

1 せんせい
2 いしゃ
3 サッカーせんしゅ
4 けいかん

翻譯 男學生和女學生正在交談。請問女學生說想要成為什麼？
M：田中同學想成為什麼？
F：小時候想成為老師，但是現在想成為醫生。佐藤同學想成為什麼？
M：我小時候想成為足球選手，但是現在想成為警官。

請問女學生說想要成為什麼？
1　老師
2　醫生
3　足球選手
4　警官

解析 選項有老師、醫生、足球選手、警官，而題目問的是女學生想要成為什麼，所以在聆聽對話時，要掌握女學生想成為什麼。女學生說了「**今は医者になりたいです**（現在想成為醫生）」，所以 2 いしゃ（醫生）是正確答案。1 是女學生小時候想成為的職業，3 是男學生小時候想成為的職業，4 是男學生現在想成為的職業，所以是錯誤答案。

詞彙 学生 がくせい名學生｜なる動成為｜～たい 想（做）～
何 なに名什麼｜子どもの頃 こどものころ 小時候
先生 せんせい名老師｜今 いま名現在｜医者 いしゃ名醫生
僕 ぼく名我（男人的自稱）
サッカー選手 サッカーせんしゅ名足球選手
警官 けいかん名警官

7

[音檔]

学校で、先生が話しています。**学生**は明日、**どんな新聞**を持ってきますか。

M：みなさん、明日の授業では新聞を使います。新聞を持ってきてください。**今日の新聞を持ってきてください。今日は七月八日ですから**、先月の六月のものや、明日、九日のものは持ってこないでください。今日の新聞を買って、先に読んでから明日の授業に来てください。

学生は明日、**どんな新聞**を持ってきますか。

[試卷]

翻譯 在學校裡，老師正在說話。請問學生明天要帶哪種報紙過來？

M：各位，明天的課要用到報紙。請帶報紙過來。請帶今天的報紙過來。今天是 7 月 8 號，所以請不要帶上個月的 6 月，以及明天 9 號的報紙過來。請購買今天的報紙，先讀過以後，明天再來上課。

請問學生明天要帶哪種報紙過來？

解析 選項列出了不同日期的報紙圖片，而題目問的是學生明天應該帶哪種報紙過來，所以在聽老師講話時，要掌握學生應該帶哪種報紙。因為老師說了「今日の新聞を持ってきてください。今日は七月八日ですから（請帶今天的報紙過來。今天是 7 月 8 號）」，所以 7 月 8 號報紙的圖片 3 是正確答案。1、2、4 的報紙都不是 7 月 8 號的報紙，而是老師交代別帶的其他日期的報紙，所以是錯誤答案。

詞彙 学校 がっこう 名學校｜先生 せんせい 名老師
学生 がくせい 名學生｜明日 あした 名明天
新聞 しんぶん 名報紙｜持つ もつ 動帶、拿｜来る くる 動來
みなさん 名各位｜授業 じゅぎょう 名課｜使う つかう 動使用
～てください 請（做）～｜今日 きょう 名今天
七月 しちがつ 名7月｜八日 ようか 名8日｜～から 助因為～
先月 せんげつ 名上個月｜六月 ろくがつ 名6月
もの 名的（代指事物）、東西｜～や 助以及
九日 ここのか 名9日｜～ないでください 請不要（做）～
買う かう 動買｜先に さきに 副先｜読む よむ 動讀
～てから（做）～完以後

☞ 播放**問題 2** 的說明與例題時，要迅速地先閱讀並掌握第 1 題到第 6 題的選項。如果聽到語音說では、始めます（那麼，即將開始），就要馬上做好解題的準備。

音檔說明和例題

もんだい２では、はじめにしつもんを聞いてください。それから話を聞いて、もんだいようしの１から４の中から、いちばんいいものを一つえらんでください。では練習しましょう。

女の人と男の人が話しています。二人は週末、どこに行きますか。

F：週末、どこに行きましょうか。
M：先週は海に行きましたから、海や山など、遠いところには行きたくありません。
F：そうですね。じゃあ、美術館はどうですか。
M：美術館はちょっと…。**あ、映画館はどうですか。**
F：**いいですね。**私、見たい映画があります。
M：じゃあ、**そこにしましょう。**

二人は週末、どこに行きますか。

いちばんいいものは４ばんです。かいとうようしのもんだい２の例のところを見てください。いちばんいいものは４ばんですから、答えはこのように書きます。では、始めます。

翻譯 在問題 2，請先聆聽問題。接著聆聽談話，再從試卷的 1 到 4 之中選出一個最適合的答案。那就來練習看看吧。

女人和男人正在交談。請問**兩人**週末要去**哪裡**？
F：週末要去哪裡走走嗎？
M：上週去過海邊了，所以不想去海邊、山上等等的遠方。
F：對耶，那美術館怎麼樣？
M：美術館有點…**啊，電影院怎麼樣**？
F：**好耶**，有我想看的電影。
M：那**就去那裡吧**。

請問**兩人**週末要去**哪裡**？
最適合的答案是 4。請見答案卡問題 2 的範例部分。因為最適合的答案是 4，正確答案請以相同方式進行標示。那麼，即將開始。

1　海邊
2　山上
3　美術館
4　電影院

1

[音檔]

男の人と女の人が話しています。**女の人**は週末、**何**をしましたか。

M：鈴木さん、週末に何をしましたか。

F：友だちと山に行く予定でしたが、友だちが風邪をひいたので、**一人で美術館に行ってきました。**

M：そうですか。僕はサッカーの大会に出ました。大会に勝って映画のチケットをもらいました。今週末、一緒に行きませんか。

F：はい、いいですね。

女の人は週末、**何**をしましたか。

[試卷]

翻譯 男人和女人正在交談。請問女人週末做了什麼？

M：鈴木小姐，妳週末做了什麼？

F：本來打算跟朋友一起去爬山，可是朋友感冒，我就自己去了美術館一趟。

M：是喔？我參加了足球比賽。因為贏得比賽，拿到了電影票。這週末要不要一起去？

F：嗯，好啊。

請問女人週末做了什麼？

解析 選項列出了登山、參觀美術館、踢足球、看電影的圖片，而題目問的是女人週末做了什麼。在對話中，女人提到「一人で美術館に行ってきました（自己去了美術館一趟）」，所以參觀美術館的圖片 2 是正確答案。1 是女人週末本來想做，卻因為感冒而做不成的事，3 是男人週末做過的事，4 是男人邀請女人這週末一起做的事，所以是錯誤答案。

詞彙 週末 しゅうまつ 名 週末｜何 なに 名 什麼｜する 動 做
友だち ともだち 名 朋友｜山 やま 名 山｜行く いく 動 去
予定 よてい 名 預計｜風邪をひく かぜをひく 感冒
～ので 助 因為～｜一人で ひとりで 獨自一人
美術館 びじゅつかん 名 美術館｜くる 動 來
僕 ぼく 名 我（男人的自稱）｜サッカー 名 足球
大会 たいかい 名 比賽｜出る でる 動 出去｜勝つ かつ 動 獲勝
映画 えいが 名 電影｜チケット 名 票｜もらう 動 拿到
今週末 こんしゅうまつ 名 這週末｜一緒に いっしょに 副 一起
いい い形 好的

2

[音檔]

女の人と男の人が写真を見ながら話しています。**男の人の妹はどの人**ですか。

F：田中さん、この写真のズボンをはいている人が妹さんですか。

M：いいえ、妹はスカートをはいています。

F：じゃあ、スカートをはいていて、髪が長いこの人が妹さんですか。

M：違います。**スカートをはいていて、背が一番高い人が妹です。**

F：あ、この人ですね。

男の人の妹はどの人ですか。

[試卷]

翻譯 女人和男人正在看著照片交談。請問男人的妹妹是哪個人？

F：田中先生，這張照片裡穿著褲子的人是你妹妹嗎？

M：不是，我妹妹穿著裙子。

F：那穿著裙子、長頭髮的人是你妹妹嗎？

M：錯了，穿著裙子、身高最高的人是我妹妹。

F：哦，原來是這個人啊。

請問男人的妹妹是哪個人？

解析 這題問的是在選項列出的幾個女人的圖片中，男人的妹妹是哪個人。在對話中，男人提到「スカートをはいていて、背が一番高い人が妹です（穿著裙子、身高最高的人是我妹妹）」，所以在圖片中身高最高的 4 號女人是正確答案。1 因為妹妹穿著裙子，2、3 因為妹妹的個子最高，所以是錯誤答案。

詞彙 写真 しゃしん 名 照片｜見る みる 動 看｜～ながら 助（做）著～
妹 いもうと 名 妹妹｜人 ひと 名 人｜この 這｜ズボン 名 褲子
はく 動 穿｜～ている 正在（做）～
妹さん いもうとさん 名（別人的）妹妹｜スカート 名 裙子
じゃあ 連 那麼｜髪 かみ 名 頭髮｜長い ながい い形 長的
違う ちがう 動 錯誤、不一樣｜背 せ 名 身高｜一番 いちばん 副 最
高い たかい い形 高的

3

[音檔]

電話で、男の人が話しています。今晩、**何を食べますか。**

M：もしもし、林さん？高橋です。今晩、クラスのみんなでピザ屋に行く予定でしたが、今日は閉まっていると聞きました。だから、**駅前のすし屋に午後7時まで来てください。**学校から近いラーメン屋やカレー屋も考えてみましたが、予約ができないので、すし屋にしました。

今晩、**何を食べますか。**

[試卷]

1 ピザ

2 すし

3 ラーメン

4 カレー

翻譯 男人正在講電話。請問今天晚上要吃什麼？

M：喂？林同學嗎？我是高橋。今天晚上本來要跟全班同學一起去披薩店，但是聽說它今天沒開。所以，請你下午7點前，過來站前的壽司店。雖然也考慮過學校附近的拉麵店和咖哩店，可是沒辦法預約，因此選擇了壽司店。

請問今天晚上要吃什麼？

1 披薩

2 壽司

3 拉麵

4 咖哩

解析 這題問的是在1「披薩」、2「壽司」、3「拉麵」、4「咖哩」之中要吃什麼。因為男人提及「駅前のすし屋に午後7時まで来てください（請你下午7點前過來站前的壽司店）」，2 すし（壽司）是正確答案。1是本來要去吃的東西，但是店家今天沒開門，3、4的拉麵和咖哩是因為無法預約而沒有選擇的東西，所以是錯誤答案。

詞彙 電話 でんわ名電話｜今晩 こんばん名今晚
食べる たべる動吃｜クラス名班級｜みんな名全部
ピザ屋 ピザや名披薩店｜行く いく動去｜予定 よてい名預計
今日 きょう名今天｜閉まる しまる動關閉
〜ている 〜著、處於〜的狀態｜聞く きく動聽
だから連所以｜駅前 えきまえ名站前
すし屋 すしや名壽司店｜午後 ごご名下午｜〜時 〜じ 〜點
〜まで助直到〜｜来る くる動來｜〜てください 請（做）〜
学校 がっこう名學校｜〜から助從〜｜近い ちかいい形近的
ラーメン屋 ラーメンや名拉麵店｜〜や助〜和
カレー屋 カレーや名咖哩店｜考える かんがえる動認為
〜てみる 〜（做）看看｜予約 よやく名預約｜できる動能夠
〜ので助因為〜｜〜にする 要〜（表示決定）

4

[音檔]

学校で、男の学生と先生が話しています。**男の学生はどうして学校に遅れましたか。**

M：先生、遅れてすみません。

F：どうして遅れましたか。朝、遅く起きましたか。

M：いいえ。

F：じゃあ、電車が遅れて来ましたか。

M：いえ、**お腹が痛かったので、とちゅうで電車をおりてトイレに行きました。だから、遅くなりました。**

F：そうですか。病院は行かなくても大丈夫ですか。

M：はい、今はもう大丈夫です。

男の学生はどうして学校に遅れましたか。

[試卷]

1 あさ　おそく　おきたから

2 でんしゃが　おくれて　きたから

3 トイレに　いったから

4 びょういんに　いったから

翻譯 在學校，男學生和老師正在交談。請問男學生上學怎麼會遲到？

M：老師，對不起我遲到了。

F：怎麼會遲到呢？早上睡過頭了嗎？

M：不是。

F：那是電車誤點了嗎？

M：不是，因為肚子痛，中途下車去了廁所。所以就遲到了。

F：這樣啊？不去醫院沒關係嗎？

M：沒關係，現在已經沒事了。

請問男學生上學怎麼會遲到？

1 因為早上晚起床

2 因為電車誤點

3 因為去了廁所

4 因為去了醫院

解析 這題問的是在1「因為早上晚起床」、2「因為電車誤點」、3「因為去了廁所」、4「因為去了醫院」之中，男學生怎麼會上學遲到。在對話中，男學生提到「お腹が痛かったので、とちゅうで電車をおりてトイレに行きました。だから、遅くなりました（因為肚子痛，中途下車去了廁所。所以就遲到了）」，所以3 トイレに　いったから（因為去了廁所）是正確答案。1、2、4雖然老師有提到，但不是男學生遲到的原因，所以是錯誤答案。

詞彙 学校 がっこう名學校｜学生 がくせい名學生
先生 せんせい名老師｜遅れる おくれる動遲到
どうして副怎麼會｜朝 あさ名早上｜遅い おそいい形晚的
起きる おきる動起來｜じゃあ連那麼｜電車 でんしゃ名電車

来る くる動來｜お腹 おなか名肚子｜痛い いたいい形痛的
～ので助因為～｜とちゅう名途中｜おりる動下車
トイレ名廁所｜行く いく動去｜だから連所以
なる動成為｜病院 びょういん名醫院｜～ても助就算（做）～
大丈夫だ だいじょうぶだな形沒關係的｜今 いま名現在
もう副已經｜～から助因為～

5

[音檔]

女の人と男の人が話しています。二人は明日、**どこ**で会いますか。

F：明日、一緒にステーキを食べに行きませんか。

M：いいですよ。銀行の前のところですよね。どこで会いましょうか。

F：じゃあ、ひがし駅の前はどうですか。

M：そのレストランは電車より、バスのほうが早いです。学校の前でバスに乗ることができますから、**学校で会いましょう**。

F：**はい、そうしましょう。**

二人は明日、**どこ**で会いますか。

[試卷]

1 レストラン
2 ぎんこう
3 えき
4 がっこう

翻譯 女人和男人正在交談。請問**兩人**明天要在**哪裡**見面？

F：明天要不要一起去吃牛排？
M：好啊，銀行前面那間吧？要在哪裡見面？
F：那東站前怎麼樣？
M：去那間餐廳，坐公車比電車快。因為可以從學校前面坐公車，**就在學校見面吧**。
F：**好，就這麼辦**。

請問**兩人**明天要在**哪裡**見面？

1 餐廳
2 銀行
3 車站
4 學校

解析 這題問的是在 1「餐廳」、2「銀行」、3「車站」、4「學校」之中，兩人明天要在哪裡見面。在對話中，聽到男人說「学校で会いましょう（就在學校見面吧）」之後，女人提到了はい、そうしましょう（好，就這麼辦），所以 4 がっこう（學校）是正確答案。1 是明天在學校前面會合後要去的地方，2 是在餐廳前面的地方，3 是女人提議，但是男人反對的地方，所以是錯誤答案。

詞彙 二人 ふたり名兩人、兩個人｜明日 あした名明天
会う あう動見面｜一緒に いっしょに副一起
ステーキ名牛排｜食べる たべる動吃
～に行く ～にいく 去（做）～｜いいい形好的
銀行 ぎんこう名銀行｜前 まえ名前｜ところ名地方
どこ名哪裡｜じゃあ連那麼｜駅 えき名站｜その 那
レストラン名餐廳｜電車 でんしゃ名電車｜～より助比～
バス名公車｜ほう名方｜早い はやいい形快的、早的
学校 がっこう名學校｜乗る のる動搭乘
～ことができる 能夠（做）～｜～から助因為～

6

[音檔]

学校で、男の学生と女の学生が話しています。**二人**はお弁当を**いくつ**買いますか。

M：明日、公園に何人行きますか。

F：20人です。

M：あ、田中さんと森山さんは行くことができないと言っていたので、お弁当は18個買いますね。

F：先生のものも必要だから、**19個買いましょう**。

M：**はい、わかりました。**

二人はお弁当を**いくつ**買いますか。

[試卷]

1 17こ
2 18こ
3 19こ
4 20こ

翻譯 在學校，男學生和女學生正在交談。請問**兩人**要買**幾個**便當？

M：明天幾個人要去公園？
F：20 人。
M：啊，田中同學和森山同學說了不能去，所以我會買 18 個便當。
F：也需要老師的，**所以買 19 個吧**。
M：**好，知道了**。

請問**兩人**要買**幾個**便當？

1 17 個
2 18 個
3 19 個
4 20 個

解析 這題問的是在 1「17 個」、2「18 個」、3「19 個」、4「20 個」之中，兩人要買幾個便當。在對話中，聽到女人說「19 個買いましょう（買 19 個吧）」之後，男人提到了「はい、わかりました（好，我知道了）」，所以 3 19こ（19 個）是正確答案。1 是沒有被提及的數量，2 是男人漏算老師時的數量，4 是本來要去公園的人數，但是男人已經說有兩個人不能去了，所以是錯誤答案。

詞彙 学校 がっこう 名 學校｜学生 がくせい 名 學生
二人 ふたり 名 兩人、兩個人｜お弁当 おべんとう 名 便當
いくつ 名 幾個｜買う かう 動 買｜明日 あした 名 明天
公園 こうえん 名 公園｜何～ なん～ 幾～｜～人 ～にん ～人
行く いく 動 去｜～ことができる 能夠（做）～
～と言う ～という 說～
～ている 表示重複的動作、處於～的狀態
～ので 助 因為～｜～個 ～こ ～個｜先生 せんせい 名 老師
もの 名 的（代指事物）、東西｜必要だ ひつようだ な形 需要的
～から 助 因為～｜わかる 動 知道、瞭解

☞ 播放問題 3 的例題時，要迅速地先看過第 1 題到第 5 題的圖片，並試著聯想情境。如果聽到語音說では、始めます（那麼，即將開始），就要馬上做好解題的準備。

音檔說明和例題

[試卷]

もんだい３では、えを見ながらしつもんを聞いてください。➡（やじるし）の人は何と言いますか。１から３の中から、いちばんいいものを一つえらんでください。では練習しましょう。

水が飲みたいです。お店の人に何と言いますか。

F：1 こちらです。どうぞ。
2 すみません、水ください。
3 水、おいしいですね。

いちばんいいものは２ばんです。かいとうようしのもんだい３の例のところを見てください。いちばんいいものは２ばんですから、答えはこのように書きます。では、始めます。

翻譯 在問題 3，請看著圖片回答問題。➡（箭頭指向）的人要說什麼？請在 1 到 3 中選出一個最適合的答案。那就來練習看看吧。

想喝水。應該跟店員說什麼？
F：1 這邊，請趕快進來。
2 不好意思，請給我水。
3 水很好喝耶。

最適合的選項是 2。請見答案卡問題 3 的範例部分。因為最適合的答案是 2，正確答案請以相同方式進行標示。

1

[試卷]

[音檔]

友だちが熱いものを食べています。何と言いますか。

F：1 **これお水です。どうぞ。**
2 この水を飲みました。
3 お水を少し飲みますね。

翻譯 朋友正在吃滾燙的東西。應該說什麼？
F：**1 水在這裡，請用。**
2 喝下這杯水了。
3 我要喝一點水。

解析 這題要選出將水遞給正在吃滾燙食物的朋友的說法。
1（O）**これお水です。どうぞ**（水在這裡，請用）是勸朋友喝水的說法，所以是正確答案。
2（X）**この水を飲みました**（喝下這杯水了）是表示自己已經喝過水的說法，所以是錯誤答案。
3（X）**お水を少し飲みますね**（我要喝一點水）是正在吃熱食的朋友可能說的話，所以是錯誤答案。

詞彙 友だち ともだち 名 朋友｜熱い あつい い形 熱的
もの 名 的（代指事物）、東西｜食べる たべる 動 吃
～ている 正在（做）～｜これ 名 這個
お水 おみず 名 水｜どうぞ 副 請用｜飲む のむ 動 喝
少し すこし 副 一點

2

[試卷]

[音檔]

友だちが**週末に何をしたか知りたいです**。何と言いますか。

M：1 今週末は何をするの？

2 週末はどうだった？

3 次の週末に会わない？

翻譯 想知道朋友週末做了什麼。應該說什麼？

M：1 這週末要做什麼？

2 週末怎麼樣？

3 下週末要不要見面？

解析 這題要選出詢問朋友週末做了什麼的說法。

1（X）今週末は何をするの？（這週末要做什麼）是詢問這週末打算做什麼的說法，所以是錯誤答案。

2（O）週末はどうだった？（週末怎麼樣）有詢問對方週末做了什麼的意思，所以是正確答案。

3（X）次の週末に会わない？（下週末要不要見面）是邀約下週末見面的說法，所以是錯誤答案。

詞彙 友だち ともだち 名朋友｜週末 しゅうまつ 名週末
何 なに 名什麼｜する 動做｜知る しる 動知道
～たい 想（做）～｜今週末 こんしゅうまつ 名這週末
次 つぎ 名下個｜会う あう 動見面

3

[試卷]

[音檔]

明日は会議があるので、**早く来てほしいです**。何と言いますか。

M：1 すみません、明日も来てほしいです。

2 すみません、明日は来ないでください。

3 すみません、明日は早く来てください。

翻譯 因為明天有會議，希望對方早點過來。應該說什麼？

M：1 不好意思，希望你明天也來。

2 不好意思，明天請不要來了。

3 不好意思，明天請早點過來。

解析 這題要選出要求同事明天早點來的說法。

1（X）すみません、明日も来てほしいです（不好意思，希望你明天也來）是要求對方明天也來的說法，所以是錯誤答案。

2（X）すみません、明日は来ないでください（不好意思，明天請不要來了）是要求對方明天不要來的說法，所以是錯誤答案。

3（O）すみません、明日は早く来てください（不好意思，明天請早點過來）是要求對方明天早點過來的說法，所以是正確答案。

詞彙 明日 あした 名明天｜会議 かいぎ 名會議｜ある 動有
～ので 助因為～｜早く はやく 副早點｜来る くる 動來
～てほしい 希望對方（做）～｜～ないでください 請不要（做）～
～てください 請（做）～

4

[試卷]

[音檔]

お母さんが家に帰ってきました。何と言いますか。

M：1 いってらっしゃい。

2 ただいま。

3 おかえりなさい。

翻譯 媽媽回到家了。應該說什麼？

M：1　路上小心。

2　我回來了。

3　您回來啦？

解析 這題要選出在媽媽回到家時，對媽媽說出的招呼語。

1（X）いってらっしゃい（路上小心）是為出門的人送別時說的話，所以是錯誤答案。

2（X）ただいま（我回來了）是回到家的人可能說出的話，所以是錯誤答案。

3（O）おかえりなさい（您回來啦？）是可以對回到家的人說出的話，所以是正確答案。

詞彙 お母さん おかあさん名媽媽 | 家 いえ名家
帰ってくる かえってくる 回來

5

[試卷]

[音檔]

友だちと山に登っています。**少し疲れました。**何と言いますか。

F：**1 あのう、少し休みましょう。**

2 あのう、少し休みましたか。

3 あのう、少し休んでもいいですよ。

翻譯 正在跟朋友爬山。**有點累了**。應該說什麼？

F：**1　那個，休息一下吧。**

2　那個，休息一下了嗎？

3　那個，休息一下也可以。

解析 這題要選出爬山途中，向朋友表示自己已經累了，提議休息一下的說法。

1（O）あのう、少し休みましょう（那個，休息一下吧）是提議稍作休息的說法，所以是正確答案。

2（X）あのう、少し休みましたか（那個，休息一下了嗎？）是詢問是否已經休息過的說法，所以是錯誤答案。

3（X）あのう、少し休んでもいいですよ（那個，休息一下也可以）是朋友可能說出的話，所以是錯誤答案。

詞彙 友だち ともだち名朋友 | 山 やま名山 | 登る のぼる動登上
～ている 正在（做）～ | 少し すこし副一點
疲れる つかれる動累、疲憊 | 休む やすむ動休息
～てもいい（做）～也可以

☞ 問題 4，試卷上不會印有任何東西。因此，播放例題時，請一邊聆聽內容，一邊回想立即回應的解題步驟。如果聽到語音說では、始めます（那麼，即將開始），就要馬上做好解題的準備。

音檔說明和例題

もんだい 4 は、えなどがありません。ぶんを聞いて 1 から 3 の中から、いちばんいいものを一つえらんでください。では練習しましょう。

F：**兄弟はいますか。**

M：1 いえ、あまりありません。

2 はい、妹がいます。

3 家族が多いですね。

いちばんいいものは 2 ばんです。かいとうようしのもんだい 4 の例のところを見てください。いちばんいいものは 2 ばんですから、答えはこのように書きます。では、始めます。

翻譯 問題 4 沒有圖片。請聆聽問題，並在 1 到 3 中選出一個最適合的答案。那就來練習看看吧。

F：**有兄弟姐妹嗎？**

M：1　沒有，不太有。

2　有，有妹妹。

3　有很多家人。

最適合的選項是 2。請見答案卡問題 4 的範例部分。因為最適合的答案是 2，正確答案請以相同方式進行標示。

1

[音檔]

M：宿題はもう終わりましたか。

F：1 はい、難しいです。

2 いいえ、まだです。

3 これは英語の宿題です。

翻譯 M：作業已經寫完了嗎？

F：1 對，很難。

2 不，還沒。

3 這是英語作業。

解析 男人正在詢問女人是否已經寫完作業了。

1（X）已經用「對」回答寫完作業了，後面卻說「很難」，所以是前後兜不起來的錯誤答案。

2（O）表示作業還沒寫完，所以是恰當的回應。

3（X）這是被問到これは何ですか（這是什麼？）時會做出的回應，所以是錯誤答案。而且也重複使用宿題（作業）造成混淆。

詞彙 宿題 しゅくだい名作業｜もう副已經｜終わる おわる動結束｜難しい むずかしいい形困難的｜まだ副還｜これ名這個｜英語 えいご名英語｜

2

[音檔]

F：今日はここまでにしましょう。

M：1 もう休みません。

2 いえ、帰ります。

3 はい、わかりました。

翻譯 F：今天就弄到這裡吧。

M：1 不再休息了。

2 不，要回去了。

3 好的，知道了。

解析 女人正在向男人提議結束做到一半的工作，因此正確答案要選擇接受或拒絕提議的回應。

1（X）女人提議結束，卻回答「不休息」，所以是不符合情境的錯誤答案。

2（X）已經用「不」拒絕女人的提議了，後面卻說「要回去了」，所以是前後兜不起來的錯誤答案。

3（O）表示接受女人的提議，所以是恰當的回應。

詞彙 今日 きょう名今天｜ここ名這裡｜～まで助直到～｜～にする 要～（表示決定）｜もう副再｜休む やすむ動休息｜帰る かえる動回去｜わかる動知道、瞭解

3

[音檔]

M：どんな本が好きですか。

F：1 この本です。

2 本が好きです。

3 私も好きです。

翻譯 M：喜歡什麼樣的書？

F：**1 這本書。**

2 喜歡書。

3 我也喜歡。

解析 男人正在詢問女人喜歡的書是什麼。

1（O）表示喜歡這本書，所以是恰當的回應。

2（X）這是重複使用本が好きです（喜歡書）造成混淆的錯誤答案。

3（X）這是重複使用與好きですか（喜歡嗎？）有關的好きです（喜歡）造成混淆的錯誤答案。

詞彙 どんな 什麼樣｜本 ほん名書｜好きだ すきだな形喜歡｜この 這｜私 わたし名我

4

[音檔]

F：病院はどう行きますか。

M：1 僕は病院に行きます。

2 まっすぐ行って左です。

3 病院の右にあります。

翻譯 F：醫院怎麼去？

M：1 我去醫院。

2 直走後，就在左邊。

3 在醫院的右邊。

解析 女人正在向男人詢問前往醫院的方法。

1（X）這是被問到どこに行きますか（去哪裡？）時會做出的回應，所以是錯誤答案。而且也重複使用病院（醫院）、行きます（去）造成混淆。

2（O）告知前往醫院的路跟位置，所以是恰當的回應。

3（X）明明是詢問如何前往醫院，卻回答在醫院的右邊，所以是錯誤答案。而且也重複使用病院（醫院）造成混淆。

詞彙 病院 びょういん名醫院｜どう副怎麼｜行く いく動去｜僕 ぼく名我（男人的自稱）｜まっすぐ副筆直地、直直地｜左 ひだり名左邊｜右 みぎ名右邊｜ある動有

5

[音檔]

M：一緒に写真、どうですか。

F：1 これは私のカメラです。

2 それはちょっと…。

3 いえ、とりませんでした。

翻譯 M：一起合照，好嗎？

F：1 這是我的相機。

2 那樣有點…。

3 不，沒有拍。

解析 男人正在向女人提議合照，因此正確答案要選擇接受或拒絕提議的回應。

1（X）這是使用與写真（照片）有關的カメラ（相機）造成混淆的錯誤答案。

2（O）表示拒絕男人的提議，所以是恰當的回應。

3（X）已經用「不」拒絕了男人的提議，後面卻說「沒有拍」，所以是前後兜不起來的錯誤答案。而且也使用了與写真（照片）有關的とりませんでした（沒有拍）造成混淆。

詞彙 一緒に いっしょに副一起｜写真 しゃしん名照片｜これ名這個
私 わたし名我｜カメラ名相機｜それ名那個
ちょっと副有點｜とる動拍

6

[音檔]

F：昼ご飯は何を食べましたか。

M：1 ラーメンを食べました。

2 何も食べたくないです。

3 昼ご飯はもう食べました。

翻譯 F：午餐吃了什麼？

M：**1 吃了拉麵。**

2 什麼都不想吃。

3 午餐已經吃了。

解析 女人正在詢問男人午餐吃了什麼。

1（O）表示吃了拉麵當午餐，所以是恰當的回應。

2（X）這是使用與何（什麼）有關的何も（什麼也），還有與食べましたか（吃了嗎？）有關的食べたくないです（不想吃）造成混淆的錯誤答案。

3（X）這是重複使用昼ご飯（午餐）、食べました（吃了）造成混淆的錯誤答案。

詞彙 昼ご飯 ひるごはん名午餐｜何 なに名什麼
食べる たべる動吃｜ラーメン名拉麵｜何も なにも副什麼也
～たい 想（做）～｜もう副已經

實戰模擬試題 1

實戰模擬試題2

言語知識(文字・語彙)

問題 1	**1** 4	**2** 1	**3** 2	**4** 4	**5** 2	**6** 3	**7** 1
問題 2	**8** 1	**9** 4	**10** 1	**11** 2	**12** 3		
問題 3	**13** 4	**14** 2	**15** 1	**16** 4	**17** 3	**18** 1	
問題 4	**19** 3	**20** 4	**21** 1				

言語知識(文法)

問題 1	**1** 3	**2** 4	**3** 1	**4** 2	**5** 4	**6** 3	**7** 2
	8 1	**9** 1					
問題 2	**10** 1	**11** 3	**12** 1	**13** 4			
問題 3	**14** 3	**15** 2	**16** 4	**17** 1			

讀解

問題 4	**18** 2	**19** 4
問題 5	**20** 2	**21** 3
問題 6	**22** 3	

聽解

問題 1	**1** 3	**2** 4	**3** 4	**4** 1	**5** 2	**6** 3	**7** 2
問題 2	**1** 2	**2** 3	**3** 4	**4** 3	**5** 2	**6** 1	
問題 3	**1** 2	**2** 1	**3** 3	**4** 2	**5** 3		
問題 4	**1** 3	**2** 1	**3** 2	**4** 3	**5** 2	**6** 1	

言語知識（文字・語彙） p.325

1

錢在哪裡？

解析 「金」的讀音是 4 かね。

詞彙 お金 おかね名錢｜店 みせ名店｜水 みず名水｜皿 さら名盤子｜どこ名哪裡｜ある動有

2

早上讀書。

解析 「朝」的讀音是 1 あさ。

詞彙 朝 あさ名早上｜夜 よる名晚上｜昼 ひる名白天｜今 いま名現在｜ほん名書｜よむ動讀

3

學校有九十名學生。

解析 「九十人」的讀音是 2 きゅうじゅうにん。要注意，じゅう是長音，而且人的音讀可以讀作にん或じん，但是在用作計算人數的單位時，讀音是にん。

詞彙 九十人 きゅうじゅうにん名九十名｜がっこう名學校｜がくせい名學生｜いる動有

4

請不要在昏暗的地方讀書。

解析 「暗い」的讀音是 4 くらい。要注意く不是濁音。

詞彙 暗い くらいい形陰暗的｜黒い くろいい形黑的｜ところ名地方｜べんきょう名讀書｜する動做｜～てください 請（做）～

5

星期二見父母。

解析 「火曜日」的讀音是 2 かようび。

詞彙 火曜日 かようび名星期二｜月曜日 げつようび名星期一｜金曜日 きんようび名星期五｜日曜日 にちようび名星期日｜りょうしん名爸媽｜あう動見面

6

跟山田先生玩完回來了。

解析 「遊んで」的讀音是 3 あそんで。

詞彙 遊ぶ あそぶ動玩｜飲む のむ動喝｜頼む たのむ動拜託｜読む よむ動讀｜くる動來

7

休息日總會去海邊。

解析 「海」的讀音是 1 うみ。

詞彙 海 うみ名海｜山 やま名山｜川 かわ名河｜池 いけ名池｜やすみのひ 休息日｜いつも副總是｜いく動去

8

工作沒有進展。

解析 すすみません的寫法是 1 進みません。2、3 是不存在的詞。

詞彙 進む すすむ動進行、進展｜住む すむ動居住｜しごと名工作

9

喜歡的甜點是巧克力。

解析 正確地將ちょこれーと寫成片假名的是 4 チョコレート。1、2、3 是不存在的詞。

詞彙 チョコレート名巧克力｜すきだな形喜歡｜おかし名甜點

10

這週有考試。

解析 こんしゅう的寫法是 1 今週。

詞彙 今週 こんしゅう名這週｜来週 らいしゅう名下週｜今月 こんげつ名這個月｜来月 らいげつ名下個月｜テスト名考試｜ある動有｜

11

請在這裡向右轉。

解析 みぎ的寫法是 2 右。

詞彙 右 みぎ名右邊｜左 ひだり名左邊｜ここ名這裡｜まがる動轉｜～てください 請（做）～

12

這本書非常厚。

解析 あつい的寫法是 3 厚い。1、4 是不存在的詞。

詞彙 厚い あついい形厚的｜安い やすいい形便宜的｜この 這｜ほん名書｜とても副非常

13

這裡有 10 層樓，卻沒有（　　），很不方便。

1 廣播　　2 暖爐
3 計程車　　**4 電梯**

解析 所有選項都是名詞。從整個句子看來，是ここは 10 かいまであるのに、エレベーターがないのでふべんです（這裡有 10 層樓，卻沒有電梯，很不方便）的文意脈絡最通順，所以

4 エレベーター（電梯）是正確答案。其他選項的用法為：1 ラジオでニュースをきく（用廣播聽新聞），2 ストーブがないので、さむい（沒有暖爐，所以很冷），3 タクシーにのっていく（搭計程車去）。

詞彙 ここ名這裡｜～かい ～樓｜～まで助直到～｜ある動有
～のに助但是～｜ない い形沒有｜～ので助因為～
ふべんだ な形不方便的｜ラジオ名廣播｜ストーブ名暖爐
タクシー名計程車｜エレベーター名電梯

14

用完餐以後，把盤子（　　）乾淨。	
1　淋	**2　洗**
3　停	4　買

解析 所有選項都是動詞。與空格前面的內容搭配使用時，是さらをきれいにあらいます（把盤子洗乾淨）的文意脈絡最通順，所以 2 あらいます（洗）是正確答案。其他選項的用法為：1 シャワーをあびる（洗澡），3 車がとまる（車子停下）、4 服をかう（買衣服）。

詞彙 しょくじ名餐｜おわる動結束｜～てから（做）～完以後
さら名盤子｜きれいだ な形乾淨的｜あびる動淋（水）
あらう動洗｜とまる動停｜かう動買

15

這是孩子也能使用的（　　）背包。	
1　輕盈	2　沉重
3　骯髒	4　困難

解析 所有選項都是い形容詞。與空格前後的內容搭配使用時，是こどもでもつかうことができるかるいかばん（孩子也能使用的輕盈背包）的文意脈絡最通順，所以 1 かるい（輕盈）是正確答案。其他選項的用法為：2 おもいにもつ（沉重的行囊），3 きたないへや（骯髒的房間），4 むずかしいもんだい（困難的問題）。

詞彙 これ名這個｜こども名孩子｜～でも助就算～｜つかう動使用
～ことができる 能夠（做）～｜かばん名包包
かるい い形輕盈的｜おもい い形沉重的｜きたない い形骯髒的
むずかしい い形困難的

16

運動過後，喝了 2（　　）可樂。	
1　隻	2　本
3　張	**4　杯**

解析 所有選項都是計數的單位。最適合用來計算空格前面的コーラ（可樂）的單位是はい（杯），所以 4 はい（杯）是正確答案。1 是計算動物的單位，2 是計算書本的單位，3 是計算紙張的單位。

詞彙 うんどう名運動｜する動做｜あと名後、之後｜コーラ名可樂
のむ動喝｜～ひき ～隻｜～さつ ～本｜～まい ～張
～はい ～杯

17

因為我不擅長英語，請說得（　　）一點。	
1　最	2　正好
3　慢	4　直

解析 所有選項都是副詞。與空格前後的內容搭配使用時，是すこしゆっくりはなしてください（請說得慢一點）的文意脈絡最通順，所以 3 ゆっくり（慢）是正確答案。1 常用在いちばん好きな食べ物（最喜歡的食物），2 常用在ちょうどいい時間（正好的時間），4 常用在まっすぐ行く（直走）。

詞彙 えいご名英語｜にがてだ な形不擅長的｜～ので助因為～
すこし副一點｜はなす動說｜～てください 請（做）～
いちばん副最｜ちょうど副正好｜ゆっくり副慢慢地、悠閒地
まっすぐ副直地｜

18

昨天跟朋友在（　　）騎了腳踏車。	
1　公園	2　車站
3　銀行	4　廚房

解析 所有選項都是名詞。與空格後面的內容搭配使用時，是こうえんでじてんしゃにのりました（在公園騎了腳踏車）的文意脈絡最通順，所以 1 こうえん（公園）是正確答案。其他選項的用法為：2 えきで電車にのる（在車站搭電車），3 ぎんこうでお金をかりる（在銀行借錢），4 だいどころで皿をあらう（在廚房洗盤子）。

詞彙 きのう名昨天｜ともだち名朋友｜じてんしゃ名腳踏車
のる動搭乘｜こうえん名公園｜えき名車站｜ぎんこう名銀行
だいどころ名廚房

19

站前有餐廳。

1　站前有廁所。
2　站前有蔬菜店。
3　站前有餐館。
4　站前有郵局。

解析 提示句的しょくどう意思是「餐廳」，所以使用了意思相近的レストラン（餐廳）的 3 えきまえにレストランがあります（站前有餐館）是正確答案。

詞彙 えきまえ名站前｜しょくどう名餐廳｜ある動有
トイレ名廁所｜やおや名蔬菜店｜レストラン名餐館
ゆうびんきょく名郵局

20

有很多手錶。

1 手錶很小。

2 手錶很大。

3 手錶很少。

4 手錶很多。

解析 提示句的たくさんあります意思是「有很多」，所以使用了意思相近的おおいです（多）的 4 とけいがおおいです（手錶很多）是正確答案。

詞彙 とけい名手錶｜たくさん副多｜ある動有｜ちいさいい形小的 おおきいい形大的｜すくないい形少的｜おおいい形多的

21

森先生跟我的姐姐結婚了。

1 姐姐是森先生的夫人。

2 姐姐是森先生的朋友。

3 姐姐是森先生的學生。

4 姐姐是森先生的老師。

解析 和提示句的もりさんはわたしのあねとけっこんしました（森先生跟我的姐姐結婚了）意思最接近的 1 あねはもりさんのおくさんです（姐姐是森先生的夫人）是正確答案。

詞彙 わたし名我｜あね名姐姐｜けっこん名結婚 する動做｜おくさん名夫人、妻子｜ともだち名朋友 せいと名學生｜せんせい名老師

言語知識（文法） p.333

1

今天一個人（　）吃飯。

1 へ（助詞，表示方向）

2 に（在，動作發生的時間）

3 で（助詞，表示參與的人數）

4 を（助詞，表示受詞）

解析 這題要選擇適合填入空格的助詞。空格前面的名詞一人可以和助詞で銜接成一人で（一個人），所以 3 で（表示參與的人數）是正確答案。要記住，一人（一個人）和助詞で可以結合成句型一人で（一個人）。

詞彙 きょう名今天｜一人 ひとり名一個人、一人｜ごはん名飯 食べる たべる動吃｜～へ助表示方向 ～に助在～（動作發生的時間）｜～で助表示參與的人數 ～を助～表示受詞

2

我的書桌上有筆（　　）筆記本等。

1 の（的）　　2 が（助詞，表示主詞）

3 は（助詞，表示主題）　　**4 や（和）**

解析 這題要選擇適合填入空格的助詞。從空格前面的ペン（筆）和空格後面的ノートなどが（筆記本等）看來，是「筆和筆記本」的文意脈絡比較通順。因此，4 や（和）是正確答案。

詞彙 私 わたし名我｜つくえ名書桌｜上 うえ名上｜ペン名筆 ノート名筆記本｜～など助～等｜ある動有｜～の助～的 ～が助表示主詞｜～は助表示主題｜～や助和～

3

A：「（　　）好可愛喔。」

B：「謝謝，這是昨天在百貨公司買的。」

1 それ（那個，離聽話者近）

2 その（那，離聽話者近）

3 あれ（那個，離聽話者遠）

4 あの（那，離聽話者遠）

解析 這題要選擇適合填入空格的指示語。從空格後面的かわいいですね（好可愛喔）看來，選項 1 それ（那個）、3 あれ（那個）都可能是正確答案。因為 B 說了これは（這個），是「那個好可愛喔」的文意脈絡比較通順。因此，1 それ（那個）是正確答案。

詞彙 かわいいい形可愛的｜これ名這個｜昨日 きのう名昨天 デパート名百貨公司｜かう動買｜それ名那個｜その 那 あれ名那個｜あの 那

4

（在學校）

老師：「各位，明天是各位的母親來學校的日子，所以，把教室弄（　　）吧。」

1 きれい（乾淨）　　**2 きれいに（乾淨）**

3 きれいな（乾淨）　　4 きれいだ（乾淨）

解析 所有選項都是な形容詞的活用形，所以這題要選擇適合銜接空格後句型的形容詞型態。空格後面的しましょう是する的活用表現，而する可以和「な形容詞語幹 + に」銜接成意思是「使～（變得）」的句型。所以把選項 2 きれいに（乾淨）填入空格後，就會變成きれいにしましょう（弄乾淨吧）。因此，2 きれいに（乾淨）是正確答案。要記住，な形容詞語幹 + にする是「使～（變得）」的意思。

詞彙 学校 がっこう名學校｜先生 せんせい名老師 みなさん名各位｜明日 あした名明天 お母さん おかあさん名媽媽、母親｜来る くる動來 日 ひ名日子｜だから連所以｜きょうしつ名教室 ～にする 使～（變得）｜きれいだな形乾淨的

5

搭乘什麼（　　　）來公司？
1　が（助詞，表示主詞）
2　を（助詞，表示受詞）
3　も（也）
4　に（助詞，表示動作到達的點）

解析 這題要選擇適合填入空格的助詞。空格後面的動詞乗る（搭乘）不會銜接助詞を（表示受詞），而是銜接助詞に（表示動作到達的點），用作「乘坐～」的意思。因此，4 に（表示動作到達的點）是正確答案。

詞彙 会社 かいしゃ名公司｜～まで助直到～｜何 なに名什麼
乗る のる動搭乘｜くる動來｜～が助表示主詞
～を助表示受詞｜～も助～也｜～に助表示動作到達的點

6

這班的學生很少。除了 10 人（　　　）就沒有了。
1　從　　2　等
3　以外　　4　只

解析 這題要選擇適合填入空格的助詞。從空格前面的 10 人（10 人）和空格後面的いません（沒有）看來，選項 3 しか（以外）、4 だけ（只）都可能是正確答案。因為前面的句子提到学生が少ないです（學生很少），所以是 10 人しかいません（除了 10 人以外就沒有了）的文意脈絡比較通順。因此，3 しか（以外）是正確答案。

詞彙 この 這｜クラス名班｜学生 がくせい名學生
少ない すくないい形少的｜～人 ～にん ～人｜いる動有
～から助從～｜～など助～等｜～しか助～以外
～だけ助只～

7

（在音樂會）
A：「在這裡（　　）照。」
B：「對不起，我不知道。」
A：「請注意。」
1　拍吧　　**2　請不要拍**
3　不想拍　　4　沒拍

解析 這題要選擇適合填入空格的句型。從空格前面的ここで写真を（在這裡照片）看來，所有選項都可能是正確答案。因為 B 說了すみません。知りませんでした（對不起，我不知道），是「在這裡請不要拍照」的文意脈絡比較通順。因此，2 とらないでください（請不要拍照）是正確答案。要記住，2 的ないでください是「請不要（做）～」的意思，1 的ましょう是「（做）～吧」的意思，3 的たくないです是「不想（做）～」的意思，4 的ませんでした是「沒有（做）～」的意思。

詞彙 コンサート名音樂會｜ここ名這裡｜写真 しゃしん名照片
知る しる動知道｜注意 ちゅうい名注意｜する動做
～てください 請（做）～｜とる動拍攝｜～たい 想（做）～

8

（在喫茶店）
佐藤：「山田小姐，這間店除了咖啡以外，還（　　）果汁，啊，還（　　）茶。」
山田：「那我要選茶。」
1　有　　2　那樣
3　知道　　4　不用

解析 這題要選擇適合填入空格的會話用法。從第一個空格前面的この店、コーヒーいがいにジュースも（這間店除了咖啡以外）看來，是「這間店除了咖啡以外，還有果汁」的文意脈絡比較通順。把選項 1 あります（有）填入第二個空格時，文意脈絡也是通順的，所以 1 あります（有）是正確答案。

詞彙 きっさてん名喫茶店｜この 這｜店 みせ名店｜コーヒー名咖啡
いがい名以外｜ジュース名果汁｜お茶 おちゃ名茶
じゃ連那麼｜私 わたし名我｜～にする 要～（表示決定）
ある動有｜そうだ 那樣的、那般的｜わかる動知道、瞭解
けっこうだな形不用的、不需要的

9

因為他總是很早到，我以為他（　　）到了
1　已經　　2　許多
3　非常　　4　有點

解析 這題要選擇適合填入空格的副詞。從空格前面的はやく来るから（因為他總是很早到）和空格後面的来ていると（到了）看來，是「因為他總是很早到，他已經到了」的文意脈絡比較通順。因此，1 もう（已經）是正確答案。

詞彙 彼 かれ名他｜いつも副總是｜はやく副早早｜来る くる動來
～から助因為～｜～ている（做）著～、處於～的狀態
～と思う ～とおもう 認為～｜もう副已經、早就
たくさん副多｜とても副非常｜ちょっと副有點

10

因為現在正在上課當中，請保持 ★安靜。
1　安靜　　2　保持
3　因為　　4　當中

解析 空格後面的して是する的て形，而する可以和助詞に衔接成にする（使～（變得））這個句型，所以要先將選項 2 的に填入最後一個空格，組成「にしてください（請變得）」。接下來，按照意思排列剩餘選項後，會組成 4 ちゅう 3 だから 1 しずか 2 に（當中，所以安靜），也自然地銜接了文意脈絡，所以 1 しずか（安靜）是正確答案。

詞彙 今 いま名現在｜じゅぎょう名課
～にする 使（變得）～、使得～｜～てください 請（做）～
しずかだな形安靜的｜～から助因為～｜～ちゅう ～中

11

★因為這間房間就算是白天也很暗，就把燈開著了。

1　很暗　　2　燈

3　因為　　4　就算

解析 選項 4 的でも可以和空格前面的名詞銜接成～でも（就算）這個句型，所以要先將 4 でも（就算）填入第一個空格，組成「昼でも（就算是白天）」。接下來，按照意思排列剩餘選項後，會組成 4 でも 1 くらい 3 ので 2 電気を（就算也很暗，就把燈），也自然地銜接了文意脈絡，所以 3 ので（因為）是正確答案。

詞彙 この 這｜へや名房間｜昼 ひる名白天
電気をつける でんきをつける 開燈｜～ている 正在（做）～
くらいい形陰暗的｜～ので助因為～｜～でも 就算～、即使～

12

一週前出生的妹妹 ★一直 睡覺。

1　一直　　2　睡覺

3　妹妹　　4　は（助詞，表示主題）

解析 空格後面的います是いる的ます形，而いる可以和動詞て形銜接成ている（正在～（做））這個句型，所以要把選項 2 的寝て（睡覺）填入最後的空格，組成「寝ています（正在睡覺）」，接下來，按照意思排列剩餘選項後，會組成 3 いもうと 4 は 1 ずっと 2 寝て（妹妹一直睡覺），也自然地銜接了文意脈絡，所以 1 ずっと（一直）是正確答案。

詞彙 一週間 いっしゅうかん名一週｜前 まえ名前
生まれる うまれる動出生｜～ている 正在（做）～
ずっと副一直｜寝る ねる動睡覺｜いもうと名妹妹
～は助表示主題

13

前田：「田中小姐，在聖誕節想吃 什麼 ★（表示主詞的助詞）？」

田中：「既然是聖誕節，希望是雞肉。」

1　什麼

2　想吃

3　に（在，動作發生的時間）

4　が（助詞，表示主詞）

解析 空格前面的クリスマス是名詞，可以銜接助詞，所以要將 3 に（在）或是 4 が（表示主詞的助詞）填入第一個空格，組成「クリスマスに（在聖誕節）」或是「クリスマスが（聖誕節）」，接下來，按照意思排列剩餘選項後，會組成 3 に 1 なに 4 が 2 食べたい（在想吃什麼）或 4 が 1 なに 3 に 2 食べたい（在什麼想吃）。因為把空格所在的句子排列成「在聖誕節想吃什麼」，比較符合文意脈絡，所以 4 が（表示主詞的助詞）是正確答案。

詞彙 クリスマス名聖誕節｜～から助因為～｜チキン名雞肉
いいい形好的｜なに名什麼｜食べる たべる動吃
～たい 想（做）～｜～に助在～（動作發生的時間）
～が助表示主詞

14-17

湯姆同學和薩曼薩同學以「我的夢想」為主題，寫了一篇作文，並在所有同學面前讀出來。

（1）湯姆同學的作文

我[14]想 14 花店工作。我從小就喜歡看漂亮的花。而且我也真的很喜歡在送花的時候，看見別人高興的表情。所以，[15]總有一天想開自己的花店，每天和花一起工作。到時候 15 我的店。

（2）薩曼薩同學的作文

我的夢想是當醫生。[16]我弟弟小時候因為生病的關係，總是待在醫院。不過，我弟弟現在 16 健康，已經可以踢足球了。弟弟之所以變得健康，是多虧了醫院的醫生。[17]看見那個醫生，讓我想成為醫生了。我要更認真讀書， 17 許多人的病。

詞彙 私 わたし名我｜ゆめ名夢想｜さくぶん名作文
書く かく動寫｜クラス名班｜みんな名全部｜前 まえ名前
読む よむ動讀｜花屋 はなや名花店｜はたらく動工作
～たい 想（做）～｜子ども こども名孩子｜ころ名時候
～から助從～｜きれいだな形漂亮的｜花 はな名花
見る みる動看｜こと名事情、的（代指事物）
好きだ すきだな形喜歡｜また副而且｜プレゼント名禮物
する動做｜とき名時候｜人 ひと名人｜よろこぶ動高興
～ている 正在（做）～｜顔 かお名臉
大好きだ だいすきだな形真的很喜歡的｜だから連所以
いつか副總有一天｜自分 じぶん名我、自己｜開く ひらく動開
まいにち名每天｜いっしょに副一起｜その 那
医者 いしゃ名醫生｜なる動成為｜弟 おとうと名弟弟
小さい ちいさいい形小的｜病気 びょうき名病
いつも副總是｜病院 びょういん名醫院｜いる動有
でも連可是｜今 いま名現在｜サッカー名足球
できる動能夠｜～くらい助～左右
元気だ げんきだな形健康的｜お医者さん おいしゃさん 醫生
おかげ名多虧｜～と思う ～とおもう 認為～｜もっと副更加
勉強 べんきょう名讀書｜たくさん副多｜

14

1　を（助詞，表示受詞）

2　に（在，動作發生的時間）

3　で（在，動作發生的地點）

4　は（助詞，表示主題）

解析 這題要選擇適合填入空格的助詞。從空格前面的花屋（花店）

和空格後面的はたらきたいです（想工作）看來，是「想在花店工作」的文意脈絡比較通順。因此，3 で（在）是正確答案。

詞彙 ～を 助 表示受詞｜～に 助 在～（動作發生的時間）
～で 助 在～（動作發生的地點）｜～は 助 表示主題

15

1 來	**2 請來**
3 來了嗎	4 來了也沒關係嗎

解析 這題要選擇適合填入空格的句型。所有選項都可以銜接空格前面的助詞に（表示動作進行的方向）。從空格前面的そのときは私の花屋に（到時候我的店）看來，選項 2 来てください（請來）跟 3 来ましたか（來了嗎）都有可能是正確答案。因為前面的句子提到「いつか自分の花屋を開いて、まいにち花といっしょにはたらきたいです（總有一天想開自己的花店，每天和花一起工作）」，把来てください（請來）填入空格，在文意脈絡上比較通順，所以 2 来てください（請來）是正確答案。要記住，2 的てください是「請（做）～」的意思，3 的ましたか是「（做）～了嗎」的意思，4 的てもいいですか是「（做）～也沒關係嗎」的意思。

詞彙 来る くる 動 來｜～てください 請（做）～
～てもいい（做）～也沒關係

16

1 不太	2 更加
3 還	**4 非常**

解析 這題要選擇適合填入空格的副詞。從空格所在的句子でも、今弟はサッカーもできるくらい［16］元気です（不過，我弟弟現在［16］健康，已經可以踢足球了）看來，選項 3 まだ（還）、4 とても（非常）都可能是正確答案。因為前面的句子提到私の弟は小さいころ、病気でいつも病院にいました（我弟弟小時候因為生病的關係，總是待在醫院），把とても（非常）填入空格，在文意脈絡上比較通順，所以 4 とても（非常）是正確答案。

詞彙 あまり 副 不太｜もっと 副 更加｜まだ 副 還｜とても 副 非常

17

1 想治療	2 治療了
3 治療吧	4 正在治療

解析 這題要選擇適合填入空格的句型。所有選項都可以銜接空格前面的助詞を（表示受詞的助詞）。從空格前面的「もっと勉強して、たくさんの人の病気を（更認真讀書，許多人的病）」看來，選項 1 なおしたいです（想治療）、2 なおしました（治療了）、4 なおしています（正在治療）都可能是正確答案。因為前面的句子提到そのお医者さんを見て医者になりたいと思いました（看見那個醫生，讓我想成為醫生了），把なおしたいです（想治療）填入空格，在文意脈絡上比較通順，所以 1 なおしたいです（想治療）是正確答案。要記住，1 的たいです是「想（做）～」的意思，2 的ました是「（做）了～」的意思，3 的ましょう是「（做）吧～」的意思，4 的ています是「正在（做）～」的意思。

詞彙 なおす 動 治療、修理

讀解 p.340

18

（在教室）

學生看到了這張紙。

> 致各位同學
>
> 下週四要去動物園。在動物園可以看到各式各樣的動物。尤其是 1 月出生的熊貓特別有名。
>
> **在看到動物之前，要先和全班同學拍照**。午餐等看完動物以後，會在漂亮花朵盛開的地方吃。

請問學生在動物園要先做什麼？

1 看動物。

2 跟全班同學拍照。

3 吃午餐。

4 去花朵盛開的地方。

解析 這題使用公告詢問著學生在動物園應該先做的事。引文的中段提到「どうぶつを見るまえに、まずクラスのみんなで写真をとります（在看到動物之前，要先和全班同學拍照）」，所以 2 クラスのみんなで写真をとります（跟全班同學拍照）是正確答案。1 是和全班同學拍完照才要做的事，3 跟 4 是看完動物以後才要做的事，所以是錯誤答案。

詞彙 教室 きょうしつ 名 教室｜学生 がくせい 名 學生｜この 這
紙 かみ 名 紙｜見る みる 動 看｜クラス 名 班級、班
みなさん 名 各位｜来週 らいしゅう 名 下週
木曜日 もくようび 名 星期四｜どうぶつえん 名 動物園
行く いく 動 去｜いろいろだ な形 各式各樣的｜どうぶつ 名 動物
～ことができる 能夠（做）～｜とくに 副 尤其
～月 ～がつ ～月｜生まれる うまれる 動 出生｜パンダ 名 熊貓
有名だ ゆうめいだ な形 有名的｜まえ 名 前｜まず 副 先
みんな 名 全部｜写真 しゃしん 名 照片｜とる 動 拍
昼ごはん ひるごはん 名 午餐｜あと 名 後
きれいだ な形 漂亮的｜花 はな 名 花｜咲く さく 動（花朵）盛開
～ている 處於～的狀態｜ところ 名 地方｜食べる たべる 動 吃
はじめに 先｜何 なに 名 什麼｜する 動 做

19

（在公司）
在吉村小姐的書桌上，有這張字條。

> 吉村小姐
> 剛才鈴木部長打了電話過來。
> 明天（28 日）10 點的會議改到後天（29 日）了。時間沒有改變，但是與會者從 5 人改為 7 人了。
> 因此，部長說要請你預約會議室。
> 山田

關於字條，請問何者敘述正確？

1 會議的日期不變，但是時間改到上午了。
2 會議的日期不變，但是時間改到下午了。
3 會議的日期改到後天了。人數不變。
4 會議的日期改到後天了。人數也變了。

解析 這題使用字條形式的引文，詢問著正確敘述引文內容的選項。引文中段提到「明日（28 日）10 時のかいぎが明後日（29 日）に変わりました」（明天（28 日）10 點的會議改到後天（29 日）了），還有「かいぎに来る人が 5 人から 7 人に変わりました」（與會者從 5 人改為 7 人了），所以 4 かいぎの日が明後日に変わりました。人数も変わりました（會議的日期改到後天了。人數也變了）是正確答案。1 跟 2 因為會議的日期已經改變了，3 因為與會者從 5 人改為 7 人了，所以是錯誤答案。

詞彙 会社 かいしゃ 名公司｜机 つくえ 名書桌｜上 うえ 名上｜この 這｜メモ 名字條｜ある 動有｜さっき 名剛才｜ぶちょう 名部長｜~から 助從~｜電話 でんわ 名電話｜明日 あした 名明天｜~日 ~にち ~日｜~時 ~じ ~點｜かいぎ 名會議｜明後日 あさって 名後天｜変わる かわる 動改變｜時間 じかん 名時間｜来る くる 動來｜人 ひと 名人｜~人 ~にん ~人、~名｜~から 助從~｜それで 連所以｜かいぎしつ 名會議室｜よやく 名預約｜~と言っていた ~といっていた 說了~｜~について 關於~｜正しい ただしい い形正確、對的｜どれ 名哪個｜日 ひ 名日期、日子｜午前 ごぜん 名上午｜午後 ごご 名下午｜人数 にんずう 名人數

20-21

小百合小姐寫了信給蜜雪兒小姐。

> 給蜜雪兒小姐
> 妳過得好嗎？東京已經是春天了。加拿大怎麼樣？
> ①蜜雪兒小姐來到東京，是 2 年前的冬天了呢。蜜雪兒小姐說：「因為喜歡日本電影，[20] **就過來研讀日文。**很高興能夠住在以前在電影裡看過的東京」，我至今還記得。
> 跟蜜雪兒小姐變得要好之後，我們還一起去了海邊、去爬山。[21] **兩個人一起去鄉下的奶奶家玩，**②是最開心的。我們看著漂亮的星星，聊了各種故事。
> 蜜雪兒小姐回到加拿大以後，我很孤單。今年暑假，我會去加拿大見妳。
> 那麼，我再跟妳聯絡。
> 小百合上

詞彙 てがみ 名信｜書く かく 動寫｜げんきだ な形過得好的、健康的｜東京 とうきょう 名東京｜もう 副已經｜春 はる 名春天｜カナダ 名加拿大｜来る くる 動來｜~年 ~ねん ~年｜前 まえ 名前｜冬 ふゆ 名冬天｜日本 にほん 名日本｜えいが 名電影｜好きだ すきだ な形好的、喜歡的｜日本語 にほんご 名日語｜勉強 べんきょう 名讀書｜する 動做｜みる 動看｜すむ 動居住｜~ことができる 能夠（做）~｜うれしい い形高興的｜言う いう 動說｜こと 名事情、的（代指事物）｜今でも いまでも 現在也｜おぼえる 動記得｜~ている 正在（做）~｜なかよく 副融洽地｜なる 動成為｜~てから（做）~完以後｜いっしょに 副一起｜海 うみ 名海｜行く いく 動去｜~たり~たりする 表示列舉｜山 やま 名山｜登る のぼる 動登上｜いなか 名鄉下｜おばあさん 名奶奶｜うち 名家｜ふたり 名兩人、兩個人｜あそぶ 動玩｜~に行く ~にいく 去（做）~｜いちばん 副最｜楽しい たのしい い形開心的｜きれいだ な形漂亮的｜星 ほし 名星｜~ながら 一邊（做）~｜いろいろだ な形各式各樣的｜はなし 名故事｜帰る かえる 動回去｜さびしい い形孤單的｜ことし 名今年｜夏 なつ 名夏天｜休み やすみ 名放假、假期｜私 わたし 名我｜会う あう 動見面｜では 連那麼｜また 副再｜れんらく 名聯絡｜~より 助從~

20

請問①蜜雪兒小姐來東京，是為什麼？

1 因為想研讀電影
2 因為想研讀日文
3 因為喜歡東京
4 因為想住在東京看看

解析 引文中底線處的ミシェルさんが東京に来た（蜜雪兒小姐來到東京）的原因，要在後面的部分尋找。從底線後面的部分看來，因為蜜雪兒小姐提到「日本語の勉強をしに来ました

實戰模擬試題 2

（就過來研讀日文）」，所以 2 日本語の勉強がしたかったから（因為想研讀日文）是正確答案。1 因為是喜歡日本電影，3 跟 4 因為是很高興能夠住在以前在電影裡看過的東京，所以是錯誤答案。

詞彙 どうして副怎麼會｜～たい 想（做）～｜～から助因為～
～てみる ～（做）看看

21

請問什麼是②最開心的？
1 去海邊
2 去爬山
3 去奶奶家
4 去加拿大見面

解析 引文中底線處的いちばん楽しかったです（最開心）的原因，要在後面的部分尋找。底線前面的部分提到「いなかのおばあさんのうちにふたりであそびに行ったことが（兩個人一起去鄉下的奶奶家玩）」，所以 3 おばあさんのうちに行ったこと（去奶奶家）是正確答案。1 跟 2 雖然有提到是跟蜜雪兒小姐一起去的，卻不是最開心的事，4 是未來打算做的事，所以是錯誤答案。

詞彙 何 なに名什麼。

22

山田先生想去運動教室。因為每週二有英語會話教室，沒辦法去運動教室。由於公司 6 點下班，希望 6 點 30 分過後再開始。此外，價格希望是 5,000 圓以下的。請問山田先生要去哪間教室？
1 高爾夫
2 羽球
3 游泳
4 網球

解析 這題問的是山田先生要去哪一間教室學習。根據題目提到的條件（1）毎週火曜日には英会話の教室がありますので、スポーツ教室に行くことができません（因為每週二有英語會話教室，沒辦法去運動教室）、（2）6時30分より後に始まるもの（希望 6 點 30 分過後再開始）、（3）5,000円以下のもの（5,000 圓以下）檢視引文的話，

（1）每週二不能去：從引文的曜日（星期）看來，涵蓋週二的バドミントン（羽球）教室是不能去的。

（2）6 點 30 分過後再開始：從引文的時間（時間）看來，排除掉バドミントン（羽球）之後，在 6 點 30 分過後開始的是ゴルフ（高爾夫）和すいえい（游泳）。

（3）5,000 圓以下：從引文中的お金（費用）看來，在ゴルフ（高爾夫）すいえい（游泳）之中，5,000 圓以下的是 3,000 圓的すいえい（游泳）。

因此，3 すいえい（游泳）是正確答案。

詞彙 スポーツ名運動｜教室 きょうしつ名教室｜行く いく動去
～たい 想（做）～｜毎週 まいしゅう名每週
火曜日 かようび名星期二｜英会話 えいかいわ名英語會話
ある動有｜～ので助因為～｜～ことができる 能夠（做）～
会社 かいしゃ名公司｜～時 ～じ ～時｜終わる おわる動結束
～分 ～ふん ～分鐘｜～より助比～｜後 あと名後、以後
始まる はじまる動開始｜もの名的（代指事物）、東西
いいい形好的｜また連另外｜ねだん名價格｜～円 ～えん ～圓
以下 いか名以下｜～にする 要～（表示決定）｜どの 哪個
ゴルフ名高爾夫｜バドミントン名羽球｜すいえい名游泳
テニス名網球｜

5 月的運動教室☆彡

做喜歡的運動，變健康吧 ❣

教室簡介

❶ 高爾夫	❷ 羽球
✽ 星期：每週一、三 ✽ 時間：下午 7 點～8 點 30 分 ✽ 費用：10,000 圓 ✽ 即使是第一次打高爾夫的人也沒問題。	✽ 星期：每週二、四 ✽ 時間：下午6 點 30 分～7 點 30 分 ✽ 費用：4,000 圓 ✽ 由過去曾是羽球選手的老師指導。

❸ 游泳	❹ 網球
✽ 星期：每週三、五 ✽ 時間：下午 7 點～ 8 點 ✽ 費用：3,000 圓 ✽ 一班 15 人以下。	✽ 星期：每週四、五 ✽ 時間：下午 6 點～ 7 點 ✽ 費用：5,000 圓 ✽ 國小 1 年級到 6 年級的班級。

北山運動中心
（☎電話：012-435-3584）

詞彙 ～月 ～がつ ～月｜あんない名簡介｜好きだ すきだな形喜歡
する動做｜げんきだな形健康的｜～になる 變得～
曜日 ようび名星期（幾）｜毎週 まいしゅう名每週
月 げつ名（星期）一｜水 すい名（星期）三
時間 じかん名時間｜午後 ごご名下午｜お金 おかね名錢
はじめて副第一次｜人 ひと名人｜～でも助即使～
大丈夫だ だいじょうぶだな形沒關係的｜火 か名（星期）二
木 もく名（星期）四｜せんしゅ名選手｜せんせい名老師
おしえる動教導｜金 きん名（星期）五｜一～ ひと～ 一～
クラス名班級｜～人 ～にん ～名、～人｜以下 いか名以下
小学校 しょうがっこう名國小｜～年生 ～ねんせい ～年級生
～から助從～｜～まで助直到～｜センター名中心
電話 でんわ名電話

聽解 p.349

☞ **問題 1** 的說明與例題時，要迅速地先閱讀並掌握第 1 題到第 7 題的選項。如果聽到語音說では、始めます（那麼，即將開始），就要馬上做好解題的準備。音檔說明和例題，可以查看實戰模擬試題 1 的解析（p.514）。

1

[音檔]

学校で、男の学生と女の学生が話しています。**二人**は明日**何**を持ってきますか。

M：明日の英語の授業に何を持ってきますか。

F：明日は映画を見るから、テキストは持ってこなくてもいいですよ。

M：そうですか。

F：はい、でも映画を見て思ったことを英語で書く予定だから、**ノートは持ってきてくださいと先生が言っていました**。

M：他に必要なものはないですか。

F：うーん、**あ、ペンも必要です**。

M：わかりました。ありがとうございます。

二人は明日**何**を持ってきますか。

[試卷]

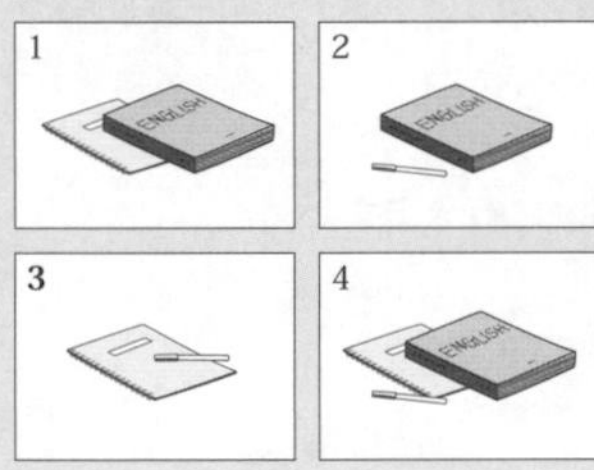

翻譯 在學校，男學生和女學生正在交談。請問兩個人明天要帶什麼來？

M：明天英語課要帶什麼來？

F：明天要看電影，所以可以不用帶課本。

M：這樣啊？

F：對，可是預計要用英文寫出觀影心得，所以老師說過要帶筆記本。

M：除此之外，沒有需要其他東西了嗎？

F：嗯，**啊，還需要筆**。

M：我知道了，謝謝。

請問兩個人明天要帶什麼來？

解析 選項有課本、筆記本、筆所組成的圖片，而題目問的是兩人明天要帶什麼來，所以在聆聽對話時，要掌握兩人明天應該帶的東西。女學生說完「ノートは持ってきてくださいと言っていました（老師說過要帶筆記本）」之後，又說了「あ、ペンも必要です（啊，還需要筆）」，所以由筆記本和筆的圖片組成的 3 是正確答案。因為已經說不用帶課本了，所以 1、2、4 是錯誤答案。

詞彙 学校 がっこう名學校｜学生 がくせい名學生
二人 ふたり名兩人｜明日 あした名明天｜持つ もつ動帶
くる動來｜英語 えいご名英語｜授業 じゅぎょう名課
何 なに名什麼｜映画 えいが名電影｜見る みる動看
～から助因為～｜テキスト名課本｜～てもいい 可以（做）～
でも連可是｜思う おもう動認為｜こと名事情、的（代指事物）
書く かく動撰寫、書寫｜予定 よてい名預計
ノート名筆記本、筆記｜～てください 請（做）～
先生 せんせい名老師｜～と言っていた ～といっていた 說了～
他に ほかに 以外｜必要だ ひつようだ な形需要的
もの名的（代指事物）、東西｜ない い形沒有
ペン名筆｜わかる動知道、瞭解

2

[音檔]

男の人と女の人が話しています。**女の人はどんな財布**を買いますか。

M：佐藤さん、どんな財布が好きですか。

F：**私は長いものより短いものが好きです**。長いものはかばんに入らないので。

M：じゃ、これはどうですか。小さい星の絵があるもの。

F：かわいいですけど、今使っているものも絵があるので、ちょっと…。

M：**ここに絵がないものもありますね。これはどうですか。**

F：**いいですね。これにします。**

女の人はどんな財布を買いますか。

[試卷]

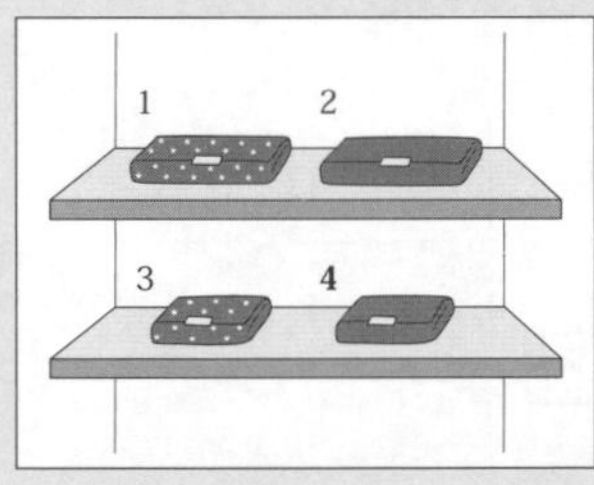

翻譯 男人和女人正在交談。請問女人要買哪種錢包？

M：佐藤小姐，妳喜歡哪種錢包？

F：**比起長的，我更喜歡短的**。因為長的放不進包包。

M：那這個怎麼樣？有小星星圖案的。

F：很可愛，可是我現在用的也有圖案，所以有點…。

M：**這裡也有沒圖案的耶，這個怎麼樣？**

F：**好耶，就選這個。**

請問女人要買哪種錢包？

解析 選項列出了幾種錢包的圖片，而題目問的是女人要買哪種錢包，所以在聆聽對話時，要掌握女人會買的錢包款式。女人說了「私は長いものより短いものが好きです（比起長的，我更喜歡短的）」，後來，男人說完「ここに絵がないものもありますね。これはどうですか（這裡也有沒圖案的耶，這個怎麼樣？）」之後，女人就說了「いいですね。これにします（好耶，就選這個吧）」，所以沒有圖案的短夾圖片 4 是正確答案。1、2 因為女人喜歡短夾多過長夾，3 則是男人提到，但是女人不喜歡的款式，所以是錯誤答案。

詞彙 財布 さいふ 名 錢包｜買う かう 動 買｜どんな 什麼樣
好きだ すきだ な形 喜歡的｜私 わたし 名 我
長い ながい い形 長的｜もの 名 的（代指事物）、東西
～より 助 比～｜短い みじかい い形 短的｜かばん 名 包包
入る はいる 動 進入｜～ので 助 因為～｜じゃ 連 那麼
これ 名 這個｜小さい ちいさい い形 小的｜星 ほし 名 星
絵 え 名 圖片｜ある 動 有｜かわいい い形 可愛的
～けど 助 可是～｜今 いま 名 現在｜使う つかう 動 使用
～ている 正在（做）～｜ちょっと 副 有點｜ここ 名 這裡
ない い形 沒有的｜いい い形 好的｜～にする 要～（表示決定）

3

[音檔]

女の人と男の人が話しています。**銀行はどこ**ですか。

F：すみません。銀行はどこですか。

M：**この道をまっすぐ行くと、交差点があります。そこで右に曲がってください。**

F：はい。

M：そうすると、**右側に本屋があります。本屋のとなりが銀行です。**

F：そうですか。ありがとうございます。

銀行はどこですか。

[試卷]

翻譯 女人和男人正在交談。請問銀行在哪裡？

F：不好意思，請問銀行在哪裡？

M：沿著這條路直走，會有一個十字路口。請在那裡右轉。

F：好的。

M：那麼，右側會有書店。書店的隔壁就是銀行。

F：這樣啊？謝謝。

請問銀行在哪裡？

解析 選項由一個小地圖呈現，而題目問的是銀行在哪裡，所以在聆聽對話時，要掌握銀行的位置。男人說完「この道をまっすぐ行くと、交差点があります。そこで右に曲がってください（沿著這條路直走，會有一個十字路口。請在那裡右轉）」之後，又說了「右側に本屋があります。本屋のとなりが銀行です（右側會有書店。書店的隔壁就是銀行）」，所以在十字路口右轉後，在書店隔壁的 4 是正確答案。

詞彙 銀行 ぎんこう 名 銀行｜どこ 名 哪裡｜この 這｜道 みち 名 路
まっすぐ 副 直直地｜行く いく 動 去｜～と 助 ～（做）的話
交差点 こうさてん 名 十字路口｜ある 動 有｜そこ 名 那裡
右 みぎ 名 右邊｜曲がる まがる 動 轉彎
～てください 請（做）～｜そうすると 連 那麼
右側 みぎがわ 名 右側｜本屋 ほんや 名 書店｜となり 名 隔壁

4

[音檔]

男の人と女の人が話しています。**女の人は何**でおばあさんの家に行きますか。

M：田中さん、明日何をしますか。

F：明日はおばあさんの家に行きます。

M：そうですか。どうやって行きますか。

F：**今回はバスに乗って行きます。**近いので、自転車も考えてみましたが、明日雨だと聞いたのでバスに乗ります。

M：電車やタクシーはどうですか。

F：おばあさんの家は駅から遠いし、タクシーは高いのであまり使いません。

女の人は何でおばあさんの家に行きますか。

[試卷]

1 バス

2 じてんしゃ

3 でんしゃ

4 タクシー

翻譯 男人和女人正在交談。請問女人要怎麼去奶奶家？

M：田中小姐，明天要做什麼？

F：明天要去奶奶家。

M：這樣啊？怎麼去？

F：這次要搭公車去。因為距離近，也考慮過腳踏車，但是聽說明天是雨天，所以要搭公車。

M：電車和計程車怎麼樣？

F：奶奶家離車站很遠，而且計程車又很貴，所以我不太搭。

請問女人要怎麼去奶奶家？

1 公車

2 腳踏車

3　電車

4　計程車

解析 選項有公車、腳踏車、電車、計程車，而題目問的是女人要怎麼去奶奶家，所以在聆聽對話時，要掌握女人要坐什麼去奶奶家。女人說了**今回はバスに乗って行きます**（這次要搭公車去），所以 1 バス（公車）是正確答案。2 是聽說明天會下雨而不騎的腳踏車，3 是因為奶奶家離車站很遠而不搭電車，4 是因為很貴而不搭的東西，所以是錯誤答案。

詞彙 おばあさん 名 奶奶｜家 いえ 名 家｜行く いく 動 去
明日 あした 名 明天｜何 なに 名 什麼｜する 動 做
どうやって 怎麼｜今回 こんかい 名 這次｜バス 名 公車
乗る のる 動 搭乘｜近い ちかい い形 近的｜～ので 助 因為～
自転車 じてんしゃ 名 腳踏車｜考える かんがえる 動 認為
～てみる ～（做）看看｜雨 あめ 名 雨｜～と 助 表示引用
聞く きく 動 聽｜電車 でんしゃ 名 電車｜～や 助 ～和
タクシー 名 計程車｜駅 えき 名 站｜～から 助 從～
遠い とおい い形 遠的｜～し 助 ～又
高い たかい い形 貴的｜あまり 副 不太
使う つかう 動 使用

5

[音檔]

旅行会社の人が学生に話しています。**学生は、始めに何**をしますか。

M：みなさん、京都に着きました。**晩ご飯の前に、部屋に荷物を置いてきてください。**晩ご飯の後は部屋で休んでもいいです。明日は博物館に行きますので、今夜はゆっくり休んでください。

学生は、**始めに何**をしますか。

[試卷]

翻譯 旅行公司的人正在跟學生講話。請問學生要先做什麼？

M：各位，已經抵達京都了。吃晚餐以前，請到房間放好行李再過來。吃完晚餐後，可以在房間休息。明天要去博物館，所以今晚請好好休息。

請問學生要先做什麼？

解析 選項有用餐、到房間放行李、在房間休息、參觀博物館的圖片，而題目問的是學生應該先做什麼，所以在聆聽男人說話的時候，要掌握學生應該先做的事。男人說了「**晩ご飯の前に、部屋に荷物を置いてきてください**（吃晚餐以前，請到房間放好行李再過來）」，所以到房間放行李的圖片 2 是正確答案。1 是到房間放完行李才要做的事，3 是用餐完可以做的事，4 是明天要做的事，所以是錯誤答案。

詞彙 旅行会社 りょこうがいしゃ 名 旅行公司｜学生 がくせい 名 學生
始めに はじめに 首先｜みなさん 名 各位
京都 きょうと 名 京都（地名）｜着く つく 動 抵達
晩ご飯 ばんごはん 名 晚餐｜前 まえ 名 前、前面
部屋 へや 名 房間｜荷物 にもつ 名 行李｜置く おく 動 擺放
くる 動 來｜～てください 請（做）～｜後 あと 名 後
休む やすむ 動 休息｜～てもいい（做）～也可以
明日 あした 名 明天｜博物館 はくぶつかん 名 博物館
行く いく 動 去｜～ので 助 因為～｜今夜 こんや 名 今晚
ゆっくり 副 好好地

6

[音檔]

デパートで、男の人と店の人が話しています。**男の人**はハンカチを**何枚**買いますか。

M：このハンカチを３枚ください。

F：はい、少し待ってください。

M：あ、すみません。もう２枚買いたいです。

F：すみませんが、今これは４枚しかないので、5枚買うことはできません。

M：そうですか。じゃ、**4枚お願いします**。

男の人はハンカチを**何枚**買いますか。

[試卷]

1　2まい

2　3まい

3　4まい

4　5まい

翻譯 在百貨公司，男人和店員正在交談。請問男人要買幾條手帕？

M：請給我 3 條這種手帕。

F：好的，請稍等。

M：啊，對不起，我還要多買 2 條。

F：對不起，這款現在只有 4 條，所以沒辦法買 5 條。

M：這樣啊？那麻煩給我 4 條。

請問男人要買幾條手帕？

1　2 條

2　3 條

3　4 條

4　5 條

解析 選項有 2 條、3 條、4 條、5 條，而題目問的是男人要買幾條手帕，所以在聆聽對話時，要掌握男人買的手帕數量。男人說了「**4 枚お願いします**（那麻煩給我 4 條）」，所以 3 4

まい（4 條）是正確答案。1 的 2 條是男人說要加購的數量，2 的 3 條是男人一開始想買的數量，4 的 5 條是男人本來想買，卻因為賣場只有 4 條而買不到的數量，所以是錯誤答案。

詞彙 デパート名百貨公司｜店 みせ名店｜ハンカチ名手帕
何～ なん～ 幾～｜～枚 ～まい ～張｜買う かう動買
この 這｜～ください 請給我～｜少し すこし副一點
待つ まつ動等待｜～てください 請（做）～｜もう副更加
～たい 想（做）～｜今 いま名現在｜これ名這個
～しか助～以外｜ない い形沒有｜～ので助因為～
～ことはできる 能夠（做）～｜じゃ連那麼

7

[音檔]

女の人と男の人が話しています。**二人**は**何**を買いますか。

F：昼ご飯にピザが作りたいです。でも、**トマトがありません**。一緒に買いに行きませんか。

M：いいですよ。チーズとか他のものは全部ありますか。

F：はい、あります。**あと、ピザと一緒に飲むコーラを買いましょう**。

M：そうしましょう。

二人は**何**を買いますか。

[試卷]

1

2

3

4

翻譯 女人和男人正在交談。請問兩人要買什麼？

F：午餐想做披薩。但是沒有番茄了。要不要一起去買？

M：好啊，起司或其他東西全部都有嗎？

F：對的，有。**還有，買要配著披薩喝的可樂吧**。

M：就這麼辦。

請問兩人要買什麼？

解析 選項有番茄、可樂、起司所組成的圖片，而題目問的是兩人要買什麼，所以在聆聽對話時，要掌握兩人買的東西。女人說完「トマトがありません（沒有番茄了）」之後，又說了「あと、ピザと一緒に飲むコーラを買いましょう（還有，買要配著披薩喝的可樂吧）」，所以由番茄和可樂的圖片組成的 2 是正確答案。1 的圖片少了可樂，3、4 的圖片多了家裡已經有的起司，所以是錯誤答案。

詞彙 二人 ふたり名兩人｜買う かう動買

☞ 播放**問題 2** 的說明與例題時，要迅速地先閱讀並掌握第 1 題到第 6 題的選項。如果聽到語音說では、始めます（那麼，即將開始），就要馬上做好解題的準備。音檔說明和例題，可以在實戰模擬試題 1 的解析（p.518）查看。

1

[音檔]

女の人と男の人が話しています。**男の人**は兄弟が**何人**いますか。

F：森さん、森さんの家族は何人ですか。

M：5 人です。両親と、あと、**兄が二人います**。鈴木さんは何人家族ですか。

F：私は 4 人家族です。両親と、弟と私です。

男の人は兄弟が**何人**いますか。

[試卷]

1 ひとり

2 ふたり

3 よにん

4 ごにん

翻譯 女人和男人正在交談。請問男人有幾個兄弟姐妹？

F：森先生，你家有幾個人？

M：5 個。有爸媽，**還有兩個哥哥**。鈴木小姐家有幾個人呢？

F：我家有 4 個人。爸媽、弟弟跟我。

請問男人有幾個兄弟姐妹？

1　一個

2　兩個

3　四個

4　五個

解析 這題問的是在 1「一個」、2「兩個」、3「四個」、4「五個」中，男人有幾個兄弟姐妹。在對話中，男人提到**兄が二人います**（有兩個哥哥），所以 2 ふたり（兩個）是正確答案。1 是女人說自己有一個弟弟，3 是女人家裡的人數，而 4 是男人家裡的人數，所以是錯誤答案。

詞彙 兄弟 きょうだい名兄弟姐妹｜何～ なん～ 幾～
～人 ～にん ～人｜いる動有｜家族 かぞく名家人
両親 りょうしん名爸媽｜あと 還有｜兄 あに名哥哥
二人 ふたり名兩人｜私 わたし名我｜弟 おとうと名弟弟
ひとり名一人

2

[音檔]

学校で、男の学生と女の学生が話しています。**女の学生**は今日、**どこ**で勉強しますか。

M：南さんは今日どこで勉強しますか。

F：今日は学校の図書館が閉まっているので、**家で勉強します**。

M：そうですか。じゃあ、一緒に勉強しませんか。喫茶店で何か飲みながらしましょう。

F：うーん、すみません。私は静かなところで一人で勉強することが好きです。

M：そうですか。わかりました。

女の学生は今日、**どこ**で勉強しますか。

[試卷]

1 がっこう
2 としょかん
3 いえ
4 きっさてん

翻譯 在學校，男學生和女學生正在交談。請問女學生今天要在哪裡讀書？

M：南同學今天要在哪裡讀書？
F：今天學校的圖書館沒開，所以要在家裡讀。
M：這樣啊？那要不要一起讀？在咖啡廳邊喝點飲料邊讀吧。
F：嗯，對不起，我喜歡自己一個人在安靜的地方讀書。
M：這樣啊？我知道了。

請問女學生今天要在哪裡讀書？

1 學校
2 圖書館
3 家
4 咖啡廳

解析 這題問的是在 1「學校」、2「圖書館」、3「家」、4「咖啡廳」中，女學生今天要在哪裡讀書。女學生提到了家で勉強します（要在家裡讀書），所以 3 いえ（家）是正確答案。1、2 是對話中提到學校圖書館今天沒開，而 4 則是男學生提議一起去咖啡廳讀書，卻被女學生拒絕，所以是錯誤答案。

詞彙 学校 がっこう 名 學校 | 学生 がくせい 名 學生
今日 きょう 名 今天 | 勉強 べんきょう 名 讀書 | する 動 做
どこ 名 哪裡 | 図書館 としょかん 名 圖書館
閉まる しまる 動 關閉 | ～ている 正在（做）～、處於～的狀態
～ので 助 因為～ | 家 いえ 名 家 | じゃあ 連 那麼
一緒に いっしょに 副 一起
喫茶店 きっさてん 名 咖啡廳、喫茶店 | 何か なにか 什麼
飲む のむ 動 喝 | ～ながら 一邊（做）～ | 私 わたし 名 我
静かだ しずかだ な形 安靜的 | ところ 名 地方
一人 ひとり 名 一個人 | こと 名 關於～的事（代指事物）
好きだ すきだ な形 喜歡 | わかる 動 知道、瞭解

3

[音檔]

学校で、先生が学生に話しています。**学生**は机の上に**何**を置きますか。

F：みなさん、今からテストをします。テキストやノートはかばんの中に入れてください。それから、今回のテストは、鉛筆と消しゴムを使うことができません。だから、鉛筆と消しゴムはしまってください。今回はペンを使います。**黒いペンだけ出してください**。

学生は机の上に**何**を置きますか。

[試卷]

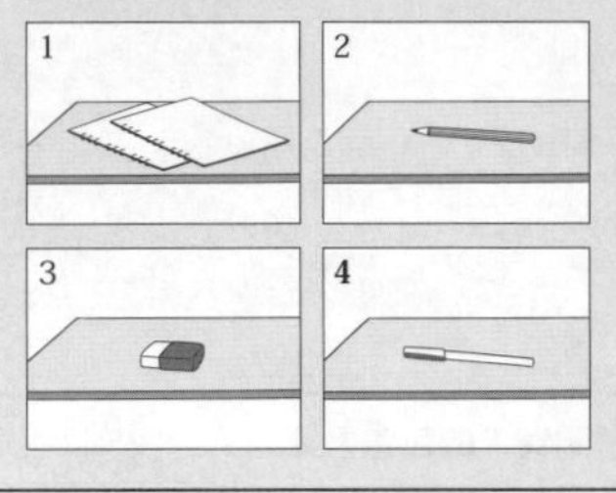

翻譯 在學校裡，老師正在對學生講話。請問學生要在書桌上放什麼？

F：各位，現在即將開始考試。請把課本和筆記本放進書包。還有，這次考試不能使用鉛筆和橡皮擦。所以，請把鉛筆跟橡皮擦收起來。這次要使用筆。**請拿出黑筆就好**。

請問學生要在書桌上放什麼？

解析 這題問的是在選項列出的筆記本、鉛筆、橡皮擦、筆中，學生要在書桌上放什麼。因為老師提到了「黒いペンだけ出してください（請拿黑筆出來就好）」，筆圖片的 4 是正確答案。1 是因為考試即將開始，而要同學收進書包的東西，2、3 是因為這次考試不能使用鉛筆和橡皮擦，而要求同學收起來的東西，所以是錯誤答案。

詞彙 学校 がっこう 名 學校 | 先生 せんせい 名 老師
学生 がくせい 名 學生 | 机 つくえ 名 書桌 | 上 うえ 名 上
置く おく 動 擺放 | みなさん 名 各位 | 今 いま 名 現在
～から 助 從～ | テストをする 考試、實施考試
テキスト 名 課本 | ～や 助 ～和 | ノート 名 筆記本
かばん 名 包包 | 中 なか 名 裡面、中 | 入れる いれる 動 放入
～てください 請（做）～ | それから 連 然後
今回 こんかい 名 這次 | テスト 名 考試 | 鉛筆 えんぴつ 名 鉛筆
消しゴム けしゴム 名 橡皮擦 | 使う つかう 動 使用
～ことができる 能夠（做）～ | だから 連 因此
しまう 動 收起來、放進 | ペン 名 筆 | 黒い くろい い形 黑色的
～だけ 助 只～ | 出す だす 動 拿出

實戰模擬試題2

4

[音檔]

男の人と女の人が話しています。**女の人のかばん**は**誰**のものですか。

M：かわいいかばんですね。いつ買いましたか。

F：あ、これ、私のものじゃないです。

M：え、お母さんとかお姉さんのものですか。

F：いえ、母や姉はこんなかわいいかばんは使いません。

M：じゃ、誰のものですか。

F：**妹のです**。友だちがこれと同じかばんを持っているから、今は使わないと言っていました。だから、私が借りています。

女の人のかばんは**誰**のものですか。

[試卷]

1 はは

2 あね

3 いもうと

4 ともだち

翻譯 男人和女人正在交談。請問女人的包包是誰的？

M：好可愛的包包，什麼時候買的？

F：哦，這個不是我的。

M：哦，是妳媽媽或姐姐的嗎？

F：不是，我媽媽和姐姐不用這種可愛的包包。

M：那不然是誰的？

F：妹妹的。她說，因為她朋友背著一樣的包包，她現在不想用這個。所以我就借來了。

請問女人的包包是誰的？

1　媽媽

2　姐姐

3　妹妹

4　朋友

解析 這題問的是在 1「媽媽」、2「姐姐」、3「妹妹」、4「朋友」中，女人的包包是誰的。在對話中，女人提到了**妹のです**（是妹妹的），所以 3 **いもうと**（妹妹）是正確答案。1、2 因為對話中提到媽媽跟姐姐不用這種可愛的包包了，4 因為對話中說的是妹妹的朋友有一樣的包包，所以是錯誤答案。

詞彙 かばん 名 包包 | もの 名 關於～的事（代指事物）

かわいい い形 可愛的 | いつ 名 什麼時候 | 買う かう 動 買

これ 名 這個 | 私 わたし 名 我

お母さん おかあさん 名 母親、媽媽 | ～とか ～或

お姉さん おねえさん 名（尊稱對方的）姐姐

母 はは 名 媽媽、母親 | ～や 助 ～和 | 姉 あね 名 姐姐

こんな 這種 | 使う つかう 動 使用、用 | じゃ 連 那麼

誰 だれ 名 誰 | 妹 いもうと 名 妹妹 | 友だち ともだち 名 朋友

同じだ おなじだ な形 相同的 | 持つ もつ 動 帶

～ている 正在（做）～、處於～的狀態 | ～から 助 因為～

今 いま 名 現在 | ～と言っていた ～といっていた 說了～

だから 連 所以 | 借りる かりる 動 借

5

[音檔]

会社で、女の人と男の人が話しています。**男の人の家から会社までどのくらい**かかりますか。

F：佐藤さん、家から会社まで何時間かかりますか。

M：**1時間かかります**。林さんはどのくらいかかりますか。

F：私は2時間かかります。だから、来週引っ越します。

M：そうですか。そこからはどのくらいかかりますか。

F：30分です。

M：いいですね。僕も両親と一緒に住んでいた時は、2時間半かかりました。すごく大変だったので、去年引っ越しました。

F：2時間半ですか。それは本当に大変でしたね。

男の人の家から会社までどのくらいかかりますか。

[試卷]

1 30ぷん

2 1じかん

3 2じかん

4 2じかんはん

翻譯 在公司裡，女人和男人正在交談。請問從男人的家去到公司要多久？

F：佐藤先生，你從家裡到公司要花幾小時？

M：要花 1 小時。林小姐要花多久時間呢？

F：我要花 2 小時。所以下週要搬家了。

M：這樣啊？從那裡出發，要花多久時間呢？

F：30 分鐘。

M：很棒耶，我跟爸媽住在一起的時候，要花 2 個半小時。因為非常辛苦，我去年就搬家了。

F：2 個半小時？那真的很辛苦耶。

請問從男人的家去到公司要多久？

1　30 分鐘

2　1 小時

3　2 小時

4　2 個半小時

解析 這題問的是在 1「30 分鐘」、2「1 小時」、3「2 小時」、4「2 個半小時」中，從男人的家到公司要花多久時間。男人提到了「**1時間かかります**（要花 1 小時）」，所以 2 **1じかん**（1 小時）是正確答案。1 是女人下週搬去的住處到公司的時間，3 是女人現在的住處到公司的時間，4 是男人的爸媽家到公司的時間，所以是錯誤答案。

詞彙 会社 かいしゃ[名]公司｜家 いえ[名]家｜～から[助]從～
～まで[助]直到～｜かかる[動]花費（時間）｜何～ なん～ 幾～
時間 じかん[名]時間｜どのくらい 哪個程度｜私 わたし[名]我
だから[連]所以｜来週 らいしゅう[名]下週｜
引っ越す ひっこす[動]搬家｜そこ[名]那裡、那個地方
～分 ～ふん ～分鐘｜いい[い形]好的
僕 ぼく[名]我（男人的自稱）｜両親 りょうしん[名]爸媽
一緒に いっしょに[副]一起｜住む すむ[動]居住
～ている 表示重複的動作、處於～的狀態｜時 とき[名]時候
半 はん[名]半｜すごく[副]非常
大変だ たいへんだ[な形]辛苦的｜～ので[助]因為～
去年 きょねん[名]去年｜それ[名]那個｜本当に ほんとうに 真的

6

[音檔]

女の人と男の人が話しています。明日、**二人**は一緒に**何**をしますか。

F：田中さん、**明日一緒に買い物に行きませんか**。

M：**いいですよ**。でも、僕、明日の午前中はテストがあります。

F：私もその時はアルバイトがあります。

M：あ、テストが終わってから友だちとご飯も食べる予定なので、ご飯を食べた後電話します。

F：わかりました。じゃ、電話待っていますね。

明日、**二人**は一緒に**何**をしますか。

[試卷]

翻譯 女人和男人正在交談。請問**兩人**明天要一起做**什麼**？

F：田中先生，**明天要不要一起去購物？**

M：**好啊**，但是我明天上午時段有考試。

F：我那個時候也有打工。

M：啊，我考完試以後，預計跟朋友一起吃飯，我吃完飯再打電話給妳。

F：知道了，那我等你電話。

請問**兩人**明天要一起做**什麼**？

解析 這題問的是在選項列出的購物、考試、打工、用餐的圖片中，兩人明天要一起做什麼。在對話中，聽到女人說完「明日一緒に買い物に行きませんか（明天要不要一起去購物）」之後，男人就說了「いいですよ（好啊）」，所以逛街的圖片 1 是正確答案。2 是男人明天上午要做的事，3 是女人明天上午要做的事，4 因為男人說了明天吃完飯以後，才會打電話給女人，所以是錯誤答案。

詞彙 明日 あした[名]明天｜二人 ふたり[名]兩人、兩個人
一緒に いっしょに[副]一起、共同｜買い物 かいもの[名]購物
～に行く ～にいく 去（做）～｜いい[い形]好的｜でも[連]但是
僕 ぼく[名]我（男人的自稱）｜午前 ごぜん[名]上午
～中 ～ちゅう ～中｜テスト[名]考試｜ある[動]有
私 わたし[名]我｜その 那｜時 とき[名]時候
アルバイト[名]打工｜終わる おわる[動]結束
～てから（做）～完以後｜友だち ともだち[名]朋友
ご飯 ごはん[名]飯｜食べる たべる[動]吃｜予定 よてい[名]預計
～ので[助]因為～｜後 あと[名]後｜電話 でんわ[名]電話｜する[動]做
わかる[動]知道、瞭解｜じゃ[連]那麼｜待つ まつ[動]等待
～ている 正在（做）～

☞ 播放問題 3 的例題時，要迅速地先看過第 1 題到第 5 題的圖片，並試著聯想情境。如果聽到語音說では、始めます（那麼，即將開始），就要馬上做好解題的準備。音檔說明和例題，可以在實戰模擬試題 1 的解析（p.522）查看。

1

[試卷]

[音檔]

レストランで**カレーを頼みました**。**長い時間出てきません**。何と言いますか。

F：1 すみません、カレーはできませんか。

2 すみません、カレーはまだですか。

3 すみません、カレーにしましたか。

翻譯 在餐廳點了咖哩。過了很久都沒有來。應該說什麼？

F：1 不好意思，咖哩沒辦法做嗎？

2 不好意思，咖哩還沒好嗎？

3 不好意思，你點了咖哩嗎？

解析 這題要選出向店員詢問咖哩什麼時候會好的說法。

1（X）すみません、カレーはできませんか（不好意思，咖哩沒辦法做嗎？）是詢問能不能點咖哩的說法，所以是錯誤答案。

2（O）すみません、カレーはまだですか（不好意思，咖哩還沒好嗎？）是詢問咖哩什麼時候好的說法，所以是正確答案。

3（X）すみません、カレーにしましたか（不好意思，你點了咖哩嗎？）是店員可能對客人說出的話，所以是錯誤答案。

詞彙 レストラン[名]餐廳｜カレー[名]咖哩
頼む たのむ[動]點餐、拜託｜長い ながい[い形]長的
時間 じかん[名]時間｜出てくる でてくる 出現
できる[動]能夠｜まだ[副]還｜～にする 要～（表示決定）

2

[試卷]

[音檔]

友だちに**ケーキをあげます**。何と言いますか。

M：**1** ケーキ、どうですか。
2 このケーキをあげませんか。
3 どのケーキですか。

翻譯 要給朋友蛋糕。應該說什麼？

M：**1 要蛋糕嗎？**
2 要不要送這個蛋糕？
3 是哪個蛋糕？

解析 這題要選出拿蛋糕給朋友時說的話。

1（O）ケーキ、どうですか（要蛋糕嗎？）是想請對方吃蛋糕的意思，所以是正確答案。
2（X）このケーキをあげませんか（要不要送這個蛋糕？）是選擇要送給某人的蛋糕時會說的話，所以是錯誤答案。
3（X）どのケーキですか（是哪個蛋糕？）是在幾個蛋糕之中，詢問是哪一個時所說的話，所以是錯誤答案。

詞彙 友だち ともだち[名]朋友｜ケーキ[名]蛋糕｜あげる[動]送
この 這｜どの 哪

3

[試卷]

[音檔]

今ペンを持っていません。**友だちに借りたいです**。何と言いますか。

M：1 どんなペンが必要ですか。
2 これは借りたペンですか。
3 ペンを借りてもいいですか。

翻譯 現在沒有帶筆。**想跟朋友借**。應該說什麼？

M：1 需要哪種筆？
2 這是借來的筆嗎？
3 可以借筆嗎？

解析 這題要選出向朋友借筆時說的話。

1（X）どんなペンが必要ですか（需要哪種筆？）是出借筆的朋友可能說出的話。
2（X）これは借りたペンですか（這是借來的筆嗎？）是詢問朋友的筆是跟誰借的說法，所以是錯誤答案。
3（O）ペンを借りてもいいですか（可以借筆嗎？）是詢問能不能跟朋友借筆的說法，所以是正確答案。

詞彙 今 いま[名]現在｜ペン[名]筆｜持つ もつ[動]帶
～ている 正在（做）～｜友だち ともだち[名]朋友
借りる かりる[動]借｜～たい 想（做）～｜どんな 哪種
必要だ ひつようだ[な形]需要的｜これ[名]這個
～てもいい（做）～也可以

4

[試卷]

[音檔]

客に**熱いお茶を出します**。何と言いますか。

F：1　もう熱くないですか。

2　**熱いので注意してください。**

3　今、熱いお茶はありません。

翻譯 要端熱茶給客人。應該說什麼？

F：1　已經不燙了嗎？

2　小心燙。

3　現在沒有熱茶。

解析 這題要選出要客人小心熱茶燙口的說法。

1（X）もう熱くないですか（已經不燙了嗎？）是客人可能說的話，所以是錯誤答案。

2（O）熱いので注意してください（小心燙）是提醒熱茶燙口的說法，所以是正確答案。

3（X）今、熱いお茶はありません（現在沒有熱茶）是表示現在不能點熱茶的說法，所以是錯誤答案。

詞彙 客 きゃく名客人｜熱い あつい い形燙的｜お茶 おちゃ名茶
出す だす動端出｜もう副已經｜～ので助因為～
注意 ちゅうい名注意｜する動做｜～てください 請（做）～
今 いま名現在｜ある動有

5

[試卷]

[音檔]

週末に**友だちと運動したいです**。何と言いますか。

M：1　週末に運動しましたか。

2　運動は週末にしていますか。

3　**週末に運動しませんか。**

翻譯 週末想跟朋友一起運動。應該說什麼？

M：1　週末運動了嗎？

2　運動都是週末做的嗎？

3　週末要不要運動？

解析 這題要選出邀約朋友週末一起運動的說法。

1（X）週末に運動しましたか（週末運動了嗎？）是詢問上週末有沒有運動的說法，所以是錯誤答案。

2（X）運動は週末にしていますか（運動都是週末做的嗎？）是詢問平時是否在週末運動的說法，所以是錯誤答案。

3（O）週末に運動しませんか（週末要不要運動？）是邀對方週末去運動的說法，所以是正確答案。

詞彙 週末 しゅうまつ名週末｜友だち ともだち名朋友
運動 うんどう名運動｜する動做｜～たい 想（做）～
～ている 正在（做）～

> ☞ **問題 4**，試卷上不會印有任何東西。因此，播放例題時，請一邊聆聽內容，一邊回想立即回應的解題步驟。如果聽到語音說では、始めます（那麼，即將開始），就要馬上做好解題的準備。音檔說明與例題，可以在實戰模擬試題 1 的解析（p.524）查看。

1

[音檔]

F：このバス、**みなみ駅まで行きますか**。

M：1　みなみ駅で電車に乗ります。

2　はい、みなみ駅に行きたいです。

3　**このバスは行きません。**

翻譯 F：這台公車會到南站嗎？

M：1　在南站搭電車。

2　會，想去南站。

3　這台公車不會到。

解析 女人正在詢問男人公車是否會到南站。

1（X）這是重複使用みなみ駅（南站）以及與駅（車站）有關的電車に乗ります（搭電車）造成混淆的錯誤答案。

2（X）已經用「會」回答公車會到南站了，後面卻說「想去南站」，所以是前後兜不起來的錯誤答案。

3（O）表示公車不會到南站，所以是恰當的回應。

詞彙 この 這｜バス名公車｜駅 えき名站｜～まで助直到～
行く いく動去｜電車 でんしゃ名電車｜乗る のる動搭乘
～たい 想（做）～

2

[音檔]

M：今から食事に行きませんか。

F：1 はい、そうしましょう。

2 これは食べません。

3 はい、ご飯は食べました。

翻譯 M：要不要現在去吃飯？

F：**1 好，就這麼辦。**

2 這個不吃。

3 好，飯已經吃了。

解析 男人正在向女人提議一起去吃飯，因此要選擇接受或拒絕提議的回應作為正確答案。

1（O）表示接受男人的提議，所以是恰當的回應。

2（X）這是使用與食事（餐）有關的食べません（不吃）造成混淆的錯誤答案。

3（X）已經用「好」答應男人的提議了，後面卻說「飯已經吃了」，所以是前後兜不起來的錯誤答案。

詞彙 今 いま名現在｜～から助從～｜食事 しょくじ名餐

～に行く ～にいく 去（做）～｜これ名這個

食べる たべる動吃｜ご飯 ごはん名飯

3

[音檔]

F：明日は何をしますか。

M：1 運動をしました。

2 映画が見たいです。

3 雨だと聞きました。

翻譯 F：明天要做什麼？

M：1 運動了。

2 想看電影。

3 聽說是雨天。

解析 女人正在詢問男人明天要做什麼。

1（X）被問明天要做什麼，卻回答已經做完的事，所以是錯誤答案。

2（O）表示明天想看電影，所以是正確答案。

3（X）被問明天要做什麼，卻回答明天的天氣，所以是錯誤答案

詞彙 明日 あした名明天｜何 なに名什麼｜する動做

運動 うんどう名運動｜映画 えいが名電影｜見る みる動看

～たい 想（做）～｜雨 あめ名雨｜～と助表示引用

聞く きく動聽

4

[音檔]

F：今度、私の家に遊びに来ませんか。

M：1 今、家に帰ります。

2 どこで遊びますか。

3 はい、今度行きますね。

翻譯 F：下次要不要來我家玩？

M：1 現在要回家了。

2 在哪裡玩？

3 好，下次去。

解析 女人正在邀男人下次去她家玩，因此要選擇接受或拒絕邀約的回應作為正確答案。

1（X）這是重複使用家（家）造成混淆的錯誤答案。

2（X）這是使用了與遊びに（玩）有關的遊びますか（玩嗎？）造成混淆的錯誤答案。

3（O）表示答應女人的邀約，所以是恰當的回應。

詞彙 今度 こんど名下次｜私 わたし名我｜家 いえ名家

遊ぶ あそぶ動玩｜～に来る ～にくる 來（做）～

今 いま名現在｜帰る かえる動回去、回來｜どこ名哪裡

行く いく動去

5

[音檔]

M：何時に家を出ますか。

F：1 三日です。

2 8時です。

3 6時間です。

翻譯 M：幾點出門？

F：1 3號。

2 8點。

3 6小時。

解析 男人正在詢問女人出門的時間。

1（X）這是被問到いつですか（是什麼時候？）時會做出的回應，所以是錯誤答案。

2（O）表示8點出門，所以是恰當的回應。

3（X）這是被問到何時間ですか（幾個小時？）時會做出的回應，所以是錯誤答案。

詞彙 何～ なん～ 幾～｜～時 ～じ ～時｜家 いえ名家

出る でる動出來｜三日 みっか名3號｜時間 じかん名時間

6

[音檔]

M：このかさ、使ってもいいですか。

F：1 すみません、私のじゃないので…。

2 かさは持っていません。

3 はい、私が使いました。

翻譯 M：這把傘我可以用嗎？

F：**1　對不起，因為這不是我的…。**

2　我沒有帶雨傘。

3　可以，我用過了。

解析 男人正在詢問女人他可不可以用雨傘。

1（O）表示因為雨傘不是自己的，不知道能不能用，所以是恰當的回應。

2（X）這是重複使用かさ（雨傘）造成混淆的錯誤答案。

3（X）已經回答「可以」表示可以用了，後面卻說「我用過了」，所以是前後兜不起來的錯誤答案。

詞彙 **この** 這 | **かさ** 名 雨傘 | **使う つかう** 動 使用
～てもいい（做）～也沒關係 | **私 わたし** 名 我
～ので 助 因為～ | **持つ もつ** 動 帶 | **～ている** 正在（做）～

實戰模擬試題3

言語知識(文字・語彙)

問題 1	**1** 4	**2** 1	**3** 3	**4** 2	**5** 2	**6** 2	**7** 3
問題 2	**8** 4	**9** 4	**10** 4	**11** 1	**12** 3		
問題 3	**13** 2	**14** 1	**15** 2	**16** 1	**17** 4	**18** 3	
問題 4	**19** 1	**20** 4	**21** 3				

言語知識(文法)

問題 1	**1** 4	**2** 2	**3** 1	**4** 3	**5** 1	**6** 3	**7** 2
	8 2	**9** 3					
問題 2	**10** 4	**11** 1	**12** 3	**13** 3			
問題 3	**14** 1	**15** 3	**16** 1	**17** 2			

讀解

問題 4	**18** 2	**19** 4
問題 5	**20** 2	**21** 3
問題 6	**22** 2	

聽解

問題 1	**1** 3	**2** 2	**3** 3	**4** 2	**5** 2	**6** 1	**7** 4
問題 2	**1** 2	**2** 2	**3** 3	**4** 4	**5** 1	**6** 3	
問題 3	**1** 1	**2** 2	**3** 3	**4** 1	**5** 2		
問題 4	**1** 3	**2** 2	**3** 2	**4** 3	**5** 1	**6** 1	

言語知識（文字、語彙） p.371

1

非常大的狗耶。

解析 「犬」的讀音是 4 いぬ。

詞彙 犬 いぬ名狗｜鳥 とり名鳥｜猫 ねこ名貓
魚 さかな名魚｜とても副非常｜おおきいい形大的

2

在站前向女人問了路。

解析 「人」的讀音是 1 ひと。要注意，と不是濁音。

詞彙 人 ひと名人｜子 こ名孩子｜えきまえ名站前
おんな名女性、女人｜みち名路｜きく動問

3

就算貴，也要買耐用的東西。

解析 「丈夫」的讀音是 3 じょうぶ。要注意，じょう是濁音，而且也是用到拗音じょ和う的長音。

詞彙 丈夫だ じょうぶだな形耐用的｜たかいい形貴的
～ても助就算～｜もの名的（代指事物）、東西｜かう動買

4

弟弟進入了書店。

解析 「入りました」的讀音是 2 はいりました。

詞彙 入る はいる動進入｜売る うる動賣｜止る とまる動停止
送る おくる動寄送｜おとうと名弟弟｜ほんや名書店

5

我今天也要去公司。

解析 「会社」的讀音是 2 かいしゃ。要注意，かい不是濁音，而且しゃ是拗音。

詞彙 会社 かいしゃ名公司｜わたし名我｜きょう名今天
いく動去

6

從星期五開始是暑假。

解析 「金曜日」的讀音是 2 きんようび。

詞彙 金曜日 きんようび名星期五｜土曜日 どようび名星期六
火曜日 かようび名星期二｜月曜日 げつようび名星期一
～から助從～｜なつやすみ名暑假

7

她穿著藍色的衣服。

解析 「青い」的讀音是 3 あおい。

詞彙 青い あおいい形藍色的｜黒い くろいい形黑色的
白い しろいい形白色的｜赤い あかいい形紅色的
かのじょ名她｜ふく名衣服｜きる動穿
～ている 正在（做）～

8

這顆蘋果八百圓。

解析 はっぴゃくえん的寫法是 4 八百円。

詞彙 八百円 はっぴゃくえん名八百圓
六万円 ろくまんえん名六萬圓｜六千円 ろくせんえん名六千圓
八千円 はっせんえん名八千圓｜この 這｜りんご名蘋果

9

請安靜。

解析 しずか的寫法是 4 静か。2、3 是不存在的詞。

詞彙 静かだ しずかだな形安靜的｜する動做
～てください 請（做）～

10

桌子的上面有蘋果。

解析 正確地將てーぶる寫成片假名的是 4 テーブル。1、2、3 是不存在的詞。

詞彙 テーブル名桌子｜うえ名上｜りんご名蘋果｜ある動有

11

我現在要暫時出去一下再回來。

解析 でかけて的寫法是 1 出かけて。3、4 是不存在的詞。

詞彙 出かける でかける動出去、外出｜これから 現在起
ちょっと副一下下｜くる動來

12

現在要搭電車。

解析 でんしゃ的寫法是 3 電車。1、2 是不存在的詞。

詞彙 電車 でんしゃ名電車｜いま名現在｜～から助從～
のる動搭乘

13

睡前總會（　）。

1 電視　　**2 洗澡**
3 廣播　　4 門

解析 所有選項都是名詞。與空格後面的內容搭配使用時，是シャワーをあびます（洗澡）的文意脈絡最通順，所以 2 シャワー（洗澡）是正確答案。其他選項的用法為：1 テレビを見る（看電視），3 ラジオを聞く（聽廣播）、4 ドアを開ける（開門）。

詞彙 ねる動睡覺｜まえ名前｜いつも副總是
シャワーをあびる 洗澡｜テレビ名電視｜ラジオ名廣播
ドア名門

14

請把書（　）到這邊的書架上。

1 擺　　2 賣
3 借　　4 結束

解析 所有選項都是動詞。與空格前面的內容搭配使用時，是ほんだなにほんをならべて（把書擺到書桌上）的文意脈絡最通順，所以 1 ならべて（擺放）是正確答案。其他選項的用法為：2 りんごをうる（賣蘋果）、3 お金をかす（借錢）、4 仕事がおわる（工作結束）。

詞彙 こちら名這邊｜ほんだな名書架｜ほん名書
〜てください 請（做）〜｜ならべる動擺放｜うる動賣
かす動借｜おわる動結束

15

因為（　）了作業，現在交不出來。

1 記　　**2 忘**
3 做　　4 說

解析 所有選項都是動詞。從整個句子看來，是「しゅくだいをわすれたので、いまだすことができません（因為忘了作業，現在交不出來）」的文意脈絡最通順，所以 2 わすれた（忘）是正確答案。要注意，別看到空格前面的しゅくだいを（作業），就選擇 1 おぼえた（記住）作為正確答案。其他選項的用法為：1 なまえをおぼえる（記住名字），3 料理をつくる（製作料理），4 ともだちとはなす（跟朋友交談）。

詞彙 しゅくだい名作業｜〜ので助因為〜｜いま名現在
だす動交出、繳出｜〜ことができる 能夠（做）〜
おぼえる動記住、記得｜わすれる動忘記｜つくる動製作
はなす動說話

16

妹妹明年就 5（　）了。

1 歲　　2 人
3 樓　　4 本

解析 所有選項都是計數的單位。從整個句子看來，是「いもうとはらいねん5さいになります（妹妹明年就 5 歲了）」的文意脈絡最通順，所以用來計算年齡的 1 さい（歲）是正確答案。2 是計算人數的單位，3 是計算建築物樓層數的單位，4 是計算書本的單位。

詞彙 いもうと名妹妹｜らいねん名明年｜なる動成為
〜さい 〜歲｜〜にん 〜人、〜名｜〜かい 〜樓｜〜さつ 〜本

17

買了去東京的公車（　）。

1 辭典　　2 信
3 日記　　**4 票**

解析 所有選項都是名詞。與空格前面的內容搭配使用時，是バスのきっぷ（公車票）的文意脈絡最通順，所以 4 きっぷ（票）是正確答案。其他選項的用法為：1 日本語のじしょ（日語辭典）、2 ともだちからのてがみ（來自朋友的信）、3 今日のにっき（今天的日記）。

詞彙 とうきょう名東京（地名）｜〜まで助直到〜｜いく動去
バス名公車｜かう動買｜じしょ名辭典｜てがみ名信
にっき名日記｜きっぷ名票

18

吃飯前要說：「（　）」。

1 祝你有個好眠
2 我要出門了
3 我要開動了
4 我吃飽了

解析 所有選項都是招呼語。如果檢視整個提示句，是「ごはんをたべるまえに「いただきます」といいます（吃飯前要說：「我要開動了」）」的文意脈絡最通順，所以 3 いただきます（我要開動了）是正確答案。1 主要在睡前說，2 主要在出門前說，4 主要在吃完飯後說。

詞彙 ごはん名飯｜たべる動吃｜まえ名前｜〜という 說〜

19

父母每天早上運動。

1 爸爸和媽媽每天早上運動。
2 爺爺和奶奶每天早上運動。
3 哥哥和弟弟每天早上運動。
4 姐姐和妹妹每天早上運動。

解析 提示句用到的「りょうしん」是「父母」的意思，所以使用了意思相同的ちちとはは（爸爸和媽媽）的 1 ちちとははは まいあさうんどうをします（爸爸和媽媽每天早上運動）是正確答案。

詞彙 りょうしん名父母｜まいあさ 每天早上｜うんどう名運動
する動做｜ちち名父親、爸爸｜はは名母親、媽媽
そふ名爺爺｜そぼ名奶奶｜あに名哥哥
おとうと名弟弟｜あね名姐姐｜いもうと名妹妹

20

這道料理很甜。

1 這道料理有放肉。

2 這道料理有放醬油。

3 這道料理有放鹽巴。

4 這道料理有放糖。

解析 提示句用到的「あまいです」是「甜」的意思，所以使用了意思相近的「さとうがはいっています（有放糖）」的 4 このりょうりはさとうがはいっています（這道料理有放糖）是正確答案。

詞彙 この 這｜りょうり 名 料理｜あまい い形 甜｜にく 名 肉
はいる 動 進去｜～ている ～著、處於～的狀態
しょうゆ 名 醬油｜しお 名 鹽巴｜さとう 名 糖

21

這蛋是在那裡買的。

1 那裡是郵局。

2 那裡是書店。

3 那裡是超市。

4 那裡是游泳池。

解析 和提示句的「このたまごはあそこでかいました（這蛋是在那裡買的）」意思最接近的 3 あそこはスーパーです（那裡是超市）是正確答案。

詞彙 この 這｜たまご 名 蛋｜あそこ 名 那裡｜かう 動 買
ゆうびんきょく 名 郵局｜ほんや 名 書店｜スーパー 名 超市
プール 名 游泳池

言語知識（文法） p.379

1

本田小姐（　）英國人結婚了。

1 的　　2 が（助詞，表示主詞）

3 也　　**4 和**

解析 這題要選擇適合填入空格的助詞。根據「イギリス人（英國人）」及「けっこんしました（結婚了）」，選項 2 が（表示主詞的助詞）、3 も（也）、4 と（和）都可能是正確答案。如果檢視整個句子，則是本田さんはイギリス人とけっこんしました（本田小姐和英國人結婚了）的文意脈絡比較通順。因此，4 と（和）是正確答案。

詞彙 イギリス人 イギリスじん 名 英國人｜けっこんする 動 結婚
～の 助 ～的｜～が 助 表示主詞｜～も 助 ～也｜～と 助 和～

2

今天的天空（　）非常藍。

1 和　　**2 が（助詞，表示主詞）**

3 を（助詞，表示受詞）　　4 對於

解析 這題要選擇適合填入空格的助詞。根據「そら（天空）」及「とても青いです（非常藍）」，是「天空非常藍」的文意脈絡比較通順。因此，2 が（表示主詞的助詞）是正確答案。

詞彙 今日 きょう 名 今天｜そら 名 天空｜とても 副 非常
青い あおい い形 藍色的｜～や 助 ～和｜～が 助 表示主詞
～を 助 表示受詞｜～に 助 對於～、向～

3

在陰暗處讀書（　）對眼睛不好。

1 を（助詞，表示受詞）　　2 や（和）

3 は（助詞，表示主題）　　4 と（和）

解析 這題要選擇適合填入空格的助詞。根據「本（書）」及「読むことは（讀）」，是「讀書」的文意脈絡比較通順。因此，1 を（表示受詞的助詞）是正確答案。

詞彙 暗い くらい い形 陰暗的｜ところ 名 地點、地方｜本 ほん 名 書
読む よむ 動 讀｜こと 名 事情、的（代指事物）｜目 め 名 眼睛
よい い形 好的｜～を 助 表示受詞｜～や 助 ～和｜～は 助 表示主題
～と 助 和～

4

A：「不好意思，請問松本先生現在在（　）？」

B：「稍早去廁所了。」

1 誰　　2 什麼

3 哪裡　　4 什麼時候

解析 這題要選擇適合填入空格的疑問詞。根據「今（現在）」及「にいますか（在）」，是「現在在哪裡」的文意脈絡比較通順。因此，3 どこ（哪裡）是正確答案。

詞彙 今 いま 名 現在｜いる 動 有｜さっき 名 稍早｜トイレ 名 廁所
行く いく 動 去｜だれ 名 誰｜なに 名 什麼｜どこ 名 哪裡
いつ 名 什麼時候

5

老師：「下週三要去日立公園。那天，請（　）自己的便當來。」

學生：「好的，知道了。」

1 帶著　　2 帶了

3 帶　　4 帶

解析 這題要選擇適合銜接空格後方句型的動詞型態。空格後面的きて是くる的て形，而且くる可以和動詞て形銜接成意思是「（做）～來」的句型，所以把選項 1 持って（帶）這個動詞て形填入空格後，就會變成持ってきて（帶來）。因此，1 持って（帶）是正確答案。要記住，動詞て形 + くる是

「（做）～來」的意思。

詞彙 先生 せんせい名老師｜来週 らいしゅう名下週
水曜日 すいようび名星期三｜こうえん名公園｜行く いく動去
その 那｜日 ひ名日子｜じぶん名自己｜おべんとう名便當
くる動來｜～てください 請（做）～｜学生 がくせい名學生
分かる わかる動知道｜持つ もつ動帶

6

做了 3 小時（　　）的作業。可是，還沒有做完。

1 從　　2 比
3 左右　　4 助詞（表示主詞）

解析 這題要選擇適合填入空格的助詞。根據「3 時間（3 小時）」及「宿題を（作業）」，是「3 小時左右的作業」的文意脈絡比較通順。因此，3 くらい（左右）是正確答案。

詞彙 時間 じかん名時間｜宿題 しゅくだい名作業｜する動做
でも連可是｜まだ副還｜おわる動結束
～ている 處於～的狀態｜～から助從～｜～より助比～
～くらい助～左右｜～が助表示主詞

7

這個暑假要（　　）一個人到海外旅遊。

1 漸漸　　**2 第一次**
3 根本　　4 非常

解析 這題要選擇適合填入空格的副詞。根據「今度の夏休みは（這個暑假）」及「一人で（一個人）」，是「這個暑假要第一次一個人到海外旅遊」的文意脈絡比較通順。因此，2 はじめて（第一次）是正確答案。

詞彙 今度 こんど名這次｜夏休み なつやすみ名暑假
一人 ひとり名獨自、一個人｜海外 かいがい名海外
旅行 りょこう名旅行｜行く いく動去｜だんだん副漸漸
はじめて副第一次｜ぜんぜん副根本｜たいへん副非常

8

前天買了花。昨天買了書。今天打算什麼也（　　）。

1 買　　**2 不買**
3 買　　4 買了

解析 這題要選擇適合銜接空格後方句型的動詞型態。空格後面的ない可以和動詞ない形銜接成意思是「不（做）～」的句型，所以如果把ない形的選項 2 買わ（不買）填入空格，就會變成買わない（不買）。因此，2 買わ（不買）是正確答案。要記住，ない形＋ない是「不（做）～」的意思。

詞彙 おととい名前天｜花 はな名花｜買う かう動買
昨日 きのう名昨天｜本 ほん名書｜今日 きょう名今天
何も なにも 什麼也｜～つもりだ 打算（做）～

9

木下：「明天要在哪裡見面才好？」
吉田：「在站前（　　）。」
木下：「好的，那就明天見了。」

1 不見面　　2 見面著
3 見面吧　　4 見面了

解析 這題要選擇適合填入空格的句型。根據「駅の前で（在站前）」，1 会いません（不見面）、3 会いましょう（見面吧）、4 会いました（見面了）都可能是正確答案。因為木下說了「明日はどこで会うのがいいですか（明天要在哪裡見面才好）」，是「在站前見面吧」的文意脈絡比較通順。因此，3 会いましょう（見面吧）是正確答案。要記住，3 的ましょう是「（做）～吧」的意思，1 的ません是「不（做）～」的意思，2 的ています是「正在（做）～」的意思，4 的ました是「（做）了～」的意思。

詞彙 明日 あした名明天｜どこ名哪裡｜会う あう動見面
いいい形好的｜駅 えき名站｜前 まえ名前｜じゃ連那麼
また副再｜～ている 正在（做）～

10

我住 ★在離學校很近的 地方，所以走路到學校 5 分鐘。

1 住　　2 地方
3 近的　　**4 在**

解析 先看看有沒有可以相互連接的選項。選項 2 的ところ是名詞，可以銜接助詞，所以要先把 2 ところ 跟 4 に連接起來。接下來，按照意思排列剩餘選項後，會組成 3 近い 2 ところ 4 に 1 住んでいて（住在很近的地方），也自然地銜接了文意脈絡，所以 4 に（在）是正確答案。

詞彙 私 わたし名我｜学校 がっこう名學校｜～から助從～
～まで助直到～｜歩く あるく動走｜～分 ～ふん ～分鐘
住む すむ動居住｜～ている 正在（做）～
ところ名地方、地點｜近い ちかいい形近的
～に助在～（表示存在）

11

媽媽每週五都會向亞伯先生學習 法語 ★。

1 を（助詞，表示受詞）　　2 向
3 學習　　4 法語

解析 空格後面的います是いる的ます形，而いる可以和動詞て形銜接成ている（表示重複的動作）這個句型，所以要把 3 的習って（學習）填入最後的空格，組成「習っています（都會學習）」。接下來，按照意思排列剩餘選項後，會組成 2 に 4 フランス語 1 を 3 習って（向學習法語），也自然地銜接了文意脈絡，所以 1 を（表示受詞的助詞）是正確答案。

詞彙 母 はは名媽媽、母親｜毎週 まいしゅう名每週
金曜日 きんようび名星期五｜～ている 正在（做）～

～を助～表示受詞｜～に助向｜習う ならう動學習
フランス語 フランスご名法語

12

鈴木：「昨天的派對怎麼樣？」
村山：「非常開心，但是 ★餐點不好吃。」
1 好吃　　2 但是
3 餐點　　4 開心

解析 空格後面的なかった是ない的過去形，而ない可以和「い形容詞語幹 + く」銜接成くない（不（做）～）這個句型，所以要把選項 1 的おいしく（好吃）填入最後的空格，組成「おいしくなかった（不好吃）」。接下來，按照意思排列剩餘選項後，會組成 4 楽しかった 2 ですが 3 りょうりが 1 おいしく（開心，但是餐點不好吃），也自然地銜接了文意脈絡，所以 3 りょうりが（餐點）是正確答案。

詞彙 昨日 きのう名昨天｜パーティー名派對｜とても副非常
おいしいい形好吃的｜～が助～但是｜りょうり名料理
楽しい たのしいい形開心的

13

（在圖書館）
A：「我可以 ★用 這台電腦嗎？」
B：「對不起，那台電腦目前故障。」
1 可以　　2 電腦
3 用　　4 を（助詞，表示受詞）

解析 先看看有沒有可以相互連接的選項。選項 3 的ても可以和選項 1 的いい銜接成てもいい（可以（做）～）這個句型，所以要先連接選項 3 使っても跟 1 いい。接下來，按照意思排列剩餘選項後，會組成 2 パソコン 4 を 3 使っても 1 いい（可以用電腦），也自然地銜接了文意脈絡，所以 3 使っても（用）是正確答案。

詞彙 図書館 としょかん名圖書館｜この 這｜その 那
パソコン名電腦｜こわれる動故障｜～ている 處於～的狀態
いいい形可以的、好的｜使う つかう動使用
～ても（做了）～也｜～を助～表示受詞

14-17

盧卡庫同學和羅伯特同學以「想去旅行的國家」為主題，寫了一篇作文，並在所有同學面前讀出來。

（1）盧卡庫同學的作文

喜歡足球的我，想要到足球很有名的義大利旅行看看。我想要去義大利，看看以前用電視看到的比賽。另外，[14][14] 義大利的食物非常好吃。所以我也想在義大利吃到很多美食。

[15] 雖然義大利 [15] 我們國家很遠，但是我一定要去看看。

（2）羅伯特同學的作文

我想去旅行的國家是韓國。[16] 韓國 [16] 我喜歡的歌手。所以，我想要去韓國，去看看我喜歡的歌手的演唱會。[17] 另外，我也想買韓國才有賣的專輯等等。

因為今年要認真讀書，[17] 明年暑假 [17] 韓國。

詞彙 旅行 りょこう名旅行｜～たい 想（做）～｜国 くに名國家
さくぶん名作文｜書く かく動寫｜クラス名班級
みんな名全部｜前 まえ名前｜読む よむ動讀
サッカー名足球｜好きだ すきだな形喜歡｜私 わたし名我
有名だ ゆうめいだな形有名的｜イタリア名義大利
～てみる ～（做）看看｜行く いく動去｜テレビ名電視
見る みる動看｜～ている 表示重複的動作、正在
しあい名比賽｜また副另外｜食べもの たべもの名食物
とても副非常｜おいしいい形好吃的｜それで連所以
もの名的（代指事物）、東西｜たくさん副多
食べる たべる動吃｜遠い とおいい形遙遠的
ぜひ副一定｜韓国 かんこく名韓國｜かしゅ名歌手
コンサート名演唱會｜～しか助～以外｜売る うる動販賣
アルバム名專輯｜～など助～等等｜買う かう動買
今年 ことし名今年｜勉強 べんきょう名讀書
がんばる動認真做｜～てはいけない 不可以（做）～
～ので助因為～｜来年 らいねん名明年
なつやすみ名暑假｜

14

1 說　　2 回答
3 做　　4 有

解析 這題要選擇適合填入空格的動詞。從空格前面的「イタリアの食べものはとてもおいしいと（義大利的食物非常好吃）」看來，是「說義大利的食物非常好吃」在文意脈絡上比較通順，所以 1 言います（說）是正確答案。作為參考，要記住 3 します（做）是する（做）的ます形，而する是「做（動

實戰模擬試題 3

作）」的意思，所以是錯誤答案。此外，也要記住，助詞と後面銜接動詞言う，就會組成と言う（說～）這個句型。

詞彙 言う いう動說｜答える こたえる動回答
する動做（動作）｜いる動有

15

1 へ（助詞，表示方向）	2 的
3 離	4 只

解析 這題要選擇適合填入空格的助詞。根據「イタリアは私の国（義大利…我們國家）」及「遠いですが（雖然很遠）」，「雖然義大利離我們國家很遠」在文意脈絡上比較通順，所以3から（離）是正確答案。

詞彙 ～へ助表示方向｜～の助～的｜～から助從～
～だけ助只～、僅～

16

1 因為有	2 沒有
3 有的時候	4 沒有比較好

解析 這題要選擇適合填入空格的句型。所有選項都可以銜接空格前面的助詞が（表示主詞的助詞）。從空格前面的「韓国には私が好きなかしゅが（韓國我喜歡的歌手）」看來，選項1いるからです（因為有）、2いませんでした（沒有）都可能是正確答案。因為後面的句子提到「それで、韓国に行って好きなかしゅのコンサートに行ってみたいです（所以，我想要去韓國，去看看我喜歡的歌手的演唱會）」，把いるからです（因為有）填入空格，在文意脈絡上比較通順，所以1いるからです（因為有）是正確答案。要記住，1的からです是「因為～」的意思，2的ませんでした是「沒有（做）～」的意思，3的ときです是「（做）～的時候」的意思，4的ほうがいいです是「（做）～比較好」的意思。

詞彙 とき名時候｜～ないほうがいい 不（做）～比較好｜

17

1 正在去	**2 預計要去**
3 請去	4 不去

解析 這題要選擇適合填入空格的句型。所有選項都可以銜接空格前面的助詞に（表示動作到達的點）。根據「今年は勉強をがんばらなくてはいけないので、来年のなつやすみに韓国に（因為今年要認真讀書，明年暑假韓國）」，選項2行くつもりです（預計要去）、3行ってください（請去）都可能是正確答案。因為前面的句子提到「また、韓国でしか売っていないアルバムなども買いたいです（另外，我也想買韓國才有賣的專輯等等）」，把行くつもりです（預計要去）填入空格，在文意脈絡上比較通順，所以2行くつもりです（預計要去）是正確答案。要記住，2的つもりです是「預計要（做）～」的意思，1的ています是「正在（做）～」的意思，3的てください是「請（做）～」的意思，4的ないです是「不（做）～」的意思。

詞彙 ～つもりだ 預計要（做）～｜～てください 請（做）～

讀解 p.386

18

從明天開始，要去法國旅行。因為是為期一個月的旅行，昨天打掃了房間。而且，也查了在法國要去的美術館和知名餐廳。今天打算把旅行要帶的行李打包完，就早點睡覺。

請問「我」昨天做了什麼？

1 去了一趟旅遊。
2 打掃了房間。
3 去了美術館。
4 把行李放進包包了。

解析 這題使用隨筆形式詢問著「我」昨天做的事情。引文的開頭提到「昨日は部屋のそうじをしました（昨天打掃了房間）」，所以2部屋のそうじをしました（打掃了房間）是正確答案。1是明天開始要去法國旅行，3是查了法國旅行要去的美術館，4是今天預計要做的事，所以是錯誤答案。

詞彙 明日 あした名明天｜～から助從～｜フランス名法國
旅行 りょこう名旅行｜行く いく動去
～か月 ～かげつ ～月、個月｜～間 ～かん 為期～
する動做｜～ので助因為～｜昨日 きのう名昨天
部屋 へや名房間｜そうじ名打掃｜そして連而且
びじゅつかん名美術館｜～や助～和
有名だ ゆうめいだ な形有名的｜レストラン名餐廳
しらべる動尋找、調查｜今日 きょう名今天
持つ もつ動帶｜にもつ名行李｜かばん名包包
入れる いれる動放入｜早く はやく副早早｜寝る ねる動睡覺
よてい名預計｜私 わたし名我｜何 なに名什麼｜くる動來

19

這是山本同學寄給石田老師的電子郵件。

> 石田老師
> 　關於下週五以前要繳交的作業，我有問題。因為英語課本有些部分我讀了幾次還是不懂，請問可以我明天去老師所在的位置請教老師嗎？時間我隨時都可以。
> 　請您讀完這封信以後回覆我，拜託了。
> 山本

請問石田老師讀完這封電子郵件以後，要先做什麼？

1 讀問題。
2 讀教材。
3 去山本同學所在的位置。
4 回覆山本同學。

解析 這題使用電子郵件詢問著石田老師應該先做的事。引文的後半部提到このメールを読んでへんじをください（請您讀完這封信以後回覆我），所以 4 山本さんにへんじをします（回覆山本同學）是正確答案。1 跟 2 是撰寫電子郵件的山本同學閱讀英語課本時遇到了問題，3 是山本同學說明天要去老師所在的位置，所以是錯誤答案。

詞彙 これ名這個｜先生 せんせい名老師｜送る おくる動寄送
メール名電子郵件、信件｜来週 らいしゅう名下週
金曜日 きんようび名星期五｜～までに ～之前
出す だす動繳交｜しゅくだい名作業
こと名事情、的（代指事物）｜しつもん名問題｜ある動有
英語 えいご名英語｜テキスト名課本、教科書
何度 なんど名幾次、好幾次｜読む よむ動讀｜わかる動知道
ところ名部分、地方｜明日 あした名明天｜聞く きく動詢問
～に行く ～にいく 去（做）～｜～てもいい（做）～也沒關係
時間 じかん名時間｜いつでも副隨時｜
大丈夫だ だいじょうぶだな形沒關係的｜この 這
へんじ名回覆｜はじめに 優先｜何 なに名什麼｜する動做

20-21

我每天都去咖啡廳。我當然很喜歡咖啡，但那並不是原因。[20] 之所以去咖啡廳，是因為想要悠閒地獨處。以前會帶電腦去咖啡廳辦公，或是跟店員變成朋友聊天，但是最近不會了。那是因為，我發現獨處的時光很重要。

長大以後，因為忙於工作和家裡的事情，要擁有休息的時間並不容易。但是，如果一直忙碌，頭腦跟心靈都會變得疲憊。

[21] **我認為悠閒獨處的時光是每個人都需要的珍貴時光。**

詞彙 私 わたし名我｜毎日 まいにち名每天
きっさてん名咖啡廳、喫茶店｜行く いく動去
コーヒー名咖啡｜もちろん副當然｜好きだ すきだな形喜歡
りゆう名原因｜それ名那個｜一人 ひとり名獨自、一人
ゆっくりする 悠閒地｜～たい 想（做）～｜～から助因為～
昔 むかし名以前｜パソコン名電腦｜持つ もつ動帶
仕事 しごと名工作｜する動做｜～たり～たりする 表示列舉
店 みせ名店｜人 ひと名人｜友だち ともだち名朋友
なる動成為｜話 はなし名話
～ている 表示重複的動作、正在（做）～
さいきん名最近｜時間 じかん名時間｜たいせつだな形珍貴的
～という 表示引用｜こと名事情、的（代指事物）
しる動知道｜大人 おとな名大人｜かぞく名家人
いそがしいい形忙碌的｜休む やすむ動休息
かんたんだな形簡單的｜しかし連但是｜ずっと副一直
あたま名頭腦｜～や助～和｜こころ名心
つかれる動疲憊｜～ていく 持續｜だれ名誰
ひつようだな形需要的｜～と思う ～とおもう 認為～

20

怎麼會每天去咖啡廳？
1 因為喜歡咖啡
2 因為想悠閒獨處
3 因為在咖啡廳工作
4 因為跟店員變成了朋友

解析 引文中底線處的「毎日きっさてんに行きます（每天都去咖啡廳）」的原因，要在後面尋找。底線後面提到「きっさてんに行くりゆうは一人でゆっくりしたいからです（之所以去咖啡廳，是因為想要悠閒地獨處）」，所以 2 一人でゆっくりしたいから（因為想悠閒獨處）是正確答案。1 因為雖然喜歡咖啡，但那不是去咖啡廳的原因，3 跟 4 是現在已經不做的事情，也不是去咖啡廳的原因，所以是錯誤答案。

詞彙 どうして副怎麼會。

21

請問「我」想表達什麼？
1 每天工作比較好。
2 與家人相處的時光很重要。
3 獨處的時光很重要。
4 有時與朋友見面比較好。

解析 這題詢問著筆者的想法，所以要閱讀引文的後半部。最後一段提到「一人でゆっくりする時間はだれにでもひつような、たいせつなことだと思います（我認為悠閒獨處的時光是每個人都需要的珍貴時光）」，所以 3 一人の時間はたいせつです（獨處的時光很重要）是正確答案。

詞彙 何 なに名什麼｜言う いう動說｜～ほうがいい（做）～比較好
ときどき副偶爾｜会う あう動見面

22

湯馬士先生週末想去草莓慶典。他喜歡可以在外面進行的活動。請問湯馬士先生要去什麼活動？
1 ①
2 ②
3 ③
4 ④

解析 這題問的是湯馬士先生要去的活動。根據題目提到的條件（1）週末（週末）、（2）外でできるイベント（可以在外面進行的活動）檢視引文的話，
（1）週末：從第一個表格的曜日（星期）部分看來，①、②、③、④ 全都有包含週末的星期六或星期日。
（2）可以在外面進行的活動：從第一個表格的ばしょ（地點）部分看來，在外面進行的活動是②或④，但是②跟④的 * 號部分都有提到「雨が降る日は休みです（雨天暫停）」。從第二個表格的天氣看來，因為星期六會下雨，沒辦法進行戶外活動，所以在②跟④當中，只包含星期六的④是湯馬士先生沒辦法去的。而②包含了不會下雨

實戰模擬試題 3

的星期天，所以湯馬士先生可以去。

因此，2 ②是正確答案。

詞彙 週末 しゅうまつ名週末｜いちご名草莓｜まつり名慶典｜行く いく動去｜～たい 想（做）～｜外 そと名外面｜できる動能夠｜イベント名活動｜好きだ すきだな形好的、喜歡的｜どんな 什麼樣的｜

歡迎來到草莓慶典

3 月 17 日（一）～ 3 月 23 日（日）

	活動	星期	地點
①	製作草莓果醬帶回家。	一、三、五、日	西中心的 101 號室
②	自採草莓帶回家。	五、六、日	西草莓公園 * 雨天暫停。
③	用草莓製作美味蛋糕。	一、四、六	西中心的 203 號室
④	可以種草莓樹。	二、五、六	西中心的庭院 * 雨天暫停。

〈慶典期間的天氣〉

一	二	三	四	五	六	日
☀	☂	☂	☀	☀	☂	☀

詞彙 ～月 ～がつ ～月｜～日 ～にち ～日｜月 げつ名（星期）一｜日 にち名（星期）日｜曜日 ようび名星期（幾）｜ばしょ名地點｜ジャム名果醬｜作る つくる動製作｜持つ もつ動帶｜帰る かえる動回去｜水 すい名（星期）三｜金 きん名（星期）五｜センター名中心｜～号室 ～ごうしつ ～號室｜自分で じぶんで 自己｜とる動採、摘｜土 ど名（星期）六｜パーク名公園｜雨 あめ名雨｜降る ふる動下（雨、雪）｜日 ひ名日子｜休み やすみ名休息、休息日｜使う つかう動使用｜おいしいい形好吃的｜ケーキ名蛋糕｜木 もく名（星期）四｜木 き名樹木｜うえる動種植｜～ことができる 能夠（做）～｜火 か名（星期）二｜庭 にわ名庭院｜期間 きかん名期間｜天気 てんき名天氣

聽解 p.395

☞ 播放問題 1 的說明與例題時，要迅速地先閱讀並掌握第 1 題到第 7 題的選項。如果聽到語音說では、始めます（那麼，即將開始），就要馬上做好解題的準備。音檔說明和例題，可以在實戰模擬試題 1 的解析查看。

1

[音檔]

女の人と男の人が話しています。**二人**は**何**を持っていきますか。

F：森さんが入院したと聞きました。明日、一緒にお見舞いに行きませんか。

M：いいですよ。何か持っていきましょう。

F：はい、何にしましょうか。

M：**花はどうですか。**

F：**それいいですね。**お菓子とか飲み物も買うのはどうですか。

M：入院しているときは、病院の食べ物以外は食べることができないと思います。だから、食べ物の代わりに、**森さんが好きな本も持っていきましょう。**

F：そうしましょう。

二人は**何**を持っていきますか。

[試卷]

1 
2 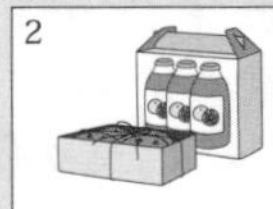
3 
4 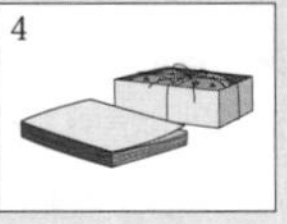

翻譯 女人和男人正在交談。請問**兩人**要帶**什麼**？

F：聽說森先生住院了，明天要不要一起去醫院探病？

M：好啊，帶點東西去吧。

F：好的，要帶什麼呢？

M：**帶花怎麼樣**？

F：**好耶**，要不要也買一些點心或飲料？

M：我認為住院的時候，只能吃醫院的食物，所以別帶吃的，**改帶森先生喜歡的書吧**。

F：就這麼辦。

請問兩人要帶什麼？

解析 選項有花、飲料、書、點心所組成的圖片，而題目問的是兩

人要帶什麼，所以在聆聽對話時，要掌握兩人會帶去的東西。男人說完「花はどうですか（帶花怎麼樣？）」之後，女人就說了「それいいですね（好耶）」，後來男人又說「**森さんが好きな本も持っていきましょう**（改帶森先生喜歡的書吧）」，所以由花跟書的圖片組成的 3 是正確答案。1、2、4 的點心跟飲料，因為男人認為住院期間應該只能吃醫院的食物，就向女人提議別帶吃的，改帶書，所以是錯誤答案。

詞彙 二人 ふたり名兩人｜持つ もつ動帶｜行く いく動去
入院 にゅういん名住院｜する動做｜聞く きく動聽
明日 あした名明天｜一緒に いっしょに副一起
お見舞い おみまい名探病｜いい い形好的｜何 なに名什麼
〜にする 要〜（表示決定）｜花 はな名花｜それ名那、那個
お菓子 おかし名點心｜〜とか 或〜
飲み物 のみもの名喝的、飲料｜買う かう動買
〜ている 正在（做）〜｜とき名時候｜病院 びょういん名醫院
食べ物 たべもの名食物、吃的｜以外 いがい名以外
食べる たべる動吃｜〜ことができる 能夠〜
〜と思う 〜とおもう 認為〜｜だから連所以
代わりに かわりに 代替｜好きだ すきだな形喜歡
本 ほん名書

2

[音檔]

学校で先生が話しています。明日、**学生はどこに**集まりますか。

F：みなさん、明日は博物館に行きます。**明日、朝 8 時までにひがし駅に来てください**。学校ではありません。駅にみんな来てから、博物館に行きます。博物館に行ったあとは、その前にある食堂で昼ご飯を食べます。

明日、**学生はどこに**集まりますか。

[試卷]

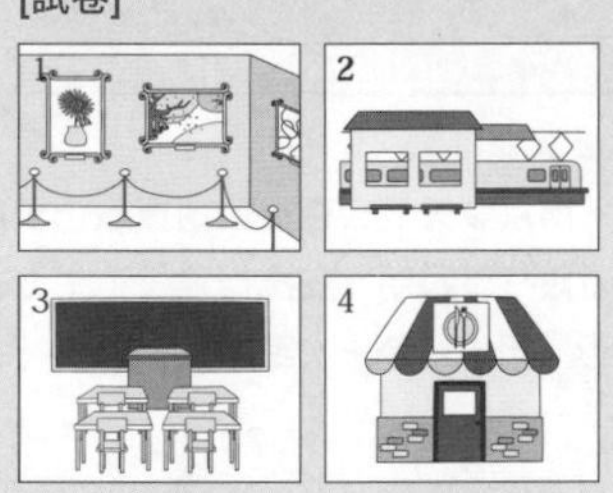

翻譯 在學校，老師正在說話。請問明天學生要在哪裡集合？
F：各位，明天要去博物館。**請在明天早上 8 點前到東站來**，不是學校喔。等大家都到車站之後，就會去博物館了。去完博物館以後，會在那前面的餐廳吃午餐。

請問明天學生要在哪裡集合？

解析 選項有博物館、車站、學校、餐廳的圖片，而題目問的是明天學生要在哪裡集合，所以在聆聽老師說話時，要掌握學生集合的地點。因為老師說了「**明日、朝８時までひがし駅に来てください**（請在明天早上 8 點前到東站來）」，車站的圖片 2 是正確答案。1 因為是在車站集合後，大家再一起移動到博物館，3 因為明天不是在學校集合，而是車站，4 因為參觀完博物館以後，才會去餐廳吃飯，所以是錯誤答案。

詞彙 学校 がっこう名學校｜先生 せんせい名老師
明日 あした名明天｜集まる あつまる動集合｜みなさん名各位
博物館 はくぶつかん名博物館｜行く いく動去
朝 あさ名早上｜〜時 〜じ 〜點｜〜までに助〜之前
駅 えき名站｜来る くる動來｜〜てください 請（做）〜
みんな名全部｜〜てから（做）〜完以後
あと名以後、後｜その 那｜前 まえ名前｜ある動有
食堂 しょくどう名餐廳｜昼ご飯 ひるごはん名午餐
食べる たべる動吃

3

[音檔]

女の人と男の人が話しています。**二人はどんなケーキを買いますか**。

F：田中さんの誕生日パーティーにこのいちごケーキを買っていくのはどうですか。

M：田中さんはチョコレートが好きだから、チョコレートケーキにしましょう。チョコレートケーキの上にきれいな花があるこれはどうですか。

F：うーん、ケーキは果物のケーキがおいしいと思います。**チョコレートケーキの上にいちごがある、あれはどうですか**。

M：あ、**いいですね**。**あれにしましょう**。

二人はどんなケーキを買いますか。

[試卷]

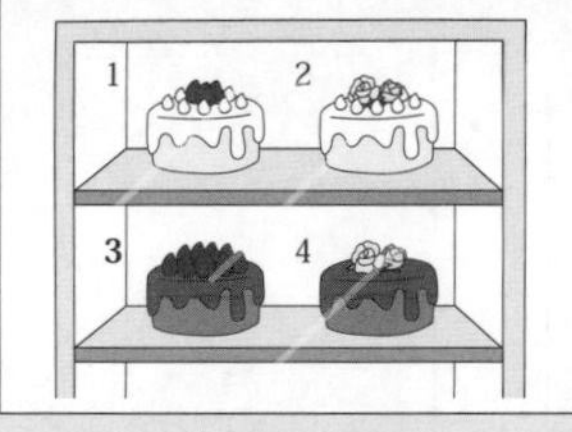

翻譯 女人和男人正在交談。請問兩人要買哪種蛋糕？
F：田中小姐的生日派對，要不要買這種草莓蛋糕去？
M：田中小姐喜歡巧克力，還是買巧克力蛋糕吧。巧克力蛋糕上面有漂亮花朵的這種怎麼樣？
F：嗯，我覺得蛋糕還是要水果蛋糕比較好吃，巧克力蛋糕上面有草莓的那種怎麼樣？
M：哦，好耶，那就買那個吧。

請問兩人要買哪種蛋糕？

解析 選項列出了幾種蛋糕的圖片，而題目問的是兩人要買哪種蛋

糕，所以要掌握兩人會買的蛋糕種類。女人說完「チョコレートケーキの上にいちごがある、あれはどうですか（巧克力蛋糕上面有草莓的那種怎麼樣？）」之後，男人就說了「いいですね。あれにしましょう（好耶，那就買那個吧）」，所以放上草莓的巧克力蛋糕 3 是正確答案。1、2 因為已經說要送巧克力蛋糕了，所以是錯誤答案，4 是男人有提到，但是被女人用水果蛋糕較好吃的理由反對的種類，所以是錯誤答案。

詞彙 二人 ふたり 名 兩人 | ケーキ 名 蛋糕 | 買う かう 動 買
誕生日 たんじょうび 名 生日 | パーティー 名 派對 | この 這
いちご 名 草莓 | いく 動 去 | チョコレート 名 巧克力
好きだ すきだ な形 喜歡 | ～から 助 因為～
～にする 要～（表示決定） | 上 うえ 名 上
きれいだ な形 漂亮的 | 花 はな 名 花 | ある 動 有
これ 名 這個 | 果物 くだもの 名 水果 | おいしい い形 好吃的
～と思う ～とおもう 認為～ | あれ 名 那個 | いい い形 好的

4

[音檔]

日本語学校で、男の人と女の人が話しています。**学校に来ない日はいつ**ですか。

M：すみません。一か月間、週末の日本語の授業が受けたいです。

F：そうですか。今月の週末の授業は明日の６日から始まって、27日の土曜日に終わります。

M：うーん、じゃあ、授業は一か月間７回ありますか。

F：いいえ、６回です。**14日の日曜日は休みの日です**。そして、28日の日曜日にはテストがあります。

学校に来ない日はいつですか。

[試卷]

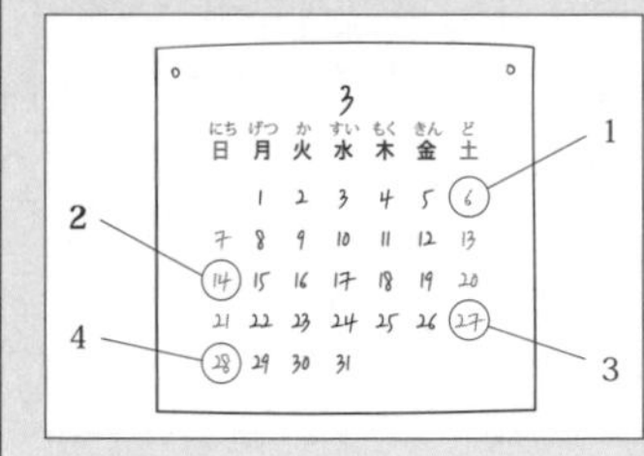

翻譯 在日語學校，男人和女人正在交談。請問不來學校的日子是什麼時候？

M：不好意思，我想要上週末的日語課 1 個月。

F：這樣啊？這個月的週末課程，從明天 6 號開始，在 27 號星期六結束。

M：嗯，那課程是為期 1 個月，有 7 次嗎？

F：沒有，是 6 次。14 號星期日公休，而且 28 號星期日有考試。

請問不來學校的日子是什麼時候？

解析 選項有 6 號、14 號、27 號、28 號，而題目問的是不來學校的日子，所以在聆聽對話時，要掌握不來學校的日期。因為女人說了「14 日の日曜日は休みの日です（14 號星期日公休）」，所以 14 號的 2 是正確答案。1 是課程開始的日期，3 是最後一堂課的日期，4 是考試的日期，所以是錯誤答案。

詞彙 日本語 にほんご 名 日語 | 学校 がっこう 名 學校
来る くる 動 來 | 日 ひ 名 日子 | ～か月 ～かげつ ～個月
～間 ～かん ～間 | 週末 しゅうまつ 名 週末
授業 じゅぎょう 名 課程 | 受ける うける 動 接受
～たい 想（做）～ | 今月 こんげつ 名 這個月
明日 あした 名 明天 | ～から 助 從～ | 始まる はじまる 動 開始
～日 ～にち ～日 | 土曜日 どようび 名 星期六
終わる おわる 動 結束 | じゃあ 連 那麼 | ～回 ～かい ～次
ある 動 有 | 日曜日 にちようび 名 星期日
休みの日 やすみのひ 放假日、休息日
そして 連 而且 | テスト 名 考試 |

5

[音檔]

女の人が話しています。**女の人は始めに何**をしますか。

F：来週は友だちと旅行に行きます。だから、**今日は旅行で使うかばんを買いにデパートへ行きます**。明日は、午前中に友だちと旅行の計画をたてて、午後は旅行に持っていくお菓子を買いにスーパーへ行きます。友だちとの旅行は初めてなので、とても楽しみです。

女の人は始めに何をしますか。

[試卷]

1 りょこうに　いく

2 かばんを　かう

3 けいかくを　たてる

4 おかしを　かう

翻譯 女人正在說話。請問女人要先做什麼？

F：下週要和朋友去旅行，所以今天要去百貨公司買旅行要用到的包包。明天上午時段打算跟朋友安排行程，下午要去超市買旅行要帶的點心。因為是第一次跟朋友一起旅行，我非常期待。

請問女人要先做什麼？

1　去旅行

2　買包包

3　安排行程

4　買點心

解析 選項有去旅行、買包包、安排行程、買點心，而題目問的是女人要先買什麼，所以在聆聽獨自談話時，要掌握女人會先做的事。
因為女人說了「今日は旅行で使うかばんを買いにデパートへ行きます（今天要去百貨公司買旅行要用到的包包）」，

所以 2 かばんをかう（買包包）是正確答案。1 是下週要做的事，3 是明天上午要跟朋友一起做的事，4 是明天下午要做的事，所以是錯誤答案。

詞彙 始めに はじめに 優先｜来週 らいしゅう 名 下週
友だち ともだち 名 朋友｜旅行に行く りょこうにいく 去旅行
だから 連 所以｜今日 きょう 名 今天｜旅行 りょこう 名 旅行
使う つかう 動 使用｜かばん 名 包包｜買う かう 動 買
デパート 名 百貨公司｜行く いく 動 去｜明日 あした 名 明天
午前 ごぜん 名 上午｜～中 ～ちゅう ～中
計画をたてる けいかくをたてる 擬定計畫｜午後 ごご 名 下午
持つ もつ 動 帶｜お菓子 おかし 名 點心｜スーパー 名 超市
初めて はじめて 副 第一次｜～ので 助 因為～｜とても 副 非常
楽しみ たのしみ 名 期待

6

[音檔]

大学で、女の人と男の人が話しています。**女の人は何階の教室**を借りますか。

F：すみません。今週の土曜日に 6 階の教室を借りたいです。
M：週末は 6 階と 7 階の教室を使うことができません。4 階や 5 階の教室はどうですか。
F：何人まで入ることができますか。
M：5 階は30人、4 階は20人です。
F：練習に来るのは15人ですから、**4 階の教室でお願いします**。

女の人は**何階の教室**を借りますか。

[試卷]

1　4かい
2　5かい
3　6かい
4　7かい

翻譯 在大學裡，女人和男人正在交談。請問女人要借幾樓的教室？
F：不好意思，我這週六想要借 6 樓的教室。
M：週末不能使用 6 樓跟 7 樓的教室，4 樓和 5 樓的教室怎麼樣？
F：可以容納幾個人呢？
M：5 樓是 30 人，4 樓是 20 人。
F：會來練習的有 15 人，**那我要借 4 樓的教室。**

請問女人要借幾樓的教室？

1　4 樓
2　5 樓
3　6 樓
4　7 樓

解析 選項有 4 樓、5 樓、6 樓、7 樓，而題目問的是女人要借幾樓的教室，所以在聆聽對話時，要掌握女人借的教室樓層。因為女人說了 **4 階の教室でお願いします**（那我要借 4 樓的教室），所以 1 4かい（4 樓）是正確答案。2 是男人提議，但女人沒有選擇的樓層，3、4 的 6 樓跟 7 樓是假日沒辦法使用的樓層，所以是錯誤答案。

詞彙 大学 だいがく 名 大學｜何～ なん～ 幾～｜～階 ～かい ～樓
教室 きょうしつ 名 教室｜借りる かりる 動 借用
今週 こんしゅう 名 這週｜土曜日 どようび 名 星期六
～たい 想（做）～｜週末 しゅうまつ 名 週末
使う つかう 動 使用｜～ことができる 能夠（做）～
～や 助 ～和｜～人 ～にん ～人｜～まで 助 直到～
入る はいる 動 進入｜練習 れんしゅう 名 練習
来る くる 動 來｜～から 助 因為～

7

[音檔]

食堂で、女の人と店の人が話しています。**女の人は何**を食べますか。

F：すみません、カレーお願いします。
M：すみませんが、さっきカレーの野菜がなくなりました。とんかつはいかがですか。
F：あ、そうですか。じゃ、**とんかつにします**。あと、アイスクリームはありますか。
M：はい、チョコレートアイスクリームとバニラアイスクリームがあります。
F：あ、**バニラでお願いします**。

女の人は**何**を食べますか。

[試卷]

1

2

3

4

翻譯 在餐廳，女人和店員正在交談。請問女人要吃什麼？
F：不好意思，我要咖哩。
M：對不起，剛才咖哩的蔬菜已經全部賣完了，改成炸豬排怎麼樣？
F：哦，這樣啊？那就炸豬排吧。還有，有冰淇淋嗎？
M：有的，有巧克力冰淇淋和香草冰淇淋。
F：哦，請給我香草的。

請問女人要吃什麼？

解析 選項有咖哩、炸豬排、巧克力冰淇淋、香草冰淇淋的圖片，而題目問的是女人要吃什麼，所以在聆聽對話時，要掌握女

人要吃的東西。女人說了とんかつにします（那就炸豬排吧）之後，又說了バニラでお願いします（請給我香草的），所以由炸豬排和香草冰淇淋的圖片組成的 4 是正確答案。1、2 的咖哩已經因為蔬菜用完而不開放點餐了，3 則是因為女人在香草跟巧克力的冰淇淋當中選擇了香草，所以是錯誤答案。

詞彙 食堂 しょくどう 名 餐廳 ｜ 店 みせ 名 店 ｜ 食べる たべる 動 吃
カレー 名 咖哩 ｜ さっき 名 剛才 ｜ 野菜 やさい 名 蔬菜
なくなる 動 耗盡 ｜ とんかつ 名 炸豬排 ｜ じゃ 連 那麼
〜にする 要〜（表示決定） ｜ あと 還有
アイスクリーム 名 冰淇淋 ｜ ある 動 有 ｜ チョコレート 名 巧克力
バニラ 名 香草

> ☞ 播放問題 2 的說明與例題時，要迅速地先閱讀並掌握第 1 題到第 6 題的選項。如果聽到語音說では、始めます（那麼，即將開始），就要馬上做好解題的準備。
> 音檔說明和例題，可以在實戰模擬試題 1 的解析查看。

1

[音檔]

会社で、男の人と女の人が話しています。**女の人**は今朝、**何**を食べましたか。

M：本村さん、今朝何を食べましたか。

F：いつもはサンドイッチを食べますが、**今日は遅く起きたので、バナナしか食べませんでした。**

M：お腹空いていませんか。

F：はい、空いています。田中さんは何を食べましたか。

M：昨日の夜作ったカレーが残っていたので、それを食べました。でも、少ししか食べなかったので、僕もお腹空いています。

F：じゃ、お昼は会社の前のラーメン屋に行きましょう。そこ、ランチセットにはご飯とジュースまでついています。

M：はい、そうしましょう。

女の人は今朝、**何**を食べましたか。

[試卷]

1 サンドイッチ
2 バナナ
3 カレー
4 ラーメン

翻譯 在公司裡，男人和女人正在交談。請問女人今天早餐吃了什麼？

M：本村小姐，妳今天早上吃了什麼？

F：我通常吃三明治，但是今天比較晚起床，所以只吃了香蕉。

M：肚子不餓嗎？

F：很餓啊。田中先生吃了什麼？

M：因為昨天晚上煮的咖哩還有剩，就吃了那個。但是只吃了一點點，所以我也很餓。

F：那午餐就去公司前面的拉麵店吧。那裡的午間套餐還有附飯跟果汁。

M：好，就這麼辦。

請問女人今天早餐吃了什麼？

1 三明治
2 香蕉
3 咖哩
4 拉麵

解析 這題問的是 1「三明治」、2「香蕉」、3「咖哩」、4「拉麵」中，女人吃了什麼當早餐。因為女人在對話中提到「**今日は遅く起きたので、バナナしか食べませんでした**（今天比較晚起床，所以只吃了香蕉）」，所以 2 バナナ（香蕉）是正確答案。1 是女人平常早上會吃的東西，3 是男人早上吃的東西，4 是兩人中午要吃的東西，所以是錯誤答案。

詞彙 会社 かいしゃ 名 公司 ｜ 今朝 けさ 名 今天早上
食べる たべる 動 吃 ｜ 何 なに 名 什麼 ｜ いつも 名 通常、平時
サンドイッチ 名 三明治 ｜ 今日 きょう 名 今天
遅い おそい い形 晚的 ｜ 起きる おきる 動 起來
〜ので 助 因為〜 ｜ バナナ 名 香蕉 ｜ 〜しか 助 〜以外
お腹空く おなかすく 肚子餓
〜ている 表示重複的動作、處於〜的狀態
空く すく 動 （肚子）餓的、空的 ｜ 昨日 きのう 名 昨天
夜 よる 名 晚上 ｜ 作る つくる 動 製作 ｜ カレー 名 咖哩
残る のこる 動 剩下 ｜ それ 名 那個 ｜ でも 連 可是
少し すこし 副 一點 ｜ 僕 ぼく 名 我（男人的自稱）
じゃ 連 那麼 ｜ お昼 おひる 名 午餐 ｜ 前 まえ 名 前
ラーメン屋 ラーメンや 名 拉麵店 ｜ 行く いく 動 去
そこ 名 那裡 ｜ ランチセット 名 午間套餐 ｜ ご飯 ごはん 名 飯
ジュース 名 果汁 ｜ 〜まで 助 直到〜 ｜ つく 動 附上、沾上

2

[音檔]

電話で、男の人と女の人が話しています。**女の人の家**はどこですか。

M：林さん、今みなみ駅の前ですが、ここから林さんの家までどう行きますか。

F：**駅を出ると、交差点があります。そこを右に曲がってください。**

M：はい。

F：**右に曲がってまっすぐ行くと、また交差点があります。今度はそこを左に曲がってください。**

M：はい、最初は右、その次は左ですね。

F：そうです。**左に曲がると右側にあるのが私の家です。**

M：はい、わかりました。

女の人の家はどこですか。

[試卷]

翻譯 在電話裡，男人和女人正在交談。請問女人的家在哪裡？

M：林小姐，我現在在南站前面了，請問從這裡要怎麼到妳家？

F：從車站出來，有個十字路口，請從那裡向右轉。

M：好。

F：向右轉以後再直走，又會有一個十字路口。這次請在那裡向左轉。

M：好的，一開始右轉，再來是左轉。

F：是的，向左轉以後，在右側的就是我家了。

M：好的，我知道了。

請問女人的家在哪裡？

解析 選項由一個小地圖呈現，而題目問的是女人的家在哪裡。在對話中，女人說了「駅を出ると、交差点があります。そこを右に曲がってください（從車站出來，有個十字路口，請從那裡向右轉）」之後，又說了「右に曲がってまっすぐ行くと、また交差点があります。今度はそこを左に曲がってください（向右轉以後再直走，又會有一個十字路口。這次請在那裡向左轉）」，並在最後說了「左に曲がると右側にあるのが私の家です（向左轉以後，在右側的就是我家了）」。因此，女人的家就是從車站走出來，在第一個十字路口向右轉，並在第二個十字路口向左轉時，位於右側的 2。

詞彙 電話 でんわ名電話｜家 いえ名家｜今 いま名現在
駅 えき名站｜前 まえ名前｜ここ名這裡｜〜から助從〜
〜まで助直到〜｜行く いく動去｜出る でる動出來
交差点 こうさてん名十字路口｜ある動有｜そこ名那裡
右 みぎ名右邊｜曲がる まがる動轉彎
〜てください 請（做）〜｜まっすぐ副直直地、筆直地
また副又｜今度 こんど名這次｜左 ひだり名左邊
最初 さいしょ名一開始｜その 那｜次 つぎ名下個
右側 みぎがわ名右側｜私 わたし名我｜わかる動知道、瞭解

3

[音檔]

学校で、女の学生が話しています。**女の学生の趣味は何**ですか。

F：はじめまして、田中みきです。私の夢は先生になることです。英語を勉強することも、誰かに教えることも好きなので、英語の先生になりたいです。それから、**趣味は小説を読むことです。**いつか小説を書いてみたいですが、それはまだ難しいです。

女の学生の趣味は何ですか。

[試卷]

1 えいごを　べんきょうする　こと

2 えいごを　おしえる　こと

3 しょうせつを　よむ　こと

4 しょうせつを　かく　こと

翻譯 學校裡，女學生正在說話。請問女學生的興趣是什麼？

F：初次見面，我是田中三樹。我的夢想是當老師。之所以讀英文，也是因為我喜歡教導別人，所以我想成為英文老師。而且，我的興趣是讀小說。總有一天，我也想試試看寫小說，但是目前還很難。

請問女學生的興趣是什麼？

1 讀英文

2 教英文

3 讀小說

4 寫小說

解析 這題問的是在 1「讀英文」、2「教英文」、3「讀小說」、4「寫小說」中，女學生的興趣是什麼。女學生提到「趣味は小説を読むことです（我的興趣是讀小說）」，所以 3 しょうせつをよむこと（讀小說）是正確答案。1、2 是女學生喜歡做的事，但並不是興趣，4 是女學生有朝一日想嘗試的事，所以是錯誤答案。

詞彙 学校 がっこう名學校｜学生 がくせい名學生
趣味 しゅみ名興趣｜私 わたし名我｜夢 ゆめ名夢想
先生 せんせい名老師｜なる動成為
こと名事情、的（代指事物）｜英語 えいご名英語
勉強 べんきょう名讀書｜する動做｜誰 だれ名誰
教える おしえる動教導｜好きだ すきだな形喜歡
〜ので助因為〜｜〜たい 想（做）〜｜それから連然後
小説 しょうせつ名小說｜読む よむ動讀｜いつか副總有一天
書く かく動寫｜〜てみる 〜（做）看看｜それ名那個
まだ副還｜難しい むずかしいい形困難的

4

[音檔]

家で、女の人と男の人が話しています。**男の人は皿を何枚並べますか。**

F：今日、家にお客さんが来るから、テーブルに皿を並べてください。

M：お客さんが4人だから、4枚並べますね。

F：いえ、私たちのものも必要だから、6枚並べてください。

M：あ、そうですね。じゃ、6枚並べます。

F：あ、すみません。両親も来ることになりました。**8枚お願いします。**

M：はい、わかりました。

男の人は皿を何枚並べますか。

[試卷]

1 2まい

2 4まい

3 6まい

4 8まい

翻譯 在家裡，女人和男人正在交談。請問男人要擺幾個盤子？

F：今天家裡有客人要來，請幫我把盤子擺到桌上。

M：客人有4個人，我就擺4個囉。

F：不，我們的也要擺，所以請你擺6個。

M：哦，對耶，那我擺6個。

F：啊，抱歉，爸媽也要來，麻煩你擺8個。

M：好，我知道了。

請問男人要擺幾個盤子？

1 2個

2 4個

3 6個

4 8個

解析 這題問的是在1「2個」、2「4個」、3「6個」、4「8個」中，男人要擺幾個盤子。在對話中，女人提到了8枚お願いします（麻煩你擺8個），所以4 8まい（8個）是正確答案。1並沒有被提及，2是會有4個客人來，3是女人一開始拜託男人擺的數量，但是因為爸媽也要來，就請男人改擺8個了，所以是錯誤答案。

詞彙 家 いえ 名 家｜皿 さら 名 盤子｜何～ なん～ 幾～

～枚 ～まい ～個｜並べる ならべる 動 擺放

今日 きょう 名 今天｜お客さん おきゃくさん 名 客人

来る くる 動 來｜～から 助 因為～｜テーブル 名 桌子

～てください 請（做）～｜～人 ～にん ～人

私たち わたしたち 名 我們｜もの 名 的（代指事物）、東西

必要だ ひつようだ な形 需要的｜じゃ 連 那麼

両親 りょうしん 名 爸媽｜～ことになる 變得～

わかる 動 知道、瞭解

5

[音檔]

学校で、女の学生と男の学生が話しています。**男の学生はどんな運動をしていますか。**

F：最近どんな運動をしていますか。

M：**今はテニスをしています。**

F：そうですか。サッカーをよく見ているから、サッカーをしていると思っていました。

M：サッカーは見るのが好きです。佐藤さんはどんな運動をしていますか。

F：私はスキーが好きですが、今は夏なのでダンスをしています。

M：そうですか。じゃあ、今年の冬に一緒にスキーをしに行きませんか。

F：いいですよ。

男の学生はどんな運動をしていますか。

[試卷]

1 テニス

2 サッカー

3 スキー

4 ダンス

翻譯 女學生和男學生正在學校交談。請問男學生現在都做什麼運動？

F：你最近都做什麼運動？

M：現在都打網球。

F：是喔？常常看到你在看足球，以為你會去踢足球。

M：足球是喜歡看而已。佐藤小姐都做什麼運動呢？

F：我喜歡滑雪，但現在是夏天，所以我都去跳舞。

M：這樣啊？那今年冬天要不要一起去滑雪？

F：好啊。

請問男學生現在都做什麼運動？

1 網球

2 足球

3 滑雪

4 跳舞

解析 這題問的是在1「網球」、2「足球」、3「滑雪」、4「跳舞」中，男學生現在都做什麼運動。在對話中，男學生提到今はテニスをしています（現在都打網球），所以1テニス（網球）是正確答案。2的足球並不是喜歡踢，而是喜歡看，3是女學生喜歡的運動，4是女學生現在會去做的運動，所以是錯誤答案。

詞彙 学校 がっこう 名 學校 | 学生 がくせい 名 學生
運動 うんどう 名 運動 | 最近 さいきん 名 最近
どんな 什麼樣的 | する 動 做
〜ている 處於〜的狀態、表示重複的動作 | 今 いま 名 現在
テニス 名 網球 | サッカー 名 足球 | よく 副 經常
見る みる 動 看 | 〜から 助 因為〜
〜と思う 〜とおもう 認為〜 | 好きだ すきだ な形 喜歡
私 わたし 名 我 | スキー 名 滑雪 | 夏 なつ 名 夏天
〜ので 助 因為〜 | ダンス 名 跳舞 | じゃあ 連 那麼
今年 ことし 名 今年 | 冬 ふゆ 名 冬天 | 一緒に いっしょに 副 一起
スキーをする 滑雪 | 〜に行く 〜にいく 去（做）〜
いい い形 好的 |

6

[音檔]

男の人と店の人が話しています。**男の人の電話番号は何番**ですか。

M：すみません、来週の土曜日のランチを予約したいです。

F：はい、お名前と電話番号を教えてください。

M：森たかしです。**電話番号は518-6781です。**

F：はい、来週土曜日のランチ、森たかしさま。電話番号は518-6718ですね。

M：いえ、6781です。

F：すみません、6781ですね。予約ありがとうございます。

男の人の電話番号は何番ですか。

[試卷]

1 518-6718
2 581-6718
3 518-6781
4 581-6781

翻譯 男人和店員正在交談。請問男人的電話號碼是幾號？

M：不好意思，我想要預約下週六的午餐。

F：好的，請告訴我您的姓名與電話。

M：森隆。**電話號碼是 518-6781。**

F：好的，下週六的午餐，森隆先生，電話號碼是 518-6718 對嗎？

M：不是，是 6781。

F：對不起，是 6781 吧？感謝您的預訂。

請問男人的電話號碼是幾號？

1 518-6718
2 581-6718
3 518-6781
4 581-6781

解析 這題問的是在選項列出的電話號碼中，男人的電話號碼是幾號。在對話中，男人提到**電話番号は 518-6781 です**（電話號碼是 518-6781），所以 3 518-6781 是正確答案。1 是店員提到的，因聽錯而講出的號碼，2、4 是調換了發音相近的 1（いち）和 8（はち）的順序，以造成混淆的選項，所以是錯誤答案。

詞彙 店 みせ 名 店 | 電話番号 でんわばんごう 名 電話號碼
何〜 なん〜 幾〜 | 〜番 〜ばん 〜號 | 来週 らいしゅう 名 下週
土曜日 どようび 名 星期六 | ランチ 名 午餐
予約 よやく 名 預約 | する 動 做 | 〜たい 想（做）〜
お名前 おなまえ 名 名字 | 教える おしえる 動 教導
〜てください 請（做）〜 | 〜さま 〜大人

☞ 播放**問題 3** 的例題時，要迅速地先看過第 1 題到第 5 題的圖片，並試著聯想情境。如果聽到語音說では、始めます（那麼，即將開始），就要馬上做好解題的準備。音檔說明和例題，可以在實戰模擬試題 1 的解析查看。

1

[試卷]

[音檔]

暑いので、**タクシーで行きたいです。**友だちに何と言いますか。

F：1 **暑いから、タクシーで行きましょう。**
2 タクシーの中が暑かったです。
3 このタクシーに乗ってきました。

翻譯 因為很熱，想搭計程車去。應該對朋友說什麼？

F：**1 好熱喔，搭計程車去吧。**
2 計程車裡面好熱。
3 我是搭這台計程車來的。

解析 這題要選出因為天氣熱，想邀朋友搭計程車移動的說法。

1（O）暑いから、タクシーで行きましょう（好熱喔，搭計程車去吧）是邀約搭計程車的說法，所以是正確答案。

2（X）タクシーの中が暑かったです（計程車裡面好熱）表示計程車內部很熱，所以是錯誤答案。

3（X）このタクシーに乗ってきました（我是搭這台計程車來的）是從計程車下車後才會說的話，所以是錯誤答案。

詞彙 暑い あつい い形 熱的 | 〜ので 助 因為〜 | タクシー 名 計程車
行く いく 動 去 | 〜たい 想（做）〜 | 友だち ともだち 名 朋友

～から動因為～｜中 なか名裡面、中｜この 這
乗る のる動搭乘｜くる動來

2

[試卷]

[音檔]

人の足をふみました。何と言いますか。

M：1 こちらこそ。
2 ごめんなさい。
3 おだいじに。

翻譯 踩到別人的腳了。應該說什麼？

M：1 彼此彼此。
2 對不起。
3 保重身體。

解析 這題要選出因為踩到別人的腳而道歉的說法。

1（X）こちらこそ（彼此彼此）是表示自己的想法跟對方一致時說的話，所以是錯誤答案。

2（O）ごめんなさい（對不起）是道歉時說的話，所以是正確答案。

3（X）おだいじに（保重身體）是探病時說的話，所以是錯誤答案。

詞彙 人 ひと名人｜足 あし名腿、腳｜ふむ動踩

3

[試卷]

[音檔]

客が店に入ってきました。何と言いますか。

F：1 いってきます。
2 いただきます。
3 いらっしゃいませ。

翻譯 客人進到店裡了。應該說什麼？

F：1 我要出門了。
2 我要開動了。
3 歡迎光臨。

解析 這題要選出對上門的客人說的話。

1（X）いってきます（我要出門了）是從家裡出門時說的問候語，所以是錯誤答案。

2（X）いただきます（我要開動了）是開飯前說的問候語，所以是錯誤答案。

3（O）いらっしゃいませ（歡迎光臨）是對上門的客人說出的問候語，所以是正確答案。

詞彙 客 きゃく名客人｜店 みせ名店｜入る はいる動進入
くる動來｜

4

[試卷]

[音檔]

友だちが大きい荷物を持っています。何と言いますか。

M：**1 手伝いましょうか。**
2 手伝いましたか。
3 手伝いませんか。

翻譯 朋友拿著很大的貨物。應該說什麼？

M：**1 要我幫忙嗎？**
2 幫忙了嗎？
3 你要來幫忙嗎？

解析 這題要選出詢問抱著貨物的朋友是否需要幫忙的說法。

1（O）手伝いましょうか（要我幫忙嗎？）是詢問朋友是否需要幫助的說法，所以是正確答案。

2（X）手伝いましたか（幫忙了嗎？）是詢問朋友是否幫忙過某人的說法，所以是錯誤答案。

3（X）手伝いませんか（你要來幫忙嗎？）是邀約某人來幫忙的說法，所以是錯誤答案。

詞彙 友だち ともだち名朋友｜大きい おおきいい形大的
荷物 にもつ名貨物｜持つ もつ動拿、帶
～ている 正在（做）～｜手伝う てつだう動幫忙

5

[試卷]

[音檔]

シャツが大きいです。店の人に何と言いますか。

M：1 すみません、このサイズがいいです。

2 すみません、少し小さいものをください。

3 すみません、これは小さいですか。

翻譯 襯衫很大件。應該對店員說什麼？

M：1　不好意思，這個尺寸很好。

2　不好意思，請給我小件一點的。

3　不好意思，這件很小嗎？

解析 這題要選出襯衫太大件時，對店員說出的話。

1（X）すみません、このサイズがいいです（不好意思，這個尺寸很好）是襯衫的尺寸剛好合身的意思，所以是錯誤答案。

2（O）すみません、少し小さいものをください（不好意思，請給我小件一點的）是因為襯衫太大件，而請求換成更小件的說法，所以是正確答案。

3（X）すみません、これは小さいですか（不好意思，這件很小嗎？）是詢問襯衫會不會很小件的說法，所以是錯誤答案。

詞彙 シャツ 名 襯衫｜大きい おおきい い形 大的｜店 みせ 名 店
ひと 名 人｜この 這｜サイズ 名 尺寸｜いい い形 好的
少し すこし 副 一點｜小さい ちいさい い形 小的
もの 名 的（代指事物）、東西｜ください 請給我｜これ 名 這個

☞ **問題 4**，試卷上不會印有任何東西。因此，播放例題時，請一邊聆聽內容，一邊回想立即回應的解題步驟。如果聽到語音說では、始めます（那麼，即將開始），就要馬上做好解題的準備。音檔說明與例題，可以在實戰模擬試題 1 的解析查看。

1

[音檔]

F：**この本はいくらですか。**

M：1 500ページです。

2 3冊です。

3 1,500円です。

翻譯 F：這本書多少錢？

M：1　500 頁。

2　3 本。

3　1,500 圓。

解析 女人正在詢問男人書的價格。

1（X）這是被問到何ページまでありますか（有幾頁？）時會做出的回應，所以是錯誤答案。而且也使用了與本（書）有關的ページ（頁）造成混淆。

2（X）這是被問到何冊ですか（幾本？）時會做出的回應，所以是錯誤答案。而且也使用了與本（書）有關的冊（本）造成混淆。

3（O）表示書的價格是 1,500 圓，所以是恰當的回應。

詞彙 この 這｜本 ほん 名 書｜いくら 名 多少錢｜～ページ ～頁
～冊 ～さつ ～本｜～円 ～えん ～圓

2

[音檔]

M：**どちらまで行きますか。**

F：1 東京駅から来ました。

2 東京駅までお願いします。

3 いえ、東京駅で降りたかったです。

翻譯 M：要去哪裡呢？

F：1　從東京站來。

2　麻煩到東京站。

3　不，本來想在東京站下車。

解析 男人正在詢問女人要去哪裡。

1（X）這是被問到どこから来ましたか（從哪裡來？）時會做出的回應，所以是錯誤答案。

2（O）請對方到東京站，所以是恰當的回應。

3（X）使用いえ（不）回答了用疑問詞どちら（哪裡）詢問的問題，所以是錯誤答案。在回答疑問詞的疑問句時，不可以用はい／いいえ（是／否）來回答。

詞彙 どちら名哪裡、哪邊｜～まで助直到～｜行く いく動去｜
東京 とうきょう名東京（日本的地名）｜駅 えき名站｜
～から助從～｜来る くる動來｜降りる おりる動下車｜
～たい 想（做）～｜

3

[音檔]

M：これはデパートで買ったスカートですか。

F：1 デパートへ買いに行きます。

2 これはもらったものです。

3 スカートは高かったです。

翻譯 M：這是在百貨公司買的裙子嗎？

F：1 要去百貨公司買。

2 這是收到的。

3 裙子很貴。

解析 男人正在詢問女人的裙子是不是在百貨公司買的。

1（X）這是重複使用デパート（百貨公司），以及與買った（買的）有關的買いに（去買）造成混淆的錯誤答案。

2（O）表示裙子不是在百貨公司買的，而是收到的，所以是恰當的回應。

3（X）這是重複使用スカート（裙子），以及與買った（買的）有關的高かったです（很貴）造成混淆的錯誤答案。

詞彙 これ名這個｜デパート名百貨公司｜買う かう動買
スカート名裙子｜～に行く ～にいく 去（做）～
もらう動收｜もの名東西｜高い たかいい形貴的

4

[音檔]

F：英語のテストはどうでしたか。

M：1 英語はあまり好きじゃないです。

2 テストは昨日でした。

3 思ったより難しかったです。

翻譯 F：英語考試怎麼樣？

M：1 不太喜歡英語。

2 考試是昨天。

3 比想像中困難。

解析 女人正在詢問男人英語考試怎麼樣，也就是詢問考試是簡單還是困難。

1（X）這是重複使用英語（英語）造成混淆的錯誤答案。

2（X）這是被問到テストはいつでしたか（考試是什麼時候？）時會做出的回應，所以是錯誤答案。而且也重複使用了テスト（考試）造成混淆。

3（O）表示考試很難，所以是恰當的回應。

詞彙 英語 えいご名英語｜テスト名考試｜あまり副不太
好きだ すきだな形喜歡｜昨日 きのう名昨天
思う おもう動認為｜～より助比～
難しい むずかしいい形困難的

5

[音檔]

M：今日は何時に起きましたか。

F：1 6時です。

2 3時間です。

3 30分です。

翻譯 M：今天是幾點起床的？

F：1 6點。

2 3小時。

3 30分鐘。

解析 男人正在詢問女人今天起床的時間。

1（O）表示是6點起床的，所以是恰當的回應。

2（X）這是被問到何時間ですか（幾小時？）時會做出的回應，所以是錯誤答案。

3（X）這是被問到何分ですか（幾分鐘？）時會做出的回應，所以是錯誤答案。

詞彙 今日 きょう名今天｜何～ なん～ 幾～｜～時 ～じ ～點
起きる おきる動起來｜時間 じかん名時間
～分 ～ふん ～分鐘

6

[音檔]

F：山田さんはまだ来ていないの。

M：1 山田さんはあそこにいるよ。

2 うん、山田さんはまだいるよ。

3 もう来ているの。

翻譯 F：山田小姐還沒來嗎？

M：1 山田小姐在那裡。

2 嗯，山田小姐還在。

3 已經來了？

解析 女人正在詢問男人山田小姐來了沒。

1（O）表示山田小姐已經來了，而且待在那裡，所以是正確答案。

2（X）已經用「嗯」表示山田小姐還沒來了，後面卻說「山田小姐還在」，所以是前後兜不起來的錯誤答案。3（X）這是使用了與来ていないの（沒來嗎？）有關的来ているの（來了嗎？）造成混淆的錯誤答案。

詞彙 まだ副還｜来る くる動來｜～ている 處於～的狀態
あそこ名那裡｜いる動有｜もう副已經

-メモ-

JLPT 新日檢 N5 一本合格 /Hackers Academia 著 ; 吳羽柔 , 吳采蒨 , 關亭薇譯 . -- 二版 . -- 臺北市 : 日月文化出版股份有限公司 , 2024.04
面 ; 公分 . -- (EZ Japan 檢定 ; 41)
ISBN 978-626-7405-32-1 (平裝)
1.CST: 日語 2.CST: 能力測驗
803.189 113000925

EZ Japan 檢定／ 41

JLPT新日檢N5一本合格全新修訂版

（附全書音檔 MP3+ 模擬試題暨詳解 4 回 + 單字文法記憶小冊）

作　　者：Hackers Academia
翻　　譯：吳羽柔、吳采蒨、關亭薇
編　　輯：巫文嘉、邱以瑞
校　　對：巫文嘉、邱以瑞、楊千嬅
封面設計：曾晏詩
內頁排版：陳語萱、簡單瑛設
行銷企劃：張爾芸

發 行 人：洪祺祥
副總經理：洪偉傑
副總編輯：曹仲堯
法律顧問：建大法律事務所
財務顧問：高威會計師事務所

出　　版：日月文化出版股份有限公司
製　　作：EZ叢書館
地　　址：臺北市信義路三段151號8樓
電　　話：(02) 2708-5509
傳　　真：(02) 2708-6157
客服信箱：service@heliopolis.com.tw
網　　址：www.heliopolis.com.tw
郵撥帳號：19716071日月文化出版股份有限公司

總 經 銷：聯合發行股份有限公司
電　　話：(02) 2917-8022
傳　　真：(02) 2915-7212

印　　刷：中原造像股份有限公司
初　　版：2023 年 06 月
二版 1 刷：2024 年 04 月
定　　價：499元
I S B N：978-626-7405-32-1

HACKERS × EZ Japan

해커스 JLPT N5 한 권으로 합격

JLPT新日檢 N5 全新修訂版 一本合格

N5必考單字文法記憶小冊

1日 文字・語彙①

🔊167 必考單字句型記憶小冊_1日.mp3

☑ 把背不起來的單字勾起來，時時複習！

漢字讀法

〔須注意濁音、半濁音之單字〕

□	安全だ（あんぜん）	な形 安全的
□	外国（がいこく）★	名 外國
□	会社（かいしゃ）★	名 公司
□	九分（きゅうふん）	名 九分
□	午前（ごぜん）	名 上午
□	三千円（さんぜんえん）	名 三千日圓
□	時間（じかん）	名 時間
□	仕事（しごと）	名 工作
□	写真（しゃしん）★	名 照片
□	心配だ（しんぱい）	な形 擔心的
□	新聞（しんぶん）★	名 報紙
□	大学（だいがく）	名 大學
□	手紙（てがみ）★	名 信
□	出口（でぐち）	名 出口
□	電気（でんき）	名 電力、電燈
□	電話（でんわ）★	名 電話
□	動物（どうぶつ）	名 動物
□	百円（ひゃくえん）	名 一百日圓
□	百人（ひゃくにん）★	名 一百人

〔須注意長音的單字〕

□	映画（えいが）	名 電影
□	英語（えいご）	名 英語
□	家庭（かてい）	名 家庭
□	九十人（きゅうじゅうにん）	名 九十人
□	九百人（きゅうひゃくにん）	名 九百人
□	教室（きょうしつ）	名 教室
□	兄弟（きょうだい）	名 兄弟姊妹
□	銀行（ぎんこう）★	名 銀行

- ☐ 住所（じゅうしょ） 名 地址
- ☐ 食堂（しょくどう） 名 餐廳
- ☐ 先週（せんしゅう）★ 名 上週
- ☐ 毎週（まいしゅう）★ 名 每週
- ☐ 来週（らいしゅう）★ 名 下週
- ☐ 旅行（りょこう） 名 旅行

〔須注意促音之單字〕

- ☐ 一階（いっかい） 名 一樓
- ☐ 一週間（いっしゅうかん） 名 一週、一個星期
- ☐ 切手（きって） 名 郵票
- ☐ 雑誌（ざっし） 名 雜誌
- ☐ 十本（じゅっぽん） 名 十支
- ☐ 二百回（にひゃっかい） 名 兩百次
- ☐ 三つ（みっつ）★ 名 三個
- ☐ 八つ（やっつ） 名 八個
- ☐ 六本（ろっぽん）★ 名 六支

〔有兩種不同發音的漢字〕

- ☐ 学生（がくせい）★ 名 學生
- ☐ 学校（がっこう）★ 名 學校
- ☐ 先日（せんじつ） 名 前幾天
- ☐ 火曜日（かようび）★ 名 星期二
- ☐ 金曜日（きんようび）★ 名 星期五
- ☐ 土曜日（どようび）★ 名 星期六
- ☐ 日曜日（にちようび）★ 名 星期日
- ☐ 七月（しちがつ） 名 七月
- ☐ 今月（こんげつ）★ 名 這個月
- ☐ 去年（きょねん） 名 去年
- ☐ 半年（はんとし） 名 半年
- ☐ 三分（さんぷん） 名 三分
- ☐ 自分（じぶん） 名 自己

1日 文字・語彙①

☑ 把背不起來的單字勾起來，時時複習！

	單字	意思
□	半分（はんぶん）★	名 一半

〔漢字讀法中常出題的動詞〕

	單字	意思
□	言う（い）★	動 說
□	買う（か）★	動 買
□	使う（つか）	動 使用
□	歩く（ある）★	動 走路
□	行く（い）★	動 去
□	聞く（き）★	動 聽
□	出す（だ）	動 拿出、交出
□	立つ（た）★	動 站立
□	遊ぶ（あそ）★	動 玩
□	選ぶ（えら）★	動 選
□	並ぶ（なら）★	動 並排
□	飲む（の）★	動 喝、吃（藥）
□	休む（やす）★	動 休息
□	帰る（かえ）	動 回去、返回
□	作る（つく）	動 製作
□	入る（はい）★	動 進入

〔漢字讀法中常出題的い・な形容詞〕

	單字	意思
□	青い（あお）	い形 青色的、藍色的
□	新しい（あたら）	い形 新的
□	甘い（あま）★	い形 甜的
□	多い（おお）★	い形 多的
□	大きい（おお）	い形 大的
□	汚い（きたな）★	い形 髒的
□	暗い（くら）★	い形 昏暗的
□	寒い（さむ）	い形 寒冷的
□	高い（たか）★	い形 高的
□	小さい（ちい）★	い形 小的
□	強い（つよ）★	い形 強的

	單字	詞性	意思
□	長い（なが）	い形	長的
□	安い（やす）★	い形	便宜的
□	丈夫だ（じょうぶ）★	な形	牢固的
□	便利だ（べんり）★	な形	方便的
□	有名だ（ゆうめい）	な形	有名的

〔漢字讀法中常出題的名詞〕

	單字	詞性	意思
□	間（あいだ）★	名	中間、之間
□	朝（あさ）★	名	早上
□	後（あと）★	名	後面、之後
□	兄（あに）	名	哥哥
□	姉（あね）	名	姐姐
□	犬（いぬ）★	名	狗
□	海（うみ）★	名	海
□	男（おとこ）	名	男人
□	女（おんな）	名	女人
□	顔（かお）	名	臉
□	金（かね）	名	金錢
□	川（かわ）★	名	河川
□	木（き）★	名	樹木
□	国（くに）	名	國家、故鄉
□	車（くるま）★	名	車
□	声（こえ）	名	聲音
□	魚（さかな）★	名	魚
□	先（さき）	名	先、尖端
□	外（そと）★	名	外面
□	空（そら）★	名	天空
□	卵（たまご）	名	蛋
□	机（つくえ）	名	書桌
□	手（て）	名	手
□	中（なか）★	名	中間、裡面

1日 文字・語彙①

☑ 把背不起來的單字勾起來，時時複習！

□ 庭（にわ）★ 名 庭院

□ 歯（は）★ 名 牙齒

□ 母（はは）★ 名 媽媽、母親

□ 春（はる） 名 春

□ 東（ひがし）★ 名 東、東方

□ 左（ひだり）★ 名 左

□ 人（ひと） 名 人

□ 前（まえ）★ 名 前面、之前

□ 窓（まど）★ 名 窗

□ 右（みぎ）★ 名 右

□ 水（みず）★ 名 水

□ 店（みせ）★ 名 店

□ 耳（みみ）★ 名 耳朵

□ 目（め）★ 名 眼

□ 山（やま）★ 名 山

漢字書寫

〔相似的漢字〕

□ 会（あ）う★ 動 見面

□ 試合（しあい） 名 比賽

□ 円（えん）★ 名 日圓

□ 同（おな）じだ★ な形 相同的

□ 薬（くすり） 名 藥

□ 楽（たの）しい い形 開心的

□ 生（う）まれる★ 動 出生

□ 先生（せんせい）★ 名 對老師等職業從事者之尊稱

□ 午後（ごご）★ 名 下午

□ 静（しず）かだ な形 安靜的

□ 晴（は）れる 動 晴朗

□ 進（すす）む 動 前進

□ 道（みち） 名 道路

- ☐ 元気（げんき）だ★　な形 有活力的
- ☐ 天気（てんき）★　名 天氣
- ☐ 雨（あめ）★　名 雨
- ☐ 電車（でんしゃ）　名 電車、地鐵
- ☐ 大（おお）きい　い形 大的
- ☐ 太（ふと）い　い形 胖的
- ☐ 古（ふる）い★　い形 舊的
- ☐ 右（みぎ）★　名 右
- ☐ 見（み）る★　動 看
- ☐ 易（やさ）しい★　い形 簡單的
- ☐ 待（ま）つ　動 等待
- ☐ 持（も）つ★　動 持有、拿、攜帶
- ☐ 体（からだ）　名 身體
- ☐ 休（やす）む★　動 休息
- ☐ 新聞（しんぶん）★　名 報紙
- ☐ 問題（もんだい）　名 問題
- ☐ 意味（いみ）　名 意思、意義
- ☐ 忘（わす）れる★　動 遺忘

〔意義相關的漢字〕

- ☐ 足（あし）★　名 腳
- ☐ 目（め）★　名 眼睛
- ☐ 厚（あつ）い　い形 厚的
- ☐ 薄（うす）い★　い形 薄的
- ☐ 言（い）う★　動 說
- ☐ 書（か）く★　動 寫
- ☐ 聞（き）く★　動 問、聽
- ☐ 読（よ）む　動 讀
- ☐ 風（かぜ）★　名 風
- ☐ 川（かわ）★　名 河流、溪流
- ☐ 木（き）★　名 樹木

文字・語彙

2日 文字・語彙②

168 必考單字句型記憶小冊_2日.mp3

☑ 把背不起來的單字勾起來，時時複習！

- ☐ 空（そら）★　名 天空
- ☐ 八百円（はっぴゃくえん）　名 八百日圓
- ☐ 七千円（ななせんえん）★　名 七千日圓
- ☐ 九万円（きゅうまんえん）★　名 九萬日圓
- ☐ 切る（きる）★　動 切、剪
- ☐ 付く（つく）　動 附著、附帶、電源開啟
- ☐ 明るい（あかるい）★　い形 明亮的
- ☐ 白い（しろい）　い形 白的
- ☐ 食べる（たべる）★　動 吃
- ☐ 飲む（のむ）★　動 喝、吃（藥）
- ☐ 家族（かぞく）　名 家人
- ☐ 父（ちち）★　名 爸爸、父親
- ☐ 母（はは）★　名 媽媽、母親
- ☐ 行く（いく）★　動 去
- ☐ 来る（くる）★　動 來
- ☐ 出る（でる）★　動 出去、出來
- ☐ 出かける（でかける）　動 外出
- ☐ 半分（はんぶん）★　名 一半
- ☐ 時間（じかん）　名 時間
- ☐ 分かる（わかる）　動 知道、明白
- ☐ 習う（ならう）★　動 學習
- ☐ 座る（すわる）　動 坐
- ☐ 立つ（たつ）★　動 站
- ☐ 並べる（ならべる）★　動 排列
- ☐ 西（にし）★　名 西
- ☐ 南（みなみ）　名 南
- ☐ 車（くるま）★　名 車
- ☐ 降りる（おりる）　動 下車、下降
- ☐ 乗る（のる）　動 搭乘（交通工具）
- ☐ 咲く（さく）★　動 開花

□ 花（はな）★	名 花
□ 便利（べんり）だ★	な形 方便的
□ 不便（ふべん）だ	な形 不方便的
□ 上（うえ）★	名 上面
□ 上手（じょうず）だ★	な形 擅長的、熟練的
□ 下（した）★	名 下面
□ 下手（へた）だ★	な形 不擅長的、笨拙的
□ 後（うし）ろ★	名 後面
□ 前（まえ）★	名 前面、之前
□ 高（たか）い★	い形 貴的、高的
□ 安（やす）い★	い形 便宜的
□ 毎日（まいにち）★	名 每天
□ 毎週（まいしゅう）★	名 每週
□ 今週（こんしゅう）★	名 這週
□ 来月（らいげつ）★	名 下個月

〔常用片假名單字〕

□ エアコン★	名 空調
□ エレベーター★	名 電梯
□ カメラ★	名 相機
□ カレンダー	名 月曆、日曆
□ シャワー★	名 淋浴
□ スポーツ	名 運動
□ タクシー	名 計程車
□ チョコレート	名 巧克力
□ テーブル★	名 桌子
□ ネクタイ	名 領帶
□ ハンカチ	名 手帕
□ ピアノ	名 鋼琴
□ プール★	名 游泳池
□ レストラン★	名 餐廳
□ ワイシャツ★	名 襯衫

2日 文字・語彙②

☑ 把背不起來的單字勾起來，時時複習！

前後關係

〔常出題的名詞〕

	單字		例句
□	**あめ**★	名 雨	**あめ**が　ふって　います。 正在下雨。
□	**えいがかん**★	名 電影院	**えいがかん**に　いきます。 去電影院。
□	**えき**	名 車站	つぎの　**えき**で　おります。 在下一站下車。
□	**かぎ**	名 鑰匙	いえの　**かぎ**が　ありません。 沒有家裡的鑰匙。
□	**かど**	名 轉角	つぎの　**かど**を　まがって　ください。 請在下一個轉角轉彎。
□	**きっぷ**★	名 票	でんしゃの　**きっぷ**を　かいました。 買了電車車票。
□	**けっこん**	名 結婚	かれと　**けっこん**します。 跟他結婚。
□	**こうえん**	名 公園	**こうえん**を　さんぽします。 在公園散步。
□	**こうちゃ**	名 紅茶	**こうちゃ**を　のみます。 喝紅茶。
□	**こうばん**	名 派出所	**こうばん**で　みちを　ききます。 在派出所問路。
□	**じしょ**★	名 辭典	**じしょ**を　ひきます。 查辭典。
□	**しつもん**★	名 問題	わからない　ことを　**しつもん**します。 針對不知道的事做出提問。
□	**しゅくだい**	名 作業	**しゅくだい**を　だします。 交作業。
□	**せんせい**★	名 老師	あには　ちゅうがっこうの　**せんせい**です。 哥哥是國中老師。

□	たまご	名蛋	たまごを　3つ　たべました。 吃了三顆蛋。
□	ちず★	名地圖	ばしょが　わからない　ときは　**ちず**を　みます。 不知道地點的時候會看地圖。
□	とけい★	名時鐘	かべに　**とけい**を　かけました。 在牆上掛上時鐘。
□	としょかん★	名圖書館	**としょかん**で　ほんを　かります。 在圖書館借書。
□	ひこうき	名飛機	**ひこうき**に　のります。 搭飛機。
□	びょういん★	名醫院	かぜで　**びょういん**に　いきました。 因為感冒而去醫院。
□	ゆき★	名雪	きのう　**ゆき**が　ふりました。 昨天下雪了。
□	りゅうがく	名留學	アメリカで　**りゅうがく**しました。 曾在美國留學。
□	れんしゅう★	名練習	やきゅうの　**れんしゅう**を　します。 練習棒球。

〔常出題的片假名〕

□	アパート★	名公寓	**アパート**に　すんで　います。 住在公寓。
□	エレベーター★	名電梯	**エレベーター**で　2かいに　あがります。 搭電梯上到二樓。
□	キロ	名公斤／公里	きょねんより　5**キロ**　ふとりました。 比去年胖了五公斤。
□	シャツ★	名襯衫	あたらしい　**シャツ**を　きました。 穿了新襯衫。
□	シャワー★	名淋浴	**シャワー**を　あびます。 淋浴。

文字・語彙

2日 | 文字・語彙②

☑ 把背不起來的單字勾起來，時時複習！

□	スカート★	名裙子	スカートを　よく　はきます。 經常穿裙子。
□	スリッパ★	名拖鞋	スリッパを　はきます。 穿拖鞋。
□	セーター	名毛衣	セーターを　きます。 穿毛衣。
□	チケット	名票	コンサートの　チケットを　もらいました。 拿到了演唱會的票。
□	デパート	名百貨公司	デパートで　くつを　かいます。 在百貨公司買鞋子。
□	テレビ	名電視	テレビを　みます。 看電視。
□	ドア	名門	ドアを　あけて　ください。 請打開門。
□	ノート	名筆記本	ノートに　かんじを　かきました。 在筆記本上寫漢字。
□	パーティー	名派對	らいしゅう　パーティーが　あります。 下週有派對。
□	プール★	名游泳池	プールで　およぎました。 在游泳池裡游了泳。
□	ページ	名頁	10ページを　みて　ください。 請看第十頁。
□	ペン	名筆	ペンで　なまえを　かきます。 用筆寫名字。
□	ポケット★	名口袋	おかねを　ポケットに　いれました。 把錢放進了口袋裡。
□	メートル★	名公尺	ここから　がっこうまで　100メートルです。 從這邊到學校是100公尺。

〔常出題的動詞〕

□	あく★	動開	まどが　あいて　います。 窗戶開著。
□	あらう★	動洗	ふくを　あらいます。 洗衣服。
□	おきる★	動起床	まいにち　7じに　おきます。 每天七點起床。
□	おく	動放置	にもつを　つくえに　おきます。 把行李放在書桌上。
□	おす★	動按、推	ボタンを　おします。 按按鈕。
□	おぼえる★	動記得、背誦	かんじを　おぼえます。 背單字。
□	おりる	動下交通工具	バスを　おります。 下公車。
□	かえす	動歸還、返回	ともだちに　ほんを　かえします。 把書還給朋友。
□	かける★	動打電話、戴眼鏡	でんわを　かけます。 打電話。
□	かぶる★	動戴帽子、蒙、承擔	ぼうしを　かぶります。 戴帽子。
□	けす★	動關閉電源、消除	でんきを　けします。 關燈。
□	さく★	動開花	はなが　さきました。 花開了。
□	しまう★	動收拾、完了、結束	てがみを　はこに　しまいました。 把信收進盒子裡。
□	すう	動抽菸、吸	ちちは　たばこを　すいます。 爸爸抽菸。

3日 文字・語彙③

🔊169 必考單字句型記憶小冊_3日.mp3

☑ 把背不起來的單字勾起來，時時複習！

□	つかれる★	動 疲累	たくさん　うんどうして　**つかれました。** 做了許多運動後累了。
□	ならべる★	動 排列	いすを　**ならべて**　ください。 請把椅子排好。
□	のぼる★	動 攀登	かぞくで　やまに　**のぼります。** 全家一起去爬山。
□	はしる★	動 跑	わたしは　まいあさ　２キロ　**はしります。** 我每天早上跑兩公里。
□	はる★	動 貼	えきに　ポスターを　**はります。** 把海報貼在車站。
□	ひく★	動 演奏、拉	しゅみは　ピアノを　**ひく**　ことです。 興趣是彈鋼琴。
□	ふく★	動 吹	かぜが　**ふいて**　います。 有風在吹。
□	みがく★	動 摩擦、刷牙	ねる　まえに　はを　**みがきます。** 睡前刷牙。
□	よぶ★	動 叫、稱呼	たなかさんを　**よびました。** 叫了田中。
□	わすれる★	動 忘記	いもうととの　やくそくを　**わすれて**　いました。 忘了跟妹妹的約定。

〔常出題的形容詞和助詞〕

□	あかるい★	い形 明亮的	**あかるい**　いろが　すきです。 喜歡明亮的顏色。
□	あつい	い形 熱的	この　おちゃは　**あつい**です。 這杯茶很燙。
□	うすい★	い形 薄的、淡的	いろが　**うすい**です。 顏色淡。
□	おもしろい★	い形 有趣的	この　えいがは　**おもしろい**です。 這部電影很有趣。

□	かるい★	い形 輕的	**かるい** かばんが ほしいです。 我想要重量輕的包包。
□	せまい★	い形 狭窄的	わたしの へやは **せまいです。** 我的房間很狹窄。
□	とおい	い形 遠的	かいしゃは いえから **とおいです。** 公司距離我家很遠。
□	わかい★	い形 年輕的	これは そふの **わかい** ときの しゃしんです。 這是我祖父年輕時的照片。
□	きれいだ★	な形 美麗的、乾淨的	この えは **きれいです。** 這幅畫很美。
□	しずかだ	な形 安靜的	きょうしつが **しずかです。** 教室裡很安靜。
□	ゆうめいだ	な形 有名的	この うたは **ゆうめいです。** 這首歌很有名。
□	すこし	副 一點	**すこし** あたまが いたいです。 頭有一點痛。
□	どうも	副 非常、真的	**どうも** ありがとうございます。 非常謝謝你。
□	また	副 再、又	あしたも **また** ともだちに あいます。 明天也要跟朋友見面。
□	ゆっくり	副 慢慢地、悠閒地	**ゆっくり** はなして ください。 請慢慢說。

〔常出題的問候語〕

□	いただきます	我開動了	A「どうぞ」A「請慢用」 B「**いただきます**」B「我要開動了」
□	ごちそうさま	感謝招待	**ごちそうさま**でした。ほんとうに おいしかったです。 謝謝招待。真的非常美味。
□	ただいま	我回來了	A「**ただいま**」A「我回來了」 B「おかえり」B「歡迎回來」
□	どういたしまして	不客氣	A「ありがとうございました」A「謝謝」 B「**どういたしまして**」B「不客氣」

文字・語彙

3日 文字・語彙③

〔 常用計數數字、時間及日期的單位 〕

物品的計數單位

	～こ(個) ～個	～つ ～個	～さつ(冊) ～本	～だい(台) ～台	～はい(杯) ～杯
いち(一) 1	いっこ 一個	ひとつ 一個	いっさつ 一本	いちだい 一台	いっぱい 一杯
に(二) 2	にこ 兩個	ふたつ 兩個	にさつ 兩本	にだい 兩台	にはい 兩杯
さん(三) 3	さんこ 三個	みっつ 三個	さんさつ 三本	さんだい 三台	さんばい 三杯
し・よん(四) 4	よんこ 四個	よっつ 四個	よんさつ 四本	よんだい 四台	よんはい 四杯
ご(五) 5	ごこ 五個	いつつ 五個	ごさつ 五本	ごだい 五台	ごはい 五杯
ろく(六) 6	ろっこ 六個	むっつ 六個	ろくさつ 六本	ろくだい 六台	ろっぱい 六杯
しち・なな(七) 7	ななこ 七個	ななつ 七個	ななさつ 七本	ななだい 七台	ななはい 七杯
はち(八) 8	はっこ 八個	やっつ 八個	はっさつ 八本	はちだい 八台	はっぱい 八杯
きゅう・く(九) 9	きゅうこ 九個	ここのつ 九個	きゅうさつ 九本	きゅうだい 九台	きゅうはい 九杯
じゅう(十) 10	じゅっこ/ じっこ 十個	とお 十個	じゅっさつ/ じっさつ 十本	じゅうだい 十台	じゅっぱい/ じっぱい 十杯
なに・なん(何) 幾、多少	なんこ 幾個	いくつ 幾個	なんさつ 幾本	なんだい 幾台	なんばい 幾杯

物體・人・動物・樓層的計數單位

	～ほん(本) ～支、條、瓶	～まい(枚) ～張	～にん(人) ～人	～ひき(匹) ～隻	～かい(階) 樓
いち(一) 1	いっぽん 一支、一條、一瓶	いちまい 一張	ひとり 一人	いっぴき 一隻	いっかい 一樓
に(二) 2	にほん 兩支、兩條、兩瓶	にまい 兩張	ふたり 兩人	にひき 兩隻	にかい 二樓
さん(三) 3	さんぼん 三支、三條、三瓶	さんまい 三張	さんにん 三人	さんびき 三隻	さんがい 三樓
し・よん(四) 4	よんほん 四支、四條、四瓶	よんまい 四張	よにん 四人	よんひき 四隻	よんかい 四樓
ご(五) 5	ごほん 五支、五條、五瓶	ごまい 五張	ごにん 五人	ごひき 五隻	ごかい 五樓
ろく(六) 6	ろっぽん 六支、六條、六瓶	ろくまい 六張	ろくにん 六人	ろっぴき 六隻	ろっかい 六樓
しち・なな(七) 7	ななほん 七支、七條、七瓶	ななまい 七張	ななにん/ しちにん 七人	ななひき 七隻	ななかい 七樓
はち(八) 8	はっぽん 八支、八條、八瓶	はちまい 八張	はちにん 八人	はっぴき 八隻	はっかい 八樓
きゅう・く(九) 9	きゅうほん 九支、九條、九瓶	きゅうまい 九張	きゅうにん 九人	きゅうひき 九隻	きゅうかい 九樓
じゅう(十) 10	じゅっぽん/ じっぽん 十支、十條、十瓶	じゅうまい 十張	じゅうにん 十人	じゅっぴき/ じっぴき 十隻	じゅっかい/ じっかい 十樓
なに・なん(何) 幾、多少	なんぼん 幾支、幾條、幾瓶	なんまい 幾張	なんにん 幾人	なんびき 幾隻	なんがい 幾樓

3日 文字・語彙③

☑ 把背不起來的單字勾起來，時時複習！

次數・年齢・時間的計數單位

	～かい(回) ～次	～さい(歳) ～歲	～ねん(年) ～年	～じ(時) ～點	～ふん(分) ～分
いち(一) 1	いっかい 一次	いっさい 一歲	いちねん 一年	いちじ 一點	いっぷん 一分
に(二) 2	にかい 兩次	にさい 兩歲	にねん 兩年	にじ 兩點	にふん 兩分
さん(三) 3	さんかい 三次	さんさい 三歲	さんねん 三年	さんじ 三點	さんぷん 三分
し・よん(四) 4	よんかい 四次	よんさい 四歲	よねん 四年	よじ 四點	よんぷん 四分
ご(五) 5	ごかい 五次	ごさい 五歲	ごねん 五年	ごじ 五點	ごふん 五分
ろく(六) 6	ろっかい 六次	ろくさい 六歲	ろくねん 六年	ろくじ 六點	ろっぷん 六分
しち・なな(七) 7	ななかい 七次	ななさい 七歲	ななねん/ しちねん 七年	しちじ 七點	ななふん 七分
はち(八) 8	はっかい 八次	はっさい 八歲	はちねん 八年	はちじ 八點	はっぷん 八分
きゅう・く(九) 9	きゅうかい 九次	きゅうさい 九歲	きゅうねん 九年	くじ 九點	きゅうふん 九分
じゅう(十) 10	じゅっかい/ じっかい 十次	じゅっさい/ じっさい 十歲	じゅうねん 十年	じゅうじ 十點	じゅっぷん/ じっぷん 十分
なに・なん(何) 幾、多少	なんかい 幾次	なんさい 幾歲	なんねん 幾年	なんじ 幾點	なんぷん 幾分

* 二十歲(20歲)是個例外，讀的是はたち，而不是にじゅうさい。

月份

いちがつ 一月	にがつ 二月	さんがつ 三月	しがつ 四月	ごがつ 五月	ろくがつ 六月
しちがつ 七月	はちがつ 八月	くがつ 九月	じゅうがつ 十月	じゅういちがつ 十一月	じゅうにがつ 十二月

星期及日期

にちようび 星期日	げつようび 星期一	かようび 星期二	すいようび 星期三	もくようび 星期四	きんようび 星期五	どようび 星期六
	ついたち 1日	ふつか 2日	みっか 3日	よっか 4日	いつか 5日	むいか 6日
なのか 7日	ようか 8日	ここのか 9日	とおか 10日	じゅういち にち 11日	じゅうに にち 12日	じゅうさん にち 13日
じゅう よっか 14日	じゅうご にち 15日	じゅうろく にち 16日	じゅうしち にち 17日	じゅうはち にち 18日	じゅうくにち 19日	はつか 20日
にじゅう いちにち 21日	にじゅうに にち 22日	にじゅう さんにち 23日	にじゅう よっか 24日	にじゅうご にち 25日	にじゅうろく にち 26日	にじゅうし ちにち 27日
にじゅう はちにち 28日	にじゅうく にち 29日	さんじゅう にち 30日	さんじゅう いちにち 31日			

4日 文字・語彙④

🔊170 必考單字句型記憶小冊_4日.mp3

☑ 把背不起來的單字勾起來，時時複習！

近義替換

〔常出題的名詞及近義表現〕

□	おおぜい	名）許多人
	たくさんの　ひと	很多人
□	おととい★	名 前天
	ふつかまえ★	兩天前
□	おととし★	名 前年
	にねんまえ★	兩年前
□	おば	名 阿姨
	おかあさんの いもうと	媽媽的妹妹
□	きっさてん	名 茶館、咖啡廳
	コーヒーや　おちゃを　のむ ところ	名 喝咖啡或喝茶之處
□	きょうだい	名 兄弟姊妹
	あにと　おとうと	哥哥和弟弟
□	くだもの★	名 水果
	りんごや　バナナ★	蘋果和香蕉
□	けさ	名 今天早上
	きょうの　あさ	今天早上
□	げんかん	名 玄關
	いえの　いりぐち	家中入口處
□	ごぜんちゅう	名 上午
	あさから　ひるまで	早上到中午
□	しょくどう	名 餐館
	レストラン★	名 餐廳
□	だいどころ★	名 廚房
	りょうりを　する ところ	做料理的地方
□	たてもの★	名 建築物
	ビル★	名 大樓
□	たんじょうび★	名 生日
	うまれた　ひ★	出生的日子
□	としょかん★	名 圖書館
	ほんを　かりる ところ★	借書的地方

□	となり★	名旁邊	□	おく	動放置
	ちかく	名附近		ならべる★	動排列
□	まいばん★	名每天晚上	□	でかける	動外出
	よるは　いつも★	晚上總是…		いえに　いない	不在家
□	やおや	名蔬果店	□	ならう★	動學
	やさいを　うって いる　ところ	賣蔬菜的地方		べんきょうする★	動唸書、學習
□	ゆうびんきょく★	名郵局	□	はたらく★	動工作
	てがみを　おくる ところ	寄信的地方		しごとを　する★	工作
□	りょうしん★	名雙親	□	はれる	動晴朗
	ちちと　はは★	爸爸和媽媽		いい　てんきだ	好天氣

〔常出題的動詞及近義表現〕

□	あらう★	動洗
	せんたくする★	動洗衣服
□	あるく★	動走
	さんぽする★	動散步

〔常出題的形容詞、副詞及近義表現〕

□	あまい★	い形甜的
	さとうが　はいって いる	有加糖
□	うるさい	い形吵鬧的
	しずかじゃ　ない★	不安靜

文字・語彙

4日 文字・語彙④

☑ 把背不起來的單字勾起來，時時複習！

□	おおい★	い形 多的
	たくさん　ある	有很多
□	くらい★	い形 暗的
	あかるく　ない★	不明亮
□	まずい	い形 難吃的
	おいしく　ない	不好吃
□	やさしい★	い形 容易的
	かんたんだ★	な形 簡單的
□	ひまだ★	な形 空閒的
	いそがしく　ない★	不忙
□	へただ★	な形 不擅長的
	じょうずじゃ　ない	不擅長
□	ゆうめいだ	な形 有名的
	みんな　しって　いる	大家都知道
□	どうして	副 為什麼
	なぜ	副 為何

〔常出題的短句及近義表現〕

□	あかるく　する	使變亮
	でんきを　つける	開燈
□	あしたから　がっこうに　いく	明天開始去上學
	なつやすみは　きょうまでだ	暑假到今天為止
□	あそこは　スーパーだ	那邊是超市
	この　たまごは　あそこで　かった	這個雞蛋是在那邊買的
□	あねは　もりさんの　おくさんだ	姐姐是森先生的太太
	もりさんは　わたしの　あねと　けっこんした	森先生和我姐姐結婚
□	あまり　さむく　ない	不太冷
	すこし　さむい	有一點冷
□	いつも　めがねを　かけて　いる	總是戴著眼鏡
	めが　わるい	視力不好
□	おもしろく　ない★	不有趣
	つまらない★	無聊

□	かのじょは　わたしの　いもうとだ	她是我妹妹
	わたしは　かのじょの　あねだ	我是她的姐姐
□	かばんに　ノートを　いれた	把筆記本放進了包包裡
	ノートは　かばんの　なかに　ある	筆記本在包包裡面
□	きょうは　いつかだ。あさってから やすみだ★	今天是5號。後天開始放假
	やすみは なのかからだ★	假期從7號開始。
□	コピーを　たのむ	麻煩你影印
	コピーして ください	請影印
□	せんせいだ	是老師
	がっこうで　じゅぎょうを　する	在學校教書
□	だれとも　いっしょに　すんで　いない	沒有跟任何人一起住
	ひとりで　すんで　いる	一個人住
□	ちちが　あにに じてんしゃを　あげる	爸爸給哥哥腳踏車
	あにが　ちちに じてんしゃを もらう	哥哥收到爸爸給的腳踏車
□	デパートに いって　くる	去一趟百貨公司
	かいものを　する	購物
□	ドアは　あいて いる	門開著
	ドアは　しまって いない	門沒有關
□	へやが　きれいに なる	房間變乾淨
	そうじを　する	打掃
□	もりさんは　リーさんに　ペンを かりる★	森先生向李小姐借筆
	リーさんは　もりさんに　ペンを かす★	李小姐借筆給森先生
□	６がつ15にちに うまれた★	6月15日出生
	たんじょうびは ６がつ15にちだ★	生日是6月15日

文字・語彙

5日 | 文法

🔊 171 必考單字句型記憶小冊_5日.mp3

☑ 把背不起來的單字勾起來，時時複習！

語法形式的判斷

〔常出題的名詞〕

	單字	意思
□	朝（あさ）	名 早上
□	明日（あした）	名 明天
□	後（あと）	名 之後、後面
□	家（いえ）	名 家
□	今（いま）	名 現在
□	おととい	名 前天
□	彼女（かのじょ）	名 她、女朋友
□	昨日（きのう）	名 昨天
□	今日（きょう）	名 今天
□	今度（こんど）	名 下次、這次
□	自分（じぶん）	名 自己
□	写真（しゃしん）	名 照片
□	週末（しゅうまつ）	名 週末
□	先週（せんしゅう）	名 上週
□	図書館（としょかん）	名 圖書館
□	友だち（とも）	名 朋友
□	勉強（べんきょう）	名 唸書、學習
□	前（まえ）	名 前面、之前
□	店（みせ）	名 店
□	来週（らいしゅう）	名 下週

〔常出題的動詞〕

	單字	意思
□	会う（あ）	動 見面
□	あげる	動 給
□	行く（い）	動 去
□	売る（う）	動 賣
□	起きる（お）	動 起床
□	買う（か）	動 買
□	帰る（かえ）	動 回去、回來

□	聞（き）く	動 聽、問
□	来（く）る	動 來
□	食（た）べる	動 吃
□	とる	動 拍照、拿取
□	登（のぼ）る	動 攀登
□	飲（の）む	動 喝
□	話（はな）す	動 說話
□	ひく	動 拉、演奏
□	見（み）る	動 看
□	持（も）つ	動 拿、持有
□	もらう	動 收到、受到他人的恩惠
□	やる	動 做、給予下位者恩惠
□	わかる	動 知道、明白

〔常出題的い・な形容詞〕

□	青（あお）い	い形 藍色的、青色的
□	赤（あか）い	い形 紅色的
□	明（あか）るい	い形 明亮的
□	暑（あつ）い	い形 炎熱的
□	いい	い形 好的
□	忙（いそが）しい	い形 忙碌的
□	遅（おそ）い	い形 晚的、慢的
□	面白（おもしろ）い	い形 有趣的
□	かわいい	い形 可愛的
□	暗（くら）い	い形 暗的
□	少（すく）ない	い形 少的
□	冷（つめ）たい	い形 冰涼的
□	ほしい	い形 想要的
□	同（おな）じだ	な形 相同的
□	きれいだ	な形 美麗的、乾淨的
□	元気（げんき）だ	な形 有精神的

5日 文法

☑ 把背不起來的單字勾起來，時時複習！

- □ 好(す)きだ　な形 喜歡的
- □ 大丈夫(だいじょうぶ)だ　な形 不要緊的
- □ ひまだ　な形 空閒的
- □ まじめだ　な形 認真的

〔常出題的副詞〕

- □ ずっと　副 一直
- □ ぜんぜん　副 完全（不）
- □ そろそろ　副 緩慢地、快要
- □ だいたい　副 大概、幾乎
- □ たいへん　副 非常、相當
- □ たぶん　副 大概
- □ だんだん　副 漸漸
- □ ちょうど　副 剛好
- □ ときどき　副 偶爾、有時
- □ とても　副 非常
- □ なかなか　副 不太
- □ はじめて　副 初次
- □ また　副 又、再
- □ まだ　副 還、仍
- □ もう　副 已經
- □ ゆっくり　副 悠閒地、慢慢地

句子的組織

〔常見的名詞〕

- □ 雨(あめ)　名 雨
- □ おべんとう　名 便當
- □ 学校(がっこう)　名 學校
- □ サッカー　名 足球
- □ 時間(じかん)　名 時間
- □ 宿題(しゅくだい)　名 作業
- □ 背(せ)　名 身高

	單字	意思
□	先生（せんせい）	名 對老師等職業從事者之尊稱
□	食べ物（たべもの）	名 食物
□	時（とき）	名 時間、時候
□	ところ	名 地方
□	中（なか）	名 內部
□	パーティー	名 派對
□	母（はは）	名 母親
□	病院（びょういん）	名 醫院
□	昼（ひる）	名 中午
□	部屋（へや）	名 房間
□	本（ほん）	名 書
□	昔（むかし）	名 從前、古早
□	もの	名 物品

〔常見的動詞〕

	單字	意思
□	歩く（あるく）	動 走
□	生まれる（うまれる）	動 出生
□	置く（おく）	動 放置
□	終わる（おわる）	動 結束
□	借りる（かりる）	動 借
□	着る（きる）	動 穿
□	くれる	動 給予（己方）
□	消す（けす）	動 關閉電源、消除
□	こわれる	動 壞掉
□	住む（すむ）	動 住
□	使う（つかう）	動 使用
□	作る（つくる）	動 製作
□	つける	動 附加、開啟電源
□	習う（ならう）	動 學
□	寝る（ねる）	動 睡
□	乗る（のる）	動 搭乘（交通工具）

5日｜文法

☑ 把背不起來的單字勾起來，時時複習！

- □ 入る（はい）　動 進入
- □ 始める（はじ）　動 開始
- □ 降る（ふ）　動 下雨、下雪
- □ 読む（よ）　動 讀

〔常見的い・な形容詞〕

- □ 明るい（あか）　い形 明亮的
- □ いたい　い形 痛的
- □ おいしい　い形 美味的
- □ 大きい（おお）　い形 大的
- □ かるい　い形 輕的
- □ 寒い（さむ）　い形 寒冷的
- □ 高い（たか）　い形 高的、貴的
- □ 楽しい（たの）　い形 開心的
- □ 小さい（ちい）　い形 小的
- □ 近い（ちか）　い形 近的
- □ ほそい　い形 瘦的、細的
- □ まるい　い形 圓的
- □ 難しい（むずか）　い形 難的
- □ 安い（やす）　い形 便宜的
- □ 簡単だ（かんたん）　な形 簡單的
- □ きれいだ　な形 美麗的、乾淨的
- □ 静かだ（しず）　な形 安靜的
- □ 好きだ（す）　な形 喜歡的
- □ 大丈夫だ（だいじょうぶ）　な形 不要緊的
- □ 大切だ（たいせつ）　な形 重要的

〔常見的副詞〕

- □ あまり　副 不太
- □ 一番（いちばん）　副 最
- □ いっしょに　副 一起
- □ いつも　副 總是

- □ 少し（すこ） 副 稍微
- □ たくさん 副 許多
- □ ちょっと 副 一點
- □ とても 副 非常
- □ まず 副 首先
- □ また 副 又、再
- □ まだ 副 還、仍
- □ もう 副 已經

文章語法

〔常用的名詞〕

- □ 弟（おとうと） 名 弟弟
- □ 学生（がくせい） 名 學生
- □ 家族（かぞく） 名 家人
- □ 国（くに） 名 國家、故鄉
- □ クラス 名 班級
- □ 公園（こうえん） 名 公園
- □ ご飯（はん） 名 飯、餐
- □ コンサート 名 演唱會
- □ 今週（こんしゅう） 名 這週
- □ 作文（さくぶん） 名 作文
- □ 試合（しあい） 名 比賽
- □ 日本（にほん） 名 日本
- □ 場所（ばしょ） 名 地點
- □ 日（ひ） 名 日子
- □ 人（ひと） 名 人
- □ ぶんしょう 名 文章
- □ 毎日（まいにち） 名 每天
- □ みんな 名 大家
- □ 予定（よてい） 名 預定
- □ 旅行（りょこう） 名 旅行

5日 | 文法

☑ 把背不起來的單字勾起來，時時複習！

〔常用的動詞〕

□	遊(あそ)ぶ	動 玩
□	言(い)う	動 說
□	入(い)れる	動 放入
□	遅(おく)れる	動 晚
□	教(おし)える	動 教
□	思(おも)う	動 想
□	書(か)く	動 寫
□	かよう	動 來往、通行
□	決(き)まる	動 決定
□	答(こた)える	動 回答
□	咲(さ)く	動 開花
□	違(ちが)う	動 不同
□	出(で)る	動 出來
□	なおす	動 修復、治療
□	なる	動 變成
□	働(はたら)く	動 工作
□	ひっこす	動 搬家
□	開(ひら)く	動 開
□	まちがえる	動 弄錯、出錯
□	よろこぶ	動 開心

〔常用的い・な形容詞〕

□	明(あか)るい	い形 明亮的
□	新(あたら)しい	い形 新的
□	嬉(うれ)しい	い形 開心的
□	おいしい	い形 美味的
□	多(おお)い	い形 多的
□	悲(かな)しい	い形 悲傷的
□	さびしい	い形 寂寞的
□	少(すく)ない	い形 少的、稀有的

□	小（ちい）さい	い形 小的、年少的
□	遠（とお）い	い形 遠的
□	いやだ	な形 討厭的
□	いろいろだ	な形 各式各樣的
□	簡単（かんたん）だ	な形 簡單的
□	静（しず）かだ	な形 安靜的
□	大変（たいへん）だ	な形 困難的
□	にぎやかだ	な形 熱鬧的、繁華的
□	人気（にんき）だ	な形 受歡迎的
□	ふくざつだ	な形 複雜的
□	便利（べんり）だ	な形 方便的
□	有名（ゆうめい）だ	な形 有名的

〔常用的副詞〕

□	一番（いちばん）	副 最
□	いつか	副 有朝一日
□	いっしょに	副 一起
□	少（すこ）し	副 稍微
□	ぜひ	副 務必
□	たくさん	副 許多
□	たとえば	副 例如
□	ときどき	副 偶爾、有時
□	とくに	副 特別是
□	とても	副 非常
□	はじめて	副 初次
□	はやく	副 匆忙地、早早地
□	また	副 又、再
□	まだ	副 還、仍
□	もっと	副 更
□	ゆっくり	副 緩慢地、悠閒的
□	よく	副 經常、出色地

🔊 172 必考單字句型記憶小冊_6日.mp3

☑ 把背不起來的單字勾起來，時時複習！

內容理解（短篇）

〔居家・休閒〕

	單字	意思
□	朝ご飯（あさ　はん）	名 早餐
□	頭（あたま）	名 頭
□	浴びる（あ）	動 淋浴、蒙受
□	医者（いしゃ）	名 醫師
□	一緒に（いっしょ）	副 一起
□	映画館（えいがかん）	名 電影院
□	お金（かね）	名 金錢
□	お手洗い（て あら）	名 洗手間
□	おもちゃ	名 玩具
□	重い（おも）	い形 重的
□	買う（か）	動 買
□	かばん	名 包包
□	かびん	名 花瓶
□	かわいい	い形 可愛的
□	牛肉（ぎゅうにく）	名 牛肉
□	着る（き）	動 穿
□	曇る（くも）	動 多雲霧
□	今年（ことし）	名 今年
□	さす	動 指示、撐（傘）
□	しお	名 鹽
□	自転車（じてんしゃ）	名 腳踏車
□	上手だ（じょうず）	な形 擅長的、拿手的
□	好きだ（す）	な形 喜歡的
□	涼しい（すず）	い形 涼爽的
□	ズボン	名 長褲
□	住む（す）	動 住
□	背（せ）	名 身高
□	せっけん	名 肥皂

- □ 知る（し） 動 知道
- □ 座る（すわ） 動 坐
- □ 生徒（せいと） 名 學生
- □ 席（せき） 名 座位
- □ 先生（せんせい） 名 對老師等職業從事者之尊稱
- □ 卒業（そつぎょう） 名 畢業
- □ 大学（だいがく） 名 大學
- □ 正しい（ただ） い形 正確的
- □ たて 名 縱、豎
- □ 机（つくえ） 名 書桌
- □ 伝える（つた） 動 傳達
- □ 勤める（つと） 動 工作
- □ 電話（でんわ） 名 電話
- □ 所（ところ） 名 地點
- □ 年（とし） 名 年、年紀

- □ 願う（ねが） 動 希望、期望
- □ ノート 名 筆記本
- □ パソコン 名 個人電腦
- □ 美術館（びじゅつかん） 名 美術館
- □ 封筒（ふうとう） 名 信封
- □ ペン 名 筆
- □ 本棚（ほんだな） 名 書架
- □ メール 名 電子郵件
- □ メモ 名 筆記
- □ 休み（やす） 名 休息、假期
- □ やる 動 做
- □ よこ 名 橫
- □ 予定（よてい） 名 預訂事項
- □ 読む（よ） 動 讀
- □ 予約（よやく） 名 預約

6日 讀解①

☑ 把背不起來的單字勾起來，時時複習！

- □ 留学生（りゅうがくせい） 名 留學生
- □ 連絡（れんらく） 名 聯絡
- □ 廊下（ろうか） 名 走廊

內容理解（中篇）

〔文化〕

- □ 家（いえ） 名 家
- □ 一番（いちばん） 副 最
- □ 今（いま） 名 現在
- □ 意味（いみ） 名 意思
- □ 歌う（うたう） 動 唱歌
- □ 英語（えいご） 名 英語
- □ 多い（おおい） い形 多的
- □ お茶（おちゃ） 名 茶
- □ 同じだ（おなじだ） な形 相同的
- □ 音楽（おんがく） 名 音樂
- □ 外国人（がいこくじん） 名 外國人
- □ 書く（かく） 動 寫
- □ かたち 名 形狀
- □ 漢字（かんじ） 名 漢字
- □ 感謝（かんしゃ） 名 感謝
- □ 消える（きえる） 動 熄滅、消失
- □ 着物（きもの） 名 和服
- □ ことば 名 話語、語言
- □ ご飯（ごはん） 名 飯
- □ 困る（こまる） 動 困擾
- □ 作文（さくぶん） 名 作文
- □ さくら 名 櫻花
- □ 少ない（すくない） い形 少的
- □ ずっと 副 一直
- □ 大使館（たいしかん） 名 大使館

□	大切だ（たいせつだ）	な形 重要的、珍貴的
□	たくさん	副 許多
□	たとえば	副 舉例來說
□	楽しい（たのしい）	い形 開心的
□	楽しむ（たのしむ）	動 快樂、享受
□	食べ物（たべもの）	名 食物
□	食べる（たべる）	動 吃
□	違う（ちがう）	動 不同
□	使う（つかう）	動 使用
□	無くす（なくす）	動 丟失、消除
□	習う（ならう）	動 學習
□	なる	動 變成
□	にている	相像、類似
□	日本語（にほんご）	名 日語
□	日本人（にほんじん）	名 日本人

□	葉書（はがき）	名 明信片
□	初めて（はじめて）	副 第一次
□	はじめる	動 開始
□	場所（ばしょ）	名 地點
□	話（はなし）	名 故事
□	話す（はなす）	動 說
□	花火（はなび）	名 煙火
□	花見（はなみ）	名 賞花
□	人（ひと）	名 人
□	文（ぶん）	名 文章、句子
□	文化（ぶんか）	名 文化
□	文章（ぶんしょう）	名 文章
□	まつり	名 祭典
□	まるい	い形 圓的
□	昔（むかし）	名 從前、古早

讀解

☑ 把背不起來的單字勾起來，時時複習！

- □ 村（むら）　名 村子
- □ めずらしい　い形 少見的、稀有的
- □ 別れる（わかれる）　動 離別、分手

〔休閒・生活〕

- □ 会う（あう）　動 見面
- □ 秋（あき）　名 秋
- □ 遊ぶ（あそぶ）　動 玩
- □ 温かい（あたたかい）　い形 溫暖的
- □ 雨（あめ）　名 雨
- □ 洗う（あらう）　動 洗
- □ アルバイト　名 打工、兼職
- □ 忙しい（いそがしい）　い形 忙碌的
- □ いつも　副 總是、平常
- □ 犬（いぬ）　名 狗
- □ 嫌だ（いやだ）　な形 討厭的
- □ うれしい　い形 高興的
- □ 上着（うわぎ）　名 上衣
- □ 駅（えき）　名 車站
- □ 教える（おしえる）　動 教導、告訴
- □ 遅い（おそい）　い形 晚的、遲的
- □ お腹（なか）が　空（す）く　肚子餓
- □ おばあさん　名 奶奶
- □ 泳ぐ（およぐ）　動 游泳
- □ 会社（かいしゃ）　名 公司
- □ 階段（かいだん）　名 樓梯
- □ 買い物（かいもの）　名 購物
- □ かう　動 飼養
- □ 帰る（かえる）　動 回來、返回
- □ 傘（かさ）　名 傘
- □ 辛い（からい）　い形 辛辣的

- □ がんばる　動 努力
- □ 汚い（きたな）　い形 髒的
- □ 嫌いだ（きら）　な形 討厭的
- □ くつ　名 鞋子
- □ 公園（こうえん）　名 公園
- □ 声を　かける（こえ）　搭話、攀談
- □ コップ　名 杯子
- □ 散歩（さんぽ）　名 散步
- □ 自動車（じどうしゃ）　名 汽車
- □ 死ぬ（し）　動 死亡
- □ 週末（しゅうまつ）　名 週末
- □ しょうゆ　名 醬油
- □ 水泳（すいえい）　名 游泳
- □ 背広（せびろ）　名 西裝
- □ 大変だ（たいへん）　な形 困難的
- □ たばこ　名 菸
- □ つける　動 附加、開啟電源
- □ 冷たい（つめ）　い形 冷的
- □ ティッシュペーパー　名 面紙
- □ 手伝う（てつだ）　動 協助
- □ デパート　名 百貨公司
- □ 店長（てんちょう）　名 店長
- □ トイレ　名 廁所
- □ 鳥（とり）　名 鳥
- □ 鳴く（な）　動 鳴叫
- □ 夏（なつ）　名 夏
- □ 夏休み（なつやす）　名 暑假
- □ 箱（はこ）　名 箱子
- □ 走る（はし）　動 跑
- □ 病気（びょうき）　名 病

7日 讀解②

☑ 把背不起來的單字勾起來，時時複習！

	單字	詞性	意思
□	不便だ（ふべん）	な形	不方便的
□	冬（ふゆ）	名	冬
□	勉強（べんきょう）	名	唸書、學習
□	ぼうし	名	帽子
□	欲しい（ほ）	い形	想要的
□	ほそい	い形	瘦的
□	夕べ（ゆう）	名	傍晚
□	洋服（ようふく）	名	西式衣服
□	汚れる（よご）	動	弄髒
□	渡る（わた）	動	渡過、橫越

信息検索

〔信息・時段〕

	單字	詞性	意思
□	朝（あさ）	名	早上
□	案内（あんない）	名	引導、說明
□	以下（いか）	名	以下
□	行く（い）	動	去
□	かかる	動	懸掛、勾掛住
□	火曜日（かようび）	名	星期二
□	カレンダー	名	月曆
□	期間（きかん）	名	期間
□	金曜日（きんようび）	名	星期五
□	クラス	名	班級
□	来る（く）	動	來
□	月曜日（げつようび）	名	星期一
□	午後（ごご）	名	下午
□	午前（ごぜん）	名	上午
□	今回（こんかい）	名	這次
□	今度（こんど）	名	這次、下一次
□	さらいねん	名	後年
□	時間（じかん）	名	時間

- □ 食堂（しょくどう） 名 餐廳
- □ 水曜日（すいようび） 名 星期三
- □ スポーツ 名 運動
- □ それから 接 接著、然後
- □ 大丈夫だ（だいじょうぶ） な形 不要緊的
- □ 頼む（たの） 動 請託、點餐
- □ 近い（ちか） い形 近的
- □ できる 動 能夠、發生
- □ 泊まる（と） 動 住宿
- □ 土曜日（どようび） 名 星期六
- □ にぎやかだ な形 熱鬧的
- □ 日曜日（にちようび） 名 星期日
- □ ニュース 名 新聞
- □ 年末（ねんまつ） 名 年末
- □ 始まる（はじ） 動 開始
- □ 半（はん） 名 半
- □ 降る（ふ） 動 下雨、下雪
- □ ホテル 名 飯店
- □ 毎週（まいしゅう） 名 每週
- □ 毎月（まいつき） 名 每月
- □ 毎年（まいとし） 名 每年
- □ 毎日（まいにち） 名 每天
- □ 毎晩（まいばん） 名 每個晚上
- □ また 副 又、再
- □ または 接 或者
- □ 短い（みじか） い形 短的
- □ 木曜日（もくようび） 名 星期四
- □ 休む（やす） 動 休息
- □ 夕方（ゆうがた） 名 傍晚
- □ 曜日（ようび） 名 星期

7日 ｜ 讀解②

☑ 把背不起來的單字勾起來，時時複習！

	單字	意思
□	夜（よる）	名 晚上
□	ラジオ	名 廣播、收音機
□	～月（がつ）	～月
□	～時（じ）	～點
□	～日（にち）	～日
□	～分（ふん）	～分

〔活動・推廣〕

	單字	意思
□	赤い（あか）	い形 紅的
□	アニメ	名 動畫
□	池（いけ）	名 池塘
□	入口（いりぐち）	名 入口
□	歌（うた）	名 歌
□	美しい（うつく）	い形 美麗的
□	海（うみ）	名 海
□	売る（う）	動 賣
□	英会話（えいかいわ）	名 英語會話
□	円（えん）	名 日圓（貨幣單位）
□	おいしい	い形 美味的
□	大人（おとな）	名 成人
□	海外（かいがい）	名 海外
□	外国語（がいこくご）	名 外語
□	会場（かいじょう）	名 會場
□	歌手（かしゅ）	名 歌手
□	韓国（かんこく）	名 韓國
□	黄色い（きいろ）	い形 黃色的
□	ギター	名 吉他
□	教育（きょういく）	名 教育
□	きれいだ	な形 美麗的、乾淨的
□	元気だ（げんき）	な形 有精神的
□	子ども（こ）	名 兒童

- □ ゴルフ　名 高爾夫
- □ サークル　名 社團、同好會
- □ しゅみ　名 興趣
- □ 小学校（しょうがっこう）　名 小學
- □ ショッピング　名 購物
- □ スペイン　名 西班牙
- □ セット　名 套組
- □ 先月（せんげつ）　名 上個月
- □ 選手（せんしゅ）　名 選手
- □ そば　名 隔壁、旁邊
- □ タイ　名 泰國
- □ 地下鉄（ちかてつ）　名 地下鐵
- □ 中国（ちゅうごく）　名 中國
- □ テニス　名 網球
- □ ドイツ　名 德國
- □ ドラマ　名 電視劇
- □ 内容（ないよう）　名 內容
- □ 名前（なまえ）　名 名字
- □ バイオリン　名 小提琴
- □ バドミントン　名 羽毛球
- □ ベトナム　名 越南
- □ 緑（みどり）　名 綠色
- □ 見る（みる）　動 看
- □ 安い（やすい）　い形 便宜的
- □ ゆっくり　副 慢慢地
- □ ヨーロッパ　名 歐洲
- □ 来年（らいねん）　名 明年
- □ ランチ　名 午餐
- □ 利用（りよう）　名 利用、使用
- □ 料理（りょうり）　名 料理、餐點

讀解

8日 聽解①

🔊 174 必考單字句型記憶小冊_8日.mp3

☑ 把背不起來的單字勾起來，時時複習！

問題理解

〔購物〕

	單字	意思
□	色（いろ）	名 顏色
□	絵（え）	名 畫
□	選ぶ（えらぶ）	動 選擇
□	買い物（かいもの）	名 購物
□	着る（きる）	動 穿
□	靴下（くつした）	名 襪子
□	黒い（くろい）	い形 黑的
□	財布（さいふ）	名 錢包
□	雑誌（ざっし）	名 雜誌
□	白い（しろい）	い形 白的
□	高い（たかい）	い形 高的、貴的
□	時計（とけい）	名 鐘錶
□	ネクタイ	名 領帶
□	はく	動 穿（鞋、襪等）
□	払う（はらう）	動 支付
□	ハンカチ	名 手帕
□	欲しい（ほしい）	い形 想要的
□	安い（やすい）	い形 便宜的
□	リボン	名 緞帶
□	渡す（わたす）	動 交付
□	ワンピース	名 連身洋裝

〔旅行・地點〕

	單字	意思
□	アメリカ	名 美國
□	後ろ（うしろ）	名 後面
□	駅（えき）	名 車站
□	北（きた）	名 北
□	銀行（ぎんこう）	名 銀行
□	公園（こうえん）	名 公園

- □ 交差点（こうさてん） 名十字路口
- □ 着く（つく） 動抵達
- □ 博物館（はくぶつかん） 名博物館
- □ ピクニック 名野餐
- □ 左側（ひだりがわ） 名左側
- □ 病院（びょういん） 名醫院
- □ ビル 名大樓
- □ 広い（ひろい） い形寬廣的
- □ ホテル 名飯店
- □ 前（まえ） 名前面、之前
- □ 曲がる（まがる） 動轉彎、轉向
- □ まっすぐ 副筆直地
- □ 右側（みぎがわ） 名右側
- □ 道（みち） 名道路
- □ 旅行（りょこう） 名旅行
- □ 旅行会社（りょこうがいしゃ） 名旅行社

〔烹飪・用餐〕

- □ 洗う（あらう） 動洗
- □ いちご 名草莓
- □ おにぎり 名飯糰
- □ カップ 名杯子
- □ 牛乳（ぎゅうにゅう） 名牛奶
- □ 薬（くすり）を　飲む（のむ） 吃藥
- □ 口（くち） 名口
- □ 魚（さかな） 名魚
- □ 食事（しょくじ） 名餐、用餐
- □ スーパー 名超市
- □ すし 名壽司
- □ スパゲッティ 名義大利麵
- □ 食べ物（たべもの） 名食物

聽解

8日 聽解①

☑ 把背不起來的單字勾起來，時時複習！

- □ 卵（たまご）　名 蛋
- □ チーズ　名 乳酪
- □ とんかつ　名 炸豬排
- □ 肉（にく）　名 肉
- □ 飲（の）み物（もの）　名 飲料
- □ メニュー　名 菜單
- □ もも　名 桃子
- □ 野菜（やさい）　名 蔬菜
- □ 冷蔵庫（れいぞうこ）　名 冰箱

〔學習〕

- □ 鉛筆（えんぴつ）　名 鉛筆
- □ 覚（おぼ）える　動 記得、背
- □ 返（かえ）す　動 歸還、返回
- □ 漢字（かんじ）　名 漢字
- □ 簡単（かんたん）だ　な形 簡單的
- □ がんばる　動 努力
- □ 消（け）しゴム　名 橡皮擦
- □ 辞書（じしょ）　名 字典
- □ 質問（しつもん）　名 提問
- □ 小学生（しょうがくせい）　名 小學生
- □ 新聞（しんぶん）　名 報紙
- □ 説明（せつめい）　名 說明
- □ 全部（ぜんぶ）　名 全部
- □ 机（つくえ）　名 書桌
- □ テキスト　名 課本
- □ テストを受（う）ける　参加考試
- □ 習（なら）う　動 學
- □ ノート　名 筆記本
- □ ボールペン　名 原子筆
- □ 問題（もんだい）　名 問題、題目

重點理解

〔家庭〕

□	兄（あに）	名 哥哥
□	姉（あね）	名 姐姐
□	家（いえ）	名 家
□	妹（いもうと）	名 妹妹
□	妹（いもうと）さん	名（別人的）妹妹
□	お母（かあ）さん	名 媽媽
□	奥（おく）さん	名 夫人
□	おじいさん	名 爺爺
□	お父（とう）さん	名 爸爸
□	弟（おとうと）	名 弟弟
□	弟（おとうと）さん	名（別人的）弟弟
□	お兄（にい）さん	名 哥哥
□	お姉（ねえ）さん	名 姐姐
□	おばあさん	名 奶奶
□	家族（かぞく）	名 家人
□	兄弟（きょうだい）	名 兄弟姊妹
□	結婚（けっこん）	名 結婚
□	祖父（そふ）	名 爺爺
□	祖母（そぼ）	名 奶奶
□	父（ちち）	名 爸爸
□	母（はは）	名 媽媽
□	両親（りょうしん）	名 雙親

〔班級・工作〕

□	アルバイト	名 打工
□	椅子（いす）	名 椅子
□	教（おし）える	動 教、告訴
□	遅（おそ）い	い形 遲的、晚的
□	会社（かいしゃ）	名 公司

8日 聽解①

☑ 把背不起來的單字勾起來，時時複習！

□	書く（か）	動 寫
□	学生（がくせい）	名 學生
□	聞く（き）	動 聽、問
□	教室（きょうしつ）	名 教室
□	クラス	名 班、班級
□	仕事（しごと）	名 工作
□	電話番号（でんわばんごう）	名 電話號碼
□	日本語（にほんご）	名 日語
□	場所（ばしょ）	名 地點
□	働く（はたら）	動 工作
□	勉強（べんきょう）	名 念書
□	毎朝（まいあさ）	名 每天早上
□	休み（やす）の 日（ひ）	名 休假日
□	予定（よてい）	名 預定行程
□	読む（よ）	動 讀
□	りっぱだ	な形 出色的

〔食品・餐廳〕

□	お菓子（かし）	名 點心
□	お腹（なか）が 空く（す）	肚子餓
□	お昼（ひる）	名 中午、午餐
□	お弁当（べんとう）	名 便當
□	喫茶店（きっさてん）	名 咖啡廳、茶館
□	果物（くだもの）	名 水果
□	クッキー	名 餅乾
□	さとう	名 砂糖
□	皿（さら）	名 盤子
□	サンドイッチ	名 三明治
□	ジュース	名 果汁
□	食堂（しょくどう）	名 餐廳
□	ステーキ	名 牛排

- □ そば 名 蕎麥麵
- □ ちゃわん 名 茶碗、飯碗
- □ とり肉（にく） 名 雞肉
- □ パン 名 麵包
- □ 晩ご飯（ばんごはん） 名 晚餐
- □ みかん 名 橘子
- □ ランチ 名 午餐
- □ 料理（りょうり） 名 料理
- □ りんご 名 蘋果

〔興趣・愛好〕

- □ 新しい（あたらしい） い形 新的
- □ 運動場（うんどうじょう） 名 運動場
- □ 映画館（えいがかん） 名 電影院
- □ 面白い（おもしろい） い形 有趣的
- □ コンサート 名 演唱會
- □ サッカー 名 足球
- □ 自転車（じてんしゃ） 名 腳踏車
- □ 小説（しょうせつ） 名 小說
- □ スキー 名 滑雪
- □ すごい い形 厲害的
- □ 大変だ（たいへんだ） な形 辛苦的
- □ 楽しい（たのしい） い形 開心的
- □ ダンス 名 跳舞
- □ 動物園（どうぶつえん） 名 動物園
- □ 走る（はしる） 動 跑
- □ バスケットボール 名 籃球
- □ パソコン 名 個人電腦
- □ 美術館（びじゅつかん） 名 美術館
- □ プール 名 游泳池
- □ 練習（れんしゅう） 名 練習

9日 聽解②

🔊 175 必考單字句型記憶小冊_9日.mp3

☑ 把背不起來的單字勾起來，時時複習！

語言表達

〔健康・食物〕

	單字	詞性・意思
□	足（あし）	名 腳、腿
□	暑い（あつ）	い形 炎熱的
□	熱い（あつ）	い形 熱的
□	危ない（あぶ）	い形 危險的
□	歩く（ある）	動 走
□	痛い（いた）	い形 痛的
□	お茶（ちゃ）	名 茶
□	お水（みず）	名 水
□	カレー	名 咖哩
□	ケーキ	名 蛋糕
□	コーヒー	名 咖啡
□	ご飯（はん）	名 飯、餐
□	散歩（さんぽ）	名 散步
□	頼む（たの）	動 點餐、請託
□	注意（ちゅうい）	名 注意
□	チョコレート	名 巧克力
□	疲れる（つか）	動 疲累
□	飲む（の）	動 喝
□	店（みせ）	名 店
□	弱い（よわ）	い形 弱的
□	レストラン	名 餐廳

〔購物・觀光〕

	單字	詞性・意思
□	開く（あ）	動 開啟（自動詞）
□	開ける（あ）	動 開啟（他動詞）
□	いくら	名 多少
□	海（うみ）	名 海
□	大きい（おお）	い形 大的
□	買う（か）	動 買

- □ 客（きゃく） 名 客人
- □ サイズ 名 尺寸
- □ シャツ 名 襯衫
- □ 週末（しゅうまつ） 名 週末
- □ 好（す）きだ な形 喜歡的
- □ 少（すこ）し 副 稍微
- □ タクシー 名 計程車
- □ 小（ちい）さい い形 小的
- □ チケット 名 票
- □ テレビ 名 電視
- □ 飛（と）ぶ 動 飛
- □ 長（なが）い い形 長的
- □ 荷物（にもつ） 名 行李
- □ 葉書（はがき） 名 明信片
- □ 必要（ひつよう）だ な形 必要的
- □ 服（ふく） 名 衣服

〔溝通〕

- □ 会（あ）う 動 見面
- □ あげる 動 給、給予他人恩惠
- □ あまり 副 不太
- □ ある 動 有
- □ いい い形 好的
- □ 言（い）う 動 說
- □ うち 名 家
- □ うるさい い形 吵鬧的
- □ 遅（おく）れる 動 晚、慢
- □ おこる 動 生氣
- □ 終（お）わる 動 結束
- □ 変（か）える 動 變化
- □ 貸（か）す 動 借出

9日 | 聽解②

☑ 把背不起來的單字勾起來，時時複習！

	讀音	單字	詞性	中文
□	か	借りる	動	借
□	く	来る	動	來
□	けっこう	結構だ	な形	好的、出色的
□	こ	子ども	名	兒童
□	しず	静かだ	な形	安靜的
□	しつれい	失礼	名	失禮
□	し	知る	動	知道
□		すぐ	副	馬上
□		する	動	做
□	すわ	座る	動	坐
□		たくさん	副	許多
□	つぎ	次	名	下一個
□		できる	動	可以、發生
□	て つだ	手伝う	動	幫忙
□	で	出る	動	出去、出來
□	となり	隣	名	隔壁
□	はい	入る	動	進入
□	はや	早く	副	快速地
□	ひと	人	名	人
□		ふむ	動	踏
□	ほんとう	本当だ	な形	真實的
□		また	副	又、再
□		まだ	副	還、仍
□	ま	待つ	動	等
□	まど	窓	名	窗戶
□		もう	副	已經
□		もらう	動	收到
□	やくそく	約束	名	約定
□	よ	呼ぶ	動	叫、稱呼
□		わかる	動	知道、明白

即時應答

〔約定・日程〕

- □ あさって　名 後天
- □ 明日（あした）　名 明天
- □ 忙しい（いそがしい）　い形 忙碌的
- □ いつ　名 何時
- □ 一緒に（いっしょに）　副 一起
- □ 今（いま）　名 現在
- □ 昨日（きのう）　名 昨天
- □ 今日（きょう）　名 今天
- □ 去年（きょねん）　名 去年
- □ 今朝（けさ）　名 今天早上
- □ 時間（じかん）　名 時間
- □ 出す（だす）　動 拿出、提出
- □ 何時（なんじ）　名 幾點
- □ 日（ひ）　名 日子
- □ 辺（へん）　名 附近、一帶
- □ 毎日（まいにち）　名 每天
- □ 休み（やすみ）　名 休息、休假日
- □ ～か月（げつ）　～個月
- □ ～間（かん）　表示間隔的時間
- □ ～時（じ）　～點鐘
- □ ～時間（じかん）　～個小時

〔日常生活〕

- □ 遊ぶ（あそぶ）　動 玩
- □ 行く（いく）　動 去
- □ いる　動 存在
- □ 運動（うんどう）　名 運動
- □ 映画（えいが）　名 電影
- □ おいしい　い形 美味的

聽解

9日 聽解②

☑ 把背不起來的單字勾起來，時時複習！

- □ おお 多い　い形 多的
- □ お 起きる　動 發生
- □ お 置く　動 放置
- □ おまわりさん　名 警察
- □ おも 思う　動 想
- □ お 降りる　動 下車、下降
- □ かさ 傘　名 傘
- □ かぜ 風邪　名 感冒
- □ カメラ　名 相機
- □ かわいい　い形 可愛的
- □ けいかん　名 警官
- □ げんき 元気だ　な形 有精神的
- □ コート　名 大衣
- □ しゃしん 写真　名 照片
- □ じょうず 上手だ　な形 擅長的、拿手的

- □ た 食べる　動 吃
- □ たんじょうび 誕生日　名 生日
- □ ちか 近く　名 附近
- □ つか 使う　動 使用
- □ デパート　名 百貨公司
- □ でんしゃ 電車　名 電車、地鐵
- □ とお 遠い　い形 遠的
- □ とても　副 非常
- □ と 取る　動 拿取
- □ のぼ 登る　動 攀登
- □ の 乗る　動 搭乘（交通工具）
- □ バス　名 公車
- □ ひこうき 飛行機　名 飛機
- □ ひる はん 昼ご飯　名 午餐
- □ プレゼント　名 禮物

- ☐ 部屋（へや）　名 房間
- ☐ 短い（みじかい）　い形 短的
- ☐ 見る（みる）　動 看
- ☐ 持つ（もつ）　動 持有、拿
- ☐ 優しい（やさしい）　い形 溫柔的
- ☐ 山（やま）　名 山
- ☐ ラーメン　名 拉麵

〔學校・公司〕

- ☐ 英語（えいご）　名 英語
- ☐ 帰る（かえる）　動 回去、回來
- ☐ 学校（がっこう）　名 學校
- ☐ かばん　名 包包
- ☐ きびしい　い形 嚴格的
- ☐ 授業（じゅぎょう）　名 課程、授課
- ☐ 宿題（しゅくだい）　名 作業
- ☐ 先生（せんせい）　名 對老師等職業從事者之尊稱
- ☐ 大学（だいがく）　名 大學
- ☐ 作る（つくる）　動 製作
- ☐ テスト　名 考試
- ☐ 図書館（としょかん）　名 圖書館
- ☐ 友だち（ともだち）　名 朋友
- ☐ 夏休み（なつやすみ）　名 暑假
- ☐ 速い（はやい）　い形 快速的
- ☐ 二人（ふたり）　名 兩人
- ☐ 冬休み（ふゆやすみ）　名 寒假
- ☐ 本（ほん）　名 書
- ☐ 本屋（ほんや）　名 書店
- ☐ 難しい（むずかしい）　い形 難的
- ☐ 休む（やすむ）　動 休息
- ☐ ～年生（ねんせい）　～年級學生

10日 N5必考句型

176 必考單字句型記憶小冊_10日.mp3

☑ 把背不起來的單字勾起來，時時複習！

	句型	例句
□	**～方（がた）** 表示對複數人士的敬稱	先生方（せんせいがた）に　あたたかい　メッセージを　もらいました。 收到了老師們溫暖的訊息。
□	**～じゅう** 整個（期間、空間範圍）	今日（きょう）は　一日（いちにち）じゅう　寝（ね）て　いました。 今天睡了一整天。
□	**～ちゅう** 一定時間、空間範圍內	今週（こんしゅう）ちゅうに　本（ほん）を　返（かえ）します。 這禮拜內還書。
□	**～たち** ～們	子（こ）どもたちが　元気（げんき）に　サッカーを　して　います。 孩子們充滿活力的在踢足球。
□	**～に　する** 決定～	私（わたし）は　うどんに　します。 我要點烏龍麵。
□	**～に　なる** 成為…	彼（かれ）は　医者（いしゃ）に　なりました。 他當上了醫生。
□	**～の　こと** 有關…的事	事故（じこ）の　ことは　よく　覚（おぼ）えて　いません。 我不太記得有關意外的事。
□	**～と～と　どちら** …和…，哪邊…	ねこと　いぬと　どちらが　好（す）きですか。 貓跟狗，你喜歡哪一種?
□	**～おわる** 結束…	みんなが　食（た）べおわるまで、座（すわ）って　いて　ください。 在大家都吃完之前請坐著。

	句型	例句
□	**～たい** 想要…	次(つぎ)は　しあいに　勝(か)ちたいです。 接下來我想贏得比賽。
□	**～ながら** 一邊…	漢字(かんじ)を　書(か)きながら　覚(おぼ)えます。 一邊寫漢字一邊背。
□	**～にくい** 難以…	この　はしは　大(おお)きくて　使(つか)いにくいです。 這雙筷子太大了很難用。
□	**～はじめる** 開始…	ギターを　習(なら)いはじめました。 我開始學吉他了。
□	**～やすい** 容易…	田中先生(たなかせんせい)の　じゅぎょうは　分(わ)かりやすいです。 田中老師的課很容易懂。
□	**～ました** 表示動詞的過去式	昨日(きのう)は　朝(あさ)７時(じ)に　起(お)きました。 我昨天早上7點起床。
□	**～ましょう** 表示邀約他人一起做某事	つかれたので、すこし　休(やす)みましょう。 累了，稍微休息一下吧。
□	**～ません** 表示否定	私(わたし)は　たばこを　吸(す)いません。 我不抽菸。
□	**～ませんでした** 表示過去否定	昨日(きのう)は　うちから　出(で)ませんでした。 我昨天沒有出家門。

N5必考句型

10日 N5必考句型

☑ 把背不起來的單字勾起來，時時複習！

	句型	例句
□	**～て　ある** 表示動作結果的存在	テーブルに　花（はな）が　かざって　あります。 桌上妝點著花。
□	**～て　いく** 表示移動時的狀態	ピクニックに　お弁当（べんとう）を　持（も）って　いきます。 帶著便當去野餐。
□	**～て　いる** 表示動作或狀態的持續	夕方（ゆうがた）から　雪（ゆき）が　ふって　います。 從傍晚開始一直下著雪。
□	**～て　おく** 事先做好	暑（あつ）かったので、エアコンを　つけて　おきました。 因為很熱，所以我先開了冷氣。
□	**～てから** 做…之後	野菜（やさい）は　洗（あら）ってから　切（き）ります。 蔬菜洗好之後再切。
□	**～て　ください** 請…	ここで　待（ま）って　ください。 請在這邊等。
□	**～て　くださいませんか** 是否能請您～	仕事（しごと）を　手伝（てつだ）って　くださいませんか。 可否請你協助我的工作嗎？
□	**～て　くる** 持續進行	カフェで　勉強（べんきょう）して　きました。 一直在咖啡廳念書（到現在）。
□	**～て　しまう** 表達遺憾、感慨、動作完了	ケータイを　落（お）として　しまいました。 不小心摔到手機了。

	句型	例句
□	**～て　みる** 嘗試…	もう　いちど　考(かんが)えて　みます。 試著再考慮一次。
□	**～ても　いい** 可以～	写真(しゃしん)を　撮(と)っても　いいですか。 可以拍照嗎？
□	**～たり～たりする** 表示動作的舉例、並列	週末(しゅうまつ)は　音楽(おんがく)を　聞(き)いたり、テレビを　見(み)たりしました。 週末聽了音樂，看了電視。
□	**～ことが　できる** 可以…、能…	私(わたし)は　英語(えいご)を　話(はな)す　ことが　できます。 我會說英文。
□	**～ないで** 沒…就…	彼(かれ)は　手(て)を　洗(あら)わないで、食事(しょくじ)を　しました。 他沒洗手就吃飯了。
□	**～つもりだ** 打算…	彼女(かのじょ)と　結婚(けっこん)する　つもりです。 我打算和她結婚。 高橋(たかはし)さんに　あやまらない　つもりですか。 你不打算跟高橋道歉嗎？
□	**～に　行(い)く** 去…（表示前往目的）	デパートへ　買(か)い物(もの)に　行(い)きます。 去百貨公司買東西。 海(うみ)へ　泳(およ)ぎに　行(い)きました。 去了海邊游泳。

10日 N5必考句型

☑ 把背不起來的單字勾起來，時時複習！

□ **～に　来る**
來…（表示前往目的）

学生が　質問に　**来ました**。
學生來問問題。
今日、友だちが　家に　遊びに　**来ます**。
今天朋友來我家玩。

□ **～か～ないか**
是不是…

彼が　たばこを　吸うか　吸わ**ないか**、知りません。
我不知道他抽不抽菸。
番号が　同じか　同じじゃ**ないか**　もう　一度　見てください。
請再看一次確認號碼是否相同。
今日　買った　本が、おもしろいか　おもしろく　**ないか**　分かりません。
不知道今天買的書有不有趣。
彼が　学生か　学生では　**ないか**　分かりません。
不知道他是不是學生。

□ **～あと**
…之後

ごはんを　食べた　**あと**、薬を　飲みます。
吃完飯後吃藥。
仕事の　**あと**、いつも　運動を　します。
我總是在工作結束後運動。

□ **～まえに**
…之前

寝る　**まえに**　シャワーを　あびます。
睡前洗澡。
会議の　**まえに**　資料を　コピーします。
會議前複印資料。

□ **～か　どうか**
是否…

パーティーに　行く(い)か　どうか、まだ　決(き)めて　いません。
我還沒決定要不要去派對。

安全(あんぜん)か　どうか、よく　確認(かくにん)して　ください。
請好好確認安不安全。

答(こた)えが　正(ただ)しいか　どうか、わかりません。
不知道答案是否正確。

彼(かれ)が　この　学校(がっこう)の　学生(がくせい)か　どうか、聞(き)いて　みましょう。
我們去問問他是不是這間學校的學生吧。

□ **～でしょう**
…吧（表示推測、確認）

もう　すぐ　さくらが　咲(さ)くでしょう。
櫻花馬上就要開花了吧。

スカートの　色(いろ)、きれいでしょう。
裙子的顏色很美吧？

この　ケーキ、とても　おいしいでしょう。
這個蛋糕真的很好吃對吧？

モカは　本当(ほんとう)に　大(おお)きい　犬(いぬ)でしょう。
摩卡真的是隻大狗對吧？

□ **～という**
據說…

遠藤(えんどう)さんが　会社(かいしゃ)を　やめるという　話(はなし)を　聞(き)きました。
我聽說遠藤要辭職的消息了。

交通(こうつう)が　便利(べんり)だという　ことが　この　ホテルを　選(えら)んだ　理由(りゆう)です。
我選這家飯店的理由是因為交通很方便。

学校(がっこう)が　楽(たの)しいという　生徒(せいと)が　多(おお)いです。
很多學生說學校很好玩。

「手紙(てがみ)」という　小説(しょうせつ)を　知(し)って　いますか。
你知道《信件》這本小說嗎？

10日 N5必考句型

☑ 把背不起來的單字勾起來，時時複習！

□ **～とき**
…的時候

おくれる **とき**は、かならず 連絡(れんらく)して ください。
會晚到時請務必聯絡我。

手伝(てつだ)いが 必要(ひつよう)な **とき**は、いつでも 呼(よ)んで ください。
需要幫忙的時候請隨時叫我。

若(わか)い **とき**は、アメリカに 住(す)んで いました。
我年輕時住在美國。

中学生(ちゅうがくせい)の **とき**、ピアノ教室(きょうしつ)に 通(かよ)って いました。
我中學時有上鋼琴課。

□ **～ほう**
…方面、…的一方（表示比較）

さとうを 入(い)れた **ほう**が おいしいですよ。
加糖會比較好吃喔。

この テキストは かんたんな **ほう**だと 思(おも)います。
我覺得這本課本是比較簡單的課本。

家(いえ)は 会社(かいしゃ)から 近(ちか)い **ほう**が いいです。
家離公司近一點比較好。

海(うみ)より 山(やま)の **ほう**が 好(す)きです。
比起海我更喜歡山。

□ **～ては いけない**
不可以…、不行…

テストの 前(まえ)に 遊(あそ)ん**では いけません**。
考試前不能玩樂。

説明(せつめい)が ふくざつ**では いけません**。
說明不能太複雜。

本(ほん)を 読(よ)む ときは、部屋(へや)が 暗く**ては いけません**。
看書時，房間不可是昏暗的。

むかしの 写真(しゃしん)**では いけません**。
不能用以前的照片。

□ **～ても**
即使…（逆接的表現）

母に　電話を　**しても**、電話に　出ません。
即使打電話給媽媽，她也不接電話。

野菜は　嫌い**でも**、くだものは　好きです。
雖然討厭蔬菜，但喜歡水果。

安く**ても**、必要じゃ　ない　ものは　買いません。
即使便宜也不買不需要的物品。

先生**でも**　間違える　ことは　あります。
就算是老師也會犯錯。

□ **～なくて**
不…、沒有…

じゅぎょうに　行か**なくて**、宿題が　分かりません。
因為沒有去上課，所以不知道作業是什麼。

彼は　体が　丈夫で**なくて**、よく　学校を　休みます。
他身體不健壯，經常請假沒上學。

今日は　暑く　**なくて**、いいです。
今天不熱，天氣很好。

大きな　問題で**なくて**、よかったです。
不是大問題真是太好了。

□ **～あいだ**
…之間、…期間

バスを　待つ　**あいだ**、本を　読みました。
在等公車的期間看了書。

私が　買い物を　して　いる　**あいだ**、彼は　車で　待って　いました。
我在購物的時候他在車子裡等。

父と　母が　忙しい　**あいだ**、ずっと　私が　家族の　夕食を　作って　いました。
父母很忙那陣子，一直都是我幫全家人做晚餐。

冬休みの　**あいだ**、国に　帰って　いました。
寒假期間回國了。

N5必考句型

-メモ-